昭明文苑 增华学林——《文选》与《文心雕龙》国际学术研讨会

2019.3.28—2019.3.31

U0628916

▲ 昭明文苑 增华学林——《文选》与《文心雕龙》国际学术研讨会合影

昭明文苑 增华学林

《文选》与《文心雕龙》
国际学术研讨会论文集

吴晓峰　公维军　主编

江苏大学出版社
JIANGSU UNIVERSITY PRESS

镇江

图书在版编目（CIP）数据

昭明文苑　增华学林：《文选》与《文心雕龙》国际学术研讨会论文集/吴晓峰，公维军主编 . — 镇江：江苏大学出版社，2019.11（2024.4 重印）
ISBN 978-7-5684-1243-8

Ⅰ. ①昭… Ⅱ. ①吴… ②公… Ⅲ. ①《文选》—古典文学研究—国际学术会议—文集②《文心雕龙》—国际学术会议—古典文学研究—文集 Ⅳ. ①I206.2-53

中国版本图书馆 CIP 数据核字（2019）第 264357 号

昭明文苑　增华学林：《文选》与《文心雕龙》国际学术研讨会论文集
Zhaoming Wenyuan　Zenghua Xuelin

主　　编/吴晓峰　公维军
责任编辑/任　辉　董国军
出版发行/江苏大学出版社
地　　址/江苏省镇江市京口区学府路 301 号（邮编：212013）
电　　话/0511-84446464（传真）
网　　址/http：//press. ujs. edu. cn
排　　版/镇江文苑制版印刷有限责任公司
印　　刷/北京一鑫印务有限责任公司
开　　本/787 mm×1 092 mm　1/16
印　　张/19.5
字　　数/450 千字
版　　次/2019 年 11 月第 1 版
印　　次/2024 年 4 月第 2 次印刷
书　　号/ISBN 978-7-5684-1243-8
定　　价/68.00 元

如有印装质量问题请与本社营销部联系（电话：0511-84440882）

南朝"文学双璧"在镇江的展示与运用
（代序）

钱永波

　　南朝刘勰著《文心雕龙》，萧统主编《文选》，我们称之为南朝"文学双璧"。这两部巨著，一部是古典文学批评与文学理论，一部是先秦至萧梁前期七百多年文学作品选集，都是中华民族和世界文化遗产，也是国家历史文化名城镇江优秀传统文化的有机组成部分。因此，镇江也就成为"龙学"界、"选学"界关爱的热土。1997 年12 月 1 日，镇江南山文苑"文心阁"景区举行开园仪式，著名学者王元化、杨明照、王运熙偕林其锬、杨明等先生专程前来参加，给了我们宝贵的指导意见。2000 年 4 月，中国《文心雕龙》学会和镇江市人民政府在镇江举办《文心雕龙》国际学术研讨会，与会学者 90 多人，其中，来自中国台湾、香港、澳门等地区，以及日本、韩国、美国、马来西亚等国家的学者 20 多人，是名副其实的国内外学者的盛会，并且会议决定在镇江市图书馆建立中国文心雕龙资料中心。2002 年 10 月，南山招隐景区萧统读书台组景修建一新，中国文选学研究会和镇江市人民政府及时在镇江举办文选学国际学术研讨会，与会的海内外学者的规模和知名度与前次在镇江举办的"龙学"盛会相当，会议决定把中国文选学资料中心也建在镇江市图书馆。2005 年 5 月，镇江市图书馆邀请专家学者参加"中国文心雕龙资料中心"建设研讨会，中国《文心雕龙》学会会长、国家图书馆馆长詹福瑞，文心雕龙学会名誉会长王运熙，副会长林其锬、刘文忠，理事杨明、孙蓉蓉、张灯，美籍华人学者林中明，中国台湾教授刘渼，以及江苏大学人文社科学院院长笪远毅等 10 多位专家学者与会，共商中心建设大计。这次由江苏大学主办、镇江有关单位协办、江苏大学文学院承办的"《文选》与《文心雕龙》国际学术研讨会"，学者戏称"双文会"，更把"龙学""文选学"合在一起研讨，体现了这两部历史名著之间的内在联系，再一次为我们提供了学习交流的机会。

　　这里，我做两方面的介绍。

一、镇江是南朝"文学双璧"的集中展示之地

2002 年，镇江举办文选学国际学术研讨会时，时任全国文选学研究会会长俞绍初教授对我说过："《文选》《文心雕龙》被称为南朝'文学双璧'，想不到这两部著作都与镇江密切相关。"我到国家历史文化名城镇江 30 年，研究镇江 20 多年，深感镇江确是南朝"文学双璧"的集中展示之地：

一是萧统、刘勰两人都是南徐州人。南徐州是南朝宋、齐、梁帝王的故里，有文物为证。丹阳南朝陵墓石刻被列为全国重点文物保护单位，梁武帝晚年回乡祭陵，称这里是他的"桑梓""故乡""旧乡"，萧统出生在襄阳，其父籍在丹阳；镇江考古发现的《刘岱墓志》石刻，则是关于刘勰是"南徐州东莞莒县"人的有力佐证。这也是中国《文心雕龙》学会、中国文选学研究会学者的通识。

二是镇江南山有两处与此相关的园林。唐宋以来，南山招隐寺就有昭明太子"读书台"和主编《文选》的"增华阁"，20 世纪 80 年代和 20 世纪 90 年代后期到新世纪之初，镇江南山省级风景名胜区、国家森林公园又先后进行了两次修建，并增建了"选亭""山水清音池"等。20 世纪 90 年代中后期，镇江在南山竹林景区又新建了纪念刘勰及其著作《文心雕龙》的"文苑"，并延伸至纪念镇江历代科技、文化名人。"文苑"之名，选自《文心雕龙》。文苑筹建之初，我们专程赴上海向王元化先生请教。杨明照先生为"文心阁"题写匾额。王元化先生为"学林轩"题写"独步当时，留声后代"（《文心雕龙》句）的楹联。"文苑""学林轩"分别由时任江苏理工大学校长蔡兰、前任校长高宗英题写。特别值得一提的是，1997 年，杨明照先生 87 岁高龄仍从四川成都赶来镇江参加文苑文心阁景区开园仪式，并在座谈会上发表了学术性讲话。鉴于修建这两个园子的重要性，镇江对这两个园子都认真进行了文化艺术装饰，以展示其优秀历史文化内涵，当时投资就达 3000 多万元。

三是两次国际学术研讨会先后在镇江举办，在国内外产生了深远影响。《文心雕龙》国际研讨会，会前就出版了《刘勰及其〈文心雕龙〉》论文集。文选学国际学术研讨会，在会后出版了《〈文选〉与文选学》论文集。这两次国际研讨会，都分别在园内立碑纪念，碑后刻有与会者的签名。

四是建成了两个资料中心。中国《文心雕龙》学会、中国文选学研究会先后与镇江合作建成了资料中心。经过共同努力，资料中心已具有相当规模和水平，图书资料丰富，有手稿，有"龙学"研究著作电子版，并编印《文心学林》期刊，交流研究动态、信息和成果。

概括来说，就是镇江有四个"两"：两个南徐人，两个纪念性园林，两次国际学术研讨会，两个资料中心。

二、在弘扬优秀历史文化上下功夫

美籍华人学者林中明先生有句话说得好，就是"旧经典，活智慧"。用于这两部著作，就是要使这两部"旧经典"，成为如今人们的"活智慧"。在这方面，镇江也做了一些努力，主要做了三方面的工作。

一是从毛泽东评引《文选》中得到启发。毛泽东爱看《文选》。据有关著作介绍，他青年时代爱看的古诗文，除《韩昌黎诗文全集》外，便是《文选》。新中国成立后，从毛泽东批注过的《文选》版本看，他至少看过三种版本。在他看过的书页上，常有圈画、评点。我整理了一份《毛泽东评引〈昭明文选〉录》，其中收录了21条内容。从中我们可以得到若干启发：

例如，关于阅读《文选》问题。毛泽东在萧统撰《文选序》右下方的空白处，写有"好文宜读"四字。用今天的时代眼光看，《文选》所收700余篇（首）赋、诗、文，仍然有不少好作品值得阅读，但是，也难免有浩繁芜杂之感。因此，有重点地向读者推介书中的优秀作品，是我们要做的一项重要工作。为了得到毛泽东看《文选》时手书"好文宜读"的复印件，我们通过江苏省委办公厅请中央档案馆提供，这份复印件现在陈列在南山招隐景区增华阁"毛泽东评点和引用《文选》专柜"中。

又如，思想性与艺术性相统一的问题。《毛泽东文集》第七卷《同文艺界代表的谈话》中说："中国自觉的文学批评的历史是从哪里开始的呢？从曹丕的《典论·论文》和曹植的《与杨德祖书》开始的吧！以后有《文心雕龙》等……《昭明文选》里也有批评，昭明太子萧统的那篇序言里就讲'事出于沉思'，这是思想性；又讲'义归乎翰藻'，这是艺术性。单是理论，他不要，要有思想性，也要有艺术性。"毛泽东《在延安文艺座谈会上的讲话》中，还讲到"阳春白雪"和"下里巴人"统一、提高和普及统一的问题，并对屈原、宋玉、贾谊、枚乘、陆机等作品做了评论。

再如，人生问题。毛泽东在《为人民服务》的著名讲演中引用司马迁的《报任少卿书》中的一段名言："人固有一死，或重于泰山，或轻于鸿毛。"《在扩大的中央工作会议上的讲话》中，又引用这篇文章中的另一段言论："文王拘而演周易，仲尼厄而作春秋。屈原放逐，乃赋离骚。左丘失明，厥有国语。孙子膑脚，兵法修列。不韦迁蜀，世传吕览。韩非囚秦，说难孤愤。《诗》三百篇，大抵贤圣发愤之所为作也。"他还多次引用李康《运命论》中的一段话："木秀于林，风必摧之；堆出于岸，流必湍之；行高于人，众必非之。前鉴不远，覆车继轨。然而志士仁人，犹蹈之而弗悔。"《文选》中有许多类似的名言，如果我们能联系实际，结合每个人的经历和感悟阅读，一定会使人的精神风貌达到一个新境界。

再如，以史为鉴问题。《旧唐书·朱敬则传》有一段叙述秦亡的历史教训，毛泽东在天头上写了贾谊《过秦论》中的两句断语："仁义不施，攻守之势异也。"这体现了他对贾谊著名政论《过秦论》历史价值的肯定。陆机效仿贾谊的《过秦论》写了《辩亡论》，把东吴之兴亡归结为"彼此之化殊，授任之才异也"。

二是我们在"中国历史文化名城镇江研究丛书"中单列了两册：第五册《文选名篇》、第六册《文心司南》。我们请时任中国文选学研究会名誉会长曹道衡研究员、会长俞绍初教授和江苏大学人文社科学院院长笪远毅任主编，江苏大学人文社科学院承担了大部分编写工作。全书精选的文章和诗辞歌赋有52篇（首），由曹道衡先生作序，每篇都有注释、今译、赏析，另有附录6篇，包括《毛泽东评引〈文选〉录》《萧统年谱》《萧统世系表》等。《文心司南》这一册，我们请时任中国《文心雕龙》学会副会长涂光社教授和镇江高专乔长富教授任主编，由外地和本地高校的学者组成撰写队伍，全书分绪篇、原理篇、应用篇、警句篇4部分，时任中国《文心雕龙》学会副会长的林其锬研究员应邀撰写了绪篇，另有附录《刘勰世系表》《刘勰生平简谱》等3篇。"中国历史文化名城镇江研究丛书"于2004年9月由江苏人民出版社出版，首发追加4300套书。

三是把向《文选》《文心雕龙》学习写作与镇江历年举办的"增华阁阅读写作大赛"紧密结合起来。1988年以来，镇江日报社每年11月都举办增华阁青少年作文比赛，现名为"增华阁阅读写作大赛"，高校和初、高中学生，以及小学生自愿报名参赛。到2018年为止，已举办31届，开始每年参赛人数为8000人左右，现在每年稳定在35000人左右，邻近城市参赛的有1000人左右。"增华"这个阁名，出自萧统《文选序》"踵其事而增华，变其本而加厉"。为什么这项活动如此红火？原因很简单，写作已是现代人不可或缺的事，作文赛其实就是写作节。通过这项活动，参赛学生认识到写作是一门重要课程，起草文件、撰写论文、采编新闻报道、创作文学作品，以至于写信等，都需要写作；写作要有深挚的感情，做到"情以物兴""物以情观""繁采寡情，味之必厌"；写作必须以社会实践为基础，充分占有材料，正确把握客观事物的真实情况和发展变化，使文章契合新情况，有新观点、新材料、新意境；写作要把深入思考与写作技巧有机结合起来，文章种类不同，风格应当有所区别；写作要努力提高自身素质，特别要有优良的品德、专博的知识和良好的辞章修养。

以上所说，就是南朝"文学双璧"在镇江展示与运用的大致情况。简言之，就是两点：一点是保护和建设，一点是学习和应用。不当之处，欢迎批评指教！

目录

从《文选》和《文心雕龙》的选录标准
看齐梁文学重采轻骨之风

董玮·江苏大学文学院

据统计，20 世纪以来，"龙学"研究有几百部专著和超过 6000 篇论文问世，其显学地位难以撼动。《文心雕龙》中的 50 篇内容都是有人研究的，且对《文心雕龙》的研究角度非常多元化，有比较、辨析、辨疑、浅论、新探、诠释、校勘等。在上面的研究方法中，运用比较方法的论文总共有 300 多篇，数量上位列第一。比较的对象不同，分为：一是《文心雕龙》与《文选》《史通》《诗品》《文赋》等理论著作的比较；二是与国外的《诗学》《论风格》《诗艺》等相关性著作的比较；三是刘勰与他人思想观念方面的比较，如陆机与刘勰创作论的比较、刘勰与黑格尔作家论的比较等。由此可见，这里的比较对象包含了中外的经典理论著作。

《文选》是中国现存最早的诗文总集。《文选》成为显学，历经千年研究。《文选音义》是昭明太子的侄子萧该所作，是最早的注本，现已不存。而隋唐时期的曹宪引领唐代文人研究《文选》。弟子许淹、公孙罗、李善等人也做了研究，李善的《文选注》是当时的重要注书，也是现存最早的《文选》完整注本，主要从注音、释事、释义、校勘四个角度进行。工部侍郎吕延祚不看好李善注本，于是召集五人另作五臣注。唐代文选学得到进一步发展，但是到了北宋庆历后，《文选》所代表的华丽文风遭到抨击，"选学"从注释转向评论、考据。到了清代，由于科举考试的助力、目录学和版本学的发展，"选学"在清代的研究达到了巅峰①。

骆鸿凯的《文选学》在"选学"研究中有着重要意义，由中华书局出版，论述详细全面，因而在学界的影响力非常大。"新文选学"肇始于日本的神田喜一郎，日本的清水凯夫则在其基础上取得理论性突破。清水凯夫的研究涵盖几个重要问题，主要是：《文选》的编者及选录标准；《文选》和《文心雕龙》等著作之间的关系；声律论研究；对《文选》的评价。

---

① 石树芳：《〈文选〉研究百年述评》，《文学评论》，2012 年第 2 期，第 166 页。

《文选》《文心雕龙》这两部齐梁时期的著作常常被人们放在一起比较研究。《文选》的选录标准问题历来受到学界广泛关注，清水凯夫等学者已经总结出一套科学的方法来研究《文选》的选录标准，但是鲜有研究者将刘勰在《文心雕龙》中"选文以定篇"时的选文作为研究主体，这一问题需要深入探讨。

一、齐梁文风的形成

南朝是在晋之后隋之前以建康为都城的宋、齐、梁、陈的四个朝代的总称。刘宋王朝存在于公元 420—479 年，是四个朝代中历时最长的，文学成就方面以山水诗为代表，代表诗人为元嘉三大家，即鲍照、谢灵运、颜延之。但宋处在东晋和齐梁之间的过渡期，所以作品大多仅仅具有过渡意义，真正有代表性的文学作品不是很丰富。陈朝存在的时间则很短，文化衰靡，也没有出现太多高质量的文学作品。真正意义上能够代表南朝文学的还属齐梁时期的文学。

（一）齐梁文学集团与文风形成的关系

萧氏一族可以称得上文学造诣很深的皇族。齐梁时代的大部分文学家都属于一个或几个文学集团，齐梁文风的形成与萧氏文学集团有着密不可分的联系。通过对著名文学集团的研究，我们能够对齐梁时期文学风气的形成、发展有一个清晰的认识。

第一大文学集团是以萧齐竟陵王萧子良为代表的西邸文学集团。萧子良，字云英，齐武帝萧赜次子。喜好文学，广纳文士。《南齐书》中有记载："子良少有清尚，礼才好士，居不疑之地，倾意宾客，天下才学皆游集焉。善立胜事，夏月客至，为设瓜饮及甘果，著之文教。士子文章及朝贵辞翰，皆发教撰录。"① 萧子良礼遇贤才、喜爱文士，对待有才学的人非常客气。正是这一点促使萧子良文学集团兴盛发展，这一时期大约处在永明五年至九年（487—491）。西邸文学集团的代表人物是"竟陵八友"。"八友"中，沈约、谢朓和王融与"永明体"这种新诗体的盛行是密不可分的。关于永明体，其主要特征就是强调声律，篇幅短小，注重对偶。

第二大文学集团是梁武帝萧衍、昭明太子萧统文学集团。这个文学集团的成员多出入于帝宫，其中有不少作品是萧衍和萧统的"赐宴""游宴"之作，多是表达对君王的赞美、附和之意。王筠、刘孝绰、陆倕等人的创作都是其中的代表。而刘勰也成为萧统的"东宫通事舍人"。这个文学集团主张宗经，重教，这也刚好印证了《文心雕龙》对文学作品内容雅正的理论要求。该文学集团的兴趣多在学术研究上，对学术的浓厚兴趣使其编纂出体制浩大的《文选》和《文章英华》。

第三大文学集团是萧纲、萧绎文学集团。之所以把这两个文学圈归为一个文学集团，是因为这两者的文学主张和创作实践基本上一致②。"至如文者，惟须绮縠纷披，

① 〔梁〕萧子显：《南齐书》，中华书局，1972 年，第 694 页。
② 普慧：《齐梁三大文学集团的构成及盟主的作用》，《社会科学战线》，1998 年第 2 期，第 106 – 113 页。

宫徵靡曼，唇吻遒会，情灵摇荡。"文学必须文采华丽，语言精致，情感细腻，这也与萧纲大量宫体诗和艳赋的创作实践相吻合。永明以来，齐梁诗歌不可避免地呈现出"泛情主义"的弊病，随意抒发内心情感、对女性进行极其细微的描写，构成梁末文坛偏重形式以至于浮靡的文学主流。

三大文学集团的带头人物的帝王贵族身份，与齐梁文学绮靡雕琢、华丽不实的风格是密不可分的。萧衍、萧统文学集团对学术的踏实钻研为后世提供了许多珍贵的文学资料，西邸文学集团的文人们勇于突破、大胆创新，永明体诗歌的创作也为唐代格律诗的繁荣打好基础。虽然这些诗歌代表着个人精神的张扬，但一定程度上也会造成情欲的泛滥。而萧纲、萧绎文学集团创作的重点在于宫廷文学。华美的语言、长篇的铺陈、极力的渲染也不可避免地成为齐梁文学的弊端。

（二）风骨与文采

刘勰在《风骨》篇中认为，评判一篇文章好坏的标准就是看其有无风骨。"风"是文章内容与形式的结合体，是"情"与"气"；"骨"也是文章内容与形式的结合体，是"思"与"义"。

风骨与文采有着密切的联系。"若风骨乏采，则鸷集翰林；采乏风骨，则雉窜文囿。"如果只有风骨而缺乏文采，就像猛兽集于翰墨之林；如果只有文采而缺乏风骨，就像野鸡乱窜到文苑。也就是说，一篇文章如果只有刚劲的风骨而没有华美的文采，那也是没有丝毫感染力的。如果一篇文章缺乏力透纸背的风骨之力，即使辞藻很华丽，也不会显示出丝毫的文采。

齐梁文学历来受到很多文学批评家的批评。《隋书·文学传序》："梁大同之后，雅道沦缺，渐乖典则，争驰新巧……其意浅而繁，其文匿而彩，词尚轻险，情多哀思。"陈祚明在《采菽堂古诗选》中批评道："梁陈之弊，在舍意问辞，因辞觅态。"从魏晋到齐梁，文学的形貌发生了极大的转变。纪昀也发表过看法："齐、梁文胜而质亡，故彦和痛陈其弊。"[①] 齐梁文学重视艺术上的审美效果，在词藻的华美雕饰上下足了工夫，而忽略了文学作品的气骨与神韵。这一点可以由陈子昂在《修竹编并序》中的诗歌理论主张来印证："文章道弊五百年矣！汉魏风骨，晋宋莫传，然而文献有可征者。仆尝暇时观齐梁间诗，彩丽竞繁，而兴寄都绝，每以永叹。思古人，常恐逶迤颓靡，风雅不作，以耿耿也。一昨于解三处，见明公《咏孤桐篇》，骨气端翔，音情顿挫，光英朗练，有金石声。"[②]

这段话反映了陈子昂对从建安到初唐文学的认识，他提倡"汉魏风骨"，反对"彩丽竞繁，兴寄都绝"的齐梁诗风。"汉魏风骨"的提出明显直指齐梁诗风。陈子昂认为，齐梁文学有两大弊端，第一是辞藻华丽，雕琢堆砌；第二是题材狭隘，柔媚

---

① 黄霖：《文心雕龙汇评》，上海古籍出版社，2005 年。

② 尹顺民，达正岳：《论陈子昂的诗歌理论——"风骨""兴寄"说》，《齐齐哈尔师范高等专科学校学报》，2007 年第 6 期，第 61 - 63 页。

低俗，分别是从形式和内容两方面来说的。齐梁文弊造成"兴寄都绝""风雅不作"，"兴寄"和"风雅"是要求诗歌反映现实生活，有现实意义，而齐梁文学的浮靡和虚无与现实主义精神背道而驰，这也是陈子昂力求复归"汉魏风骨"的原因所在。

二、《文选》不同文体的选篇对于文学审美价值的重视

《昭明文选》是一部文学作品总集，在选文标准上非常侧重作品的审美性。首先要明确《文选》的选录标准这个重要的问题。对于这个问题，学界历来不乏争论。有部分学者认为应该总结《文选序》和萧统的文学观，得出《文选》的选录标准，这实际上是不够科学的。许多人觉得"沉思翰藻"是《文选》的辑录标准。但经过对《文选序》中这句话上下文背景的仔细研读，可以发现这句话是针对紧居其前的史书中的"赞论序述"而言的。原则上史书中的文章是不会被选进《文选》的，但史书中的赞论、序述这两类，只要辞采丰富、言语华丽，而且一定程度上符合"沉思翰藻"的标准，就会被选入其中。辞藻华丽确实是《文选》选录作品的一个重要标准，但是我们不能拿《文选序》中对史书的标准来断章取义。另外，还有一个值得注意的问题，昭明太子个人的文学观与《文选》的实际选文标准不能画等号。主要原因是萧统带头，组织文人一起编选的《文选》，萧统个人的文学观虽然有很大的参考意义，但并不能完全代表《文选》的选录标准①。

最稳妥的方法是从《文选》的文本出发，对其收录作品进行宏观分析，再探寻各类文体的选录标准。学者清水凯夫曾经对《文选》选录各朝代的作品进行过数量、比例上的统计，选录最多的是晋代的作品，然后是刘宋，接着是齐梁文学。虽然这几个朝代存续时间都不是太长，在选录数量上却很多，反映了《文选》编者重视晋以后文学作品的倾向。那么，如果对《文选》选录晋以后（特别是齐梁时期）文学作品的标准进行研究，我们既不难看出那个时代对于文学某方面的偏好，也能看出以萧统为首的编纂者对于南朝文学的偏好和对辞采的看重，这是与刘勰不满南朝文风的观点有所区别的。《文选》主要从集部中选择文学作品，强调内容雅正的同时也注重形式的华丽，但对那些空有辞藻的作品是比较轻视的。《文选》大致分为赋、诗、杂文三大类，杂文的内容比较庞杂，基本上是一些不便归类的文体和内容。萧统等编纂者对其也不是很重视，在《文选》中，诗分23类，而"杂歌""杂诗"列在最后。这里对杂文就不再赘述，主要论述诗和赋。

（一）诗

《文选》共选录齐梁时期诗歌77首，诗人9位，其中"竟陵八友"就有4位，分别是谢朓、沈约、范云、任昉。9位诗人中选录作品数量最多的是江淹，共31首。而沈约、谢朓既是新体诗的倡导者，也是齐梁诗形式美学的大力实践者，沈约与王

---

① 邵宗波，常佩雨：《〈文选〉的选录标准复议》，《许昌学院学报》，2007年第3期，第93－99页。

融、谢朓共同创建"永明声律论"。"四声八病"和"三易说"在诗歌创作史上有着重要的意义。强调声律和对仗，这为唐代律诗奠定了基础，也反映出齐梁时期的诗歌对文采的重视程度。沈约的诗歌反映了齐梁诗人的情感发展和审美偏好，他重视"情"和"采"两个方面。从晋宋到齐梁时期，南朝文学经历了一个从描写到抒情的转变，沈约和谢朓在其中起了承上启下的作用。

在《文选》中，山水诗被分为"游览"和"行旅"两类，相当细致。小谢的山水诗承袭大谢抒情加说理的模式，但是谈玄说理成分基本很少，取而代之的是诗人个人情感的抒发。选录的有《游东田》《之宣城郡出新林浦向板桥》《游敬亭山》《休沐重还丹阳道中》《晚登三山还望京邑》《京路夜发》。以《之宣城郡出新林浦向板桥》为例：

> 江路西南永，归流东北骛。
> 天际识归舟，云中辨江树。
> 旅思倦摇摇，孤游昔已屡。
> 既欢怀禄情，复协沧洲趣。
> 嚣尘自兹隔，赏心于此遇。
> 虽无玄豹姿，终隐南山雾。

前四句描写景色，中间两句过渡承接，最后六句抒发感情，一个宦游诗人亦官亦隐的个人情怀和抱负贯穿全诗。开头两句写自己离开建康乘船西行。第三、四句，视角由近到远，描绘诗人在小船渐行渐远时所见到的景物，以此表达诗人对故乡的深厚情感。江面上的帆影逐渐消失在天际，但仔细看它仍是归去的舟船，再向前方眺望，岸边有一片若隐若现的树林，树林的深处，也就是自己家乡所在的地方。这首诗的审美价值主要在于意境的创设，写景部分虽未言情，但极具情韵和美感，江水好似自己对故乡绵延不断的感情，天际归舟、云中江树这种情景的创设使得诗的意境开阔辽远，这种美不是繁缛雕琢的精工之美，而是一种清新自然的意蕴之美。这也从侧面反映出《文选》的编纂者在选录诗歌时，对诗歌审美价值的重视，这种美不是一种表面的华丽辞藻之美，而是有血有肉、情感充沛的灵魂之美。这首诗感情细腻真实，"识"与"辨"两字，蕴含着自己回望故乡时，非常仔细、生怕错过的情绪，这背后是无尽的思乡别绪。第五、六句有其政治背景。南齐在一年之内换了三个皇帝，谢朓虽然官职未动，但是心有余悸。既眷恋故土，又庆幸自己远离纠纷，一定程度上是自我排遣。下面四句表现诗人既要当官又要做隐士，表现了一种离开政务繁杂之地的天真想法，实际上并非真正的隐居。最后两句更加深入地表达了诗人远离政治旋涡，将在外地做官的自我宽慰。

但是从内涵上看，这首诗暴露出社会群体意识的淡化和个人精神的张扬，即对"骨"的轻视。可以说，诗人缺乏关心国家政事和为君王进谋献策的政治抱负。虽然从诗歌内容上来说，忧国忧民诗和抒发个人情怀的诗并没有孰优孰劣之分。但是从诗歌内容和思想内涵来看，我们不难发现齐梁文人社会责任感的缺失和治世救民之心的不足。这一点在宫体诗中弊端尤甚，也使得齐梁诗歌呈现出文采繁茂而风骨不足的特点。

（二）赋

李善注《文选》共60卷。其中赋19卷，大约占三成，分为京都、郊祀、耕籍、畋猎、纪行、游览、宫殿、江海、物色、鸟兽、志、哀伤、论文、音乐、情，共56篇作品①。

在全部文体之中，赋体居首位。15个门类中，前四个基本上是国家政治活动赋，中间六类是观览咏物赋，最后五类是情志艺文赋。"志"和"情"分离开来，且"情"排在最后一类，反映了儒家正统的文学观念。除了江淹的《恨赋》《别赋》，是梁朝作品，属于哀伤赋的范畴，《文选》赋类并没有录入齐梁时代的作品，而其他文体的选录情况则恰恰相反。《文选》录汉赋21篇、南朝赋7篇。《文选》赋类入选篇目最多的是潘岳的作品，共选七类8篇。

潘岳的赋充分体现了太康文学对形式美的重视，《晋书·潘岳传》中记载："美姿仪，辞藻绝丽，尤善哀诔之文。"②《文选》对潘岳作品的重视程度也反映出同时期文学作品的审美态度，即对形式美的追求。潘岳的赋没有被骈四骊六所限制，但是到了南朝齐梁间，赋的骈化现象非常严重，更加重视辞藻的华丽、场面的铺陈。

这里不得不提"骈文"这种文学形式。南北朝是四六体（骈体文）的全盛时期，骈文是与散文相对而言的，以四六句为主，对仗工整；讲究平仄，韵律和谐；用典丰富。当时"文笔之辨"盛行，骈文占据文章正宗，齐梁时期文人对文章形式美的追求达到了前所未有的高度。黄侃先生说："就永明以后而论，但以合声律者为文，不合声律者为笔，则古今文章称笔不称文者太众，欲以尊文，而反令文体狭隘，致使苏绰、韩愈之流起而为之改更。"③"文笔之辨"在使有韵之文的文坛地位大大提升的同时，也限制了无韵之文的发展。韵律协调、文笔优美、情感丰富的，被看作"文"；而无韵、文笔严肃、思想性强的，被看作"笔"。

而《文选》的编纂者对文采极为强调，基本排除了散文的部分，主要选取骈文。六朝到隋代，骈文一直被提升到文坛正宗的地位，《文选》在骈散分离这一过程中也做出了重要贡献。但是对文的狭隘看法使《文选》的选录标准也遭受过批评和质疑，比如朴学派的章太炎。

齐梁时代的赋作有着"诗化"的特征，具体表现在形式上诗化和思想上抒情化，尤其喜欢抒发男女之情，比如萧纲的《对烛赋》。而《文选》的编纂者们不但强调形式上的华美，而且没有忽视文学作品思想的雅正，所以自然是瞧不上这些存在"泛情主义"弊病的文学作品的，没有大量选录齐梁时期的赋作也在情理之中。

---

① 王德华：《文选赋类序说》，《古典文学知识》，2009年第2期，第93-99页。
② 〔唐〕房玄龄：《晋书》，中华书局，1974年，第1507页。
③ 黄侃：《文心雕龙札记》，华东师范大学出版社，1996年，第53页。

江淹的《别赋》是齐梁赋的一个典型，文饰骈俪整饬，虽注重形式，但不像宫体赋般靡丽。选取离别的七种不同类型来写离愁别绪，反映出南北朝时期战乱异常频繁的社会状况，是题材、主旨非常新颖的抒情小赋。整部作品以悲为美，这是一种极高的艺术审美境界，用环境描写烘托心理活动，并且不同的离别环境所产生的感情是不同的，能让读者产生共鸣，领悟悲情中的美。表达也清新流畅，如"春草碧色，春水渌波，送君南浦，伤如之何"这样的句子，景美情更美，春景与离情是一种血肉充盈的、内容与形式共在的充实与美好，这符合《文选》编纂者对文学作品"文"与"质"方面审美价值的共同要求。

三、《文心雕龙》文质并重的文学理论主张和对齐梁文风的反映及纠正

《文心雕龙》的理论研究肇始于黄侃。除了详细的笔记外，他还研究了《文心雕龙》各章的主题，从而为《文心雕龙》在 21 世纪后半期理论研究的崛起和发展打下了坚实的基础①。儒学文质观的思想来源于孔子，"文犹质也，质犹文也"，这句话是孔子的学生子贡和卫国大夫棘子成的对话。棘子成认为，君子有好的本质即可，不必再有美好的外表、举止，而子贡却认为君子既要注重"文"，也要注重"质"。虽然这是在探讨君子的个人修养问题，但"文质彬彬，然后君子"也成为儒家文学内容与形式并重的一项指导和标准。在魏晋南北朝时代，随着文体分类意识的增强，纯文学与杂文学在这一过程中逐渐相互区别开来，文与质的概念更加明确②。"刘勰的《文心雕龙》，使原有的文学理论体系发生转变，变为以文质结合为核心的体系。"③刘勰在《情采》篇中详细地论述过这个问题。"故情者文之经，辞者理之纬；经正而后纬成，理定而后辞畅。"④ 刘勰认为文采和情理是相辅相成的，两者缺一不可。

"若乃论文叙笔，则囿别区分，原始以表末，释名以章义，选文以定篇，敷理以举统：上篇以上，纲领明矣。"⑤《文心雕龙》的"论文叙笔"部分，从《明诗》篇到《书记》篇，学者称其为"文体论""文类论"。有韵之文和无韵之笔，一共约 30 种体裁。文学作品和应用文的明确划分也是文学迈向自觉的一个重要标志。受篇幅限制，在此只论述文学作品。

论述的文学作品，主要是《明诗》《乐府》《诠赋》三篇，分别就诗歌、乐府、赋三种文学体裁提出了自己的文学观点。在这三篇作品中，刘勰列举了一些以前的文

---

① Zong-qi Cai, *A Chinese literary mind—culture, creativity, and rhetoric in Wenxin Diaolong*, Stanford University Press，2001：227．

② 李金坤：《美学范畴研究的力作——读陈良运教授的〈文质彬彬〉》，《中国读书评论》，2002 年，第 39 – 41 页。

③ 陈良运：《文与质·艺与道》，中国人民大学出版社，1992 年，第 77 页。

④ 〔梁〕刘勰：《文心雕龙》，中华书局，2012 年，第 57 页。

⑤ 〔梁〕刘勰：《文心雕龙》，中华书局，2012 年，第 65 页。

学作品来论证自己的观点，我们也可以通过这些作品，看到刘勰的理论主张。

（一）诗歌

《明诗》篇中，论述的主要是四言诗和五言诗。从"质"的角度，《明诗》篇首先论述了诗歌的本质特征。"诗言志，歌永言""在心为志，发言为诗"，诗歌是用来表达思想、愿望的，这便是诗歌的本质，也是诗歌的思想内容。陆机的"诗缘情而绮靡"，刘勰虽然没有在此处直接提出这一概念，但是他将道家的"自然"引入对于"文"和"质"的看法中。"人禀七情，应物斯感，感物吟志，莫非自然。"这里是说由外部世界激发了诗人的审美兴趣、触发了诗人的情感，这个过程是自然而然的①。接着，刘勰论述了诗歌的作用。在这方面，主要持兴观群怨和美刺这样对于诗歌作用的传统看法。既肯定诗歌的审美作用，也不忽视诗歌"顺美匡恶"的政治功能。唐尧、虞舜、夏商时期，《大唐》是唐尧禅让的颂歌，它的社会功能就是赞颂唐尧。大禹治水有功被歌颂，太康品德败坏被讽刺，用诗歌惩恶扬善，一定程度上体现了人们对于诗歌政治功能的朦胧意识。自商暨周，刘勰提到的《雅》《颂》就是指《诗经》。四始是对诗歌功能做了一个初步划分。春秋时期为了宾主酬答，也为了显示文采，仍要朗诵《诗经》。战国时期《离骚》是屈原表达讽刺所作，汉初的四言诗有匡正讽谏的意义。魏代的《百一》在内涵上刚直挺立，文辞内容奇异，文质兼备，这是刘勰予以肯定的作品。晋代以后的诗歌，在"质"的方面比较薄弱，是刘勰所不认同的，"采缛于正始，力柔于建安"②。文采更加繁盛，而风力更加柔弱。郭璞的《游仙诗》被认为是晋代的佳作，仅仅因为文采雕饰这一点，而玄言诗谈玄说理的内容，于社会功用和现实意义不大，所以在"质"这一点上是不足的。

"俪采百字之偶，争价一句之奇，情必极貌以写物，辞必穷力而追新，此近世之所竞也。"③《文心雕龙》成书于齐末梁初，上面几句对近世诗人们所追求的诗歌特质做了简要明确的概括。可以明确的是，齐梁时期重视文、重视情，艺术审美性在齐梁时期的诗歌上得到了很大体现。齐梁时期的诗人享受闲适的人生，内心清静，不被庶务烦扰。他们没有慷慨激昂的人生态度，所以不求诗歌一定要反映现实，而是把眼光放在诗歌的审美价值上。齐梁文人这种特立独行的精神也使他们能打破传统、勇于创新，创造出"声律论"。从"诗言志"到"诗缘情"，齐梁时期的诗歌在内容上带上了更多个人主义的色彩，是更加艺术化的产品。齐梁诗歌的三大题材是写景、咏物、艳情，这与之前抒发人生志向的诗歌完全不同，侧重点是日常生活中的点点滴滴，分享的是诗人个性化的情感。

齐梁诗歌的代表就是永明体和宫体，以后的很多文学批评家都对这种浮靡、艳丽的诗风做出批评，其重要原因就是齐梁诗歌在表现形式、艺术技巧上的大力追求。永

① 付晓青：《从哲学到文学理论的发展转换》，山东大学硕士论文，2005 年，第 26 页。
② 〔梁〕刘勰：《文心雕龙》，中华书局，2012 年，第 79 页。
③ 〔梁〕刘勰：《文心雕龙》，中华书局，2012 年，第 90 页。

明体追求声律和谐，而宫体诗以统治阶级荒淫的生活为主题、语言雕琢浓艳。与魏晋诗歌相比，内容上缺乏高雅的精神追求和对实现人生价值的进取心。

刘勰虽然肯定诗歌的审美作用，但也非常强调诗歌的社会作用。他肯定那些寓褒贬、反映社会和现实、抒写个人远大抱负的内容。但对于齐梁诗歌充满艳情、世俗的生活气息，他也没有直接否定，可见其新变的诗歌观。

（二）乐府

《乐府》篇重在论述这一体裁的内涵和源流，刘勰的乐府观与他的诗歌观不同，比较保守。"文质并重"的文学理论主张和"崇雅斥郑"的乐府观在《乐府》篇中表现得非常到位。

"故知诗为乐心，声为乐体。乐体在声，瞽师务调其器；乐心在诗，君子宜正其文。"[①] 诗和乐的关系，也就是文与质的关系，在这段话中得到了详尽的体现。诗歌是灵魂，也就是"质"；音乐是形体，也就是"文"。音乐应该和谐悦耳，而歌辞要雅正，表与里、内容与形式在刘勰看来都是非常重要的。需要强调的是，在《乐府》篇中，刘勰对"质"，也就是内容，提出了自己的要求，也就是崇尚诗声具雅，贬斥诗声具郑。

由于这种保守的乐府观，汉魏时期的俗曲民歌，都被刘勰视作郑声。但是实际上这些作品都反映了人民群众的社会生活，虽然与"雅"乐相比，可能会显得市侩粗鄙、下里巴人，但是这些内容翔实、语言朴素的作品具有独特的现实意义，将其直接粗暴地全部否定是有失偏颇的，这一定程度上也反映出刘勰乐府观的局限之处。其至连曹操的《苦寒行》和《燕歌行》都被认为"志不出于淫荡，辞不离于哀思，虽三调之正声，实《韶》《夏》之郑曲也"。刘勰认为曹操的诗感情放荡，文辞哀愁，所以不登大雅之堂，这明显存在不合理之处。可见他的文学审美标准是辞藻华美、音律和谐、内容高雅。但这个"雅"的实质内容就相当局限了，他只是将周朝的雅乐和"中和之音"作为"雅"乐的标准。用周代的乐来要求汉魏的乐府，这显然是简单粗暴的，反映了刘勰乐府观的局限，是不符合文学发展的历史规律的。但从中，我们还是能明显看出在"质"这方面，刘勰对于雅正的追求。

齐梁时期的乐府观能够为刘勰这种崇雅斥郑的乐府观做出具体解释，产生这种文学观念是有其时代背景的。齐梁音乐观继承了儒家传统，强调音乐的教化功能、道德作用，是一种明显的崇雅斥俗的音乐观。这种崇尚先秦雅乐、反对汉以后的宫廷音乐、对民间歌曲试图避而不谈的观念在当时已经成为一种主流。东晋、刘宋时期所作的大部分乐歌仍然遵循民谣风格，但是到了齐梁时代，乐府不断雅化、宫廷化。这多半是因为齐梁时期上层社会音乐消费水准大幅提高。以梁武帝为首的宫廷音乐集团还新制了吴声歌词，编创了新西曲，俗乐正经历着雅化的改造。梁武帝即位后作西曲《襄阳蹋铜蹄》其三"龙马紫金鞍，翠眊白玉羁。照耀双阙下，知是襄阳儿"，描写

---

① 〔梁〕刘勰：《文心雕龙》，中华书局，2012年，第92页。

了一个英姿飒爽、建功立业的襄阳儿。这里可以看出乐府歌词内容已经慢慢地开始突破表现男女情爱的局限，语言和意蕴走向雅化。

（三）赋作

《诠赋》篇中，刘勰在理论上将问题阐述得非常深刻，但是在"选文以定篇"上，存在理论与实践脱节的地方，尤其是对于汉代辞赋的论述，更多重视华丽的辞藻，忽视其在"雅义"方面的追求，在对于汉赋的认识上，也存在着既赞美又批判的态度。他推出十位辞赋英杰，除了宋玉、荀卿，其他都是汉代大家。"枚乘《菟园》，举要以会新；相如《上林》，繁类以成艳；贾谊《鹏鸟》，致辨于情理；子渊《洞箫》，穷变于声貌；孟坚《两都》，明绚于雅赡；张衡《二京》，迅发以宏富；子云《甘泉》，构深玮之风；延寿《灵光》，含飞动之势。"① 刘勰认为上面的汉赋作品体制宏大、文采绚丽、说理透彻，从这个方面上我们也能看出刘勰对于文采一以贯之的重视和要求，这也是齐梁时期文学的一个偏好。但是在此处极力渲染这些汉赋辞采华茂、文采飞扬，与下文的理论阐述并不相符。

"情以物兴，故义必明雅；物以情观，故辞必巧丽。丽辞雅义，符采相胜。"② 在赋的写作要求上，刘勰依然提出了"文质并重"的标准。在理论上，刘勰认为，赋的内容要清明雅正，而文辞一定要巧妙华丽。刘勰批评那些只追求文辞华丽的人，认为这样无助于教化和讽谏。但是在上一段评价著名的汉赋作品时，对于汉赋思想内容方面，也就是"质"，刘勰并没有进行批判，只对其文采加以赞美而未对其思想进行批评，这在一定程度上体现了理论在实际运用上的不到位之处。

《文心雕龙》作为一部文艺理论著作，在选择代表性作品论述时，考虑更多的是选录的作品在文学批评史上的地位和意义，所以在"质"方面对于文学作品提出内容雅正的要求就不奇怪了。而雅正的文学思想正是齐梁时期所缺乏的一种文学内涵，这一定程度上也反映出刘勰通过撰写文学理论著作，对当时文风浮靡、形式华丽而思想庸俗空洞的社会文学风气进行批评和纠正。虽然说结果并不一定如他所期望的那样发展，因为我们知道，齐梁时期文学的一个很重要的意义就是为唐朝文学的空前繁荣奠定基础，但是文学理论家、文学批评家身处那个时代，对于文学风格的深刻认识、对文学思想和形式的极力追求、对当时文学市场的不规范现象进行批评和试图纠正的这种高度的敏锐力和强烈的责任心，非常值得肯定，对后世有着深远而广泛的影响。而在文采这方面，刘勰也提出了非常高的要求。

 结语

《文选》是文学作品选本，目的是辑录各个时代、各类文体的优秀作品，是从创作的角度出发的；而《文心雕龙》是文学理论著作，主要是研究各类文体的发展和

---

① 〔梁〕刘勰：《文心雕龙》，中华书局，2012年，第368页。
② 〔梁〕刘勰：《文心雕龙》，中华书局，2012年，第576页。

创作要求，是从文学理论角度出发的。

　　《文选》在选录作品时强调形式的严整和内涵的审美性，而《文心雕龙》认为在追求形式美的同时不能忽视文学作品内容的雅正，并对南朝绮靡艳丽而思想空洞的文风表达了不赞同。齐梁文学重形式、轻风骨，文人们把新变的内容纷纷指向文学形式，不免有华而不实之嫌。《文选》和《文心雕龙》均产生于齐梁之际，受到齐梁时期重视文学形式、崇尚华丽的文学审美观影响，这是不可避免的。但是，《文选》在选录文学作品和《文心雕龙》在"选文以定篇"时，都将作品的形式与内容放在同等重要的位置上，这折射出以萧统为首的编纂者对文学形式的重视；以刘勰为代表的文学理论家、批评家，对齐梁时期重文采、轻风骨文学风气的反对和纠正的意图。另外，齐梁文学虽然极力强调形式，存在泛情的弊病，但也不是一无是处。泛情主义虽然与儒家正统文学思想关注社会国家的责任感背道而驰，但个人意识的觉醒、张扬为唐代文学的滥觞孕育了情感基础和创作条件，这一点还是值得肯定的。

《文心雕龙》引用辞格探究

郭梦晴·扬州大学文学院

《尚书》是我国的政书之祖、史书之源，在中华传统思想文化中占据着重要的地位，是研究我国上古历史、哲学、思想文化的重要依据。《尚书》被誉为"七经之冠冕，百氏之襟袖"①。正因为《尚书》有如此重大的影响力，所以古往今来有不少大家都在自己的著作中引用《尚书》，借此表达自己的观点和主张。《文心雕龙》中有大量征引《尚书》的内容，其形式多样而内涵丰富。从引用修辞这个角度去探析《文心雕龙》对《尚书》的引用，对于丰富引用修辞格的研究及尚书学研究，有切实的价值。

一、国内研究现状分析

《文心雕龙》作为中国文学理论批评史上第一部具有完备的逻辑体系的文艺理论专著，在1500多年的发展历程中，以其精深的创见和丰富的内容吸引无数学人投身研究，甚至形成了一门专门的学科——"龙学"，构建了庞大的龙学研究体系。

1. 《文心雕龙》与《尚书》之关系的研究现状

虽然有学者论述《尚书》与《文心雕龙》之关系，但很少有专门的著作对此做全面研究，一般分散在其他注释或者《文心雕龙》的著作中，如复旦大学王运熙教授、四川大学杨明照教授等。王更生在《〈文心雕龙〉述〈书经〉考》中，指出《文心雕龙》引《书经》124条，采用的引经方法有本经缩传以为文、截取经文而寓意无关、杂糅经文扩大原意、引经衡文与史官不合等。河南大学文学院的张晓飞在2006年的文章《从〈尚书〉到〈文心雕龙〉看情志观的演变》中有提到《文心雕龙》引《尚书》的情况。2008年江西师范大学张晓峰的硕士论文《〈尚书〉经传对〈文心雕龙〉的影响》从文艺学的角度全面考察了《尚书》对《文心雕龙》的影响。

---

① 〔唐〕刘知几撰，张振珮笺注：《史通笺注》，贵州人民出版社，1985年，第120页。

论文的主体有三个方面：一是《文心雕龙》的创作宗旨与"辞尚体要"；二是《尚书》的文体分类与刘勰的"文体本色类"；三是《册魏公九锡文》受《尚书》影响考论。2011 年华中师范大学袁芬的硕士论文《〈文心雕龙〉引经书〈考〉》考察《文心雕龙》引《周易》《尚书》《诗经》，"三礼"《春秋》三传的情况，并在统计《文心雕龙》引《经》书的基础上，简单分析《文心雕龙》引经的特点。2011 年内蒙古师范大学的高林广发表了《〈文心雕龙〉的〈尚书〉批评》一文。高林广认为，"在中国文学史及文学批评史上，《文心雕龙》第一次细致地从文学角度论述了《尚书》的特点和价值"。他从"《书》的文学特征""《书》的语言艺术""《书》的文体意义"三个方面来论证《尚书》的文学特点和文学价值。2014 年扬州大学贾学鸿发表了《从法学命题到文学理论的历史演变——论〈尚书〉和〈文心雕龙〉中的"辞尚体要"》一文，从"辞尚体要"这一个微观视角探讨了《文心雕龙》与《尚书》的一些关系。以上这些论著或者论文从文艺学角度或者文献学角度来论析《文心雕龙》与《尚书》的关系，虽然也有部分文章介绍了引用情况，但没有以《文心雕龙》引用《尚书》为切入点来研究《文心雕龙》的引用修辞。

2.《文心雕龙》修辞的研究现状

基于修辞理论研究《文心雕龙》的论文、论著在《文心雕龙》相关学术论著中占比较少，并且起步较晚。在中国知网上查找 21 世纪以来关于《文心雕龙》修辞的研究论文，共发现 26 篇，大都是从整体上讨论刘勰的修辞思想理论、修辞原则等。其中 2015 年武汉大学何越鸿的博士学位论文《〈文心雕龙〉修辞研究》从积极修辞、消极修辞和修辞风格等三个方面入手，梳理《文心雕龙》修辞理论及创作实践，探讨了积极修辞中的对偶、用典、比喻、夸张等辞格及音趣、形趣等辞趣，消极修辞中的练字、虚词选用、篇章衔接与连贯等原则。何越鸿还对《文心雕龙》与唐代刘知己的《史通》进行点与点的纵向比较，并且选取了王利器的《文心雕龙校正》进行个案分析，总结了《文心雕龙》的修辞影响和地位。何越鸿这篇论文角度新颖，逻辑严密而内容完整。

二、《文心雕龙》引《尚书》考

引用修辞是一种源远流长、内涵丰富、功能多样的辞格。在现代学术界，陈望道先生在《修辞学发凡》中的定义——"文中夹插先前的成语或故事的部分，名叫引用辞"[①] 被学者们普遍认同；而在《汉语修辞格大辞典》中"引用修辞"的定义是这样的："说话或行文中引用他人言论或文献，以增强语言说服力和感染力，阐明自己的观点或抒发感情的一种修辞方式。又称引语、引证。"[②] 可见，引用可以简单划

---

① 陈望道：《修辞学发凡》，复旦大学出版社，2008 年。

② 谭学纯，濮侃，沈孟璎主编：《汉语修辞格大辞典》，上海辞书出版社，2010 年。

分为引辞、引事两种；引用的主要作用是有利于自己的表达，增强语言感染力，正如荀子在《大略》中所言"言语之美，穆穆皇皇"。刘勰的文学思想，以"五经"代表的儒家思想为根基，也就不可避免地受到"五经"之一《尚书》的巨大影响。在《文心雕龙·事类》中，刘勰指出"盖文章之外，据事以类义，援古以证今者也"①。在刘勰看来，引用就是用来说明义理、论证今事的。

引用修辞的划分标准有很多，通过不同的标准，可以得到不同的分类。一般较常见的是按内容划分为"引事"与"引辞"，按形式划分为"明引"与"暗引"，按功能分为"正引""反引"与"借用"等②。在《文心雕龙》对《尚书》的引用中，刘勰根据不同的需求采取不同的引用形式。据统计，《文心雕龙》征引《尚书》共127次，按引用形式各举数例如下。

（一）明引类

明引有明确的典源出处，或者典籍的名称，或者说话人的名字，一般都有明确的形式上的引用标记，如"云""曰""称"等。

1. 原文未改动，有篇名出处

如《征圣》篇"《书》云：辞尚体要，弗惟好异。"原文出自《尚书·毕命》："政贵有恒，辞尚体要，不惟好异。"在这里，康王是针对当时奢靡、浮华的社会风气对毕公提出告诫，要他不受不良社会风气的影响，能够坚持政治有恒，言辞精要，进而改良社会风气，达到移风易俗的目的。而刘勰引用此句，却与原意不太一致，刘勰想要说明的是写文章抓住要点才能安排好语言，要避免单纯追求奇异的效果。

再如，《议对》篇："《周书》曰：议事以制，政乃弗迷。"引自《尚书·毕命》，原文为"议事以制，政乃不迷"。"弗"，应为"不"。这里明言引典，并且因为改换了字词，也属于改引的引用形式。这里说明议事要根据古义加以评议，只有这样政事才不会迷乱。

2. 有原文无篇名，读者可通过《书》中的言说者或者事来知晓引用的源头

《史传》："彰善瘅恶，树之风声。"原文来自《尚书·毕命》："彰善瘅恶，树之风声。"本句强调历史的重要性：表扬好的，抨击坏的，以此树立良好的正义风气和引领正义的形象。这也属于直接引用。此句上文有"洎周命维新""诸侯建邦，各有国史"，这些就提供了引用源头的信息。再如同一篇的"牝鸡无晨，武王首誓"中的"牝鸡无晨"就引自《尚书·牧誓》的"王曰：古人有言，曰牝鸡无晨"。虽然没有提到《尚书》或者《牧誓》，但后一句"武王首誓"就表明了引文的出处。

（二）暗引类

1. 引中复引例

如《史传》篇："古者，左史记事者，右史记言者。言经则《尚书》，事经则

---

① 周振甫：《文心雕龙今译》，中华书局，2005年。以下凡引自《文心雕龙》的原文皆引自此书。
② 谭学纯，濮侃，沈孟璎主编：《汉语修辞格大辞典》，上海辞书出版社，2010年。

昭明文苑 增华学林——《文选》与《文心雕龙》国际学术研讨会论文集

《春秋》。唐虞流于典、谟，商夏被于诰、誓。"此处引用用来点明《尚书》的性质。"典""谟"指的是《尚书》中的《尧典》《皋陶谟》等历史政史文献，"诰""誓"则指的是《尚书》中的《甘誓》《泰誓》《康诰》等。这也是一种引用。"言经则《尚书》"中"《尚书》"引用了整体的书名，也是引用。

2. 改引例

改引的方式有很多种，如增加或删掉字词，改换字词，字词顺序的调换及化引等。刘勰用当时流行的骈体文来写《文心雕龙》，因而在书写过程中，会对引用的原文加以改造，以适应四六语体。如《文心雕龙·檄移》："夫兵以定乱，莫敢自专。天子亲戎，则称恭行天罚；诸侯御师，则云肃将王诛。""恭行天罚"引自《尚书·甘誓》的"今予唯恭行天之罚"，这里就不是直接引用，而是删减掉"今予唯"和"之"以符合语体要求。这种削减的前提是以文意为指导，符合表达的需要。在这里刘勰想要强调出兵平乱的严肃性和庄重性，出兵平乱是国家大事，所以即使天子亲自带兵出征，也要有一个正当的理由，来说明战争的合法性和正义性。"恭行天罚"意即讨伐出征是上天的意旨，是不可阻挡的。简单地引用核心的四个字既能使表达更简洁，也符合骈体文的形式。"诸侯御师，则云肃将王诛"引自《尚书·泰誓上》"皇天震怒，命我文考，肃将天威，大勋未集"，以及《尚书·君奭》"后暨武王，诞将天威，咸刘厥敌"。说明诸侯出征讨伐是依帝王的命运来的。这里刘勰引用《尚书》经文，是为了说明檄移的源起，强调檄文是军事行动的先导文和宣传片，师出有名，强调战争的必要性，才能提高士兵战斗力，进而增加胜利的可能性。再例如，《文心雕龙·宗经》："励德树声，莫不师圣。""励德"来自《尚书·大禹谟》中"皋陶迈种德"一句，"树声"引自《尚书·宗经》"彰善瘅恶，树之风声"，两个词都是从两个完整的句子中摘引出来并重新组合的，强调的都是力行道德、树立风声，从结构上有重复以增强感染力的效果。《文心雕龙·谐隐》中有"大者兴治济身，其次弼违晓惑"，其中"弼违"一词出自《尚书·益稷》"予违汝弼"，含义即为"我（帝王）犯了过错，你应当按照正义的原则来辅政我"。刘勰引用时调换了"违"和"弼"的顺序，并且只摘取了这两个字，意思不变，是为改引。这些丰富多彩的引用方式也证明了刘勰对自身"事类"理论的实践。刘勰强调用典要经过思量和考核，才能达到自然恰当、"用人若己"的修辞效果。

3. 对引例

"及大禹成功，九序惟歌；太康败德，五子咸怨：顺美匡恶，其来久矣"句提到了《尚书》中的《大禹谟》《五子之歌》。《大禹谟》记录的是古代君臣对政事的讨论，引语原文是"德惟善政，政在养民……九功惟叙，九叙惟歌。戒之用休，董之用威，劝之以九歌俾勿坏"。强调的是君主必须以民为本、爱护百姓、以德治国，政治美好就可以产生美言；《五子之歌》是五个弟弟为劝诫沉迷游乐不理国事的太康而作的怨恨之辞。刘勰以此说明诗歌从起源时期就具有扬善讽恶的美刺作用，诗歌抒情言志要"顺美匡恶"。这种从正反两方面引用对比的形式就叫"对引"，它能够在鲜明的对比中凸显作者的思想观点，增强表达效果。

4. 文义复引例

所谓"文义复引"，指的是对同一段引文引用了两次或者两次以上。

（1）后文重见

如《征圣》："《书》云：辞尚体要，弗为好异。"此句引自《尚书·毕命》。后来，同一引用在《序志》中又提到了，"盖《周书》论辞，贵乎体要"，这里抓住了最关键的词语"体要"。前一引用较详细，后一引用较俭省，符合用笔的规律。

（2）义有偏重

《原道》篇："莫不原道心以敷章。"这里的"道心"指自然之道的基本精神，引自《尚书·大禹谟》："人心惟危，道心惟微。"此处"道心"指合乎道义的思想精神，这里指的是"人心动荡不安，道心幽暗难以名状"。《原道》此处引用只引用了"道心"一词。在《宗经》篇中也有"然而道心惟微，圣谟卓绝"，这里意指"自然之道的精神十分微妙"，就是直接引用"道心惟微"一句。刘勰根据自己论说的需要侧重不同的引用偏向。

5. 引词例

在《声律》中，有"声得盐梅，响滑榷榆"，这里引用的是《尚书·说命下》中的"若作和羹，尔惟盐梅"。此处只引用了"盐梅"一词。盐和酸梅，用以衬托榆实、堇菜，只要调配得当就会得到美味爽滑的美食，刘勰认为声韵的搭配就要像盐梅一样。此处用滋味来比喻文章中的声韵，形象地说明声韵调和对于文章的重要性。

6. 概引例

因为原文故事内容较繁杂，或者论说的道理过于烦琐复杂，引用时概括其要点，就叫作"概引"。

例如，《章表》篇有言："思庸归亳，又作书以赞。"这句话讲的是殷商时期太甲即位后，听从伊尹规劝，思念常道，回归京城，于是伊尹又作《太甲》赞扬他。引文出处《太甲上》："太甲既立，不明。伊尹放诸桐。三年复归于亳，思庸，伊尹作《太甲》三篇。"《太甲中》："惟三祀十有二月朔，伊尹以冕服奉嗣王归于亳。"《太甲下》："呜呼！惟天无亲，克敬惟亲。民罔常怀，怀于有仁。"这也是关于伊尹劝诫帝王的言论。刘勰用简洁的语言概括这三篇的主要故事，目的就是为了说明在这个时期，章、表这种文体已经确定了。这种概引有的放矢，去芜存精，使说理简洁明畅。

再如，《章表》篇："固辞再让之请，俞往钦哉之授。"此句引用来源于《尚书·舜典》和《大禹谟》中的三个典故。在《尚书·舜典》中有尧禅位于舜而舜不肯接受的故事，也有舜让伯夷掌管礼仪而伯夷叩首辞让、舜回答"俞，往，钦哉"的事件。类似的事情在《大禹谟》中也有，舜想把帝位传给大禹时，大禹的反应也是"禹拜稽首，固辞"。刘勰把这三个自谦请辞的典故融为一起，简言概之，得其精要，达到了以简驭繁的效果。

三、《文心雕龙》引《书》的审美功能

《事类》是刘勰专门开辟篇章论证"事类"的。"事类"即用典，相当于现代汉语中的引用修辞。刘勰从功能角度给"事类"下定义："事类者，盖文章之外，据事以类义，援古以证今者也。"刘勰在这里说明了引用的内容有典故古事和古语，引用的作用是说明义理、论证今义。《文心雕龙》作为中国文学史及文学批评史上的重要的文学理论专著，博采众长、征引丰富成就了它博大精深的内容及丰富的审美特色，这一点在《文心雕龙》征引《尚书》上体现得尤为明显。

（一）崇古美

历史上的古代中国，以自给自足的小农经济为社会发展模式，以宗法制度和血缘关系为家族和社会的纽带，创造了上下五千年博大精深、薪火相传的传统文化，形成了崇拜祖先和敬仰圣贤的思想。因为这种精神羁绊和文化心理，引用古圣先贤的典故和言论就能够增强自己观点的说服力，为自己的主张增添依据和崇古美、典雅美。引用的发展演变有着悠久的历史。在春秋时期，贵族们在政治生活中就经常引用《诗经》中的诗句来委婉表达自己的观点，以体现文雅含蓄的风范。

《尚书》作为中国最古老的政治资料汇编，内容丰富，在文化典籍中地位崇高。《文心雕龙》引用《尚书》，能够极大地增强论说的崇古美。例如，在《正纬》篇中，"马龙出而大《易》兴，神龟见而《洪范》耀"就引用了《尚书·洪范》"天乃锡禹《洪范》九畴，彝伦攸叙"这个典故，用古代权威典籍中的事例来表示今义，显得典雅而庄重。在《文心雕龙·辨骚》篇中，刘勰提到"昆仑流沙，则《禹贡》敷土"，意即登昆仑山、过沙漠是从《禹贡》中关于大禹治理九州国土的记载中得来的。此句引自《尚书·夏书·禹贡》"禹别九州，随山浚川，任土作贡。禹敷土，随山刊木，奠高山大川"，这里讲的是大禹根据山水确定九州疆域。刘勰引用此典故，化繁为简，拓展了论说的历史深度，增强了文化底蕴。

（二）简洁美

我国古代第一本修辞学著作《文则》由南宋陈骙所著。陈骙崇古尚简，认为"凡事以简为上，言以简为当"。言语形式简洁的同时不能忽略内容的饱满，因此，真正的简洁美需要达到"辞约义丰"的要求。刘勰引用事典言典，用简洁的语言表达丰富的内涵，提高了语言的表达效果，使读者读来饶有韵味，能感受到简洁之美。刘勰关于引用的观点态度在《事类》中描写得比较具体。刘勰表明引用要"取事贵约""故事得其要"，所以在引用《尚书》中，也贯彻了他的引用原则。例如，在《时序》篇中，"有虞继作，政阜民暇，薰风咏于元后，烂云歌于列臣"。此句引自《尚书大传》中舜和臣子们唱和《卿云歌》的典故，舜和臣子们唱和的歌词被浓缩在"烂云"一词中，言简意赅，令读者联想到歌声的快乐美好，进而表明了政治时代对于文学的影响。

（三）含蓄美

汉民族是一个含蓄内敛的民族，"含蓄中庸"既是汉族人性格的显性特征，也是汉族人在社会交往中所遵循的基本原则。究其根本，农耕文明、自给自足的生活生产方式、追求中庸的儒家文化是重要的原因。如《书记》："《牧誓》有言：'古人有言，牝鸡无晨。'"这句话引自《尚书·牧誓》，原文是"古人有言曰：'牝鸡无晨；牝鸡之晨，惟家之索。'"用自然界的反常现象来进行比喻，强调妇女主持或者干预国家大事会损害国运。刘勰引用这句话，就是为了说明谚语的重要性，进而反衬文章的重要性。刘勰没有直接说明，而是用一个形象生动的古谚来间接表达，这就体现了含蓄美。

综合来看，《文心雕龙》对于《尚书》的引用，相对集中于"文体论"的篇章，《宗经》《史传》《诏策》《才略》这些篇目中引用的数量也很多。从引用方式来看，暗引占引用的主流。《文心雕龙》引《尚书》，其引用方式多样而内容广博，不但可以佐证刘勰的宗经思想，而且可以从一个切面了解到魏晋南北朝时期引用修辞对于以往的继承与发展。从这个角度探究引用修辞实践，对于了解引用修辞的演变具有重要的价值。

渗透在日本早期汉文学里的"双文"之概观

——以《本朝文粹》的"天象"之赋为主

海村惟一·日本福冈国际大学

绪言

本文是藤原明衡（989？—1066）《本朝文粹》综合研究的个案之一。《本朝文粹》可以说是日本汉文学意识成熟的标志"文选"，即日本《文选》的诞生，收集了平安时代名家汉诗文大作 427 篇，其中有不少公文书范的作品，可以作为故实典例的参考。可见，此书有文学启蒙和行政使用两重功能。本文主要以其中卷之一的"赋"作为调研考察的对象，重点考察"双文"，即《文选》《文心雕龙》对平安时代"赋"的渗透状况。

一、《本朝文粹》概观

《本朝文粹》为藤原明衡所撰的平安中后期汉诗文集，其所收录的公文书为后世之写作模范。以所收的公文书考之，推定此书编定于康平（1058—1065）年间，乃藤原明衡晚年官拜文章博士、东宫博士之际所编。书名仿宋代姚铉《唐文粹》而命之。其分类虽仿《文选》而列 39 类，但其所录文章、和歌、佛教原文，盖欲适合当时日本的实情而为。

文体多为四六骈俪文，其中公文书则为故实典例之用。其主笔者有菅原道真、菅原文时、大江匡衡、大江朝纲、大江以言、纪长谷雄、纪齐名、源顺、兼明亲王、都良香等。

江户时代以后，骈文式微，故此书亦不为世重。但是，作为镰仓时代传记读法的流传，仍然是了解平安时代的思潮与文学意识的贵重史料。其目录如下（数字是各小分类的篇数，括号内的数字是该大类的总篇数）：

卷第一：

赋：天象4、水石2、树木2、音乐1、居处1、衣被2、幽隐2、婚姻1（15）；

杂诗：古调6、越调2、字训2、离合1、回文1、杂言1、三言1、江南曲1、歌3（28）；

卷第二：

诏6、敕书1、敕答7、位记2、敕符3、官符3、意见封事3；

卷第三：

对册26；

卷第四：

论奏2，表上14，表下6；

卷第五：

表下【附辞状】：辞左右大臣13、致仕4、辞封户3、返随身1、辞女官1、辞状4（26），奏状上：建学馆1、佛事5（6）；

卷第六：

奏状中：申官爵付申执政人21、申让爵2、申学问料3（26）；

卷第七：

奏状下：左降人请归京1、省试诗论4（5）、书状17；

卷第八：

书序6，诗序一：天象11、时节14、山水6；

卷第九：

诗序二：帝道2、人伦3、人事8、祖饯8、论文14、居处1、别业1、布帛1、灯火1；

卷第十：

诗序三：圣庙2、法会6、山寺付僧房5、木33；

卷十一：

诗序四：草18、鸟5、和歌序付序题11；

卷十二：

词1、行1、文1、赞5、论1、铭9、记5、传2、牒5、祝文1、起请文1、奉行文1、禁制文1、怠状1、落书2；

卷十三：

祭文【在供物】3、咒愿文2、表白文1、发愿文1、知识文1、回文1、愿文上：神祠修善2、供养塔寺4、杂修善6；

卷十四：

愿文下：追修15、讽诵文6。

以上，共收录平安朝初至中期之各式汉诗文427篇、14卷。其现行的主要注释专著有：小岛宪之校注《本朝文粹》（岩波书店日本古典文学大系 69，1964 年），柿村重松《本朝文粹注释》（上、下）（富山房，1982 年），大曾根章介、金原理、后藤昭雄校注《本朝文粹》（岩波书店新日本古典文学大系 27，1992 年），身延山久远寺（在今山梨县）藏本。

二、"天象"之赋：菅三品《纤月赋》

菅三品[①]的《纤月赋》收录在卷第一《赋》天象类之首，可见其受重视的程度。全文如下：

> 瞻彼新月。有微其状。揽之不盈手。皎皎之光未舒。仰之则在眸。纤纤之质可望。若乃风冷中秋。日沉西海。伴星榆兮。片影因兹而见。随历英兮。孤姿于是乎在。

> 观其以阴为位。成像于天。彼合璧之有始。谅推轮于向前。德也不孤。暗知珠胎之未有实物也有渐。豫验金魄于将圆。及夫影倒秋江之浦。光倾暮山之巅。游鱼疑沉钩于碧浪。旅雁惊虚弓于紫烟。矧夫高秋易感。良夜未眠。窥先娥之容辉。尚秘绰约。讶静女之眉态。空迷婵娟。

> 士有一出董帷之内。再拜庚楼之西。虑就盈之所基。慎终如始悟。忌满之可法。见贤思齐。犹怪攀桂枝于迟暮。独遑惶而凄凄。

柿村重松的研究成果表明[②]，此作有 21 种中国古籍及 34 个典故渗透在菅三品的《纤月赋》里。其中，《文选》就有 12 个，占其总数 30%。渗透 2 个典故的典籍有《诗经》《易经》《楚辞》《论语》，各占 5.9%；渗透 1 个典故的典籍有 16 种之多[③]。因此可见，菅三品《纤月赋》的深度在《文选》，广度在 20 种的经、史、子、集四部。

此赋有三段 17 句，平均每句有 2 个典故。我们来看第一段，共有 5 句。其中有 3 种中国古籍的 5 个典故渗透其中，而《文选》就有 3 个典故渗透其中，占 60%，即《文选》的陆机"揽之不盈手"；古诗"明月何皎皎"；鲍照"纤纤如玉钩"。唐王初《即夕》诗："星榆才乱绛河低。"《竹书纪年》："历英。"

尽管渗透在菅三品《纤月赋》里的中国古籍有 21 种之多，并涉及经、史、子、集四库，然而并没有《文心雕龙》的痕迹。

---

① 菅三品，即菅原文时（899—981），日本平安时代文人，政治家。右大臣菅原道真之孙。大学头菅原高视次男。官从三位式部大辅。编纂《叙位略例》《撰国史所》。

② 参见柿村重松：《本朝文粹注释》（上），富山房，1982 年。

③ 参考附录表 1 之左。

三、"天象"之赋：源英明《纤月赋》

源英明①约早于菅三品半个世纪去世，但他的《纤月赋》收录在卷第一《赋》天象类的第二篇，可见其受重视的程度不如菅三品。全文如下：

> 初月生。暮天旷。未舒皎皎之影。唯悬纤纤之状。遥仰汉曲。无金波之能流。渐挑帘帷。有玉钩之可望。

> 观夫飞鹊犹慵。喘牛何在踈于破镜之姿。宁见如圭之彩。继彼落日。虽诚阴精之至微。居此众星。遂知明德之百倍。

> 然则生魄忽尔。分光璨焉。照临犹薄于下土。著明未暨于上弦。蛾眉婵娟。徒写妆娃之黛。兔魄约略。谁貌纨扇之圆。望之则在眼。揽之不盈拳。催游心于秋香。庾楼犹暗。驰清兴于晚籁。王船不前。勿嫌微细于方寸之地。欲期满盈于三五之天。

> 懿乎清旻眇眇。爽气凄凄。夕漏欲移。虽玩片质于云底。夜境渐静。遂失孤形于山西。又无仙娥之可伴。无情悄悄又凄凄。

柿村重松的研究成果表明②，有 18 种中国典籍 43 个典故渗透在源英明《纤月赋》里，其中《文选》就有 16 个典故，占其总数 37.2%。渗透 9 个的典籍有《诗经》，占 20.9%；渗透 2 个的典籍有《易经》《晋书》，各占 4.7%；渗透 1 个典故的典籍有 14 种之多。由此可见，源英明《纤月赋》的深度在《文选》，广度在 17 种的经、史、子、集四库。

此赋有四段 15 句，平均每句有 2.9 个典故。我们考察第一段，其有 3 句，渗透着 4 种中国典籍 7 个典故，而《文选》就有 4 个渗透其中，占 57.1%。有《文选》古诗"明月何皎皎"；鲍照"纤纤如玉钩"；昭明太子"汉曲"。《诗经》"旷"。《汉书》"金波"。祖咏诗"秋天闻好鸟，惊起出帘帷"。

尽管渗透在源英明《纤月赋》里的中国古籍有 18 种之多，并涉及经、史、子、集四库，然而没有《文心雕龙》的痕迹。

四、"天象"之赋：菅赠大相国《清风戒寒赋》

菅赠大相国即菅原道真③的《清风戒寒赋》收录在卷第一《赋》之天象类的第

---

① 源英明（？—939），日本平安时代汉诗人。三品齐世亲王之子。官从四位上左近卫中将。著《慈觉大师传》。

② 参见柿村重松：《本朝文粹注释》（上），冨山房，1982 年。

③ 菅原道真（845—903）是日本平安时代的学者、汉诗人、政治家。参议菅原是善（812—880）三男。长于汉诗，被日本人尊为学问之神。33 岁时被任为文章博士。醍醐天皇时晋升为右大臣，但受到左大臣藤原时平的谗言，被贬到九州太宰府担任权帅（太宰府副帅），后抑郁以终。编纂《类聚国史》。他亦是六国史之一《日本三代实录》的编者，此书于延喜元年（901）完成。

三篇，可见其受重视的程度不如菅三品。全文如下：

　　风也凄凉。岁夫徂迈。彼号令之幽律。乃陶钧之警戒。政平朝野。欲偃苍生以草从。人袭德馨。何贪紫臭于兰败。

　　原夫明在天之悬象。叶惟帝之仰观。大块何以验诸。青□乍动。庶民于焉见矣。素节斯阑。始虽殉末。终可履端。露往霜来。其道如归于成岁。日徐月疾。其行不辍于恶寒。

　　于是灰管冈违。火星相守。对苍苍以感蒹葭。寻凛凛而伤蒲柳。土圭景急。四骊之骤无前。沙漠云迈。旅雁之宾在后。既而遇境神驰。随时意移。龙鳞露凝。推竹席于疏薄。兔魄尘暗。捐纨扇于别离。物之用舍。天亦施为。且夫物我同生。行藏递至。瑾户资始。愧处身之类昆虫。蘙家不遑。惊迴眼之见天驷。未从事以成功。宁责躬而求备。

　　矧乎山则丹青炳矣。水则左右流之。洞庭波白。燕塞草衰。俾夫云雾轻身。窥列子之言驾。澼洴授手。问宋人之不龟。业归有道。功恐失时。故能月令行。阳气降。风者汎也。引飒然于大虚。民者冥也。申欽若于穷巷。

　　至哉。时属委委。孰谓秋气如惨。恩均挟纩。非唯春日载阳。盖所以惜流年以贪急景。岂止失待坚冰而履早霜而已。

　　柿村重松的研究成果表明①，有 24 种中国典籍 66 个典故渗透在菅赠大相国的《清风戒寒赋》里，其中《文选》就有 9 个占其总数的 13.6%；8 个的有《诗经》，占 12.1%；7 个的有《易经》占 10.6%；4 个的有《书经》《礼记》《春秋左氏传》《论语》《白氏文集》各占 6.1%；3 个的有《庄子》占 4.6%；2 个的有《国语》《楚辞》《汉书》《晋书》，各占 3%；1 个的有 11 种之多。因此可说，菅赠大相国《清风戒寒赋》的深度在《文选》《诗经》《易经》，广度在 21 种的经、史、子、集四库。

　　此赋有七段。第一段有 3 句，其中渗透着 10 种中国典籍 11 个典故，平均每句有 3.7 个典故，渗透力度极大。由此可见，《文选》2 个，《白氏文集》《诗经》《易经》《汉书》《毛诗正义》《书经》《论语》《韩非子》王融等 11 个中国典故渗透其中，《文选》占其总数的 18.2%。

　　尽管渗透在菅赠大相国《清风戒寒赋》里的中国典籍有 24 种之多，并涉及经史子集四库，然而并没有《文心雕龙》的痕迹。

五、"天象"之赋：纪纳言《春雪赋》

　　纪纳言②的《春雪赋》收录在卷第一《赋》之天象类的第三篇，可见其受重视

---

① 参见柿村重松：《本朝文粹注释》（上），富山房，1982 年。
② 纪纳言（845—912），即纪长谷雄，日本平安时代公卿、文人。弹正大忠纪贞范之子。官从三位中纳言。编纂《菅家后集》《延喜格式》。

的程度不如营三品。全文如下：

　　雪之逢春。深不过尺。一时于山涧。同色于沙碛。凝地而才没马范。满庭以渐封鸟迹。或逐风不返。如振群鹤之毛。亦当晴犹残。疑缀众狐之腋。观夫皎然影乱。飘尔质轻。悬天有色。坠地无声。埋园蔬而稚牙自没。掩门柳而老絮相惊。乍助书帷之夜光。缥帙自照。忽入妆楼而朝舞。粉匣尽盈。况亦摇飏于和暖之中。纷飞于烟云之表。点人皆催二毛之年。拂窗未辨孤月之晓。裹花钩而珠帘映。望画梁以玉尘绕。参差落水。暗伴负冰之鳞。聚散遍林。欲闭宿巢之鸟。既而地毛肥。土膏施。农亩普液。泉脉远被。岂止宿墙阴而夕寒。忽能混郊外之淑气。适在迟日之可乐。还知丰年之致瑞。

柿村重松的研究成果表明①，渗透在纪纳言的《春雪赋》里的中国典籍有 22 种 29 个典故。其中比率最大的是《白氏文集》，4 个，占总数的 13.8%；2 个的有《文选》《诗经》《春秋左氏传》、庾信，各占总数的 6.9%；1 个的有 17 种之多，典籍有 8 种，文集有 9 种。这些个人文集的大量渗透，说明了平安时代的读书对象渐渐地从《文选》转向了个人文集。纪纳言《春雪赋》的深度体现在《白氏文集》《文选》《诗经》《春秋左氏传》庾信之中，广度则在 22 种的经、史、子、集四库。

尽管渗透在纪纳言《春雪赋》里的中国典籍有 22 种之多，并涉及经、史、子、集四库，然而却没有《文心雕龙》的痕迹。

结语

综上所证，我们得到如下的信息：就平安时代中前期而言，菅原道真《清风戒寒赋》有 24 种中国典籍 66 个典故渗透其中。《文选》有 9 个，占其总数的 13.6%；8 个的有《诗经》占 12.1%；7 个的有《易经》占 10.6%；4 个的有《书经》《礼记》《春秋左氏传》《论语》《白氏文集》，各占 6.1%；3 个的有《庄子》，占 4.6%；2 个的有《国语》《楚辞》《汉书》《晋书》，各占 3%；1 个的有 11 种，占 16.7%。因此可说，渗透菅赠大相国《清风戒寒赋》的深度在 13.6% 的《文选》，广度在 23 种的经、史、子、集四库的 86.4%。356 字的《清风戒寒赋》就渗透了 21 部文集和三位诗人的文学智慧。《清风戒寒赋》的渗透率为 18.5%。另一位，纪长谷雄（845—912）《春雪赋》里有中国典籍 22 种 29 个典故。其中，比率最大的是《白氏文集》4 个，占总数的 13.8%；2 个的有《文选》《诗经》《春秋左氏传》庾信，各占总数的 6.9%；1 个的有 17 种之多，典籍的有 8 种，文集有 9 种。渗透纪长谷雄《春雪赋》的深度在 13.8% 《白氏文集》，广度在 23 种的经、史、子、集四库 86.2%。222 字的《春雪赋》就渗透了 12 部文集和 10 位诗人的文学智慧。《春雪赋》的渗透率为 13.1%。与菅赠大相国《清风戒寒赋》相比，文集的渗透少了一半，而

①　参见柿村重松：《本朝文粹注释》（上），富山房，1982 年。

诗人的渗透却增加了两倍。

就平安时代中后期而言，源英明《纤月赋》有18种中国典籍43个典故渗透在里面。其中，《文选》就有16个典故，占其总数的37.2%。渗透9个的典籍有《诗经》，占20.9%，渗透2个的典籍有《易经》《晋书》，各占4.7%；渗透1个典故的典籍有14种之多。因此可说，渗透源英明《纤月赋》的深度在37.2%《文选》，广度在17种的经、史、子、集四库62.8%。222字的《纤月赋》就渗透了18部文集的文学智慧。源英明《纤月赋》的渗透率为19.4%。另一位菅三品《纤月赋》有21种中国古籍34个典故渗透在里面。其中，《文选》就有12个，占其总数30%。渗透2个典故的典籍有《诗经》《易经》《楚辞》《论语》，各占5.9%；渗透1个典故的典籍有16种之多。因此可说，渗透菅三品《纤月赋》的深度在30%《文选》，广度在20种的经、史、子、集四库70%。213字的《纤月赋》就渗透了21部文集的文学智慧。菅三品《纤月赋》的渗透率为16.0%。

综上所析，一是《文选》对平安时代中后期汉文学的渗透率要大于中前期的一半以上；二是平安时代中前期汉文学有诗人的文学智慧的渗透，而平安时代中后期汉文学只有文集的文学智慧的渗透；三是四位作者的渗透率没有前后期之分：源英明《纤月赋》的渗透率为19.4%，菅赠大相国《清风戒寒赋》的渗透率为18.5%，菅三品《纤月赋》的渗透率为16.0%，纪长谷雄《春雪赋》的渗透率为13.1%；四是平安时代前后期的四位作者均无《文心雕龙》的渗透。

附录：

表1

菅三品（菅原文时）《纤月赋》使用典故（21/34）顺序		源英明《纤月赋》使用典故（18/43）顺序	
1	《文选》(10) 30%	《文选》(16) 37%	1
2	《诗经》(2)	《诗经》(9)	2
3	《易经》(2)	《易经》(2)	3
4	《楚辞》(2)	《晋书》(2)	4
5	《论语》(2)	《岁华纪丽》(1)	5
6	《史记》(1)	《世说新语》(1)	6
7	《庄子》(1)	《初学记》(1)	7
8	《书经》(1)	《白虎通》(1)	8
9	《汉书》(1)	《方言》(1)	9
10	《初学记》(1)	《参同契》(1)	10
11	《竹书纪年》(1)	《白氏文集》(1)	11
12	《公羊》(1)	《列子》(1)	12

	菅三品（菅原文时）《纤月赋》 使用典故（21/34）顺序	源英明《纤月赋》 使用典故（18/43）顺序	
13	《晋书》（1）	《尔雅》（1）	13
14	《老子》（1）	《汉书》（1）	14
15	《白氏文集》（1）	无名氏（1）	15
16	《列子》（1）	谢庄（1）	16
17	《关尹子》（1）	王禹偁（1）	17
18	王勃（1）	祖咏（1）	18
19	庾肩吾（1）		
20	梁简文帝（1）		
21	骆宾王（1）		

表2

	菅赠大相国（菅原道真）《清风戒寒赋》 使用典故（24/66）顺序	纪纳言（纪长谷雄）《春雪赋》 使用典故（22/29）顺序	
1	《文选》（9）	《白氏文集》（4）	1
2	《诗经》（8）	《文选》（2）	2
3	《易经》（7）	《诗经》（2）	3
4	《书经》（4）	《春秋左氏传》（2）	4
5	《礼记》（4）	庾信（2）	5
6	《春秋左氏传》（4）	《后汉书》（1）	6
7	《论语》（4）	《世说新语》（1）	7
8	《白氏文集》（4）	《陈书》（1）	8
9	《庄子》（3）	《吕氏春秋》（1）	9
10	《国语》（2）	《国语》（1）	10
11	《楚辞》（2）	《大戴礼记》（1）	11
12	《汉书》（2）	《孟子》（1）	12
13	《晋书》（2）	《汉书》（1）	13
14	《周礼》（1）	梁简文帝（1）	14
15	《荀子》（1）	唐太宗（1）	15
16	《韩非子》（1）	谢灵运（1）	16
17	《月令》（1）	颜舒（1）	17
18	《新论》（1）	杨缙（1）	18

菅赠大相国（菅原道真）《清风戒寒赋》使用典故（24/66）顺序		纪纳言（纪长谷雄）《春雪赋》使用典故（22/29）顺序	
19	《释名》（1）	鲍照（1）	19
20	《春秋繁露》（1）	吕安（1）	20
21	《唐书》（1）	李白（1）	21
22	王融（1）	何逊（1）	22
23	刘孝		
24	曹邺（1）		

明辨刘勰视屈骚超越《诗经》，
则不能视"博徒""四异"为贬义

——四辨"博徒"和"四异"

韩湖初·华南师范大学文学院

近年笔者在探索中发现：刘勰是视屈骚"笼罩"《雅》《颂》，即超越《诗经》的。据此，则"博徒""四异"不应视为贬义，争论也就迎刃而解。试析如下。

一、刘勰视屈骚"笼罩"即超越了《诗经》

首先应说明的是：屈原的作品无疑是楚辞的杰出代表，但二者毕竟有别。宋人黄伯思《翼骚序》云："屈、宋诸骚，皆书楚语，作楚声，纪楚地，名楚物，故可谓之《楚辞》。若些、只、羌、谇、蹇、纷、侘傺者，楚语也。悲壮顿挫，或韵或否，楚声也。沅、湘、澧、修门、夏首者，楚地也。兰、茝、荃、药、蕙、若、蘋、蘅者，楚物也。"① 可见，从语言、地域、物产可知，"楚辞"是战国时期我国南方楚地的一种诗体。而《楚辞》一书则是汉人刘向编辑、汇集（或谓后人校集）屈原及其后宋玉、景差乃至汉人贾谊、王褒、王逸诸人（还包括刘向自己）的作品及注释而成，并非屈原一人的作品。班固《离骚序》称屈原"其文弘博丽雅，为辞赋宗""后世莫不斟酌其英华，则象（像）其从容（仪态）。自宋玉、景差之徒，汉兴枚乘、司马相如、刘向、扬雄骋极文辞，好而悲之，自谓不能及也。"可知屈原之后的辞赋家"骋极文辞"，已经流露出片面追求浮艳文风的倾向。论者引许文雨《文论讲疏》称《辨骚篇》："按刘氏此篇实总《楚辞》而言（标题曰'骚'，特举其最著之一篇以代表

---

① 徐丽霞：《〈文心雕龙·辨骚〉初探》，中国《文心雕龙》学会编《文心雕龙研究（第五辑）》，河北大学出版社，2002年，第173页。

全体）。"① 牟世金先生亦称该篇是"一篇相当完整而有系统的楚辞论"②。这是不够准确的，因为该篇所论仅限于屈骚而非整部《楚辞》，对所引屈原的作品均高度赞誉而未及《楚辞》的其他作品，不能说对全部《楚辞》作品都是这样评价的，故二者不应混同。论者认为，刘勰显然是把包括屈骚在内的楚辞视为后世"浮艳（文风）之根"③。这是不能成立的，因为被刘勰视为"浮艳之根"的是宋玉和汉赋，并非屈原。

在《文心雕龙》的《时序》篇和《辨骚》篇，刘勰对屈骚的评价是该书所有作品中最高的。但对"博徒""四异"持贬义论者不愿意承认这一点，曲为之说，这是徒劳的。如：《时序篇》称"屈平联藻于日月""观其艳说，则笼罩《雅》《颂》"，张灯先生译为："屈原用丰富的辞采叙写了日月""看看这些文采艳丽的作品，已经淹没《诗经》的原有格调。"④ 前句显然有误：句意是比喻屈骚有如日月，而非"叙写了"日月；后句明明为褒义的"笼罩"却变成了贬义的，真是令人诧异！李曰刚先生《文心雕龙斠诠》："笼罩，覆盖之意。"⑤ 请看诸家的译文。郭晋稀为："屈平作品的辞藻真可以与日月争辉""几乎笼罩了《三百篇》中的《雅》《颂》"⑥；陆侃如、牟世金为："屈原的诗篇更可媲美日月""简直超过了《诗经》"⑦；王运熙、周锋为"屈原的作品可与日月争光""遮盖了《雅》《颂》的光芒"⑧；戚良德为："屈原的辞采可与日月争光""可以说超过了《雅》和《颂》"⑨；周振甫为："屈原的作品可以同日月争光""罩盖住《诗经》中的雅颂"⑩；李明高为："屈原联缀言辞的文采如同明月的光辉"（"明月"不确：原文为日月），"就超越了《雅》《颂》"⑪；王更生为："（屈骚）其辞藻之华美，可以与日月争光""涵盖了《诗经》风、雅、颂各体的风格"⑫；等等，无不译为屈骚超越、涵盖《诗经》之意。再看上文称"屈平联藻于日月"，以日月为喻，下文有"轹古""切今"，故周振甫进一步解释说："这里的'轹古'，即压倒古代，及'难以并能'，不正是'笼罩《雅》《颂》'，超过《诗经》吗？"⑬ 怎能把"笼罩"理解为贬义的"淹没"？再说，到底"淹没"了

① 刘凌：《学术规范与"博徒""四异"释义纷争》，中国《文心雕龙》资料中心编辑《信息交流》，2010年第2期，第22页。
② 牟世金：《文心雕龙研究》，人民文学出版社，1995年，第219页。
③ 刘凌：《学术规范与"博徒""四异"释义纷争》，中国《文心雕龙》资料中心编辑《信息交流》，2010年第2期，第22页。
④ 张灯：《文心雕龙新注新译》，贵州教育出版社，2003年，第422页。
⑤ 詹锳：《文心雕龙义证》，上海古籍出版社，1989年，第1664页。
⑥ 郭晋稀：《文心雕龙注译》，甘肃人民出版社，1982年，第515页。
⑦ 陆侃如，牟世金：《文心雕龙译注》（下册），齐鲁书社，1981年，第316页。
⑧ 王运熙，周锋：《文心雕龙译注》，上海古籍出版社，1998年，第308页。
⑨ 戚良德：《文心雕龙校注通译》，上海古籍出版社，2008年，第509页。
⑩ 周振甫：《文心雕龙今译》，中华书局，1986年，第394页。
⑪ 李明高：《文心雕龙译读》，齐鲁书社，2009年，第420页。
⑫ 王更生：《文心雕龙读本》，台湾文史哲出版社，2000年，第291页。
⑬ 王更生：《文心雕龙读本》，台湾文史哲出版社，2000年，第43页。

《诗经》的哪些"原有格调"？译者也没有说明。可见此训不通。

贬义论者又称：刘勰对屈赋的肯定"极有分寸"，"肯定了'典诰''规讽''比兴''忠怨''气''辞''采'等，但并未全面肯定它，更未将之与《雅》《颂》相提并论"；并称"它只是就辞采'艳说'而言"①。这显然是不顾文本而随主观意愿认定的解读。须知"观其艳说"是紧接"屈平联藻于日月"而来，以日月为喻，无疑是最高的评价，怎能说是"极有分寸"？而且"艳"乃就屈赋的特点而言，怎能理解为只肯定其"艳"而不是整体评价？如果仅仅是肯定其文辞艳丽，刘勰会视为超越《诗经》吗？《辨骚》篇称赞屈骚"惊才风逸"和"金相玉式"云云，显然都不是仅就其辞藻艳丽而言。牟世金先生指出：刘勰评价《楚辞》（这里仅指屈赋，下同）："不仅是全书所评作品之无以复加者，即使对《诗经》，也没有作如此之高的的具体评价"；又说"所谓'轹古'，是超越往古；所谓'切今'，是断绝当今"。二句互文，"指楚辞的气概和文辞是空前绝后的，故云'惊采绝艳，难与并能'"，还称"轹古"是"包括《诗经》以至全部儒家圣人的著作在内，就是十分不寻常的评论了"②。而论者却置"笼罩《雅》《颂》"不顾，竟称刘勰没有把屈赋"与《雅》《颂》相提并论"，竟然对白纸黑字视而不见而随意解读，真是闻所未闻！

论者还称刘勰对屈骚"不可能如褒义者所说'全文对楚辞'充满褒扬之情"③。这里说的是《辨骚》篇。笔者怀疑这位论者到底有没有认真阅读《时序》和《辨骚》两篇。难道说前者的"联藻于日月"和"轹古""切今""笼罩""难以并能"等，不能说是"充满褒扬之情"而是"并非全面肯定"？论者到底是没有看到这些评语，还是"看走了眼"？请看《辨骚》篇全文：一赞叹屈骚"奇文郁起"；二批评汉人比较《诗》、骚只知同者褒、异者贬，实为不当；三指出《诗》骚有"四同""四异"，赞其为"《雅》《颂》之博徒，辞赋之英杰"，前者"镕铸经旨"即继承《诗经》，后者"自铸伟辞"即创新，并举屈骚十篇作品，赞誉有加；四从中总结"执正驭奇"的规律，称赞若能如此便能写出佳作。其中除"博徒"一处有争议，其余"奇文""英杰""取镕经旨""自铸伟辞"，极赞所引屈赋十篇作品后称"气往轹古""难以并能"；最后称如能遵循所总结的"执正驭奇"规律，便可穷极文致，以及篇末赞语称屈原"惊才风逸，壮志烟高"（惊人的才华像飘风那样奔放，宏大的志愿像云烟那样高远），其作品"金相玉质，艳溢锱毫"（为文学创作树立了很好的榜样，字字句句都光彩艳丽）④。这里仅"博徒"有不同的理解，笔者所说该篇"充满褒扬之情"乃明摆的事实。

---

① 刘凌：《学术规范与"博徒""四异"释义纷争》，中国《文心雕龙》资料中心编辑《信息交流》，2010 年第 2 期，第 23 页。

② 牟世金：《文心雕龙研究》，人民文学出版社，1995 年，第 200 页。

③ 刘凌：《学术规范与"博徒""四异"释义纷争》，中国《文心雕龙》资料中心编辑《信息交流》，2010 年第 2 期，第 21 页。

④ 陆侃如，牟世金：《文心雕龙译注》（下册），齐鲁书社，1981 年，第 56 页。

另有一位贬义论者称：《序志篇》的"变乎骚"的"变"字，主要含义"不是肯定、褒扬这种'变'，而是主张往回'变'，'变乎骚'中'骚'是'变'的宾语，即约束和匡正'骚'对'经'的偏离"①。这显然也是基于刘勰视骚不如经的看法，故有此说。但这有违彦和原意。我们知道，《楚辞》被视为"《风》《雅》的变体"②，故云"变乎骚"。此处"骚"字是名词作动词，义为"如'骚'那样"，并非变的对象（宾语），意为：文学的发展变化，应如骚之发展（变化）《诗经》那样。周振甫指出：《辨骚》篇"表面上承接《宗经》辨别楚骚和经书的同异，实际是经过这种辨别来研究文学的新变"③。既然首句明明极赞屈骚"奇文郁起"，那么骚就应该是"变"的方向，怎能反而是对象？如果说这种"变"是要"约束和匡正'骚'对'经'的偏离"，岂不是要变得与《诗经》有同无异？又有何新变可言？在刘勰看来，文学是向前发展的，并非《诗经》出现之后就停滞不前了。他惊叹屈骚的出现，并视其为文学发展过程中承前启后的"枢纽"和具有"典范意义"④。故继作《正纬》《变骚》两篇。前者论应吸取神话的丰富想象，后者从中总结文学新变的规律。试问：如果"变"是"约束和匡正'骚'对'经'的偏离"，则屈骚之于《诗经》的变化是应否定的了，那么为什么又赞叹其为"奇文郁起"？为什么还对它做出无与伦比的评价？祖保泉先生早已指出：除《辨骚》外，《文心》"大约尚有十篇提到了屈原或《离骚》，没有一处对屈骚有贬义，这也反映出刘勰对'奇文'的根本看法"⑤。可见"奇"乃其"核心思想"中的核心。《通变篇》云："文律运周，日新其业。变则堪久，通则不乏。"在他看来，文学事业是永远向前发展的，他固然主张"矫讹翻浅，还宗经诰"，即不能片面追求浮艳文风，必须回到经典所体现的情采相符、衔华佩实的道路，但最后要求创作的作品是"采如宛虹之奋鬐，光若长离之振翼"的"颖脱之文"，即文采如虹蜺的拱背、光芒如凤凰飞腾般雄奇壮丽的文章。故云"望今制奇，参古定法"，即古典的东西只能是参考手段，而创作"奇文"才是目的。可见，不应把刘勰的主张理解我"往回变"即回到《诗经》的老路。果真如此，那么他的理论还有什么价值？看来，视"博徒"和"四异"，为贬义论者，均认为刘勰视屈骚不如《诗经》，真可谓"心有灵犀一点通"，但这有违彦和原意。

二、明辨刘勰视屈骚超越《诗经》，则"博徒""四异"不应视为贬义

　　先说"博徒"。关于"《雅》《颂》之博徒"句，除涂光社、李明高，诸家多译

　　① 卢永璘：《刘勰称得上屈原的"知音"吗——〈文心雕龙·辨骚〉析疑》，中国《文心雕龙》学会编辑《文心雕龙研究（第六辑）》，学苑出版社，2005年，第176页。

　　② 詹锳：《文心雕龙义证》，上海古籍出版社，1989年，第1925页。

　　③ 周振甫：《文心雕龙注释》，人民文学出版社，1981年，第42页。

　　④ 牟世金：《文心雕龙研究》，人民文学出版社，1995年，第200页。

　　⑤ 祖宝泉：《文心雕龙选析》，安徽教育出版社，1985年，第98页。

为贬义。涂光社先生认为"博徒"乃"妙喻"："《楚辞》有浓厚的'化外荆蛮'色彩，想象奇特，放浪恣肆，不是《雅》《颂》的正统继承者。博徒身份低贱，却狡狯机警，常能出奇制胜，也往往流荡难收"，并称："有的学者认为此句只是《楚辞》比《诗经》差一些的意思，似欠粗疏，且与后面的'气往轹古'之评相抵牾。刘勰这段话说得很清楚：《楚辞》虽大体合乎'宗经'之旨，然而在对'经'的继承中渗入了不容忽略的变革和创新的成分，故云'自铸伟辞'，得称'辞赋之英杰'。"① 如此，则"博徒"还含有褒义。又李明高训为"放荡之徒"（放荡：放纵，不受约束），认为从其时代背景看并非贬义②。而大多均据范注引《史记》训"博徒"或引申为"浪荡之子"（郭晋稀）③、"浪子"（张灯）④、"贱者"⑤、"低贱之人"（王运熙，周锋）⑥ 或"稍逊一筹"（戚良德）⑦ 等，均为不如《诗经》。笔者经一番探索，引辞书训"博"为大、通，汉有"博士"之官，其义为博通诸艺之士；且举《文心·知音》篇称楼护为"博徒"乃有力的内证。查《汉书》本传，楼护并无赌博行为（可见训赌徒无据），且博通医经、本草、经传，确实是个博学（博通）之士。还称楼护能言善辩，为京兆吏数年甚有声誉。又《论说》篇赞其"颉颃"（倔强，即不卑躬屈膝）王侯贵戚之间，列举他与陆贾、张释、杜钦四人是成功地运用"说"这种文体为国家社会做出贡献的范例，褒义无疑。上述已构成证据链条，足证此说。再从《辨骚》篇上文称屈骚"其文郁起"，下文赞"自铸伟辞"，并列举其屈骚系列作品给以极高评价，可见此处"博徒"唯有训褒义的博通、博学始能文意贯通⑧。最后，如"博徒"为贬义，则上述"奇文郁起""自铸伟辞"和该篇最后总结的《文心》理论体系的支柱之一的"执正驭奇"文学新变规律⑨等，也就无从谈起。上述证据不可谓不充分。这里的关键是：如果刘勰视屈骚不如《诗经》，则所论不能成立；反之，则顺理成章。

自笔者 2009 年重申"博徒"应训"博通之徒"⑩ 和先后向中国《文心雕龙》学

① 涂光社：《文心十论》，春风文艺出版社，1986 年，第 191 页。
② 李明高：《文心雕龙译读》，齐鲁书社，2009 年，第 50 页
③ 郭晋稀：《文心雕龙注译》，甘肃人民出版社，1982 年，第 51 页
④ 张灯：《文心雕龙新注新译》，贵州教育出版社，2003 年，第 35 页
⑤ 陆侃如，牟世金：《文心雕龙译注》（下册），齐鲁书社，1981 年，第 52 页
⑥ 王运熙，周锋：《文心雕龙译注》，上海古籍出版社，1998 年，第 36 页。
⑦ 戚良德：《文心雕龙校注通释》，上海古籍出版社，2008 年，第 52 页。
⑧ 笔者向 2009 年中国《文心雕龙》学会的第十三次年会（芜湖会议）提交的论文《〈文心雕龙·辨骚篇〉"博徒""四异"再辨析》，载中国《文心雕龙》学会编《文心雕龙研究（第九辑）》，河北大学出版社，2011 年；笔者向 2011 年中国《文心雕龙》学会第十四次年会（武汉会议）提交的论文《三辨〈文心雕龙·辨骚〉篇的"博徒""四异"和篇旨》，载李建中，高文强主编《百年龙学的会通与适变》，黑龙江人民出版社，2011 年。
⑨ 韩湖初：《论〈辨骚篇〉"执正驭奇"思想在〈文心雕龙〉理论体系中的地位》，中国《文心雕龙》学会编《文心雕龙研究（第一辑）》，北京大学出版社，1995 年；拙著《文心雕龙美学思想体系初探》，第 82 页。
⑩ 韩湖初：《〈辨骚篇〉"博徒"应训"博通之徒"说》，中国《文心雕龙》资料中心编辑《信息交流》，2009 年第 2 期。

昭明文苑 增华学林——《文选》与《文心雕龙》国际学术研讨会论文集

会芜湖年会和武汉年会提交有关"博徒""四异"的"再辨"和"三辨"论文后，2013 年的济南会议和 2015 年的第 16 次昆明会议及《中国文论》（山东大学戚良德主编）均未见有反驳文章。至 2017 年的第 17 次年会（呼和浩特会议）才见到李飞的文章，其一"《雅》《颂》之博徒"注称：最早提出"博徒"并非贬义的"大概是韩蓝田、徐季子"，前者将博徒"释为大弟子"，后者提出"雅颂之博徒""可否理解为屈原博识《诗经》"，韩湖初对此"作了明确的阐述①。笔者才疏学浅，事先未能查阅韩、徐之文，是为遗憾。但提出褒义说的确是自己的心得，首次把"博徒""四异"同视为褒义，且与对《辨骚》篇篇旨、《文心雕龙》理论体系的理解一起做系统论述。故对李飞先生表示感谢。但李文称："刘勰本人主张'字以训正，义以理宣'。将'博徒'释为'博通雅颂之士（或弟子）'，'雅颂未闻，汉魏莫用'（《指瑕》），正为刘勰所深斥。"② 查《文心雕龙·指瑕》篇说的是"若夫立文之道，惟字与义：字以训正，义以理宣"，接着所举批评的例子都是晋末的作品，故称"雅颂未闻，汉魏莫用"。所谓"字以训正，义以理宣"③（用字要根据正确的解释来确定含义，立义要通过正确的道理来阐明）。笔者之说未必正确，但决非无理无据，不知何故也被列入刘勰批评之中，令人以为也是被刘勰"深斥"？按说刘勰应该没有这层意思，因为他不可能对今人进行批评。李文又称：训"博徒"为褒义说"面临的最大困难是找不到一个可以支持此种解释的实例"④。其实远在天边，近在眼前。《知音》篇称楼护为"博徒"乃是白纸黑字，并非笔者杜撰，版本方面至今未见怀疑，不知为何李先生却视而不见？至于如何理解，学界尚在讨论中。李称："由于楼护入《汉书·游侠传》，游侠与博徒社会地位相类，游侠亦多为博徒"，刘勰称楼护为"博徒"是"连类而及"⑤。但如此理解，于原文则不通。该篇所说"彼实博徒，轻言负诮，况乎文士，可妄谈哉！"有论者认为此处上下句"属语义转折"，又称属"因果顺承关系"⑥，此乃低级语法错误。此处复句属进层关系。《新华字典》释"况"之一义为："文言连词，表示更进一层。"例：此事成人尚不能为，况幼童乎？前句成人的能力显然高于后者幼童，不能相反，否则文意不通。试问：如果"博徒"训赌徒、贱者、浅薄之人等，那么他随口乱说，又有什么值得大惊小怪？正因为他是博学之士（学识比普通人要高），随口乱说结果被人讥笑，应以为诫。继云"学不逮文，信伪迷真者，楼护

① 李飞：《〈文心雕龙〉旧注辨证四题》，见《中国〈文心雕龙〉学会第 14 次年会（呼和浩特会议）论文集》，2017 年，第 211 页。

② 李飞：《〈文心雕龙〉旧注辨证四题》，见《中国〈文心雕龙〉学会第 14 次年会（呼和浩特会议）论文集》，2017 年，第 211 页。

③ 陆侃如，牟世金：《文心雕龙译注》（下册），齐鲁书社，1981 年，第 271 页。

④ 李飞：《〈文心雕龙〉旧注辨证四题》，见《中国〈文心雕龙〉学会第 14 次年会（呼和浩特会议）论文集》，2017 年，第 211 页。

⑤ 李飞：《〈文心雕龙〉旧注辨证四题》，见《中国〈文心雕龙〉学会第 14 次年会（呼和浩特会议）论文集》，2017 年，第 211 页。

⑥ 刘凌：《学术规范与"博徒""四异"解释意义纷争》，中国《文心雕龙》资料中心编辑《信息交流》，2010 年第 2 期，第 21 页。

是也"，正是指楼护虽有学识却"信伪迷真"，结果被人讥笑。可见：博学如楼护者随便乱说尚且被人讥笑，何况普通文士，怎可妄谈文学鉴赏啊。再看《汉书》本传记载其为人和刘勰把他与陆贾等人并列称赞，可证刘勰视楼护为博学之人，并无贬义。

"四异"也是如此。既然已经明辨刘勰视屈骚超越《诗经》，那么种种视"四异"为贬义之说便不攻自破。道理很简单：既然屈骚超过《诗经》，那么，经整体比较所说异于《诗经》的"四异"，便是向前发展了。这也说明论者所称"变乎骚"主张"往回变"是不能成立的。因为，既然屈骚超越《诗经》，那么这种"变"也就是向前发展的。可见"四异"是值得肯定和视为新变的典范，应从中总结规律，而不能说成是"往回变"。正如牟世金所指出：该篇比较"四同""四异"后称屈骚"上继《诗经》而下开辞赋"，它"取镕经意""亦自铸伟辞""这就给后来的文学创作以典范作用，字字句句都光彩艳丽"①。《辨骚》篇赞语"金相玉式，艳溢锱毫"，牟先生译为"为文学创作树立了很好的榜样，字字句句都光彩艳丽"②。诸家翻译，大同小异，均为褒义。如："它真是如金如玉的好文章，它的艳丽的辞藻至今还跳跃在笔下纸上"（郭晋稀）③；"以金为质，以玉为饰，片言只语，艳采四溢"④（王运熙、周锋）；"那流光溢彩的字字句句，堪为后世师表"⑤（戚良德）；"构成金玉般美好质地，就是极细微处都充溢着艳丽"⑥（周振甫）；"黄金般的外相，璧玉般的体式，一点一滴都流光溢彩"⑦；"其情辞兼备，就像金玉般地完美无缺，即令是片言只字，无不光芒四射，美不胜收目不暇接啊"⑧（王更生），等等，怎能说没有"典范之意"？可笑的是，有对"四异"持贬义的论者也译为褒义的"黄金般的质地，美玉似的品相，细毫之间都流溢着艳丽的光彩"⑨。既然如此，屈骚之于《诗经》，是大大发展了，又怎能把"四异"视为贬义的？至于贬义论者称："考之《文心》，也从未肯定过夸诞。"⑩ 这还用"考"吗？这位论者到底是怎样"考"的？令人难以理解。《辨骚》篇称"论其典诰则如彼，语其夸诞则如此"，从上下文看，"夸诞"即指"四异"无疑。前句"是概括屈原之文所同于经典者四事"即"四同"，后句"是泛指屈原之文所异于经典者四事"⑪。龙学名家李曰刚先生《文心雕龙斠诠》同此⑫。既然

① 牟世金：《文心雕龙研究》，人民文学出版社，1995 年，第 200 页。
② 陆侃如，牟世金：《文心雕龙译注》（下册），齐鲁书社，1981 年，第 56 页。
③ 郭晋稀：《文心雕龙注译》，甘肃人民出版社，1982 年，第 54 页。
④ 王运熙，周锋：《文心雕龙译注》，上海古籍出版社，1998 年，第 39 页。
⑤ 戚良德：《文心雕龙校注通译》，上海古籍出版社，2008 年，第 53 页。
⑥ 周振甫：《文心雕龙今译》，中华书局，1986 年，第 47 页。
⑦ 李明高：《文心雕龙译读》，齐鲁书社，2009 年，第 53 页。
⑧ 王更生：《文心雕龙读本》，台湾文史哲出版社，2000 年，第 79 页。
⑨ 张灯：《文心雕龙新注新译》，贵州教育出版社，2003 年，第 40 页。
⑩ 刘凌：《学术规范与"博徒""四异"解释意义纷争》，中国《文心雕龙》资料中心编辑《信息交流》，2010 年第 2 期，第 22 页。
⑪ 詹锳：《文心雕龙义证》，上海古籍出版社，1989 年，第 152 页。
⑫ 詹锳：《文心雕龙义证》，上海古籍出版社，1989 年，第 154 页。

已经明辨刘勰视屈骚超过《诗经》，则对"夸诞"即"四异"便是肯定无疑的了，这还用"考"吗？怎能说"从未肯定"？牟世金称："虽有四异，却不仅给以极高的评价，且所谓'气往轹古'等，主要得自四异"①。再说，该篇辨析"四同""四异"，正是回应首句"奇文郁起"，既高度称赞其实现了文学的新变，也为下文总结"执正驭奇"的新变规律提供依据。试问：如果骚与《诗》有同无异，又何来"奇文郁起"？又怎能称赞其"自铸伟辞"？还视其为文学新变的典范？可见，既然明辨了刘勰视屈骚超过了《诗经》，那么"四异"即"夸诞"自然是褒义而非贬义了。（关于"四异"的具体辨析参阅拙文"再辨析"和"三辨"②）

其实，"四同""四异"之辨，旨在总结文学新变的规律，早在20世纪80年代周振甫、牟世金两位先生对此已有很好的阐释。周振甫指出：刘勰是要通过《诗》《骚》"四同""四异"的辨析，"总结出文学发展的新变规律""'辨'和'变'是结合的，而以变为主"③。又说：《文心·序志篇》所说"变乎骚"的主要精神，"是要用《楚辞》的新变来论证文学的发展"④；但周先生却把"变乎《骚》"译为"在变化上参考楚《骚》)"⑤，似不尽符合原意，因为此处已经不仅是一般的参考，而是作为榜样了。牟世金虽批评说"不应以'辨''变'定主次"⑥，但他自己也说："'辨'者，既辨经、骚之异同，也辨楚辞成就的高低；'变'者，从楚辞与五经之异而明其发展，都可概括全篇的基本内容。"⑦ 既然如此，则"辨"为手段，"变"为目的，前者是为后者服务的，主次定矣。王礼卿先生称刘勰视《离骚》"取镕经意，自铸伟辞"为"得变之体，成变之奇"⑧；王更生先生更指出："《辨骚》篇之所以会成为刘勰的文学基本原理，就在于他肯定楚辞是'中国文学'由《诗经》过渡到汉赋的桥梁。如果我们拥有了它，而又忽视了它的重要性，那么，两汉以后的'中国文学'，即失去了发展的温床。这是'中国文学'的大开阖，刘彦和文学思想的大脑袋。"⑨ 并称《辨骚》篇的"变乎骚"，由屈原"取镕经意，自铸伟辞"，"得参伍因革，推陈出新，因变立功的成就"⑩。其立论正是建立在刘勰视"四异"为褒义的基

① 牟世金：《文心雕龙研究》，人民文学出版社，1995年，第22页。

② 笔者向2009年中国《文心雕龙》学会的第十三次年会（芜湖会议）提交的论文《〈文心雕龙·辨骚篇〉"博徒""四异"再辨析》，载中国《文心雕龙》学会编《文心雕龙研究（第九辑）》，河北大学出版社，2011年；笔者向2011年中国《文心雕龙》学会第十四次年会（武汉会议）提交的论文《三辨〈文心雕龙·辨骚〉篇的"博徒""四异"和篇旨》，载李建中，高文强主编《百年龙学的会通与适变》，黑龙江人民出版社，2011年。

③ 周振甫：《文心雕龙注释》，人民文学出版社，1981年，第42页。

④ 周振甫：《文心雕龙注释》，人民文学出版社，1981年，第28页。

⑤ 周振甫：《文心雕龙今译》，中华书局，1986年，第448页。

⑥ 牟世金：《文心雕龙研究》，人民文学出版社，1995年，第198页。

⑦ 牟世金：《文心雕龙研究》，人民文学出版社，1995年，第199页。

⑧ 徐丽霞：《〈文心雕龙·辨骚〉初探》，中国《文心雕龙》学会编《文心雕龙研究（第五辑）》，河北大学出版社，2002年，第175页。

⑨ 王更生：《文心雕龙读本》，台湾文史哲出版社，2000年，第64页。

⑩ 徐丽霞：《〈文心雕龙·辨骚〉初探》，中国《文心雕龙》学会编《文心雕龙研究（第五辑）》，河北大学出版社，2002年，第175页。

础之上的。因此，《辨骚》篇是"深究文学通变规律之篇章"，它"以《楚辞》为代表，研究'六经'以后文学新变的途径和趋向，总结'经''骚'的经验教训，并以此为依据，提出指导文学创作的基本原则"①。可见，海峡两岸龙学界均认为刘勰视屈骚为文学新变典范，"四同""四异"之辨是总结文学的新变规律。

三、关于刘勰的"征圣""宗经"——兼论如何理解《文心》理论体系

在论者看来，刘勰既然"征圣""宗经"，对屈骚之异于经典的"博徒"和"四异"自然持贬义。如称："刘勰'征圣''宗经'立场十分坚定并贯通全书"，不会肯定"异乎经典"的"四异"②。"博徒"也是如此：既然"异于经典"的"四异"是贬义的，那怎能称他是《诗经》的"博学之徒"？但上述已经明辨刘勰视屈骚超越《诗经》，那么"四异"和"博徒"也就不应视为贬义的。论者认为刘勰"征圣""宗经"，是"欲以儒经救弊"③，显然没有真正理解刘勰的"用心"，也就未能真正理解和把握《文心》的理论体系。其实，这个问题早在 20 世纪 80 年代就由牟世金和周振甫两位先生阐释清楚了。

牟世金指出：《征圣》《宗经》两篇所论"全都是从写作的角度着眼的"，主要是强调"儒家圣人的著作值得学习"④；《宗经》篇强调"儒家经典的伟大"和堪称"衔华佩实"的"典范"等，都是"言过其实"和大多数"不堪其誉的"⑤。周振甫也指出：刘勰的《宗经》显然不是要求用"儒家思想"和"经书的语言"来写作⑥。以《楚辞》中不合经书的部分来说，从文学角度"他认为是变得好的"，故"反而赞美它"⑦。再者，刘勰既然批评汉人比较《诗》、骚只知同者褒、异者贬，可谓"鉴而不精，玩而未核"。如果刘勰对"四异"也持贬义，岂不是与汉人有同无异？可见，正如两位前辈所指出：刘勰是从文学的角度着眼肯定"四异"，并从中总结文学新变规律。看来论者"看走了眼"。

那么，刘勰为什么要"征圣""宗经"呢？这就要从刘勰建构《文心雕龙》的理论体系说起。根据《序志篇》的说明：其整个体系由"文之枢纽"5 篇总论、"论文叙笔"21 篇文体论和"割情析采"23 篇创作论三大部分组成。牟世金指出：刘勰在

---

① 徐丽霞：《〈文心雕龙·辨骚〉初探》，中国《文心雕龙》学会编《文心雕龙研究（第五辑）》，河北大学出版社，2002 年，第 175 页。

② 刘凌：《学术规范与"博徒""四异"解释意义纷争》，中国《文心雕龙》资料中心编辑《信息交流》，2010 年第 2 期，第 22 页。

③ 刘凌：《学术规范与"博徒""四异"解释意义纷争》，中国《文心雕龙》资料中心编辑《信息交流》，2010 年第 2 期，第 23 页。

④ 陆侃如，牟世金：《文心雕龙译注》（下册），齐鲁书社，1981 年，第 41 页。

⑤ 牟世金：《雕龙集》，中国社会科学出版社，1983 年，第 228 页。

⑥ 周振甫：《文心雕龙注释》，人民文学出版社，1981 年，第 24 页。

⑦ 周振甫：《文心雕龙注释》，人民文学出版社，1981 年，第 29 页。

"枢纽"的《原道》《征圣》《宗经》中"首先树立本于自然之道而能'衔华佩实'的儒家经典这个标，不过是为他自己的文学观点服务"①，并把它作为贯穿全书的"核心观点"和"文学创作的金科玉律""评论文学的最高原则"②；21 篇文体论"既在全书总论中提出的基本观点指导之下写成的"，也是"总结了前人丰富写作经验的基础之上，进而所作理论上的提炼和概括"③，并上升为"割情析采"一套理论④，还"从'情'与'采'两个方面及其相互关系来剖析文学理论上的种种问题"⑤。故"以内容为主而情采兼顾、文质并重，这是刘勰整个文学理论体系的一条主线"⑥。由此，牟先生在对全书注译的基础上首次揭示《文心雕龙》理论体系的内在联系，功不可没。"枢纽"五篇总论其逻辑层次为：《原道》篇首论"本乎道"，即有质自然可谓有文乃是宇宙的普遍规律（自然包括文学）；接着"征乎圣""体乎经"打着学习儒家经典的旗号树立"衔华佩实"作为其理论体系的主线和评析文学的标杆；继而《正纬》篇论纬书"事丰奇伟，辞富膏腴"而"有助文章"《辨骚》篇论屈骚之于《诗经》乃是文学新变的榜样。罗宗强先生更是把"枢纽"五篇的逻辑演进概括为：原道（源于自然）──征圣宗经（法古）──酌纬变骚（新变）："原道"为"源于自然"，"征圣""宗经"为"法古"，"酌纬""变骚"为"新变"⑦。这也就是《通变》篇所说的"参古定法，望今制奇"，即"参古""法古"只是手段，目的是"新变""制奇"即创新，而并非复古、仿古，更不是倒退。罗先生还指出："辨骚，便是辨骚之价值。骚之价值何在？便是情与奇。刘勰对情之深挚与辞之奇伟是不会反对的，从《正纬》通向《辨骚》这便是顺理成章的事了。盖纬书只提供了事之奇与文采之富的借鉴，而诗赋等文学式样所最需要的风情气骨、惊辞壮采，还有待楚辞来作为榜样。"⑧ 这就说明，刘勰所要特别强调的是："楚辞虽有不合经典之处，而它却是辞赋的典范""正是纯文学作品的模仿对象"⑨。可见，刘勰"征圣""宗经"，不过是打着儒家的旗号以建立其文学理论体系，并用以矫正越演越烈的浮艳文风，而不是要用儒家思想救弊。如果刘勰《文心雕龙》全书"十分坚定地"贯彻儒家思想，视屈骚的"异乎经典"为贬义，他就不可能建构其"体大思精"的理论体系（或者说所建构的理论体系没有说明价值），不可能成为伟大的文学理论家。上述所引均为龙学前辈之见，都是十分中肯的，足见《文心》的研究大大前进了，怎能视而不见？

① 陆侃如，牟世金：《文心雕龙译注》（下册），齐鲁书社，1981 年，第 43 页。
② 牟世金：《雕龙集》，中国社会科学出版社，1983 年，第 232 页。
③ 牟世金：《雕龙集》，中国社会科学出版社，1983 年，第 187 页。
④ 牟世金：《雕龙集》，中国社会科学出版社，1983 年，第 234 页。
⑤ 牟世金：《雕龙集》，中国社会科学出版社，1983 年，第 176 页。
⑥ 牟世金：《雕龙集》，中国社会科学出版社，1983 年，第 176 页。
⑦ 罗宗强：《魏晋南北朝文学思想史》，中华书局，1996 年，第 310 页。
⑧ 罗宗强：《魏晋南北朝文学思想史》，中华书局，1996 年，第 279 页。
⑨ 罗宗强：《魏晋南北朝文学思想史》，中华书局，1996 年，第 280 页。

明辨刘勰视屈骚超越《诗经》，则不能视「博徒」「四异」为贬义 ──

枚乘《七发》"广陵观涛"的文化考察

贾学鸿·扬州大学文学院

　　枚乘的《七发》是"事出于沉思，义归乎翰藻"①的典型作品，《昭明文选》将其归入赋类中的"七体"。"七体"作为一种文体，早在《楚辞·七谏》中已见端倪。后经西汉枚乘改造，成为赋体之一。其特点是通过虚设的主客反复问答，按"始邪末正"的顺序铺陈七事。新体赋首先在形式上改变楚辞句中多用虚词，句末多用语气词的句式，进一步散化，成为一种专事铺叙的用韵散文；内容上改变为对君主的赞颂，劝百而讽一。自枚乘以后，各朝作家时有摹拟。西晋傅玄在《七谟序》中说："昔枚乘作《七发》，而属文之士若傅毅、刘广世、崔骃、李尤、桓麟、崔琦、刘梁、桓彬之徒，承其流而作之者，纷焉《七激》《七兴》《七依》《七款》《七说》《七蠲》《七举》《七设》之篇。于是通儒大才马季常（融）、张平子（衡）亦引其源其广之。马作《七厉》，张造《七辨》，或以恢大道而导幽滞，或以黜瑰奢而托讽咏，扬辉播烈，垂于后世者，凡十有余篇。"②自魏之后，英贤迭作，有曹植《七启》、王粲《七释》、杨修《七训》、徐幹《七喻》、卞兰《七牧》、刘劭《七华》、傅巽《七悔》、左思《七讽》等。到南朝梁时，卞景汇集"七体"作品成《七林》十卷，可谓洋洋大观。然而相比枚乘的《七发》，却各有逊色之处。所以，刘勰《文心雕龙·杂文》说道："自《七发》以下，作者继踵。观枚氏首唱，信独拔而伟丽矣。"③

　　萧统将《七发》命名为《七发八首》。全赋以"吴客探病"构建场景，依次讲述"桐琴悲歌""海味山珍""至骏之车""宴饮游观""林泽骋猎""中秋观涛""要言妙道"七件奇闻异事，以此启发患病的楚太子改变生活方式和人生态度。全赋辞藻繁富，多用比喻和叠字，以叙事写物为主，上承楚辞铺陈夸饰的传统，下开一代文体汉赋的先河，在文学史上具有里程碑意义。不过，其中最能凸显其超拔、伟丽风格的部分，还是中秋八月的"广陵观涛"一节。

---

① 〔梁〕萧统编，〔唐〕李善注：《文选》，岳麓书社，2002年，第2页。
② 〔清〕严可均辑：《全上古三代秦汉三国六朝文》，中华书局，1958年，第1723页。
③ 黄霖编著：《文心雕龙汇评》，上海古籍出版社，2005年，第53页。

枚乘在《七发》"观涛"一节写道:"将以八月之望,与诸侯远方交游兄弟,并往观涛乎广陵之曲江。"广陵,是扬州的古名,曲江,即扬州段的长江。《七发》中的八月观涛,就是以古扬州的广陵潮为背景的。然而,扬州是否有过大潮,曾有人质疑。清人李斗的《扬州画舫录》有"广陵潮"和"再论广陵潮"两节,对这一问题做了梳理,认为扬州历史上确实有过大潮,又称"广陵涛"①。

扬州城最初称"邗城",是春秋后期吴王夫差图谋"问鼎中原"而开掘邗沟时所筑。自战国至晋代,邗城一直名为"广陵",隋代称"江都",直到唐代才开始称"扬州"。西汉时,广陵城距长江水岸只有十几公里,城北有大水塘,名"雷陂"。仪征和古江都就在江北岸边,向东不远处有江水祠。今天的扬中、泰兴、如皋、南通诸地,还都在江海之中。长江入海处水面宽阔,呈"喇叭形",犹如现在的钱塘江口。广陵城东南的长江水道,狭窄弯曲,称为"曲江"②。南朝乐府民歌《长干曲》歌曰:"逆浪故相邀,菱舟不怕摇。妾家扬子住,便弄广陵潮。"③ 表达了潮水将至,女娃摇船相邀看潮的情景。今天的扬州市广陵区有多处名称冠以曲江,古运河东有观潮路。

一、《七发》对上古广陵气魄的夸饰

《七发》是汉大赋的开先之作,篇幅宏大,意脉跌宕,铺张扬厉,文采华丽,堪称古代赋体的"黄钟大吕之音"④,其中对广陵观涛的描述横绝古今。在全文问对体的框架内,依时空变幻铺设"观涛"线索。先以"未见涛之形也,徒观其水力所到,则恤然足以骇矣"作铺垫,将潮起原因的神秘性抛出;接着以回答楚太子问话方式,从"声如疾雷""逆流潮起""山隐云间"三个角度概括其"似神而非神"的特质;随后详述"波涌而涛起"的气势变化,似金戈铁马、拉杂崩奔,如勇士上阵、所向披靡;最后以"决胜乃罢""蒲伏连延"的衰退样态收尾。而第三层波涛涌起的过程,又细细切分为"始起""少进""波涌而云乱""荡取南山"四个步骤,循序推进,并借助大量的描绘性辞藻和排比、对偶、比喻等修辞技巧,极尽渲染之功,突出广陵涛的力、声、形、用,总体营造出一种排山倒海、气吞山河却又时时出人意外的神幻莫测效果。

下面是最为精彩的两节:

> 观其两旁,则滂渤怫郁,闇漠感突,上击下律,有似勇壮之卒,突怒而无畏。蹈壁冲津,穷曲随隈,逾岸出追。遇者死,当者坏。

① 〔清〕李斗:《扬州画舫录》,中华书局,2007年,第95、140页。
② 谭其骧主编:《中国历史地图册》,中国地图出版社,1982年,第24−25页。
③ 〔宋〕郭茂倩:《乐府诗集·南朝民歌》,上海古籍出版社,2016年,第883页。
④ 李炳海:《黄钟大吕之音——古代辞赋的文本阐释》,吉林人民出版社,2001年。

初发乎或围之津涯，苓轸谷分。回翔青篾，衔枚檀桓。弹节伍子之山，通厉骨母之场，凌赤岸，彗扶桑，横奔似雷行。诚奋厥武，如振如怒。沌沌浑浑，状如奔马。混混庵庵，声如雷鼓。发怒庢沓，清升踰跱，侯波奋振，合战于借借之口。

前一节描写潮水拍岸，格外细腻。将惊涛击岸的潮水比作一名勇武的将士冲锋陷阵，以磅礴之势撞冲江岸，却又突然抑郁停滞，莫名其妙地没了斗志；可一刹那又像情绪低落的人猛然受到冲撞，不断地摇晃激荡，拍打声仿佛应律合节的钟鼓之乐；于是勇士突然怒发冲冠，奋不顾身地穷追猛击，飞檐走壁，横扫一切，以至于触之者死，挡之者亡。节奏迅疾，变化剧烈，却又一气呵成。此节前后，潮水的宏大气势都被喻为万马奔腾、部队行军，是群体合力。此处独把怒涛拍岸细摹为勇士冲锋、英雄搏杀，是个体风姿，前后洪细张弛有度。

后一节是对潮水飞奔的描摹，节奏鲜明。奔涌的潮水仿佛军队疾行，初发遇到障碍，兵分几路，或回转，或绕行，或放慢速度，或远行冲击。时而悄无声息，时而如雷发怒，奋起、飞跃，似万马齐奔，混战于杂乱之地。军队行进的阵势变幻，与潮水飞驰奔涌的过程相得益彰，而"伍子之山""骨母之场""赤岸""扶桑"等行进地点的变幻，暗示出沸腾的涛水已冲破长江水道的限制，飞向了无限广阔的空间。

根据《文选》李善注，"伍子之山"与"骨母之场"都与伍子胥有关。"骨母"当是"胥母"，是吴国古地名，并引《越绝书》阖闾"旦食于纽山，昼游于胥母"为证。按《史记·伍子胥列传》记载：吴王逼杀子胥，投之于江，吴人立祠于江上，因名胥山。裴骃《集解》引张晏的观点，认为胥山在太湖边胥湖东，距长江不到百里，山上有"古丞胥二王庙"，但与伍子胥无关。然而《史记三家注》又否定了这一说法。关于"赤岸"和"扶桑"，也是争论不休。西汉东方朔《七谏》"哀时命"一章有"哀高丘之赤岸兮"的诗句，王逸认为"言己哀楚有高丘之山，其岸峻嶒，赤而有光明。"把赤岸定在楚国，且强调其神秘色彩。东汉张衡《思玄赋》[1] 提到"瞰瑶溪之赤岸兮"，李贤注曰："瑶溪，瑶岸也，谓钟山东瑶岸也。"《山海经》曰："钟山之东曰瑶岸"。钟山在南京城北，其东正是广陵境内。郭璞《江赋》曰："鼓洪涛于赤岸，沦余波乎柴桑。"李善注："《七发》曰：凌赤岸，或曰赤岸在广陵兴县……《汉书》豫章郡有柴桑县。"[2] 兴县在何处，已难以知晓，但今天扬州市邗江区北、高邮湖南有赤岸村。扶桑，传说是太阳升起之地的神树，但如果改为"柴桑"，就在长江中游南岸，即在今天江西九江市了。

由此可以想象，汉代以前的扬州是"襟江带海"的，广陵大潮影响的范围相当广大，北到高邮湖、南到太湖、西可达九江一带，因此才有"山出云内"的景观。另外，赋体本有文人的夸饰，铺张渲染、对仗用典是其主要特点。"伍子之山"与

① 〔南朝宋〕范晔：《后汉书·张衡传》，中华书局，1965年，第1914页。
② 〔梁〕萧统编，〔唐〕李善注：《文选》，岳麓书社，2002年，第388页。

"胥母之场""赤岸"与"扶桑",是两组对偶结构;"伍"对"胥","子"对"母",两个短语同义复指,用的是伍子胥的典故。"赤岸"在地上,"扶桑"在天上,赤对黄,色彩绚烂,正是阳光与涛水相互作用的神奇效果。

二、广陵观涛书写的吴楚文化背景

枚乘对广陵潮水的摹写,通过富有生命气息的比喻,昭示了磅礴万物、纵横天地的气魄,既是对"沉陷安逸""邪气袭逆"的楚太子的点醒,也是对生命活力的礼赞。

哲学家黑格尔曾说:爱琴海地区的自然地理环境培育了古代克里特人、迈锡尼人和后来希腊人的"两栖类式的生活"①。用中国的话说,则是"一方水土养一方人"。广陵潮的气魄,或许也熏染了上古时代吴地人英勇剽悍的气质。据仲尼的学生子贡讲,当年吴王夫差"为人猛暴,群臣不堪"②。汉初管辖广陵的吴王刘濞,因"有气力",辅助刘邦平息了英布的叛乱,后来"上患吴、会稽轻悍……乃立濞于沛为吴王"。刘濞之子的老师"皆楚人,轻悍,又素骄",因与皇太子争棋被杀。③ 汉景帝之子刘非为江都易王,亦以"好气力,治宫馆,招四方豪杰"著称。刘非之子刘建更是"专为淫虐,遂逆谋反"④,不得善终。汉武帝时,其子刘胥被封为广陵王。《汉书》记载"胥壮大,好倡乐逸游,力扛鼎,空手搏熊彘猛虎",最终因诅咒汉宣帝被杀,广陵国被废除。当年汉武帝在给刘胥的赐策中写道:"古人有言曰:'大江之南,五湖之间,其人轻心。扬州保强,三代要服,不及以正。'"⑤ 要服,是西周王朝划分版图的五服之一,按照距离王畿的距离,由近及远依次是甸服、侯服、绥服、要服、荒服。要服远离王都,属蛮夷之地,宜守平常之事,减少赋税,不可急求改俗⑥。也就是说,从刘邦到刘彻,始终认为扬州一带地处偏远,强悍尚勇,难以治辖。

实际上,吴地从建国之初,就有超然脱俗的传统。据《史记·吴太伯世家》记载,吴太伯是周太王之子、周文王之兄。因太王有立小儿子王季(即文王)之意,故"太伯之奔荆蛮,自号勾吴,荆蛮义之,从而归之千余家,立为吴太伯"。这种善解人意、谦让不争的传统一直延续到春秋时期的吴公子季札,他四次推让王位,人格高洁。后来吴王阖闾,即夫差之父,杀兄夺位,破坏了这一传统,而夫差一任武力,一代即身死国亡。

《七发》为文的初衷,当是以"劝百讽一"的方式,提醒汉代的贵族子弟不可

① 〔德〕黑格尔:《历史哲学》,王造时译,商务印书馆,1963 年。
② 〔汉〕司马迁:《史记·仲尼弟子列传》,中华书局,1982 年。
③ 〔汉〕司马迁:《史记·吴王濞列传》,中华书局,1982 年。
④ 〔汉〕班固:《汉书·景十三王传》,中华书局,1962 年。
⑤ 〔汉〕班固:《汉书·武五十子传》,中华书局,1962 年。
⑥ 《尚书·禹贡》《国语·周语上》。

"久耽安乐"，沉溺"腥醲肥厚"，要回归生命的自然本性。由《七发》"观涛"一节的文本看，道家情怀充溢其间。

首先，此节开头即出现类似《老子》风格的话语："恍兮忽兮，聊兮慄兮，混汨汨兮，忽兮慌兮，傲兮俛兮，浩沆瀁兮，慌旷旷兮。"这是作者对广陵潮水飞升、抽拔、激扬、回旋、冲刷之力神秘色彩的描绘，借鉴了《老子》第二十一章对"道"的表述："道之为物，唯恍唯忽。忽兮恍兮，其中有象；恍兮忽兮，其中有物；窈兮冥兮，其中有精，其精甚真，其中有信。"① "道"不可名状、又确实存在的特性，与广陵潮"不知其然而然"的发生动力具有相似性。正如《老子》第三十二章所言："譬道之在天下，犹川谷之于江海。"② 赋中多次出现以"道"比"潮"的暗示，如乘流下降，"不知其所止"；潮水到来，可"洒练五脏"；"发惑解蒙，不足以言"。针对楚太子"涛，何气哉"的问话，客曰："不记也。然闻于师曰：似神而非者三。"这种以否定作答和借他人言之的表述，正是《庄子》的惯用语句。诸如"混混庵庵""沌沌浑浑""神物怪疑""怪异诡观"等词语，与《庄子》中《在宥》篇鸿蒙言道"浑浑沌沌，终身不离"和《天下》篇对"庄子"学派的总结，有异曲同工之妙③。《七发》的最后一节，吴客向楚太子推荐"庄周、魏牟、杨朱、墨子"等方术之士，以求天下之"要言妙道"，与《天下》篇罗列的论道诸家基本吻合。另外，《七发》"观涛"一节的行文风格，与《齐物论》"大块噫气"章、《秋水》"百川灌河"章，也"似是而非"。

赋中吴客与楚太子是两个虚拟的角色，但枚乘的影子闪烁其间。据《汉书·枚乘传》载：枚乘生于淮阴，以文辩著名。初为吴王刘濞的郎中，曾两次谏阻吴王反逆，未被采纳。面对广陵潮水的神奇景观，《七发》保持了超越的审视态度，具有"物物而不物于物"的超然品质。枚乘看到吴王刘濞有谋逆之意，也以冷静和理性的态度处之。对于枚乘的行为，班固这样写道："汉既平七国，乘由是知名。景帝召拜乘为弘农都尉。乘久为大国上宾，与英俊并游，得其所好，不乐郡吏，以病去官。"④汉景帝平定"吴楚七国之乱"后，枚乘名声大振，但他放弃为官，一任本性，交游于权贵之间以自乐。

广陵之地，春秋以前为吴国，春秋后期属越国，战国后期则归入楚国，因此有"吴楚"之称。老庄思想是楚文化的代表，而吴国早期就有与道家思想契合的血脉。《七发》所描述的广陵大潮，本是吴客"闻于师"而来，可见有关广陵潮的传说当在枚乘以前就很兴盛了。枚乘出生于北楚的淮阴，早年供事于吴王府下，必然受到两种文化碰撞的影响。《七发》也可以说是吴、楚文化融合的文坛奇葩。

---

①　王卡点校：《老子道德经河上公章句》，中华书局，1993 年，第 86 页。
②　王卡点校：《老子道德经河上公章句》，中华书局，1993 年，第 132 页。
③　〔清〕郭庆藩：《庄子集释》，中华书局，2004 年，第 390 页。
④　〔汉〕班固：《汉书·枚乘传》，中华书局，1982 年，第 2359 页。

刘义庆、檀道鸾、刘勰笔下的文学源流与名士：
东晋—南朝文士价值嬗变、次等士族的崛起及其历史意义

江山·哈佛大学

本文选择对比三个联姻的次等家族的文化代表人物彭城（江苏徐州）刘义庆（403—444）、高平（山东西南部）檀道鸾（活跃在宋文帝和宋孝武帝时代，424—464 年）和东莞莒（山东东部）刘勰（约 465—约 532）有关文学源流和东晋最著名士的论述。通过对比他们作品中所显示的南朝文学流变观的同异，一窥东晋、南朝文学价值观的嬗变及其深远历史意义。

笔者曾发表了两篇有关高平檀氏的文章。在《南迁"山阳高平"檀氏文才武将：地域、时代、家风和个人（上）》——下作"文才武将"（《海岱学刊》，2014 年第 1 期）一文中考证了上述三家各自的文化面貌及联姻关系。另一篇为《论檀道鸾的文学"三元（源）"论》——下作"三源论"（《东方论坛》，2014 年第 6 期），初步解析檀道鸾"论文学"。此篇可视作其续篇。

为了更好地了解刘勰、刘义庆和檀道鸾家族的文化面貌和社会地位，有必要简介三家著名成员及其联姻状况。若读者有意进一步了解三位作者的家世与姻亲关系细节，请参上述两文。

一、三位学者的家族背景和联姻状况

刘勰曾祖母高平檀敬容

有关刘勰曾祖母为"高平檀敬容"的信息来自正史和墓志铭的综合记载。句容南齐永明五年（487）出土的《齐故监余杭县刘府君刘岱墓志铭》记载：刘岱高祖彭城内史刘抚、曾祖山阴令刘爽和祖父余姚令刘仲道，父亲大中大夫刘粹之。刘岱墓志还记载了诸位先祖的夫人的名字及籍贯，包括刘仲道"夫人高平檀敬容"。

刘秀之是南朝莞莒刘氏中地位最为显赫的成员，《宋书·刘秀之传》对他的记载较为详细："刘秀之，字道宝，东莞莒人，司徒刘穆之从兄子也，世居京口。祖爽，

尚书都官郎，山阴令。父仲道，高祖克京城，以补建武参军，与孟昶留守，事定，以为余姚令，卒官。"刘秀之曾经在刘宋三个皇帝执政时任职，尤其得到宋孝武帝的欣赏重用，"都督雍、梁、南北秦四州"等军事，仕至雍州刺史等，受封康乐县公。本传记载他有一个哥哥刘钦之、弟弟粹之。合观两处记载，刘秀之母亲为檀敬容，他是刘岱伯父。另据《梁书·刘勰传》记："刘勰字彦和，东莞莒人。祖为灵真，（刘）宋司空秀之弟也。父尚，越骑校尉。"如此，刘勰比刘岱小一辈，檀敬容应为其曾祖母。不过，《南史》记载未包括刘勰祖父与刘秀之的亲缘关系。

刘义庆生母高平檀太妃

有关刘义庆及其生母檀太妃的记载亦来自正史和墓志。据清严可均辑《全宋文·宋故散骑常侍护军将军临沣侯刘使君墓志》知，墓志主人"刘使君"是刘宋开国皇帝刘裕弟、长沙景王刘道邻（368—422）的孙子刘袭（433—470）。此墓志提到祖母"字宪子"的高平檀太妃，以及檀太妃的父亲永宁令檀畅和祖父琅琊太守檀貔。另据《宋书·宗室》记载：刘道邻第二子刘义庆（403—444）过继给临川王刘道规（370—439）为子："道规无子，以长沙景王第二子义庆为嗣。"综合墓志铭与正史记载，景王刘道邻共有六个儿子。道邻薨后长子刘义欣承袭景王位。第三子刘义融即上述墓志主人刘袭的父亲，而第二子则是承袭临川王位的刘义庆。据笔者在"文才武将"一文中考证，檀道鸾为檀太妃堂弟、与其同祖檀貔。刘义庆祖先为"彭城刘氏"，过江后也是世"居晋陵郡丹徒县之京口里"。此外，刘袭墓志铭还纠正了正史将长沙景王"刘道邻"误记为"道怜"的错误。

关于刘义庆籍贯与世居地，《宋书·本纪》对其伯父刘裕宋高祖有记载："高祖武皇帝讳裕，字德舆，小名寄奴，彭城县绥舆里人，汉高帝弟楚元王交之后也。"其祖先南来过江后，"居晋陵郡丹徒县之京口里"。刘义庆的籍贯与世居地同刘裕，他本人也是成年之后才离开京口。另据祝总斌先生《刘裕门第考》考证："刘裕曾祖混，官至武原令；祖靖，东安太守；父翘，郡功曹。"刘裕的这些先人，也是刘义庆的祖先。

檀道鸾祖先及与檀氏亲缘关系

当代学者注意到了檀氏的著名武将如刘宋司空、江州刺史檀道济（？—436）等，实际檀氏有文、武两支。正史对檀道鸾一支的檀氏文支记载虽少，仍旧来自正史与墓志铭。《南齐书·檀超传》与《南史·檀超传》均记载了南齐司徒左长史檀超和他的祖先。另据洛阳出土的北魏正光五年、梁武帝普通五年（524）所刻龙骧将军檀宾的墓志铭，记载了他的东晋曾祖父檀嶷（之）以降的祖先："曾祖嶷，以风高独远，晋中书侍郎琅琊太守。祖道冲，以辞华隽历，宋召黄门侍郎。父猷，才标胄墼，起家正员郎晋安内史。"据上述正史和碑铭综合记载，檀嶷之有三子：檀道彪、道鸾和道冲。其中，檀道鸾为道彪弟，檀超为道彪子。檀氏文支檀嶷数代除了檀斌，均任文职，身为文士。

另据笔者综合正史、上述墓志铭有关檀太妃、檀超、刘宋司空、永修县公檀道济等记载，厘清檀太妃为檀道济姐姐、道鸾堂姐。换言之，檀太妃与道济、道鸾同祖琅琊太守檀𧤼。道济有三位兄长——右将军、宜阳县侯檀韶，领军、西昌县侯檀祗，檀隆，在叔叔曲阿县公檀凭之的带领下参加了刘裕京口起事。此外，还有檀凭之儿子云杜县子、交州刺史檀和之等。正史多次提到檀氏成员来自"高平金乡""世居京口"。

关于檀道鸾本人的记载不多。据《南史·檀超传》：他的"叔父道鸾字万安，位国子博士、永嘉太守，亦有文学，撰《续晋阳秋》二十卷"。另外，《宋书·徐爰传》提到"尚书金部郎檀道鸾"参加了大明六年（462）著作郎徐爰（394—475）和江夏王刘义恭（413—465）等出席的撰修宋史的讨论会。檀道鸾被邀请讨论撰修国史，不仅因其为"国子博士"，还很可能因为其著《续晋阳秋》的著史经验。"尚书金部郎"应该是他至仕职位。

小议墓志铭与正史

上述三家历史的考证显现出墓志铭对于历史人物与其家族研究的重要作用，可以对其他史料提供旁证或加以补充、纠正。正史是我们研究历史的重要材料，但其记录未必全都可靠，若能与其他原始资料，尤其出土文件或原始墓志铭等相对照，更能确保其准确性。例如，刘义庆侄子刘袭墓志记载了义庆父亲的名字为"刘道邻"而非诸本正史所记"刘道怜"。以檀氏人物为例，《南齐书》记载檀道鸾的父亲檀嶷（之）为"（刘）宋南琅琊太守"，而他的重孙檀宾墓志铭纠正为"（东）晋中书侍郎琅琊太守"。此外，若不使用墓志铭，就不会注意到檀氏除了有武功显赫的武将之外还有重视文、史的文支，所作研究便会偏颇失实。东莞刘氏与高平檀氏联姻信息亦来自墓志铭。

三人宗教倾向及玄、道、佛影响

东晋道、佛之所以兴盛，大概是因为中原板荡、战乱频仍的现实状况使人向往、追求清平完美的彼岸道、佛世界。刘、檀三族成员都受到这种共享文化的影响，也是这两种文化的建造者。其中，刘义庆晚年信佛，刘勰是佛教徒。除了刘义庆、刘勰信佛，这三族成员早期可能多信道。其中，上清教宗师陶弘景在《真诰》中记载刘义庆生母"长沙景王檀太妃"曾在茅山（江苏句容）许谧修道处建馆崇道："许长史今所营屋宅，对东面有小山，名雷平山……长史宅自湮毁之后，无人的知处。至宋初，长沙景王檀太妃，供养道士姓陈，为立道士廨于雷平西北，即是今北廨也。后又有句容山，其王文清后为此廨主，见传记，知许昔于此立宅。"结合杨世华、潘一德所著《茅山道教志》有关叙述判断，檀太妃所建道馆很可能在许谧雷平山西北所建"长沙馆"处，被陶弘景称作"北廨"，即后来的茅山朱阳馆，今玉晨观旧址。

陈寅恪先生曾考证，东晋、南朝人物名字中的"道"或"之"字是道教徒的标志。周一良先生又加"玄、道、灵"三个字作为信道教的名字标志。据两位先生所言标准推断，上述三个家族可能有不少成员信道教：刘勰祖父刘灵真、伯祖刘秀之等，刘道邻、刘道规等，檀凭之、檀道鸾、檀道济等，都在此列。不过，除了檀太妃、刘义庆和刘勰，他人宗教倾向仅是推测。"道"字也可以是同辈排行的标识，如檀道彪、道鸾和道冲三兄弟，檀道济是他们的堂兄。名字中带"之"字不一定都是道教徒，例如颜延之，他曾参加《神灭不灭》的争论，即人死后肉体不存是否还有神灵存在，这显示出他的佛教兴趣。名字中的"之"字可以不计辈分，如檀道济叔叔檀憑之和儿子檀和之，名字结尾均有"之"字。同样的例子还有王羲之、王献之父子等。名末的"之"字可有可无，例如正史中记载的檀道鸾父亲檀嶷之，在檀宾墓志铭中被记为"檀嶷"。

道教是中国本土宗教。陈寅恪先生专有著述指出"天师道教（五斗米教）"势力最盛。不仅社会中下层信之，高门成员信者也大有人在，如门阀首族王羲之、王凝之，高门郗愔、郗昙等。流民和土著都信者甚众。此外，东晋玄学极盛，其核心"三玄"即以道家《老子》《庄子》和儒家《易经》组成。玄学有道家之根，西方一些学者称之为"新道家"（New Taoism）。玄学影响了东晋哲学思想、文学、艺术等文化领域，尤其是将道家思想或佛理引入文学的游仙诗或佛理诗。

按照时间先后顺序，刘义庆晚年进入南朝后始信佛，刘勰是梁朝人。他们的例子显示了东晋、南朝佛教影响不断扩大，深入社会上、下各阶层。宗教方面，中国从信道教为主的社会、文化传统转向佛、道竞爽。尽管道教本土根深，佛教却后来居上。尤其在文学领域，玄谈佛理逐渐成为东晋文化界社交、创作的主流。佛教文化给中国哲学、文学、艺术和建筑等方面带了巨变。关于东晋、南朝佛教发展的著述很多，此不赘述。

家族自识与次门文人后出

家族文化传统如家族的自识也有助于了解其族的文化倾向。刘裕认为他是"汉高帝弟楚元王交之后"，即汉高祖弟刘交的后代。刘勰认为东莞刘氏是"汉齐悼惠王肥后也"，即刘邦子刘肥的后代。正史均记载檀氏来自"高平金乡"，但檀氏的自识为"高平平阳"，这可从刘袭、檀宾两个墓志铭得到证实。刘袭墓志铭记祖母檀太妃邑望为"高平平阳檀氏"，檀宾墓志铭提到的邑望更为详细，称檀氏为"高平平阳县都乡箱陵里人"。据《读史方舆纪要·兖州府》记载，晋代的"高平平阳"在汉朝的前身为"山阳瑕邱"。《后汉书·党锢列传》记载了汉代两位山阳瑕邱檀氏清流名士：国家级名士"八及"之一的檀敷及地方著名的"八俊"之一檀彬。他们都以反对宦官专权极言直谏而著名。瑕邱（平阳）、金乡同属高平。檀氏认为他们是檀敷后代，故将郡望锁定在"高平平阳"，而非正史所记檀氏迁出的"高平金乡"。

三家自识或是皇族后代或为精神文化领袖后裔，都溯源至汉代。他们的自识代表了各自文化价值。家族自识是其文化传统的重要组成部分，像一面象征家族文化的旗帜，成为族内成员人生拼搏的动力与奋斗目标。今人多注意到东晋、南朝高门和次门之间的差别，而忽视了两者同属于"士"阶层，其间有相似之处。上述三家次等士族的家族在北方都是世家望族，都有北方郡望标志。只是南来后失去其世代积攒的家业和地方根基。次等家族成员虽然南来后经历了数代低微贫困的境遇，但在自识、进取、文史创作动力方面与高门同样强烈。刘义庆、刘勰和檀道鸾是其中三例。萧聿孜先生在《南朝寒士仕隐心境及其诗文研究》一文，以量化法统计了南朝来自"寒士"（即"次门"或"次等"士族）和高门有记载的著名著作，发现"寒士"作品在成书的部数和卷数方面都不少于高门。

二、檀道鸾《论文学》

檀道鸾《续晋阳秋·论文学》一节是最方便的切入点，他和刘勰都提到文学源流和汉晋文学流变。刘义庆、檀道鸾和刘勰三人的著作都涉及东晋文学特点和郭璞、许询、孙绰等名士。小标题《论文学》未出现在刘峻注引文字中，是为了讨论方便而设。"文学"一语采用其现代含义。《续晋阳秋》原书今已亡佚，部分存世多赖以刘峻（孝标）为《世说新语》作注等引用。《论文学》作为刘孝标的注引而出现。

关于檀道鸾的此段文字，学界对其文本、标点和释义都有不同意见。李善为《文选》作注时也注引了此段文字，但多有出入。踪凡先生曾从文学发展历程、文辞语法入手解析，认为刘峻注比李充注更可靠，论证更令人信服。此外，《论文学》是檀道鸾由许询而联想到中国文学发展，思路出现跳跃迂回。例如，"过江"后，佛学对于东晋文学流变的影响不同凡响，檀道鸾评论东晋文学时首先想到佛理对文学诗著的影响。继之在论及佛理诗盛行之前，又先追溯再早有郭璞游仙诗引道入诗，然后称尊"三世之辞"引佛理入诗的许、孙为"一时文宗"，造成今人有郭璞是佛理的接受人的错觉，故质疑文本。

笔者参考了诸家观点，标点方面参考了陈允吉和王今晖等学者的标点法，分段依照美国学者马瑞志（Mather）先生的英文翻译分为三段，这样做条理更为清晰。文本采用《世说新语注》。因为《世说新语》和《续晋阳秋》内容、观点关系甚密，两者并论。

《世说新语·文学第四》第八五则说："简文（东晋简文帝）称许掾（许询）云：'玄度（许询字）五言诗，可谓妙绝时人。'"刘孝标为《世说新语》此条注引《续晋阳秋》如下：

> 询有才藻，善属文。自司马相如、王褒、扬雄诸贤，世尚赋、颂，皆体则《诗（经）》《（离）骚》，傍综百家之言。及至建安，而诗、章大盛。逮乎西朝之末，潘、陆之徒，虽时有质、文，而宗归不异也。正始中，王弼、何晏好《庄》《老》玄胜之谈，而世遂贵焉。至过江，佛理尤盛，故郭璞五言始会合道家之言而韵之，询及太原孙绰转相祖尚。又加以三世之辞，而《诗》《骚》之体尽矣。询、绰并为一时文宗，自此作者悉体之。至义熙中，谢混始改。

檀道鸾是迄今所发现的历史上第一个将《诗（经）》《骚》（即楚辞）并列，并将前秦诸子百家的"百家之言"置于文学本源的主导地位之学者。三个文学源头关系由"体则"（以……为本体）、"傍综"（傍：依傍）体现。檀道鸾将《诗》《骚》并置为文学主源有其深远的历史意义。他将具有楚地文化特色的楚辞纳入主流文学源头，显示出他重新审视将中国文化之源限定在黄河流域"中原""河洛文化"之说上，转而接受南、北文化两源。这是他在家族南迁过江，"世居京口"经历后，视野拓阔的显现，亦是对长江流域江南政权的认同。刘勰在《辨骚》篇尾处"赞"中也提到楚地"山川无极，情理实劳"，从而造就了"惊才风逸，壮志烟高"的屈原及其作品。

檀道鸾对于汉朝以降文学发展的评论有其独特的见解。其他文学评论家多根据历史分期评价文学流变，而檀道鸾则依据文学源流的"宗归"将中国汉晋文学分为两大"宗归"阶段。（曾毅先生将两阶段归为"诗分二源"，笔者认为是文学"三源、两阶段"，与之有相通之处）前一阶段包括汉朝的"赋、颂"，建安以来的"诗、章"，并延续到西晋末具有"质、文"的文学潮流。后一阶段则始自正始以来王弼、何晏的玄学影响，即"玄胜之谈"影响下的"过江"（东晋）文学。第一大文学"宗归"时期，文学"皆体则《诗》《骚》""傍综百家之言"。第二大阶段则是"世遂贵焉"的王弼、何晏的"玄胜之谈"主导影响下的依"道家之言"和"三世之辞"的文学创作。檀道鸾此段论述明确指出文学"三源"及"宗归"各异的两大发展阶段。他不仅注意到玄学对于文学潮流的影响，而且如实介绍了这一现象。此段论述中"玄言诗"未出现过。为保持议论原貌，本文采用"佛理诗"。

檀道鸾论及东晋诗作潮流三变：郭璞的游仙诗，以许询、孙绰为代表的佛理诗，再过渡到谢混所开创的山水诗，之后便戛然而止。他将游仙诗和佛理诗都置于"玄胜之谈"大伞的影响之下。虽然称"三世之辞"佛理诗作代表人物许询、孙绰为"一时文宗"，但将"会合道家之言"的郭璞定为东晋文学先行者而被"转相祖尚"，意指"道家之言"诗在先，"佛理"诗在后；援教义入诗方面，后者继承了前者。他注意到东晋"玄胜之谈"（玄言），"道家之言"和"三世之辞"（佛理）在文学领域的主导作用并具内在联系，佛理诗在继承玄、道的基础上引进新的文化因子——佛理，三者互动互融，而不是非此即彼的相互排斥。美国学者柯睿（Paul W. Kroll）认为孙绰在佛理诗中不断使用道教用语或儒学经典的隐喻。

檀道鸾注意到佛理诗虽然后起，但后来居上，在诗界具有风行一时的主导地位："询、绰并为一时文宗，自此作者悉体之。"但他对佛理诗失去《诗》《骚》文学特色不无惋惜。此处他未提"百家之言"，因为"玄胜之谈"本身主要依据"百家"中的《庄》《老》道家主旨。檀道鸾关注玄学影响下的道、佛文学，不仅因东晋社会两教盛行，而且他本人也被道、佛的亲戚，如堂姐檀太妃和堂甥刘义庆所围绕。

檀道鸾虽然未明确指出佛理诗在哪些方面丧失了"《诗》《骚》"之体，但他在"宗归"处已将文学的表现手法的两大要旨归结为"质"与"文"，即文学作品既要有内容和思想（质），又要有文采（文）。古代"文""纹"同义，都意指纺织品，尤其光鲜丝织品上的精细花纹，后被引申为形容文采动人的诗作文章。中国文人有用精细纹样的丝织品形容华美文章的习惯。例如陆机在《文赋》中说："诗缘情而绮靡，赋体物而浏亮。""绮"常与"罗"连用，是纹样精细、色彩鲜亮的丝织物名称。

陆机在此用"绮靡"来形容诗"缘情"像绮罗一样美好。另外，《世说新语》称"潘（岳）文灿若披锦，无处不佳"，将潘岳的文章喻为美若灿烂夺目的锦缎披巾。

理想的诗文要做到"文质彬彬"，即"文"与"质"的平衡和谐，缺一不可。早在东汉末，"建安七子"中的阮瑀和应玚都著有《文质论》，详细论及"文"与"质"，政治、做人、写作要达到"文质彬彬"。不过，两人对于"文、质"的侧重点相左。

檀道鸾的"质文"提法重申了中国文学批评的关键标准在于文学不仅要表达一种思想或教义，而且要有艺术风格和文学特色。他使用了"质文"一语概括自建安至西晋末的文学作品都"宗归"三源、重视"文质彬彬"。钟嵘在《诗品》中使用了"彬彬"之语，形容建安文学"文质彬彬"达到极盛。西晋文学在其影响之下，与檀道鸾观点相近："降至建安……彬彬之盛，大备于时矣。"钟嵘称五言诗为："众作中有滋味者。"他进一步总结了文学表现手法的要素："干之以风力，润之以丹彩，使味知者无极，闻之者动心。"这是对于"文质彬彬"的具体阐述。优秀文学使读者"动心"，感受"无极"余味，而说教式文学则缺乏感召力。钟嵘曾批评孙绰、许询等人的佛理诗"理过其辞，淡乎寡味"，应与檀道鸾意指相近。

檀道鸾在论及许询、孙绰时，充分肯定了两人的文学天才，如称许询为"神童"。他的批评仅局限于佛理诗，未涉及其他作品。因两人佛理诗或已不传或极少存世，故很难评价。孙绰存世的佛理诗中，玄学、道家、儒家用语与佛理相杂，并非专及佛理。

许多学者都注意到檀道鸾将《诗》《骚》并列的独创提法，但对于"百家"作为文学源头的提法，只集中在几位研究汉赋源流多元论的史家如踪凡和冷卫国先生等。他们在讨论赋源时提到"百家"中纵横家的表达方法对赋的影响。

笔者认为，赋为了凸显主题而采用的铺叙夸张等手法，的确可以溯源至纵横家。但檀道鸾的"三源宗归论"意指包括赋、颂、诗、章等整个文学领域。特别是他将"百家之言"列为文学三源之一，尽管将《诗经》列为三源之首，实际上将儒学回归为"百家"之一家，尽管是特殊的一家。

另据踪凡先生，檀道鸾在文体分类上亦有建树："从'世尚赋、颂''皆体则《诗》《骚》诸语看来，檀道鸾已将诗、骚、赋、颂视为四种不同的文体。"他认为："檀道鸾第一次把骚（楚辞）体从赋体文学中剥离了出去……为我国古代文体分类的细密化、准确化起了推波助澜的作用。……檀道鸾最早感受到了楚辞与赋在体制、风格、文学地位等方面的差异。""此后，齐梁时期任昉《文章缘起》、刘勰《文心雕龙》、萧统《文选》等都接受了檀道鸾的文体观念，在赋类外另设诗、骚、颂诸类。"

此处有一点需要说明，檀道鸾将《诗》《骚》并置，并不等于不重视儒家经典，而是将其列为三个文学本源之一。《续晋阳秋》和《世说》都描述了东晋名士遵守齐家等儒家价值。据《世说》注引《续晋阳秋》，郗超的父亲忠于晋室。病逝前为使父亲免于因其早逝悲伤过度而伤身，他安排手下在他卒后将他与桓温密谋篡权的来往书信交给父亲以激怒父亲，从而斩断对他的伤怀，但桓温密谋之事也被曝光。檀道鸾对郗超的记载具有东晋时代特色，视家族孝悌大于忠君，名士价值大于君臣关系。

要言之，檀道鸾"体则《风》《骚》，傍综百家"的提法具有独创先行的重要历史意义。他不仅将文学与经学分离、作为独立学科论述，而且首先将楚辞升至与儒家经典同等地位，承认了文学有南、北两个源头，亦将"百家之言"纳入文学本源，还进一步显示玄学成为东晋文学的主流影响。玄学的兴盛已经挑战了儒学独尊的地位，檀道鸾进一步从文学源流和文体分类等方面画龙点睛。

在充分理解檀道鸾《论文学》之后再来分析刘勰的有关论述，可以观察到刘勰在哪些方面继承了檀道鸾的文学观，又在另外领域立场转向，回归尊经传统。由此可以追踪东晋和南朝文学评论的嬗变。

三、对比《文心雕龙》

刘勰（约465—约532）比檀道鸾要晚生数十年。论及汉、魏文学流变，《文心雕龙》与《续晋阳秋》有暗合之处。例如檀道鸾说："及至建安，诗章大盛。"而刘勰亦说："暨建安之初，五言腾踊，文帝陈思，纵辔以骋节；王、徐、应、刘，望路而争驱。"两位学者都注意到建安时期诗作活跃兴盛，只是道鸾未列举具体诗人，而刘勰则相对铺陈。檀道鸾论及的其他人物也在《文心雕龙》中出现。

不过，《文心雕龙》的最大特点在于尊崇儒学正统。《原道》《征圣》和《宗经》三开篇之作已经开宗明义地详加说明："论文必征于圣""劝学必宗于经。"

对比檀道鸾，刘勰对《楚辞》有保留的接受。他对楚辞的分析也不尽一致。他用儒经衡量《楚辞》，认为楚辞与儒经有"四合"与"四异"。他所列举的历史人物褒贬《楚辞》也是据《诗》论《骚》，像汉宣帝推崇《离骚》"以为皆合《经》术"。但《文心雕龙》在具体论述时往往超出正统儒家拘囿。最明显的是在《物色》篇中说"《诗》《骚》所标，并据要害"，并置了《诗经》和《楚辞》。他还在《辨骚》结尾处"赞"中表达了对屈原和《楚辞》的无限敬仰，尤其指出楚辞来自楚地的地域文化背景，因其"无极"的"山川"而造就了屈原高远的情思。总之，刘勰根据儒学经典有条件地接受《楚辞》，有时并列《诗》《骚》。

刘勰对赋的分析也不完全一致。其《诠赋》篇说："然则赋也者，受命于诗人，而拓宇于《楚辞》也。"将赋与《楚辞》分开对待。又说"赋颂歌赞，则《诗》立其本"，显然认为赋出于《诗经》。但在论赋源流时又说"讨其源流，信兴楚而盛汉矣"，意指汉赋起源于《楚辞》。上述例证显示，刘勰有时将"辞赋"作为同一文体来谈论。而赋源可以是《诗》，也可以是《骚》，《楚辞》文学地位高于赋。

对比《文心雕龙》有关论述，《论文学》与之同异之处相对清晰。檀道鸾无条件地将《诗》《骚》并列。诸子百家成为文学的第三个主源，其中道家部分"玄盛之谈"上升为主导东晋文学潮流风行一时的主流影响。刘勰虽有时并列《诗》《骚》，但从不曾承认"百家"为文学源头。

檀道鸾《诗》《骚》并论的提法基本得到后世南朝文学评论家（有条件）的认同。例如王运熙、顾易生先生《中国批评通史·魏晋南北朝》卷将檀道鸾的"论文学"专门列为一节，认为檀氏《诗》《骚》并列的提法"具有开创性的意义，后来沈约《宋书·谢灵运传论》《文心雕龙·明诗》《时序》、钟嵘《诗品·序》显然均受其影响"。周勋初先生注意到："风骚已在魏晋南北朝时的文坛上形成一种传统，大家已经习惯于'风''骚'并称，且以继承这一传统为荣。"（《〈文心雕龙·辨骚〉篇属性之再检讨》）周先生列举的南朝几位连用"风骚"的学者中，第一位为檀道鸾。踪凡先生在评价檀道鸾的多源论时说："檀道鸾不仅首倡辞源说，还将其与前人的诗源说相融合，同时又认识到先秦诸子百家对赋的浸润和沾溉，创立了赋体文学的多源说。"他认为《文心雕龙》仅继承了檀道鸾的"诗源说与辞源说"，而未接受他的"傍综百家之言"。他进一步评论说："檀道鸾的赋源诸子说却几无嗣响。直到清代乾嘉年间，章学诚（1738—1801）才在《校雠广义·汉志诗赋》中重新提出了所谓的'多源说'。"不过，章学诚并未提到檀道鸾的影响。

檀道鸾"三源论"的接受史显示：历史发展并非直线，既有直接继承和发展，也有断层再续，有时这种断层可长达千五百年之久。梳理和重新审视被遗忘的文史著作，是还原历史真实的最佳途径之一。

刘勰在《文心雕龙·时序》《论说》和《明诗》等篇中提及《老》《庄》玄学对东晋文学流变的影响，以及对于"玄风"影响下的东晋文学的批评。例如："江左篇制，溺乎玄风，嗤笑徇务之志，崇盛忘机之谈，袁（弘）孙（绰）已下，虽各有雕采，而辞趣一揆，莫与争雄，所以景纯《仙篇》，挺拔而为隽矣。宋初文咏，体有因革。庄老告退，而山水方滋。"所论东晋文学流变与檀道鸾相近。归根结底，刘勰、檀道鸾与佛理诗之间风格的不同触及文学本质：文学是否应该思想、哲理美与文辞文采美两者并重。

《文心》与《论文学》的不同处在于对待玄学影响下的游仙诗和佛理诗的关系问题上。檀道鸾强调它们之间的前后继承关系——"转相祖尚"，而刘勰则将其置于"争雄"之位。

对于玄学本身，刘勰与檀道鸾观点不同。刘勰说："正始明道，诗杂仙心。何晏之徒，率多浮浅。"而檀道鸾说："正史中，王弼、何晏好《庄》《老》玄胜之谈，而世遂贵焉。"没有刘勰认为玄学"率多浮浅"的负面观点。檀道鸾将郭璞的诗置于"玄胜之谈"框架的影响之下，表明他不反对玄学对于文学之影响，但他不赞成佛理诗的表现手法。换言之，如果佛理诗采用郭璞诗作手法，很可能被他接受。"三世之辞"不过为一附加条件。

四、郭璞

这里需要特别指出的是上述二人都对郭璞予以高度评价。刘义庆也很欣赏郭璞的诗，在《世说新语·文学》第七六则中引用了郭璞的清新隽永诗句及阮孚读后畅神、超脱的飘逸感，借用自然，暗寄玄理："郭景纯诗云'林无静树，川无停留。'阮孚云：'泓峥萧瑟，实不可言。每读此文，辄觉神超形越。'"

郭璞是一个值得注意的文学家。他不仅多产，而且他的作品内容五花八门。除了诗、赋，他还给《周易》、古文字学和训诂学的辞书《尔雅》与《方言》、神话传说《山海经》《穆天子传》和《楚辞》等作注。他本人对于纬、谶乃至风水卜卦无不通晓，但又坚守儒家忠君的价值，因不赞成王敦背叛晋室而被杀害。檀道鸾欣赏郭璞，特别指出郭璞"会合道家之言而韵"的诗作，后来"一时文宗"的许询、孙绰等都对其"转相祖尚"。郭璞诗风吸收了《诗》《骚》传统，融"道家之言"于诗中，继承了三个文学本源的精华。游仙诗尤其想象丰富，具有屈原《远游》的风格，语言艳丽，具备刘勰所说"辞趣"与钟嵘的"滋味"。

在缺少"辞趣"的东晋时代，郭璞的诗作越显"挺拔而为隽矣"，无人可与之"争雄"。刘勰在《才略》篇又评道："景纯（郭璞字）艳逸，足冠中兴，《（南）郊赋》既穆穆以大观，仙诗亦飘飘而凌云矣。"这与檀道鸾所论述的连"一时文宗"的许询、孙绰都需要"转相祖尚"郭璞的榜样，钟嵘《诗品》中所说"中兴第一"，以及誉之为"辞赋为中兴之冠"（《晋书·郭璞传》）的称赞等异曲同工。

刘勰欣赏郭璞，不仅因为郭璞的"辞趣"与"飘飘然"的仙诗风格。郭璞曾注《尔雅》。在《宗经》篇，刘勰认为《书经》难懂，靠着《尔雅》解释词义的帮助，才使人通晓其意："《书（经）》实记言，而训诂茫昧。通忽《尔雅》，则文意晓然。"提到郭璞的四言韵语《尔雅图赞》时，刘勰赞不绝口："及景纯注《雅》，动植必赞，义兼美恶，亦犹颂之变耳。"

刘勰之所以认为郭璞"足冠中兴"，还因为其赋，他特别指出了郭璞所作"穆穆以大观"的《南郊赋》。刘勰总评郭璞赋时说"景纯绮巧，缛理有余"，对他的文辞和说理都很赞赏。除了《南郊赋》，郭璞另有《江赋》和《流寓赋》，三篇赋充分表达了时代心声。

两晋交替之际，半壁江山，国破家亡，大规模的民族残杀，家园、生命在须臾之间灰飞烟灭，大批北方士庶倾巢南奔。这种历史上空前的大规模"植根"浪潮给南渡北人造成的严重心灵创伤，几代不可平息。人心思治，仰望新天子出。然而新成立的东晋政府先天不足，晋元帝与西晋皇族关系甚远，东晋数帝皆无玉玺，被北人称作"白板天子"，缺乏正统权威。且内有来自门阀首族琅琊王氏的王敦以重兵相逼。（参田余庆《东晋门阀政治》）郭璞的三篇赋即从心理和美学的角度满足了过江百姓和君王的心灵渴望。其《流寓赋》有句："观屋落之隳残，顾徂见乎丘枣。嗟城池之不固，何人物之希少。"郭璞的赋道出了像檀道鸾一类祖先南迁时曾经历过食"鼠雀"困境的北方家族的心声，因之推崇郭璞。

郭璞另有《江赋》，称长江为"水德之灵长"，"极泓量而海运，状滔天以森茫"。李善注引《晋中兴书》提道："璞以中兴，王宅江外，乃著《江赋》，述川渎之美。"程章灿先生曾在分析《江赋》时提到北方家族"经历了流徙簸迁之苦"后，"来到江南这块陌生的地方"。他认为郭璞借长江的"水德"来比喻"王者正统之所在""祝愿东晋新政权像长江一样日夜滔滔，自强不息"。王德华先生则从"颂扬东晋王朝建立"论述说：郭璞"见出长江在南方地域的重要作用，借川渎之美来颂扬东晋王朝建立的用意甚显"。

至于刘勰提到的《南郊赋》，王德华先生认为郭璞"用辞赋的形式描述当时司马睿即位南郊的盛典和对东晋王朝建立的歌颂"。《晋书》提到"郭璞奏《南郊赋》，中宗（司马睿）见赋嘉其才，以为著作佐郎"。《晋书》称郭璞"袭文雅于西朝，振辞锋于南夏，为中兴才学之宗"。郭璞的《南郊赋》不是一般的歌功颂德，晋初皇权旁落，东晋政府真正当权的是门阀首族琅琊王氏，王敦专兵。郭璞对于皇权的赞美，很可能招致王氏不满。其后，郭璞果然因得罪王敦而招来杀身之祸。在当时人心思治、盼自己的汉人政权的情况下，《南郊赋》道出了百姓和帝王两方面的心声。

而且，郭璞的诗、赋和其他作品及个人秉性显示他文学的多重性：他的游仙诗体现了玄学道家影响，他对《老》《庄》彼岸的向往及借助"游仙"而"坎壈咏怀"。而他的赋多表现忠君、以长江水德比喻江南政权的合法天授、关注人世间的流离苦痛等儒家价值的情怀。他对《楚辞》、训诂、古代神话等都颇有研究。他不仅信纬，而且实践儒经以外、后被官方定为异端而禁止的"谶"术卦卜。他不善言辞、不修边幅，在一个重视仪表、口若悬河、玄谈风盛的东晋时代，极不合时宜。但他博学有文采，使得观点各异的后世学者，出于不同的原因而赞同郭璞著作。如檀道鸾关注文学源流"宗归"和"质文"，特别提到郭璞（游仙）诗。而刘勰因以儒典论文学，从经学国家兴亡明主出的高度进行评论，所以举《南郊赋》为例。

西方学者也很欣赏郭璞，例如美国学者韩瑞亚（Rania Huntington）教授。她认为郭璞的游仙诗正是因其"坎壈咏怀"的特点而突破了传统，自由地表达了自己的情感与欲望，而不是局限于描述"列仙之趣"。值得注意的是，韩瑞雅先生分析郭璞的游仙诗时从刘勰《文心雕龙》入手。在分析《正纬》和《辨骚》篇时，她认为刘勰对待"纬"和《楚辞》的态度表现出突破经学正统局囿的倾向。她特别指出《离骚》与《诗经》的不同。例如屈原的作品多从古代神话人物中取材，在向往的神话世界里自由驰骋，对楚地原始宗教的描述，对于女性的向往与性感（Sensual）描写等，都大大超出《诗经》儒家正统的局面。郭璞继承了《楚辞》作品的主要特征，刘勰肯定了郭璞的"仙篇"。韩瑞亚把郭璞的游仙诗译成了英文，并分析了每首诗。

五、时代与家族印记

上述三位学者的著述观点展示出不同时代的刻记。刘义庆和檀道鸾均活动在刘宋朝，而刘勰在数十年之后仍健在梁朝。刘宋朝承上启下，去晋不远。虽然"玄风"减退，儒学地位加强，但仍有其地位。宋文帝所设"四学"馆：儒、玄、文、史，玄学馆排在第二位。檀道鸾虽然不赞成佛理诗的文学风格，但对东晋包括佛理诗人的名士风度极为赞赏。从《世说》和《续晋阳秋》中记叙了多位自我张扬风流倜傥的名士的背景与言行判断，刘义庆和檀道鸾都很欣赏前朝名士风度，对其记忆犹新。

刘勰生活在刘、檀后数十年。儒学经历朝皇权提倡，地位得到进一步巩固。佛学和道学可与玄学比肩或胜于玄学，而正统儒学又逐渐大于佛、道影响。早在晋、刘宋之际出现了"山水方滋"的文学流变。南朝文学不仅离玄风渐远，而且接踵齐、梁靡丽文风日盛，离"淡乎寡味"的佛理诗风更远。刘勰的文学观也随之向儒学回归。

此外，刘勰把"征圣""尊经"置于首要地位，不仅与生活在儒学地位日渐重要的齐、梁社会有关，还有其个人原因。刘勰的父、祖地位低微，他早年丧父，一生贫困。周勋初先生认为刘勰"尊经"亦因为"后起"的低微地位："刘勰要尊经，以之作为裁决文学作品正否与高下的标准，一方面又要维护'诗骚'的文学传统，为楚辞作辩护。作为后起的一名文学理论家，刘勰当然要对二者做出一番别择，然后分别论述其成败得失。"

纵观檀道鸾、刘勰的东晋—南朝文学流变评论，以及《世说》和《续晋阳秋》中的名士文化倾向，可以清楚地见到东晋—南朝文学发展的三个脉络：东晋盛行的《老》《庄》玄学之风和道、佛影响，晋、宋山水诗的兴起，继之重辞藻文华的齐、梁时代。刘勰本人对于文学潮流演进的评论，也使我们得以一窥南朝儒学渐强之影响。

六、结论

上述三部作品显示了东晋—南朝文学发展的历程。东晋是一个风格独特的时代。如田余庆先生所说：东晋门阀政治非历史之"常态"。同样，东晋学术、思潮相对开放，玄学风盛，名士价值大于政治、社会地位，文人人格相对独立，谈玄善辩风流，都在历史上罕见。东晋名士所申张的文化价值观由东晋上层文化精英通过自我张扬的言行得到进一步确立，又在南朝被来自次门的文人著作如《世说新语》和《续晋阳秋》等志人（小说）文学与私史的形式而得以永久流传，成为中国文化传统的一个重要组成部分。这些作品亦是江南文化赶超北方的一个缩影。尽管后人对于《晋书》等采用《世说》内容有所非议，但从接受学角度显示东晋文人价值不仅被士人接受，而且步入官方正史。

尽管刘义庆、檀道鸾是南朝人，他们作品中的文化—文学倾向却是东晋开放的文化格局的继续。其中，檀道鸾的文学三源论显示出北人大规模南迁拓阔了南来北人视野，不仅对于楚辞重新定位有重大文学意义，亦彰显了国人认同江南文化之根。郭璞赞扬长江"水德"亦是此意。南朝文学评论家如刘勰等也不同程度接受了檀道鸾《诗》《骚》并列的提法。不过，对于檀道鸾将"百家"置于与儒经几乎同等地位观点之接受，要在千五百年之后才实现。

　　此外，南朝虽重新调整了盛行于东晋玄、道、佛、儒互动共融的格局，"玄风"渐退而儒学再一次成为官方提倡的正统，但儒学本身已经不再是"独尊儒术"意义上的儒学。例如，刘勰重《经》但又并置《诗》《骚》等。而体现在《世说新语》和《续晋阳秋》中的东晋文人价值观，包括对佛、道人生哲理的兴趣，通过历代人文人而得以体现，不断隐现在东晋、南朝以降的历史长河中。

　　三家南来标明东晋开启了一个既痛苦而又重要的新时代。与前朝不同，汉人政权和众多北方家族植根江南。从东晋南北分治到隋朝再度统一（317—581）的260多年的时间里，南方政权经历了从门阀政治向皇帝政治（借用田余庆先生用语）的转化：从东晋门阀专权专兵，过渡到次等士族掌权再到皇帝集权的南朝及南朝后期寒庶进入政权，再过渡到南、北统一中央集权的隋朝，取消官僚机构的门第限制和实行以学问人才为标准的科举考试。南朝次等士族的崛起，包括其文人的脱颖不过是这一历史发展走向的一个中间环节，是北方世族经历流迁定居江南重新定位的必经之途，也是江南社会和地方政府得以充实、经济被开发、文化逐步领先的过程，更是继之而来的隋唐盛世得到的"更高一层的凭借"（此用语借自范文澜先生《中国通史·第二编》）。南北分治时期还是了解中国历史发展进程不同于西方的关键。关于这一点，有待他文进一步论及。

陆机《谢平原内史表》"入朝九载，历官有六"句李善注指瑕

——兼论陆机仕晋的履历宦迹和悲剧命运

李剑清·宝鸡文理学院

陆机《谢平原内史表》作于西晋太安元年（302）。陆机在赵王伦篡逆中，受到政治牵连，被羁入狱。后得成都王颖、吴王晏等亲王的竭力救难才幸免于祸。后又因成都王颖举荐，而任平原王国的内史。到官上《表》，以表感激之情。南朝时，昭明太子萧统将此《表》收录《文选》之中。唐朝李善注《文选》，多注释事义，使文义豁然。但在注"入朝九载，历官有六"句时，有失察之瑕。今试指瑕，予以补正，并论陆机仕晋来的履历宦迹和悲剧命运。

一、"入朝九载，历官有六"句李善注指瑕

陆机在《谢平原内史表》中追忆自己身世及入洛仕晋以来的仕履宦迹，言"入朝九载，历官有六；身登三阁，官成两宫"。李善注曰："臧荣绪《晋书》曰：太熙末，太傅杨骏辟机为祭酒。骏诛，征为太子洗马。吴王出镇淮南，以机为郎中令，迁尚书中兵郎，转殿中郎，又为著作郎。"[1] 李善注引臧荣绪《晋书》以彰明"历官有六"，即李善认为陆机所说的"历官有六"，包括祭酒、太子洗马、吴王郎中令、尚书中兵郎、殿中郎、著作郎。在任职次数上虽合于陆机"历官有六"，但细察陆机的仕历——任职时间和任职地，可以看出李善此注是有失误的。

首先，李善失察于陆机的任职时间年限。在《谢平原内史表》中，陆机所云的"历官有六"是有时间界限的。即所谓的"入朝九载"。那么，陆机所云的"入朝九载"具体是指什么时间呢？《谢平原内史表》作于晋太安元年（302），由此上溯九年，应为晋惠帝元康三年（293）。也就是说，陆机所云的"历官有六"时间界限应在晋元康三年（293）至晋太安元年（302）之间。据李善注引臧荣绪《晋书》等资

---

① 〔梁〕萧统：《文选》，上海古籍出版社，1986年，第1697页。

昭明文苑 增华学林——《文选》与《文心雕龙》国际学术研讨会论文集 一

料记载，"太熙末，太傅杨骏辟机为祭酒"。今考证可知，陆机任国子祭酒职是太熙末（290）到元康元年（291）三月之间事。因而，陆机任国子祭酒职，不当在元康三年（293）至晋太安元年（302）之内。李善误将陆机任国子祭酒职纳入"入朝九载"的时间之中。

其次，李善失察于西晋中央官制与王国官制之别。陆机在《谢平原内史表》中说"入朝九载，历官有六，身登三阁，官成两宫"。可见，"身登三阁，官成两宫"是对"历官"性质的解释。据李善注引《晋令》"秘书郎掌中外三阁经书。两宫，东宫及上台也"①，就清楚地说明"三阁、两宫"皆为中央官制体系（包括中央部门的官制和太子宫官制），而李善所注的"吴王郎中令"是属于西晋王国官制。因为据《晋书·职官志》记载："王置师、友、文学各一人……有郎中令、中尉、大农三卿。"② 而且我们仔细排比陆机生平资料就会发现，从晋元康三年（293）到晋太安元年（302）任平原内史前，他共任职八次。其中六次（即太子洗马、尚书中兵郎、殿中郎、著作郎、相国参军、中书侍郎）属中央官制系列，另两次（即吴王郎中令和大将军参军）属王国官制系列。因此，陆士衡所云的"历官有六"，实指在中央官制系列中的任职情况。而李善注引臧荣绪《晋书》中的"郎中令"，并非中央官制系列的官职。

最后，李善失察于任职地的变迁。陆机在《谢平原内史表》中说"入朝九载，历官有六，身登三阁，官成两宫"。这里陆机所说的"入朝"，可见其任职地在晋朝国都洛阳。而李善注中所云的"吴王郎中令"，绝不在国都洛阳。因为《晋书·陆机传》清楚地说"吴王晏出镇淮南，以机为郎中令"③，可见，陆机为吴王郎中令的任职地应在淮南（治所在今安徽省寿县）。而且，在晋元康三年（293）到晋太安元年（302）前这段时间内，陆机还担任过成都王颖的大将军参军，其任职地应在河北邺城。如果如李善所注"历官有六"，应包括"吴王郎中令"的话，也应包括大将军参军。那么，陆机所言的"入朝九载"，"历官"应是有七，而非有六。因此，李善注所言的"吴王郎中令"是有问题的。由此可见，李善注中引"国子祭酒""吴王郎中令"于理不合。

我们知道国子祭酒和郎中令二职并非在"历官有六"之中，那么，李善又将本属于"历官有六"中的哪两职摈落在外？从陆机仕晋的履历中可知，李善将相国参军和中书郎二职遗漏在外。

陆士衡在永康元年（300）四月以后至永宁元年（301）任职于赵王伦的相国参军。时永康元年（300）三月，贾后毒死了废太子司马遹。赵王伦等趁机于四月三日晚上发动政变，除掉了后党贾后、贾谧等人，陆机也卷入了这场政变之中。《晋书》

① 〔梁〕萧统：《文选》，上海古籍出版社，1986 年，第 1697 页。
② 〔唐〕房玄龄：《晋书》，岳麓书社，1997 年，第 461 页。
③ 〔唐〕房玄龄：《晋书》，岳麓书社，1997 年，第 961 页。

记载说"（机）豫诛贾谧功，赐爵关中侯"①。至于陆机如何"豫诛贾谧"，史无记载，不得而知。至于陆机为什么参与赵王伦的政变，姜亮夫先生以为是有为愍怀太子复仇、尽忠的思想动机的②，但更多的原因是受到赵王伦胁迫。因为赵王伦在发动政变时矫诏说："中宫与贾谧等杀吾太子，今使车骑入废中宫。汝等皆当从命，赐爵关中侯。不从，诛三族。"③ 陆机所任的相国参军职，属于相国府属，④ 属第七品阶。据《晋书·赵王伦传》所载："伦寻矫诏自为使持节、大都督、督中外诸军事、相国、侍中、王如故，一依宣文辅魏故事，置左右长史、司马、从事中郎四人，参军十人。"⑤ 可知陆机是十参军之一。

永宁元年（301）正月至永宁元年（301）四月，陆机又任中书郎职。《晋书·陆机传》："伦将篡位，以为中书郎。"⑥ 中书郎属中书省，《晋书·职官志》："中书侍郎，魏黄初初（置），中书既置监、令，又置通事郎，次黄门已署事过，通事乃署名……及晋，改曰中书侍郎，员四人。"⑦ 唐杜佑《通典》："其职副掌王言，更入直省，五日从驾，到正直，次从直守。"可见，中书郎的职责是"掌王言"，为五品阶。陆机被赵王伦委以重任，为其篡位造舆论。陆机秉性刚直，敢言他人不敢言。赵王伦不会忘记陆机在太康末年当众反击洛阳世族卢志的事，因而他为中书郎是要钳制其口。其实陆机对赵王伦的篡位行为颇有不满，他说："臣之微诚，不负天地，仓卒之际，虑有逼迫，乃与弟云及散骑侍郎袁瑜、中书侍郎冯熊、尚书右丞崔基、廷尉正顾荣、汝阴太守曹武思所以获免，阴蒙避回，崎岖自列。"⑧ 曾与弟弟陆云"乃诈发内妹丧"（《谢齐王表》）想离开京城是非之地。永宁元年（301）三四月间，齐王冏等发兵诛杀赵王伦，陆机因而去中书侍郎职。陆机在短短的四个月中书郎任上，内心极其痛苦，去职后又因齐王冏猜忌而下狱，幸有成都王颖、吴王晏等为之开脱。陆机《谢平原内史表》力辩参与赵王伦篡逆活动，并致谢成都王颖的再生之德。他自然不会对自己任赵王伦的相国参军、中书侍郎的情况有所隐瞒。李善注中将"相国参军""中书侍郎"遗漏在"历官九载"之外，于情亦不合也。

我们将陆机在元康三年（293）至太安元年（302）任平原内史前所云"历官有六"的情况制成图表，如表1：

---

① 〔唐〕房玄龄：《晋书》，岳麓书社，1997年，第961页。

② 姜亮夫：《陆平原年谱》，古典文学出版社，1957年，第77页。

③ 〔唐〕房玄龄：《晋书》，岳麓书社，1997年，第1049页。

④ 相国参军虽属于相国府属，本不属于王朝中央官制中的官制。问题是赵王伦"依宣文辅魏故事"，而曹魏时代的相国参军乃属于中央部门的主要官职。可参见臧云浦、朱崇业、王云度等人的《历代官制、兵制、科举制表释》中的《三国·曹魏官制简表》。

⑤ 〔唐〕房玄龄：《晋书》，岳麓书社，1997年，第1049页。

⑥ 〔唐〕房玄龄：《晋书》，岳麓书社，1997年，第962页。

⑦ 〔唐〕房玄龄：《晋书》，岳麓书社，1997年，第455页。

⑧ 〔晋〕陆机：《陆机集》，中华书局，1982年，第114页。

表 1　陆机（在 293—302 年）历任官职表

任职情况	任职时间	史料文献	备注（作品为内证）
太子洗马	元康二年（292）—元康四年（294）	《三国志·吴志·陆逊传》注引《机云别传》："晋太康末,俱入洛,造司空张华,华一见而奇之。……太傅杨骏辟机为祭酒,转太子洗马,尚书著作郎。"①《晋书·陆机传》曰："会骏诛,累迁太子洗马、著作郎。"②	陆机《赴洛》《祖道毕雍孙、刘边仲、潘正叔》可作内证。第二首："羁旅远游宦,托身承华侧。"《文选》李善注引陆机《洛阳记》："太子宫有承华门。""承华"指"承华门",与东宫有关。
尚书中兵郎	元康六年（296）	《晋书·陆机传》："吴王晏出镇淮南,以机为郎中令,迁尚书中兵郎。"③	《皇太子赐燕·序》："元康四年秋,余以太子洗马出补吴王郎中……三月十六日,有命清宴。"④也就是说陆机于元康六年三月前已经回到洛阳,接受了朝廷的尚书中兵郎职。陆机的《思归赋序》："余牵役京室,去家四载,以元康六年冬取急归……职典中兵,与闻军政。"⑤《谢吴王表》："殿中以臣为郎中,命转中兵郎。"⑥等资料为内证。
殿中郎	元康七年（297）。任职年月史书无载。因为元康八年（298）陆机已"转著作郎"。故应为元康七年（297）事。	《晋书·陆机传》："吴王晏出镇淮南,以机为郎中令,迁尚书中兵郎,转殿中郎。"⑦	《谢吴王表》中说："殿中以臣为郎中,命转中兵郎,复以颇涉文学,见转殿中郎。"⑧为内证。
著作郎	元康八年（298）—永康元年（300）	《文选》卷三十七《谢平原内史表》李善注引臧荣绪《晋书》"……吴王出镇淮南,以机为郎中令,迁尚书中兵郎,转殿中郎,又为著作郎。"⑨	根据陆机《吊魏武帝文·序》："元康八年,机始以台郎出补著作。"⑩因此任著作郎的上限定为元康八年（298）。下限应定为永康元年（300）四月前。

---

① 〔晋〕陈寿:《三国志·吴书》,中华书局,1982 年,第 1360 页。

② 〔唐〕房玄龄:《晋书》,岳麓书社,1997 年,第 961 页。

③ 〔唐〕房玄龄:《晋书》,岳麓书社,1997 年,第 962 页。

④ 〔晋〕陆机:《陆机集》,中华书局,1982 年,第 38 页。

⑤ 〔晋〕陆机:《陆机集》,中华书局,1982 年,第 18 页。

⑥ 〔晋〕陆机:《陆机集》,中华书局,1982 年,第 176 页。

⑦ 〔唐〕房玄龄:《晋书》,岳麓书社,1997 年,第 962 页。

⑧ 〔晋〕陆机:《陆机集》,中华书局,1982 年,第 176 页。

⑨ 〔梁〕萧统:《文选》,上海古籍出版社,1986 年,第 1697 页。

⑩ 〔晋〕陆机:《陆机集》,中华书局,1982 年,第 115 页。

任职情况	任职时间	史料文献	备注（作品为内证）
相国参军	永康元年（300）四月以后—永宁元年（301）	《晋书·陆机传》："赵王伦辅政，引为相国参军。豫诛贾谧功，赐爵关中侯。"①	
中书侍郎	永宁元年（301）正月—永宁元年（301）四月	《晋书·陆机传》："伦将篡位，以为中书郎。"②	陆士衡《谢平原内史表》为内证。

注：上表所云的"历官有六"，皆为中央官制系列。不取其任王国官制的情况。

二、陆机仕晋履历及悲剧命运

如果突破陆机《谢平原内史表》中所云的"入朝九载"，即元康三年（293）至太安元年（302）的时间界限，纵观陆士衡入洛以来的仕晋履历，可知他在西晋政权中共任职 11 次。制成简表如表 2：

表 2　陆机入洛后历任官职表

任职	任职时间	职能	品阶③	史料文献	备注
国子祭酒	太熙末（290）—元康元年（291）三月	国子祭酒是国子学的主官。《晋书·职官志》："及咸宁四年（应为二年），武帝初立国子学，定置国子祭酒、博士各一人，助教十五人，以教生徒。"④	三品之五品之间。因为西晋时散骑常侍属第三品，中书侍郎属第五品。阎步克先生以为国子祭酒应为第三品⑤。	《三国志·吴书·陆逊传》注引《机云别传》："晋太康末，俱人洛……太傅杨骏辟机为祭酒。"⑥《晋书·陆机传》曰："至太康末，与弟云俱人洛，造太常张华……张华荐之诸公。后太傅杨骏辟机为祭酒。"⑦臧荣绪《晋书》曰："太熙末，太傅杨骏辟机为祭酒。"⑧	祭酒和博士的入选条件较高。《晋书·职官志》曰："博士皆取履行清淳，通明典义者，若散骑常侍、中书侍郎、太子中庶子以上，乃得召试。"⑨可能与陆机"誉流京华""服膺儒术"等声名有关，加之有张华举荐。

① 〔唐〕房玄龄：《晋书》，岳麓书社，1997 年，第 962 页。
② 〔唐〕房玄龄：《晋书》，岳麓书社，1997 年，第 962 页。
③ 文章中涉及官职与品阶，依臧云浦、朱崇业、王云度等人的《历代官制、兵制、科举制表释》中的《晋代官制简表》。
④ 〔唐〕房玄龄：《晋书》，岳麓书社，1997 年，第 456 页。
⑤ 阎步克：《品位与职位》，中华书局，2002 年，第 288 页。
⑥ 〔晋〕陈寿：《三国志·吴书》，中华书局，1982 年，第 1360 页。
⑦ 〔唐〕房玄龄：《晋书》，岳麓书社，1997 年，第 96 页。
⑧ 〔梁〕萧统：《文选》，上海古籍出版社，1986 年，第 723 页。
⑨ 〔唐〕房玄龄：《晋书》，岳麓书社，1997 年，第 456 页。

任职	任职时间	职能	品阶	史料文献	备注
太子洗马	元康二年（292）—元康四年（294）	属太子府官署系列。《晋书·职官志》："洗马八人，职如谒者秘书，掌图籍。释奠讲经则掌其事，出则直者前驱，导威仪。"①	太子洗马的品阶不详。似在第六品。	见上表	张华此时任少傅，自然会举荐陆机担任太子洗马。加之，陆机"清厉有风格"的气度。
吴王郎中令	元康四年（294）秋—元康六年（296）	属王国官制系列。《晋书·职官志》："王置师、友、文学各一人……有郎中令、中尉、大农三卿。"②职责应是掌守卫王国王宫门户。	王国官制中，似无品阶之分。故不详。	《晋书·陆机传》："吴王晏出镇淮南，以机为郎中令。"③	西晋诸王都重视与封国内的士人结交，加之，陆机上表吴王晏，请求"殿下东到淮南，发诏以臣为郎中令。"④
尚书中兵郎	元康六年（296）	尚书中兵郎属尚书分曹官，隶属于尚书省。《晋书·职官志》："尚书郎，西汉旧置四人，以分掌尚书……及晋受命，武帝罢农部、定课。置直事、殿中、祀部……为三十四曹郎。后又置运曹，凡三十五曹，置郎二十三人，更相统摄。"⑤	第六品	见上表	元康六年（296），"以中书监张华为司空，太尉、陇西王泰为尚书令"⑥。陆机任此职可能与张华有关。
殿中郎	元康七年（297）	殿中郎隶属尚书省，是三十五曹之一。	第六品	见上表	陆机擅长起草文书，符合尚书郎的任职条件："试诸孝廉能结文案者。"⑦

① 〔唐〕房玄龄：《晋书》，岳麓书社，1997 年，第 461 页。
② 〔唐〕房玄龄：《晋书》，岳麓书社，1997 年，第 461 页。
③ 〔唐〕房玄龄：《晋书》，岳麓书社，1997 年，第 961 页。
④ 〔晋〕陆机：《陆机集》，中华书局，1982 年，第 175－176 页。
⑤ 〔唐〕房玄龄：《晋书》，岳麓书社，1997 年，第 453 页。
⑥ 〔唐〕房玄龄：《晋书》，岳麓书社，1997 年，第 54 页。
⑦ 〔唐〕房玄龄：《晋书》，岳麓书社，1997 年，第 453 页。

陆机《谢平原内史表》"入朝九载，历官有六"句李善注指瑕

任职	任职时间	职能	品阶	史料文献	备注
著作郎	元康八年（298）—永宁元年（300）	《晋书·职官志》："著作郎一人,谓之大著作郎,专掌史任,又置佐著作郎八人。"①	第六品	见上表	陆机在著作郎任参与讨论《晋书》断限问题。并完成了《惠帝起居注》《晋百官名》等历史著作。
相国参军	永康元年（300）四月以后—永宁元年（301）	属于相国府属。《晋书·赵王伦传》："伦寻矫诏自为使持节、大都督、督中外诸军事、相国、侍中、王如故,一依宣文辅魏故事,置左右长史、司马、从事中郎四人,参军十人。"②	第七品	见上表	陆机可能受到胁迫,是因为赵王伦在发动政变时矫诏说："中宫与贾谧等杀吾太子,……汝等皆当从命,赐爵关中侯。不从,诛三族。"③
中书郎	永宁元年（301）正月—永宁元年四月	唐杜佑《通典》："其职副掌王言,更入直省,五日从驾,到正直,次从直守。"其职责是"掌王言。"	第五品	见上表	因陆机秉性刚直,陆机被赵王伦委以重任。
大将军参军	永宁元年（301）六月间	属于大将军拧属。	第七品	《晋书·陆机传》："颖以机参大将军军事。"④	一是成都王颖赏识陆机。二是陆机"负其才望,志旷世难"⑤。
平原内史	太安元年（302）	王国官制系列。《晋书·职官志》："改太守为内史,省相及仆。"⑥王国中的内史相当于郡县中的太守,行使王国的行政管理。	内史应为五品	《晋书·陆机传》："表为平原内史。"⑦	与成都王颖推荐有关。

---

① 〔唐〕房玄龄:《晋书》,岳麓书社,1997 年,第 455 页。
② 〔唐〕房玄龄:《晋书》,岳麓书社,1997 年,第 1049 页。
③ 〔唐〕房玄龄:《晋书》,岳麓书社,1997 年,第 1049 页。
④ 〔唐〕房玄龄:《晋书》,岳麓书社,1997 年,第 966 页。
⑤ 〔唐〕房玄龄:《晋书》,岳麓书社,1997 年,第 966 页。
⑥ 〔唐〕房玄龄:《晋书》,岳麓书社,1997 年,第 461 页。
⑦ 〔唐〕房玄龄:《晋书》,岳麓书社,1997 年,第 966 页。

任职	任职时间	职能	品阶	史料文献	备注
后将军河北大都督	太安二年（303）八月	"后将军"为军号，代表着军阶。"都督前锋军事"是军职。	据《通典》载，后将军为三品。	《晋书·陆机传》："太安初，颖与河间王颙起兵讨长沙王乂，假机后将军，河北大都督。"①王隐《晋书》："成都王颖讨长沙王乂，使陆机为都督前锋军事。"②	与感恩成都王颖，并能完成"志匡世难"的理想有关。

由此表可知，陆机在入洛后的十四年（即太康十年至太安二年）中共历仕 11 次，官品在三品至七品之间浮动。除受赵王伦胁迫任相国参军、中书侍郎外，基本上是自愿为宦。其任职也基本上符合九品中正制"任得其才，才堪其任"的基本精神。从品阶上看，陆机在九品中正制下的品评中，应居中正二至三品之间。因为在魏晋时代，中正一品一般虚悬不用。中正二品的官员，起家官品五至七品③。这都源于他显赫的世家声明、不凡的气度和刚正清厉的人格个性。可悲的是，就在陆机入洛后不久，晋武帝驾崩，白痴皇帝晋惠帝即位，出现了"政由桓氏，祭在寡人"的局面。最后愈演愈烈，以至于酿成"八王之乱"。陆机对时局判断不明，汲汲于仕途，怀着"志匡世难"的抱负，渴望建"九合之功"，先辗转贵戚贾谧集团，后流离于八王中的赵王伦、齐王冏、成都王颖之间，最终虽任后将军河北大都督，手握兵权，有望实现自己"欲见九合之功"的理想。可惜，成都王颖的诸军将领多欺陆机为南人，多不服从其号令节制，以致在征讨长沙王乂的战争中失利，陆机也因被诬叛逆而殒命，成了悲剧式的英雄。陆机的悲剧在于西晋"八王之乱"毫无正义可言，而他却坚持"志匡世难"的理想，在西晋宗室争权夺利的政治斗争中，糊里糊涂付出宝贵的生命。陆机的悲剧是振兴家族的功名意识、"志匡世难"的理想与动荡不安的现实之间的悲剧。对陆机而言，这种悲剧命运是不可避免的。恐怕这不仅仅是陆机个人的悲剧，也是他同时代整个士人的悲剧。张华、潘岳、石崇、欧阳建等人皆殒命于"八王之乱"。即使能引身远遁、全身以避祸的士人，如张载、潘尼、顾荣、张翰等又何尝不是另一种悲剧呢？

---

① 〔唐〕房玄龄：《晋书》，岳麓书社，1997 年，第 967 页。
② 〔晋〕陆机：《陆机集》，中华书局，1982 年，第 187 页。
③ 阎步克：《品位与职位》，中华书局，2002 年，第 336 页。

《文心雕龙》的体大思精与刘勰的佛学背景

李小成・西安文理学院文学院

　　《文心雕龙》是中国第一部结构宏大、体系严密的文学理论专著，章学诚以"体大而虑周"（《文史通义・诗话篇》）评价，最为贴切不过。言其"体大而虑周"者，因它在中国古代文学理论批评史上是空前绝后的。"体大"者，因其是以《原道》《征圣》和《宗经》为核心，自成系统的文学批评观；"思精"者，因全书50篇，内容丰富，全面而系统地论述了写作上方方面面的问题，追源溯流，梳理条畅。说它在中国古代文学理论史上是空前绝后的论著绝不为过，首先，《文心雕龙》论述的范围广泛、涉及的文体全面，体现了前所未有的广度；其次，《文心雕龙》具有缜密的思维与严整的逻辑；再次，《文心雕龙》自成体系，思理严密。在刘勰的前后时期，居然没有一部文学理论著作与之相称。之所以如此，这与刘勰的思想是有密切关系的。关于这个问题，早先饶宗颐、石垒有几篇文章谈及刘勰与佛教的关系，以及新疆大学马宏山的《文心雕龙散论》一书①，方元珍有专著《文心雕龙与佛教关系之考辨》②。方元珍为《文心雕龙》研究专家王更生的弟子，该书从刘勰生平与佛教之关系、刘勰和论文之时代背景、《文心雕龙》文原论、文体论、文术论、批评论等六个章节来探讨《文心雕龙》和佛教之间的关系。最后一章是结论，作者认为刘勰系出贵胄，家学渊源，因生计拮据，寄居桑门，辅佐僧祐，三次校经，书成于第一次校经之后，时为早年，佛学思想浸润未深，故其书以儒家思想为主导。但笔者以为，《文心》之体大思精，仍和佛学关系密切，有必要再究。

一、身处崇信佛学的大时代

　　佛教自两汉之际由西域传入中原，到南北时期已成燎原之势，从社会高层到庶民

---

① 饶宗颐：《文心雕龙探源》《刘勰文艺思想与佛教》《文心雕龙与佛教》，《饶宗颐二十世纪学术文集》卷十一《文学・文辙新编》，中国人民大学出版社，2009年。石垒：《文心雕龙与佛儒二教义理论集》，香港云在书屋，1977年。马宏山：《文心雕龙散论》，新疆人民出版社，1982年。
② 方元珍：《文心雕龙与佛教关系之考辨》，台湾文史哲出版社，1987年。

百姓，信仰佛教成为风尚。孙昌武在《南朝士族的佛教信仰与佛教文化》一文中，详述了南朝主流文化的佛教信仰。首先是高门（包括皇族）出家成为风气，其次是高门士族信众积极参与佛学典籍的翻译撰著，再次是南朝建寺形成高潮，最后是这一时期宗教信仰普遍诚挚、浓重。作为统治阶层的高门士族有热诚的信仰来支持上述活动，十分活跃的信仰实践活动是这一时期佛教发展的重要特点①。佛教在南北朝时期迅速而传播导致儒学的衰微，人们的传统观念被颠覆了，章句之学被时代否定，一种全新的思维方式随之兴起。

第一，南北朝时期社会政治动荡，用人制度方面只看门第出身，不重才学。读书人仕途迷茫，人心动荡，找不到精神慰藉，于是佛教就填补和满足了人们的这一精神需求。生活在底层的百姓，处于战乱而漂泊不定的生活中，在现实中看不到希望的太阳，只能将目光投向虚无缥缈的来生，于是就信佛拜佛，寄希望于来生。当时特殊的社会环境，给佛教的流行提供了适足的土壤。

其二，佛教自身的成长，与社会各方面主动进行融合。佛教信徒在短短几十年间不断发展壮大，已然成为当时一股不可小觑的势力。弘扬佛教，莫重于译经。自东汉以后，历朝都重视译经，柳诒徵《中国文化史》有一个统计，据《开元释教录》表之如表1②：

表1　南北朝期间所译佛经统计表

魏	沙门五人	所译经戒羯磨	一二部	一八卷
吴	缁素五人	所出经并失译	一八九部	四一七卷
西晋	缁素十二人	所出经戒集等	三三三部	五九〇卷
东晋	缁素十六人	所译经律论	一六八部	四六八卷
符秦	沙门六人	所译经律论	一五部	一九七卷
后秦	沙门五人	所译经律论	九四部	六二四卷
西秦	沙门一人	所译经律论	五六部	一一〇卷
前凉	外国优婆塞一人	所译经律论	四部	六卷
北凉	缁素九人	所译经律论	八二部	三一一卷
宋	缁素二十二人	所译经律论	四六五部	七一七卷
齐	沙门七人	所译经律论	一二部	七一七卷
梁	缁素八人	所译经律论	四六部	二〇一卷
元魏	缁素十二人	所译经律论	八三部	二七四卷
北周	缁素四人	所译经律论	一四部	二九卷
北齐	缁素二人	所译经律论	八部	五二卷
共计	一一五人	所译经律论	一五八一部	四〇四七卷

①　孙昌武：《南朝士族的佛教信仰与佛教文化》，《佛学研究》，2008 年第 17 期，第 105 - 114 页。
②　柳诒徵：《中国文化史》，漓江出版社，2014 年，第 4145 - 415 页。

这些译本多据梵本译出，有些是凭口诵翻译的。仅从对佛经翻译这一点就可以看出，佛教不仅重视实践，而且重视意识形态领域的构筑。

其三，统治者对佛教极力提倡。南北朝时期，无论南北，统治者都极力倡导佛教。西晋灭亡后，北方的前赵与后赵政权相继建立。石勒、石虎崇信佛教，他们是羯族，对能否在中原称王信心不足，于是就借助佛教的教义来增强他们入主中原的勇气和信心，重用当时的僧人佛图澄，称他为"大和尚"。石虎做皇帝后，对佛图澄更为敬重，下诏曰："和上国之大宝，荣爵不加，高禄不受。荣禄匪及，何以旌德？从此以往，宜衣以绫锦，乘以雕辇。"① 当然，佛图澄也抓住时机，和弟子们大力弘扬佛教。这使得北方出家为僧的人数剧增，也有许多人是为了逃避徭役和兵役而出家的。南朝齐竟陵王萧子良笃信佛教，经常聚集僧俗，讲论佛法，参与的僧侣多是高水平的义学沙门。他本人也有关于佛法之作，由僧祐辑录为《法集录》。据《略成实论记》载：

> 齐永明七年十月，文宣王招集京师硕学名僧五百余人，请定林僧柔法师、谢寺慧次法师于普弘寺迭讲，欲使研核幽微，学通疑执。即座仍请祐及安乐智称法师，更集尼众二部名德七百余人，续讲《十诵律》，志念四众净业还白。公每以大乘经渊深，漏道之津涯，正法之枢纽。而近世陵废，莫或敦修，弃本逐末，丧功繁论。故即于律座，令柔、次等诸论师抄比《成实》，简繁存要，略为九卷，使辞约理举，易以研寻。八年正月二十三日解座，设三业三品，别施奖有功劝不及，上者得三十余件，中者得二十许种，下者数物而已。即写《略论》百部流通，教使周颙作论序，今录之于后。②

南朝的统治者倡扬佛教更是不遗余力，最典型者当属梁武帝。《梁书·武帝纪》载：

> （大通元年）三月辛未，舆驾幸同泰寺舍身……（中大通三年）冬十月己酉，行幸同泰寺，高祖升法座，为四部众说《大般若涅槃经》义，迄于乙卯。前乐山县侯萧正则有罪流徙，至是招诱亡命，欲寇广州，在所讨平之。十一月乙未，行幸同泰寺，高祖升法座，为四部众说摩诃般若波罗蜜经义，迄于十二月辛丑……（中大通五年）二月癸未，行幸同泰寺，设四部大会，高祖升法座，发《金字摩诃波若经》题，迄于己丑……兼笃信正法，尤长释典，制《涅槃》《大品》《净名》《三慧》诸经义记，复数百卷。听览余闲，即于重云殿及同泰寺讲说，名僧硕学、四部听众，常万余人。③

作为皇帝，他不但崇信佛法，而且多次"升法座，为四部众说《大般若涅槃经》义"，还舍身同泰寺，如此现身说法，不言之教，可想而知老百姓对佛教的趋之若鹜。所以刘勰终身未娶，长期住在寺院，最后出家为僧，也就毫不奇怪了。

---

① 〔梁〕释慧皎撰，汤用彤校注：《高僧传》卷九《佛图澄传》，中华书局，2004年，第349页。
② 〔清〕严可均辑：《全上古三代秦汉三国六朝文》之《全梁文》卷七十一，商务印书馆，1999年。
③ 〔唐〕姚思廉：《梁书》卷三《武帝纪下》，中华书局，1973年，第71、75页。

二、长期在定林寺整理佛教典籍

据《梁书·文学传》载：

> 刘勰，字彦和，东莞莒人。祖灵真，宋司空秀之弟也。父尚，越骑校尉。勰早孤，笃志好学。家贫不婚娶，依沙门僧祐，与之居处，积十余年，遂博通经论，因区别部类，录而序之。今定林寺经藏，勰所定也。天监初，起家奉朝请、中军临川王宏引兼记室，迁车骑仓曹参军。出为太末令，政有清绩。除仁威南康王记室，兼东宫通事舍人。时七庙飨荐已用蔬果，而二郊农社犹有牺牲。勰乃表言二郊宜与七庙同改，诏付尚书议，依勰所陈。迁步兵校尉，兼舍人如故。昭明太子好文学，深爱接之……既成，未为时流所称。勰自重其文，欲取定于沈约。约时贵盛，无由自达，乃负其书，候约出，干之于车前，状若货鬻者。约便命取读，大重之，谓为深得文理，常陈诸几案。然勰为文长于佛理，京师寺塔及名僧碑志，必请勰制文。有敕与慧震沙门于定林寺撰经证，功毕，遂启求出家，先燔鬓发以自誓，敕许之。乃于寺变服，改名慧地。未期而卒。文集行于世。①

据穆克宏《刘勰年谱》所记：永明二年（484），刘勰 20 岁时到定林寺投靠僧祐，帮助僧祐搜集、整理佛经。其依据是《高僧传·僧祐传》：

> （僧祐）永明中，敕入吴，试简五众，并宣讲十诵，更伸受戒之法。凡获信施，悉以治定林、建初及修缮诸寺，并建无遮大集舍身斋等。及造立经藏，抽校卷轴……初，祐集经藏既成，使人抄撰要事，为《三藏记》《法苑记》《世界记》《释迦谱》及《弘明集》等，皆行于世。②

但这段记载和刘勰入寺的时间也没有任何联系，不知何据。

关于刘勰所居之定林寺有二：一在建康，一在莒县。王汝涛、刘心健等曾就萧洪林、邵立均"刘勰故居为莒县定林寺"之说提出异议，"所谓定林寺，应该界定是建康钟山的定林寺，而非山东莒县定林寺"③。牟世金的《刘勰总年谱汇考》④ 以僧祐事迹推理刘勰行迹。僧祐为江南名僧，梁武帝对他非常敬奉。萧子良曾在建康聚众讲法，僧俗甚众，其中就有僧祐。再者，1963 年陆侃如为山东莒县刘勰纪念堂撰写《刘勰年表》，其中就说"这里所说的定林寺，应指京口的庙宇，现在山东莒县也有定林寺，恐怕是另一所了"。建康的定林寺有钟山的上定林寺、下定林寺之分，还有就是方山之定林寺，而钟山的定林上寺是南朝佛教活动的中心，许多名僧都在此活动

---

① 〔唐〕姚思廉：《梁书》卷五十《文学下》，中华书局，1973 年，第 710 页。

② 〔梁〕释慧皎撰，汤用彤校注，《高僧传》，中华书局，2004 年，第 440 页。

③ 萧洪林，邵立均：《刘勰与莒县定林寺》，《文史哲》，1984 年第 5 期，第 58 - 70 页。王汝涛，刘家骥：《莒县定林寺非刘勰创建》（摘登），《文史哲》，1987 年第 1 期，第 73 - 74 页。刘心健：《〈刘勰与莒县定林寺〉质疑》（摘登），《文史哲》，1987 年第 1 期，第 72 - 73 页。

④ 牟世金：《刘勰总年谱汇考》，巴蜀书社，1988 年。

过。据《高僧传》卷三"上定林寺云摩密多""钟山定林下寺蜜多"①语和《续高僧传》可知，当时在定林上寺的高僧有僧柔、法通、道嵩、超辨、慧弥、法令等。齐梁时期的王侯萧子良、萧宏及名流周颙、何点等人经常到定林上寺活动，刘勰第一次所入即为此寺。刘勰死后不久，定林上寺荒废，宋代以后史书、诗词中所提到的钟山定林寺，即定林下寺。明初宋濂在《游钟山记略》中，记载了他游钟山定林上寺、下寺的情况。

对于刘勰与僧祐的关系，《梁书》已有明载。刘勰年轻时来建康投靠他，当时僧祐已为名僧，后僧祐圆寂，葬于寺侧，勰又为之撰写碑文。据南朝梁释慧皎《高僧传》卷十一：

> 释僧祐，本姓俞氏，其先彭城下邳人，父世居于建业……年十四，家人密为访婚，祐知而避至丁林，投法达法师，达亦戒德精严，为法门梁栋，祐师奉竭诚。及年满具戒，执操坚明。初受业于沙门法颖，颖既一时名匠，为律学所宗，祐乃竭思锗求，无懈昏晓，遂大精律部，有迈先哲。齐竟陵文宣王每请讲律，听众常七八百人。永明中勅入吴，试简五众，并宣讲十诵，更伸受戒之法。凡获信施，悉以治定林。建初及修缮诸寺，并见无遮，大集舍身斋等，及造立经藏，搜校卷轴，使夫寺庙广开法言无坠，咸其力也。祐为性巧思，能自准心计，及匠人依标尺寸，无爽，故光宅黄山大像、剡县石佛等，并请祐经始准画仪则，今上深相礼遇，凡僧事硕疑，皆勅就审诀。年衰脚疾，勅听乘舆入内殿，为六宫受戒，其见重如此。开善智藏、法音慧廓，皆崇其德，素请事师礼。梁临川王宏、南平王伟仪，同陈郡袁昂、永康定公主、贵嫔丁氏，并崇其戒范，尽师资之敬，凡凡白黑门徒一万一千余人。以天监十七年五月二十六日，辛于见初寺，春秋七十有四，因窆于开善路西，定林之旧墓也。弟子正庆立碑颂德，东莞刘勰制文。初，祐集经藏，既成，使人抄撰要事，为《三藏记》《法苑记》《世界记》《释迦谱》及《弘明集》等，皆行于世。②

因为刘勰和江东名僧祐之关系非同一般，可以从中考知刘勰的蛛丝马迹，故当细述之。

刘勰为什么要入定林寺而投靠僧祐？孙蓉蓉的《刘勰与僧祐考述》认为，刘勰一生的方方面面都受到了僧祐的影响。从他的入寺到《文心雕龙》的写作，文章就现有史料，对其考述得比较全面③。王承斌《刘勰入定林寺依僧祐原因新探》认为，成为孤儿的刘勰不愿为家计操心，入寺相对来说生活稳定，又有较好的学习环境，可以积累才学，为日后仕途升迁做准备④。陶礼天的《僧祐及其与刘勰之关系考述》⑤

① 〔梁〕释慧皎撰，汤用彤校注：《高僧传》，卷三《译经》，中华书局，2004 年。
② 〔梁〕释慧皎撰，汤用彤校注：《高僧传》，卷十一《僧祐传》，中华书局，2004 年，第 440 页。
③ 孙蓉蓉：《刘勰与僧祐考述》，《佛学研究》，2003 年第 00 期，第 170 – 178 页。
④ 王承斌：《刘勰入定林寺依僧祐原因新探》，《中州大学学报》，2013 年第 1 期，第 46 页。
⑤ 中国《文心雕龙》学会编：《文心雕龙研究（第七辑）》，河北大学出版社，2007 年。

一文，考察了僧祐与刘勰的关系，认为僧祐在佛学上的成就不是刘勰捉刀，他只是协助的角色，一个年轻人刚踏入寺院，不可能对佛学有太多的见解。这几年人们重视对刘勰身世的研究，主要体现在年谱的研究上，主要年谱有辅仁大学中文研究所王金凌的《刘勰年谱》，这是他当年的硕士论文，1976年由嘉新文化基金会出版；牟世金的《刘勰年谱汇考》，1988年由巴蜀书社出版；穆克宏《文心雕龙研究》中附录的《刘勰年谱》，2002年由鹭江出版社出版；朱文民的《刘勰志》，2009年由山东人民出版社出版，该书从刘勰的家世生平、《文心雕龙》、佛学、学术研究和历史遗存纪念物等方面做了比较全面的介绍。对刘勰当年在定林寺这一段生活都有不同的记载。

三、濡染于佛学的思维方式

刘勰在定林寺长期帮僧祐抄写佛经，时长日久，其思维方式必受影响。而大乘佛学流行于时，它的一种典型思维方式就是遮诠法，即让人们在不断地否定中认识事物的真相，而不是从正面直入真理。《金刚经》中说："佛说般若波罗蜜，即非般若波罗蜜，是名般若波罗蜜。""如来说三十二相，即是非相，是名三十二相。""如来说三千大千世界，即非世界，是名世界。""所言法相者，如来说即非法相，是名法相。"这是一部大家极为熟知的佛典，许多人也经常抄写它，也这是大乘佛典中出现比较早的般若类经典，佛在解释这些事物时，所使用的"般若波罗蜜""三十二相""三千大千世界""法相"等言语本身不能完全反映事物的本质，应该先理解这些名相概念。要了解《金刚经》的思维方式，就得先看看它所使用的句式，《金刚经》里面大量使用"说……即非……是名……"的句式，这种句式非常重要，是一种典型的遮诠法句式。《心经》里面的句子，也有大量的"是诸法空相，不生，不灭，不垢，不净，不增，不减"。这里用"不"或"非"或"无"来开头的句子，就是名相概念的表述方式，是不可能表现事物本质的，因此用"非……"这种否定方式，即"遮"。佛学就是采用这种不断地否定方式来达到对事物本真的把握。《维摩诘经》也有类似的表述句式，如卷上云："法无名字，言语断故；法无有说，离觉观故""说法者无说无示，其听法者无闻无得。"这里也采用了一种否定式的表述，让人们在否定事物的名相概念中体悟事物的本质。

佛学思维中的遮诠法，不仅在般若中观佛典中有突出的使用，而且在瑜伽行派中也有不少使用。《成唯识论》卷七云："于唯识应深信受：我法非有，空识非无。离有离无，故契中道……故说一切法，非空非不空。"这里讲的"非有非无""非空非不空"这种思维方式也可以说是禅语，就是采用"遮"的方法以达到他们所追求的最高境界。

印度佛教里的量说是一种极为普遍的思维方式，量论中四量说最具代表性。日本学者武邑尚邦在《佛教逻辑学之研究》一文中有详细的阐释①：所谓四量指的是现量、比量、譬喻量、圣教量。现量就是依赖感官与对象的接触而产生的直接认知；它是不可说的，语言是无法阐释的；因其为直接性者，故自身无错谬；现量知具决定性，故无模糊不确定等性质。比量是以直接性现量为先行，依此而产生的有分别的推理认识，它是一种超越了感性层面而跨入了一种间接性的认识。按乔达摩的《正理经》所说，在现量的基础上又分为前比量、有余比量、平等比量三种。前比量，比如说，你现在看见烟，依此而推想具有烟这种现象的火之存在，烟与火两者不可分离性的认知，使我们产生一种有火必有烟的经验性认识；有余比量，如见河川涨水而知上游必下雨；平等比量，是由已知事件而推知与其具有相同特征的存在的一种类推认识。譬喻量，就是类比的一种思维方式，它是依据已知物与未知物的相似性来认识未知物。比如你没见过野猪，别人说野猪和家相似，后来你在野外见到一个长得像家猪的动物，头脑中出现了相关猪的比对知识，于是就断定这个动物就是野猪，那么，依次所获得知识的方式即为佛学里的譬喻量。圣教量，这里的"圣"指的是圣人，是佛，是释迦牟尼，借助权威的圣人而获得对事物的某种认知或启示，圣教一般指的是《吠陀》中所记述的各种言论和教诲。简单地说，佛教的量论就是关于获得知识的思考方式，是古印度佛教哲学的认识论、方法论和思维逻辑形式的有机结合，它所思维的内容仅限于佛学。

佛学的思维方式类似罗素所讲的神秘主义，他在《宗教与科学》一书中说："神秘主义者则要求观察者通过斋戒、气功和止观，使其本身发生变化，（有些神秘主义者反对这种修行法他们认为神秘的其实是不可能通过人为的方法获得的；从科学的观点看来，这就使得他们的证词比那些信奉瑜伽的人的证词更难验证。但几乎所有的神秘主义都一致认为，斋戒和禁欲生活是有益的。）我们都知道鸦片、大麻、酒精能在观察者身上产生某些效果，但我们认为这些效果并不是美妙的，所以在我们的宇宙理论中就不考虑他们。他们有时甚至能揭示出一破碎的真理；他我们并不认为它们是全部智慧的圆圈。"② 佛学中因明学的思维逻辑到了中国，与玄学结合但又有所不同。任继愈在《中国佛教史》中说："一般来说，魏晋玄学致力于建立一种从肯定现实社会秩序的方面的本体论，般若学则致力于建立一种从否定现实社会秩序的方面结合有无的本体论。"③ 当时的道安和尚说："夫执寂以御有，崇本以动末，有何难也？"④ 魏晋玄学的崇本是为了肯定现实世界，而道安从无出发则是要论证现实世界是虚幻

① ［日本］武邑尚邦：《佛教逻辑学之研究》，顺真，何放译，中华书局，2010 年，第 85–90 页。
② ［英］罗素：《宗教与科学》，徐奕春，林国夫译，商务印书馆，2010 年，第 109 页。
③ 任继愈：《中国佛教史》，中国社会科学出版社，1985 年，第 226 页。
④ ［梁］释僧祐：《出三藏记集》，中华书局，1995 年，第 245 页。

的①，从而教人摆脱世俗的社会，就是以否定的思维，把人们从现实拉到彼岸。佛学认知世界和世俗的方式不同，它是给你指出一条路，教人以直观体认无相的真理，这种般若的认知和世俗人的知识不同。般若，有些人说是智慧或大智慧，其实也不太准确，拿道家的"道"作类比倒是还有几分相似。佛学这种与传统思维迥异的方式，给年轻的刘勰以全新的感觉，使得他的《文心雕龙》的构思与写作观念与时人截然不同。

四、刘勰的世界观与《文心雕龙》的结构

《文心雕龙》全书五十篇，分枢纽论、文体论、批评论等部分，基本的文学思想是宗经。其书庞大的结构与它的指导思想有密切的关联性，既有儒家的主导思想，也有道家注重对事物的深究与本质问题的探讨，佛学的因果思想亦影响到《文心雕龙》的创作。

总体来说，刘勰完成《文心雕龙》的时间是在他做官之前，在这一时段刘勰的思想以儒为主导。刘勰在《序志》篇亦明言对孔子的敬仰："予生七龄，乃梦彩云若锦，则攀而采之。齿在逾立，则尝夜梦执丹漆之礼器，随仲尼而南行。旦而寤，乃怡然而喜，大哉！圣人之难见哉，乃小子之垂梦欤！自生人以来，未有如夫子者也。敷赞圣旨，莫若注经，而马郑诸儒，弘之已精，就有深解，未足立家。"受儒家文化熏陶的刘勰，本意注经，然不能超越前贤，只好另辟蹊径，论文叙笔。黄霖《文心雕龙导读》认为："关于《文心雕龙》的具体成书时间，清人刘毓崧在《书〈文心雕龙〉后》（《通义堂文集》卷十四）中曾有考证，认为在齐明帝永泰元年（498）至齐和帝中兴二年（502）之间。一般认为这个推断是可靠的。"② 依此，《文心雕龙》书成时，刘勰大概四十岁。按黄霖的说法，"当他三十岁以后，深感岁月飘忽，出仕无望，'身与时舛，志共道申'（《文心雕龙·诸子》），面对着社会上'去圣久远，文体解散，辞人爱奇，言贵浮诡，饰羽尚画，文秀鞶帨，离本弥甚，将遂讹滥'（《文心雕龙·序志》）的文坛大势，就决心以儒家思想为指导。撰写《文心雕龙》，以针砭时风。"③ 就是说刘勰在创作《文心雕龙》的四十岁以前，他还是一个儒生，崇拜圣人孔子，他的世界观主导思想是儒家的，他是以儒家思想为主导的思维方式来完成这部巨著的。

《文心雕龙》是一部文学理论批评著作，不但要有指导思想，具体论文还应抓住要害，即"体要"，这一观念对理论著作非常重要，书中多处言及。在其书的枢纽论

---

① 道安：释道安（312—376），东晋著名佛教学者、佛教领袖。常山扶柳（今河北冀州）人。道安12岁出家为僧，学习佛法。释道安最突出的贡献，是对汉以来的佛家典籍进行了整理，编纂目录，确立戒规，主张僧人以"释"为姓，慧远为其高足。

② 黄霖导读，黄霖整理集评：《文心雕龙》，上海古籍出版社，2008年，第3页。

③ 黄霖导读，黄霖整理集评：《文心雕龙》，上海古籍出版社，2008年，第3页。

中，《征圣》篇曰："《书》云：辞尚体要，弗为好异。故知正言所以立辩，体要所以成辞，辞成无好异之尤，辩立有断辞之义。"到《风骨》篇又引此言："《周书》云：辞尚体要，弗为好异"；《诠赋》"然逐末之俦，蔑弃其本，虽读千赋，愈惑体要"；《奏启》"是以立范运衡，宜明体要"；《序志》"盖《周书》论辞，贵乎体要，尼父陈训，恶乎异端，辞训之奥，宜体于要"。刘勰反复强调论文一定要抓住要害、抓住要领。这里有佛学的背景与熏陶，佛教也是从行为、语言与意识等方面强化对佛的认同与皈依这一要义的，佛学的著作也是强调"体要"。武邑尚邦在《关于〈集量论〉文本的诸问题》中说："一般而言，在印度论类著作的情形中，一如世亲所著《阿毗达摩俱舍论》那样，首先要写出概要性的偈颂，之后就偈颂写出注释，这是一种常识。"①"体要"还有"尚简"的意思，这个来自儒家的思想，人们有不同的认识，陆侃如、牟世金的观点是文辞应该抓住的要点；詹锳认为是为文切实精要；周振甫认为是体现要领。这一点对《文心雕龙》一书的撰写非常重要，在《原道》等五篇的指导思想下，全书各篇都要"体要"，尤其是对后面二十篇文体论各种文体的探根索源有极为重要的指导意义。"体要"来自儒家经典《尚书·毕命》，康王对毕公的训诫中有语道，"政贵有恒，辞尚体要，不惟好异"，刘勰改动了两个字，语言表达更为文雅。忘记了谁说过：批评的贫困源于概念的缺乏，刘勰对"体要"这一范畴的重视，对他全书五十篇的写作都具有非凡的指导意义。

　　《易传》思想与《文心雕龙》的整体结构也有密切的联系。《易传·系辞上》云："大衍之数五十，其用四十有九。分而为二以象两，挂一以象三，揲之以四以象四时，归奇于扐以象闰，五岁再闰，故再扐而后挂。天一地二，天三地四，天五地六，天七地八，天九地十。天数五，地数五，五位相得而各有合。天数二十有五，地数三十，凡天地之数五十有五。此所以成变化而行鬼神也。"② 这里的"大衍"是指推演天地变化，就这五十个数字。大衍之数，本该五十五，舍去五而取其整，故称五十。为什么要舍去五呢？因为六十四卦每卦六爻，第五爻是阳气的巅峰，极而必反，故舍去预示衰败的数字"五"。为什么《易传》又说"其用四十有九"呢？因为在正占筮演卦时，要舍去一个阴数六，之所以舍去六，因为万物之变，主动方为阳，而六为阴，故舍之，占筮之时，所用竹签实则为四十九根。关于"大衍之数五十"说法很多，京房、刘歆、马融、郑玄、朱熹等，说法各有不同。马融之说有一定道理："《易》曰：太极谓北辰也，太极生两仪，两仪生日月，日月生四时，四时生五行，五行生十二月，十二月生二十四节气节。北辰居位不动，其余四十九运而用也。"③ 刘勰《文心雕龙》全书的框架设计为 50 篇，最后的《序志》篇是序言，而实际正文只有四十九篇，这个总体的设计理念就来自《易传》。《易经》与《文心雕龙》中各种文体源流

　　① 〔日〕武邑尚邦：《佛教逻辑学之研究》，顺真，何放译，中华书局，2010 年，第 251 页。
　　② 〔魏〕王弼撰，楼宇烈校释：《周易注》，中华书局，2011 年，第 351 页。
　　③ 董治安主编：《两汉全书》（第 21 册），山东大学出版社，2009 年，第 12332 页。

问题的探讨也有密切关系，《易传》从天地而言及万物的思想，从源头探讨问题的思路，对各种文体的寻根索源，都有密切的相关性。

《周易》的宏观思维，对天地万物的总体把握，也影响到刘勰的思维方式，进而体现在《文心雕龙》的创作中。比如，许多地方都体现出一个"大"字，《铭箴》："其取事也必核以辨，其摛文也必简而深，此其大要也。"《杂文》："原夫兹文之设，乃发愤以表志。身挫凭乎道胜，时屯寄于情泰，莫不渊岳其心，麟凤其采，此立体之大要也。"《诏策》："夫王言崇秘，大观在上，所以百辟其刑，万邦作孚。故授官选贤，则义炳重离之辉；优文封策，则气含风雨之润；敕戒恒诰，则笔吐星汉之华；治戎燮伐，则声有洊雷之威；眚灾肆赦，则文有春露之滋；明罚敕法，则辞有秋霜之烈：此诏策之大略也。"《诠赋》："文虽新而有质，色虽糅而有本，此立赋之大体也。"《颂赞》："揄扬以发藻，汪洋以树义，虽纤巧曲致，与情而变，其大体所底，如斯而已。"《通变》："是以规略文统，宜宏大体。"《神思》："此盖驭文之首术，谋篇之大端。"上列种种皆为宏观思想，亦含有归纳总括之意。刘勰论文有高度，"规略文统，宜宏大体"，对问题有宏观把握。而《周易》作为"六经之首"，读书人必熟读习之，《文心雕龙》必然是受到了它的影响。

通体观之，《文心雕龙》写作的指导思想是儒家的，道家思想也占了一定比重，第一篇《原道》所论文学之原就立足于道家。但刘勰长期抄写佛教经论，外来文化对问题的不同看法与新异角度，无疑会影响他的思维方式，而佛学般若对他创作的渗透，是在《文心雕龙》中看不出来的。

比照《文心》以究《文选》之编撰工作量①

——兼论《文选》出于众手说之非

力　之　周春艳·广西师范大学文学院

　　《文选》虽不可能受《文心雕龙》太大之影响②，然黄侃先生之"读《文选》者，必须于《文心雕龙》所说能信受奉行，持观此书，乃有真解"③说，可谓灼见。通过将《文选》与《文心雕龙》的比照，可知两者各具此前似不大为研究者所注意之独特价值。如比照《文心雕龙》，可知《文选》之编撰工作量远小于《文心雕龙》的，而编撰时大致盖编一类选一类作品之优者及某些小文类之因文立类等。

　　我们知道，关于《文选》编撰工作量如何，无任何直接可征之文献；而就通常之意义而言，《文选》为诗文"选"之总集而《文心雕龙》乃理论著作——两者非同类，故没有可比性。然《文心雕龙》一书除去与《文选序》相应之《序志》外，其余之49篇分为"文之枢纽"（5篇）、"论文叙笔"（20篇）、"剖情析采"（24篇）三大部分。其中，"论文叙笔"部分（"《明诗》第六"至"《书记》第二十五"）的20篇有与《文选》选文相类者，故具可比性。而就涉及之文体数而言，《文心雕龙》"文之枢纽"之《辨骚》④与其"论文叙笔"部分之文体有骚、诗、乐府、赋、颂、

---

　　①　《〈文选〉与〈文心雕龙〉互为比照研究》之一。

　　②　笔者认为："以'深爱接'，'大重'及《金楼子》有'袭自《文心》'观之，昭明编纂《文选》或受到舍人的某些影响。然沈约'大重'《文心雕龙》，说明不了其在当时得到多大的关注；刘勰虽说被'深爱接'，然其远非昭明之最亲近者，'深'无以落到实处；《文选》与《文心雕龙》的诸多共同点，或在'历赏'之后，或人人均会如此，故不能不同。综合方方面面的情况看，《文选》深受《文心雕龙》影响之说，显然是不能成立的。"见力之：《〈文心雕龙〉对〈文选〉不可能产生太大的影响：〈文选〉与〈文心雕龙〉比较（上）》，《广西师范大学学报（哲学社会科学版）》，2005年第4期。

　　③　黄侃：《文选平点》，上海古籍出版社，1985年，第1页。

　　④　《序志》云："盖《文心》之作也，本乎道，师乎圣，体乎《经》，酌乎《纬》，变乎《骚》，文之枢纽，亦云极矣。"据此可知，《辨骚》属《文心雕龙》之"枢纽"部分。不过，张少康先生在《〈文心雕龙〉的文体分类论：和〈昭明文选〉文体分类的比较》一文中认为：《辨骚》非文体论中的一篇，在《文心雕龙》的文体分类中，骚合于赋，并未单列一类（《江苏大学学报》，2007年第1期，第52页）。此则似为尽然。就《文心雕龙》本身来考察，《辨骚》篇尽管是"文之枢纽"中的一部分，却很难说舍人是将"骚"合于"赋"，而未单列为一类的。《辨骚》之"《楚辞》者，体宪于三代"云云，强调的即"骚"之"体"。

赞、祝、盟、铭、箴、诔、碑、哀、吊、杂文、谐、隐、史传、诸子、论、说、诏、策、檄、移、封禅、章、表、奏、启、议、对、书、记等 34 类——若《杂文》以其《对问》《七发》《连珠》三者替之，则为 36 类（不计《书记》之 24 种附类者）；《文选》则分为赋、诗、骚、七、诏、册、令、教、文、表、上书、启、弹事、牋、奏记、书、移、檄、难、对问、设论、辞、序、颂、赞、符命、史论、史述赞、论、连珠、箴、铭、诔、哀、碑文、墓志、行状、吊文、祭文等 39 类——其中，仅录一首者有册、令、难、对问、连珠（虽标为"五十首"，然实可作一首观）、箴、墓志、行状等 9 类，仅录二首者有诏、教、移、辞、赞、吊文等 6 类，即《文选》录三首以上作品的仅 24 类。另外，从一定的意义上可以说，《才略》一篇可谓《文心雕龙》"论文叙笔"部分总之"选文以定篇"者——《序志》所谓"褒贬于《才略》"（评议作者之优劣）。不过，此前笔者已论证了从编纂实质性（或学术）层面言，编纂《文选》的"工程"还不如写《文心雕龙》"论文叙笔"部分加《辨骚》与《才略》这 22 篇的大①。然而，主要的是就《文选》与《文心雕龙》"论文叙笔"中之"选文以定篇"部分进行比较。今为了更进一步地说明这一问题，再以《文心雕龙》"论文叙笔"部分之《颂赞》《诠赋》及"文之枢纽"中之《辨骚》全篇作为观照之对象以究《文选》编撰之工作量如何②，进而在此基础上比照《文心雕龙》以辨证《文选》出于众手说之非。

一、比照《文心雕龙》以究《文选》编撰之工作量如何

《文心雕龙·序志》篇云：

> 若乃论文叙笔，则囿别区分，原始以表末，释名以章义，选文以定篇，敷理以举统，上篇以上，纲领明矣。③

《文选序》所说之"凡次文之体，各以汇聚"与此"论文叙笔，囿别区分"云云，就"文"之分类言，可谓并无二致。至于"原始以表末"以下四语，澳门大学的邓国光先生说：

> "上篇"论文叙笔，刘勰交代书写的纲领有四，即"论文叙笔，则囿别区分，原始以表末，释名以章义，选文以定篇，敷理以举统"。通过这四道处理的途径而彰明"文笔"的纲领，这是出于金针度人的用心。"原始以表末"属于文章流别的问题，挚虞《文章流别集》启其先导；"释名以章义"乃汉、魏经诂的

---

① 力之：《关于〈文选〉编纂"工程"的大小问题：与〈文心雕龙〉比较》，《内蒙古师范大学学报（哲学社会科学版）》，2006 年第 3 期。

② 所以选《颂赞》，因其具典型意义，黄侃先生释"原始以表末"四者即以是篇为例；而《诠赋》所对应的《文选·赋》，乃《文选》各体中除"诗"外之工作量最大者；至于《辨骚》，其虽非"论文叙笔"中者，然与《文选·骚》殊有可比性。

③ 詹锳：《文心雕龙义证》（下），上海古籍出版社，1989 年，第 1924 页。

传统，刘熙便作《释名》之书，范式有在，兼且汉、晋以来沙门重视声音名义，则此法自存时代的思想语境；"选文以定篇"，源于孔子的"删《诗》《书》，定《礼》《乐》，赞《周易》，修《春秋》"，这是企效孔子的实在功夫，不容空言，必须要披沙拣金，保存菁华；"敷理以举统"，则说明书写的原则。①

邓先生是说，可谓得其大者矣。又，"论文叙笔"内之各篇，其"选文以定篇"部分与《文选》相对应者各具切实之可比性：《文选》所设之各类文体，萧统均按其选文标准选文；而《文心雕龙》"论文叙笔"每篇的"选文以定篇"之"选文"，刘勰同样均按其选文标准选文。当然，二者之标准有所不同：《文选》所"选"，乃《文选序》所说之"清英"，而以"文"为落脚点；《文心雕龙》所"选"者自然仍是"清英"，然此"清英"需具"正体"之效②。张少康先生说：

> 《昭明文选》和《文心雕龙》都对文体加以分类……但它们是两部性质不同的书，对文学分类的角度也不尽相同。《文心雕龙》作为一部理论著作，重在研究和阐述各类文体的历史发展及创作特征；而《昭明文选》是一部文学作品的选本，重点在选出各类文体中最优秀的代表性作品。前者偏重于从文学理论方面去研究文体的类别，而后者则偏重于从文学创作角度区别不同文体。前者以理论为标准，不论作品好坏，只要有理论上的意义，就需要提出来讨论；后者以创作为标准，选出优秀作品，有些文类没有好作品，则可以不选。③

这是十分恰当的。另外，我们还得注意：《文选》之选文标准往往因体而异，是动态的；《文心雕龙》选文标准就"正体"言，则是一定的④。下面，仅就《文选》与《文心雕龙》之《颂赞》《诠赋》《辨骚》三者之相对应部分别而说之。

（一）关于《文选》"颂""赞""史述赞"三体之与《文心雕龙·颂赞》

1. 关于《文选》"颂"与《文心雕龙·颂赞》之"颂"

《文选》卷47"颂"收王褒《圣主得贤臣颂》、扬雄《赵充国颂》、史岑《出师颂》、刘伶《酒德颂》与陆机《汉高祖功臣颂》5首，而相应之《文心雕龙·颂赞》之"颂"云：

> 四始之至，颂居其极。颂者，容也，所以美盛德而述形容也。
>
> 昔帝喾之世，咸墨为颂，以歌《九韶》。自商已下，文理允备。夫化偃一国谓之风，风正四方谓之雅，雅容告神谓之颂。风雅序人，故事兼变正；颂主告神，故义必纯美。鲁以公旦次编，商以前王追录，斯乃宗庙之正歌，非燕飨之常

① 邓国光：《〈文心雕龙〉文体通义》，《兰州大学学报（社会科学版）》，2016 年第 1 期。

② 据《序志》之"唯文章之用，实经典枝条，五礼资之以成，六典因之致用，君臣所以炳焕，军国所以昭明，详其本源，莫非经典。而去圣久远，文体解散，辞人爱奇，言贵浮诡，饰羽尚画，文绣鞶帨，离本弥甚，将遂讹滥。盖《周书》论辞，贵乎体要；尼父陈训，恶乎异端；辞训之异，宜体于要。于是搦笔和墨，乃始论文"云云，可知《文心雕龙》"选文以定篇"之"文"的取向如何。

③ 张少康：《〈文心雕龙〉的文体分类论：和〈昭明文选〉文体分类的比较》，《江苏大学学报（社会科学版）》，2007 年第 1 期。

④ 力之：《关于〈文选〉的选文范围与标准问题》，《河南大学学报（社会科学版）》，2005 年第 3 期。

咏也。《时迈》一篇，周公所制；哲人之颂，规式存焉。夫民各有心，勿壅惟口；晋舆之称原田，鲁民之刺裘鞸，直言不咏，短辞以讽，丘明、子高，并谓为颂，斯则野颂之变体，浸被乎人事矣。及三闾《橘颂》，情采芬芳，比类寓意，又章及细物矣。至于秦政刻文，爰颂其德；汉之惠、景，亦有述容；沿世并作，相继于时矣。

若夫子云之表充国，孟坚之序戴侯，武仲之美显宗，史岑之述熹后，或拟《清庙》，或范《駉》《那》，虽深浅不同，详略各异，其褒德显容，典章一也。至于班、傅之《北征》《西征》，变为序引，岂不褒过而谬体哉！马融之《广成》《上林》，雅而似赋，何弄文而失质乎！又崔瑗《文学》、蔡邕《樊渠》，并致美于序，而简约乎篇。挚虞品藻，颇为精核，至云"杂以风雅"，而不变旨趣；徒张虚论，有似黄白之伪说矣。及魏晋杂颂，鲜有出辙。陈思所缀，以《皇子》为标；陆机积篇，惟《功臣》最显；其褒贬杂居，固末代之讹体也。

原夫颂惟典雅；辞必清铄，敷写似赋，而不入华侈之区；敬慎如铭，而异乎规戒之域；揄扬以发藻，汪洋以树义，虽纤曲巧致，与情而变，其大体所底，如斯而已。①

关于前引《序志》"原始以表末"四者，黄侃先生曾"举《颂赞》篇以示例"云：

自"昔帝喾之世"起，至"相继于时矣"止，此"原始以表末"也。"颂者，容也"二句，"释名以章义"也。"若夫子云之表充国"以下，此"选文以定篇"也。"原夫颂惟典雅"以下，此"敷理以举统"也。②

这是恰当的。而两相比观可知：二者均涉及《赵充国颂》与《汉高祖功臣颂》，然刘勰在《颂赞》中未提及王褒、史岑与刘伶这三家之颂，然比之萧统却多做了四项工作：一，考察"子云之表充国，孟坚之序戴侯，武仲之美显宗，史岑之述熹后"之所本，而断四者"深浅""详略"虽有别而其"褒德显容，典章一也"；二，说明班固《北征颂》与傅毅《西征颂》何以"谬体""马融之《广成》《上林》"怎么"失质"，而"崔瑗《文学》、蔡邕《樊渠》"能"简约乎篇"；三，辨"挚虞品藻"之得失；四，说"魏晋杂颂，鲜有出辙"及指出曹植之颂，以《皇太子生颂》最为出色。

于此，不难想见，刘勰撰写《颂赞》之"颂"的"选文以定篇"部分，就工作量言，比之昭明太子选王子渊《圣主得贤臣颂》、扬子云《赵充国颂》、史孝山《出师颂》、刘伯伦《酒德颂》与陆士衡《汉高祖功臣颂》等5篇作品而为《文选》"颂"，当更大些。何况，就整个《颂赞》之"颂"言，刘勰所做之工作尚有三：一"原始以表末"（"四始之至……相继于时矣"）；二"敷理以举统"（"原夫颂惟典雅……如斯而已"）；三"释名以章义"（"颂者……而述形容也"）。此中，"原始以表末"一项之工作量，恐亦不小于选汉晋间的王褒、扬雄、史岑、刘伶与陆机共5首

① 詹锳：《文心雕龙义证》，上海古籍出版社，1989年，第313－335页。
② 黄侃：《文心雕龙札记》，中华书局，1962年，第221－222页。

作品。

2. 关于《文选》"赞""史述赞"与《文心雕龙·颂赞》之"赞"

《文选》卷47"赞"与卷50"史述赞"，分别收夏侯湛《东方朔画赞》与袁宏《三国名臣序赞》共2首，收班固《史述赞》（3首）、范晔《后汉书·光武纪·赞》共4首；而相应之《颂赞》之"赞"云：

> 赞者，明也，助也。昔虞舜之祀，乐正重赞，盖唱发之辞也。及益赞于禹，伊陟赞于巫咸，并颺言以明事，嗟叹以助辞也。故汉置鸿胪，以唱拜为赞，即古之遗语也。至相如属笔，始赞《荆轲》。及迁《史》固《书》，托赞褒贬。约文以总录，颂体以论辞；又纪传后评，亦同其名。而仲治《流别》，谬称为述，失之远矣。及景纯注《雅》，动植必赞，义兼美恶，亦犹颂之变耳。然本其为义，事生奖叹，所以古来篇体，促而不旷，必结言于四字之句，盘桓乎数韵之辞，约举以尽情，昭灼以送文，此其体也。发源虽远，而致用盖寡，大抵所归，其颂家之细条乎！①

于此，刘勰不仅说到相如之"始赞《荆轲》"与郭璞"注《雅》"之"动植必赞，义兼美恶"之"变"，还说到了"益赞于禹，伊陟赞于巫咸"等；而相应于《文选》"史述赞"，刘勰不仅说到"迁《史》固《书》"之"赞"如何，还指出《流别》之失。此外，尚有说明"赞"之体制要求及从大的趋向看其当为颂之一小分支的"敷理以举统"部分。

综上所述，稍加比照便不难明白：编《文选》"颂""赞""史述赞"三体之工作量，远小于撰《文心雕龙·颂赞》。

（二）关于《文选·赋》与《文心雕龙·诠赋》

《文选·赋》分为"京都""郊祀""耕借""畋猎""纪行""游览""宫殿""江海""物色""鸟兽""志""哀伤""论文""音乐""情"等15小类，收宋玉、贾谊、司马相如、王褒、扬雄、班彪、曹大家、班固、张衡、王延寿、傅毅、马融、祢衡、王粲、曹植、何晏、嵇康、张华、成公绥、向秀、左思、潘岳、陆机、木华、郭璞、孙绰、颜延之、谢惠连、谢庄、鲍照、江淹等31家之赋作；而《诠赋》篇云：

> 若夫京殿、苑猎，述行、序志，并体国经野，义尚光大，既履端于唱叙，亦归余于总乱。序以建言，首引情本；乱以理篇，迭致文契。按《那》之卒章，闵马称乱，故知殷人辑《颂》，楚人理赋，斯并鸿裁之寰域，雅文之枢辖也。至于草区禽族，庶品杂类，则触兴致情，因变取会，拟诸形容，则言务纤密；象其物宜，则理贵侧附；斯又小制之区畛，奇巧之机要也。

黄侃先生《平点》于"京都上"引此中之"若夫京殿……义尚光大"与"至于草

区、禽族……因变取会"说后云："据此，是赋之分类，昭明亦沿前贯耳。"① 此"前贯"者是否即刘勰之说，那是另一问题。然就工作量言，显而易见，《诠赋》于此不会小于《文选·赋》之别为 15 小类②。

《诠赋》篇又云：

> 观夫荀结隐语，事数自环；宋发巧谈，实始淫丽。枚乘《菟园》，举要以会新；相如《上林》，繁类以成艳；贾谊《鹏鸟》，致辨于情理；子渊《洞箫》，穷变于声貌；孟坚《两都》，明绚以雅赡；张衡《二京》，迅拔以宏富；子云《甘泉》，构深玮之风；延寿《灵光》，含飞动之势；凡此十家，并辞赋之英杰也。及仲宣靡密，发端必道；伟长博通，时逢壮采；太冲、安仁，策勋于鸿规；士衡、子安，底绩于流制；景纯绮巧，缛理有余；彦伯梗概，情韵不匮；亦魏晋之赋首也。

即在《诠赋》"选文以定篇"部分，刘勰论及荀况、宋玉、枚乘、相如、贾谊、王褒、班固、张衡、扬雄、王延寿、王粲、徐干、左思、潘岳、陆机、成公绥、郭璞、袁宏等 18 家。而《文心雕龙》因不具体论及入宋以后之作家与作品，故其时域稍比《文选》的小。然颜延之、谢惠连、谢庄、鲍照、江淹均为南朝之著名文学家，《文选》所选此 5 家之 7 赋亦均属名篇，故《文心雕龙》与《文选》之时域大小稍异，实际上几同于无异。因之，从情理之层面上可以推知，同一个人撰写上面这两段话所耗的时间，不会少于其选出《文选·赋》之那 57 篇（包括一篇赋序）作品并将其分类、写下其具体篇目的时间。何况，《诠赋》还有"释名以章义""原始以表末"（除去前面所引之"若夫京殿、苑猎……奇巧之机要也"）与"敷理以举统"三部分：

> 《诗》有六义，其二曰赋。赋者，铺也；铺采摛文，体物写志也。

> 昔邵公称"公卿献诗，师箴瞍赋"。《传》云："登高能赋，可为大夫。"《诗序》则同义，《传》说则异体，总其归涂，实相枝干。故刘向明不歌而颂，班固称古诗之流也。至如郑庄之赋大隧，士蒍之赋狐裘，结言短韵，词自己作，虽合赋体，明而未融。及灵均唱《骚》，始广声貌，然则赋也者，受命于诗人，而拓宇于《楚辞》也。于是荀况《礼》《智》，宋玉《风》《钓》，爰锡名号，与诗画境，六义附庸，蔚成大国。遂客主以首引，极声貌以穷文。斯盖别诗之原始，命赋之厥初也。秦世不文，颇有杂赋。汉初词人，循流而作，陆贾扣其端，贾谊振其绪，枚、马同其风，王、扬骋其势，皋、朔已下，品物毕图。繁积于宣时，校阅于成世，进御之赋，千有余首，讨其源流，信兴楚而盛汉矣……

> 原夫登高之旨，盖睹物兴情。情以物兴，故义必明雅；物以情观，故词必巧

① 黄侃：《文选平点》，上海古籍出版社，1985 年，第 4 页。
② 《文选序》说赋亦云："《诗序》云：'《诗》有六义焉：一曰风，二曰赋，三曰比，四曰兴，五曰雅，六曰颂。'至于今之作者，异乎古昔。古诗之体，今则全取赋名。荀、宋表之于前，贾、马继之于末。自兹以降，源流实繁。述邑居，则有'凭虚''亡是'之作；戒畋游，则有《长杨》《羽猎》之制。若其纪事，咏一物，风云草木之兴，鱼虫禽兽之流，推而广之，不可胜载矣。"

丽。丽词雅义，符采相胜，如组织之品朱紫，画绘之着玄黄，文虽杂而有质，色虽糅而有仪，此立赋之大体也。然逐末之俦，蔑弃其本，虽读千赋，愈惑体要，遂使繁华损枝，膏腴害骨，无贵风轨，莫益劝戒，此扬子所以追悔于雕虫，贻诮于雾縠者也。

显然，就撰整个《诠赋》言，其工作量无疑要比编《文选·赋》的大些。

另外，在《文心雕龙》之篇中，其论及之赋家尚有祢衡①、马融②、刘歆、刘劭③、何晏、挚虞、桓谭、冯衍、李尤、赵壹④等10家。

（三）关于《文选·骚》与《文心雕龙·辨骚》

《文选·骚》以《楚辞章句》为"域"，《文心雕龙·辨骚》之"选文以定篇"之"选文"范围亦然。《文选·骚》选录了屈原的《离骚》《九歌》（选其中的《东皇太一》《云中君》《湘君》《湘夫人》《少司命》《山鬼》六首）、《九章》（选其中的《涉江》一首）、《卜居》《渔父》，宋玉的《九辩》（九首选五）、《招魂》与刘安⑤的《招隐士》；而《辨骚》篇则有云：

> 将核其论，必征言焉。故其陈尧舜之耿介，称汤禹之只敬：典诰之体也。讥桀纣之猖披，伤羿浇之颠陨：规讽之旨也。虬龙以喻君子，云霓以譬谗邪：比兴之义也。每一顾而淹涕，叹君门之九重：忠怨之辞也。观兹四事，同于《风》《雅》者也。至于托云龙，说迂怪，丰隆求宓妃，鸩鸟媒娀女：诡异之辞也。康回倾地，夷羿蔽日，木夫九首，土伯三目：谲怪之谈也。依彭咸之遗则，从子胥以自适：狷狭之志也。士女杂座，乱而不分，指以为乐；娱酒不废，沉湎日夜，举以为欢：荒淫之意也。摘此四事，异乎经典者也。故论其典诰则如彼，语其夸诞则如此，固知《楚辞》者，体慢于三代，而风杂于战国，乃《雅》《颂》之博徒，而词赋之英杰也。观其骨鲠所树，肌肤所附，虽取熔经旨，亦自铸伟辞。故《骚经》《九章》，朗丽以哀志；《九歌》《九辩》，绮靡以伤情；《远游》《天问》，环诡而惠巧；《招魂》《大招》，耀艳而深华；《卜居》标放言之致，《渔父》寄独往之才。故能气往轹古，辞来切今，惊采

---

① 《神思》篇云："祢衡当食而草奏，虽有短篇，亦思之速也。"按：所谓"草奏"，即指衡《鹦鹉赋》。

② 《比兴》篇云："马融《长笛》云：'繁缛络绎，范、蔡之说也。'此以响比辩者也"。按：《长笛》即《长笛赋》。

③ 《事类》篇云："刘歆《遂初赋》，历叙于纪传，渐渐综采矣"；"刘劭《赵都赋》云：'公子之客，叱劲楚令歃盟；管库隶臣，呵强秦使鼓缶。'用事如斯，可称理得而义要矣"。

④ 《才略》有"桓谭……《集灵》诸赋，偏浅无才""敬通雅好辞说，而坎壈盛世，《显志》《自序》，亦蚌病成珠矣""李尤赋铭，志慕鸿裁，而才力沉膇，垂翼不飞""赵壹之辞赋，意繁而体疏""何晏《景福》，克光于后进""挚虞述怀，必循规以温雅"。按：《景福》即《景福赋》；"挚虞'述怀'"之"述怀"，范注"即指《思游赋》也"；《显志》即《显志赋》。又，从评论的角度看，指出作品的不足与说出其优点所花的时间相当，故这里将李尤与赵壹计上。

⑤ "刘安"，《楚辞章句》本作"淮南小山"。或曰：昭明当别有所据。今按：非也。宋代以前，时有将门客、后学之作，置其主家、学派创始人名下者；"传"，则或以"经"名概之；而《诗序》可称《诗》；等等。

绝艳，难与并能矣。①

《辨骚》全文共 790 字，此段文则仅有 322 字，即只占全文篇幅之 41%。而直接与《文选》选文对应的更只是"《骚经》《九章》，朗丽以哀志……《渔父》寄独往之才"10 句。不过，即使舍人写这 10 句话所花之工夫，显然已不少于昭明太子写（勾）出其所选之作品之篇目。这一点，仅凭常识便可判断之。换言之，舍人撰写这段话之工作量，毫无疑问要大于昭明太子编纂《文选·骚》；而舍人撰写这段话之工作量，自然小于其撰写《辨骚》全文。不言而喻，同一个人，撰写《辨骚》之工作量或难度，自然要远比编纂《文选·骚》大得多。

（四）两书其他相关部分比照结果之说明

除上述比较外，《文选》各体与《文心雕龙》相应部分的具体比较之结果如下：

"撰《乐府》篇的工作量显然要比编'乐府'诗的大得多"；"撰《诏策》篇的工作量"，无疑要多于选 6 家之文以为《文选》中之"诏""册""令""教""文（策文）"五体；据《铭箴》篇"若班固《燕然》之勒……得其宜矣"与"至扬雄稽古……而失其所施"这小半部分比观《文选》之"箴""铭"，"便知舍人为此远难于昭明太子为彼"；《文选》"诔""碑文""墓志"三体与《文心雕龙·诔碑》相应，而"昭明太子于此其所花的工夫，至多与舍人撰《诔碑》篇同"；"选编《文选》之'哀''吊文'比撰《哀吊》篇容易得多"；"撰《杂文》一篇，其工作量远大于选编《文选》的'七''对问''设论'与'连珠'"；"撰《檄移》篇之难度大于选编'移''檄''难'"；"是史迁八书……飙焰缺焉"不到《封禅》的 2/3，然"撰此要远比编'符命'的工作量大"；"撰《论说》《史传》两篇所费之时日，无疑要远比其选 4 家之文编'史论'与选 11 家之文编'论'多"；舍人即便仅写"左雄奏议……并陈事之美表也"这仅占《章表》1/3 强篇幅之文字，"其所花的心血亦不会少于昭明之编《文选·表》"；撰《奏启》篇之工作量，要远比选 8 家共 13 篇作品而"为'上书''启'与'弹事'大"；"编'笺''奏记''书''行状'所花的时间，充其量与撰《书记》篇等"；"就同一人言，撰《明诗》与《才略》两文，显然要比选 63 位诗家的诗分 23 类（"乐府"已另计）编在一起的难度大"；《文选》"辞""序""祭文"三体与《文心雕龙》无对应者，"然《文心雕龙》文体论部分尚有《祝盟》《谐隐》《诸子》《议对》四篇。而同一学者，其撰写'研夫孟、荀所述……虽标论名，归乎诸子'（《诸子》）这么一段话所费的精力，毫无疑问要比选两家编'辞'、选 9 家编'序'与选 3 家编'祭文'的多得多"②。

在这些具体类别之比较中，《文心雕龙》方面多半限定在其"论文叙笔"部分之

① 詹锳：《文心雕龙义证》，上海古籍出版社，1989 年，第 146 - 156 页。

② 力之：《关于〈文选〉编纂"工程"的大小问题：与〈文心雕龙〉比较》，《内蒙古师范大学学报》，2000 年第 3 期。

"选文以定篇"域中。其实，"论文叙笔"各篇之"原始以表末"部分与《文选》亦有某种程度之可比性。即以《文心雕龙》"论文叙笔"部分之"选文以定篇"与"原始以表末"两部分加《辨骚》《才略》再与《文选》比，前者之工作量就更大。换言之，撰《文心雕龙》"论文叙笔"部分加《辨骚》与《才略》，其工作量自然要大于编整部《文选》。而常识告诉我们，整体大于部分。因之，撰《文心雕龙》一书总之工作量，更是大于编《文选》全书。明此，下面再辩证《文选》成于众手说之非。

二、从编纂工作量上看《文选》成于众手说之非

其一，前文，既已论证了编《文选》之工作量还不如撰《文心雕龙》"论文叙笔"部分加上其《辨骚》与《才略》这22篇的大，便知编《文选》之工作量更是小于撰《文心雕龙》全书。其二，《文心雕龙》完全出于刘勰一人之手，且仅花四五年之"业余"时间便告完成①。明此，再来究《文选》成于众手说是否能成立之问题。

（一）关于"繁重""绵远"而"非一人之力所能完成"说

近人何融在其发表于1949年的《〈文选〉编撰时期及编者考略》这一现代《文选》研究史上之重要论文中，较为系统地提出了《文选》"非一人所能完成"说。其云：

> 清朱彝尊《书〈玉台新咏〉后》曰："《昭明文选》初成，闻有千卷，既而略其芜秽，集其精英，存三十卷。"昭明《文选序》亦云："远自周室，迄于圣代，都为三十卷。"卷帙既如此繁重，年代又如彼绵远，其非一人之力所能完成，自甚明显。②

此中之朱氏说，乃袭元末赖良之说而来，然何氏及其后之学者多未之觉③。赖氏自序其《大雅集》之"《昭明文选》初集，至一千余卷。后去取不能十一，今所存者三十卷耳"④ 云云，盖明确说《文选》成书分二阶段而其工作量甚巨之最早者。乍一看，何氏之"其非"云云，似极是；然细究之，实则非也。不过，何氏是说与其引以为自己观点主要文献支撑之清朱氏"《昭明文选》初成，闻有千卷"之说不能成立。笔

---

① 牟世金先生在其《文心雕龙研究》一书中推测是书"完成约需四年"，其云："全书三年左右可成。但这几年内不可能用其全力从事《文心》的写作，其间难免仍有撰抄佛经等事杂，所以，从498年开始，到502年三月完成，总计费时四年左右。"（人民文学出版社，1995年，第58-61页）牟说大体可从。

② 《国文月刊》，1949年第76期。

③ 朱彝尊《曝书亭集》卷52《书〈玉台新咏〉后》隔七文即《赖良〈大雅集〉跋》（《四部丛刊》本），此乃明证。或以为朱氏是说本之吴槭《韵补·书目》的《类文》下之"此书本千卷，或云'梁昭明太子作《文选》时所集，今所存止三十卷。本朝陶内翰谷所编'"，非也。

④ 〔元〕赖良：《大雅集》（影文渊阁《四库全书》本），上海古籍出版社，1987年。

者此前已说之①，然其时尚未从"编纂工作量"大小之层面展开研讨。而从此层面展开研讨，自有其不容忽视之学术意义，故今从此层面上略申说之。

关于何氏此文，王立群先生说：

> 何融的《〈文选〉编撰时期及编者考略》是现代《文选》学史最早研究《文选》成书过程、成书时间及编者的重要文章……何融此文首先论述了他对《文选》成书于诸学士之手的基本观点，故文章开篇即曰："梁昭明太子《文选》为一含有双重性的集体作物：就其内容言，系许多不同时代作家之作品集合物；就编辑方面言，又系许多同一时代作家之集体产品。关于前者，凡读《文选》者无不知之；但后者未被一般读者所留意。"在亮明这一重要观点之后，何融引证了三条文献记载，作为《文选》成书于诸学士之手的具体说明。第一，引用了清人朱彝尊《书〈玉台新咏〉后》的一段名言："《文选》初成，闻有千卷，既而略其芜秽，集其精英，存三十卷，择之可谓精矣。"又引《文选序》"远自周室，迄于近代，都为三十卷"之言，得出"卷帙如此繁重，年代又如彼绵远，其非一人之力所能完成，自甚明显"的结论。②

王先生这一概述甚是得当。又，何氏是文提出之"昭明太子十学士"说，在当代《文选》成书研究中影响甚巨③。问题是，随着"选学"于隋唐间蔚然而兴，有关《文选》编撰之种种传闻亦随之而来。此中，时有类《红楼梦》第五十一回所说的"关夫子一身事业，皆是有据的，如何又有许多的坟？自然是后来人敬爱他生前为人，只怕从这敬爱上穿凿出来，也是有的"之"从这敬爱上穿凿出来"者。如唐景龙（707—710）中吴从政"删宗懔《荆楚岁时记》、盛宏之《荆州记》、邹闳甫《楚国先贤传》、习凿齿《襄阳耆旧传》、郭仲产《襄阳记》、鲍坚《南雍州记》"而来之《襄沔记》④有云：

> 襄阳有文选楼，金城内刺史院有高斋，昭明太子于此斋造《文选》（原注：《襄沔记》）。⑤

---

① 力之：《朱彝尊"〈文选〉初成闻有千卷"说不能成立辨：兼论何融〈文选〉"非一人所能完成"说之未为得》，《黄冈师范学院学报》，2006 年第 5 期。

② 王立群：《现代〈文选〉学史》，中国社会科学出版社，2003 年，第 136 – 137 页。

③ 类似之说法如龚斌先生说："据有些文学史家研究，《文选》编纂的时间大约在大通元年至中大通三年之间，在短短的四年中，如果仅有萧统、刘孝绰编纂，是很难完成这项浩大的文化工程。所以，必定是许多人共同参与编选，讨论定夺。梁代多项文化大工程，如梁武帝制礼，敕众学士抄撰《华林遍略》，编纂《众经要抄》等，都集合文人学士、大德名僧，共同工作。实际的情况可能是，早在正式编选《文选》之前，萧统已在阅读前代文学作品，决定编纂《文选》时，集合刘孝绰等众多东宫文学之士共同遴选。"（龚斌：《南兰陵萧氏家族文化史稿》，上海古籍出版社，2015 年，第 200 页。）比观我们前文所述，是说显非圆照。以龚先生深厚之学养而如是说，盖缘一时疏忽所致。就"浩大的文化工程"言，30 卷《文选》与 700 卷《华林遍略》，二者实在难以等而同之。

④ 〔宋〕陈振孙《直斋书录解题》卷八"地理类·《襄沔记》三卷"条云："唐吴从政撰。删宗懔《荆楚岁时记》……鲍坚《南雍州记》，集成此书，其记襄、汉事迹详矣。（从政）景龙中人，自号栖闲子。"（上海古籍出版社，1987 年，第 253 页）

⑤ 〔明〕陈耀文《天中记》卷十四"文选"条（《四库全书》本）。

而据此，便知史上将萧纲"高斋"学士误作萧统的，至晚亦在唐初。"襄阳文选楼"与刘孝威、庾肩吾等萧纲之"高斋学士"二者，其均与昭明太子"造《文选》"本无丝毫关系，然被后人"穿凿"而一之。《舆地纪胜》之《襄阳府·古迹》引旧《经》释"《文选》楼"又云：

> 梁昭明太子所立，以撰《文选》。聚才人贤士刘孝感（今按："感"当为"威"）、庾肩吾……孔烁、鲍至等十余人，号曰"高斋学士"。①

此亦一十分典型之例子。当然，此乃因张冠李戴而来。不过，"从这敬爱上穿凿出来"所造成之"气候"亦给力不小——既助其"出生"，亦促其"成长"。而此类误说之影响，既广且久②。结果是，至少在潜意识层面给人们以《文选》工作量之巨，非一己之力所能成这么一种殊为强烈之印象。上文提及之"《昭明文选》初集，至一千余卷"说，既无任何文献支撑，比照《文心雕龙》"论文叙笔"部分等可比者亦可证明编撰 30 卷《文选》无"至一千余卷"初集之必要。其盖是从由上述误说影响所形成之氛围中再"穿凿出"之又一典型者③。因之，"繁重"云云，便失去了立之根据。至于何氏据《文选序》"远自周室，迄于圣代"而来之"绵远"说，孤立地看，似矣；然比照《文心雕龙》，却说明不了什么实质性之问题。后者之"原始以表末"的"始""末"间更为"绵远"——刘勰是书所写以东晋为下限，而其《明诗》始"葛天"、《祝盟》始"伊耆"、《铭箴》始"帝轩"等，即为明证④。

总而言之，何氏之"卷帙既如此繁重，年代又如彼绵远，其非一人之力所能完成，自甚明显"说，一者所据非实，二者仅就《文选》以观《文选》。说到底，这是不能成立的。比照《文心雕龙》"论文叙笔"部分之《明诗》《史传》《诏策》《檄移》《封禅》《章表》与"下篇"之《才略》所说，更能说明问题。

（二）关于萧统与刘孝绰、何逊等编撰说

曹道衡先生在 20 世纪 90 年代中曾说：

> 直到目前为止，我们所能见到的关于刘孝绰参加《文选》编集工作的记载，主要只有《文镜秘府论》和《玉海》引《中兴书目》两条材料，而二书原文，都有"等"字，说明并非刘孝绰一人。这些人均属"文选楼中诸学士"之列，其地位与刘孝绰并无高下之别，最多只是萧统对他们的信任程度略有不同，不能

---

① 〔宋〕王象之：《舆地纪胜》（据道光二十九年刊板影印），中华书局，1992 年，第 2664 - 2665 页。

② 力之：《襄阳"文选楼"与"高斋学士"所属辨证：关于一不难知的误说流行千年不止之思考及其他》，《广西师范大学学报（哲学社会科学版）》，2018 年第 6 期。

③ 参见力之《朱彝尊"〈文选〉初成闻有千卷"说不能成立辨：兼论何融〈文选〉"非一人所能完成"说之未为得》一文。

④ 《文选序》尚有"自姬、汉以来，眇焉悠邈，时更七代，数逾千祀"说，然《文心雕龙》之《才略》与《时序》分别云："昔在陶唐……暨皇齐驭宝……蔚映十代，辞采九变""九代之文，富矣盛矣；其辞令华采，可略而详也"（此不及齐代）。即两相比较，"七代"，长夫哉？

84

说他们一概都得听从刘孝绰的意见。①

"主要只有"云云，是符合实际的。这"两条材料"即"至如梁昭明太子萧统与刘孝绰等撰集《文选》"与"与何逊、刘孝绰等撰集"②。不过，后来发现中唐时人元宽《百叶书抄》已有"《文选》，梁昭明太子与（文儒）何逊、刘孝绰选集"（"文儒"原作"文孺"，是书"儒"多作"孺"）③说，故这"两条材料"之后者出现亦甚早。④因之，不言而喻，就通常之意义言，这两家说由于去昭明太子编撰《文选》之时代不甚远，或有本之当时相关文献之说的可能。然结果到底如何，得将问题置于"网络"中考察，而非孤立地就此"材料"观此"材料"。

将问题置于"网络"中考察，须知随着"选学"在隋唐间蔚然而兴，有关《文选》编撰之传闻便时有类《红楼梦》所说之"从这敬爱上穿凿出来"者。故此，这"两条材料"（《文镜秘府论》所引与《百叶书抄》所抄者）尽管均出现在唐前期，而因唐前期之《襄沔记》有"襄阳有文选楼……昭明太子于此斋造《文选》"一类"从这敬爱上穿凿出来"者，故其可信度如何得细加辨析，不能就通常的意义观之。此其一。其二，将上述二说置于"网络"中考察，二者均经不起推敲。首先，何逊已死于《文选》编纂前⑤；其次，刘孝绰是唯一之为昭明太子编纂其个人文集者——"太子文章繁富，群才咸欲撰录，太子独使孝绰集而序之"⑥，故易误此为彼⑦。否则，《梁书》本传何以仅记"太子独使孝绰集而序之"一事，而没有载其参编《文选》事。不仅如此，何以《梁书》《南史》与李善《上文选注表》、吕延祚《进五臣集注文选表》等无一如是说？⑧至于所谓之"等"，除了启部分学者之思而致其将两回事当一回事看外，更是说明不了任何实质性问题。由"等"而将两回事当一回事看者，最典型的是说王筠参编《文选》。而其主要理由即《梁书》卷33王筠本传所说之"昭明太子爱文学士，常与筠及刘孝绰、陆倕、到洽、殷芸等游宴玄圃，太子

---

① 曹道衡：《关于萧统和〈文选〉的几个问题》，《社会科学战线》，1995年第5期。

② 前者，见王利器《文镜秘府论校注·南卷·集论》（中国社会科学出版社，1983年，第354页）；后者，见王应麟《玉海》卷五十四"梁昭明太子《文选》唐李善注《文选》……"条引《中兴书目》的"《文选》，梁昭明太子萧统集……等为三十卷"之文末注。

③〔宋〕：晏殊《类要》卷二一《总叙文》引，《四库存目丛书》子部第167册，齐鲁书社，1995年，第32页。又，《玉海》引《中兴书目》"《文选》，梁昭明太子萧统集……为三十卷"之文末注的"与何逊、刘孝绰等撰集"，盖本之《百叶书抄》或《类要》。

④ 至于"文选楼中诸学士"一说，乃人们"从这敬爱上穿凿出来"的，而迄今为止之学者时或以之为"事实"。

⑤ 周绍恒先生《何逊卒年新考》说："何逊《日夕望江山赠鱼司马》之诗的最早撰写时间也只能是梁中大通五年（533）八月。由此可见，何逊在梁中大通五年（533）八月还活着。"（《怀化学院学报》，2005年第1期）然笔者认为，是说未为得（另文说之，兹不赘）。

⑥〔唐〕姚思廉：《梁书》，中华书局，1973年，第480页。

⑦ 力之：《综论〈文选〉的编者问题》（上），《江汉大学学报（人文科学版）》，2005年第1期。

⑧ 力之：《综论〈文选〉的编者问题》（上）。又，可详参梅运生（1932—2016）先生《萧统与〈昭明文选〉》，见霍松林主编《中国诗论史》上册第五章，黄山书社，2007年）；又见梅运生：《魏晋南北朝诗论史》第五章，安徽师范大学出版社，2016年。

独执筠袖抚孝绰肩而言曰：'所谓左把浮丘袖，右拍洪崖肩。'其见重如此"① 等。如"选学"名家穆克宏先生说：

> 当然，参加《文选》编撰的也绝不止刘孝绰一人，王筠可能参与了此项工作。《梁书·王筠传》云："筠幼警寤，七岁能属文……尚书令沈约，当世辞宗，每见筠文，咨嗟吟咏，以为不逮也……而少擅才名，与刘孝绰见重当世。"他曾任太子舍人、太子洗马、太子家令、太子中庶子，掌东宫管记二次。《梁书·王筠传》云：昭明太子爱文学士，常与筠及刘孝绰、陆倕、到洽、殷芸等游宴玄圃。太子独执筠袖、抚孝绰肩而言曰："所谓'左把浮丘袖，右拍洪崖肩。'"其见重如此。王筠受萧统的爱重仅次于刘孝绰，他亦可能是《文选》的编选者之一。②

穆先生既精于"选学"，亦深于"龙学"，然这里所说王筠之种种，均与王氏是否参编《文选》非一回事。不可思议的是，这亦是学界普遍之看法。

总之，比照《文选》与《文心雕龙》之工作量，可进一步佐证"《文镜秘府论》和《玉海》引《中兴书目》两条材料"所说，均不足信③。换言之，刘孝绰参编《文选》说不能成立，遑论参编《文选》还有"东宫"其他学士。

（三）从工作量大小之角度证萧统独撰《文选》无疑

如上所述，撰《文心雕龙》"论文叙笔"部分加《辨骚》与《才略》这22篇之工作量，已比编整部《文选》之工作量还要大。基于此，若说刘勰撰《文心雕龙》非一切从"零"开始，其"选文以定篇"之"选文"多有"借助"其前类挚虞的《文章流别集》与《文章流别论》等之"力"以成就者，那么，《文选》之选文何以不然？黄侃先生说《颂赞》之"仲治论颂，多为彦和所取"④，可谓得其实矣。如其"选文以定篇"部分中之"若夫子云之表充国，孟坚之序戴侯……雅而似赋，何弄文而失质乎"，即本《文章流别论》之"昔班固为《安丰戴侯颂》，史岑为《出师颂》《和熹邓后颂》，与《鲁颂》体意相类。而文辞之异，古今之变也。扬雄《赵充国颂》，颂而似雅。傅毅《显宗颂》，文与《周颂》相似，而杂以风雅之意。若马融《广成》《上林》之属，纯为今赋之体，而谓之颂，失之远矣"⑤ 而来。问题是，《文选·颂》所收之5首作品，其《赵充国颂》《出师颂》为《文章流别论》所论⑥；

---

① 〔唐〕姚思廉：《梁书》，中华书局，1974年，第485页。

② 穆克宏：《文选学研究》，鹭江出版社，2008年，第99－100页。

③ 梅运生先生说："由于此书的编撰，有范履冰、刘伟之参与，窃疑其言刘孝绰等参与编撰《文选》云云，是由此及彼的一种推论，并不一定有所依据。至于宋王应麟《玉海》引《中兴书目》在《文选》条下注言：'与何逊、刘孝绰等选集'，把与萧统无甚瓜葛的何逊也拉扯到《文选》编撰者的行列，那就更无从考实了。"（梅运生：《魏晋南北朝诗论史》，安徽师范大学出版社，2016年，第211页）"并不""更无"云云，甚是。

④ 黄侃：《文心雕龙札记》，中华书局，1962年，第69页。

⑤ 〔宋〕李昉，等：《太平御览》，中华书局，1960年，卷588"文部四·颂"。

⑥ 〔唐〕房玄龄，等：《晋书》卷五十一《挚虞传》云："虞……撰古文章，类聚区分为三十卷，名曰《流别集》，各为之论，辞理惬当，为世所重。"此亦吾人当知之。

《赵充国颂》与《汉高祖功臣颂》为《文心雕龙》所评;《酒德颂》,东晋戴逵《竹林七贤论》论刘伶录其文、《世说新语·文学》与颜延年《五君咏·刘参军》("刘参军"即刘伶)分别有"刘伶著《酒德颂》,意气所寄""颂酒虽短章,深衷自此见"(李善注:"'颂酒',即《酒德颂》也。")之说,且后者见录于《文选》;至于《圣主得贤臣颂》,乃《汉书》卷64王褒本传所载褒文之唯一者,东汉荀悦《汉纪》卷20《前汉孝宣皇帝纪》亦载之(略有删节),《文章缘起》"颂"则以"汉王褒作《圣主得贤臣颂》"为例等。即《文选·颂》所录者均为"颂"类之名篇(《流别论》《颂赞》不提及《圣主得贤臣颂》,当因其"体"之问题),而盖当时之读书人所共知。概言之,萧统之工作,没有任何非一切从"零"开始不可之理由,除非我们设想其愚不可及。

又,饶宗颐先生《〈文心雕龙〉探原》云:

> 盖自《书记》而上为上篇,所以"论文叙笔"……彦和以前论文体者,若曹丕、陆机、挚虞、李充,已极赅洽……然有一事为历来所忽略者,即分体之总集,至于宋齐,各体皆备,彦和席其成规,但加品骘而已;毋庸搴择而归纳之也……是彦和此书上半部之侈陈文体,自非空所依傍,自出杼轴;其分类之法,乃依循前规,排比成编;加之仲洽《流别》,李充《翰林》,并有成书,矩矱具在,自易措手。《昭明文选》,成书更在彦和之后,其分析文体……乃远承往辙,与彦和取径,正有同然。①

这是恰当的。当然,萧统之编纂《文选》,不只"分析文体"与刘勰撰《文心雕龙》"取径,正有同然",其所选作品与《文心雕龙》"选文"之做法在某种程度上亦无异。不仅如此,就后者言,刘勰所为比萧统所为之工作量更大。因为前者所"选"时有非通常意义上之"美文"者,而后者则否。换言之,刘勰"选文"时或需在"类"中再辨其"体",萧统"选文"则无此必要——比观《文选·颂》与《颂赞》之"选文以定篇"部分,思过半矣。

总而言之,编《文选》之工作量既然比撰《文心雕龙》之工作量小得多,那么,就工作量之大小言,萧统完全可以用一己之力编纂《文选》而完成之。于此,我们需要注意的前提是,"现存的梁、陈人的文集以及《梁书》《陈书》和《南史》各传,都无片言只字叙及他人参与编撰《文选》事,唐高宗、玄宗两代学人所注《文选》,都具表上闻,两表成称原编撰者为昭明而不及他人"。

结语

综上所述,编《文选》之工作量,被人们从"敬爱上"放大了不知多少倍。其实,撰《文心雕龙》"论文叙笔"部分加《辨骚》与《才略》这共22篇之工作

---

① 邝健行、吴淑钿编选:《香港中国古典文学研究论文选粹(1950—2000)·文学评论篇》,江苏古籍出版社,2003年,第3-6页。

量，便远大于编《文选》全书之工作量。当然，刘勰撰此书多有赖于前贤之"帮助"。问题是，由于当时"东宫有书几三万卷"，故比之刘勰，萧统更易于得到前贤之"帮助"。因之，既然《文心雕龙》完全出于刘勰一己之手，且仅花四五年之"业余"时间便告完成①，以此例彼，萧统凭一己之力编纂好《文选》亦毫无疑义。需要说明的是，《文选》编纂工作量之大小，与其在文学史上之地位如何无必然联系。

---

① 牟世金先生在其《文心雕龙研究》一书中推测是书"完成约需四年"，其云："全书三年左右可成。但这几年内不可能用其全力从事《文心》的写作，其间难免仍有撰抄佛经等事杂，所以，从498年开始，到502年三月完成，总计费时四年左右。"（人民文学出版社，1995年，第58-61页）牟说大体可从。

《文心》创艺　《文选》串华

——《文心雕龙》的当代应用与《昭明文选》的古典涵接

林中明·美国北加州作家协会

关于《文心雕龙》的渊源和本质，作者认为它的核心思维来自《孙武兵经》。这是作者于 1995 年在北京举办的《文心雕龙》国际研讨会中，以大量直接和间接的引文，首先揭橥其关键思想，并带起新一轮的研究。

至于把《文心雕龙》应用到艺术领域，作者从八大山人艺术及隐诗，和对石涛的"苦瓜和尚"名号的研究，加上将《文心雕龙》和罗马建筑学互检，再举办并参展五场艺展，累积了相当的实战经验之后，应用《文心雕龙》中的"丽辞篇"为骨干，首创艺术"大类"（genre）"联艺回响"（ECHO, Echo, Couplet, Harmony, Oscillatioin）并用于矽谷的艺术展，这些都将在这篇论文中做简略的报告。为呼这次大会《文心》和《文选》两大主题，主要在接古和践今这两大方向作重点的说明。

一、前言

1. 缘起：从地理历史到文化文学

2019 年初春，江苏大学文学院与镇江市图书馆、镇江市社会科学院、镇江市历史文化名城研究会，联合举办一场以中华优秀文化典籍中的两颗璀璨明星——《昭明文选》与《文心雕龙》为主题，加上镇江本地传承了一千五百年以上的地理、历史、文化、文学①，来举办"昭明文苑　增华学林——《文选》与《文心雕龙》国际学术研讨会"。这场研讨会的学术视野和企图心，都是空前的。本人受邀来此学习，不仅感到莫大的光荣，而且借此机会，得以看到许多过去在《文选》与《文心雕龙》研讨会上结识受教的老朋友，更是非常高兴。对于已经辞世的学人长者，不免览作思贤，敬想其人。（图 1）

---

① 林中明：《地理、历史对文化、文学的影响：从薛地到矽谷》，《文学视域》（淡江大学·第十二届社会与文化国际学术研讨会论文集），台湾里仁书局，2009 年，第 191－214 页。

2. 研讨的方法：赋比兴

这次研讨会所列举的六项研讨主题①，都是慎思精选的大范围。基本上是秉承刘勰在"序志篇"所提出研究经典的方法次序："敷赞圣旨，莫若注经，而马、郑诸儒，弘之已精，就有深解，未足立家。"所以要从初步研究的"注经，校勘"之"赋"，扩大到"关系，比较"之"比"，和累积知识到进一步的"跨越，腾飞"之"兴"。笔者过去学习探讨的题目大多和前五项有关，所做的研究，也都先奠基于前修"注经，校勘"的成就之上，然后专从"比、兴"的比较里会通和思索以扩大其领域。这次是试选《昭明文选》的古典涵接与《文心雕龙》的当代应用两个题目，以时空与创新为之两翼所做的报告。

3. 《文选》串华

首先从《昭明文选》的上承《诗经》的"气象文学"②，到下接清代桐城派二大文选③，名之为《文选》在时空里的"串华"。而设在镇江市图书馆的"《文心雕龙》与《昭明文选》资料中心"，其实就是当代这两大文学经典的国际"文选"新中心。（图2）

4. 《文心》兵经？《孙子》文创！

其次，对于《文心雕龙》的当代应用，由于作者认为它的核心思维其实来自《孙武兵经》④⑤，故刘舍人才会尊其为"经"，且大量直接间接用于议论。所以，笔者把《孙子兵法》汇合《文心雕龙》，认同"智数一也"的说法，终于在2012年9月，于济南举行的"孙子兵法用于文化创业高层论坛"上正式得到文武双方人士的认同（图3）。一如笔者十四年前——1998年参加在北京举办的"孙子兵法国际研讨会"上提出的论文⑥所创议的。

5. 《文心》明艺？"联艺回响"！

至于把《文心雕龙》应用到艺术领域，作者从八大山人艺术及瘾诗，和对石涛的"苦瓜和尚"名号的研究，加上将《文心雕龙》和罗马建筑学互检，再举办并参展五场艺展，累积了相当的实战经验之后，应用《文心雕龙》中的"丽辞篇"为骨

① （一）《文选》学与《文心雕龙》学未来的发展；（二）《文选》与《文心雕龙》之关系；（三）多元视角下的《文选》与《文心雕龙》研究；（四）《文选》《文心雕龙》域外研究；（五）中西文论比较研究；（六）镇江与六朝历史文化研究。

② 林中明：《气象学之祖：〈诗经〉—从"风云雨雪"的"赋比兴"说起》，《诗经研究丛刊·第十六集》，第八届《诗经》国际学术研讨会论文选刊之一，陕西·洽川，2008年7月24－27日。学苑出版社，2009年，第193－220页。

③ 林中明：《（广）文选源变举略：从〈诗经〉到桐城》，《〈昭明文选〉与中国传统文化》（第四届昭明文选国际研讨会论文集），吉林文史出版社，2001年，第562－582页。

④ 林中明：《刘勰、〈文心〉与兵略、智术》，中国社会科学院，《史学理论研究（季刊）》，1996年第1期，第38－56页。

⑤ 林中明：《刘勰和〈文心〉和兵略思想》，《文心雕龙研究·第二集》，北京大学出版社，1996年，第311－325页。

⑥ 林中明：《斌心雕龙：从〈孙武兵经〉看文艺创作》，《1998年第四届国际孙子兵法研讨会论文集》，军事科学出版社，1999年，第310－317页。

干，首创艺术大类（genre）"联艺回响"（ECHO）（Echo，Couplet，Harmony，Oscillatioin）并用于矽谷的艺术展。

二、《昭明文选》古典涵接，"广文选"时空"串华"

1. 文选 源头①

世界各文明都有他们的"文选"，而其源头都是基于人类"反熵""抗衰"，试图超脱"热力学第二定律"，致使"信息知识"的传递失真这个宇宙迁化的大原则所兴起相同的动机和行为。中华文化在东汉发明造纸术，使得诗文政史得以不必刻石以抗水火，而借"造纸，印刷"的"新科技"得以大量流传，抗老抗衰，"无耗再生"。更由于皇室、大庙、高僧、名士的权力、财力和智力，使得经典作品得以集结流传。总之，从集文之量变，而成到质变。《昭明文选》的成就，就是中华文化，由昭明太子及其手下文士，精选编集而成的范例。而后人研究《文选》大多就单篇文章和个别作者为论文题目，以为集中兵力，一点突破，深度探讨②。但有时也不免小题大做，或坠于小题易做的陷阱。

2. 向上涵接《诗经》"气象文学"

《文选》的研究，由于近几十年学者们的研究，虽然不至于像中华文化里第一部诗文选集《诗经》的研究那样常见，究一字成万言书，但也早已达到"敷赞注经，弘之已精"的地步。好在研究《诗经》的学者，也早已推动"比兴"实现跨学界的探讨，所以《诗》虽旧经，其命维新。笔者在已故的夏传才会长的鼓励下，也努力在已知而未解的大题目上做了一些新的探讨。譬如从《诗经》中"风云雨雪"出现字频，找出"大雅"和"小雅"作者群的别异③，并由此创立了"气象文学"的新学类，并在 2008 年，将之用于扬州召开的《文选》研讨会的论文④。此时再一回首，忽已十年。不觉自笑，这岂不是另类的"十年一觉扬州梦，赢得昭明薄倖名？"

3. 左观《弘明》右览《玉台》

如果说昭明太子选文的态度代表或接近于所谓"正统文学"的"中间路线"，那么除了《文心》和《诗品》选评的"文选"之外，最值得研究和重视的就当推"正统文学"的"左"边，代表当时严肃说理、弘扬佛教哲学的《弘明集》；"右"边，

---

① 林中明：《（广）文选源变举略：从〈诗经〉到桐城》，《〈昭明文选〉与中国传统文化》（第四届昭明文选国际研讨会论文集），吉林文史出版社，2001 年，第 562 – 582 页。

② 林中明：《陶渊明治学思维阔观—兼谈〈文选〉数例》，《第七届昭明文选国际研讨会论文集》，广西桂林，2007 年，第 182 – 187 页。

③ 林中明：《气象学之祖：〈诗经〉—从"风云雨雪"的"赋比兴"说起》，《诗经研究丛刊·第十六集》，第八届《诗经》国际学术研讨会论文选刊之一，陕西·洽川，2008 年 7 月 24 – 27 日。学苑出版社，2009 年 6 月，第 193 – 220 页。

④ 林中明：《〈昭明文选〉里的气象文学》，《〈昭明文选〉国际学术研讨会论文集》（江苏扬州），2009 年 8 月 27 – 28 日，第 306 – 324 页。

代表感情解放、专收宫体艳情诗的《玉台新咏》。这种"三线文学"的看法，要远比自胡适在 20 世纪初所提出的"双线文学"——以雅、俗文学划分中国文学，来得更全面。只有我们把"三点定曲线"的方法和"三线文学"的观念立体地合并起来，才能把"广文选"这个新观念，应用于研究中国文学史，对中国文化做更有系统、更广泛和有机互动的探讨。

4. 向下研接桐城二大文选

清代桐城派三代文士，不仅树立了文学上有特色的学派，而且编成《古文辞类纂》和《经史百家杂钞》两大文选，超越前贤。自《昭明文选》之后一千多年，虽然有许多有特性的文选、类书和全书，但是最精要而有代表性的就是桐城派姚鼐一人费四十年功夫编纂评校的《古文辞类纂》和曾国藩所编集的《经史百家杂钞》。这两部"文选"不仅继承《诗经》和《昭明文选》跨"国"集类、广照精选的优良传统，而且把《文选》所未顾及的评论，和经、史、兵、政的佳作全都补齐，乃与《诗经》《昭明文选》成四足鼎立之势。

《古文辞类纂》选文，阴柔阳刚并重。舍诸子，以贾谊《过秦论》起始，开局雄骏警世，呼应《诗经》以《关雎》开场的活力，胜过《昭明文选》之以《两都赋》讨好父皇梁武帝的起始。姚鼐弃六朝靡丽之作，却收昌黎《毛颖传》嬉戏之文，尤见独到之眼力与过人取舍手段。这种开放的胸襟，正是文章大家和学派小儒的分别。桐城派能成为有清一代的文派重镇，《古文辞类纂》所造成的广泛影响可谓功不可没。把"文选"的内涵架构方法，当作一种治学的"工具"去"格物致知"，虽然有其必然性，但也是一种意外的收获。

《经史百家杂钞》选文精博，集中华文、史、哲、兵、政、经之佳文于一书，有点像曾文正公自列其学问之要者。曾国藩把姚鼐的十三类，精简成十一大类。书中内容丰富，体裁多元，甚至将韩愈幽默嬉戏的《毛颖传》和《送穷文》收入集中，更显示出他开阔的胸襟。他不仅延续姚鼐选文的方向，也直承庄子、韩、柳、苏、黄诗文里的诙谐之趣，以及对幽默文章"欢愉之辞难工"的理解和重视。曾国藩尝怪"清朝大儒，于小学训诂直逼汉唐，而文章不能追寻古人深处，颇觉不解"。我看这或许是因为义理训诂束缚太过，丧失真情和喜感。而这也能从"文选"和艺文大家的选集中验证出来。

桐城派的重要性，在于它所标榜的作文三大原则"义理、考证、文章（采）"暗合世界性作文种类"文、史、哲"。萧统在《文选序》里所重视的"事出沉思，义归翰藻，情言风雅"三大原则，其实也和桐城作文原则遥相呼应。"沉思与义"，类于"义理"；"翰藻风雅"是为文章之文采；而所谓"事"者，虽非"考据"之事，但也有近似于事件的意味。再加上姚、曾二人都是文章巨擘，所以我把桐城文选的《古文辞类纂》和《经史百家杂钞》放在"广文选史"曲线的第三大点上，这样才能把中国"文选史"的来龙去脉看清楚，讲明白。《孙子兵法·九地篇》说行军要如"常山之蛇，首尾呼应。击其首则尾至，击其尾则首至。击其中，则首尾俱至"。《孙子》所说的用兵之法，不也就是我们所说的"三点以定曲线"之法吗？曾国藩之编是书也，虽谦称"杂钞"，但实际上是大军布阵，法制井然，而又首尾呼应，如常山之蛇。这也是历来研究"文选学"诸书所未曾留意的。

5. 镇江市图《文心雕龙》《文选》资料中心，镇江市社会科学院、镇江市历史文化名城研究会——集华，增华，扬华

设在镇江市图书馆的"《文心雕龙》与《昭明文选》资料中心"，其实就是当代这两大文学经典的国际"文选"新中心。再加上镇江市社会科学院、镇江市历史文化名城研究会的钱永波先生等，在"广地理历史文化文学"上的不断倡导推动，努力实行，不仅使《文心雕龙》和《昭明文选》古今有关著作得以集中包管展示，而且制成光碟，提供海内外学者学生参阅，提升研究《文心雕龙》和《昭明文选》论文的视野和更坚实的文献基础。南山公园昭明太子读书台的重建，镇江市"增华阁"作文大赛，不仅提升江苏学子的作文程度，而且使成就名扬全国。

十年前，当中国文选学资料中心，在镇江市图书馆，挂牌成立时，我曾经从美国加州矽谷，恭写一联，限时寄上镇江市图书馆。幸得镇江市图书馆同仁于挂牌当日，裱褙挂于门口表达了我的敬意。今日思之，仍为恰当：

> 文心文选，二大经典，芳藏镇江；
>
> 文学文化，一贯国学，昭明南山。

三、《文心雕龙》的当代应用——旧经典活智慧①

在《文心雕龙》"被"研究了一千五百年后，如何继续推进对"龙学""弘之已精，就有深解"，而且究之已细的考据，文字和理论研究以至于跨界会通"美学理论"，和变化艺术形式，融合两造，从"旧经典"中提炼出"活智慧"，以"实践来检验"。经典之所谓经典，这是作者于 2002 年在镇江召开的"《昭明文选》国际研讨会"上所提出来的目标。

三年后，海村惟一教授在 2005 年于日本福冈大学举行的《文心雕龙》国际研讨会的论文《当代龙学研究略考—从"索引"到"思辨"再到"创新"》，首次把近世纪崛起的《文心雕龙》浩瀚研究，大略分成三个较明显的波段并对其加以分析。他在该篇论文的结语这么说："回顾五十五年前，冈村繁先生《文心雕龙索引》的出版拉开了当代龙学研究的序幕，当代龙学研究第一期之门被打开，从此，西方的工具性方法论被冈村繁先生引进了"龙学"界。

29 年之后，王元化先生《文心雕龙创作论》的出版打开了当代"龙学"研究第

---

① 林中明：《旧经典 活智慧——从易经、诗经、孙子、史记、文心看企管教育和科技创新》，第四届《中华文明的二十一世纪新意义》学术研讨会论文（喜玛拉雅基金会），主题：传统中国教育与二十一世纪的价值与挑战，岳麓书院·湖南大学，2002 年 5 月 30–31 日。《斌心雕龙》，台湾学生书局，2003 年，第 463–518 页。

《文心》创艺 《文选》串华

二期之门，西方的思辨性方法论被王元化先生引进了"龙学"界。

又 24 年之后，林中明先生的《斌心雕龙》开启了当代"龙学"研究第三期之门，他把西方的科学性方法论引进了"龙学"界。此书不仅真正做到"文武合一"，而且使"龙学"走出"研究"，开始通过"科学实验"，合"文武"以"雕龙"，即在研究的基础之上进行研究者自身的创作。笔者称此为"后当代龙学现象"。

本人很荣幸能被海村先生列入"当代龙学研究第三期"的工作者之一。以下简述两件以《文心雕龙》为主体，加上《孙子兵法》，和中西古今艺术所做的项目。再一次向关心《文心雕龙》能否现代化，且能否产生有创新成果的龙学学者们，做提纲性的简报。

1. 《文心雕龙》受启《兵经》？《孙子》用兵《文创》！

对于《文心雕龙》的当代应用，作者认为它的核心思维其实来自《孙子兵经》①②，故刘舍人才会尊其为"经"，而且大量直接间接用于议论。所以我把《孙子兵法》汇合《文心雕龙》，认为"智数一也"的说法，终于在 2012 年 9 月于济南举行的"孙子兵法用于文化创业高层论坛"上正式得到文武双方人士的认同（图 4、图 5）。一如我十四年前——1998 年在北京举办的《孙子兵法国际研讨会》上提出的论文③所创议的。

2. 《文心》明艺？"联艺回响"！

至于把《文心雕龙》应用到艺术领域，作者以八大山人艺术及隐诗和对石涛的"苦瓜和尚名"号为切入点开始研究，又加上将《文心雕龙》和罗马建筑学互检，再举办并参展五场艺展累积了相当的实战经验之后，应用《文心雕龙》中的《丽辞篇》为骨干，首创"艺术大类"（genre）"联艺回响"（ECHO）（Echo, Couplet, Harmony, Oscillatioin），并用于本人在矽谷策划和主持的综合开放国际艺展。

前言

世间的人事和学问，和天下的生物一样，都不免经过"成住败空，物壮则老"的阶段。一世纪以来，《文心雕龙》的研究，经过众多学者的努力，无论是文字义理、版本考据、校勘注释、文体文史、都越过许多旧的高峰，不断地登上一个个新的高度。但新世纪以来，学者也开始面临断崖和攀登云雾围绕的新高峰的挑战。如果不能跨越障碍，则回头检阅来路的风光，深掘已开发的矿脉，当然都能获益。但是开采旧油井，回收难免偏低，会降低开发的意愿。深山里的大矿脉难觅，大海中的巨鱼难钓，非有深钻长杆不能建功。所以多元视角下的《文心雕龙》研究，成为新的学术

① 林中明：《刘勰、〈文心〉与兵略、智术》，中国社会科学院，《史学理论研究（季刊）》，1996 年，第 1 期，第 38－56 页。

② 林中明：《刘勰和〈文心〉和兵略思想》，《文心雕龙研究·第二集》，北京大学出版社，1996 年，第 311－325 页。

③ 林中明：《斌心雕龙：从〈孙武兵经〉看文艺创作》，《1998 年第四届国际孙子兵法研讨会论文集》，军事科学出版社，1999 年，第 310－317 页。

目标。然而多元视角需要新的训练和装备，以致常备多则力分，"倍道兼行，百里而争利，则擒三军将"（《孙子兵法·兵争第七》）。除非获得捷径方式，得以顺利穿越险阻，否则耳闻创新容易，实地按图索骥，鲜有擒得千里马者。

记得十几年前，在 2000 年《文心雕龙》国际研讨会中王元化先生就提出要把"龙学"研究推广到艺术探讨。2006 年，张少康先生又指出："我认为中国古代文学批评史的研究要深化，有一个问题特别值得我们重视，这就是必须把文学批评的研究和艺术批评的研究紧密地结合起来，考察它们之间的交互影响和发展演变。"

其实，元化先生所指出的途径也是当年刘勰特别选定藏书并在王室之外富甲天下的定林寺工作和学习，逐渐累积了大量的文学、哲学、宗教的知识，让他在"君子乾乾"多年之后，能跃在渊，写出突破前贤注经的《文心雕龙》。所以，"把文学批评的研究和艺术批评的研究紧密地结合起来"，若没有实际浸入艺术，参加艺展，策划艺展，那么对艺术批评其实还不够扎实。

而本人则在 2000 年《文心雕龙》国际研讨会上报告了《从刘勰〈文心〉看八大山人的六艺和人格》之后，开始对《文心雕龙》和《文选》的文学源头——《诗经》加以研究，并于 2009 年有幸由中国诗经学会出版了我研究《诗经》有关的 12 篇论文成果——《诗行天下》。然后，在 2007 年《文心雕龙》国际研讨会上，继续报告了《文艺互明：刘勰〈文心〉与石涛〈画语〉》的探讨，并率先指出石涛名号之一——"苦瓜和尚"的隐义。后来，更因为策划艺展和参与创作，2011 年因缘得见石涛《〈苦瓜图〉跋》，证明了我五年前的推论。其后数年，更由于五次策划有主题和创新性的综合艺展和演讲①，发现《文心雕龙》的文论，不仅在理论上可以居高临下，普遍解释艺术创作，而且可以据以推演出新的艺类，给艺术带来新的表现方法和形式。这些结果，证实了我十多年前所提出的"旧经典，活智慧"之说。而且，也不辜负海村惟一教授，2005 年在福冈国际大学召开《文心雕龙》国际研讨会上提出的论文《当代龙学研究略考——从"索引"到"思辨"再到"创新"》中所指出的，"当代龙学研究第三期，从 2003 年开始……在研究的基础之上进行研究者自身的创作的"后现代龙学现象"②。

从《丽辞》到"联艺"（E. C. H. O.）

《丽辞》是《文心雕龙》的第三十五篇，论述的是文辞的对偶问题。文辞讲究对偶，是我国文学艺术独有的特色。因为对偶的构成，除了字义之外，在视觉上由二维结构构成，可以使隔行对齐的方块汉字有直接的关系。此外，由于大多汉字发音近乎等长，更助长了听觉对偶节奏的感受。所以，我国文章从五经到现在的文学作品，也常用对偶来添加对称的美感。而刘勰本人又对骈文特别偏爱。所以《丽辞》一篇，

---

① 林中明：《回顾兼创新的矽谷"四绝雅集"》，台湾《中国语文月刊》，2011 年第 645 期，第 103 – 114 页。

② 海村惟一：《当代龙学研究略考——从"索引"到"思辨"再到"创新"》，《2005 年日本福冈大学〈文心雕龙〉国际研讨会论文集》，台湾文史哲出版社，2007 年，365 – 382 页。

我认为等于是越女论快剑、关公说大刀的夫子自道所长之作。所以《丽辞》是《文心雕龙》中"文体论""文术论"中最切实的篇章之一。

2013 年仲夏，当我所负责的"美华艺术学会"的会员投票决定 2014 岁末年展的主题为"传统与现代之美"时，这个辩证性的题目，立刻让我想到《丽辞》篇中所讨论的对偶形式和内容，完全可以借鉴并且直接应用到这个主题。因为《丽辞》篇里所讨论的特定项目和专词、文学和艺术其实大多可以互通。譬如：

造化"赋形"和"谢赫六法"的"应物象形，随类赋彩"相通。同理，支"体"必"双"，"神理""为用"，"事不孤立"，句句"相衔"；龙虎"类感"，字字"相俪"及"宛转相承"的应和之意，日月"往来"的回音（Echo），隔行"悬合"的框架布置，符合对联的硬件形式（Couplet）；句字或殊，而偶意一也的正对、反对；"联"字"合趣"的谐和（Harmony）……"契机入巧"的设计美术……都是绘画摄影等艺术可以"宛转相承"相通的"文术、美术、艺术、战术"！而且丽辞文体的四对：言对为易，事对为难；反对为优，正对为劣，更告诉我如何去考虑艺术作品内容的呼应与共鸣（Oscillation）。了解了《丽辞》的架构和内涵，联艺的创作可以"指类而求，万条自昭然矣"。因此我特别请获得北美学生书法比赛金奖的师生，用我选列的《丽辞》字句，写了一副对联：

> 造化赋形，支体必双，体植必两，辞动有配；
>
> 神理为用，事不孤立，炳烁联华，镜静含态。

展示"联艺"（E. C. H. O. ）的理论基础，来自《文心雕龙》的《丽辞》篇（图4）。

从理论到实践

在此一发现之外，更重要的是——古今中外，诗人有应和，音乐家有合奏，但是在艺术史上，著名艺术家似乎没有两人以单独的作品相应和的记录。特别是西方文化强调"个人主义"，绘画名家历来不肯也不乐于与其他名家唱和，更不要说"事对"和"反对"了。但是中华文化自古就有这个风气——请看，在杜甫的《论诗六绝句》之后，有多少诗人应和与"回音"！

2013 秋，加拿大皇家艺术学院的刘荣黔院士从加拿大南来北加州矽谷来访时，我特别选了一张他在茶庄品红茶而思红酒的红色照片，以我窗台上静物在夕阳红光中的照片为呼应，题了台静农先生以"茶酒兄弟尔"比喻文言和白话的文句，以呈现"联艺"创作的效果。结果得到在场作家兼诗人喻丽清女士的激赏，以及刘荣黔院士的赏识。他们都同意，"联艺"创作是艺术上新的"艺类"。

因此我就给"联艺"起了一个西方艺术家能见名而识义的英文名字：Echo Couplet Harmony Oscillation，简称 E. C. H. O. 然后以此一新创的艺类，邀请包括瑞士（Switzerland）和泰国（Thailand）的画家对联条幅形式的抽象画，加州圣荷西州立大学美术系教授的古典油画，联艺对应现代彩绘插饰金属雕花等创新的艺作，依此创作参展，共襄盛举。我的建议得到许多名家的热烈回应，他们在惊讶和欣赏之余，愿意按照我特定的方向，用一年的时间去创作"形对，色对，事对，景对，反对，正对"

的摄影（图7）、油画、雕刻、书法，有的还搭配中英诗，添加雅趣（图8）。他们的作品，"游雁比翼翔，归鸿知接翩"，不仅表现了美的艺术，而且"贵在精巧""务在允当""奇类""异采""联璧其章""理圆事密"，在2014年年底的艺展上，"叠用奇偶，节以杂佩"（图6），让来参观艺展的行家惊艳。因为艺界的行家们知道，"艺类"的创新极难，而这是中西艺术史上第一次的"联艺"作品展。但是一个理论，不能只展现一次实际的成果。所以我们继续把"艺类"的创新艺类，介绍到洛阳、台南，让国内文人画家和国际艺术家，都能参与创新，共享"旧经典，活智慧"的"雅趣"。

小结

《文心雕龙》不仅可以用于"纸上谈兵"分析艺术作品，而且可以应用于艺术创作的"实战指道"和"阵地突破"！"类此而思，理斯见也。"从这三个成功的艺展实例，我们又一次证明了《文心雕龙》普世全面的经典地位，而文学、艺术和科技、兵略本质相通，"智术一也"之说，一贯成立①。赞曰：

> 联艺必两，形彩成双；古典现代，比翼竞翔；
>
> 左欧右亚，条幅联章；文心雕龙，又放华光。

四、结语

地理、历史、文化、文学是人类文明发展的基石和血脉。它们的动静发展、交互影响，而不时挣扎、爬行前进，修复了战乱的创伤，融古博今，创建新的文艺和科技，丰润了文明的内容和深度。

一千五百年前，镇江有幸在动荡的南北朝，孕育出了刘勰和昭明太子。由于他们二人的学养和行动，创造出两本不同而又相辅相承的文学巨作，从而影响了中华文学的发展。而在近四十年，又因为镇江政府、学者、社会贤达的共同努力，在资源的有限的情况下，有计划地把镇江再度塑造成新一代古典文论研究和学术资料中心，并重建了纪念《文心雕龙》，《昭明文选》和昭明太子的文苑，还为与会学者签名勒石刻碑（图10、图11），并启动了一年一度的"增华阁"作文比赛。从海外的远距、多学科的角度，客观地看镇江文化、文学，中文教育的发展，我认为这真是惊人的成就。

这次的大会，设计了高远宽宏的议题，将《文心雕龙》《昭明文选》与镇江本地的史地学术研究于一炉，并召集和吸引了多国老、中、青学长于一堂，报告交流各自的研究心得、这本身就是一项有创意的学术研讨大会。本人有幸能参加讨论，并报告个人二十五年来杂混文、史、哲、兵、经和科技及书画艺术的浅见和实例述旧编文（图12、图13）。以见《文心雕龙》和《昭明文选》研究的第三波，方兴未艾；而越

---

① 林中明：《〈斌心雕龙〉自序：智术一也》，台湾学生书局，2003年，第23－32页。

过高原，前景多彩。希望年轻学者，载奔载欣，扩学展识，继续前进，坚持创新。而作者谬偏之处，还请与会方家不吝指正。

图1　台湾王更生教授（前右），日本冈村繁教授（后）。福冈公园。2006年《文心雕龙》国际学术研讨会。林中明诗：人生百年如过桥，大师在前金步摇。水洄河底生春草，古城樱花枝头闹

图2　2009年，中国文选学资料中心在镇江市图书馆挂牌成立。林中明书联遥贺

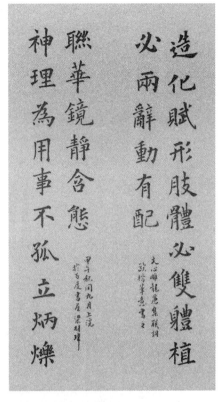

图3　孙子兵法与文化创意产业高层论坛山东·济南，林中明专题报告：文创产业《斌心雕龙》2012.9.4

图4　林中明撰　俪辞联句之二（朱砂），陈淑珍老师拟写，书法班高中学生梁材玮书

图5　（右）　刘荣黔院士："茶酒怡红梦"（左）林中明"联艺迎秋风"

图6 "传统与现代之美"综合开放国际艺展百余件作品中的部分"联艺"（E. C. H. O.）艺术
作品三组六件（局部）

图7 "玻璃楼彩，异国略同"（左）林中斌摄，Montreal，2014.9；（右）林中明摄，Mongolia，
2014.7

Lynn Powers: A Quiet Light

Harry Powers: Resonant Cluster

图8 （left）Prof. Lynn Powers：A Quiet Light，（middle）Powers at Home，（Right）Prof. Harry Powers：Resonant Cluster

"AN ECHO"

By Lynn Powers，Dec. 1，2014

Lustrous glow of pearls in the darkening room

small moons engulfed in a night sky

reflecting a quiet light.

An echo of crashing sounds collides in the far distance，

heard only by its nearby star，

yet resounds clearly in what we see.

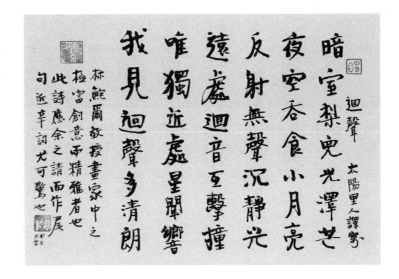

图9 An E. C. H. O poem by Prof. Lynn Powers， 林中明会长赠和：中译"回声"书法

图10　镇江南山公园文苑，1998 年《文心雕龙》国际学术研讨会与会者签名纪念碑

图11　镇江南山公园文苑，2002 年文选学国际学术研讨会与会者签名纪念碑

图12 2006年4月日本福冈大学《文心雕龙》　　图13 2007年（中国台湾）《文心雕龙》国际
　　　国际学术研讨会论文集封面　　　　　　　　　　学术研讨会论文集封面

李善注《文选》留存《汉书》旧注考述

刘锋·河南科技学院文法学院

　　《文选》所收作品中，有三十余篇载于《汉书》，数量可观。而《汉书》在唐前注家甚多，堪称显学。李善在注释《文选》时，对同载于《汉书》的作品多取先唐《汉书》旧注，且将其称之为"旧有集注"①，这是李善注的一个重要特点②。实际上，以李善注为代表的隋唐之际的"文选学"，本身与"汉书学"的关系就非常密切③。今可知最早注释《文选》的学者萧该，本是一位"汉书学"大家，而李善也精于《汉书》，著有《汉书辨惑》三十卷。因此，李善注中留存众多的《汉书》旧注是很自然的。这些旧注的原注本早已不存，赖李善本而流传至今，具有较高的文献价值。虽然颜师古《汉书注》及《史记》三家注也保留了旧注，但与李善本留存的旧注详略不同，互有差异。这些旧注从何而来，李善在注释《文选》时是如何处理这些旧注的，这些旧注在复杂的《文选》版本系统中面貌如何，都是研究《文选》学史和《文选》版本值得关注的问题④，同时对研究《汉书》学史也有一定的参考价值，故本文即拟专门对这些旧注作一考察。

---

　　① 李善注《文选》除了在见于《汉书》的作品中留存有《汉书》旧注外，在其他一些作品注释中，李善也常引《汉书》原文及其旧注，这类旧注与本文所论《汉书》旧注在《文选》注中的性质不同，本文所称旧注不包括这些注释。

　　② 关于《文选》李善注留存旧注的总体概括，可参考拙文《〈文选〉李善注留存旧注综论》（《广西师范大学学报（哲社版）》2018年第6期），《综论》已论述的地方，此文则尽量简略。

　　③ 许逸民：《论隋唐"〈文选〉学"兴起之原因》，《文学遗产》，2006年第2期。

　　④ 游志诚：《文选古注新论》《文选古注再论》，《文选综合学》，台湾文史哲出版社，2010年。

一、李善注《文选》留存《汉书》旧注的作品与注家

李善注《文选》见于《汉书》的三十余篇作品,都留存有旧注。兹据奎章阁本①对这些旧注作简单统计见表1:

表1　李善注《文选》留存《汉书》旧注作品注家表

序号	作品	卷次	《汉书》旧注注家②	其他旧注注家③
1	扬雄《甘泉赋》	7	晋灼、文颖、应劭、李奇、张晏、孟康、服虔、韦昭、如淳、邓展、苏林	张揖
2	司马相如《子虚赋》《上林赋》	7、8	文颖、晋灼、苏林、如淳、应劭、服虔、李奇、韦昭、孟康、张晏、邓展、汉书音义、伏俨	司马彪、张揖、郭璞
3	扬雄《羽猎赋》	8	服虔、应劭、晋灼、臣瓒、孟康、韦昭、张晏、郑氏、苏林、如淳、汉书音义、邓展、李奇	张揖
4	扬雄《长杨赋》	9	李奇、服虔、韦昭、孟康、苏林、应劭、晋灼、郑氏、张晏	张揖
5	贾谊《鵩鸟赋》	13	晋灼、韦昭、李奇、如淳、苏林、应劭、臣瓒、孟康、张晏、邓展、郑氏	
6	班固《幽通赋》	14	应劭、晋灼、张晏、邓展、汉书音义、刘德、孟康	曹大家、项岱
7	韦孟《讽谏诗》	19	应劭、如淳、臣瓒、晋灼	
8	《汉武帝诏》	35	晋灼、应劭、如淳	
9	汉武帝《贤良诏》	35	应劭、晋灼、如淳	
10	邹阳《上书吴王》	39	应劭、孟康、张晏、苏林、晋灼、如淳、服虔	
11	邹阳《于狱中上书自明》	39	如淳、苏林、张晏、应劭、汉书音义、文颖、服虔、孟康、韦昭、苏林、晋灼	
12	司马相如《上书谏猎》	39	汉书音义	张揖
13	枚乘《上书谏吴王》	39	苏林、服虔、晋灼、张晏	
14	枚乘《上书重谏吴王》	39	汉书音义、李奇、韦昭、张晏、如淳、服虔、苏林、晋灼、应劭	

① 之所以选择奎章阁本,是因为现存最早而完整的《文选》李善单注本——尤刻本旧注羼乱比较严重,而奎章阁本虽是合并的六家注本,但其底本秀州本时代较早,其采用的李善注出自北宋监本,而且在合并时删减改动较少,故统计旧注较他本为优。

② 以各篇旧注出现顺序排列。

③ 某些作品除留存有《汉书》旧注外,还留存有一些非《汉书》旧注,在此一并统计。

序号	作品	卷次	《汉书》旧注注家	其他旧注注家
15	司马迁《报任少卿书》	41	如淳、苏林、服虔、孟康、晋灼、文颖、李奇、应劭、臣瓒、韦昭、张晏	
16	杨恽《报孙会宗书》	41	应劭、如淳、苏林、孟康、张晏、臣瓒	
17	刘歆《移书让太常博士》	43	服虔、韦昭、臣瓒	
18	司马相如《喻巴蜀檄》	44	文颖、如淳	张揖
19	司马相如《难蜀父老》	44	韦昭、服虔、应劭、文颖、郑氏、苏林、汉书音义、李奇	张揖
20	东方朔《答客难》	45	如淳、苏林、张晏、服虔、文颖	
21	扬雄《解嘲》	45	汉书音义、服虔、应劭、晋灼、苏林、张晏、如淳、韦昭、李奇、孟康	
22	班固《答宾戏》	45	如淳、韦昭、刘德、孟康、苏林、晋灼、汉书音义、李奇、服虔、郑氏	项岱
23	王褒《圣主得贤臣颂》	47	应劭、服虔、如淳、汉书音义、张晏、晋灼、臣瓒	
24	扬雄《赵充国颂》	47	应劭、韦昭、苏林	
25	司马相如《封禅文》	48	文颖、应劭、服虔、如淳、郑氏、孟康、韦昭、孟康、李奇	张揖
26	班固《公孙弘传赞》	49	李奇、韦昭	
27	班固《汉书·史述赞三首》	50	韦昭、应劭、张晏	项岱
28	贾谊《过秦论》	51	应劭、韦昭、张晏、文颖、臣瓒、汉书音义、如淳、邓展、服虔、晋灼、孟康、苏林	
29	东方朔《非有先生论》	51	如淳	
30	班彪《王命论》	52	韦昭、晋灼、张晏	
31	贾谊《吊屈原文》	60	韦昭、张晏、胡广①、服虔、李奇、应劭、臣瓒、邓展、如淳、郑氏、晋灼	

据统计，李善注留存的《汉书》旧注注家有服虔、应劭、伏俨、刘德、郑氏②、李奇、邓展、文颖、苏林、张晏、如淳、孟康、韦昭、晋灼、臣瓒、佚名《汉书音义》③ 等 16 家。各家旧注留存多寡不一，总体以应劭、如淳、晋灼等人为多，而伏俨、刘德、邓展等人较少，其中伏俨注仅在《上林赋》留存一条。其他诸家留存数

---

① 贾谊：《吊屈原文》留存有两条胡广注，其是否为《汉书》旧注存疑，暂列于此，容后详考。

② "郑氏"在各种《文选》版本中多误作"郑玄"，胡克家《文选考异》多有校正，还可参俞绍初先生《新校订六家注文选》的相关校勘，郑州大学出版社，2013 年。

③ 李善在《西都赋》注中有注例曰："引《汉书》注云'音义'者，皆失其姓名，故云'音义'而已。"这里暂且统计为一家。

量居中。这十六家旧注在颜师古《汉书叙例》中也均有列举。颜师古的《汉书注》是在汇集前人旧注的基础上加以自注而成的，其在卷首的《汉书叙例》中列举了其所参据的旧注注家。李善注对旧注的采用方式与颜注有相似处，只是李注中留存的《汉书》旧注较颜注留存为多，一些地方也有差异。但总体上两家留存旧注基本相合，由此可知颜、李所见旧注应是流传有绪可寻的。

另有张揖注，颜师古《汉书叙例》亦有列举，但称其"止解《司马相如传》一卷"。从上表统计看，司马相如诸篇作品中皆留存有张揖注，与《叙例》正相印证。但张揖注较为复杂，李善注本中除司马相如作品外，其他作品也多存张揖注，或称"张揖《子虚赋》注""张揖《上林赋》注"，或称"张揖《汉书》注""《汉书音义》张揖曰"，或直接附在旧注中。总体上看，这些旧注当均出自张揖《司马相如传》注，非张揖另有《汉书注》。与此类似的尚有司马彪注和郭璞注，从统计看两家均只注司马相如《子虚赋》《上林赋》。颜师古《汉书叙例》列有郭璞注，注称"止注《相如传序》及《游猎诗赋》"可相印证，但未列司马彪注。又有项岱注，《隋书·经籍志》著录有项岱撰《汉书叙传》五卷，又有项氏注《幽通赋》。从上表统计看，班固《幽通赋》《答宾戏》《汉书述》中皆存项岱注，而诸篇作品皆载于班固《汉书叙传》中，则项岱当是仅注《汉书叙传》一篇。前人在统计《汉书》注家时，或将张揖、司马彪、项岱等人亦计算在内，宽泛地看也讲得通，但不够严谨。故本文将其与郭璞、曹大家（仅注《幽通赋》）列为"其他旧注注家"。因这些旧注与《汉书》旧注并存，也在此一并统计。

另外，在这些篇章中还偶存有颜师古注，其中扬雄《长杨赋》中存有 10 条，相对较多，其他则寥寥一两条而已。李善注中留存的颜师古注，以往多被认为是李善所采，但就笔者所检，觉不少条目与李善注例不合，似非李善本人所采，恐是后人窜入。日本学者富永一登对此有详细研究，即认为李善未用颜注，李善注中的颜注是后人增入的①。

二、李善注留存《汉书》旧注的来源和体例

（一）李善注留存《汉书》旧注的来源

关于李善注留存《汉书》旧注的来源，笔者在《综论》一文中已略作考述，兹在其基础上稍加申论。

《综论》一文指出，李善本所留存的《汉书》旧注当出自《汉书》集注本，徐建

---

① 此说出自其所著《〈文选〉李善注的研究》（日本研文出版社，1999 年），惜未见原书，笔者所见为李庆先生《日本的〈昭明文选〉研究》一文的概述，载中国文选学研究会编《〈文选〉与文选学》，学苑出版社，2003 年，第 876 页。

李善注《文选》留存《汉书》旧注考述

委认为李善所引用《汉书》注本为东晋蔡谟的《汉书音义》①，笔者大致可从。关于此点，还可与颜师古《汉书注》互相参证。笔者将李善注留存的旧注与颜师古所用旧注互相比较，发现两家所存旧注大致相近，同时也存在一些差异，个别篇章则差异较多，如《鹏鸟赋》一篇，但这一现象较少。由此可以推测：其一，颜、李两家所参据的《汉书》旧注本可能不同；其二，《汉书》旧注的流传相对固定，后世（至少在颜、李所在的初唐）所见彼此类似，虽颜、李所用旧注本不同，但彼此并无太大差异。至于这些旧注是李善采自《汉书》集注本，还是李注底本原有，抑或李善在原有旧注的基础上再加纂辑删订，则不易得知。王德华认为李善注本中的旧注为李善注底本原有②，俞绍初先生在校理奎章阁本《文选》时，也认可这一观点③。这一说法有相当可能性，但不易找到十分确凿的证据。

除了颜师古注的可疑外，李善注留存的《汉书》旧注注家时代皆在汉晋之前，南北朝至隋唐之际的《汉书》注家如陆澄、刘显、崔浩、萧该、包恺等皆未采引，这一点与颜师古注也类似，唯颜师古所采旧注注家下限至崔浩，尚较李善为晚。由此也可推定李善本留存的《汉书》旧注出自较早的《汉书》集注本。

另外，除了在出于《汉书》文章的注释中留存旧注外，李善在其他文章的注释中也常引用《汉书》旧注，其称谓也多为"《汉书音义》"。如班固《西都赋》"左据函谷二崤之阻"，李善注："《汉书音义》韦昭曰：函谷关。"④ 又"是故横被六合"，李善注："《汉书音义》文颖曰：关西为横。"⑤ 如此之类，全书甚多。这也可透露出李善所据旧注的来历。

综上所述，可以推知李善于《汉书》旧注参据的是一个名为《汉书音义》的集注本，而此本当为流传较广的蔡谟《汉书音义》⑥。

（二）李善注留存《汉书》旧注的体例

李善作注有严谨的体例，其于旧注的处理也有专门的说明，在《文选》所收第一篇见于《汉书》的作品——扬雄《甘泉赋》作者注下，李善自明注例曰："然旧有集注者，并篇内具列其姓名，亦称臣善以相别。佗皆类此。"⑦ 考察全书可知，此条注例所谓"旧有集注"即指《汉书》集注，其注也非李善本人所"集"，而是出自《汉书》集注本。李善在对留存有《汉书》旧注的篇章作注时，在自注前一一加"臣

① 徐建委：《李善〈文选注〉引书试探》，《长春师范学院学报（人文社会科学版）》，2009 年第 7 期，第 80－86 页。

② 中国文选学研究会：《文选与文选学》，学苑出版社，2003 年，第 728－738 页。

③ 俞绍初：《新校订六家注文选》（第一册前言），郑州大学出版社，2013 年，第 11－12 页。

④ 〔梁〕萧统编，〔唐〕李善注：《文选》，上海古籍出版社，1986 年，第 5 页。

⑤ 〔梁〕萧统编，〔唐〕李善注：《文选》，上海古籍出版社，1986 年，第 6 页。

⑥ 徐建委：《蔡谟〈汉书音义〉考索》，《古籍整理研究学刊》，2003 年第 6 期，第 45－48 页。尚有一点可疑的是，若谓李善所据为蔡谟《汉书音义》，但李注本中并未存蔡谟任何注释。颜师古《汉书注》倒是留存有蔡谟注数条，但皆不在《文选》所载作品内。姑志于此。

⑦ 〔梁〕萧统编，〔唐〕李善注：《文选》，上海古籍出版社，1986 年，第 321 页。

善曰"，以区别于旧注，存世的敦煌《文选》写卷 P. 2527 可与此相印证。而后世的刻本皆作"善曰"，无"臣"字，一般认为当是后世传写版刻者删去。但还有一种可能，盖李善注《文选》最初是献给朝廷的，故称"臣"，故王重民所撰《敦煌本文选残卷跋》即推测 P. 2527 写卷为"高宗时内库本也"①。而李善表上的注本并非其最终定本，李匡义《资暇录》称李注有不断修订的注本，新旧《唐书》亦载李善至晚年尚为诸生讲授《文选》，其注本也不断被传写，这些注本似不必再称臣。

综合各种《文选》版本看，李善注留存《汉书》旧注的体例还是比较明晰的，其基本格式是有旧注的地方则先列各家旧注，而后加自注，自注前书"善曰"作标志。自注一般是对旧注的补充，偶有对旧注的辨证。各家注的排列次序依照所注字词在句中的先后顺序。无旧注而只有自注的地方也加"善曰"，区别清晰。但也有一些地方，旧注混在"善曰"之下，如扬雄《羽猎赋》"故甘露零其庭，醴泉流其唐"下，李善注曰："《礼记》曰：天降膏露，地出醴泉。《孝经援神契》曰：甘露，一名膏露。应劭曰：《尔雅》曰：庙中路，谓之唐也。"② 又如"淘淘旭旭，天动地岋"下，李善注曰："淘淘旭旭，鼓动之声也。韦昭曰：岋，动貌也。"③ 如此之类数量可观。如果说旧注为李善注底本原有，那么这些地方当是李善对旧注的编排之迹。

还值得一提的是，统计表中提到的张揖、司马彪、郭璞、曹大家、项岱等人的注释，也与《汉书》旧注混合排列。这些注文是李善之前的《汉书》集注本汇集的，属于李善所谓"旧有集注"，还是李善自己编排入《汉书》旧注的，不易推定。颜师古《汉书叙例》列有张揖、郭璞、项岱，似乎这三家注已经汇入了《汉书》集注。但郭璞、项岱注的单行本在《旧唐书》中仍有著录，颜、李作注当均可见到。颜注《汉书》未采曹大家注，曹注《幽通赋》在新旧《唐书》皆有著录，知其一直有单行本流传，故李注《文选》中的曹注或是李善据单行本引录。唯司马彪《子虚赋》《上林赋》注史传中不见著录，在今存文献中最早似即为李善注所存，此后司马贞《史记索隐》、张守节《史记正义》亦见采用。总之，这些旧注的来源及其与《汉书》旧注的关系，还须深入考察。

三、《文选》李善注留存《汉书》旧注在后世版本中存在的问题

《文选》流传广泛，版本众多而复杂，各版本的李善注与其原貌已多有不同，而李善注留存的《汉书》旧注亦非原貌。历代流传广泛、影响较大的《文选》版本，主要有以尤刻本为代表的李善注本系统，以赣州本为代表的六臣注本系统，以秀州本、明州本、广都本为代表的六家注本系统。这些版本中留存的《汉书》旧注均存

① 王重民：《敦煌古籍序录》，商务印书馆，1958 年，第 311 页。
② 〔梁〕萧统编，〔唐〕李善注：《文选》，上海古籍出版社，1986 年，第 388 页。
③ 〔梁〕萧统编，〔唐〕李善注：《文选》，上海古籍出版社，1986 年，第 393 页。

在一些文献变乱问题，兹就其中一些主要问题考述如下：

（一）尤刻本脱"善曰"的问题

宋代之后流传的李善注本基本都属于尤刻本系统，较大程度上影响了后人对李善注面貌的认识。但尤刻本是一个很复杂的版本，其与李善注的旧貌也差异较大。此版本李善注留存的《汉书》旧注，最突出的问题是脱去了李善自注的标志"善曰"（原为"臣善曰"）。按照李善处理旧注的体例，在存有旧注的篇章中，凡李善自注皆冠"臣善曰"，与旧注区别分明。而尤刻本中这一重要标志大多脱去，使旧注与李善注混淆不清。就《汉书》旧注来看，这一问题也非常严重。如上表所统计的留存有《汉书》旧注的作品，尤刻本不脱"善曰"的只有序号 1－4、7－9、12－14、30 等作品，其他大半皆脱，或有个别篇章偶存一二。这一问题是尤刻本的校刊者删改所致，还是其底本如此，难以得知。好在有其他系统的版本可以比照，能够发现这一问题。顾广圻为胡克家校刊尤刻本，所撰《文选考异》对这一问题多有指出，但胡刻本不改原文，只在文后附考异，而至今流传比较广泛的李善注本还是尤刻本—胡刻本系统的版本，读者或疏于细察，仍时有将旧注与李注混淆的情况。如班固《幽通赋》，李善注留存有《汉书》旧注，又有曹大家注，尤以曹注为多，尤刻本、胡刻本于此赋注皆脱去"善曰"，李注与旧注混在一起，有学者即将李注视为曹注，以之为例讨论曹注的特点，不能不说是一大疏误，而此皆尤刻本之遗谬。故凡涉及此类旧注问题，须综合各种版本观照。

（二）六家、六臣注本因合并编排产生的问题

宋代将李善注与五臣注纂为合注本《文选》，多经删减移并，造成《文选》注释出现羼乱现象，尤其对于李善注留存的旧注影响更大。其问题主要有以下三个方面：

其一，因合并编排产生羼乱。宋代的《文选》合注本先是以五臣注本为主，而将李善注编排于五臣注之后，合并两家注时，旧注、李善注与五臣注发生羼乱。例如奎章阁本，此本五臣注在前，李注本中的旧注被直接附在五臣注"某某曰"后，没有明显标志，遂使旧注似为五臣本所有①。只不过由于李善注本和五臣注本俱在，这种羼乱问题还容易区别。又如赣州本，此本是李善注在前的六臣注本，如果严格按照两家注的原样编排，则各家注区分明确，但赣州本在留存有《汉书》旧注的篇章中，则是删去了李善注中以区别旧注的"善曰"，将之统一加在《汉书》旧注之前，遂使旧注与李善自注混在一处，难以区分。而后世的六臣注本多属赣州本系统，故这一特征也广被沿袭。

其次，因下注科段不同产生羼乱。五臣注与李善注下注科段多有不同，一般李善注下注较五臣注繁，合注本在将李善注编排入五臣注时，多将两处李善注合在一处。因李注留存旧注的体例大多是旧注在前，李善自注以"善曰"标志居后，两处李善

① 此不知是奎章阁本的底本秀州本原如此，还是奎章阁本翻印所致。同为六家注本的明州本，其旧注前与五臣注之间留有空格，还算是保留有区别之迹。

注合并之后，则使旧注与李注混杂编排，不复原本区分清晰的面貌。

再次，因注释相同而旧注被删除。由于五臣注对李善注及其留存的旧注皆有沿袭之处，在合并时为避免重复，一些注释相同的地方或被删去。若将同于李注与旧注的五臣注删去，还讲得通，但六家注本五臣注在前，故被删去的往往是居后的旧注与李善注。这使本属旧注或李善注的注文，变成了五臣注。

针对以上问题，有必要对这些旧注进行专门的校勘整理，无论是研读、利用《汉书》旧注，还是考察《文选》版本流传变迁，这一工作都是必须且有益的。

《文心雕龙》与《文选》哀祭类文体探究

刘可　高明峰·辽宁师范大学文学院

在注重生死的古代，人们给予了哀祭类文体较高的地位，再加上哀祭类文体较强的实用性，使得其可以源远流长而不衰败。特别是在六朝时期动荡的社会环境下，人们对于死亡有了更为切身的体会。在多种文化和思想的碰撞和融合之下，哀祭类文体被赋予了了新的内涵与功能。身处齐梁的刘勰和萧统都对此十分重视，有关思想在《文心雕龙》与《文选》中均有体现。但出于多种原因，两书在哀祭类文体的体类划分和篇目选择上既有相似也有不同。

一、哀祭类文体释义及演变

从哀祭类文体的起源看，清人姚鼐《古文辞类纂序》指出："哀祭类者，诗有颂，风有《黄鸟》《二子乘舟》，皆其原也。"《二子乘舟》是《诗·邶风》的最后一篇，诗序云："《二子乘舟》，思伋、寿也。卫宣公之二子争相为死，国人伤而思之，作是诗也。"将因哀悼逝者所作的诗作为哀祭文的源头。刘勰与姚鼐的观点稍有不同，他在《文心雕龙·宗经》中说道，"铭诔箴祝，则《礼》总其端"，表明《礼》是铭、诔、箴、祝等哀祭类文体的开端。

从哀祭类文体的功用看，它最早用于先人的祭祀活动，后逐渐用于祭祀神明、思念祖先、哀悼逝者等。以祝文为例，《文心雕龙·祝盟》指出，"昔伊耆始蜡，以祭八神"，认为最早的功用是祭祀神明。而刘勰同时又称赞《楚辞招魂》为祝辞祖丽者，王逸指出《楚辞·招魂》为宋玉哀屈原而作①，从中可知哀祭类文体渐渐被用于哀悼逝者。

在汉晋时期，随着文学地位的提高，哀祭类文体在文学史上取得了独特的地位。曹丕在《典论·论文》中把文章提高到"经国之大业，不朽之盛事"的地步，挚虞

---

① 关于《楚辞·招魂》的作者有司马迁的屈原作说、王逸的宋玉作说，本文取宋玉作说。

《文章流别论》也说文章能"宣上下之象，明人伦之序，穷理尽性，以穷万物之宜"。《文心雕龙》与《文选》均选录或评论了哀祭类文体，使人们对之有了新的认识。

随着人们对孝道的重视，哀祭类文体的地位也得以迅速提升。魏晋时期的士大夫谈话间注意避开"家讳"，特别是避免提到对方已去世尊长的名字或同音字。《世说新语·纰漏》第二则："元皇初见贺司空，言及吴时事，问：'孙皓烧锯截一贺头，是谁？'司空未得言，元皇自忆曰：'是贺劭。'司空流涕曰：'臣父遭遇无道，创巨痛深，无以仰答明诏。'元皇愧惭，三日不出。"因为不小心提及贺循死去的父亲，身为皇帝的晋元帝竟羞愧得多日不出门。及至南朝梁代，更为重视孝道，梁武帝亲自为群臣讲授《孝经》，并且主持编纂《孝经义疏》十八卷，还专令人为太子萧统讲授《孝经》。在这样的氛围之下，作为缅怀死者的哀祭类文体的地位自然有所提高，在魏晋南北朝取得了巨大发展。

二、《文心雕龙》与《文选》哀祭类文体之相似性

魏晋以来，文体意识逐步清晰，文体思想趋于成熟。《文心雕龙·序志》篇说："若乃论文叙笔，则囿别区分，原始以表末，释名以章义，选文以定篇，敷理以举统。"其《明诗》以下20篇文体论，体现出集大成的文体成就。《文选序》云："凡次文之体，各以汇聚。诗、赋体既不一，又以类分，类分之中，各以时代相次。"可以看出，萧统也有着清晰的辨体意识，其39类的划分总体上合理可取。尽管萧统与刘勰关系密切，观念接近，但受制于身份地位、个人学养等因素，二人在评录哀祭类文体时，既有较多的相似性，也有值得关注的差异性。

《文心雕龙》将哀祭类文体划分为诔、碑、哀、吊、祭文、哀策文、行状、祝文。《文选》将哀祭类文体划分为诔、哀、碑文、墓志、行状、吊文、祭文。可以看出，诔、碑、哀、吊四种文体是两书皆有的。

《文心雕龙》与《文选》都十分重视诔文这一类文体。《文心雕龙》先对诔文下了定义："诔者，累也；累其德行，旌之不朽也。"之后，做了详尽论述。《文选》共选取了八篇诔文，其数量在哀祭类文体的选文数量中是最多的。《文心雕龙》在综述诔文流变时，将潘岳作为重点作家，《文选》在选文中也表示了相同的意向。[1]《文心雕龙》称赞潘岳的诔文："潘岳构意，专师孝山，巧于序悲，易入新切，所以隔代相望，能征厥声者也。"称赞其很会表达悲伤的情绪且多有创新，因此得到了极高的声誉。在《文选》所选取的8篇诔文中有4篇选自潘岳，分别为《杨荆州诔》《杨仲武诔》《夏侯常侍诔》《马汧督诔》，足可见萧统对潘岳文章称赏的态度。

碑文是古代的一种应用文体。在对待历代的碑文上，萧统和刘勰皆重视东汉时期的碑文，这与碑文在东汉时期的发展颇有关系。这一时期的碑文相比前代，文章结构

---

① 魏亚婧：《〈文心雕龙〉与〈文选〉哀祭类文体比较研究》，郑州大学硕士论文，2012 年。

更为成熟，并且碑文序的重要性大大超过了铭。对于重视文章的叙述和情感的表达的刘勰和萧统来说，这一点更为符合其选文的标准。在对碑文的选择上，刘勰和萧统皆推崇蔡邕的碑文。《文心雕龙·诔碑》给予蔡邕的碑文极高的评价："自后汉以来，碑碣云起，才锋所断，莫高蔡邕"，同时称赞"孔融所创，有慕伯喈；张陈两文，辨洽足采，亦其亚也"。直言孔融仿蔡邕所作的碑文明辨巧捷，富有文采。在《文选》所收三篇碑文中，就有蔡邕的《陈太丘碑文》《郭有道碑文》两篇，亦可见选家对蔡邕碑文的器重。

哀体表达对逝者的深切哀悼和对生命的真挚赞颂。《文心雕龙》与《文选》皆将哀体细分为哀辞和哀策两种文体。在哀体这类文体上达成一致的，主要体现在对潘岳都有着极高的评价。《文心雕龙》评价潘岳的哀体文："及潘岳继作，实踵其美。观其虑善辞变，情洞悲苦，叙事如传，结言摹诗，促节四言，鲜有缓句。"称赞其文富有真情实感，义直文婉。《文选》则选录潘岳的《哀永逝文》，该文情感真挚，极力抒发哀悼之情，可见其对潘岳文章的认可。故从二人对潘岳的认可来看，二人皆强调哀体的创作要有真情实感。

《文心雕龙》与《文选》皆将吊文列一体。吊文具有其他文体所不具备的特点，即作者"自喻"的特质。贾谊《吊屈原赋序》云："屈原，楚贤臣也。被谗放逐，作《离骚》赋，其终篇曰：'已矣哉！国无人兮，莫我知也。'遂自投汨罗而死。谊追伤之，因自喻。"借凭吊屈原以托喻自己。《文心雕龙·哀吊》云："自贾谊浮湘，发愤吊屈，体同而事核，辞清而理哀，盖首出之作也。"将贾谊的《吊屈原赋》作为吊文最早出现的作品，称赞这篇作品事情核实，文辞清丽，情感哀痛。《文选》将吊文列出并选取有代表性的《吊屈原文》《吊魏武帝文》两篇文章。《文心雕龙》与《文选》都认为贾谊的作品十分重要，刘勰将贾谊的《吊屈原赋》列为吊文之祖，萧统则将《吊屈原赋》列为吊文的首篇。

除了名称相同的文体之外，还存在名称不同但功用、范围、选文相似的文体。《文心雕龙》中的"状"与《文选》中的"行状"两种文体只有一字之差，这两种文体的功用和作文目的极为相似。《文心雕龙·书纪》篇："状者，貌也。体貌本原，取其事实，先贤表谥，并有行状，状之大者也。"状文主要叙述死者的生平事迹，作为立传或表谥的凭据。《文选》选文《齐竟陵文宣王行状》，对萧子良一生功过做了盖棺定论，清晰地记述了他的经历和功绩。

在《文心雕龙》中没有提及《文选》中设立的祭文这类文体，但经过对比发现《文心雕龙·祝盟》篇提及的祝这类文体和祭文十分相似。《文心雕龙·祝盟》介绍祝文时先提及祭祀中多使用祝文，《文体明辨·祝文》指出："祝文者，飨神之辞也。"后逐渐演变为一种文体。《文心雕龙·祝盟》："祭而兼赞，盖引神而作也。"从此可知祭文亦本源于祭祀之祝词，后来才演变为祭奠亲友或先贤[1]，故祝、祭文具有

---

① 刘涛：《南朝哀祭文考论》，《北方论丛》，2013 年第 1 期。

相似的功用。刘勰在叙述祝文时说："班固之《涿邪山》，祈祷之诚敬也；潘岳之《祭庚妇》，奠祭之恭哀也：举汇而求，昭然可鉴矣。"《文选》中则列出《祭古冢文》《祭屈原文》两篇代表性的文章。从篇题可以看出，《文选》所收祭文与刘勰提及的祝文在功用、性质上十分接近。

三、《文心雕龙》与《文选》哀祭类文体之差异性

《文心雕龙》与《文选》哀祭类文体二者具有相似性，但也存在不同。《文心雕龙·序志》篇指出："盖文心之作也，本乎道，师乎圣，体乎经，酌乎纬，变乎骚，文之枢纽，亦云极矣。"《文心雕龙》在选文和品评文章上遵从其论文纲领：原道、征圣、宗经、正纬、变骚；《文选》则遵从"事出于沉思，义归乎翰藻"的选文理念。二者的文学观念有着隐微的差异。这必然导致在具体的哀祭类文体的评录上呈现差异。

在"情"与"文"方面，《文心雕龙》强调"情固不繁，辞运不滥"，注重文章的真情，在《文心雕龙·情采》篇指出："情者文之经，辞者理之纬；经正而后纬成，理定而后辞畅：此立文之本源也。"要做到"为情造文、述志为本，志思蓄愤，吟咏情性"，批评矫揉造作、文辞浮华的文章；《文心雕龙·神思》篇提出："神用象通，情变所孕"，提出精神活动与事物的现象相接触是内心产生活动才能写出好的文章。从这几个方面来看，《文心雕龙》注重文章的"自然"的特点，且强调文章要在"情真"的前提下适当地用文采加以修饰。譬如，《文心雕龙》评蔡邕碑文说道："其叙事也该而要，其缀采也雅而泽。清词转而不穷，巧义出而卓立。"评论潘岳的哀文称："义直而文婉，体旧而趣新。"都体现了刘勰上述观念。

萧统的《文选》是对典型的诗文进行筛选汇编成册以供世人参考，其中带有文学品评的目的。萧统在"情"与"文"方面提出"事出于沉思，义归乎翰藻"。基于此，在《文选·序》中，萧统明确声明不选经书、史书、子书，唯有彰显文艺的作品才可选入《文选》。例如，在《文选》的哀祭类选文《齐敬皇后哀策文》中，"帝唐远胄，御龙遥绪，在秦作刘，在汉开楚。肇惟淑圣，克柔克令，清汉表灵，曾沙膺庆"，记述身份的荣耀，句子对偶押韵，读起来朗朗上口，又有"慕方缠于赐衣兮，哀日隆于抚镜。思寒泉之罔极兮，托彤管于遗咏。呜呼哀哉"云云，利用楚辞的格式以烘托哀伤的情感。这种精雕细刻营造的华丽文风，正是萧统所崇尚的。

关于"文"这一方面，《文心雕龙》与《文选》的要求不同。《文心雕龙·哀吊》要求创作哀体时"体旧而趣新""促节四言"，刘勰更强调哀辞初起时的特征，即在遵循旧有的体制上添加新的情趣且词句简要，这样的文章才称得上是好的文章。因此在《文心雕龙·哀吊》篇刘勰提及的是潘岳的《金鹿哀辞》《泽兰哀辞》。《金鹿》这篇哀辞在遵循传统的四言韵文形式的基础上，以"挺""领"

"警""门""昏"等每句末尾字的转韵体现情感的变化。萧统选文的侧重点在于文章的文采和词藻。《文选》中萧统所选的哀体突破了旧有的局限。《哀永逝文》改用骚体，而不再以四言的形式作文；与《金鹿》相比，语言更为华丽，叙述更加全面，篇幅更长。

在哀祭类文体的划分上，《文心雕龙》将哀祭类文体划分为诔、碑、哀、吊、祭文、哀策文、行状、祝文。《文选》将哀祭类文体划分为诔、哀、碑文、墓志、行状、吊文、祭文。可见《文选》较《文心雕龙》的划分更为细致。例如，墓志这类文体在《文心雕龙》中没有提及，《文心雕龙·碑诔》之"赞曰"："写远追虚，碑诔以立。铭德慕行，文采允集。观风似面，听辞如泣。石墨镌华，颓影岂戢。"将其与碑文、诔文归为一体，《文选》则将其单列立类。此外，对于相同的文体，《文心雕龙》较《文选》划分更为细致，并且对其中小类的重视程度也有差别。如哀体中的哀辞和哀策，《文心雕龙》更重视哀辞，哀策只在《文心雕龙·祝盟》篇略有涉及；《文选》更偏重哀策文，所选的《哀永逝文》《宋文皇帝元皇后哀策文》《齐敬皇后哀策文》三篇文章中有两篇为哀策文。祝与祭文这两类文体大致相似，但祭文的涵盖范围比祝文更广。《文心雕龙》的祝文只提到了祭祖祝，虽为祝文但重点在于祭祖，《文选》则收录了《祭古冢文》《祭屈原文》《祭颜延之》，范围并非局限于祭祖。

《文心雕龙》和《文选》对哀祭类文体评录的差异还反映在二人对待儒学和佛教的态度上。《文心雕龙·情采》篇中指出，"孝经垂典，丧言不文"，用儒家"十三经"之一的《孝经》强调在居丧之时不说有文采的话。可见，在其评论及选文时更为注重儒家的传统经典。故在评论时强调作为对死者悼念的哀祭之类的文章不应对文章进行过分雕琢。纵观《文选》所选的哀祭类文章多为文辞华美之作，故《文选》在尊儒的基础上有所突破与创新。此外，与《文心雕龙》不同的是，《文选》的哀祭类文体选文中渗透出尊崇佛教的思想。其碑文选取了王简栖的《头陀寺碑》这篇具有典型的佛教思想的文章，是对佛家思想的引入与传承。

四、《文心雕龙》与《文选》哀祭类文体评录异同之原因

（一）《文心雕龙》与《文选》存在相似处的原因

《文心雕龙》与《文选》二者在思想、文体、选文等方面在一定程度上有关联，这与刘勰与萧统的关系是密不可分的。关于刘勰和萧统的关系记载不多，主要集中在《梁书》和《南史》，尽管文字资料较少但仍可看出二人不同寻常的关系。

《梁书·刘勰传》记载："天监初，起家奉朝请……除仁威南康王记室，兼东宫通事舍人……迁步兵校尉，兼舍人如故。"《周礼·地官·舍人》："舍人掌平宫中之政，分其财守，以法掌其出入者也。"指出舍人就是本宫内人之意。从《梁书·刘勰传》可知，尽管刘勰后来"迁步兵校尉"，但仍然继续担任东宫通事舍人。东宫通事

舍人是刘勰所任最高且时间最长的官职①,可见他对这项工作的热爱和重视。

从萧统这一方面看,《梁书·刘勰传》:"昭明太子好文学,深爱接之。"表明萧统对刘勰的敬重。《梁书·昭明太子传》记载:"引纳才学之士,赏爱无倦。恒自讨论篇籍,或与学士商榷古今;闲则继以文章著述,率以为常。于时东宫有书几三万卷,名才并集,文学之盛,晋、宋以来未之有也。"萧统喜爱文学,广纳贤才,刘勰亦好学博文,《梁书·刘勰传》载:"勰早孤,笃志好学。"文学为二人的交流创造了契机,萧统对贤才的尊重与喜爱,使他接受了刘勰在文学上的部分观点。

据穆克宏先生《刘勰年谱》,刘勰于中兴元年编写完《文心雕龙》。中兴二年(502)也就是梁武帝天监元年,刘勰进入仕途之后任东宫通事舍人。由此可知,刘勰在担任东宫通事舍人之前已完成《文心雕龙》的创作,再加上两人密切的关系,萧统肯定读过《文心雕龙》。中兴元年时刘勰 37 岁,萧统刚刚出生。天监十一年(512)前后刘勰兼任东宫通事舍人,此时的萧统还未加冠。故在萧统的成长之中,刘勰于萧统而言虽为臣子但更似恩师。在刘勰及其著作《文心雕龙》的影响之下,萧统编成《文选》并在诸多方面有相似之处。

此外,在相似的政治、经济、文化背景的影响下,刘勰和萧统对哀祭文的品评和选录具有相似性。刘勰与萧统皆生活在动荡的乱世。南北朝时期政治更迭频繁,外敌屡次入侵,社会动荡,民不聊生。长期的社会动荡使人们对生命的逝去有着更为真切的感受。另一方面,萧梁时期重视文化的建树,文化呈现出繁荣的态势,哀祭文的创作趋于繁荣。这些都为二人评录哀祭文奠定了重要基础,容易引起共鸣。

(二)《文心雕龙》与《文选》存在差异性的原因

《文心雕龙》与《文选》哀祭文评录的分类、选篇较为相似,但也存在一些差别。《文选》较《文心雕龙》的哀祭类文体划分更细致,这与两书的著书时间存在差距,各类文体相继发展有关。二者的差异还源于二书的编纂目的不同,《文心雕龙》重在评论划分文体,而《文选》则是选取典型文章,侧重文学审美。当然,更与刘勰和萧统的阶级地位、成长环境、思想观念的差异有密切的联系。

刘勰生活环境相比萧统更为复杂。刘勰出生于泰始元年(463)。泰始元年正值宋明帝刘彧当政,其在位期间,残暴昏庸。萧梁的史家裴子野评论刘彧:"景和(刘子业)申之以淫虐,太宗易之以昏纵。师旅荐兴,边鄙蹙迫,人怀苟且,朝无纪纲。内宠方议其安,外物已睹其败矣。"刘勰就在这样的环境下长到八岁。在刘彧之后,也未能如人们所期待的那样出现圣君明主。刘勰的生活越来越窘迫,《梁书·刘勰传》描述其生活困境为"家贫不婚娶"。直到中兴二年(天监元年),萧衍称帝为这个动荡的时代赢得了短暂的喘息机会,刘勰的生活也迎来了转机,即"起家奉朝请"。但刘勰的著作《文心雕龙》并非写于萧梁时期,而是在建武三年到中兴元年(501)这一段时间著成在这短短 5 年时间内,刘勰就经历了萧鸾、萧宝卷、萧宝融

---

① 孙蓉蓉:《刘勰与萧统关系考论》,《江苏社会科学》,2015 年第 4 期。

三任皇帝，可谓成书于乱世。这种艰苦且动乱的环境促成了刘勰可以更理性、客观地品评历代文学。

萧统的成长环境与刘勰有很大的差别。在家境上，萧家本就出身名门望族——兰陵萧氏。萧统的父亲萧衍是萧何的二十五世孙，两次参与抵御北魏，很受齐明帝的信任。与刘勰的家境相比，萧家家境颇为殷实。萧衍统治初期，勤于政务、任用贤才、广泛纳谏，萧梁的经济政治文化都有了很大的改善。因此，与《文心雕龙》相比，《文选》成书于安宁之世。在教育上，萧衍特别重视对萧统的教育。38 岁的萧衍终于有了他的长子——萧统，老而得子的他格外珍惜这个孩子。萧统出生后萧衍在称帝的路上走得顺利，并且自萧统之后他又接连出生了 8 个子嗣。因此，萧统被认为是萧衍的福星，在天监元年（502）就被立为太子。萧统"生而聪睿，三岁受《孝经》《论语》，五岁遍读五经，悉能讽诵"，自幼接受了极好的教育，受到众多名家的熏陶。从《梁书·昭明太子传》可知，他身边聚集了一批文人，萧统经常和他们在一起讨论篇籍，并从事义章著述。当时东宫有书近 3 万卷，"名才并集，文学之盛，晋宋以来未之有也"；又根据当时的著书风气，达官贵人主编的书籍多出自其门下文人之手，或至少有门下文人的参与，故《文选》较《文心雕龙》而言，其思想和选文角度更为庞杂。从性格来看，萧统、萧纲、萧绎，虽因各人的经历差异而表现有所不同，但在思想和行事的方式上都与他父亲类似，甚至有同样的软弱、同样的善良和同样地只能做学者不能当皇帝①。这样的性格使萧统较为感性，也更容易受到外界环境的影响。他个人的情感较为丰富，使他更为喜欢辞藻华美、情感强烈的文章，这一点在哀祭类文体这种表达哀伤、或祭奠死者的文体中体现得更为典型。

《文心雕龙》强调"原道、征圣、宗经"的崇儒文学思想，这同样也体现在哀祭类这一文体之中。《文心雕龙》成书之时正是刘勰思想前期的崇儒的阶段。南朝时期的儒学虽不及汉代的独尊地位，但仍然发挥着上承两汉经学，下启宋明理学的重要作用。特别是南朝齐代，齐太祖萧道成夺取政权后十分重视儒学。齐武帝继位后，在永明三年（485）诏令复兴国学，一改刘宋以来轻视儒学的风气。尽管后来齐明帝对儒学的重视程度有所减弱，但是儒学之风依旧尚存。在刘勰生活的时代儒学仍然居于重要地位，所以刘勰在创作《文心雕龙》时依旧以儒为纲。从某种意义上讲，刘勰强调儒学也是意图纠正儒学式微的局面。

至于萧统的《文选》，其选文所受佛学思想的影响更加明显，这与萧梁时期佛教地位的迅速提高有很大的关系。梁武帝萧衍笃信佛教，他把儒家的"礼"、道家的"无"和佛教的涅槃、"因果报应"糅合在一起，创立了"三教同源说"，使佛教在思想史上占有极其重要的地位。郭祖深形容："都下佛寺五百余所，穷极宏丽。僧尼十余万，资产丰沃。"萧衍在全国范围内推行佛教，在佛教的影响之下，他不近女色，不吃荤，并要求全国效仿，甚至在后来多次舍身出家。作为萧衍长子的萧统受此影

① 曹旭：《论萧统》，《上海师范大学学报（社会科学版）》，2000 年第 3 期。

响，广阅佛经，并对《金刚经》做出了里程碑式的三十二分；巡视各地时，经常代父亲兴建寺庙。这都表现出萧统观念中有浓厚的佛学思想，而这点也体现在《文选》的编纂之中，《头陀寺碑》的选录就是个突出的例子。

综上所述，《文心雕龙》与《文选》的哀祭类文体评录既有相似性也存在差异性。中华文化的传承性和刘勰与萧统的特殊关系使两书在哀祭类文体的划分和选篇上具有相似性。《文心雕龙》与《文选》表现出的差异性则与刘勰和萧统的阶级地位、成长环境、思想观念等有着很大的关系。梳理这种异同之处，并理解背后的原因，对于我们把握哀祭文体的源流演变及其体制特征，探讨齐梁文人的生命意识和文学观念，无疑具有重要意义。

周贞亮《武汉大学新校宜择地特建唐文选楼崇祀李崇贤以表故迹而彰楚学议》读后

刘以刚·武汉大学

一

两千年来，在中国学术史上，因一本书而成为一门学问的并不多。从古至今，可数的只有"易学"（《周易》或《易经》）、"许学"（许慎《说文解字》、"选学"（李善注《文选》）、红学（曹雪芹《红楼梦》）几种而已。学者指出：《红楼梦》成书不过200年，研究"红学"也不过百年而已。然而，"选学"从创立（隋唐）至今已有1300余年，《文选》李善注（即所谓"选学"）在历史上属皇皇巨著，可悬诸日月，历劫千年而不衰，在辞章学范围内，还有哪一部书可以和它相比呢？

二

创立"选学"的李善（其子为唐代书法大家李邕）父子二人的籍贯一直是一桩悬案。《旧唐书·儒学传》《旧唐书·文苑传》均著籍为"扬州江都人"，唯《新唐书·儒学传》称"江夏李善"。

由于史传的深刻影响，积非成是，长期以来，各种著名辞书如《辞源》《辞海》《中国人名大辞典》《中国文学家大辞典》几乎全无异辞，均称李善为扬州人。十余年前，在湖北黄冈召开的文选学国际研讨会上，我们依据相关史传文字，如《唐书·宰相世系表》；出土文献——墓志铭碑文；唐代大诗人李白、杜甫的诗；方志、遗墓等材料，分析、考证提出李善父子为江夏人而非扬州人的见解①，得到与会专家、学者的认可。十余年来，学术界对此无异议。近日，因整理古籍发现在20世纪

---

① 见会上交流的论文《李善籍贯考辨》，后收入《文选学与楚文化》一书，武汉出版社，2008年，第36–68页。

30 年代，武汉大学周贞亮教授即提出李善父子为江夏人的结论，真是英雄所见略同。总之，创立传统"文选学"（近现代也是一门重要学科）① 的李善为江夏人（今为武汉市江夏区）而非扬州人应是确定无疑的（自然，有异议者尚可研讨）。

三

　　梁昭明太子萧统召集宏文馆学士编纂《文选》，后经唐李善为之作注，创立"文选学"，其对中国文化影响至深至远。后代读书人仰慕其人，特建楼祀之。历代所建文选楼大致有三处：（1）襄阳（襄阳为萧统诞生地，后人建楼纪念之，以示钦崇）；（2）池州（旧传池州为昭明太子封邑，故建祠祀之。查史书，昭明二岁时正位储宫，封邑之事，实无稽之谈）；（3）扬州（传说昭明幼年读书处在此，无明证，不可考。但"文选学"的创始人及追随者都在扬州，扬州研究"文选学"最为殷盛，自当建楼。2002 年扬州市又新修建了文选楼和纪念馆等）。

　　周贞亮教授 20 世纪 30 年代执教武汉大学时，时逢珞珈山新校筹建，他曾以提案形式建议在校区内择地建唐文选楼，纪念李善，"表故迹而彰楚学"②。他的倡议因何故未得实施，今已不得知。但他的有远见卓识的倡议仍有价值，在选学发扬光大、日渐走向繁荣的今天，若在李善家乡故居之地（如龙泉山等地）高敞处建立楼观，既祀前贤，又弘扬绝学，且设为景点，为江山生色，以连接荆、扬二地，发展旅游事业，进行文化、学术交流，何乐而不为？

---

　　① 现代研究《文选》有成就的学者有：黄侃、高步瀛、刘文典、骆鸿凯、周贞亮、屈守元等，均系国学大家，有著作传世。时至今日，国内著名高校开设文选学课程，并投入人力进行研究的，计有北京大学、南京大学、北京师范大学、华东师范大学、厦门大学、郑州大学、河南大学、福建师范大学、长春师范大学、广西师范大学等。从 20 世纪 80 年代至今总共召开 13 届文选学国际研讨会。
　　② 周贞亮：《武汉大学新校宜择地特建唐文选楼崇祀李崇贤以表故迹而彰楚议》。

基于语料库的《文心雕龙》中的隐喻及其翻译研究

任晓霏·江苏大学文学院
杨英智·宜兴丁蜀高级中学

1 引 言

《文心雕龙》语言华美，内涵丰富，见解深刻，成为中国古代文学理论的里程碑。经过近 15 个世纪的广泛流传，它的巨大价值不仅在国内得到了传承，而且在海外产生了重要影响，已经发展成为影响甚巨的"龙学"。

目前，《文心雕龙》已经产生包括英语、德语、意大利语、法语、越南语等在内的大量译本。以英语译本为例，目前有全译本 3 个、节译本 7 个，见表 1。

表1 《文心雕龙》英译本统计表（戴文静，2017：19）

	译者及国别	书名	出版社或期刊名	时间	翻译模式
1	E. R. Hughes（美国）	The Art of Letters	Pantheon Books Inc.	1951	节译《原道》一篇
2	施友忠（华裔）	The Literary Mind and The Carving of Dragons	Columbia University Press	1959	全译本
3	杨宪益（中国）、戴乃迭（英国）	Carving a dragon at the Core of Literature	Chinese Literature	1962	节译五篇（合译）
4	Ferenc Tökei 多奎（匈牙利）	Genre Theory in China in the 3rd-6th Centuries：Liu Hsieh's Theory on Poetic Genres	Budapest：Akadémini Kiadó	1971	节译两篇
5	刘若愚（华裔）	Chinese Theories of Literature	The University of Chicago Press	1975	节译
6	王佐良（中国）	Translation：Experiments and Reflections	Foreign Language Teaching and Research Press	1989	节译《明诗》《才略》两篇部分章节

	译者及国别	书名	出版社或期刊名	时间	翻译模式
7	宇文所安(美国)	Readings in Chinese Literary Thought	Harvard University	1996	节译18篇
8	黄兆杰 & Allan Chung-hang Lo & Kwong-tai Lam(中国)	The Book of Literary Design	Hong Kong University Press	1999	全译(合译)
9	蔡宗齐(华裔)	Configurations of Comparative Poetics – Three Perspectives on Western and Chinese Literary Criticism	University of Hawaii Press	2002	节译三篇部分章节
10	杨国斌(华裔)	Dragon-carving and the Literary Mind	Foreign Language Teaching and Research Press	2003	全译

刘勰非常重视隐喻,不仅在《文心雕龙》中专门用一篇《比兴》来讨论隐喻,而且在其他篇章中也大量涉及对隐喻的论述;不仅在理论上阐述隐喻的诗学价值,而且在自己的创作中也对隐喻格外垂青。书中,巧妙传神、精辟深刻的隐喻比比皆是。如果没有这些精彩的隐喻,《文心雕龙》可能会减色不少。

对于隐喻的研究由来已久,从亚里士多德对隐喻的研究算起,迄今已有两千多年的历史。到20世纪80年代,M. Lakoff 和 G. Johnson "Metaphors We Live By"(《我们赖以生存的隐喻》)一书的问世大大拓宽了隐喻研究的范围。Lakoff 和 Johnson 认为,隐喻不仅是人类的基本思维方式,而且是人类赖以生存的基本方式。隐喻是人们用一种事物来认识、理解、思考和表达另一事物的认知思维方式之一,是对抽象范畴进行概念化的有利工具。在 Lakoff 和 Johnson 看来,对于大多数日常事务的理解都是通过隐喻来进行的,目的是获得更好的理解。隐喻是从一个概念域(源域)到另一个概念域(目标域)的结构映射,其基础是相似性,是人类普遍的经验;源域通常是人们较为熟悉的、具体的概念,而目标域往往是人们不太熟悉的、抽象的概念。

2　文献综述

2.1　《文心雕龙》翻译研究

我们以"《文心雕龙》翻译研究"作为主题检索(2019 – 3 – 20,20:50),获得近十年来的42条研究结果,计量可视化,见图1、图2。

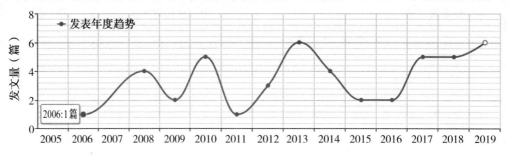

图1 《文心雕龙》翻译研究总体趋势

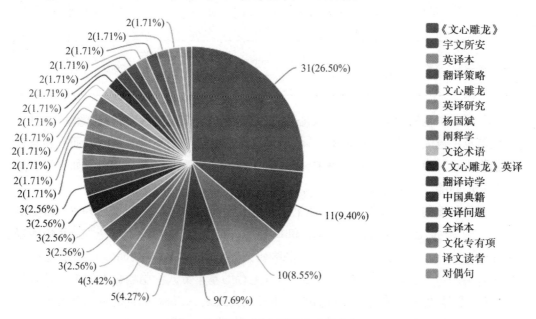

图2 《文心雕龙》翻译研究主题分布

　　统计结果显示,国内《文心雕龙》翻译研究还十分有限,研究主题主要集中在英译研究,译本主要讨论宇文所安、杨国斌等译本,内容涉及翻译策略、文论术语、文化专有项、对偶句等的翻译。研究的广度和深度均有待提升。吴启雨(2011)首次利用语料库的方法从规范理论的角度对《文心雕龙》的翻译进行研究,其研究是利用相关检索软件,从词汇、句法和语篇三个层面对《文心雕龙》的两个译本进行对比分析,他的研究为之后的学者利用语料库考察《文心雕龙》的翻译提供了范例。施佳胜①在其博士论文中用部分篇章对《文心雕龙》中的隐喻英译进行分析,其中《文心雕龙》中部分隐喻的分类值得我们借鉴。

---

① 施佳胜:《经典阐释翻译——〈文心雕龙〉英译研究》,上海外国语大学博士学位论文,2010年,第70-76页。

2.2　隐喻翻译研究

2.2.1　隐喻的相对可译性研究

隐喻是否可译、其可译性限度等也存在争议。从原文到译文的绝对等值几乎无法实现,理想的译文只能是最大限度地实现原文的隐喻对等。谭业升等[①]认为,隐喻是一种具有语言共现的现象,因此,隐喻翻译可能发生和实现。不过,隐喻又是具有文化个性的现象。因此,隐喻不存在绝对可译与不可译之争,它是相对的、有限度的。

Dagut[②]曾指出,"隐喻的可译性取决于目标与读者对该隐喻包含的文化经验和语义联想理解的程度"。可以从认知、关联理论、文化等角度来论述。

从认知角度来看,基于人类共同的生理构造和心理基础,不同的民族在认知世界的过程中能够产生类似的概念基础。因此,英汉两种语言中会出现许多源域向目标域映射方式相同的隐喻。

从关联理论角度看,赵彦春[③]认为"什么都不是不可译的",其中当然也包括隐喻。虽然这一理论过于绝对,但也能从一定程度上说明隐喻的可译性。

从文化角度看,随着英汉两种文化间交流的加深、相互渗透和碰撞,以及文化本身的重叠性,在很多问题上能相互理解,达成共识,因此在文化上也具有可译性。

2.2.2　隐喻翻译方法研究

汉英隐喻在定义、分类、语义结构等方面都不相同,所以翻译方法也不尽相同。

关于汉英隐喻翻译的研究较少,张培基[④]等较早提出了包括隐喻在内的三种译法:直译法、汉语同一习语的套用法、意译法。还提出了忠实表达原文习语的意义,尽可能保存原文习语的形象比喻、丰富联想、修辞效果等。另外,刘重德[⑤]也将隐喻的翻译归为四类:保留形象的直译法、转换形象的活译法、保留原意的意译法和保留原音的音译法。冯国华[⑥]认为,处理隐喻翻译要重视文本特点、上下文,以及读者的可接受性,采取灵活译法,立足喻体,把握喻底,再现喻义,力求"神形兼备"。

3　基于语料库的《文心雕龙》中的隐喻及其翻译研究

3.1　语料选择

本文研究的《文心雕龙》的四个英译本选自施友忠译本、黄兆杰与 Allan Chung-hang Lo 与 Kwong-tai Lam 合译本、杨国斌译本及宇文所安译本。由于宇文所安选取了《文心

---

①　谭业升,葛锦荣:《隐喻翻译的认知限定条件——兼论翻译的认知空间》,《解放军外国语学报》,2005 年第 7 期,第 59 – 63 页。

②　Dagut M. B. *Can Metaphor Be Translated*? Babe: International Journal of Translation, xxi,i , 1976(1) , 30.

③　赵彦春:《关联理论对翻译的解释力》,《现代外语》,1999 年第 3 期,第 280 页。

④　张培基,喻云根,等:《英汉翻译教程》,上海外语教育出版社,1980 年。

⑤　刘重德:《翻译漫谈》,陕西人民出版社,1984。

⑥　冯国华:《立足喻体把握喻底》,《中国翻译》,2004 年第 3 期,第 17 – 22 页。

雕龙》中较具有代表性的 17 篇进行翻译,所以本文也横向选取四个译本中的这 17 篇作为研究对象。

3.2 隐喻分类

《文心雕龙》中的隐喻是借助很多意象实现的,本文对隐喻的分类主要借鉴了意象的分类。很多学者从意象的来源将其分为树木类、花草类、动物类、风霜雨雪水云类、器物类、颜色类等。

施佳胜①从动物类、植物类、工艺器皿类及生命之喻四个方面对《文心雕龙》中的隐喻进行英译例析。他对《文心雕龙》中隐喻的分类与意象来源的分类是有异曲同工之处的。我们在对 17 篇进行反复阅读后,并借鉴施佳胜对《文心雕龙》中部分隐喻的分类,认为以意象来源的分类来界定《文心雕龙》中隐喻的分类较为合适。

我们发现其中出现的隐喻类型有以下 14 种:典故类、动物类、艺术类、身体器官类、颜色类、建筑类、事件类、地理类、自然山川类、植物类、生命之喻、工艺器物类、测量单位类、感官类。因《神思》篇中某些意象,如"粮""药"等归入"工艺器皿"不合适,所以我们将其改为"工艺器物";还有个别隐喻不属于以上几种,我们将其定义为"测量单位类"。需要指出的是,我们这里的生命之喻即人化,也就是"以人喻者",强调的是人的属性,所以我们没有把动物类、植物类归入生命之喻,而是单独列出。

3.3 数据统计与分析

3.3.1 《文心雕龙》原文隐喻类型分布与使用频率

我们对语料库进行标注,借助语料库软件 Antcon3.0 检索,整理出隐喻数据,见表 2。

表 2 《文心雕龙》17 篇隐喻的类别、数量及比例

隐喻类别	数量	比例	隐喻类别	数量	比例
典故类	13	6.5%	植物类	32	16%
动物类	13	6.5%	自然山川类	23	11.5%
艺术类	5	2.5%	生命之喻	13	6.5%
身体器官类	18	9%	工艺器物类	52	26%
颜色类	3	1.5%	测量单位类	1	0.5%
建筑类	2	1%	感官类	2	1%
事件类	22	11%	总数	200	100%
地理类	1	0.5%			

注:带有字符底纹的数字是数量相对较多的隐喻。

从表 2 可以看出,工艺器物类隐喻数目位居第一,占隐喻总数的 26%;植物类位居

① 施佳胜:《经典阐释翻译——〈文心雕龙〉英译研究》,上海外国语大学博士学位论文,2010 年,第 58 – 73 页。

第二,占隐喻总数的16%;自然山川类位居第三,占隐喻总数的11.5%。《文心雕龙》的主题是创作中的精神思维活动和艺术构思活动,十分抽象。刘勰大量使用有生命之喻和工艺器物类隐喻,以现实生活中获得的经验和感受为基础,通过创造的意象或形象来阐述创作要义。刘勰的创作理论是建立在中国传统的文化观"天人合一"和"感物说"的基础上的①。感物说的立足点是物我为一,强调心对物的支配和能动作用,这也为《文心雕龙》中出现较多的工艺器物类隐喻提供了理论依据。

此外,工艺器物类隐喻包含了玉、丝绸、乐器等意象。在表示工艺器物的意象中,"玉"被使用了多达13次,"丝绸"被使用了5次。由此可见,作者偏好使用"玉"和"丝绸"的品质来媲美好的文章和语言。

3.3.2 《文心雕龙》四个译本隐喻的翻译研究

我们统计了四个译本对各类隐喻的再现,见表3。

表3 四个译本中各类隐喻的数量及比例

隐喻类别	原文本中隐喻总数	黄译本	施译本	杨译本	宇文译本
典故类	13	11	12	10	13
动物类	13	12	12	9	13
艺术类	5	5	5	5	5
身体器官类	18	14	14	11	18
颜色类	3	3	3	3	3
建筑类	2	2	2	2	2
事件类	22	22	22	21	22
地理类	1	1	1	1	1
植物类	32	29	31	30	31
自然山川类	23	23	23	20	23
生命之喻	13	10	9	11	13
工艺器物类	52	47	42	39	52
测量单位类	1	0	1	0	1
感官类	2	1	1	1	2
总数	200	180	178	163	199
比例	100%	90%	89%	81.5%	99.5%

表3是四个译本相对于原文中隐喻的类别和数量,以及各个译本隐喻数量占原作隐喻总数的比例。可以看出,四个译本中,宇文所安和黄兆杰相对较多地再现了原文的隐喻意象,两者译文中的隐喻总数与原文隐喻总数的比例分别是99.5%和90%。其中,宇文所安对原文隐喻意象的再现率最高;而施友忠和杨国斌译文中的隐喻总数只占

① 张长青:《文心雕龙新释》,湖南大学出版社,2009年,第300页。

原文隐喻总数的 89% 和 81.5%，原文中一部分隐喻意象在这两者的译文中流失了。

刘法公①认为，我们可以由隐喻理论中的"跨域映射"联想到隐喻翻译中原文的喻体转换成译文的喻体也应该是一种"跨域映射"的过程。如果我们把汉语隐喻中的喻体意象当作"源域"，把英语译文中的喻体意象当作"目标域"，汉语隐喻的喻体只要能够"映射"到英语译文中，让读者得到与汉语读者相同的认知，那么我们的隐喻翻译就达到了传递意象的目标。他认为，可以把隐喻喻体的意象"映射"作为检验隐喻翻译恰当与否的标准。

3.3.3 《文心雕龙》隐喻翻译的文体分析

下文我们跟踪调查四个译本对原文典故类和禽鸟类隐喻的再现与省略，分析其文体效果和美学价值。

（1）典故类隐喻

《神思》篇开篇引用战国时期牟对瞻子的评价："形在江海之上，心存魏阙之下。"刘勰用仕途之士忠君却失意的生存状态喻指作家创作时的精神活动：专注却神游——"神思之谓也"。隐喻是以人们在实实在在的主体和它的比喻式的代用词之间提出的相似性或类比为基础的。刘勰用"形在江海，心存魏阙"这样的生命体验来映射另一种生命体验——"神思"。

古人云："形在江海之上，心存魏阙之下。"神思之谓也②。

黄："Your earthly frame may indeed be sailing upon the main, but your longings linger yet over the mightiest portal," someone said, speaking out of the distant past. But that is precisely what one means by inspiration, the mental process that defies analysis.

施：An ancient said, "One may be on the rivers and sea in body, but his mind remains at the palaces gate." This is what I meant by shen-ssu, or spiritual thought or imagination.

杨：An ancient said, "My physical form is on the sea; my heart lingers in the court." This is shensi, or imagination, at work.

宇文：Long ago someone spoke of "the physical form's being by the rivers and lakes, but the mind's remaining at the foot of the palace towers of Wei," This is what is meant by spirit thought.

这个典故类隐喻由"江海"和"魏阙"两个意象构成。"江海"通常指长江地区，即南朝统治的中心地带。对于"江海"，黄兆杰将其译成"main"，而"main"在古语或诗歌中可以表示"海"；施友忠用"rivers and sea"来对应"江海"；杨国斌用"sea"概括了"江海"这一意象，三者都将"海"这一字面意思译出。而上文提到"江海"是指长江地区，这样看来宇文所安用"rivers and lakes"来传达"江海"这一意象更合适。"魏阙"：魏国的宫阙，古代宫门外高大的建筑，后用作朝廷的代称。黄、施两位译者的表达分别是"portal"

① 刘法公：《谈汉英隐喻翻译中的意象转换》，《中国翻译》，2007 年第 6 期，第 48 页。
② 周振甫：《文心雕龙译注》，江苏教育出版社，2006 年，第 396 页。

（壮观的大门）"palaces gate"（宫殿大门），直译了"高大宫门"这层意思，但对于理解"身虽在江海心仍惦记朝廷"还是少些力度；杨国斌"court"（宫廷）强调"朝廷"的意思，倒也可以。将战国时期魏国的位置还原，应该是现在的山西南部、河南北部和陕西、河北的部分地区，宇文所安的表达"the palace towers of Wei"中提到了"Wei"，在空间上进一步强调身、心所想之间的差距。从再现原文隐喻意象的角度看，宇文所安的翻译更贴近原文的意象。

"独照之匠"的典故出自《庄子·天道》，轮扁（制轮匠人名扁）说："不徐不疾，得之于手而应于心，口不能言，有数（技巧）存焉于其间。"指能工巧匠轮扁掌握了砍制车轮的规律，制造车轮得心应手，但因技巧说不出口，只有独自领会，所以称独照。本意是有独特见解的工匠，这里喻指会写文章的人。

然后使元解之宰，寻声律而定墨；独照之匠，窥意象而运斤①：

黄：Then with the perfect assurance of the master butcher can you apply to the literary execution the carpenter's inking-line, and with unrivaled craftsmanship sink the knife in the images of meaning.

施：It is only then that he commissions the "mysterious butcher" [who dwells within him] to write in accord with musical patterns; and it is then that he sets the incomparably brilliant "master wheelwright" [who dwells within him] to wield the ax in harmony with his intuitive insight.

杨：Then with a heart of thorough understanding, one can start writing in accordance with the rules of prosody; with a mind of unique perception, one can wield the writing-brush to capture the images in one's vision.

宇文：Only then can the butcher, who cuts things apart mysteriously, set the pattern according to the rules of sound; and the uniquely discerning carpenter wield his ax with his eye to the concept – image.

杨译省略了"独照之匠"中"匠人"的形象，将其意译为"a mind of unique perception"，强调一个有独特见解的作者挥动手中的毛笔刻画眼中的形象，虽然不影响理解，但未能呈现原作样貌，甚是可惜。黄、施分别译成："unrivaled craftsmanship"（无与伦比的技艺）"incomparably brilliant 'master wheelwright'"（无比聪明的大师"轮扁"），两者没有将"独自领会"这层意思表达出来；而宇文所安用"the uniquely discerning carpenter"——"独自理解的匠人"，既体现了"独自领会"又再现了"匠人"的形象。

（2）禽鸟类隐喻

《风骨篇》大量运用凤、雉、鸷等鸟类隐喻，阐释文风。如，"若风骨乏采，则鸷集翰林，采乏风骨，则雉窜文囿，唯藻耀而高翔，固文笔之鸣凤"②。

① 周振甫：《文心雕龙译注》，江苏教育出版社，2006 年，第 397 页。
② 周振甫：《文心雕龙译注》，江苏教育出版社，2006 年，第 424 页。

Wong: Those that possess the affective air and literary bones but are deficient in rhetorical colour flock together like predatory eagles in the forest of brushed, while these who are blessed with rhetorical colour but fall short of the air and bones steal like so many pheasants into poesy's game park. Whether in art-prose or in utility-prose the noble phoenix must know not only how to don weeds of glory but also how to wing he flight into the clouds.

Shih: If we had the wind and the bone without colors, we would have a group of eagles in the forest of literature; but if we had colors without the wind and the bone, we would have a crowd of pheasants jumping about in a garden of letters. Only when a literary piece has both beautiful colors and the ability to soar high do we have a singing phoenix in the world of literature.

Yang: Works possessing "wind" and "bone" with ornaments are like hawks and falcons in the forest of literature; ornamented works unsustained by "wind" and "bone" are like pheasants in the garden of writing. Only when a composition both shines with rhetorical brilliance and soars high does it resemble a phoenix.

Owen: If wind and bone lack bright coloration, we have a bird of prey roosting in the forest of letters. And if bright colors lack wind and bone, we have a pheasant hiding away in the literary garden. Only with glittering rhetoric and high soaring do we really have a singing phoenix in writing.

"鸷"表示"凶猛的鸟,如鹰、雕等","雉"为"野鸡","凤"即"凤凰",三者分别用来形容文学作品的遒劲有力但缺乏文采,辞藻华丽但缺乏气势,文采斐然而又气势磅礴。三种鸟特色各异,正好可以代表三种不同风格的文学作品,用来贴切自然,生动传神。四位译者无一例外地保留了原文的意象,说明这三个隐喻在英语中虽然比较陌生,但通过上下文可以帮助理解。不过四位译者措辞不同,产生的效果也各有差异。杨译用明喻替代原来的隐喻,并用 works 表明这三种鸟是用来形容文学作品风格的考虑周全;施译、黄译过于直译,意思表述不够清晰。宇文所安将"鸷"和"雉"译为 Bird of Prey,借鸷的"高飞、矫健"来形容"风骨",可谓传神贴切。

4 结 论

《文心雕龙》使用了大量隐喻,四个译本各有千秋。宇文所安译本隐喻再现率最高;既能让英文读者看出原文的样式,又不让译文太过僵硬而影响理解;在有些情况下宁取表面笨拙的译文,保留原文的隐喻意象,括号中辅以文内注加以解释说明,实现了再现原文独特文体美学价值的翻译使命。所以,宇文所安译本对于推进中国经典文论《文心雕龙》的海外传播具有重要意义。

隋唐之际宫廷女性的文学网络

——以隋炀帝萧皇后的人生际遇为中心

束莉·安徽大学文学院　安徽大学古籍办

　　隋炀帝萧皇后的文学才华，在她在世之时，即被载诸史册。《隋书》本传称其"有智识，好学解属文"①，并全篇载录了其《述志赋》。如此醒目的记述，自然会引起古今学人的多方关注，无论是生平介绍，还是作品鉴赏，都已有先行者。② 但考虑到萧皇后特殊的身份和经历③，止及其身的描述，能否充分揭示出她在隋唐之际的文化影响力呢？ 具体来说，出身萧梁宗室的她，其文学素养是如何形成的，又秉承了何种文化因子？ 身为隋朝全盛时期的皇后，她与文采风流的夫君隋炀帝之间有着怎样的文学交流？ 她的文学主张与主流文风是否发生了互动？ 隋亡之后，无论是群雄争霸还是唐朝建立以后，她依然受到了来自各方政治势力的尊重，原因是什么，其存在又具有何种文化意义呢？ 唐初史臣是如何对她进行历史形塑的，字里行间是否寄予了某种文化思索？ 要对这一系列问题做出解答，就有必要对当时的文化情境进行适度还原。而结合萧皇后的身份与经历，可知其所置身的宫廷女性文学网络值得探究。

---

　　① 〔唐〕魏徵：《隋书》（卷三六）《炀帝萧皇后传》，中华书局，1973 年，第 1111 页。

　　② 20 世纪 70 年代起，中国古代女性文学开始引起海内外的广泛关注，在随后编撰的一系列女性文学史中，萧皇后即占据了一定的篇幅，如谭正璧《中国女性文学史话》（百花文艺出版社，1984 年）、张明叶《中国古代妇女文学简史》（辽宁教育出版社，1993 年）等。随着研究的深入，近年来一些专题论文开始出现，如刘莉《萧后形象的文本演变及其文化内涵》（《天中学刊》，2013 年第 3 期），等等。

　　③ 萧皇后的私人生活史与隋唐之际的"大历史"紧密交织在一起：开皇二年（582）（其生年史无明载，假设她 13 岁成婚，便可推知其各个人生阶段的大致年龄），刚刚接受周静帝"禅让"不久的隋文帝杨坚为稳定政局，向南朝梁的后裔、后梁国主萧岿提出了联姻之邀。身为萧岿诸女之一的萧皇后被选中，与隋文帝次子、时为晋王的杨广结为夫妇。7 年以后，杨广帅军攻灭陈朝，结束了横跨四个世纪的南北朝分裂局面。此后，他长期任扬州总管，镇守江南，夫妇二人的主要生活场所也移至该地。开皇二十年（600），杨广成功取代其兄杨勇，成为太子，并于仁寿四年（604）登基，萧氏随即被立为皇后。大业十四年（618），政局动荡，炀帝遇害，萧皇后经历了被叛军扣押、流落突厥等坎坷，直至贞观四年（630），唐军对东突厥进行了有力打击，方被迎归中原，其年约 61 岁。最终于贞观二十二年（648），约 79 岁时去世。

一、南朝宫廷女性的代际文化传承与萧皇后文学素养之形成

萧皇后的文学素养是如何形成的？这似乎不言而喻：她作为萧梁文坛领袖之一、昭明太子萧统的曾孙女，以及机辨有文采的后梁国主萧岿的女儿，自然秉承家学。然而，据《隋书》记载："江南风俗，二月生子者不举。后以二月生，由是季父岌收而养之。未几，岌夫妻俱死，转养舅氏张轲家。然轲甚贫窭，后躬亲劳苦。"① 物质上都没有得到亲出之家的接济，更难觅文化上的熏染之迹。在目前可见的隋代墓志铭中，有一篇《隋故贵乡夫人张氏墓志铭（并序）》②，为这一问题的解答提供了线索。

该墓志志主名张妙芬，她所出身的范阳张氏与兰陵萧氏世为姻亲。其祖辈张弘策、张弘籍等与梁武帝幼而亲狎，长而辅弼。因此梁武帝登基后，张氏也由素族摇身一变为甲族。张弘策第三子即张妙芬之父张缵，博学能文，被梁武帝赞许为"外氏英华，朝中领袖"③。太清二年（548），侯景之乱爆发，建康沦陷，张妙芬尚在襁褓，便被家人带到江陵，投奔镇守江陵的萧绎（梁武帝第七子、时为湘东王）。同年，张缵因故被昭明太子萧统之子萧詧所杀。承圣三年（554），西魏攻陷江陵，就地建立傀儡政权西梁，立萧詧为国主。可能是萧詧对当年杀张缵一事进行了掩饰，张妙芬姐妹先后嫁给其子为妻，姐姐为太子萧岿妃，妙芬则嫁给了萧岿之弟始兴王。不久始兴王去世，妙芬开始寡居，同在江陵的哥哥张轲应当对她颇为照顾。而恰好在这段时期，其姐姐的女儿、年幼的萧皇后也被张轲收养。据该《墓志铭》，张妙芬颇有长者风范，"抚养孤口，慈训无怠，大床阔被，傍及诸生"④ "诸生"即族中子侄，其中也应当包括侄女萧皇后。据墓志可知，在萧皇后刚刚成婚一年后的开皇四年（584），张妙芬即随萧皇后的父亲，即梁明帝萧岿从江陵入长安，从此"恒陪后车"，相伴近30年，直至隋大业八年（612）去世。如果不是二人早年即关系亲密，便很难理解这种千里追随、终身相伴的状态。

张妙芬对于萧皇后的积极影响至少有两方面，即"识"与"才"。先看"识"。据墓志，她于"开皇四年，奉使入京，省元子。于时龙德尚潜，早蒙提识"⑤。也就是说，她初入长安，与杨广就有接触。这时杨广年方15，刚被封为晋王不久，距离他在开皇二十年（600）被封为太子还有16年之久，自然"龙德尚潜"。然而张妙芬却对他表现出了一种不同寻常的欣赏，所谓"早蒙提识"。开皇十年（590）以后，杨广功勋渐著。此后十年，他在萧皇后的陪伴下走过了漫长的夺嫡之路。对于这两个年轻人，年过不惑的张妙芬有可能给予过精神的支持与经验的支撑。特别是萧皇后，

---

① 〔唐〕魏徵：《隋书》（卷三六）《炀帝萧皇后传》，中华书局，1973 年，第 1111 页。
② 罗新，叶炜：《新出魏晋南北朝墓志疏证》，中华书局，2005 年，第 593－594 页。
③ 李延寿：《南史》（卷五六）《张缵传》，中华书局，1975 年，第 1386 页。
④ 罗新，叶炜：《新出魏晋南北朝墓志疏证》，中华书局，2005 年，第 593 页。
⑤ 罗新，叶炜：《新出魏晋南北朝墓志疏证》，中华书局，2005 年，第 593 页。

她在处理与文献皇后和隋文帝的关系时，表现出了过人的妥帖与细致，这与女性长辈的教诲或不无关系①。再看"才"。据《墓志铭》可知，她"竹杖能铭，椒花解颂"②，是一位富于文采的女子。幼小离家、备尝辛苦的萧皇后，之所以能具备精深的艺文修养，很可能与这位小姨的教导不无关系。

"识"与"才"两方面的影响交织在一起，造就了萧皇后不同凡俗的文风。以她的名作《述志赋》为例，历来对此赋的解读多根据《隋书·后妃传》，"（萧）后见（炀）帝失德，心知不可，不敢厝言，因为《述志赋》以自寄"③，将其归为慰情之作。然而，如果对文本进行细读，并结合萧皇后的人生轨迹，可知该赋作于炀帝即位之初④。它通过对黄老无为之学的否定，表达了一种与君子共勉、期于进取的旨趣："虽生知之不敏，庶积行以成仁。"积极的内涵、博引的典故、精深的思辨、典雅的赋体，共同构成了该文旨正文雅的特色。

以上对萧皇后与张妙芬之关系的梳理，并不仅仅意在推崇这位"幕后英雄"，而是要借助于这样的例子来观察宫廷女性代际文化传承的特性。

首先，如果将张妙芬与萧皇后的身世合并起来看，会发现一个共同点，即她们的成长过程中，父亲甚至父系亲属都是缺席的。上文已述，张妙芬尚在襁褓，其父即被害，她完全没有亲承庭训的机会。其文艺修养的形成，便不得不归功于其母——梁武帝之女富阳公主。既有的文学史早已对梁昭明太子萧统、简文帝萧纲在文坛上的领袖地位给予了关注。但仍需留意的是，与他们共处宫廷文化圈中的姐妹们，同样颇具才情。《南史》卷五一《梁宗室临川王宏传》载："（梁武）帝诸女临安、安吉、长城三主，并有文才。"⑤ 富阳公主与安吉公主等亦为姐妹，名气虽略逊一筹，但显然也有一定的修养，足以完成女儿的文学启蒙。从富阳公主到张妙芬、再到萧皇后之间的文化传递构成了一个显豁的例证：在父亲缺位的情况下，女性之间的代际传承也可以形成一个自足的文化授受系统。

其次，她们的经历是否只是个案呢？上文已述，富阳公主在同辈姐妹中，文采并不突出；其女张妙芬雅善诗文，也仅见于私家墓志。然而，正是这些处于文学史边缘地带的"普通"人，恰好标示了当时贵族女性的"一般"文学水准。这些不甚出彩

---

① 对二人的心思，萧皇后分别进行了揣摩，并采用了不同的策略来讨其欢心。对文献皇后，侧重于动之以情，见诸文献皇后对杨素的叙述中："素入侍宴，微称晋王孝悌恭俭，有类至尊，用此揣皇后意。皇后泣曰：'公言是也。我儿大孝顺……又其新妇亦大可怜，我使婢去，常与之同寝共食。岂若眠时伐（杨）勇共阿云（杨勇妾）相对而坐，终日酣宴，昵近小人，疑阻骨肉……'素既知意，因盛言太子不才。皇后遂遗素金，始有废立之意。"（《隋书》卷四五《房陵王勇传》）对"好为小数"、迷信天启的隋文帝，则投其所好："时太子勇失爱于上，潜有废立之意。谓（高）颎曰：'晋王妃有神凭之，言王必有天下，若之何？'"（《隋书》卷四一《高颎传》）这样周密的策划，不像是涉世未深的萧皇后所能独立完成的。

② 罗新，叶炜：《新出魏晋南北朝墓志疏证》，中华书局，2005 年，第 593 页。

③ 〔唐〕魏徵：《隋书》（卷三六）《炀帝萧皇后传》，中华书局，1973 年，第 1111 页。

④ 束莉：《有意误读与自觉忽略——隋炀帝萧皇后〈述志赋〉的文本内涵与历史命运》，《池州学院学报》2014 年第 4 期，第 12—17 页。

⑤ 〔唐〕李延寿：《南史》，中华书局，1975 年，第 1278 页。

的女子，却在千差万别的人生旅程中，借助各种亲缘关系，实现了文学资源、技法、时尚的承接与流动，女性文学网络的开放性与生命力也就可见一斑。

最后，女性之间的文学传承只是一种"潜流"吗？仅就本文的讨论范围来看，也并非如此。在中古时期，宫廷文学的动向带有一定的轴心影响力；而皇后、嫔妃在与帝王的朝夕相处中，对其原有的文学观念有所开拓、改变，无疑是女性影响一代文风最为便捷的途径。从富阳公主、张妙芬到萧皇后，她们之间所传递的文学特质实际上经历了"宫廷—宫外—宫廷"的一轮循环。而此宫廷非彼宫廷也，当萧皇后入主隋朝后宫时，萧梁王朝已如流星幻灭，她所秉承的萧梁宫廷文学特质能否薪尽火传，对隋朝固有的文风发生影响，催生新的风气呢？

二、盛世皇后与隋代宫廷文风的重塑

隋开国后，在"不悦诗书"的隋文帝杨坚的倡导下，宫廷乃至朝臣的文风都趋向质朴简练。这种情况在隋炀帝享国之时发生了根本性的变化，此一过程中，萧皇后的积极作用至少体现在以下三个方面：

1. 伉俪情深与隋炀帝文学趣味的转型

少年时期的杨广，被寄予的期望是成为其兄、太子杨勇的有力辅佐，负责帝国某一重要地区的安定，就连他的婚姻，也将为这一使命服务。因此，当隋文帝觉得有必要与萧梁宗室后裔、当时的西梁国联姻时，他便请西梁国主萧岿选择一位女儿嫁给自己的次子杨广。萧岿不敢怠慢，"遍占诸女，诸女皆不吉。岿迎后于舅氏，令使者占之，曰：'吉。'于是遂策为王妃"①。偶然的机缘成就了一对佳偶——"帝甚宠敬焉"②。"敬"，当来自夺嫡过程中萧后给予的鼎力之助；所谓"宠"，则指感情上的亲密。这既缘于两心的相知，也来自他对萧后所禀赋的南朝文化特质的心仪。

隋炀帝早年即镇守南方，登基后仍累年南游，最终埋骨于此，称其有"江南文化情结"殆不为过。而萧皇后对于夫君文化趣味的养成，作用不可小觑。首先，她是最早将江南文化介绍给他的人之一。幼年时期的杨广，基本上生活在长安，直到开皇二年（582）两人成婚，南方来的新娘才"给杨广介绍了南方的生活方式，并促使他热爱南方，以至于到了几乎着迷的程度"③。其次，二人的相处模式决定了他们持续而频繁的沟通。在漫长的夺嫡过程中，为赢得隋文帝和独孤皇后的信赖，杨广"姬妾但备员数，唯共萧妃居处"④，这种模式从成婚持续到杨广登基，足足有22年之久。再次，萧皇后对夫君施加影响是有意识的。史臣有言："萧后初归藩邸，有辅

① 〔唐〕魏徵：《隋书》（卷三六）《炀帝萧皇后传》，中华书局，1973年，第1111页。

② 〔唐〕魏徵：《隋书》（卷三六）《炀帝萧皇后传》，中华书局，1973年，第1111页。

③ 〔美〕费正清，〔英〕崔瑞德：《剑桥中国隋唐史》，杨品泉译，中国社会科学出版社，1990年，第115页。

④ 〔唐〕魏徵：《隋书》（卷四五）《房陵王勇传》，中华书局，1973年，第1129页。

佐君子之心。"① 而正如她在《述志赋》中所表述的："恐修名之不立，将负累于先灵。乃夙夜而匪懈，实寅惧于玄冥。"② 可见，研读经籍、让自己更加博学多识，也是其采取的路径之一。最后，对于萧后的才华，隋文帝杨坚也"大善之"③，处处逢迎父亲的杨广岂能不留意与之同调？

具体到文学，这种影响是如何体现的呢？贞观史臣认为，杨广接受南朝文学的影响，经历了两个不同的阶段："初，王属文，为庾信体，及见（柳）䛒以后，文体遂变。"④ 对两个阶段的区分，颇为准确。但结合新近的研究来看，隋炀帝所受到的，与其说是庾信、柳䛒等个人的影响，不如说是当他身处不同文化场域时，感受到的群体氛围有异。年幼的他，恰好身处庾信诗文风靡一时的北周后期，自然对其心摹手追。而当他成婚、出藩之后，朝夕相处的则是萧皇后、柳䛒等亲友，他们带来的是另一种南朝文风，其核心特征为典丽。⑤ 该风尚的主要倡导者为梁昭明太子萧统⑥，内容上主张文质相宜，审美上偏于雅正富丽。相比之下，属对精切、炼字新绝的庾信体便显得纤弱轻佻。何况，从身份认同上来说，庾信、王褒在萧梁、北周时皆为侍从之臣，诗文唱和，旨在娱乐，追新逐丽，自是当行；而杨广以帝子之尊，镇守一方，志在夺嫡，萧统所提倡的"丽而不浮，典而不野"相对而言更富有君王气象，更容易引起杨广的共鸣。今观萧皇后所为《述志赋》，恰承家风，杨广的认同又使得这一风格在隋朝全盛时期被重拾乃至于光大。对隋炀帝口诛笔伐的贞观史臣，在谈及他的文化建树时，也称道不已："炀帝初习艺文，有非轻侧之论……其《与越公书》《建东都诏》《冬至受朝诗》及《拟饮马长城窟》，并存雅体，归于典制。""虽意在骄淫，而词无浮荡，故当时缀文之士，遂得依而取正焉。"⑦ 显然，这些赞誉的着眼点，正是其诗文的"典丽"格调。

2. 知性母仪与大业年间宫廷女性的尚文趋向

隋炀帝登基后的大业年间，隋代文化与文学发展进入繁盛期。而借助女性史的视角，便会发现一个不容忽视的趋势——宫廷女性中，尚文之风正蔚然兴起。传统史料中，有关女性文学的材料甚为稀缺，但若将出土文献纳入视野，便会发现这一趋向不仅有迹可循，而且有着较为明确的时间节点。

以辑录中古墓志铭最为详备的赵超《汉魏南北朝墓志汇编》，罗新、叶炜《新出

---

① 〔唐〕魏徵：《隋书》（卷三六）《炀帝萧皇后传》，中华书局，1973 年，第 1113 页。
② 〔唐〕魏徵：《隋书》（卷三六）《炀帝萧皇后传》，中华书局，1973 年，第 1111 页。
③ 〔唐〕魏徵：《隋书》（卷三六）《炀帝萧皇后传》，中华书局，1973 年，第 1111 页。
④ 〔唐〕魏徵：《隋书》（卷五八）《柳䛒传》，中华书局，1973 年，第 1423 页。
⑤ 李建国，王齐洲：《隋炀帝与南朝文学关系考论》，《江西社会科学》，2014 年第 6 期。
⑥ 萧皇后即萧统的曾孙女。她所出身的后梁，也正是昭明太子萧统之子萧詧所建立的，该地君臣对于萧统的文学主张多有推崇，因此萧皇后虽身在外家，却依然能领略家族文学主张的精华。萧统的文学主张，详见周勋初《梁代文论三派述要》。（《周勋初文集》（第三册），江苏古籍出版社，2000 年）后梁君臣的文学建树，见曹道衡：《兰陵萧氏与南朝文学》，中华书局，2004 年。
⑦ 〔唐〕魏徵：《隋书》（卷七六）《文学传序》，中华书局，1973 年，第 1730 页。

魏晋南北朝墓志疏证》，以及王连龙《新出北朝墓志疏证》为范围，可检出两晋、南北朝宫廷女性墓志共 54 篇，其中标举其文采者仅 5 篇。① 即使是在才女如云。且墓志铭书写已经非常成熟的南北朝，有关女性才华的记载也只是零星出现。这种情况的改观，恰恰是在隋代大业初年。这一时期入葬的贵族女性，其墓志铭中开始频繁出现赞美其文采的词句及典故，如《杨敷妻萧妙瑜墓志》："悬针垂露之功，蔡女曹姬之艺，姻赏承训，闺门取则。"②《杨氏妻李淑兰墓志》："规矩合于女师，识达称为博士。"③《李椿妻李婉华墓志》："词发椒花之颂，文摛秋菊之铭。"④《王呐妻桑氏墓志》："其如太冲之妹，更似世叔之妻。"⑤ 以上四篇，皆撰于大业三年（607），其中消息不难窥见。而具体到宫廷，即使是在地位较低的宫女中间，"明敏赋咏"也已成为普遍的评价⑥。如大业六年（610）《宫人刘氏志》："诗工团扇，赋巧芙蕖，言出兰闺，光升椒掖。"⑦ 大业八年（612）《宫人沈氏志》："炤梁比丽，迴雪方妍，落妙藻于芳蕖，洒花笺于高帐。"⑧ 大业八年（612）《宫人萧氏志》："瞻望月丽，必以题诗，得赋吟篇，梁间不绝。"⑨ 大业十年《宫人樊氏志》："文丽三秋之扇，声和四时之柱。"⑩

表彰女性文采的词句，在墓志铭这种旨在彰显逝者德行的文体中，从稀见到习见，甚至于成为一种新的"俗套"，这一变化至少要建立在两个事实的基础上：一是宫廷女性习文风气转盛；二是宫廷内外对女性的才德评价标准向尚文方向转变。这两种趋势在大业年间得以产生，萧皇后功不可没。作为后宫之主，她不仅是后宫女性的管理者，亦是才媛们的召集者与欣赏者。早在去隋未远的文人札记中，这一印象就已经十分鲜明了。

成书于北宋初期的《太平广记》中，有这样一则轶事，讲述隋文帝独孤皇后的族人独孤穆于唐贞元中遇仙之事。其中女仙，即隋炀帝与萧皇后所生的次子、齐王杨暕之女。她在生前，因具有"班婕妤所不及也"的文采，"特为（萧）皇后所爱，常在宫内"，且欲以其"配后兄子，正见江都之乱，其事遂寝"⑪。其事乃虚构，但体现了去隋未远的后人，基于流传人间的种种旧日见闻，对于隋宫旧日情景的一种想象，细节或有出入，人际关系的大致轮廓则近于事实。将萧皇后的此种文化趣味，与大业年间宫廷风尚的变化联系起来，她所禀有的知性母仪所起到的垂范作用便可见一斑。

① 这里论及的宫廷女性主要包括妃嫔、女官、宫女，以及宫中上层人物的亲属或上层官僚的女眷们。
② 罗新，叶炜：《新出魏晋南北朝墓志疏证》，中华书局，2005 年，第 526 页。
③ 罗新，叶炜：《新出魏晋南北朝墓志疏证》，中华书局，2005 年，第 537 页。
④ 罗新，叶炜：《新出魏晋南北朝墓志疏证》，中华书局，2005 年，第 558 页。
⑤ 罗新，叶炜：《新出魏晋南北朝墓志疏证》，中华书局，2005 年，第 537 页。
⑥ 周晓薇，王其祎：《隋代宫人的膺选标准与社会期许——以隋代宫人墓志铭为基本素材》，《陕西师范大学学报（哲学社会科学版）》，2011 年第 2 期，第 56-63 页。
⑦ 王其祎，周晓薇：《隋代墓志铭汇考》（第 4 册），线装书局，2007 年，第 22 页。
⑧ 王其祎，周晓薇：《隋代墓志铭汇考》（第 4 册），线装书局，2007 年，第 237 页。
⑨ 王其祎，周晓薇：《隋代墓志铭汇考》（第 4 册），线装书局，2007 年，第 240 页。
⑩ 王其祎，周晓薇：《隋代墓志铭汇考》，线装书局，2007 年，第 78 页。
⑪ 〔宋〕李昉：《太平广记》，中华书局，1961 年，第 2711 页。

3. 故国公主与梁朝入北士人的重新活跃

萧皇后积极用世的态度不仅体现为尽心辅佐杨广,也表现在对梁朝入北士人的扶植上。

首先,萧氏子弟入北朝后,普遍的境遇是赐予虚爵,而无实权。直至"炀帝嗣位,以皇后之故……缌麻以上,并随才擢用,于是诸萧昆弟布列朝廷"①。而萧皇后的时时劝谕,也对宗族的复兴起到了积极的推动作用。如其弟萧瑀在隋,本无心仕进,"忽遇风疾,命家人不即医疗,仍云:'若天假余年,因此望为栖遁之资耳。'萧后闻而诲之:'以尔才知,足堪扬名显亲,岂得轻毁形骸而求隐逸!若以此致谴,则罪在不测。'病且逾,其姐劝勉之,故复有仕进志……既以后弟之亲,委之机务"②。

其次,萧皇后的存在对于南朝士人与隋炀帝之间的君臣和睦也颇有助益。活跃在杨广身边的南朝士人,不少便是萧梁乃至后梁故臣,最为突出的如柳䛒、王胄、诸葛颖等。《隋书·柳䛒传》云:"帝每与嫔后对酒,时逢兴会,辄遣命之至,与同榻共席,恩若友朋。"③《隋书·文学传·诸葛颖》云:"清辩有俊才……炀帝即位,迁著作郎,甚见亲幸。出入卧内,帝每赐之曲宴,辄与皇后嫔御连席共榻。"④ 君臣欢洽的图景中,萧皇后的身影始终存在。可见,萧氏子弟和萧梁士人之所以能够在入北之后颇为活跃,甚至形成了带有鲜明文化标记,并颇具影响力的文化群体,与故国公主常在帝侧,带给他们的安全感和亲近感不无关系。

综上,隋朝大业年间,萧皇后对宫廷文风的影响实际上涉及了三个层面:一是宫廷的核心人物,即隋炀帝杨广;二是宫廷中的侍从人员,多为宫廷女性;三是活动在宫廷与外廷之边缘地带的士人们。而结合文学传播的要素来看,这三个层面又各自呈现出不同的意义:首先,"典丽"这一原本流行于萧梁的文学风格,由于隋炀帝杨广的倡导,成为新的时尚,构成了文风移易的内涵;其次,女性评价标准向尚文方向转变,使得宫廷内各阶层女性成为文学传播的因子,有利于扩大文风嬗变的影响面;最后,活跃在宫廷内外的士人,他们促成了宫廷文化与外廷文化的双向交流,大业年间的宫廷也由此成了文学新风尚的传播场。

上述过程,是由隋炀帝和萧皇后共同促成的,然而二人之间却隐然存在一种"宾主"关系:帝国大一统完成后,军事上的胜利者很快被南朝的文化征服,其中重要的促成者,便是萧皇后。如果以地位为坐标系,可以说萧皇后横向影响了夫君,纵向影响了宫中的其他女性和出入宫廷的士人,有力地推动了宫廷文风的嬗变。回到本文的立足点,萧皇后与宫廷女性之间的文化交流更值得注意。因为她们所构建的,实际上又是一张既宽广又强韧的宫廷女性文学网络。承平岁月,这张网与帝王、士人联

---

① 〔唐〕魏徵:《隋书》(卷七九)《外戚传》,中华书局,1973年,第1282页。
② 〔唐〕魏徵:《隋书》(卷七九)《外戚传》,中华书局,1973年,第1282页。
③ 〔唐〕魏徵:《隋书》,中华书局,1973年,第1423页。
④ 〔唐〕魏徵:《隋书》,中华书局,1973年,第1734页。

结，在某种程度上改变文坛风气；动乱时期，这张网又将随着人事的迁转，呈现出纵横自如的延展性，发挥新的文化功用。

三、萧皇后与隋朝文化的流衍

1. 塞外宫廷中的文化存续

大业十四年（618），隋炀帝遇害，但隋朝的正统地位犹存。"先帝皇后"这一特殊身份，使得萧皇后具有不可小觑的影响力。各方政治势力一时对其争相迎奉，她由此开始了十二年的漂泊生活：先是被弑君的叛军首领宇文化及等扣押，并在胁迫下以皇后令立秦王杨浩为帝；次年，窦建德攻灭宇文氏主管的叛军，"入城，先谒隋萧皇后，与语称臣"①；其后，她的命运再次转折："隋炀帝萧后及齐王暕之子政道陷于窦建德，（武德）三年（620）二月，处罗迎之，至于牙所，立政道为隋王。隋末中国人在虏庭者，悉隶于政道，行隋正朔，置百官，居于定襄城，有徒一万。"② 处罗即当时的突厥可汗，他迎接萧皇后及其孙，并复置隋国，自然有着政治上的考虑，即增强自身的合法性与号召力，与中原诸势力争衡③。但不能忽视的是，隋代宫廷女性之间的亲密关系也是促成此事的重要因素。

《新唐书》载："（隋）义成公主在突厥，遣使迎萧后，建德自将千余骑送之，并献化及首。"④ 可见迎萧后之事，背后还有一位关键人物，即义城公主。她是隋炀帝时期入突厥的和亲公主，曾先后嫁给四任可汗，位高势尊，足以左右可汗的废立。其复隋之志十分坚定，故在唐初多次发兵扰边，最后为李靖所败，身死国灭。她与萧皇后的渊源及文化共鸣值得关注。

义城公主远嫁异域多年，而报国之心不泯。何况，在她下嫁之初，隋与突厥正处于互信互助的良性交往阶段，她比一般的和亲公主受到了更多来自本国的礼遇。如大业三年（607），"八月壬午，车驾发榆林。乙酉，启民饰庐清道，以候乘舆。帝幸其帐，启民奉觞上寿，宴赐极厚"⑤。同时，"皇后亦幸义城公主帐"。姑嫂二人以这样亲近的方式相聚，对于远嫁的义城公主而言，既是荣耀，也是慰藉。其后，二人当始终保持着密切的联系，这从著名的"雁门解围"事件即可以看出："（大业十一年）炀帝至雁门，为突厥所围，（萧）瑀进谋曰：'如闻始毕托校猎至此，义成公主初不知其有违背之心……若发一单使以告义成，假使无益，事亦无损'……义成公主遣

---

① 〔五代〕刘昫，等：《旧唐书》，中华书局，1975 年，第 2238 页。
② 〔五代〕刘昫，等：《旧唐书》卷五四《窦建德传》，中华书局，1975 年，第 5154 页。
③ 此举也确实达到了较好的效果："隋末乱离，中国人归之者无数，遂大强盛，势陵中夏。迎萧皇后，置于定襄。薛举、窦建德、王世充、刘武周、梁师都、李轨、高开道之徒，虽僭尊号，皆北面称臣，受其可汗之号。使者往来，相望于道也。"《隋书》卷八四《突厥传》，第 1876 页。
④ 〔宋〕欧阳修，宋祁：《新唐书》，中华书局，1975 年，第 3700 页。
⑤ 〔唐〕魏徵：《隋书》（卷三）《炀帝纪》，中华书局，1973 年，第 70 页。下条引文同。

使告急于始毕，称北方有警，由是突厥解围，盖公主之助也。"① 在此事中，为炀帝出谋划策的正是萧皇后之弟萧瑀，其中情理不难想见。三年之后，隋炀帝遇害，萧后和皇孙被扣押，义城公主设法使之脱困，迎至境内，并为之复立隋国，她所考虑的当不仅是突厥之利，也在于萧后等的安危和隋国的复兴。不过她的这一举动，却意外地为突厥与中原文化的交流开拓了新的渠道。

隋朝与突厥的文化交流，早有先例。特别是义城公主的下嫁，曾极大地鼓舞了其夫君启民可汗向汉文化靠拢的热情。他甚至多次上表，"乞依大国服饰法用，一同华夏"②。隋炀帝也予以了积极回应，"亲巡云内，沂金河而东，北幸启民所居。启民奉觞上寿，跪伏甚恭。帝大悦……赐启民及主金瓮各一，及衣服被褥锦彩，特勒以下各有差"③。除物质赠予之外，隋炀帝饮宴唱和的文学创作形态也在双方的高层交流中被引入。正是在上述云内之会中，隋炀帝欣然"赋诗曰：'鹿塞鸿旗驻，龙庭翠辇回。毡帐望风举，穹庐向日开。呼韩顿颡至，屠耆接踵来。索辫擎羶肉，韦鞲献酒杯。何如汉天子，空上单于台'。"④

和亲公主的诗文书写传统也值得重视。当这些远嫁的金枝玉叶，凭借尊贵的身份和娴熟的政治手腕，在异域的宫廷里占据了一席之地后，内心的遗憾仍难以抚平。特别是当故国遭遇变故，而自己无能为力之时，往往会将伤感付诸笔墨。如北周和亲公主、宇文招之女大义公主，"平陈之后，上以陈叔宝屏风赐大义公主，主心恒不平，因书屏风为诗，叙陈亡自寄。其辞曰：'盛衰等朝暮，世道若浮萍。荣华实难守，池台终自平。富贵今何在？空事写丹青。杯酒恒无乐，弦歌讵有声！余本皇家子，飘流入房庭。一朝睹成败，怀抱忽纵横。古来共如此，非我独申名。唯有《明君曲》，偏伤远嫁情'"⑤。义成公主为隋皇室宗亲杨谐之女，应当也具备一定的文艺修养，再考虑到其忠贞的报国志愿、果敢刚烈的性情，让我们有理由相信她也有类似的诗文流传。尽管这些公主的作品从艺术上看未必皆为上品，然而，作为来自中原的贵客、地位崇高的可汗之妻，她们的文化习性所产生的影响不可低估。

萧皇后入突厥后，处罗可汗和义城公主立"正道为隋王，奉隋后，隋人没者隶之，行其正朔，置百官，居定襄，众万人""华人多往依之"⑥。这些"华人"，不少便是隋炀帝遇害后流落四方的隋代衣冠。定襄城由此建立起了一个颇具规模的塞外宫廷，它是中原王朝宫廷形态的微缩版；同时，一个小型的文化圈也将随之而成，其中，有尚未成人、需要接受教育的皇孙，有流落异域的中原士子们，有亲历了隋朝全盛期的皇后萧氏。那么，这个小小的塞外宫廷，会不会整合已有的文化交流成果，成

---

① 〔五代〕刘昫，等：《旧唐书》（卷六三）《萧瑀传》，中华书局，1973 年，第 2399 页。
② 〔唐〕魏徵：《隋书》（卷八四）《突厥传》，中华书局，1973 年，第 1874 页。
③ 〔唐〕魏徵：《隋书》（卷八四）《突厥传》，中华书局，1973 年，第 1875 页。下条引文同。
④ 〔唐〕魏徵：《隋书》（卷八四）《突厥传》，中华书局，1973 年，第 1875 页。
⑤ 〔唐〕魏徵：《隋书》（卷二百一十五上）《突厥传上》，中华书局，1973 年，第 1871－1872 页。
⑥ 〔宋〕欧阳修，宋祁：《新唐书》，中华书局，1975 年，第 6028 页。

为一个具有较强辐射能力的中原文化堡垒呢？由于史料的缺失，具体的情节已难以复现。但结合以上的论述，可知它至少有两点积极作用。

其一，从纵向的历史发展维度来看，中原和边疆政权之间的文化交流是随着时间推移而逐渐加深的，而一个以中原王朝的皇后和皇孙为中心的、颇具规模的文化集群的突然到来，无疑会使这一自然过程得到人为加速；其二，从横向的时空坐标来看，中古时期常见的、以和亲方式进行的文化传播，其媒介主要是公主个人，力量单薄、资源有限。即使在定居后，她们所形成的文化中心仍呈现散点分布状态，其影响也随着人事变迁而时断时续。萧后等进入突厥，是历史上为数不多的中原文化主流群体入驻边塞的事件之一。双方既有的文化交流经历、和亲公主先期带入的文化风尚，都已积淀成了接纳中原文化因子的丰沃土壤，其盛况值得在未来进一步探讨。

2. 南朝文学资源的分流与隋唐宫廷文学风尚的差异

在义成公主的鼓励下，唐王朝建立后，突厥不断派兵侵扰，最终引起了唐军的大举反攻："（贞观）四年（630年），（李）靖进击定襄，破之，获隋齐王暕之子杨正道及炀帝萧后，送于京师，（颉利）可汗仅以身遁……杀其妻义城公主。"[1] 时年约61岁的萧皇后终于回归中原，安稳地度过晚年，直至贞观二十二年（648），约79岁时卒。

此时的长安已易新主，宫廷中的文化氛围亦耐人寻味：唐太宗李世民平定海内的武功及雅正宏阔的诗学主张，与其诗文创作中不时流露的"南朝习气"形成了鲜明对比[2]。一般认为，这是因为其身边的文士，多半具有南朝文化渊源。然而，如果考虑到帝王在文治武功之外，还有日常起居的私人生活，与他朝夕相处的，除了外廷士子，尚有后宫妃嫔，解释的思路是否会随之拓宽呢？兹以太宗女眷中最为知名的长孙皇后与徐贤妃为例，试做分析。

在史籍中，长孙皇后乃典型的贤德皇后。《唐书》表彰其"少好读书，造次必循礼则"，并称其"尝撰古妇人善事，勒成十卷，名曰《女则》，自为之序。又著论驳汉明德马皇后"[3]，立身、立言均合典则。然而，文学史却为我们提供了一个新的视角。《全唐诗》中，今存其诗一首，即《春游曲》："上苑桃花朝日明，兰闺艳妾动春情。井上新桃偷面色，檐边嫩柳学身轻。花中来去看舞蝶，树上长短听啼莺。林下何须远借问，出众风流旧有名。"[4] 因明艳的色调和流溢的思春之情，该诗曾被怀疑并非长孙皇后之作。但如果对她的成长环境进行分析，可知该怀疑难以成立。长孙皇后之父为长孙晟，他在北周、隋时均为名臣，尤善与突厥等边疆势力周旋，北周大义公主、隋朝义城公主和亲，均由其护送前往；其母则为隋扬州刺史高敬德之女。高敬德

① 〔五代〕刘昫，等：《旧唐书》（卷六七）《李靖传》，中华书局，1975年，第2479页。
② 此一矛盾，古人早已指出，如欧阳修在《苏氏文集序》中即言："予尝考前世文章政理之盛衰，而怪唐太宗致治几乎三王之盛，而文章不能革五代之余习。"
③ 〔五代〕刘昫，等：《旧唐书》（卷五一）《后妃·太宗文德皇后长孙氏传》，中华书局，1975年，第3471页。
④ 〔宋〕彭定求等编：《全唐诗》，中华书局，1999年，第53页。

出身山东望族渤海高氏，曾在江南文化的中心任官，对南朝文化颇为熟悉。长孙皇后生于隋仁寿元年（601）并于大业九年（613）出嫁，可知她的幼年、少年时期正生活在隋炀帝所开创的短暂盛世中。正值青春岁月的她，从家族中获得了南朝文化的滋养，感受着浪漫的时代氛围，书写闺中之乐，有何不可呢？

再看贤妃徐惠。她出身于湖州长城（今浙江长兴）的文学世家，"弟齐聃，齐聃子坚，皆以学闻；女弟为高宗婕好，亦有文藻，世以拟汉班氏"①。"生五月而能言，四岁诵《论语》《毛诗》，八岁好属文。其父孝德试拟《楚辞》，云'山中不可以久留'，词甚典美。自此遍涉经史，手不释卷。太宗闻之，纳为才人。其所属文，挥翰立成，词华绮赡。"无论是"典美"还是"绮赡"，都与其延续南朝而来的家学一脉相承。徐惠对于这种才华的运用，有用世的一面，被新、旧《唐书》全篇载录的《谏太宗疏》即为一例；却也有"以文为戏"的另一面。《全唐诗》中，尚存有她较为完整的诗歌五首，而从这些诗的题目和内容不难推知她创作的情境和目的。如《秋风函谷应诏》当为随太宗出行应诏。而《拟小山篇》《长门怨》《赋得北方有佳人》三首皆为拟古诗，带有"为文造情"的色彩。特别是"赋得"一首，很可能作于宫廷游宴之中。其句云："由来称独立，本自号倾城。柳叶眉间发，桃花脸上生。腕摇金钏响，步转玉环鸣。纤腰宜宝袜，红衫艳织成。悬知一顾重，别觉舞腰轻。"②《北方有佳人》原为汉乐府名作，其中的佳人颇具遗世独立的情怀，然而今观徐妃之作，通篇皆为对女性面容、体态的描摹，实为宫体诗之路数。例如她的名作《进太宗》："朝来临镜台，妆罢且徘徊。千金始一笑，一召讵能来？"③此诗最早见于《唐语林·贤媛》："上都崇胜寺有徐贤妃妆殿。太宗召妃，久不至，怒之。因进诗曰……"④"贤妃"的庄重不见踪影，全然是小女子的娇嗔与慧黠。

徐惠生于贞观元年（627），年少于长孙皇后近30岁，侍奉唐太宗的时间段也不同：长孙皇后是结发之妻，徐惠则是他晚年的嫔妃。然而，她们流传下来的诗作却存在共通之处：内涵以言情为主，口吻略带戏谑，着意于字句、音韵、色彩的修饰性。这种"巧合"促使我们思考：是否在唐太宗的后宫中，持续存在着一种娱乐性、抒情性占主导的诗风呢？而作为宫廷之主，太宗本人的创作也不出此种格调。那么，他与后宫女性群体，究竟是谁影响了谁？

联系唐太宗的创作来看，以上问题不难回答。他对南朝文学的喜爱，是颇为自觉的。这不仅体现在《秋日学庾信体》这样明确流露个人好尚的诗题中，也体现在其现存诗歌的题材分类中。《全唐诗》现存其诗88篇，主题可以明确为咏节序物候、闲适生活者便达66首之多，艺术上也多有仿效南朝的痕迹。尤其值得注意的是，他

① 〔宋〕欧阳修，宋祁，等：《新唐书》（卷七六）《后妃·太宗徐贤妃传》，中华书局，1975年，第3472页。下条引文同。

② 〔宋〕彭定求，等编：《全唐诗》，中华书局，1960年，第61页。

③ 〔宋〕王谠：《唐语林校证》，周勋初校证，中华书局，1987年，第403－404页。

④ 〔宋〕王谠：《唐语林校证》，周勋初校证，中华书局，1987年，第403页。

有一组题为《帝京篇》、旨在"明雅志"① 的诗歌。以往对此诗的研究，着眼点多在最末谈为政理想的第十首上。然合而观之，该组诗从第三首至第九首，皆述田猎、饮宴、观舞、听曲之乐。其中出现的女子形象，则为"建章欢赏夕，二八尽妖妍"（第九首）②。可见，唐太宗对自己无异于普通人的那一面并不刻意掩饰，他坦率表达了自己对世俗享乐的向往。君王的趣味如此，宫中女性创作颇承齐梁余绪，便不无取悦的意味了。

面对这样的景况，萧后的存在有着怎样的意义呢？

先看一个流传颇广的轶事："唐贞观初……时属除夜，太宗盛饰宫掖，明设灯烛，殿内诸房莫不绮丽。后妃嫔御皆盛衣服，金翠焕烂。设庭燎于阶下，其明如昼，盛奏歌乐。乃延萧后，与同观之。乐阕，帝谓萧曰：'朕施设孰与隋主？'萧后笑而不答。固问之，后曰：'……隋主每当除夜，至及岁夜，殿前诸院，设火山数十，尽沉香木根也，每一山焚沉香数车。火光暗，则以甲煎沃之，焰起数丈。沉香甲煎之香，旁闻数十里。一夜之中，则用沉香二百余乘，甲煎二百石。又殿内房中，不燃膏火，悬大珠一百二十以照之，光比白日。又有明月宝夜光珠，大者六七寸，小者犹三寸。一珠之价，直数千万。妾观陛下所施，都无此物。殿前所焚，尽是柴木。殿内所烛，皆是膏油。但乍觉烟气薰人，实未见其华丽。然亡国之事，亦愿陛下远之。'太宗良久不言，口刺其奢，而心服其盛。"③

强调隋主所行为"亡国"之事，自然寄寓着一种明哲保身的智慧。然而轻描淡写中，依然分明呈现的差距，与其说是物质陈设上的，不如说在于文化积淀的深厚与格局的阔大。正如《新唐书·文艺传》所言："高祖、太宗，大难始夷，沿江左余风，缉句绘章，揣合低印。"④ 对于在隋末乱局中艰难争得天下的唐太宗君臣来说，无论他们理论上如何批驳齐梁文风，但在日常生活中还是不自觉地把文学当成了戎马倥偬、政务繁杂之余的调剂品，缺乏亲力亲为将其改进的动力。相比之下，子承父业、水到渠成地实现了政治大一统的隋炀帝，面对南北朝丰富的文学资源，却有着择优而从的优裕和除旧布新的自觉。随着自身的政治身份与文化定位的转变，他扬弃北周效颦庾信的遗风，择取萧梁文学中典雅稳健的一脉，作为大国气象的代言体。政治成败姑且不论，仅就文学史的逻辑而言，隋炀帝是先行一步的⑤。

隋唐宫廷文化风尚的这种差异，当时即引起了士人们的思考。正如上文所述，成书于贞观年间的《隋书》，在对杨广的政治失误进行无情的批判之后，也对其文学成就予以了高度评价。作为正史，这一观点并非信笔为之，而是体现了庙堂与士林的共

① 〔宋〕彭定求，等编：《全唐诗》，中华书局，1960 年，第 2 页。
② 〔宋〕彭定求，等编：《全唐诗》，中华书局，1960 年，第 2 页。
③ 〔宋〕李昉：《太平广记》，中华书局，1961 年，第 1815 页。
④ 〔宋〕欧阳修，宋祁：《新唐书》（卷五一），中华书局，1975 年，第 5725 页。
⑤ 钱志熙：《论隋唐之际诗学中雅正与浮艳的对立——兼论两种体制和创作观念的各自流变》，《复旦学报（社会科学版）》，2014 年第 6 期，第 52 页。

识。同时，考虑到中国古代历史书写"以古讽今"的撰写传统，可知这一反思也将成为该书不少关键篇章构思的原点，包括萧皇后传在内的《后妃传》的成形便可提供印证。

笔者曾经留意到，在《隋书·萧皇后传》中，贞观史臣对其形象颇有美化，并对其名作《述志赋》的内涵进行了"有意误读"，将"讽谏"之旨植入解读中。这一现象出现的原因，拙文曾归纳为史臣顾及当时颇为鼎盛的萧氏之当世荣耀，并凸显史书的劝诫意义①。但结合古代正史对于女性的塑造通则可知，对历史中女性的记述，归根结底是要为当世的人们提供龟鉴，展现出最利于国家、社会发展的两性相处模式。这一宏大的语境，却意外地将宫廷女性文学网络的某种局部映照进了史臣们的观察范围中。

如前二节所述，可知女性文学网络运作的基本机制，为"接纳—反馈"这一双向可逆的过程。女性如何"接纳"新知，成就自身，并非史臣主动关心的问题。而"反馈"中的一种，作为嫔妃的女性，如何对夫君产生影响，则由于现实的不乐观而受到了他们的关注。因为其时宫廷的文学氛围，正由太宗所爱好的齐梁遗绪占据了主导，皇后、妃嫔的创作多为附和之辞，这不能不引起文士们的疑虑。前事不远，后事之师，前朝皇后在文学主张上对夫君施以积极影响，便成为引人盛赞的佳话。

因此，暮年的萧皇后被贞观史臣称赞，乃至溢美，正表露了他们对于宫廷女性与君主之间互动模式的一种思考。如萧皇后者，能以雅正的文学观念，适时地对君王及流行风尚产生一定的正面影响，可能正是他们所共同期待的宫廷女性典范。而不同的文体（史书、小说），对于同一个主题的复写，正体现出不同的社会阶层，对于此一问题的共同关注。宫廷女性文学网络，便在这样的众声喧哗中，彰显了自身对于社会文化的持续影响。

结语

通过对现有材料的分析，可知从南朝至隋唐，宫廷、乃至贵族女性中确有一成熟、自足的文学网络。受益于此一网络，地位平常，甚至是境遇不佳的贵族女性，也可以凭借一定机遇而获得文化的陶染。一旦她们成为具有独立创作能力、明确创作主张，并获得了一定政治影响力的个体，其能量便不可小觑：一方面，她们借助女性特有的权力范围和姻戚关系，对夫君、侍从、亲友产生影响；另一方面，她们又可与主流的文化群体积极互动，既接受其影响，又予以反馈、反拨。无论场所、地域如何变化，身份的标签如何改换，她们所葆有的文化能量依然会对周边群体发生或强或弱的辐射，不仅影响一时风气，甚至还有可能催生新的文化中心。萧皇后的一生际遇和文化成就，便生动展现了此一网络的运作方式，以及它对社会文化可能发生的影响。

---

① 束莉：《有意误读与自觉忽略——隋炀帝萧皇后《述志赋》的文本内涵与历史命运》，《池州学院学报》，2014 年第 4 期，第 12 页。

注重女性史研究之历史意义的李贞德教授提出，妇女史研究不仅是一种补充性质的工作，而是引入新的角度来对传统思路的历史书写进行改写①。因此，当我们引入隋唐之际宫廷女性文学网络这一范畴后，之前许多隐而不彰的问题才能浮出水面，并获得解释的思路。比如，本文业已提及的，隋唐两代宫廷文学对南朝文学理念的选择性继承；再如，本文尚无法展开的，高宗朝以后，武则天、上官婉儿等在政坛和文坛都呼风唤雨的女性纷纷登场，这种现象的出现是偶然吗？而唐初的宫体文学最终谢幕，代之以初唐四杰、陈子昂等人的盛世华章，文学思潮的这种消长有无历史渊源呢？萧皇后的身后，政坛风雨依旧，文场歧路犹存，宫廷女性的文学网络也依然蔓延、生生不息。

---

　　① 李贞德：《性别与历史研究》，《北京大学研究生学志》，2009 年第 2 期，第 1–5 页。

读《〈文心雕龙校注拾遗〉补正》

——兼论吴林伯先生的治学气象

陶永跃·崇文书局文史古籍部

一、吴林伯先生的生平著述

刘勰《文心雕龙》是一部体大思精之作，流传千余年来形成了古代文学研究中一门显学——"龙学"，20 世纪更是诞生了黄侃先生《文心雕龙札记》、范文澜先生《文心雕龙注》、刘永济先生《文心雕龙校释》、杨明照先生《文心雕龙校注拾遗》这四大现代"龙学"奠基之作。四位前辈学人皆能抉微发蕴而各呈气象。吴林伯先生生于四先生之后，却能不为前辈光辉所掩，卓然自立，写成了《文心雕龙义疏》《文心雕龙字义疏证》等极具分量的著作。

吴林伯先生（1916—1998），武汉大学中文系教授，"讲授多暇，专精著述"，治学广涉先秦群经诸子、汉魏六朝文献，而尤究心于刘舍人《文心雕龙》一书，留下了《论语发微》《庄子新解》《老子新解》《文心雕龙义疏》《文心雕龙字义疏证》《周易正义》《春秋三传解故》《商君书评注》等 27 种著作手稿，其中仅前五种有出版①。

此外，吴先生还有数十篇"龙学"论文，发表于《武汉大学学报》《文史哲》《古汉语研究》《齐鲁学刊》等重要刊物。在这些著述中，部帙最大、分量最重的当属《文心雕龙义疏》《文心雕龙字义疏证》。本文准备从吴先生未正式刊布的论文《〈文心雕龙校注拾遗〉补正》入手，通过具体例证管窥吴先生的治学特点，并结合先生的学术渊源进一步探讨他的治学所达的气象，希望借此能让学界更为全面了解他的治学成果，领略他的人格风范！

《〈文心雕龙校注拾遗〉补正》（下文简称《补正》）写于 1984 年 4 月，收录于

---

① 方铭：《我的老师吴林伯先生与褚斌杰先生》，《华中学术》，2016 年第 3 期；《光明日报》1985 年 6 月 16 日报道《吴林伯〈文心雕龙〉研究受中日学者赞扬》；《学者雪鸿录》，《文学遗产》，1989 年第 4 期。

吴先生手书《中日学者〈文心雕龙〉讨论会论文》①，时隔30余年，已颇难觅得。本人则从方铭教授的文章中看到此文的介绍，又有幸得先生高足赵仙泉先生慨赠一个复本，捧读再三，手不释卷。《补正》以条辩的形式对杨明照先生的名著《文心雕龙校注拾遗》进行补正，其中"正"二十二条，"补"九十八条，各部分均按《文心雕龙》篇第次序排列。文前有序：

> 东莞刘勰，深识文理，发言抗论，体大而虑周，探赜钩沉，每据事以类义，殆无字无来历。昔黄氏疏证之，范君嫌其略而加详，今杨公复补缺拾遗，嘉惠艺林，厥功甚伟。比年已还，余与武大二三子讲《文心》，以为参考要籍，故尝讽籀再四，或有怀陈，爰书简端，并师萧《选》李《注》补正之例，裒而成册，都千余事，大氐以补为主，而正次焉。兹逢盛会，特移录如干，供同志商兑。匪骨臣、子产之博物、多闻，岂足以辨是与非，续貂、着粪之讥，讵能免乎！

吴先生于《中日学者〈文心雕龙〉讨论会论文》目录表明此文部分成果载于1982年《社会科学战线》第3期，今查系《义心雕龙诸家校注商兑》一文（下文简称《商兑》）。《商兑》一文涉及《文心雕龙》校释条目41条，从注释、校勘两方面与范文澜、刘永济、杨明照、郭绍虞、郭晋稀诸家校注商兑。相对于吴先生之后出版的《文心雕龙义疏》《文心雕龙字义疏证》两书，《补正》篇幅适中，具体而微，对窥知吴先生治学特色极有帮助。以下从典故溯源、字词校释、修辞揭示、理论疏通四个方面举例说明。

二、《〈文心雕龙校注拾遗〉补正》的校释内容及特点

（一）典实溯源

吴先生非常重视《文心雕龙》所涉典实的溯源，《商兑》一文说："《文心》的典实较多，范注考证，比黄注详细，杨注再作补充，拙稿《义疏》又搜出二百余条……倘将典实一一查明，则对文义领会，当有好处。"在典实的考索方面做了大量工作。

首先，从《补正》可以看出，吴先生溯源时代较前，且为常典要籍，极少引用僻典佚书。

《原道》：云霞雕色。

【注云】按《河图括地象》："昆仑山出五色云气。"《宋书·符瑞志下》："云有五色，太平之应也。"《十洲记》："锦云烛日，朱霞九光。"

【正曰】鲍照《登大雷岸与妹书》："西南望庐山，又特惊异，上常积云霞，雕锦缛。""云霞"连文，又有"雕"字，"雕锦缛"，即"雕色"。《说文》：

---

① 这本个人论文集是吴先生为参加同年11月在上海召开的"中日学者《文心雕龙》讨论会"而准备的材料，共影印40余本，分送与会代表。

昭明文苑 增华学林——《文选》与《文心雕龙》国际学术研讨会论文集

"缛，繁采饰也。"成公绥《天地赋》："色表文采。"足征"云霞"句本鲍书无疑。

《宗经》：墙宇重峻，而吐纳自深。

【注云】按二句一意贯注……《书·伪〈五子之歌〉》"峻宇雕墙"，枚《传》："峻，高大。"

【正曰】《论语·子张》："叔孙氏语大夫于朝曰，子贡贤于仲尼，子服景伯以告子贡，子贡曰，譬之宫墙，赐之墙也及肩，窥见室家之好；夫子之墙数仞，不得其门而入，不见宗庙之美，百官之富，得其门者或寡矣，夫子之云，不亦宜乎！"按，"墙数仞"者，"墙宇"之"峻"也。彦和称孔子为"生人以来未有"之"圣人"，故以"墙宇重峻"喻"圣谟卓绝"（《宗经》），"而吐纳自深"，乃因子贡语以褒赞其不可及。《五子之歌》"峻宇雕墙"云云，本斥太康之荒侈，与舍人意乖，注引文误。

今按，语典探源对文意的理解至关重要。从以上两例看无疑吴先生之说更为贴切。吴先生的引证，不追求所引材料与《文心》原文字面的"形似"，而意在寻绎二者意义的内在契合。即如第二例，"墙宇重峻"的语源一经正确释出，"而"字前后意义便豁然贯通，范注引孙人和校语云唐写本无"而"字，杨注亦从之，恐为误也。

其次，注重与《文心雕龙》重视书证的疏通，并旁通发挥，不仅仅堆垛材料。

《时序》：缀旒而已。

【注云】按《公羊传》襄公十六年"君若赘旒然。"《释文》："赘，本又作缀。"

【正曰】"缀旒"始见于《诗经·商颂·长发》："为下国缀旒。"郑笺："缀，犹结也。"朱集传："下国，诸侯也。旒，旗之垂者也。言为天子，而为诸侯所系属，如旗之縿为旒所缀着也。"郭璞《登百尺楼赋》："哀神器之迁浪，指缀旒以譬主。"张衡《应间》："夫战国交争，君若缀旒。"陆机《至洛与成都王颍笺》："至令天子飘飖，甚于赘旒。"

《物色》：是以诗人感物，连类不穷。

【补曰】《礼记·乐记》："人生而静，天之性也；感于物而动，性之欲也。"《韩非子·难言》："多言繁称，连模拟物。"枚乘《七发》："比物属事，离辞连类。"《论语·阳货》："诗可以兴。"孔安国注："兴，引譬连类。"《文选·孙子荆〈为孙仲容与孙皓书〉》："不复广引譬类。"李注引郑玄《孝经注》："引譬连类。"

今按，以上两例，杨先生于"缀旒"一词点到为止，引而不发，读者仍难明其义。吴先生则参证郑玄、朱熹两家之说，明其成词之原、引申之意，又广引时代相近之语例参详之。又第二例，"连类"即"比兴"，一般读者极易漫不加察，吴先生有心点出，有助加深理解。

再次，源流并重，注意辨析用语的意义演变。

《才略》：嵇康师心以遣论。

【补曰】《庄子·齐物论》："夫随其成心而师之，谁独且无师乎！"郭象注："心之所志，随而成之，以心为师，人人皆有。"《颜氏家训·勉学》："师心自是。"是庄义，为贬词，故嵇康《难宅无吉凶摄生论》："师心陋见。"然本篇"师心"，断章取义，与本书《论说》"师心独见"一贯，言康作论，据自心所知，能不因循，而有创见。鲁迅曰："嵇康的论文，比阮籍更好，思想新颖，往往与古时旧说反对。"（《魏晋风度及文章与药及酒之关系》）《抱朴子·钓世》："习拘阂者，不可督以拔萃之独见。"

今按，有些词语用法已与语源产生变异，如若不加辨析恐致扞格难解。吴先生往往都会做细致的辨析。此条杨先生也有补正，着意处在判定"遣"字是否当如梅庆生所说为"造"："按，《哀吊篇》'以辞遣哀'，声律篇'故余声易遣'，其'遣'字义与此同，是'遣'字不误。何必改作！"① 杨注同样精彩。

（二）字词校释

吴先生治《文心雕龙》，能够从整体出发，联系上下文或全书，并通观群籍进行佐证，对异文择取极为审慎，也因此能发人所未发，揭示舍人一些极为重要而又常为人所忽视的特定用语。如《补正》中如下几条：

《才略》：孙绰规旋以矩步，故伦序而寡状。

【校云】"状"，疑当作"壮"。舍人谓其"伦序寡壮"，盖如锺嵘《诗品》之评为"平典似道德论"然也。兴公诗由《文馆词林》所载四首及江淹所拟者观之，确系"规旋矩步，伦序寡壮"。

【正曰】（中略）《史记·夏本纪》："巡狩行视鲧之治水无状。"《索隐》："言无功状。"则"寡状"，"少功"也。舍人品题才士，重其"风力"之"道"（《风骨》），绰行文有规矩，故有伦理次序，然以玄义发咏，以致诗之"辞义夷泰"（《时序》），故"少功"也。锺嵘因之，只以绰诗"弥善恬淡之词"（《诗品》），而列于下品，可为"寡状"旁注，如此说解，怡然理顺，何须疑"状"作"壮"？

今按，王逸《楚辞章句·离骚》后叙谓其前辈学者"以'壮'为'状'，义多乖异"，移之类此，事有或然，杨先生以"寡壮"释之，"壮"当如"精思壮采"之"壮"，《才略》即评刘琨"雅壮而多风"，本或可通。吴先生之说不烦改字而义已圆融，似更胜。又，《才略》又云司马相如"理不胜辞，故扬子以为文丽用寡者长卿"，"用寡"二字似可与"寡状"印证。

《情采》：将欲明经。

【校云】"经"，黄校云："汪本作'理'。按，以上下文验之，'理'字是。"

【正曰】"经"，即上文"故情者文之经"之"经"。彦和以"经纬"喻情

---

① 杨明照：《文心雕龙校注拾遗补正》，江苏古籍出版社，2001年，第426页。

辞，"明经"犹云"明情"，文从字顺，不烦改字。

今按，《情采》总言辞采与情性之关系云："文采所以饰言，而辩丽本于情性。故情者文之经，辞者理之纬；经正而后纬成，理定而后辞畅，此立文之本源也。"正与此"联辞结采，将欲明经"前后呼应。

《夸饰》：虽《诗》《书》雅言，风格训世。

【校云】"格"，谢抄本作"俗"，顾广圻校作"俗"。按，"风格训世"，义不可通，作"俗"是也。

【正曰】此所谓"风格"，非今文艺学中之"风格"。《文选·奏弹王源》李善注："贾逵《国语》注：'风，采也。'"故本书《征圣》"风采"连文。《礼记·缁衣》："言有物而行有格也。"郑注："格，旧法也。"《庄子·人间世》："故法言曰。"王先谦《集解》："引古格言。"易"法言"为"格言"，正以"法""格"义同。然则，"风格"谓辞采之法规，犹本书《章表》曰"风矩"，《奏启》曰"风轨"。刘勰从其论文"宗经"的观点出发，以为经典中之《诗》《书》，皆雅正之言语，以辞采之法规训示世间作者，"夸饰"乃其中之一。因此，下文在论述《诗》之"夸饰"后，接言"夸饰"的诗篇是"大圣所录，以垂宪章"，恰好与上文"风格训世"相应，"宪章"亦谓法规，并指辞采，倘若顾校，与上下文论"夸饰"之意乖。

今按，吴先生所说良是。《夸饰》通篇所论重在文辞——"文辞所被，夸饰恒存"。故后文所举"言峻""论狭""说多""称少"云云，均据"言"立论。《诗》《书》雅言，风格训世"一句中"风格"之主语当为"雅言"，"雅言"与"风俗"连文不词，杨先生又举慧皎《高僧传序》"明诗书礼乐，以成风俗之训"，以为"尤为切证"，似与此篇主旨难以密合。

（三）修辞揭示

吴先生对《文心雕龙》行文的修辞特点格外重视，早年向马一浮先生问学，马先生教以研治《文心雕龙》之"七义"，其五即"调虚实"，认识到"假设之词，而文言之特征也"，并揭出"改变情状""更易方位""换次第"诸端①；吴先生又从骆鸿凯先生研治《文选》，对李善所揭之"假言"深有领会，《商兑》一文多有揭示，足见贯通《文选》与《文心》之效验！以下录出两例，吴先生并引群书参证，有发凡起例之效。

安和政弛。（《诏策》）

【校云】《御览》引作"和安"，按《御览》所引是也。《训故》本正作"和安"。

【正曰】本书《时序》："自安和已下。"校亦云："按，'安和'二字当乙，始合时序，《诏策》篇'安和政弛'，误与此同。"殊不知本书叙述人物，或不拘

---

① 吴林伯：《马先生学行述闻并赞》，上海人民出版社，1992年，第51-62页。

先后次第，故东汉和帝在安帝之前，《后汉书·王符传》顺曰"和安"，《晋书·刘元海载记》亦顺曰"和安"，而本书《时序》《诏策》皆倒曰"安和"；又夏在商前，《铭箴》顺曰"夏商"，《史传》倒曰"商夏"；司马相如在扬雄之前，《辨骚》顺曰"马扬"，而《练字》倒曰"扬马"；且本书另有单用倒叙者，老子在庄子之前，而《明诗》倒曰"庄老"，他无如《世说新语·文学》之顺曰"老庄"者，此盖古文成法，舍人特因之。夫禹在汤前，而《离骚》倒曰"汤禹"；冬在夏后，而《庄子·人间世》倒曰"冬夏"；暑在寒先，而《周易·系辞》倒曰"寒暑"；唐在虞前，而荀公曾《王公上寿酒歌》倒曰"虞唐"；晋在魏后，而陆云《谏吴王起观疏》倒曰"晋魏"。西周厉王在幽王前，而《孟子·离娄》倒曰"幽厉"，尔后，未见有顺曰"厉幽"，《时序》如之。总之，或顺或倒，唯变所适，杨校知顺而不知倒，遂以倒为"误"，非笃论也。

大明出东，月生西陂。（《通变》）

【校云】按《后汉书·马融传》作"大明生东，月朔西陂"，李注："朔，生也。"此引"生"为"出"，"朔"为"生"，非缘舍人误记，即由写者涉上下文而误。《礼记·礼器》："大明生于东，月生于西。"郑注："大明，日也。"

【正曰】《礼器》上下皆曰"生"；《马融传》上曰"生"，下曰"朔"；本篇上曰"出"，下曰"生"；后二者上下字异义同，避重而变，此骈语常规，舍人引文，当为易字，迥非"误记"，或写者之"误"。阮籍《达庄论》："月出东，日西入。"日月实均东出西入，自《礼器》言日月出入不计方所，后世好为骈语者多准之，若比目鱼本见《西都赋》，而本书《夸饰》曰："自《东都》之比目，《西京》之海若。"亦为东西之对，易西为东，范注以为"误记"，岂其然乎！沈约《钟山诗应西阳王教》："南瞻储胥观，西望昆明池。"李善注："储胥观、昆明池皆在西京，此皆假言之。"盖休文亦为南西之对，易储胥观之西为南也。

（四）理论疏通

《文心雕龙·宗经》："《尚书》则览文如诡，而寻理即畅；《春秋》则观辞立晓，而访义方隐。此圣人之殊致，表里之异体者也。"《文心雕龙》当中的理论阐述即类似"观辞立晓，而访义方隐"的情况，倘漫不加察，便难以深入理解。以下数例即如此。

率志委和，则理融而情畅。（《养气》）

【补曰】率，循也。《说文》："志，意也。"故"率志"或曰"率意"。陆机《演连珠》："忠臣率志。"《豪士赋》："率意无违，欲莫顺焉。"《文赋》："或率意而寡尤。"《毛诗序》："诗者，志之所之也。情动于中，而形于言。"上言"志"，下言"情"，则"情"犹"志"明矣。《文赋》亦云："诗缘情而绮靡。"是"缘情"与"率志""率意"之义无别。作者缘循其意志而为，即"为情造文"（本书《情采》），自然而不矫揉，情理势必融畅，精气不致衰疲。《庄子·

知北游》：“情莫若率，率则不劳。”此之谓也。

今按，此例吴先生贯通“缘情”与“率志”“率意”之义，引《毛诗序》《文赋》及本书《情采》互验，最后引《庄子·知北游》语点睛，顿觉怡然理顺。

然渊乎文者，并总群势。（《定势》）

【补曰】刘孝绰《昭明太子集序》：“窃以为属文之体，鲜能周备，深乎文者，兼而善之，能典而不野，远而不放，丽而不淫，约而不俭，独擅众美，斯文在斯。”“渊”，深也。

今按，句中之“群势”终觉笼统，读者往往会轻易放过，吴先生引刘孝绰之说相参证，有直观之效。下例中之“恒资”也如此，读者不易贯通全篇，与“天性”“天资”相联系。吴先生则先开宗明义予以揭示，又引《庄子》《吕氏春秋》《淮南子》诸书直观之言佐证。

岂自然之恒资。（《体性》）

【补曰】“恒资”，犹本书《养气》曰“常资”“资”，本篇所云“天资”，亦即生而然之性。《荀子·正名》：“生之所以然者谓之性。”又云：“不事而自然谓之性。”《庄子·骈拇》：“长者不为有余，短者不为不足；凫胫虽短，续之则忧；鹤胫虽长，断之则悲；故性长非所断，性短非所续，无所去忧也。”《吕氏春秋·贵当》：“性者万物之本也，不可长，不可短，因其固然而然之，此天地之数。”《淮南子·修务训》：“人性各有修短，此自然者，不可损益。”

须特别说明的是，杨明照先生亦有《〈文心雕龙校注拾遗〉补正》一书（江苏古籍出版社，2001 年 6 月初版），问世于杨先生仙逝前两年。这是这位毕生研治“龙学”的前辈学人为学界献上的最后一部力作，我们理当深表崇敬！杨、吴两先生的同题之作，各有侧重。简而言之，杨老偏重文献整理，语言简洁典重；吴老则有意抉发文心，故而遣词追求详尽平实。平心而论，似不宜有所轩轾，合而观之，都是“龙学”的重要遗产，也是学界一段佳话！

三、吴先生的学术渊源与气象

《补正》仅是吴先生研究《文心雕龙》所获成果的冰山一角，太史公说：“读其书，想见其为人。”历观他长达 50 余年治学之路，先生百折不挠、孜孜以求，故能转益多师、深造自得。先生出自寒门，但“齿在志学，便朝讽诵”“笃志文章”，父辈五人共同出资供他求学深造（在先生家乡宜都青林寺至今仍然流传“五爹送子读书”的美谈），1938 年入蓝田国立师范学院国文系，从骆鸿凯、锺泰诸先生游。后经锺先生介绍，又先后师从熊十力、马一浮两先生治学。吴先生后来写成《忆十力师》《两汉学风述闻并序——纪念锺锺山先生》《马先生学行述闻并赞》① 等文章回忆从学经历，以及诸先生在学术思想、治学方法等方面的启牖之功。

四位先生都是硕学通儒——骆先生精研历代辞赋，犹以《文选》学名世；锺先生文哲兼通，"首以《易》《礼》《庄》《老》授及门诸子，乐道秦汉通人之素朴，痛恶俗士之浮诡"（《两汉学风述闻并序——纪念锺锺山先生》）；熊先生"潜沉三玄，尤精《周易》变通趋时之义"（《忆十力师》）；马先生则"治经，以《易》为宗，论道讲书，一以贯之"（《马先生学行述闻并赞》）。更为可贵的是，吴先生于诸位老师能长时间亲承音旨，请益问难，如于锺先生"前后亲承音旨三十余年"（《两汉学风述闻并序——纪念锺锺山先生》）；于乐山乌尤寺复性书院谒见马先生，"得及马先生之门，朝夕亲承音旨，日进前而不息""口讲指画，无行不与共之"（《马先生学行述闻并赞》）；于上海熊先生寓所，"常去请益，前后十余年，先生无不热情接待，有问必答，传道授业，尽心力而为之"（《忆十力师》）。

《荀子·劝学》："学莫便乎近其人。"《世说新语·赏誉》："大学之所益者浅，体之所安者深。闲习礼度，不如式瞻仪形。讽味遗言，不如亲承音旨。"诸位杰出学者的耳提面命、长期熏陶，对吴先生治学方法的成熟、人格学养的塑造都有极大影响。在他们的影响下，吴先生对治学"博"与"专"的辩证关系考虑得尤为通透，如在锺先生处得知："学问之道无他，求其探赜索隐，钩深致远，观其会通而已矣。"吴先生在广泛探讨"朴学"的治学特点后指出："朴学者之于学，复以圆通为准；必专攻而后可。""专而能博，博为专制约，非泛览无归。专乃观其会同。""余虽兼习余经，只为旁通一经。"（《两汉学风述闻并序——纪念锺锺山先生》）在锺先生的启发下，吴先生较为深入地探讨了两汉"朴学"学风的利弊得失，尤其对郑玄治《诗》的义例进行了详细讨论，这为此后确定著述体例打下了坚实基础。熊先生亦教吴先生："必须处理博约的联系，体察事物的整体，不允许偏弊，知其一而不知他，东面望而不见西墙。"（《忆十力师》）马先生更是明白指出："学问之道，贵以专耳。惟专然后能集中精力，钻研一点，深造自得；泛览无归，劳而少功……陋儒记诵漫漶，博而不专，妄求遍物，而不知尧舜之所不能也。"于是吴先生"决定终身治《文心》……仰慕先贤（按，指杨守敬，着《水经注疏》）撰《义疏》，锐意探赜索隐，钩深致远，启晨光于积晦，澄百流以一源，辨是与非，誓为舍人功臣。"马先生告以研讨《文心》七义，即一曰详训诂，二曰重发挥，三曰探本原，四曰贵实证，五曰调虚实，六曰判同异，七曰考因缘。吴先生融合师说，最终确立了自己撰写《文心

① 《忆十力师》，见政协湖北省黄冈县委员会编《回忆熊十力》，湖北人民出版社，1989 年，第 67 – 79 页；《两汉学风述闻并序——纪念锺锺山先生》，《文教资料》，1987 年第 4 期，第 100 – 112 页；吴林伯：《马先生学行述闻并赞》《马先生学行述闻并赞》，毕养赛主编《中国当代理学大师》，上海人民出版社，1992 年，第 51 – 62 页。

雕龙义疏》的体例①。

　　吴先生的这几位老师都德才兼备，他们有一个共同点，即始终把德行操守放在首位，锺先生授业，"乐道秦汉通人之素朴，通恶俗士之浮诡"；熊先生则赞赏"士先器识而后文艺"；马先生教导："读书之道无他，求其反身修德，惩忿窒欲，布乎四体，行乎动静，履而行之。"他后来教授学生为人与治学，提出"十准则""十注意""八功夫""五坚定"②，从人品心性以及治学态度和方法上提出了全面的要求。

　　吴先生以"实事求是"的朴学精神，用毕生精力研讨《文心雕龙》，也因此形成了非凡的气象，具体来说有以下端绪：

　　第一，将《文心雕龙》与相关的群经要籍联系起来，纳入广阔的文化传统中加以考察，视野极为阔大。"三玄"是刘勰时代士人的必读书，吴先生则分别苦思精诣撰成《周易正义》《老子新解》《庄子新解》，对其他要籍如《论语》《商君书》以及"春秋三传"，都有著作问世，并撰写单篇论文《〈周易〉与〈文心雕龙〉》《孔子的语言艺术对刘勰文论的影响》《老、庄异同论——为纪念先师熊十力先生诞辰一百周年而作》等；在文学及文学理论方面，《文选》与《文赋》、《诗品》与《文心雕龙》关系密切，不无旁通之助，吴先生也撰有《〈文心雕龙〉与〈文选〉》《检论〈文赋〉》《文赋义疏》《〈文心雕龙〉与〈诗品〉》。

　　第二，在对《文心雕龙》本身的研究上，《文心雕龙义疏》和《文心雕龙字义疏证》两书各自体例精善，又相互配合。两书近140万言，前者对《文心雕龙》逐字逐句进行诠释阐发，后者则将《文心雕龙》所涉80个重要概念（如"文""文学""奇正""比兴""神思""风骨"等）进行梳理贯通，经纬共贯，纤毫毕举，先生凭此两书即可传世。对于吴先生《文心雕龙》研究的特色、所采用的"义疏"体例优点，北京语言大学方铭教授、武汉大学出版社陶然编审均有概述。③

　　第三，对《文心雕龙》学界的研究成果和动态保持密切关注，《文心雕龙义疏体例》说道："近人黄侃自一九一四年至一九一九年间，在北京大学讲授《文心》时所写的《札记》，开始着重理论的探讨。稍后，范文澜的注，近似李唐李善的《文选注》，以参验典故为主，很少理论的剖判。此外，刘永济的《校释》，杨明照的《校注拾遗》，对字义也有所阐发和校勘。"所以，吴先生的《义疏》《字义疏证》就特别强调从整体出发，联系理论。结合作家作品，对《文心雕龙》行文的修辞特点予以特别关注。吴先生另有论文《文心雕龙诸家校注商兑》《〈文心雕龙校注拾遗〉补正》等与时贤商榷之作。

----

　　① 吴先生《文心雕龙义疏体例》，收入吴先生《中日学者〈文心雕龙〉讨论会论文》；吴林伯：《文心雕龙义疏》，武汉大学出版社，2013年。

　　② 赵仙泉：《如何治学》，《光明日报》，2008年10月28日。

　　③ 方铭教授《我的老师吴林伯先生与褚斌杰先生》（《华中学术》，2016年第3期）；陶然编审：《探赜索隐，笃实精深——吴林伯先生〈文心雕龙义疏〉读后》，武汉大学中文系编《长江学术（第3辑）》，2002年。

《文心雕龙·宗经》云："太山遍雨，河润千里。"窃以为可以用来概括吴先生研治《文心雕龙》所呈之气象，渊源深厚，境界阔大，令人叹为观止！

　　崇文书局正在组织力量与吴先生的高足、哲嗣一道将吴先生现存著作有步骤地整理出来，力图反映吴先生毕生的学术全貌。愿吴先生的学术成果沾溉世人、长存天壤！

基于韩国学术期刊《文心雕龙》的研究实证

王明真・江苏大学文学院

一、绪论

《文心雕龙》在韩国的传播，最早可以追溯到新罗时期，即 890 年崔致远在《朗慧和尚碑》中对于《文心雕龙》的论述。自此以后，《文心雕龙》在韩国的流传虽在高丽时期渐为沉寂，但也从未断绝①，其线索仍可追溯至李朝时期又逐渐活跃，在李朝的文人集子中，频繁征引《文心雕龙》中的字句，这说明李朝文人喜欢引用《文心雕龙》来感叹身世和处境，也反映了《文心雕龙》对韩国人文学观和世界观的形成具有引导作用。可以说，经过文人的接受和认可，《文心雕龙》对韩国文学产生了非常深远的影响②。关于《文心雕龙》在韩国的传播，一直是学者们在汉学域外传播领域所关注的焦点。《文心雕龙》在韩国的传播及影响，按照时间顺序，皆有迹可循。但是近 20 年来关于《文心雕龙》在韩国的研究，特别是当今数字人文时代背景下，基于学术期刊《文心雕龙》在韩国的研究实证梳理尚付阙如。

韩国学术期刊中关于《文心雕龙》的研究，得到统计数据如下所示：中国语文学志（31 篇）、中国文学理论（24 篇）、中国学论丛（16 篇）、中国语文论丛（16 篇）、中国语文学（12 篇）、论文集（10 篇）、中国文学研究（9 篇）、中国文学（8 篇）、中国语文论绎丛刊（8 篇）、中国学报（5 篇）、中国学研究（5 篇）、人文学志（5 篇）、中国语文学论集（4 篇）、中国学（4 篇）、泰东古典研究（3 篇）、修辞学（3 篇）、东亚文学研究（3 篇）。故本文以上述可以查证的 166 篇学术期刊为考察范围，整理归纳其研究方向，凝练韩国学者研究《文心雕龙》的特点及展望《文心雕龙》在韩国的研究趋势。

---

① ［韩］朴现圭：《文心雕龙与文赋传入韩国时间考》，《韩国研究》，2007 年第 8 期。
② ［韩］金官洙：《文心雕龙在韩的传播与接受》，《社会科学论坛》，2017 年 5 月。

二、基于韩国学术期刊《文心雕龙》研究方向梳理

1. 《文心雕龙》的韩文注译研究

目前《文心雕龙》已经有十几个国家的译本，包括英、法、意、德、俄、捷克、日、韩等。1959 年施友忠翻译的《文心雕龙》英译本在西方出版，9 年之后日本学者兴膳宏完成并出版了《文心雕龙》的第一个日本译本①。然而第一版《文心雕龙》韩文译本②出版时间为 1975 年（崔信浩，《文心雕龙》注译，以黄叔琳注为基础，汉城玄岩石社出版社）。为何《文心雕龙》早在新罗时期就传入了韩国，但是韩文译本推迟了近一千年？这要从韩国的文字历史中寻找根源，韩国在1446 年世宗大王主持的"训民正音"正式出版后，才拥有了本国的文字，之前一直沿用汉字作为书面文字，且在韩国对汉字的使用基本传承了中国汉字的含义，所以即使在没有翻译本的情况下，《文心雕龙》已经在韩国文学理论界留下不可磨灭的印记。尽管如此，为了方便大众对《文心雕龙》的理解以及加速《文心雕龙》在韩国的传播，当代韩国学界涌现出了具有学术性与专业性的《文心雕龙》韩文译本，并不断推陈出新。这一现象从近年来韩文学术期刊对《文心雕龙》译本的持续关注中也可以得到印证。

根据韩国学术论文数据库（RISS）搜索数据来看，学术期刊从 2004 年开始刊载关于《文心雕龙》译注的论文。首先是首尔女子大学金民那教授在"韩国学术振兴财团—大学教授海外访问研究经费"的支持下，于 2004 年在《中国语文学志》上发表了论文《〈文心雕龙〉的注译版本及其内容考察》。2000 年伊始，在韩国的中国古典文学研究界，具有专门性及学术性的《文心雕龙》韩文译著凤毛麟角，金民那教授主张对当时中国现有的《文心雕龙》译注版本进行梳理及对各个版本特征的把握是一项非常有意义的研究。所以在论文《〈文心雕龙〉的注译版本及其内容考察》中研究者按照出版时间先后梳理了 30 余部《文心雕龙》注释版本③，并对内容特征做重点评述，在论文结尾处并提出了自己对注释版本如何活用的方案及参考意义。这项研究对之后在韩国出版具有学术性以及专业性的《文心雕龙》韩文译著作做出了先行贡献。不仅如此，金民那教授对《文心雕龙》翻译的热爱与关注长达数十年。从2004 年到 2012 年，金民那教授几乎每年都有一两篇关于《文心雕龙》翻译的学术论文被刊载，详情见表 1：

---

① 张少康，汪春泓，陈允锋，陶礼天：《文心雕龙研究史》，北京大学出版社，2001 年。
② 李炳汉，金德泉：《〈文心雕龙〉的三种韩译本》，《当代韩国》，1995 年第 1 期。
③ ［韩］金民那：《〈文心雕龙〉德主义版本机器内容考察》，《中国语文学志》，2004 年第 16 期。

表 1　2006—2012 金民那论文被刊载情况

时间	作者	题目	期刊
2006	金民那	《文心雕龙》第五十序志篇译注	中国语文学志 21 期
2006	金民那	《文心雕龙》〈原道〉篇译注	中国语文学志 22 期
2007	金民那	《文心雕龙》第二〈征圣〉篇译注	中国语文学志 23 期
2008	金民那	译注:〈论通过对离骚的分析看文学发展的规律〉—《文心雕龙,辨骚》	中国语文学志 26 期刊
2010	金民那	译注:〈论先秦两汉六朝追悼词〉—《文心雕龙,辨骚》	中国语文学志 33 期刊
2011	金民那	译注:〈论先秦南北朝记录杂事的文章〉—《文心雕龙,杂文》	中国语文学志 35 期刊
2011	金民那	译注:〈论先秦两汉六朝的谐词隐语〉—《文心雕龙,谐隐》	中国语文学志 36 期刊
2011	金民那	译注:〈论先秦两汉六朝历史书〉—《文心雕龙,史传》	中国语文学志 37 期刊
2012	金民那	译注:〈论先秦两汉魏晋时代的论述文〉—《文心雕龙,论说》	中国语文学志 38 期刊
2012	金民那	译注:〈论先秦两汉魏晋时代的思想书〉—《文心雕龙,诸子》	中国语文学志 39 期刊
2012	金民那	译注:〈论先秦两汉魏晋时代的公文〉—《文心雕龙,诏策》	中国语文学志 40 期刊

　　2004 年赵成千（조성천）在《中国文学理论》期刊上发表了关于《文心雕龙》翻译的学术论文《〈文心雕龙·定势〉的解题和译注》①。论文由两部分组成，第一部分为解题，主要考察了"势"的历史性变迁过程，第二部分是对《文心雕龙·定势》的逐句译注。次年《中国文艺理论》一共出版两期，每一期都刊登了两篇关于《文心雕龙》译注的文章。其中 5 号刊刊载了朴影顺（박영순）《〈文心雕龙〉第四十九——〈程器篇〉译注》以及裴德烈《〈文心雕龙〉第四十〈隐秀〉篇译注》；6 号刊刊载了姜必林（강필임）（《〈文心雕龙〉第三十四〈章句〉篇译注》，以及朴影顺（박영순）《〈文心雕龙〉第四十八〈知音〉篇译注》，论文也是由解题和译注两部分构成。

　　洪润基教授于 2015 年在《中国语文论丛》第 68 期上发表论文《〈南史·东昏侯本纪〉的注译 1——刘勰〈文心雕龙〉著作时期统治者的传记》论文以中华书局《南史》为底本，自"废帝东昏侯讳宝卷"至"时年十九"为止的第一部分为翻译范围，本稿加注释时，参考了《资治通鉴》胡三省的有关注释；关于州郡的行政区分，主要参考了《南齐书·州郡志》；关于官名，主要参考了《南齐书·百官志》；关于

---

①　［韩］赵成千（조성천）：《〈文心雕龙·定势〉的解题和译注》，《中国文学理论》，2004 年第 4 期。

年号及干支，参考了《中国历日和中西历日对照表》，将它换成为西纪年及农历月日；关于古代度量衡，参考了《汉语大词典·附录》，将其换成为现代的度量衡表记①。同年，洪润基《〈南史·东昏侯本纪〉的注译2——刘勰〈文心雕龙〉著作时期统治者传记》的研究刊载于《中国语文论丛》第69期，为《南史·东昏侯本纪注译1》的续篇。洪润基在论文《文心雕龙·辨骚》中先从解题入手，逐一概述各段的大意，然后总体介绍《辨骚》篇在《文心雕龙》的价值及所体现的刘勰创作思想，继而逐句注译《辨骚》篇。

2．文本比较视角下《文心雕龙》的研究

本论文所用"比较"方法并不是取比较文学强调异国之间的文化、文学比较之意，也不是强调揭示跨学科之间的关系，而是仅对本章梳理中的韩国学术期刊论文并没有涉及《文心雕龙》与韩国文论作品之间的比较，只是运用文本比较的研究方法对照《文心雕龙》与其他中国文艺理论之间异同及揭示其内在关系。

1998年，洪润基在《中国语文论丛》上发表了《从思维体系与叙述形式中看〈汉书·艺文志〉对〈文心雕龙〉的影响》一文，在韩国开启了比较视域下《文心雕龙》研究的新视野。在研究中洪润基学者先从《文心雕龙》对《艺文志》的评价，以及《文心雕龙》对《艺文志》中错误的沿用两个方面实证《汉书·艺文志》对《文心雕龙》的影响，继而从叙述顺序、添加结论性段落的形式，以及按照儒家经典叙述构造的排列等方面考察了《汉书·艺文志》与《文心雕龙》的共性②。1999年，洪润基学者在《中国语文论丛》上发表了《从文学观点中看〈汉书·艺文志〉对〈文心雕龙〉的影响》，以其作为上述研究的姐妹篇。洪润基学者又立于文学观点这一方面，论证了《汉书·艺文志》对《文心雕龙》的影响。

朴泰德学者于1999年在《中国学报》上发表了《刘勰与钟嵘在诗歌创作上的事类观比较研究》。自此之后，朴泰德学者展现出对刘勰与钟嵘两位文艺理论家比较研究的情有独钟。2000年，朴泰德学者在《论文集》期刊发表了《刘勰与钟嵘对四、五言诗体的观点比较研究》，2001年在《论文集》期刊上发表了《刘勰与钟嵘对五言诗起源的观点比较研究》，2003年在《论文集》期刊上发表了《从刘勰与钟嵘的观点去看（王、刘）优劣论》。2004年朴泰德的论文《刘勰与钟嵘对三曹的诗评比较研究》以"三曹"的诗歌特点为基本论点，探讨刘勰与钟嵘对三曹的诗评进行比较，并以此来观察刘勰与钟嵘的品评得失与持论观点③。2007年，朴泰德在《中国语文学志》上发表《刘勰与钟嵘诗歌创作上的情采观比较研究》；2009年，在《中国语文论丛》上发表《刘勰与钟嵘对〈诗品〉中品诗人的诗评比较》。这篇论文肯定

---

① ［韩］洪润基：《〈南史·东昏侯本纪〉的注译1—刘勰〈文心雕龙〉著作时期统治者的传记》，《中国语文论丛》，2015年第68期。

② ［韩］洪润基：《从思维体系与叙述形式中看〈汉书·艺文志〉对〈文心雕龙〉的影响》，《中国语文论丛》，1998年第15期。

③ ［韩］朴泰德：《刘勰与钟嵘对三曹的诗评比较研究》，《中国语文学志》，2004年第16期。

了刘勰的《文心雕龙》作为中国文学理论及文学批评上空前绝后的价值，也强调钟嵘的《诗品》亦是中国最初专门品评诗人、诗作的专著。为了比较刘勰和钟嵘的诗评，研究者以刘勰与钟嵘所共同评论的诗人、诗篇作为比较的依据，详细比较了刘勰与钟嵘诗评的共同点及不同点①。

王小盾（清华大学教授，曾在2004年为韩国汉阳大学交换教授）于2005年在《中国文学理论》第5期发表了《〈文心雕龙〉和〈周易〉的关系》一文。论文分别从《周易》与《文心雕龙》的"原道"、剖情析采、修辞理论，以及《周易》数理和《文心雕龙》的风格学体系四个角度，辨析《周易》与《文心雕龙》的关系，并主张《周易》是对《文心雕龙》影响最大的一部典籍，其影响表现为《文心雕龙》依据《周易》思想建立了自己的主要文学原则和论述体系②。

2006年，裴德烈在《中国学论丛》上发表了《刘勰〈文心雕龙〉和钟嵘的〈诗品〉所体现的诗歌文化发展认识差异比较研究》。注文首先比较分析《文心雕龙》的《序志》《原道》《征圣》《宗经》《正纬》《时序》篇和《诗品》的序中所体现的刘勰与钟嵘的文化观点，然后将《文心雕龙》的《辨骚》《明诗》《乐府》《诠赋》《颂赞》与《诗品》的上、中、下卷的内容进行比较分析，最后通过得出的异同点来考察刘勰和钟嵘对文学发展认识的差异性③。

朴素铉的《才性论认识演变考察——从孔孟到〈文心雕龙〉》先对孔孟的才性观进行考察，又通过《白虎通》的阳善阴恶二分化及《论衡》中气化的才性论梳理汉代时期的才性观，继而分析魏晋时期《人物志》中的"唯才是举"观点，最后凝练出刘勰在《文心雕龙》中对才性的认识。在此过程中，朴素铉学者考察了不同时代不同作品对才性论的认识演变。

综上考察，在韩国文本比较视角下的学术论文数量不多，且主要集中于几位学者。洪润基学者于1998年发表的《从思维体系与叙述形式中看〈汉书·艺文志〉对〈文心雕龙〉的影响》一文开启了《文心雕龙》在韩国研究的新视角。朴泰德于第二年便发表了《刘勰与钟嵘在诗歌创作上的事类观比较研究》。之后的十年中，几乎每年都有一篇关于《文心雕龙》文本比较的学术论文被刊载，在此研究领域做出了重要贡献。

3. 关于《文心雕龙》用语概念、篇章批评、作家思想的研究

在关于《文心雕龙》用语概念、篇章批评、创作动机研究方向的梳理过程中，划清彼此之间界限很难。学者在用语概念的研究过程中，往往会结合文本批评的研究方法，提升凝练作者创作动机，抑或窥视作品中蕴含的作者世界观、价值思想；同

---

① ［韩］朴泰德：《刘勰与钟嵘对〈诗品〉中品诗人的诗评比较》，《中国语文论丛》，2009年第42期。

② 王小盾：《〈文心雕龙〉和〈周易〉的关系》，《中国文学理论》，2005年第5期。

③ ［韩］裴德烈：《刘勰〈文心雕龙〉和钟嵘的〈诗品〉所体现的诗歌文化发展认识差异比较研究》，《中国学论丛》，2006年第21期。

样，如果以篇章的点评为主，也会对用语概念进行分析，最后回归作者的创作动机；有的学者一开始便把研究方向限定于作者的创作动机，但在论证的过程中难免会通过用语概念、篇章批评来证明自己的观点。所以本文以对《文心雕龙》用语概念、篇章批评及关于作家思想的研究作为同一梳理方向。

洪润基在《〈文心雕龙〉对王粲的批评——以政治性与暗示性的批评为中心》中通过《文心雕龙》对王粲的批评内容与王粲的作品比较，阐明《文心雕龙》批评内容具体含义①。并从这些探寻结果中，指出《文心雕龙》对王粲的批评含有废弃旧齐王朝、建立新梁王朝的类似思想。例如，王粲在《吊夷齐文》里批评伯夷、叔齐的隐遁倾向，认为这是狭隘的做法，在《文心雕龙》的表述中对此持赞同观点。但是洪润基学者认为，应该把文学批评内容与当时齐梁王朝交替时期的政治动荡情况联系起来研究，这样才会更加凸显出作者的真实用意。洪润基在论文《〈文心雕龙〉政治性的创作动机——以对东昏侯政权的暗示性的批判为中心》中，从南朝历史记录里把有关东昏侯政权的昏政及虐政类型抽出，然后考察与其相应的《文心雕龙》批评内容，从而研究历史事实与文学批评之间的实质关系②。洪润基在论文《〈文心雕龙〉中对曹植〈辩道论〉的批评和反神仙术思想》中主张：刘勰认为《辩道论》虽然在表面上主张"反神仙术"，然而深层次中蕴藏着随时背信反神仙术的可能性。因为它是从神灭朴素唯物主义观点来批评"反神仙术"的。洪润基在论文《〈文心雕龙〉对陈琳的批评》中从对陈琳的具体批评出发，探索思考《文心雕龙》的批评原理。论文中指出《文心雕龙》对陈琳文章做出了适时、果敢、鲜明、扼要，以及具有实用价值的点评，也对其以"健""壮"美为主的美学品质做了高度评价③。

汉语中的"自然"一词因古今词素相同，过去不少研究者对此概念模糊不清甚至混而为一，于是产生了种种误解。李显雨学者在论文《对〈文心雕龙〉"自然"用语和其理论的考察》中对于"自然"一词，先以现代汉语中的产生过程与道家、佛家典籍中的用例为中心阐述了它的不同含义；其次通过《文心雕龙》的各种中、英、日的翻译文本来考察研究者对"自然"一词的认识，揣摩《文心雕龙》中"自然"的原意；最后考究它在文学理论批评史上作为理论的作用和影响④。

风骨是古代文艺理论方面重要的概念之一，最初用于人物品评，后来发展到绘画，书法、文艺理论上。关于风骨的概念，近代学者的观点都不一样，无法决定风骨的定义。这个模糊性源于《文心雕龙》的《风骨》篇章。因为《文心雕龙》的作者刘勰有宗经思想，《文心雕龙》的内容也带有宗经色彩。金官洙在《对〈文心雕龙〉

---

① ［韩］洪润基：《〈文心雕龙〉对王粲的批评以政治性与暗示性的批评为中心》，《中国语文论丛》，2006年第30期。

② ［韩］洪润基：《〈文心雕龙〉政治性的创作动机——以对东昏侯政权的暗示性的批判为中心》，《中国语文论丛》，2006年第21期。

③ ［韩］洪润基：《〈文心雕龙〉对陈琳的批评》，《中国语文论丛》，2005年第29期。

④ ［韩］李显雨：《对〈文心雕龙〉"自然"用语和其理论的考察》，《中国语文论丛》，2009年第40期。

昭明文苑　增华学林——《文选》与《文心雕龙》国际学术研讨会论文集　—

风骨概念的再解释》中认为风骨的概念是作家风格，通过风骨和风格概念比较、风骨基准的见解、风骨概念的双重性，以及风骨和风格用例的比较，探讨风骨被称为作家风格的正当性。裵得烈在论文《〈文心雕龙〉中所体现的刘勰的风骨论》首先确定"风骨"论的范畴问题，其次考察"风骨"在文学理论中的意义，然后比较刘勰的"风骨论与风格论之间是否可以化为等号"，最后凝练出刘勰"风骨"论的特征。金官洙与裵得烈学者对《文心雕龙》"风骨"概念的再解析，研究视角虽然不同，但不谋而和地关注到"风骨"与"风格"之间的关系性。

金元中在论文《魏晋六朝时期雅俗之辩的考察：以〈文心雕龙〉为中心》里先阐明《文心雕龙》中"雅俗"的概念，然后梳理"雅"和"俗"相互关系设定问题，继而又具体到通变论和"雅俗"之辩的关系性。

金民那在论文《刘协赋论的特征和意义考察——对赋认识和评论的新期待》中以《诠赋》篇为中心，结合诸多的相关篇章，探讨了刘勰赋论的特色和意义，在论文中首先考察了两汉的赋论和刘勰所处的南朝文坛状况，由此阐明了刘勰赋论诞生的背景和原因，其次探讨了刘勰赋论的特色、赋的意义和特性及赋的起源和成立以来的展开情况、赋的体制分流与对作者和作品的评论、赋的创作论等。通过以上的探讨验证了刘勰赋论的客观性，并参照前代赋论比较异同，洞察《文心雕龙》的历史意义①。

金民那的论文《刘勰楚辞论的特征和意义探索——以〈辨骚〉篇为中心》首先考察了两汉的楚辞论和刘勰所处的南朝文坛状况，由此阐明了刘勰辨析和讨论楚辞的背景。其次探讨了楚辞的原流和楚辞的艺术特色及楚辞的文学史地位和影响，从而进一步论述了刘勰楚辞论的特征和意义。与此同时，论文还立足于《文心雕龙》的内容，针对学术界争议辈出的《辨骚》篇的归属问题和刘勰对楚辞的态度问题，提出了折中的观点。金民那学者认为，《文心雕龙》的《辨骚》篇应列于《文心雕龙》"文之枢纽"之总论，主张刘勰对楚辞的态度是肯定的②。

三、韩国《文心雕龙》研究的特点和趋势

《文心雕龙》在韩国的研究是中国传统文化与韩国文化之间的对话，研究者受到本国文学理论及研究视角的熏陶，对《文心雕龙》的研究覆盖领域广泛、内容丰富，既包括翻译、文本之间的比较，也包括用语概念、篇章批评、作家思想等方面的研究。可以说，在一定程度上丰富了《文心雕龙》在海外传播及研究的结构体系，同

---

① [韩]金民那：《刘勰赋论的特征和意义考察——对赋认识和评论的新期待》，《中国语文学志》，2017年第59期。

② [韩]金民那：《刘勰楚辞论的特征和意义探索——以〈辨骚〉篇为中心》，《中国语文学会》，2013年第45期。

时也将《文心雕龙》置于更广阔的文化范畴内加以审视和批判。

1. 翻译学的引入，在一定程度上提升了"龙学"走向国际化的研究水准，深入挖掘了这一领域独特的文化融合、文化混杂的特性。

2. 倾向于用语概念、篇章批评、作家思想等方面的综合性研究。关于《文心雕龙》研究的韩国学术论文共有 160 篇左右，但约有 100 篇是关于用语概念、篇章批评、作家思想等方面的综合性研究，从论文数量所占比例来看，占有绝对优势。

3. 在韩国关于《文心雕龙》学术论文研究者比较集中于几位学者。金民那从 2000 年开始，在学术期刊上共发表了 27 篇文章，个人学术论文贡献率占总量的 17%；洪润基有 10 篇，裴德烈有 9 篇，朴泰德有 8 篇，四位学者的总贡献率达到 34% 左右。

4. 对《文心雕龙》的阐释越来越多采用跨学科、融合多种人文科学和社会科学的综合性研究方法。这既是求新的需求，更是文学文化研究向科学研究与人文学科之间的交叉方向发展的趋势体现。例如：金民那学者的论义《〈文心雕龙〉中语言义字的艺术性活用论：以文艺语言的视听觉性美感的追求为中心》主要偏重于语言文字的形声性而探讨塑造艺术语言形象美，以及声律美的规律及其美感效果，具有相当普遍的文艺美学意义①。车泰根（차태근）在论文《〈文心雕龙〉的自然和人文》中追溯《文心雕龙》刘勰的思考，从而重新认识现在人文危机的本质②。

① ［韩］金民那：《〈文心雕龙〉中语言文字的艺术性活用论：以文艺语言的视听觉性美感的追求为中心》，《中国语文学志》，2003 年第 14 期。

② ［韩］车泰根（차태근）：《〈文心雕龙〉的自然和人文》，《中国学论丛》，2005 年第 18 期。

"浮华"观念的意义转移与汉魏思想的进路

王勇·安徽大学文学院

汉魏之间,"浮华"常被用来指称某一群体的思想或者行为特征,是话语者对某一群体的认知与评判。因"浮华"一词蕴含着负面的意义与价值,加之不同话语者均以"浮华"之名指斥他人,以致"浮华"成了"标签"式的存在,从而造成了对这一观念简单、固化的理解。应当注意的是,从东汉中期到曹魏中期,"浮华"观念在不同的历史情境中存在较大差异。目前学界虽已经对"浮华"观念有所关注①,并注意到这一观念与政治、思想的联系,但忽视了这一观念在不同历史时段的意义转变,进而消减了这一观念的复杂性。同时,对"浮华"与时代学术风气转移的内在关联关注不够,故而这一问题仍有待进一步研讨。

本文拟对汉魏之间"浮华"观念进行历时性考察,结合社会背景,勾勒这一观念的变化轨迹,还原历史语境,揭示话语双方的思想立场,进而分析这一观念意义的转移与汉魏之间思想演进的关系。

一、今古文经学与后汉"浮华"再检讨

"浮华"本为东汉以来习语,其中隐含着思想意义。《后汉书·章帝纪》载章帝建初五年诏曰:

> 公卿以下,其举直言极谏,能指朕过失者各一人,遣诣公车,将亲览问焉。

---

① 侯外庐先生在讨论汉末思想史时,将"浮华"与"交会"视为清流士风的一体两面。刘季高先生认为后汉"浮华"乃是指谈论,如果就汉末来说,事实大约如此,但在东汉中期这一说法恐难成立。王晓毅先生对曹魏明帝太和年间的"浮华"案进行了深入探讨,他认为其中诸人的思想已经是正始玄学的肇端了。汪文学认为汉晋间的学术具有"尚通"的取向,由此引发了"浮华"士风,二者具有因果联系。刘蓉认为魏明帝压制朋党,意在削减曹植的政治影响。详见侯外庐:《中国思想通史》,人民出版社,2004 年;刘季高:《东汉三国时期的谈论》,上海古籍出版社,1999 年;王晓毅:《论曹魏太和"浮华"案》,《史学月刊》,1996 年第 2 期;汪文学:《论汉晋间之尚通意趣与浮华士风》,《中州学刊》,1999 年第 6 期;刘蓉:《析魏明帝禁浮华》,《北京师范大学学报》,2004 年第 5 期。

其以岩穴为先，勿取浮华。①

《后汉书·安帝纪》载安帝延光元年诏曰：

> 刺史举所部，郡国太守相举墨绶，隐亲悉心，勿取浮华。②

颜师古注曰：

> 言令三公以下各举所知，皆隐审尽心，勿取浮华不实者。③

"岩穴"指的是在野之士，至于"浮华"所指为何则需要做一番考察。通过以上材料我们不难发现"浮华"与选举关系密切。和帝永元十一年（99）鲁丕的上疏可作为理解"浮华"的注脚：

> 臣闻说经者，传先师之言，非从己出，不得相让；相让则道不明，若规矩权衡之不可枉也。难者必明其据，说者务立其义，浮华无用之言不陈于前，故精思不劳而道术愈章。法异者，各令自说师法，博观其义。④

欲辨明鲁丕所说"浮华"的具体含义，宜先论其人，再究其上疏的背景。

鲁丕与兄鲁恭都是《鲁诗》传人，同为今文经学家。鲁丕的这篇上疏鲜明地反映其今文经学立场，他说："臣闻说经者，传先师之言，非从己出，不得相让。"⑤他强调经师立说应传承先师，遵从师法，不能随意阐释。"师法"与"家法"是今文经学区别于古文经学的最重要特征，鲁恭在和帝时被拜为《鲁诗》博士，自此以后"家法学者日盛"⑥。在光武帝建武四年（28）范升与陈元的论难中，今文经学家的范升提出"《左氏》不祖孔子，而出于丘明，师徒相传又无其人，且非先帝所存，无因得立"。今文学家认为古文乃刘歆改乱旧章，非出于孔子，又无师徒传承，不具备正统性，因而反对将古文立于学官；而今文经出于孔子，师徒相承清晰可考，具有正统性。以此可知，强调"师法"是今文学的基本立场。鲁丕认为不遵先师之说会随意说经，混淆师法，以致道术不明。故而他力主经学论辩双方都要以各自师法为根据，"难者必明其据，说者务立其义"⑦。由此，他所说的"浮华无用之言"应当指今文经章句"师法"之外的"己出"之辞，针对的就是古文经学以训诂通大义的治经方式阐释的经文文本。鲁丕的此次上疏，就观点而言与之前今古文经学交锋时今文经学者的一般态度并无不同。值得深究的是，鲁丕上疏的真实意图，与章帝以来今古文经学的发展态势关联密切。以下就章帝至和帝时期今古文经学发展、交锋的一般状况做一番讨论。

自章帝至和帝，今古文经学处于对垒状态，力量互有消长。章帝即位时诏习

---

① 〔南朝宋〕范晔撰，〔唐〕李贤等注：《后汉书》卷三《肃宗孝章帝纪》，中华书局，2002年，第139页。
② 〔南朝宋〕范晔撰，〔唐〕李贤等注：《后汉书》卷五《孝安帝纪》，中华书局，2002年，第236页。
③ 〔南朝宋〕范晔撰，〔唐〕李贤等注：《后汉书》卷五《孝安帝纪》，中华书局，2002年，第236页。
④ 〔南朝宋〕范晔撰，〔唐〕李贤等注：《后汉书》卷二十五《鲁丕传》，中华书局，2002年，第884页。
⑤ 〔南朝宋〕范晔撰，〔唐〕李贤等注：《后汉书》卷二十五《鲁丕传》，中华书局，2002年，第883页。
⑥ 〔南朝宋〕范晔撰，〔唐〕李贤等注：《后汉书》卷二十五《鲁恭传》，中华书局，2002年，第878页。
⑦ 〔南朝宋〕范晔撰，〔唐〕李贤等注：《后汉书》卷二十五《鲁丕传》，中华书局，2002年，第883页。

《韩诗》的今文学者召训入宫讲经，今文经学家李育、鲁恭、楼望等得到拔擢。但这是今文经学立于学官以来的正常现象，并不能当作章帝认可今文经学的证据。相反，从章帝的众多举措我们可以看到，他更偏重古文经学。《后汉书》载章帝"特好《古文尚书》《左氏传》"[1]，即位后召古文学大师贾逵入讲于北宫白虎观、南宫云台。章帝很欣赏贾逵的学说，命他阐发《左氏传》长于《公羊传》与《谷梁传》的大义所在。于是贾逵从《左氏传》中举出了三十条，同时利用章帝信谶纬的心理，通过征引《左传》，为汉为帝尧后代且为火德的谶纬之说提供了新的依据，利用儒家经典为东汉政权的合法性与正统性护持。章帝对此很满意，颁发赏赐的同时令贾逵从《公羊》严、颜二家诸生员中选二十人教授《左传》[2]。在白虎观会议后章帝先后命贾逵撰欧阳、大小夏侯《尚书》与古文异同以及齐、鲁、韩三家《诗》与《毛诗》的异同，并作《周官解诂》。此后，建初八年章帝又下诏曰：

> 《五经》剖判，去圣弥远，章句遗辞，乖疑难正，恐先师微言将遂废绝，非所以重稽古，求道真也。其令群儒选高才生，受学《左氏》《谷梁春秋》《古文尚书》《毛诗》，以扶微学，广异义焉。

章帝以"扶微学，广异义"的名义来扶持古文经学，虽然没有立于学官，"然皆擢高第为讲郎，给事近署"[3]。这些选拔出来的、受古文学教育的高才生都得到了重视，自此"四经遂行于世"[4]。总结章帝的举措，第一，选高才生受学《左传》《古文尚书》及《毛诗》，保证了古文学的学术承续，为古文学的传播、壮大奠定了基础；第二，古文学虽未立为学官，但是章帝为他们打开了晋升的通道，使得古文学者得以成为国家官僚，在社会中形成了导向作用，实际上造成了古文经学对今文经学的优势。以此来看，章帝更重视古文经学，古文经学自此日渐兴盛，在与今文经学的较量中取得了优势。然而这种优势到和帝即位后又发生了变化。

和帝时期，今古文经学之间的关系比较微妙。首先是古文经大家贾逵、丁鸿的影响力不断扩大，其次和帝表现出对今文经学的欣赏。此时，今古文经学之间的斗争已经不再如西汉末、东汉初那样激烈，双方的论争更多地集中在经文本身，身为古文经学家的贾逵甚至举荐今文经学家鲁丕。这与之前几次今古文之争时二家相互攻讦的情况大为不同。永元十一年（99），和帝朝会时群儒进行了一次论经，论辩双方分别是贾逵与鲁丕，双方相难数事。依据此前石渠阁论经与白虎观会议的惯例，他们的辩论当涉及经文文本的差异。这次辩论以和帝"善丕说，罢朝，特赐冠帻履袜衣一袭"收场[5]。自章帝偏重古文经学以来，古文经学渐有压倒今文经学的倾向，而和帝表彰

---

① 〔南朝宋〕范晔撰，〔唐〕李贤等注：《后汉书》卷二十六《贾逵传》，中华书局，2002年，第1236页。

② 〔南朝宋〕范晔撰，〔唐〕李贤等注：《后汉书》卷二十六《贾逵传》，中华书局，2002年，第1236－1239页。

③ 〔南朝宋〕范晔撰，〔唐〕李贤等注：《后汉书》卷七十九《儒林传》，中华书局，2002年，第2546页。

④ 〔南朝宋〕范晔撰，〔唐〕李贤等注：《后汉书》卷三十六《贾逵传》，中华书局，2002年，第1239页。

⑤ 〔南朝宋〕范晔撰，〔唐〕李贤等注：《后汉书》卷二十五《鲁丕传》，中华书局，2002年，第884页。

鲁丕，其扶植今文经学、抑制古文经学的意图表现得十分清晰。鲁丕在和帝永元十一年（99）的上疏与和帝的意图是契合的。其后，永元十四年（102）徐防又上疏为今文经学正名：

> 伏见太学试博士弟子，皆以意说，不修家法，私相容隐，开生奸路。每有策试，辄兴诤讼，论议纷错，互相是非……今不依章句，妄生穿凿，以遵师为非义，意说为得理……臣以为博士及甲乙策试，宜从其家章句，开五十难以试之。

> 解释多者为上第，引文明者为高说：若不依先师，义有相伐，皆正以为非。①

徐防祖父徐宣曾为《周易》祭酒，是时学官皆立今文经学，其祖亦然。徐防"少习父祖学"②，其为今文经学家确属无疑。徐防在上疏中表达了对太学学风的不满。东汉立于学官的皆为今文经学，而章句是今文经学解经的主要著作形式，经师据章句教授弟子，从而形成不同的家法与师法③。据徐防所说，和帝时太学博士子弟"不依章句，妄生穿凿，以遵师为非义，意说为得理"，这意味着太学中出现了有悖于今文经学的学风。这些博士弟子不专注章句，违背了章句的解经思路，进而不遵师法、家法，以己意说经，实则背离今文经学而倒向古文经学了。有鉴于此，徐防力主在策试博士子弟时以今文学章句为准：

> 试《论语》本文章句，但通度，勿以射策。冀令学者务本，有所一心，专精师门，思核经义，专得其实，道得其真。④

徐防主张以《论语》章句作为课试的内容，并期望博士子弟"专精师门"，遵守师法。徐防意在维护今文经学的统治地位，抑制古文经学的发展，与和帝、鲁丕等人的意见是一致的。徐防上疏透露出和帝时太学确实存在有悖于今文经学而倾向古文经学的风气，而这种学风延续到了安帝朝。

安帝永初元年（107）樊准上疏言：

> 今学者盖少，远方尤甚。博士倚席不讲，儒者竞论浮丽，忘謇謇之忠，习誃誃之辞。⑤

樊准上疏意在改变"儒学陵替"⑥的现状。他指出，当时儒学之士存在的两方面问题：其一有关学风，博士不施讲坐也就是不授经学，而儒者竞相讨论"浮华"之学；其二关乎政治责任，孝明帝时儒学之士"朝者进而思政，罢者退而备问"⑦，而今儒者遗忘进言尽忠，熟习诏媚之辞。当时太学博士为今文学官，其所讲论之学未脱离今文章句。太学博士不再讲经，而儒者则竞相讨论"浮丽"之学。"浮丽"与"浮华"

① 〔南朝宋〕范晔撰，〔唐〕李贤等注：《后汉书》卷四十四《徐防传》，中华书局，2002 年，第 1500 – 1501 页。

② 〔南朝宋〕范晔撰，〔唐〕李贤等注：《后汉书》卷四十四《徐防传》，中华书局，2002 年，第 1500 页。

③ 严正：《汉代经学的确立与演变》，辽宁教育出版社，2000 年。

④ 刘珍等撰，吴树平校注：《东观汉记校注》卷十六，中华书局，2011 年，第 709 页。

⑤ 〔南朝宋〕范晔撰，〔唐〕李贤等注：《后汉书》卷三十二《樊准传》，中华书局，2002 年，第 1126 页。

⑥ 〔南朝宋〕范晔撰，〔唐〕李贤等注：《后汉书》卷三十二《樊准传》，中华书局，2002 年，第 1125 页。

⑦ 〔南朝宋〕范晔撰，〔唐〕李贤等注：《后汉书》卷三十二《樊准传》，中华书局，2002 年，第 1126 页。

意义相同，都是指儒者治经的学风。那么，樊准所指责的"浮丽"之学定然与博士所习的今文经学不同。樊准习儒术，其上疏引今文经的《春秋谷梁传》与《韩诗》为据，结合和帝以来太学中存在今古文学风的对立来看，"儒者竞论浮丽"乃是指责儒者不遵今文师法的治学风气。今文经学所谓的"浮华"实际上就是古文经学突破章句之学的束缚，展现出重经义原旨的倾向。今文学章句侧重经文的疏解，在疏通经义时征引大量的资料，造成章句繁多，"一经说至百万余言"①，"说五字之文，至于二三万言"②。而古文经学通过训诂探求经义，解经并没有今文经学家如此繁多，这在今文经学看来就是为学"浮华"。

古文经学的这一看法并非突如其来，早在汉初今文学家就已经批评古文经学家学风"疏略"，这与中后期进一步以"浮华"之名责难古文经学为学不实是相通的。《汉书·夏侯胜传》载：

> 胜从父子建字长卿，自师事胜及欧阳高，左右采获，又从"五经"诸儒同与《尚书》相出入者，牵引以次章句，具文饰说。胜非之曰："建所谓章句小儒，破碎大道。"建亦非胜为学疏略，难以应敌。建卒自颛门名经，为议郎、博士，至太子少傅。③

夏侯胜以"章句小儒，破碎大道"为由，否定夏侯建，视专注于章句的夏侯建为"小儒"，认为牵引琐碎资料的章句实际上破坏了经典的"大道"。可以说，夏侯胜本人衡量经学的标准是"大道"，他更关注经典的义理。林庆彰认为夏侯胜承继的是西汉初的古文学风，训诂通而已，旨在探究义理，所以被夏侯建批评"为学疏略"。夏侯建为博士，属今文学家无疑。他援引诸多资料，顺着经文各章、各句依次纳入，并加以阐述，也就是"具文饰说"④。两汉经学一直存在今文经"章句之学"与古文经"义理之学"的分野⑤，今文章句征引资料对经典进行逐章、逐句的剖析，章句字数众多，有的或达百万言。而古文学通过训诂探求经文大义，在今文学看来，这就是治学"疏略"的表现，也可进一步称为"浮丽"或"浮华"。两派学风的对立在东汉后期表现得更为明显。《后汉书》卷七十九《儒林传序》说：

> 本初元年，梁太后诏曰："大将军下至六百石，悉遣子就学，每岁辄于乡射月一飨会之，以此为常。"自是游学增盛，至三万余生。然章句渐疏，而多以浮华相尚，儒者之风盖衰矣。⑥

这段议论所言乃是后汉质帝本初元年（146）之后的太学风气，"浮华相尚"与

---

① 〔东汉〕班固撰，〔唐〕颜师古注：《汉书》卷八十八《儒林传》，中华书局，1973年，第3620页。
② 〔东汉〕班固撰，〔唐〕颜师古注：《汉书》卷三十《艺文志》，中华书局，1973年，第1723页。
③ 〔东汉〕班固撰，〔唐〕颜师古注：《汉书》卷七十五《夏侯胜传》，中华书局，1973年，第3159页。
④ 林庆彰：《两汉章句之学重探》，台湾政治大学中文系所主编《汉代文学与思想学术研讨会论文集》，台湾文史哲出版社，1992年，第260页。
⑤ 杨权：《论章句与章句之学》，《中山大学学报》，2002年第4期。
⑥ 〔南朝宋〕范晔撰，〔唐〕李贤等注：《后汉书》卷七十九上《儒林传》，中华书局，2002年，第2547页。

"章句渐疏"是一事之两面，而章句渐疏也就是今文经学的衰落表现。由此我们可以判定"浮华"这种学风指的是异于章句学的古文经学。当时今文学专守一经，严守师法、家法，形成了烦琐、封闭的章句学。与此相对的是，古文经学主张博通，这些学者大多不好章句，"（王充）好博览而不守章句"①"（荀淑）博学而不好章句，多为俗儒所非"②"（韩融）少能辩理，而不为章句学"③"（卢植）少与郑玄俱事马融，能通古今学，好研精而不守章句"④。今文章句依附经文，通过训诂对各章、各句进行疏解，同时牵引资料纳入其中。古文经学者反对章句，他们将"五经"视为整体，认为其中贯穿着圣人的王道礼制，故而主张贯通"五经"，返回经典，探究经文原旨。他们对今文经学进行大量删减，旨在辨明经典的原义。

东汉时期"浮华"一词，从指生活奢侈到指代古文经学的学风，其意义的转变受到今古文经学之争的影响。自汉初以来，以探究经典大义为宗旨的古文经学就被今文经学视为"为学疏略"；到了东汉章帝时期，古文经学逐渐兴起，开始威胁今文经学的地位在和帝扶植今文经学的态度下，今文经学以"浮华"斥责古文经学，意在压制古文经学的兴起，防止古文经学者的上升，保持今文经学在选举上的优势。

二、清流运动与汉魏之际的"浮华"

汉末，由于马融、郑玄等人的出现，经学出现了"小一统"的局面，古文经学压倒了今文经学。因此，本为东汉中期今文学批判古文学学风的"浮华"一词失去了原有的社会思想基础，在汉魏思想的蜕变中，意义开始发生转变。

《三国志·王昶传》云：

> 人若不笃于至行，而背本逐末，以陷浮华焉，以成朋党焉；浮华则有虚伪之累，朋党则有彼此之患。⑤

汉代行名教之治，基本的选举制度就是中央与地方互相配合的乡举里选，选举的标准即是"经明行修"。到了东汉后期，随着选举制度的败坏，选举渐重声名而轻才行，名不符实已成普遍的情形。当时许多人为了求取入仕的声名而修"异操"⑥，也就是"背本逐末"，此为"浮华"的表现之一。"浮华则有虚伪之累"与"虚伪矫饰以求名誉"意义相同，都是指为入仕而作伪求取名声的做法。"浮华"意为选举中的名实不副，这点在《三国志·陆凯传》中可以得到验证：

> 先帝（孙权）简士，不拘卑贱，任之乡间，效之于事，举者不虚，受者不妄。

① 〔南朝宋〕范晔撰，〔唐〕李贤等注：《后汉书》卷四十九《王充传》，中华书局，2002年，第1629页。
② 〔南朝宋〕范晔撰，〔唐〕李贤等注：《后汉书》卷六十二《荀淑传》，中华书局，2002年，第2049页。
③ 〔南朝宋〕范晔撰，〔唐〕李贤等注：《后汉书》卷六十二《韩融传》，中华书局，2002年，第2063页。
④ 〔南朝宋〕范晔撰，〔唐〕李贤等注：《后汉书》卷六十四《卢植传》，中华书局，2002年，第2063页。
⑤ 〔晋〕陈寿撰，〔宋〕裴松之注：《三国志》卷二十七《王昶传》，第744–745页。
⑥ 汤用彤先生《魏晋玄学论稿》与蓝旭《东汉士风与文学》对此皆有论述，请参看。

今则不然，浮华者登，朋党者进。①

此处"浮华"仍是就选举而言的。陆凯所言选举之人多是"浮华"与"朋党"之辈，"浮华"指的是空有虚名之辈，也就是在"任之乡间，效之于事"后表现出的名不副实。而"朋党"是指结党、攀附以求晋升的行为。这种选举中的"浮华"行为为魏文帝曹丕所厌恶，是以他下诏责令"有司纠故不以实者"②。《三国志》卷十五《刘馥传》云：

> 明制黜陟荣辱之路；其经明行修者，则进之以崇德；荒教废业者，则退之以惩恶；举善而教，不能则劝，浮华交游，不禁自息矣。③

《三国志》卷二十八曰：

> 今使考绩之赏，在于积粟富民，则交游之路绝，浮华之原塞矣。④

上述两条材料中的"浮华"所说的仍是选举问题。汉末以来，"浮华"时常与"交游""交会"并举、连用，"浮华"从东汉中期的经学学风到汉末与"交会""交游""朋党"粘连在一起，已经越出学术的范畴，而具有更为丰富的社会内涵，这一转变的契机正是汉末的清流运动。

"浮华"是汉末清流士风的重要一面⑤，《后汉书·仇览传》所载仇览的事迹可以作为理解"浮华"的一个样本：

> 时考城令河内王涣，政尚严猛，闻览以德化人，署为主簿……涣谢遣曰："今日太学曳长裾，飞名誉，皆主簿后耳。以一月奉为资，勉卒景行。"
>
> 览入太学。时诸生同郡符融有高名，与览比宇，宾客盈室。览常自守，不与融言。融观其容止，心独奇之，乃谓曰："与先生同郡壤，邻房牖。今京师英雄四集，志士交结之秋，虽务经学，守之何固？"览乃正色曰："天子修设太学，岂但使人游谈其中！"高揖而去，不复与言。后融以告郭林宗，林宗因与融赍刺就房谒之，遂请留宿。林宗嗟叹，下席为拜。⑥

由此可注意者有两点：第一，太学生"飞名誉"是通过结交而获得的；第二，"游谈"与固守经学是对立的。符融责怪仇览："今京师英雄四集，志士交结之秋，虽务经学，守之何固？"符融、郭林宗皆是当时的清流名士，皆是儒家信徒，经学乃是其基本的文化素养与思想底色，故而符融所言并非劝仇览不务经学，而是劝他不要固守经学，要进行"游谈"活动。从仇览与符融的对话中可以知道"游谈"与"飞声誉"

① 〔晋〕陈寿撰，〔南朝宋〕裴松之注：《三国志》卷六十一《陆凯传》，中华书局，1973 年，第 1406－1407 页。

② 〔晋〕陈寿撰，〔南朝宋〕裴松之注：《三国志》卷二，中华书局，1973 年，第 78 页。

③ 〔晋〕陈寿撰，〔南朝宋〕裴松之注：《三国志》卷十五《刘馥传》，中华书局，1973 年，第 464 页。

④ 〔晋〕陈寿撰，〔南朝宋〕裴松之注：《三国志》卷二十八《邓艾传》，中华书局，1973 年，第 777 页。

⑤ 侯外庐认为"浮华"与"交会"乃是一件事的两面，即汉末清流的太学生与郡学的舆论活动。详见侯外庐：《中国思想通史》（第二卷），人民出版社，2004 年，第 356－363 页。

⑥ 〔南朝宋〕范晔撰，〔唐〕李贤等注：《后汉书》卷七十六《仇览传》，中华书局，2002 年，第 2480－2481 页。

即是"浮华"的核心内容,这二者又有何种形式呢?"游谈"包括交游与谈论。东汉时期士人的游动是一个重要的文化现象,清流士人通过师生、故吏、同乡、婚姻等社会关系结成了共同体,士人也常游学,师从众家。此时的"谈论"就其形式而言继承了两汉经辩的传统,但内容已不限于经学而扩展到人物的品评与时政的议论上了。袁宏《后汉纪》描述了汉末太学中的舆论状况:

> 是时太学生三万余人,皆推先陈蕃李膺,被服其行。由是学生同声,竞为高论,上议执政,下讥卿士,范滂岑晊之徒,仰其风而扇之。于是天下翕然,以臧否为谈,名行善恶,托以谣言,曰:"不畏强御陈仲举,天下楷模李元礼。"公卿以下皆畏,莫不侧席。

范晔《后汉书·党锢列传》记录了党锢前的太学士风:

> 逮桓灵之间,主荒政缪,国命委于阉寺,士子羞于为伍,故匹夫抗愤,处士横议,遂乃激扬名声,互相题拂,品核公卿,裁量执政。①

由此可以看到,交游与清议是共生的。清流、交游、标榜,以此"激扬名声,互相题拂"。太学生推陈蕃、李膺为首,当时"三君""八顾""八俊""八厨"就是这样产生的,这延续了"汝南月旦评"的做法。清流之中"竞为高论",谈论的主要内容是时政。所谓"上议执政,下讥卿士""品核公卿,裁量执政",即是对时政的批评。这两个各方面共同构成了清流的清议运动,但随着党锢之祸的爆发,清议逐渐转为清谈②,这一点在孔融身上体现得比较清晰。

曹操与孔融书云:

> 又知二君群小所构,孤为人臣,进不能风化海内,退不能建德和人,然抚养战士,杀身为国,破浮华交会之徒,计有余矣。③

曹操以"浮华""交会"目孔融,《后汉书》本传称孔融"喜诱益后进。及退闲职,宾客日盈其门"④。孔融还与祢衡相互标榜,祢衡目孔融"仲尼不死",孔融称祢衡"颜回复生"⑤。这些是"交会"的表现,至于曹操所说的"浮华"恐怕需要从孔融与清流运动的关系中去寻绎。刘季高视孔融为清议派在献帝时期的残存者⑥,从孔融的言行来看,这样的看法是有依据的。《后汉书》言孔融"既见操匈诈渐着,数不能堪,故发辞偏宕,多致乖忤"⑦,孔融对曹操多有批评,言辞轻慢,而曹操对孔融的议论颇为忌恨,"外相容忍,而潜忌正议"⑧。孔融对曹操的批评集中在德行上,他讥讽曹操为曹丕迎娶

---

① 〔南朝宋〕范晔撰,〔唐〕李贤等注:《后汉书》卷六十七《党锢列传》,中华书局,2002 年,第 2185 页。

② 关于清谈的兴起,侯外庐认为清议是其滥觞,转变的契机在于党锢之祸,党锢之祸后清议时政逐渐变为抽象的清谈。侯外庐:《中国思想通史》(二),人民出版社,2004 年,第 398 页。

③ 〔南朝宋〕范晔撰,〔唐〕李贤等注:《后汉书》卷七十《孔融传》,中华书局,2002 年,第 2273 页。

④ 〔南朝宋〕范晔撰,〔唐〕李贤等注:《后汉书》卷七十,中华书局,2002 年,第 2277 页。

⑤ 〔南朝宋〕范晔撰,〔唐〕李贤等注:《后汉书》卷七十,中华书局,2002 年,第 2278 页。

⑥ 刘季高:《东汉三国时期的谈论》,上海古籍出版社,1999 年,第 47 - 48 页。

⑦ 〔南朝宋〕范晔撰,〔唐〕李贤等注:《后汉书》卷七十,中华书局,2002 年,第 2272 页。

⑧ 〔南朝宋〕范晔撰,〔唐〕李贤,等注:《后汉书》卷七十,中华书局,2002 年,第 2272 页。

袁熙之妻，又对曹操擅权展开批判，孔融的表现与汉末清流士人的清议并无太大区别。孔融担任少府后，"每朝会访对，融辄引正定议，公卿大夫皆隶名而已"①。由此可见，孔融在当时的士人中颇具威望。据此，我们视其为当时的士人领袖并无不妥。值得注意之处是孔融表现出不同于汉末清议的谈论。司马彪的《续汉书》言孔融"持论经理"②，孔融对谈论义理颇有兴趣，现存的《圣人优劣论》就是一个很好的例证：

> 荀悦等以为圣人俱受乾坤之醇灵，禀造化之和气，该百行之高善，备九德之淑懿，极鸿源之深间，穷品物之情类，旷荡出于无外，沉微沦于无内，器不是周，不充圣极。荀以为孔子称"大哉尧之为君也，唯天为大，唯尧则之"，是则为覆盖众圣最优之明文也。孔以尧作天子九十余年，政化洽于民心，《雅》《颂》流于众听，是以声德发闻，遂为称首，则《易》所谓"圣人久于其道，而天下化成"，百年然后胜残去杀，必世而后仁者也。故曰"大哉尧之为君也"，尧之为圣也。明其圣与诸圣同，但以久见称为君尔。

从文中"荀以为""孔以为"的表述来看，这是对荀悦与孔融辩论的记录。荀、孔论难的焦点在于"圣人优劣"这一问题，其实牵涉的就是何为"圣人"的理论问题，这是汉魏间思想界流行的理论问题之一。正始时期，王弼与何晏等就圣人有情与否展开过论难，荀融难王弼大衍义，王弼之论与驳何晏圣人无情之文相同③。荀、孔二人对"圣人"的基本特质并无异议，他们都认为圣人"受乾坤之醇灵，禀造化之和气，该百行之高善，备九德之淑懿"，也就是说圣人禀自天地自然，备人伦至德。同时，圣人还能够"极鸿源之深间，穷品物之情类"，也就是说圣人能够穷尽万物的品性，与王弼所说圣人"明足以寻极幽微"意思一致。"旷荡出于无外，沉微沦于无内"指的是圣人之道精微广大，周行无碍。荀悦与孔融的分歧主要集中在《论语》"大哉尧之为君也，唯天为大，唯尧则之"一句的理解，荀氏认为尧优于诸圣，而孔融认为尧与诸圣并无优劣高下之别，唯有在位时间长久而已。这篇论体文充分反映出荀悦与孔融等人在义理上的兴趣及其与汉末清流议论时政、臧否人物的不同之处。

不独孔融等人的学术兴趣转向了义理，事实上党锢之祸后士人普遍如此。马融、郑玄、荀爽等人在注《易》时都流露出这种学术取向，徐干更是鲜明地对此加以肯定，他在《中论·治学》中说道："凡学者，大义为先，物名为后，大义举而物名从之。然鄙儒之博学也，务于物名，详于器械，矜于训诂，摘其章句，而不能统其大义之所极，以获先王之心。"④ 治学当以求取大义为先，目的在于契合先圣的初衷，而名物、训诂、章句等都是通往义理的途径。徐干最终在理论上明确了以抽象的义理作为学术最终取向，而太和时期的学术也正是沿着这一路径发展而来。

---

① 〔南朝宋〕范晔撰，〔唐〕李贤等注：《后汉书》卷七十，中华书局，2002 年，第 2264 页。

② 〔晋〕陈寿撰，〔南朝宋〕裴松之注：《三国志》卷十二《崔琰传》引《续汉书》，中华书局，1973 年，第 371 页。

③ 汤用彤：《魏晋玄学论稿》，生活·读书·新知三联书店，2009 年，第 76 页。

④ 〔东汉〕徐干撰，孙启治解诂：《中论解诂》，中华书局，2014 年，第 14 - 15 页。

三、太和"浮华"案与政治事件下的思想冲突

魏明帝太和年间，夏侯玄、何晏、诸葛诞及邓飏等人被冠以"浮华"之名而遭到罢黜，直到曹爽辅政时才重新得到重用。太和"浮华"案是曹魏中期重要的政治事件，学者对此考论较详①。然而，在"浮华"案政治权力交织的背后隐匿着思想的冲突②，这才是"浮华"案发生的根本原因。

太和年间"浮华"案的主要人物有何晏、夏侯玄、诸葛诞、邓飏、李胜、毕轨及丁谧等。《三国志·诸葛诞传》注引《世语》：

> 是时，当世俊士散骑常侍夏侯玄、尚书诸葛诞、邓飏之徒，共相题表，以玄、畴四人为四聪，诞、备八人为八达，中书监刘放子熙、孙资子密、吏部尚书卫臻子烈三人，咸不及比，以父居势位，容之为三豫，凡十五人。帝以构长浮华，免官废黜。③

郭颁《世语》言这一群体凡十五人，除上述几条史料中的人物之外，还有一些交往密切的人物，他们都是魏明帝所谓的"浮华不务道本者"④。其中包括荀粲、傅嘏等人⑤。太和年间，这些人的思想世界面貌如何，直接关系到对"浮华"观念具体内涵的理解，故而需对诸人的思想加以考察。

何晏身为曹魏贵胄，是这一群体的领袖。太和六年（76）景福殿建成，何晏作《景福殿赋》，初步显示出其崇尚老庄的痕迹，这就是后来玄学家所服膺的名教本于自然思想的最早表述⑥。而其余诸人的学术旨趣与思想倾向也可见其大略。

诸人之中颇可代表这一群体思想倾向的是傅嘏与荀粲。何劭《荀粲别传》曰：

> 嘏善名理而粲尚玄远，宗致虽同，仓卒时或有格而不相得意。裴徽通彼我之怀，为二家骑驿，顷之，粲与嘏善。夏侯玄亦亲。⑦

---

① 如王伊同认为这是曹马之争的一次较量（王伊同：《王伊同学术论文集》，中华书局，2006 年，第 394 页）周一良认为"所谓浮华，非指生活上之浮华奢靡，而是从政治着眼，以才能互相标榜，结为朋党，标举名号如'四窗''八达'之类以自夸"。（周一良：《魏晋南北朝史札记》，中华书局，2010 年，第 35 页。）

② 如贺昌群先生从思想史的角度来解释这一事件，他认为"浮华一词，本汉人常语，魏晋之际，实指清谈而言"，太和年间的"浮华"之辈乃是当时新思想的解放者。（贺昌群：《魏晋清谈思想初论》，商务印书馆，2011 年，第 36 页）王晓毅进一步认为太和"浮华"在思想史上的意义更大，是正始玄学的肇端。（王晓毅：《论曹魏太和"浮华"案》，《史学月刊》1996 年第 2 期）

③ 〔晋〕陈寿撰，〔南朝宋〕裴松之注：《三国志》卷二十八《诸葛诞》，中华书局，1973 年，第 769 页。

④ 〔晋〕陈寿撰，〔南朝宋〕裴松之注：《三国志》卷三《明帝纪》，中华书局，1973 年，第 97 页。

⑤ 《三国志》裴注引何劭《荀粲别传》曰："嘏善名理而粲尚玄远，宗致虽同，仓卒时或有格而不相得意。裴徽通彼我之怀，为二家骑驿，顷之，粲与嘏善。夏侯玄亦亲。"〔晋〕陈寿撰，〔南朝宋〕裴松之注：《三国志》卷十《荀彧传》，第 320 页。按照余嘉锡的考辨，傅嘏与夏侯玄等人也是"意气相合"。〔南朝宋〕刘义庆著，〔梁〕刘孝标注，余嘉锡笺疏：《世说新语笺疏》卷中之上，第 457 页。

⑥ 余敦康：《何晏王弼玄学新探》，齐鲁书社，1991 年，第 90 页。

⑦ 〔晋〕陈寿撰，〔南朝宋〕裴松之注：《三国志》卷十《荀彧传》注引何劭《荀粲别传》，中华书局，1973 年，第 320 页。

《世说新语·文学》云：

> 傅嘏善言虚胜，荀粲谈尚玄远。每至共语，有争而不相喻。裴冀州释两家之义，通彼我之怀，常使两情皆得，彼此俱畅。①

傅嘏的学术趣味已经远不同于东汉的经师，他擅长名理之学，是当时理论界流行的才性论的主要参与者②。"善言虚胜"与此时清谈脱离具体人事而趋于抽象理论的倾向是合拍的。荀粲崇尚玄远，也就是说荀粲的谈论远离具体之事物，他与傅嘏在根本上是相通的，所以说傅嘏与荀粲"宗致虽同"。裴徽能够"释两家之义，通彼我之怀"，表明他的思想与傅、荀二人相通不悖。

荀粲的思想较为集中地体现在他与诸兄的论难中③，《三国志》裴注详细记录了这次辩论：

> 粲诸兄并以儒术论议，而粲独好言道，常以为子贡称夫子之言性与天道，不可得闻，然则六籍虽存，固圣人之糠秕。粲兄俣难曰："《易》亦云圣人立象以尽意，系辞焉以尽言，则微言胡为不可得而闻见哉？"粲答曰："盖理之微者，非物象之所举也。今称立象以尽意，此非通于意（象）外者也。④ 系辞焉以尽言，此非言乎系表者也；斯则象外之意，系表之言，固蕴而不出矣。"及当时能言者不能屈也。⑤

荀粲的兴趣集中在"性与天道"这样的抽象问题上，这是正始玄学家何晏、王弼等人的兴趣所在。荀粲认为六籍为"圣人之糠秕"⑥。他与兄长荀俣争论的焦点在于"言""象"与"意"的关系上，这是汉魏间思想界流行的核心理论问题。荀俣的意

---

① 〔南朝宋〕刘义庆著，〔梁〕刘孝标注，余嘉锡笺疏：《世说新语笺疏》，中华书局，2000 年，第 236 页。

② 《三国志》载"（傅）嘏常论才性同异，钟会集而论之"。〔晋〕陈寿撰，〔南朝宋〕裴松之注：《三国志》卷二十一《傅嘏传》，第 627 页。

③ 荀粲的生卒年不可详考，其活动的年代大致在太和至正始间，史籍载其太和初年入京，彼时荀粲大约接近成年。

④ 《文选·游天台山赋》李善注引此条作"象外"，王葆玹《玄学通论》、唐翼明《魏晋清谈》、刘文英《中国古代的言意问题》、才清华《荀粲论微言尽意》皆持这一意见。详见王葆玹《玄学通论》：台湾五南图书出版股份有限公司，1996 年，第 214 页；刘文英：《中国古代的言意问题》，《兰州大学学报》，1984 年第 1 期；唐翼明：《魏晋清谈》，人民文学出版社，2002 年，第 130 页；才清华：《荀粲论微言尽意》，《社会科学》，2011 年第 1 期。

⑤ 〔晋〕陈寿撰，〔南朝宋〕裴松之注：《三国志》卷十《荀彧传》，中华书局，1973 年，第 319 – 320 页。

⑥ 日本学者青木正儿认为"粲独好言道"与傅嘏"善谈名理"二者本质一致，都是属于以道家为宗，是以认为老庄玄谈发轫于傅嘏、荀粲，进而将清谈之开启置于太和之初。〔日〕青木正儿：《清谈》，岩波书店，《东洋思潮》，1934 年。王晓毅先生在讨论魏明帝太和年间的"浮华"案时将何晏、夏侯玄及傅嘏、荀粲之辈的谈论及言行视为正始玄学的前奏，与青木正儿的意见有接近之处。详见王晓毅：《论曹魏太和"浮华"案》，《史学月刊》，1996 年第 2 期。余英时先生不同意这一见解，他并不将六籍乃"圣人之糠秕"的观点视作荀粲对儒学的反抗，他认为"道"应作天道或道术之"道"解，论辩之主旨在说明"言不尽意"，也就是具体事象不足以见抽象原理，是故他将荀粲持此观点的历史动机视为汉末以来儒学反本求义的延续。（余英时：《汉晋之际士之新自觉与新思潮》《士与中国文化》，上海人民出版社，2013 年，第 319 – 321 页。）才清华对荀粲"好言道"的解释与余英时先生相同，然而他对荀粲的回答是否就是"言不尽意"提出了疑问，他认为荀粲的观点应当概括为"微言尽意"。（详见才清华：《荀粲论微言尽意》，《社会科学》，2011 年第 1 期。）青木与余氏的意见虽然不同，但在荀粲着意于抽象原理进而有别于汉儒这一点上持有共识。

见是立象可以尽意，而荀粲的意见与此相左，他认为象不能尽意，这一看法与他品藻人物的思维也是一致的：

> 又论父或不如从兄攸。或立德高整，轨仪以训物，而攸不治外形，慎密自居而已。粲以此言善攸，诸兄怒而不能回也。①

对于人物鉴赏，汉人相骨而魏晋人相神，刘劭在《人物志》中提出了观察精神为人物鉴赏的最高原则：

> 夫色见于貌，所谓征神；征神见貌，则情发乎目。②

又云：

> 物生有形，形有神情；能知精神，则穷理尽性。③

刘劭由具体的形貌进而把握人的本质精神，然而他并未舍弃外在形貌：

> 刚柔明畅贞固之征，着乎形容，见乎声色，发乎情味，各如其象。④

荀粲论"父或不如从兄攸"，已经舍弃了外象而直指本质。荀彧、荀攸虽然都立身谨严，但荀彧仪表整饬而荀攸不修外形。也就是说，二人精神虽一致而外象不同，即二人都是达意，但一人忘言一人未忘，荀粲以此判定高下实际是舍弃具体现象而追求抽象本质。余英时将荀粲的观点视为对汉代经学的反抗，是汉末以来古文经学反本求义的延续。荀粲的思想正是沿着汉魏之际士人尚抽象义理的道路前行。从荀粲"言不尽意"的表述以及评判人物高下的标准，不难发现其学术趣味与追求已经明显地与家族前辈划分开了。

荀粲诸兄"以儒术议论"，他们承续的依然是汉儒治学的思路，从《周易》"互体"一说可以窥见其大略。对于《周易》卦象"互体"之说，汉魏之际的思想界主要有两种意见。一派是汉儒经师，他们以"互体"来解《易》，郑玄治《易》即持此说。荀粲之兄荀顗也属于这一派，他曾经对钟会"易无互体"进行论难⑤。另一派是正始玄学家，他们反对以"互体"解易，王弼在《周易略例·明象》言"互体不足，遂及卦变；变又不足，推致五行"⑥。汉儒经师常以"互体"说卦，钟会、王弼不以"互体"论《易》，实际上是一种新学思想。荀顗持"互体"之说更近汉儒，据此可证荀粲诸兄之议论确实近于汉儒。何晏、傅嘏及荀粲等"浮华"之辈的思想与汉儒已经大有不同了，他们代表着一股新的潮流。然而，魏明帝曹叡及董昭等人的思想仍是近于汉儒而未见新思潮的萌发。

---

① 〔晋〕陈寿撰，〔南朝宋〕裴松之注：《三国志》卷十《荀彧传》，中华书局，1973 年，第 320 页。
② 〔三国魏〕刘劭：《人物志》，中州古籍出版社，2013 年，第 40 页。
③ 〔三国魏〕刘劭：《人物志》，中州古籍出版社，2013 年，第 40 页。
④ 〔三国魏〕刘劭：《人物志》，中州古籍出版社，2013 年，第 38 页。
⑤ 《三国志》裴注引《荀彧传》载：荀顗"尝难钟会'易无互体'，见称于世。"（〔晋〕陈寿撰，〔南朝宋〕裴松之注：《三国志》卷十《荀彧传》，第 319 页）
⑥ 〔三国魏〕王弼，楼宇烈校释：《王弼集校释》，中华书局，2009 年，第 609 页。

关于魏明帝，史书称他"好学多识"①，《魏书》又言其"特留意于法理"②，笔者以为并不能据此认定他与曹操一样是法家。曹叡年少时很得曹操喜爱，《三国志》本传言"太祖爱之，常令在左右"③。史书称其"特留意"，指出了他有意留心法家思想，曹叡很可能只是为博得祖父的好感而对法家表现出兴趣。事实上，从曹叡的教育经历及其本人的言行，我们不难发现浓厚的儒学痕迹。《三国志·文帝纪》注引《魏略》曰：

> 以侍中郑称为武德侯傅……令曰"称笃学大儒，勉以经学辅侯，宜旦夕入侍，曜明其志"④。

曹叡本人受到良好的儒学教育，幼时师从大儒郑称学习经学，即位后十分重视经学的传授，曾下诏令"科郎吏高才解经义者三十人，从光禄勋隆、散骑常侍林、博士静，分受四经三礼"。在选举中提出"尊儒贵学"⑤，要求郡国"贡士以经学为先"⑥。太和四年（230）春二月魏明帝再次下诏：

> 世之质文，随教而变。兵乱以来，经学废绝，后生进趣，不由典谟。岂训导未洽，将进用者不以德显乎？其郎吏学通一经，才任牧民，博士课试，擢其高第者，亟用；其浮华不务道本者，皆罢退之。⑦

魏明帝曹叡认为汉末兵乱以来经学废绝，以致进取选拔之人不能以德行显著于世。是故，他主张亟用通经的郎官与才高的博士，而罢退"浮华不务道本者"。曹叡对选举的要求又回到了东汉名教"经明行修"的旧标准上。此诏书颁布两年后，董昭上疏斥责当时的社会风气，他的指责实际上是明帝"不务道本"的注释。曹叡这两道诏书对中央政府及地方政府的人才选举都提出了新标准，我们可以看到这与曹操、曹丕时代的选举是有着明显差别。曹操用人"唯才是举"，曹丕选士以"儒通经术"与"吏达文法"并用，实为儒法并行，观曹叡选举诏已是全以儒学为本。

曹叡关于选举的意见得到了朝臣的正面回应，董昭上疏言"伏惟前后圣诏，深疾浮伪，欲以破散邪党，常用切齿"⑧。据此推断，他是为了正面呼应曹叡的禁"浮华"诏。董昭在上疏中批评道：

> 窃见当今年少，不复以学问为本，专更以交游为业；国士不以孝悌清修为首，乃以趋势游利为先。合党连群，互相褒叹，以毁誉为罚戮，用党誉为爵赏，附己者则叹之盈言，不附者则为作瑕衅。⑨

---

① 〔晋〕陈寿撰，〔南朝宋〕裴松之注：《三国志》卷三《明帝纪》，中华书局，1973年，第91页。
② 〔晋〕陈寿撰，〔南朝宋〕裴松之注：《三国志》卷三《明帝纪》，中华书局，1973年，第91页。
③ 〔晋〕陈寿撰，〔南朝宋〕裴松之注：《三国志》卷三《明帝纪》，中华书局，1973年，第91页。
④ 〔晋〕陈寿撰，〔南朝宋〕裴松之注：《三国志》卷二《文帝纪》，中华书局，1973年，第59页。
⑤ 〔晋〕陈寿撰，〔南朝宋〕裴松之注：《三国志》卷三《明帝纪》，中华书局，1973年，第94页。
⑥ 〔晋〕陈寿撰，〔南朝宋〕裴松之注：《三国志》卷三《明帝纪》，中华书局，1973年，第94页。
⑦ 〔晋〕陈寿撰，〔南朝宋〕裴松之注：《三国志》卷三《明帝纪》，中华书局，1973年，第97页。
⑧ 〔晋〕陈寿撰，〔南朝宋〕裴松之注：《三国志》卷十四《董昭传》，中华书局，1973年，第442页。
⑨ 〔晋〕陈寿撰，〔南朝宋〕裴松之注：《三国志》卷十四《董昭传》，中华书局，1973年，第442页。

在董昭看来，夏侯玄、诸葛诞等人并不以学问德行为本，而是专注交游标榜，以至引起社会的"浮华"之风，故而他主张严处诸人。此外，刘靖的意见也与曹叡相同：

> 明制黜陟荣辱之路；其经明行修者，则进之以崇德；荒教废业者，则退之以惩恶；举善而教不能则劝，浮华交游，不禁自息矣。①

刘靖的言论与曹叡高度契合，在选举上秉持的也是东汉"经明行修"的旧标准，希望以此矫正"浮华交游"的时俗，以此标准来衡量，何晏等人当然不符合。

此外，在礼制建设特别是改正朔的问题上，曹叡受汉儒影响的痕迹十分明显。《三国志·明帝纪》注引《魏略》载：

> 初，文皇帝即位，以受禅于汉，因循汉正朔弗改。帝在东宫着论，以为五帝三王虽同气共祖，礼不相袭，正朔自宜改变，以明受命之运。及即位，优游者久之，史官复着言宜改，乃诏三公、特进、九卿、中郎将、大夫、博士、议郎、千石、六百石博议，议者或不同。帝据古典，甲子诏曰："……其改青龙五年三月为景初元年四月。"②

《宋书·礼志》载：

> 明帝即位，便有改正朔之意，朝议多异同，故持疑不决。久乃下诏曰："黄初以来，诸儒共论正朔，或以改之为宜，或以不改为是，意取驳异，于今未决。朕在东宫时闻之，意常以为夫子作《春秋》，通三统，为后王法。正朔各从色，不同因袭……"③

曹叡即位之初决意改正朔，这并非临时起意，而是他做太子时就已确定的想法。明帝改正朔的依据是"古典"，此"古典"与桓阶等人劝谏曹丕所说的"古典先代"意义相同④，特指儒家经典。明帝自言"意常以为夫子作《春秋》，通三统，为后王法"，今文经学认为《春秋》为孔子作，董仲舒《春秋繁露》以为三代改制旨在"昭五端，通三统"及"大一统"⑤，可见明帝对《春秋》的认识承袭了汉儒的看法。

综上而言，明帝曹叡的思想近于汉儒，而当时的朝臣如董昭、刘靖等也与明帝思想一致，甚至太学学风也是如此。鱼豢《魏略》言太和与青龙年间太学的状况，据他观察当时太学之中为学"不念统其大义，而问字指墨法点注之间"⑥。"不念统其大义"仍是汉儒章句之学的弊病，不讲求义理，而专注于"字指墨法点注之间"，以琐碎的章句疏解代替贯通的经义求索，纠缠于现象层面，其思想与"浮华"之辈相去不可谓不远。"浮华"诸人与明帝之间在思想上的对立正是汉儒学术与曹魏新思潮之间的冲突，有此思想的差异才导致明帝以"浮华"为名罢黜诸人。

---

① 〔晋〕陈寿撰，〔南朝宋〕裴松之注：《三国志》卷十五，中华书局，1973 年，第 464 页。
② 〔晋〕陈寿撰，〔南朝宋〕裴松之注：《三国志》卷三《明帝纪》，中华书局，1973 年，第 108 页。
③ 〔梁〕沈约：《宋书》卷十四，中华书局，1974 年，第 328 – 329 页。
④ 〔梁〕沈约：《宋书》卷十四，中华书局，1974 年，第 328 页。
⑤ 〔清〕苏舆：《春秋繁露义证》卷第七，中华书局，1992 年，第 199 页。
⑥ 〔晋〕陈寿撰，〔南朝宋〕裴松之注：《三国志》卷十三《王朗传》，中华书局，1973 年，第 420 页。

五、余　论

　　"浮华"观念的意义在汉魏之间发生了转变，但这并不意味着意义发生了断裂，其内在理路仍具有相通性。东汉中期"浮华"乃是今文经学家对古文经学家治学方式的指斥，今文经学家的章句之学经常牵引资料，动辄出现一句牵引几万字，《后汉书·郑玄传》言："守文之徒，滞固所禀，异端纷纭，互相诡激，遂令经有数家，家有数说，章句多者或乃百余万言。"① 林庆彰认为今文经学的章句是封闭的学术系统，使今文经学失去了活力，事实诚然如此。今文经学逐渐学走向衰落，而新的治经方式逐渐兴起，所谓"章句渐疏，而多以浮华相尚"②。新的治经方式，即古文经学家通过训诂"求大义"，出现了返回经文求其原旨的倾向。比如，桓谭"博学多通，遍习五经，皆诂训大义，不为章句"；班固"所学无常师，不为章句，举大义而已"；韩融"少能辨理，而不为章句学"。相较于今文经学家来说，古文经学家的治学具有理论化、抽象化的倾向，汉代后期郑玄、马融等人治经继续发挥古文经学治经的特点，主张贯通群经，反本求义，而汉末的"浮华"正是这一逻辑的继续演进。

　　汉末清流的"浮华"，其中之一的表现就是谈论，他们品评人物与议论时政也都出现了抽象化、理论化的倾向。边让"善谈论"③，"初涉诸经，见本知义，授者不能对其问，章句不能逮其意，心通性达，口辩辞长"④。边让的谈论与他治经不守章句是合拍的，而孔融"持论经理，不及让等，而逸才宏博过之"⑤。孔融与边让等人谈论的已不再是汉儒五经异同的琐碎问题，而是更为抽象的经典义理命题。仲长统也着论言其心志："安神闺房，思老氏之玄虚；呼吸精和，求至人之仿佛。与达者数子，论道讲书，俯仰二仪，错综人物。"⑥ 他的学术兴趣在于老庄，他所谈论的也是抽象的"道"，这点我们还可从当时论体文的主题中得到印证。延笃《仁孝论》讨论的是儒家的两个重要观念"仁"与"孝"，应玚《文质论》辨析的是儒家经典的核心范畴"文"与"质"，这些论体文所讨论的问题不同于汉代前期的现实问题，而是具有理论化、抽象化的经典命题。沿着这一趋势继续演进，自然与太和时期"浮华"之辈的旨趣相通了，也就是从傅嘏"善言虚胜"、裴徽"谈尚玄远"以及荀粲"独好言道"，直至何晏注《论语》、王弼注《老子》，建立起的玄学理论体系，汉魏思想的转折与蜕变才彻底完成。

　　① 〔南朝宋〕范晔撰，〔唐〕李贤等注：《后汉书》卷三十五《郑玄传》，中华书局，1973 年，第 1213 页。
　　② 〔南朝宋〕范晔撰，〔唐〕李贤等注：《后汉书》卷七十九上《儒林传》，中华书局，1973 年，第 2547 页。
　　③ 〔南朝宋〕范晔撰，〔唐〕李贤等注：《后汉书》卷六十八《谢甄传》，中华书局，1973 年，第 2230 页。
　　④ 〔南朝宋〕范晔撰，〔唐〕李贤等注：《后汉书》卷八十下《边让传》，中华书局，1973 年，第 2646 页。
　　⑤ 〔晋〕陈寿撰，〔南朝宋〕裴松之注：《三国志》卷十二《崔琰传》引《续汉书》，中华书局，1973 年，第 371 页。
　　⑥ 〔南朝宋〕范晔撰，〔唐〕李贤等注：《后汉书》卷四十九《仲长统传》，中华书局，1973 年，第 1644 页。

"浮华"这一观念蕴含着负面的价值评判，这与话语者的立场与思想背景有关，但问题并不仅限于此。我们旨在剥离这些价值评判后，分析观念所蕴含的意义变化，并观察话语者的立场，进而追问话语双方之间的差异。由此，我们展开了对"浮华"观念的历时性考察。我们发现，"浮华"在不同的历史语境中，其意义重心会发生偏转；在偏转之后，意义似乎发生了断裂，但进一步追问我们又会发现在这些断裂之下，内在理路是贯通的；"浮华"观念在不同语境中的意义变化，实则是汉魏思想由东汉烦琐封闭的章句之学渐趋抽象化、理论化的变迁进程的表征。至此，我们获得了一条认识汉魏思想变迁的路径。

汉代隶书与文学的审美趋向共向性

——以《文选》汉大赋与《古诗十九首》为中心

魏耕原·西安文理学院文学院

中国画与诗的"对话"，似乎是亲切的、接近的。"诗中有画"与"画中有诗"，被概括为"诗情画意"，故"诗画同源"从古至今得到了普遍认同。而中国的书法与传统的诗词文赋的"对话"，向来是疏冷的、远距离的，充其量属于本体与喻体式的比喻式关系。从《宣和书谱》伊始引起注意，直至近代方逐渐趋于直截。然迄于今日，仍处于笼统性的观照，而非多维度的理性认知，甚或处于备受冷漠的尴尬的"初期阶段"。书法和文学到了至为显明分科之今日，"对话"的可能也失去广泛的学域前提。因对不同学科的陌生，铸成一道厚障壁。趟过这片"雷池"，似存"学理失控"的嫌疑。然而打通由学科分疆划界所积淀的冰封，疏通其中关节，疏导"对话"的渠道，探掘其间共同艺术规律所体现的学理，激活书法与文学共同规律的研究理路，梳理书法与文学间的艺术关系及对中国传统文化的渗透，可拓展更为广阔的视域与多样的角度，亦可推进研究的深度。

一、书法与文学的异同

书法与文学确实有许多不同，创作方法、表现形式、审美特征、传播渠道，阅读接受，都有各自特征，存在很大差异。比如诗文不厌修改，可以自己改，也可以别人改，越改越好。大散文家欧阳修认为，修改是写好散文的极为重要的一步；即使通俗如话的白居易诗也经过了反复修改。从孔子"修饰润色"[1] 论伊始，才高八斗的曹植就希望友人"讥弹"[2] 其文，唐宋出现大批的"苦吟诗人"，实即"修改诗人"，贾岛"推敲"的故事更是家喻户晓。然而书法古今向无修改一说，字改不得，雷池越过一步，便越改越丑。宋代书画家赵孟坚说过："尝论文章精到，尚可改饬；字画落

---

① 杨伯峻：《论语译注·宪问》，中华书局，1980 年，第 147 页。
② 〔三国魏〕曹植撰，赵幼文校注：《曹植集校注》（卷一），人民文学出版社，1984 年，第 153 页。

笔，更不容加工。求以益之，适或坏之，此吾知字书之贵。"① 其次，创作方法不同。诗文需出新，字须有根茎。犹如"器惟求新，人惟求旧"。所以明代书论家赵宦光说："诗文忌老忌旧，文字惟老惟旧是遵。诗文忌蹈袭，旧与蹈袭故自有分矣，格调形似之异也。"② 傅山亦言："字与文不同者，字一笔不似古人，即不成字；文若为古人作印板，尚得谓之文耶？此中机变不可胜道，最难与俗士言。"③ 书法如同注重造型的绘画，讲究结构与用笔，故谓之"形学"，属于视觉艺术，诗文则属于时间艺术。前者虽有形质，只有单纯的点线，但变化不尽，甚至趋于抽象，故玄妙难以把握。后者借助文字的声义与节奏，言景抒情，容易感知。因而，无论老少都可沉浸于唐诗的经典名篇，即使三四岁的幼童莫不能吟诵《静夜思》《登鹳鹊楼》等绝句。就是最为朦胧的李商隐的《锦瑟》，中学生也会感知其中的美。而最为实用习见的颜真卿《多宝塔》，或者欧阳询《九成宫》，只觉好看，却很难让一般人道出其间奥妙。至于草书，更非随意可以问津。孙过庭草书《书谱》单字独立，并非数字牵丝萦绕，而即就是古代书家观之，犹"如食多骨鱼"（董其昌语），有好多难认的字。至于张旭、怀素的狂草，又能认出几个字来呢？所以书法曲高和寡，而诗文本身带有普及性。

虽然书法与诗文存乎种种不同差别，但二者即以今日眼光看来，均属于文学艺术的大种类，其间必有种种异质同构的共性。然而这种共性因现代学科精细划分而使我们淡漠了二者间的共性。书法与书论鼎盛的唐代，初唐书论家李嗣真认为程邈"首创隶则，规范焕于丹青"；崔瑗小篆"爱效李斯，点画皆如铁石"，"若校之文章，则《三都》《二京》之比也"④。这大概是书法史上第一次与文学的"对话"，虽然仅仅停留在比喻式的层面，但对后世影响甚巨。其后盛唐书论大家张怀瓘则进一步直接"交谈"："字之与书，理亦归一，因文为用，相须而成。"又言："文章之为用，必假乎书；书之为征，期乎合道。故能发挥文者，莫近乎书。"⑤ 虽然从用文字来书写文章的实用角度，说明二者相依而成互为发挥，但毕竟属于书法与文章的正式"对话"的开始。这种"理论对话"是漫长的，属于渐进缓慢的过程。直至明末，方至于自觉，迄于清代道光即近代时期，方至于成熟。但古人书论，犹诗话、文话、词话，形式是片段性的，故其书论，亦可视为"书话"。以现代眼光看来，书法与文学最为重要而显著的共同特征，就是不断变化、同步消长地进行发展。

书法、文学就像生长在同一果园的不同品种，随着季更时换，同时发芽、开花、结果，显示着植物生长规律。中国书法三千年，绵远久长，其间经历了四个兴盛时代：汉隶，魏晋行书，唐人楷、草，宋人行书。中国文学与之同步，由汉赋、建安文

---

① 崔尔平：《历代书法论文选续编》，上海书画出版社，2007 年，第 159 页。
② 崔尔平：《明清书法论文选》，上海书店出版社，1995 年，第 289 页。
③ 傅山：《霜红龛集》卷二五《家训》，山西人民出版社，1984 年，第 700 - 701 页。
④ 李嗣真：《书后品》，张彦远《书法要录》卷三，辽宁教育出版社，1998 年，第 49 页。
⑤ 张怀瓘：《文字论》《书断序》，《法书要录》，上海书画出版社，1986 年，第 75、111 页。

图1 《秦律十八种简》

学的五言诗，再至唐诗的诸体大备，发展到好议论的宋诗，以及称为"诗余"的宋词。

至于汉隶与汉赋。隶体是从繁曲的小篆中解放出的"简体字"，原本是为了省事快捷。寻求书写简便，体现了中国书体与书法发展演变的基本规律。秦代以泰山刻石与李斯为代表的小篆，是从商周金文发展而来的大篆，或称籀文，再至战国文字，从中"损益"整合统一出来，除了政治因素，也包含简化性质。所谓程邈"从狱中改大篆，少者增益，多者损减，方者使员，员者使方"①，是为"小篆"。增减方圆的变化，实则求简求便，"去其繁复"（羊欣语）。"小"者，少也。故"小篆"可视为"简篆"。小篆转折婉曲，且须对称。竖画细直或带弧形，长而通达，书写均须缓慢。"秦既用篆，奏事繁多，篆字难成，即令隶人佐书，曰'隶字'。汉因用之，独符玺、幡信、题署用篆。隶书者，篆之捷也。"② 20世纪70年代云梦睡虎地出土的战国末年秦简，都属于古隶，其中《秦律十八种简》（图1）的隶意尤为显明。故卫恒说法具有一定的道理。

二、西汉隶书与文学的联袂发展

西汉的隶书，我们主要从简牍与刻石上可以看到。1973年长沙马王堆出土的帛书，成书年代最早不超过高祖时期。"隶变"性质明显，体现了由小篆向隶书的转化。其中，《春秋事语》（图2）既带有篆书微痕，又呈露浓厚的隶意。小篆对称均衡所造成的封闭性静态强化空间，于此打破为伸缩性极强的动态空间，末笔姿态横生，往往伸出字外，结体中心内敛凝聚，富有弹性张力。我们再看高祖十一年（前196）二月《求贤诏》的开放而凝聚的精神：

> 盖闻王者莫高于周文，伯者莫高于齐桓，皆待贤人而成名！今天下贤者智能，岂特古之人乎？患在人主不交故也，士奚由进？今吾以天之

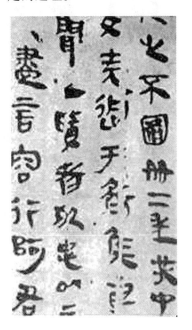

图2 《春秋事语》

① 〔唐〕房玄龄：《晋书·卫恒传》，中华书局，1982年，第1063页。

② 〔东汉〕班固：《晋书·卫恒传》，中华书局，1982年，第1064页。

灵、贤士大夫，定有天下，以为一家，欲其长久世世奉宗庙亡绝也。贤人已与我共平之矣，而不与吾共安利之，可乎？贤士大夫有肯从我游者，吾能尊显之。布告天下，使明知朕意。①

这是何等豁达、何等开放的气度，又是何等的自信，"共平""共安利""从我游"云云，又是多么亲切而富有吸引力！此与"入关告谕"，解散秦法苛律，而约法三章，虽属于一时权宜，但毕竟体现了汉代的恢宏气象与博大精神。《马王堆帛书》的隶法，正是汉初时代琴弦上一曲强劲而自信的旋律，跳荡着同一脉搏。

高祖八年，萧何营构未央宫。宫阙壮丽，据说"覃思三月，以题其额，观者如流水"②。萧何原为秦之刀笔吏，工书是本分事，政治宣传与艺术追求使之深思数月，以至于"观者如流水"，可见艺术震撼之效应。再看称说《诗》《书》的陆贾，冲着不喜儒士的高祖的痛骂："乃公居马上得之，安事《诗》《书》！"以"居马上得之，宁可以马上治之乎"的拗劲撰作《新语》，"粗述存亡之征"，"每奏上一篇，高帝未尝不称善，左右呼万岁"③，真可与萧何著书合观，朝野共同雀欢震撼，标志着汉初发轫的阔大宏远的新气象。

文景之治逐渐步入汉之为大的新时期，贾谊的政治散文发散强烈的感情色彩，眼光之深邃，论理之昭朗，气势之磅礴，情感之痛切洋溢，辞采之骏发清劲，擅名当世，笼罩一代。

图3　马王堆《帛书老子》乙本

世，笼罩一代。观其鸿文《过秦论》，越世高论，迸发强悍的逻辑力量，语言激荡，气象峥嵘，充分显示汉朝在文景之治后已走向迈进的新时代。至于热忱的《陈政事疏》，开篇即言："窃惟事势，可为痛哭者一，可为流涕者二，可为长叹息者六。"全文为国家并非"已安已治"而太息、流涕、痛苦，一泻无余，粗犷而不假含蓄，回荡着西汉前期有所作为的精神。大约抄于文帝时的马王堆《帛书老子》乙本（图3），用笔轻重变化强烈，笔画粗细交错。"之"厚点重捺，细丝提撇，横画多右上倾斜，最为显例结体变化巨烈，方形"物"与长形"责"对比显明；"擅"字为周边四字的二倍，且上大半部方形，粗重的短横只占一角，却拥有下少

①〔东汉〕班固：《汉书·高祖纪下》，中华书局，2005年，第52页。

②　冯武：《书法正传·篆言上》，上海书画出版社，1987年，第108页。续《五十六种书并序》："二十九，署书：汉萧何所作，用题苍龙白虎二阙"。唐人韦、陈思：《书苑精华》卷三，北京图书馆出版社，2003年，第132页。

③〔汉〕司马迁：《史记·郦生陆贾列传》，中华书局，1982年，第2699页。

半1/3的空间；"侍"字左高右低，末笔肥硕藏锋，伸出字外1/3空间，带有明显支撑力，又和交错细而出锋的一横，对比差度极强；"计"字上分下合，最后一竖斜下有力，与左倾的言字旁呼应。特别值得注意的是，不少字的末笔，无论点、捺、横、竖，均出特重的厚笔，具有强烈的抒情色彩，就像乐曲旋律的强音符，不时跳跃，拖长震荡在字里行间，似哭似笑似思。厚点如"太息"，更似"流涕"，粗重的捺与竖，犹如"痛哭"。总之，整体流淌着似歌如泣的情感，与贾谊的散文跳荡着同一时代的节奏，相互回响共同的旋律。

经文景休养生息，至汉武时代，财富卓积，府库充实，是为西汉鼎盛时期。所谓"异人并出"，聚集一时。"汉之得人，于兹为胜。"（班固语）兴功造业，后世莫及。昭帝"承武奢侈余弊、师旅之后，海内虚耗，户口减半，（霍）光知时务之要，轻徭薄赋，与民休息。至始元、元凤之间，匈奴和亲，百姓充实"①。至宣帝纂修洪业，汉家中兴。汉武时代的简牍出土无多，昭、宣时较多，从中亦可见汉武时代的流风余韵。河北定县八角廊出土的木简（图4），当为昭帝时。结体谨严扁平，向左右横向伸张，笔力稳健舒展。竖短横长，横画布列匀整紧密，虽然笔意重复单调，但增强了体积的狠重与力度。字距疏阔，布白分明，整体气韵极强。汉隶基本笔法已经奠定，体现了由古隶向标准汉隶演进的关键趋向。

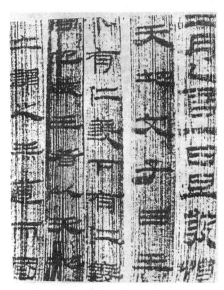

图4　《定县汉简》

汉景帝时枚乘《七发》标志着汉大赋的出现，具有里程碑性质。武帝时司马相如的《子虚》《上林》赋，属于西汉大赋的经典作品，更具有纪念碑的意义。以"苞括宇宙，总揽人物"新的时代意识、铺张扬厉的手法、宏衍巨丽的整体美，展现汉帝国的新气象和前所未有的强悍气势。形形色色的各种名词，所谓字必同旁，词须同类，井然有序地排列一起；光怪陆离的形容词，星罗密布；狠重有力、险劲奇崛的动词，络绎奔凑。所有这些都组成排列有序的图案式的句群，再由句群排列成块状的描写，复由块状堆积而成庞大的篇章。汉大赋在空间上向东南西北各方向竭力横向开张，只有写到山时方有上中下的布列。每个横向扩张的空间，容纳众物，琳琅满目，与京都长安的布局、建章宫千门万户的建筑，属于同一审美观念。汉赋的铺张与排列、修饰与拙重，我们似可从定县汉简长横的排列，字距的疏朗而布局又凝成一气，觉察出一些同样的审美气息。然这毕竟非汉赋时之书，风格未免文弱舒缓，尚须与宣

① 〔东汉〕班固：《汉书·昭帝纪》，中华书局，2005年，第163页。

汉代隶书与文学的审美趋向共向性

一

图5 《五凤刻石》

帝时《五凤刻石》合观，方可弥补其中缺憾。

《五凤刻石》（图5）风格质朴，气势苍劲，结体拙重自然，随字变化，但时露峥嵘。"凤"字中的"鸟"飞出字外一半，"成"字戈旁已不同，又变斜抛钩为带有弧形的一竖，竖中半腰一撇又与左边斜竖自然成序。尤其是两"年"字，最后一竖，大有撑天立地之感，或如擎天之柱，雄强傲立，大昌西汉恢宏风气。宣帝时《居延建昭二年简》（图6）更加夸大了这种气势，亦与起手"建"字大刀阔斧式的捺画，形成呼应。汉大赋的狠重与强悍、巨美宏丽的

漫衍、浪漫不羁的情调，不是可以从这一石一简中窥见吗？司马相如所谓"吞若云梦者八九于其胸中，曾不蒂芥"，不正是与"年"字长竖的扩张精神如出一辙？"文章西汉两司马"，司马迁的《史记》质朴、激越、苍劲、奔放，疏荡而有奇气，时刻跳荡着《离骚》式的悲愤情感，正是诞生在这样的时代气氛中。前人谓《五凤刻石》："字凡十三，无一字不浑成高古，以视东汉诸碑，有如登泰岱而观傲睨诸峰，直足以俯视睥睨也。"① 刘熙载言："相如一切文，皆善于架虚行危。其赋既会造出奇怪，又会撇入窅冥，所谓'似不从人间来者'此也。"② 相如赋和《史记》也正激发出同一傲视的西汉精神。刘熙载又言："汉家制度，王霸杂用；汉家文章，周秦

图6 《居延建昭二年简》

并发。惟董仲舒一路无秦气。"③ 董仲舒《天人三策》论大道温和宏博，《定县汉简》的舒放和缓亦与之无异矣。西汉的宏阔精神，于此亦可见一斑。两汉乐府民歌，难以区分。大约西汉时的《战城南》，古朴简劲，悲凉慷慨，句式三、四、五、七言参差交错，风格近于西汉前期的古隶。《有所思》和《上邪》亦属杂言，情感发露激越，亦似属西汉。后者后半一气发出五誓，"山无陵，江水为竭。冬雷震震，夏雨雪。天地合，乃敢与君绝"，均用三、四言交叉的否定句式排列，然后以较长的五言单句否定，全盘顿活，变为热烈话语，末句炙手可热。这和前举"年"字四横长短不一，

① 刘正成主编：《中国书法鉴赏大辞典》，大地出版社，1989年，第67页。
② 〔清〕刘熙载：《艺概·赋概》，上海古籍出版社，1978年，第92页。
③ 〔清〕刘熙载：《艺概·赋概》，上海古籍出版社，1978年，第11页。

再用长竖撑起全字，又何等相似乃尔。

汉大赋通篇使用的铺张扬厉的描摹铺叙，汉乐府亦为看重。大篇《陌上桑》《孔雀东南飞》，叙事成熟的技巧，则非东汉莫属。两诗都用了许多铺叙描写，两主人公的服饰以及前者的围观、夸婿两节都用了铺叙；后者开头刘兰芝成长，辞归时衣物的处理，辞归后刘母埋怨又把开头兰芝的成长做了反复。太守为子成婚前的各种准备，以及合葬后植树与鸟鸣，都采取了铺叙，在诗中都有举足轻重的作用，各具情境，姿态横生。这些铺叙的语言可分质朴与华美两种，东汉后期的碑刻可以分别与之对话。其中的横画，《石门颂》（图7）的疏朗舒展，《鲜于横碑》的劲朴质直，《郙阁颂》的拙质素朴，《张迁碑》的沉着朴茂，属于质朴型；而属于华美型的，如《孔宙

图7　《石门颂》

碑》的秀逸流丽，《曹全碑》的婵娟妍媚，《史晨碑》的秀雅紧密，这些则和汉乐府的铺叙不仅有异曲同工之处，而且艺术精神又是何等相似！东汉文人诗风格亦复相近。梁鸿《五噫歌》的感叹语气词的反复，张衡《四愁诗》的四方空间的铺叙，辛延年《羽林郎》衣着和纠缠情节的铺叙，无不和东汉名碑隶书艺术的精神息息相通。

三、东汉隶书与文学的与时俱进

综上论述，两汉文学艺术的五颗巨星：汉隶、汉赋、汉乐府、《史记》与汉代散文、文人五言诗和《古诗十九首》，即书法与文学变化发展，与时俱进，联袂发展，在不同时代不同时期大都体现了这一特征。东汉永平所制的《开通褒斜道刻石》，就书体而论，似乎是西汉古隶的总集与结束；就风格浑朴苍劲、结体夸张一面，亦带西汉劲悍的风气；然就其笔画均匀平静舒展的一面，又标志着东汉审美风气将由西汉的峻急走向舒缓。而昭示东汉文学尾声的《古诗十九首》，"文温以丽，意悲而远"（钟嵘语），正标志着"温丽"时代的结束。康有为认为汉隶自东汉章帝"建初以后，变为波磔，篆、隶迥分。于是《衡方》《乙瑛》《华山》《石经》《曹全》等碑，体扁已极，波磔分背，隶体成矣。夫汉自宣、成而后，下逮明、章，文皆似骈似散，体制难别。明章而后，笔无不俪，句无不短，骈文以成。散文、篆法之解散，骈体隶体之成家，皆同时会，可以观世变矣"①。康氏以建初为界划为标准汉隶的起始，说法不一

汉代隶书与文学的审美趋向共向性

① 崔尔平：《历代书法论文选》，上海书画出版社，2007年，第775页。

定准确①，然古隶简劲而波磔分明，横画排列整齐，大致以东汉初明、章帝为界，散文亦随古隶解体而退居二线，"骈体、隶体之成家，皆同时会"，此说颇能把握书法与文学的转关。刘熙载说："东汉文浸入排丽，是以难企西京。"又言："言外无穷者，茂也；言内毕足者，密也。汉文茂如西京，密如东京。"② 以此观汉隶，西汉古隶笔短意长，风格朴茂，气势雄厚，东汉波磔已具的标准正隶，横长竖短而体扁，笔画排列而密丽，亦与两汉散文发展同步。《史记》疏宕而单句散行，《汉书》丰赡而骈偶排丽，亦属两汉风会之区分。总之，中国书法的第一高潮与文学的发展同趋共步，至此不是昭然若揭？

四、两汉隶书的审美规律

两汉书法为中国书法一巨变，一是解体周之铭文、秦之篆书而为隶书，而隶书经数百年之演变，在两汉均以实用为主，包括桓、灵之世的石碑在内。又因书写载体不同，出现简牍、帛书；帛书既有桀信（高级官员的同行证件）、明旌（出丧幡信，入葬则覆棺上）；又有日常漆器、陶器、铜器、印章、砖瓦；铜器则有鼎、铟（小盆，用如锅）、镜、铜洗、灯、铲、度量器、货币。此为日常杂用，属于大宗的为刻石，用途亦为广泛，如陛石、墓石、献寿刻石、地契刻石、建筑告成刻石、建筑用石刻石、王陵塞石、相地封冢刻石、墓石题记。以上为石刻小件，至于大件则为石碑、摩崖石刻、石阙石刻、石经石刻等。总上可见书写用具，是由先秦之刀笔，一变而加之于毛笔，而后者的应用更为广泛。二是既以实用为主。篆之曲则变为隶之直，篆之繁难则变为隶之简易。在书体的变化中诞生的隶书，比其他书体的发展书迹更为丰富，完成了书体由难至易的最重要一步，以后楷书、行、草的变化，基本都包括在隶变之中。

书体演变是由下而上的渐变，先由普及而后至提高，甲骨文以至铭文也经历了先民间而后宫廷贵族的过程，以后的书体则由先民间而至书法家，更带有普泛化的特征。而这一特征，由隶书伊始，体现得最为明显。由于隶书的实用和普泛化，即使是当时书法大家的书迹，也难以确定，像后世魏晋、唐宋以下，由若干大书家领起的一时风气在两汉难以寻觅。就是对桓、灵时代丰碣巨碑的书法审美风格的总结，亦言人人殊，即使一家之言，彼此亦有分歧，故只能就其总体趋向，笼统言之，大致可分以

---

① 张怀瓘《书断》说："案八分者，秦羽人上谷王次仲所作也。王愔云：'次仲始以古书方广，少波势。建初中，以隶草作楷法，字方八分，言有模楷。'又萧子良云：'灵帝时，王次仲饰隶为八分。'二家俱言后汉，而两帝不同，且灵帝之前，工八分者非一，而云方广，殊非隶书，既言古书，岂得称隶！若验方广，则篆籀有之，变古为方，不知其谓也。"王愔的《古今文字志目》中唐时已佚。康氏所论，即以《书断》所引为据，然张怀瓘不以王次仲所创为信，是有道理的。字体的变化是渐进的，只有小篆是通过政令顿进。把隶书断定于建初，充其量是个大致说法，并不一定可信。

② 〔清〕刘熙载：《艺概·文概》，上海书画出版社，1978年，第16、46页。

下三点。

首先是尚气。若用一言以蔽之，依晋韵、唐法、宋意的说法，则汉隶尚气。稍加翔实，则为崇尚气势。原因有三，无论两周绵长的分封制、秦代短暂的郡县制，所用之铭文与篆书，均以内敛为主，线条之屈曲是为适于结构之包裹。铭文向中心聚集的结构，最能体现其与政体之关系与影响。秦篆则由内敛辅之以外拓，字体比铭文加长；铭文之方圆并施，秦篆则非方即长；结构上紧下张展，故竖撇长伸，结体挺拔，向上耸立，上为内敛下为外拓，具有竖向发展占有空间的趋势。所谓"篆尚婉而通"（孙过庭《书谱》语），再大体言之则是上婉下通。然此仅就形而言，若形神兼言，则为"婉而愈劲"（刘熙载《艺概·书概》语），"愈劲"见于"秦篆简直"与"周篆委备"既有承继亦有区别。秦篆"尚力"，直则有力，"委"则古厚。秦篆是"玉筋"与"悬针"的结合，前从大篆而来，后则变化而为"力"之象征。

然秦之以暴易暴的统治仅延续了15年，但"世界变，成功大"（司马迁《史记》语）。大汉起于草莽，只能汉承秦制。又鉴于秦亡而无侯国之援，便采用郡县与分封的双轨制。虽然分封制酿成尾大不掉，至景帝才有清除，然前期承敝易变，与民更始，大汉一统得以巩固。至武帝时北击匈奴，东伐朝鲜，南征越南，打通西域，四面出击。由此兴修水利，改革币制，大兴儒学，重用法吏，至此达到鼎盛时期。虽然利弊共存，然气势之盛莫过于此。尚功立业、重气崇义成为社会思潮，眼光之阔远，胸襟之开张，义气之风发，质朴之浑厚，均远迈先秦，从篆书解放而出的汉隶就在这种社会风气中发展变化而成。文帝时马王堆一号汉墓竹筒签碑，已具方折和波磔两大汉隶特征，前者以呈力度，后者每行末字末画无论竖画、折勾、捺笔，均在最后一笔或左或右重笔拖出，这是秦篆竖画加长的继承和变化。两汉宣帝时河北定县八角廊四十号汉墓的竹简隶书，字体宽扁，每字末笔丰厚，捺笔则出钝锋，力饱气酣。即就使西中期的篆书"长生无极"瓦当，笔画细长，然随圆就方，外圆内方，充斥分割的扇面空间，圆厚而富有气势，声气亦与汉隶相吻。至于篆隶之间的摩崖石刻，东汉明帝永平六年（63）的开通褒斜道刻石，因石质裂缝，字体太小，参差不齐，结体饱满，笔画穿插，气势外张。就连石碑最为秀丽的《曹全碑》，亦有逸宕之气。曹丕《典论·论文》曾提出"文以气为主"，实际上是对两汉以来诗文赋的总结，然而"一代之书，无有不肖乎一代之人与文者"（刘熙载《艺概·书概》语）。汉隶之尚气，亦由此可见。

其次，风格醇厚。汉隶宽扁舒展，横画排列整齐，左右打张，竖画短促；或者方正肃穆，宽博浑茫，都能显示出醇厚的风格。"秦文雄奇，汉文醇厚"（刘熙载《艺概·文概》语），汉隶之醇厚亦在汉文的风气之中。汉隶对秦篆有承有变，以隶之峭激倔强蕴涵篆书的纡余款婉，神志并非剑拔弩张。汉碑无论茂密、雄古、浑劲、疏宕、虚和、凝整、秀劲，都有醇厚苍浑的风神。即使汉人篆书亦为方扁，"每驳驳欲入于隶"。如天津市艺术博物馆所藏16字汉印："大富贵昌，宜为侯王。千秋万岁，长乐未央"，字体方正，颇参隶意，风格静穆淳厚，而且和汉乐府《上之回》的"千秋万岁乐无极"、《远如期》的"大乐无岁，与天无极"① 以及汉瓦当用语均很相近，风格亦为古朴醇厚。东汉的《鲜于璜碑》《衡方碑》《张迁碑》及摩崖石刻《石门颂》，尽管风格各异，但都具有醇厚的一面，而且是最基础的一面。

最后，静中求动，是汉隶审美特点的时代个性。无论宽博茂密的丰碑，或是苍茫肃穆的大碣，都在静穆中追求动态。即便是宽绰疏朗、闲逸自在的《石门颂》，"其行笔真如野鹤闲鸣，飘飘欲仙"（杨守敬《评碑记》语）。端庄典雅、紧密森然的《史晨碑》，因结体右斜，捺笔长画多向右伸，步伍整齐，字字齐步共趋，而富有群体性动态。至于《华山碑》淋漓顿挫，四体张扬，骏发之态尤难穷极，然动中依然蕴涵苍茫肃敬之气。《礼器碑》如簪裾礼乐，文质彬彬，然笔笔逸气纵横，属于内静而外动。

总而言之，醇厚来自于静穆，骏发生自于气势，气动厚静，内静外动，是汉隶的总体的审美风格。

近人马宗霍《书林藻鉴》则分论东西两汉隶书："书体虽大备于汉，东西两京，要自有殊。高祖以马上得天下，一切尚简，惟秦是因。秦以法为教，隶书又作于狱吏，成于刀笔，施于案牍，固法家之书也。非惟法家用之，其体险劲刻激焉。萧何本秦法吏，故为汉草律，遂以法家书为课士之最目，而开一代之则。历文、景、武、昭、宣，复皆杂霸为政……治既尚法，故终西京之势，内而朝廷，外而郡国，亦尚法家之书……及光武中兴，爱好经术，先访儒雅；明、章继轨，亦扇其风，于是书体亦由险劲变为冲夷，刻激变为纤缓……至桓灵之际，八分大盛……虽结体或方或圆，取势或肆或敛，莫不俯仰委它，雍容揖让，有儒者之度，是故八分书者，儒家之书也……故较论两汉之书，儒法二体，实为大限。"② 西汉隶书险劲刻激，东汉则冲夷纤缓，尚为卓识。然西汉隶书动中寓静，东汉则静中含动。西汉隶书处于普及，文生于野，上承秦篆，故以动为主；东汉则隶书渐趋于定型，只在内部结构追求变化，故以静为主。然仍保留西汉折转重捺，依然留存动态，只是没有西汉那种原创的"野性"。书体与书法为社会知识阶层的普泛化活动，并非某一二学派的趋向所能范围。

应当强调的是，东汉后期，特别是桓、灵时的摩崖石刻、丰碣巨碑中，有不少庆祝颂铭之文，或文中有诗，或纯出四言颂体，都与汉隶石刻结合在一起。如《石门颂》《裴岑纪功碑》《大室石阙铭》《礼器碑》《孔庙碑》《封龙山碑》《华山庙碑》《衡方碑》《史晨碑》《郙阁颂》《张迁碑》等，都有四言诗，或颂、铭四言韵体③。它们均显示了书法与诗文之结合，显示了隶书已进入了带有艺术独立的范畴，这当然属于隶书本身以臻极境的必然结果，也预示着促进文学自觉时代的将要到来。

① 华人德：《中国书法史·两汉卷》，江苏教育出版社，2007年，第95－96页。
② 马宗霍：《书林藻鉴》，文物出版社，1984年，第31－32页。
③ 叶鹏飞：《书法与诗词十讲》，文物出版社，2009年，第28页。

《文选》与《文心雕龙》中的几个六朝时语

吴晓峰·江苏大学文学院

作为六朝文学双璧，《文选》《文心雕龙》为我们保存了大量六朝时语，是研究中古汉语词汇的重要史料，值得认真研究，这已经是汉语研究中不争的事实。下面仅选几个词语加以分析，既有助于汉语词汇的研究，也是《文选》与《文心雕龙》文本研究的重要方面。

玄 风

"玄风"为典型的六朝时语，最早用例即出自《文选》与《文心雕龙》。如《文心雕龙·明诗》篇云："江左篇制，溺乎玄风。"这里的"玄风"，显然是就自西晋以来诗坛出现的玄言诗而言的。沈约《宋书·谢灵运传论》云："有晋中兴，玄风独振为学穷于柱下，博物止乎七篇。"这两处的"玄风"都是指六朝时期的谈玄风气。而这个"玄风"则是指远古的遗风。

在《文选》中，"玄风"一词凡四现，且均出自六朝作品。

（1）《文选序》开篇云："式观元始，眇觌玄风。"这两句可以理解为追溯原始时代的历史，考察远古的遗风。"玄风"即远古遗风。

（2）《六臣注文选》[①] 卷三十一之江文通《杂体诗三十首·殷东阳仲文》曰："求仁既自我，玄风岂外慕。"李善注："玄风，谓道也。李充《玄宗赋》曰：慕玄风之遐裔，余皇祖曰伯阳。谢灵运《忆山中诗》曰：得性非外求。"五臣注翰曰："求为仁道，则从我身，玄远之风岂在外慕而得？"李善引李充《玄宗赋》释"玄风"为"道"，即魏晋时期的玄理之道。而李周翰则认为"玄风"当指玄远之风。

二者虽说法不同，但是却又内有在联系。

《四库全书》集部所收《江文通集》卷三《无为论》曰："富之与贵，谁不欲

---

① 为文渊阁所藏《四库全书》之《六臣注文选》，以下引文凡言《六臣注文选》者，皆出自此版本，且不再加注。

哉？乃运而不通也。夫忠孝者，国家之急务也，申生、伍员不得志也。怀道抱德，玄风之所尚，扬雄、东方其职未高也。其大学者，不过儒墨。亦栖栖遑遑，多有不遂也。"在江淹全部作品中只有此两条"玄风"用例，故可相互参证。此处可以看出江淹对"玄风"含义的界定，应该是以"怀道抱德"为崇尚标准的，而扬雄、东方朔就是具有这种道德风尚的代表。《汉书》称扬雄："实好古而乐道，其意欲求文章成名于后世。以为经莫大于《易》，故作《太玄》。传莫大于《论语》，作《法言》。史篇莫善于《仓颉》，作《训纂》。箴莫善于《虞箴》，作《州箴》；赋莫深于《离骚》，反而广之；辞莫丽于相如，作四赋。"又称赞东方朔："其诙达多端，不名一行。应谐似优，不穷似智，正谏似直，秽德似隐。非夷齐而是柳下惠，戒其子以上容。首阳为拙，柱下为工。"可见，这两位"怀道抱德"之人，都是既符合儒家的道德追求，也符合道家的人格理想。故我们对江淹所谓的"玄风"的理解，只有具备了李善和李周翰的双重解释才够准确，即人应具有的一种符合儒、道传统道德规范的超然、旷达而又德行纯粹的风采与气度。

所以，江淹"求仁既自我，玄风岂外慕"句，可直译为"既然追求仁道之德是从我自身做起，那么，追求玄远旷达的德操与气度又怎能从身外去寻求？"

（3）卷三十八，庾元规《让中书令表》："遂阶亲宠，累忝非服。弱冠濯缨，沐浴玄风。"济曰："阶，因。累，重。服，任也。玄风，道教。言遂因亲宠，重辱非常之任。弱冠，二十也。濯缨，入仕也。言少登仕宦，沐浴天子道教。"从文义来看，吕延济对"玄风"的解释基本是正确的。这里庾亮用"玄风"指代君主的德化所感，显然是对"玄风"含义的引申。既然"玄风"是"怀道抱德"的人格气度，那么，用于对最高君主的赞美确实最合适。

（4）卷五十，沈休文《宋书·谢灵运传论》："在晋中兴，玄风独扇，为学穷于柱下，博物止乎七篇。驰骋文辞，义殚于此。"善曰："《续晋阳秋》曰：正始中，王弼、何晏好庄子玄胜之谈，而俗遂贵焉。"铣曰："玄，道。扇，盛也。柱下，谓老子为周柱下史，制《道德经》五千言。博，大也。七篇，谓庄周着书，内篇有七也。言中兴之后，人承王弼、何晏之风，学者义理尽于庄老。殚，尽也。"沈约在这里用形象化的语言描述了晋代"玄学"盛行的状况，因此这个"玄风"明显是指谈论玄理的思潮和风气。

《说文·玄部》："玄，幽远也。黑而有赤色者为玄。"王筠句读补正："幺，玄二字古文本同体，特两音两义耳，小篆始加'人'以别之。"《说文·幺部》："幺，小也。"朱骏声《说文通训定声》云："此字当从半糸。糸者，丝之半；幺者，糸之半。细小幽隐之谊。玄从此，会染丝意。"故"玄"的本义由原细小幽隐不易见之丝，转而专指丝织品染的颜色，即许慎所谓的"黑而有赤色者"。《诗·豳风·七月》"载玄载黄，我朱孔阳"，即为例证。后来《老子》则引申为玄妙、深奥、玄远难以察觉的意思，所谓"玄之又玄，众妙之门"（第一章）。因为难见，所以《庄子》书中又引申出空间距离上的遥远，所谓"玄古之君天下，无为也，天德而已矣"。（《天地》）

《说文·风部》："风，八风也。"《广雅·释言》："风，气也。""风"就是自然界空气流动的现象，因为风吹物动，故引申出风教、风化以及风俗、习尚、风气等含义。

故"玄风"二字在六朝时候结合成固定词语，也分别保存了"玄"与"风"作为单音词时的多种含义。如《文选序》的"远古遗风"，江淹作品中的"玄远旷达的德操气度"以及"谈玄的风尚""君主的德化"等。至于后世的"仙道""道教的玄天之风"等义项则是更晚出的含义，不在这里不做讨论。

"玄风"在六朝时期形成的这几个义项，在后世逐渐定型，并在具体语境中得到了灵活运用。如《四库全书》经部"玄风"的三个用例，分别出自两部文献：

（1）唐李鼎祚撰《周易集解》，原序云："臣少慕玄风，游心坟籍，历观炎汉，迄今巨唐，采群贤之遗言，议三圣之幽赜，集虞翻、荀爽三十余家，刊辅嗣之野文，补康成之逸象。"此"玄风"明显是就讲求玄理的风尚而言的。

（2）清秦蕙田撰《五礼通考》有两例：第一例，卷一百十七吉礼《祭先圣先师》："若乃尧舜禹于君位，则稷契与我并为臣矣。师玄风于洙泗，则颜子吾同门也。"此"玄风"是指孔子的学说和教化，是为"君主德化"的引申。第二例，卷一百十七嘉礼五十《学礼》："朕虽道谢玄风，识昧睿知，然仰禀先诲，全遵猷旨，故推老以德，立更以言，父焉斯彰，兄焉斯显矣。"从当前的语境来看，全句意为我虽然学问、才德不如古代贤圣，见识又是很不高明，但能恭敬地学习先贤教诲，认真遵从教化，所以才能施行推老、立更的政策，崇德立言，使长幼有序、尊卑有等。故此"玄风"应该是江淹所谓"怀道抱德"的德操。

作　者

萧统在《文选序》中说："至于今之作者，异乎古昔。古诗之体，今则全取赋名。"刘良注曰："言今之述作者，诗赋殊体，不同古诗，随志立名者也。谓班固云'赋者古诗之流'。"此段话意为：今天从事文章写作的人，与古代的不同。古诗这种体裁，如今都以赋为名了。萧统这种认识确实源于班固《两都赋序》所谓"赋者古诗之流也"。《文选序》又说："作者之致，盖云备矣。"意为作者的创作情趣，可以说是非常完备了。此二处的"作者"均指从事文章写作的人。与现代汉语中"作者"的词义基本相同。《文选》中具有这个含义的"作者"用例尚有 8 例，分列于下：

（1）左太冲《三都赋序》："作者大氏举为宪章。"

（2）潘安仁《笙赋》："固众作者之所详，余可得而略之也。"此"众作者"与"余"对言，当指前文所列《洞箫赋》《长笛赋》《琴赋》的写作者王褒、马融、嵇康等。

（3）曹子建《与杨德祖书》："然今世作者，可略而言也。昔仲宣独步于汉南，孔璋鹰扬于河朔。"

（4）曹子建《与杨德祖书》："刘季绪才不能逮于作者，而好诋诃文章，掎摭利病。"张铣注："逮，及也。掎，偏。摭，拾。利，善。病，恶也。言偏拾人善恶。"说刘季绪才能不怎么样，还算不上一个好作者，却喜欢批评别人的文章，专挑人家的毛病。

（5）曹子建《与杨德祖书》："实赋颂之宗，作者之师表也。"

（6）皇甫士安《三都赋序》："故作者先为吴蜀二客盛称其本土险阻环琦可以偏王。"

（7）皇甫士安《三都赋序》："作者又因客主之辞，正之以魏都，折之以王道。"

（8）魏文帝《典论论文》："是以古之作者，寄身于翰墨，见意于篇籍。不假良史之辞，不托飞驰之势，而声名自传于后。"

上述"作者"均可解作从事文章写作的人，且无一例外，均出自六朝文献，其中最早用例不过三国魏。检索《四库全书》，亦可证实此说。

《文心雕龙》中"作者"用例有 5 处：

（1）《征圣》："夫作者曰圣，述者曰明。陶铸性情，功在上哲。"

（2）《杂文》："自七发以下，作者继踵。"

（3）《诸子》："迄至魏晋，作者间出。"

（4）《定势》："世之作者或好烦文博采深沉其旨者，或好离言辨白分毫析厘者，所习不同所务各异。"

（5）《情采》："而后之作者，采滥忽真，远弃风雅。"

可见，《文心雕龙》中的"作者"与《文选》中"作者"含义相同，均指从事文章写作的人，且这个含义一直沿用至今，成为"作者"一词的固定含义。

若斯之流与若斯之类

这个固定短语产生于六朝。萧统《文选序》在论及古代谋臣辩士的言论时对其评价很高，称"贤人之美辞，忠臣之抗直，谋夫之话，辩士之端，冰释泉涌，金相玉振""盖乃事美一时，语流千载，概见坟籍，旁出子史"。但是他却不想将其收录进《文选》中收录，因为"若斯之流，又亦繁博，虽传之简牍，而事异篇章，今之所集，亦所不取"。"若斯之流"的意思很清楚，就是我们现在常说的"诸如此类"的意思。基本用法是前面罗列一系列类似的情况，然后用"若斯之流"来概括这些情况，说明它们具有某种相同特点。从现存文献资料来看，这个短语乃是萧统首创。检索《四库全书》证明，除《文选》外，"若斯之流"的最早用例就是《晋书·载记第十》："若斯之流，抱琳琅而无申，怀英才而不齿，诚可痛也。"其次为北宋郭忠恕《佩觿》："有宠字为宠，锡字为锡，用文代文，将无混无，若斯之流，便成两失。"其余再无早于唐代的先例了。然而，与"若斯之流"用法、含义相近的"若斯之类"却在《文选》所存六朝其他作品中，以及与之时代相近的范晔《后汉书》、沈约《宋书》、刘勰《文心雕龙》等文献中有多处使用。由于这些文献均为六朝文献，且在早于六朝的文献中又没有见到其他用例，故它们可以作为"若斯之类"这个短语为六朝时语的显证。现列举如下：

（1）《六臣注文选》卷四，左思《三都赋序》云："相如赋上林而引卢橘夏熟，扬雄赋甘泉而陈玉树青葱，班固赋西都而叹以出比目，张衡赋西京而述以游海若，假称珍怪以为润色，若斯之类，匪啻于兹。"刘渊林注谓："凡此四者，皆非西京之所有也。"左思之意，认为著名的"汉赋四大家"在描述京都的时候，都分别列举出京都的珍稀物产以示炫耀，但是这些物产却都不是真正的京都物产，只是作者为了创作需要假托这些珍稀物产来润色自己的文章而已。所以，左思最后用"若斯之类"四个字概括了所有这些"假称珍怪以为润色"的现象，并说，喜欢这样做的作家还不止这几位，"匪啻于兹"即不止于此的意思。所以，"若斯之类"直译过来就是"诸如此类的情况"。值得注意的是，"匪啻"一词也为六朝时语，先秦文献已有"不啻"的结构，"匪"与"不"均为"非"，所以，六朝的"匪啻"即先秦以来的"不啻"。

（2）南朝宋范晔《后汉书·列女传》："《诗》《书》之言女德，尚矣。若夫贤妃助国君之政，哲妇隆家人之道，高士弘清淳之风，贞女亮明白之节，则其徽美未殊也，而世典咸漏焉。故自中兴以后，综其成事，述为列女篇。如马、邓、梁后，别见前纪；梁嫕、李姬，各附家传。若斯之类，并不兼书。"

此处的"若斯之类"义指：如"马、邓、梁后，别见前纪；梁嫕、李姬，各附家传"之类已经见于别传的，都不再另立传。

（3）梁沈约《宋书》："有韩娥者，东之齐，至雝门，匮粮，乃鬻歌假食，既而去，余响绕梁三日不绝，左右谓其人不去也。过逆旅，逆旅人辱之，韩娥因曼声哀哭，一里老幼悲愁垂涕，相对三日不食，遽而追之，韩娥还，复为曼声长哥，一里老幼喜跃抃舞，不能自禁，忘向之悲也。乃厚赂遣之，故雝门之人善哥哭，效韩娥之遗声。卫人王豹处淇川，善讴，河西之民皆化之。齐人绵驹居高唐，善哥，齐之右地亦传其业。前汉有虞公者，善哥，能令梁上尘起。若斯之类，并徒哥也。"此"若斯之类"指：如韩娥、王豹、绵驹、虞公等人所唱的歌。

（4）北齐魏收《魏书》卷一百八之四："晋博士许猛《解三验》曰：《小雅》曰：君子作歌，惟以告哀。《魏诗》曰：心之忧矣，我歌且谣。若斯之类，岂可谓之金石之乐哉？是以，徒歌谓之谣，徒吹谓之和。记曰：比音而乐之，及干戚、羽毛，谓之乐。若夫礼乐之施于金石，越于声音者，此乃所谓乐也。"此"若斯之类"指前所列之"君子作歌，惟以告哀"与"心之忧矣，我歌且谣"之类情况，认为它们只属于徒歌，还不能算作真正的乐。

（5）梁刘勰《文心雕龙》中"若斯之类"凡三见：

《诏策》云："逮光武拨乱，留意斯文。而造次喜怒，时或偏滥。诏赐邓禹，称司徒为尧；敕责侯霸，称黄钺一下。若斯之类，实乖宪章。"汉光武帝刘秀平定王莽之乱以后，很重视《诏策》之类文章的写作。但是有时候也会受到喜怒情绪的影响而出现行文草率的情况。如诏诰邓禹的策书竟然称赞司徒邓禹是尧，而斥责侯霸的策书则说他将要"黄钺一下",即把他杀头。所以,刘勰说汉光武所下的这类策书是有违宪章的。故此"若斯之类"就是指汉光武"称司徒为尧"与"称黄钺一下"之类造次而成的策书。

另二例均见于《比兴》篇:"如麻衣如雪,两骖如舞,若斯之类,皆比类者也。"又曰:"比之为义,取类不常。或喻于声,或方于貌,或拟于心,或譬于事。宋玉《高唐》云:'纤条悲鸣,声似竽籁。'此比声之类也;枚乘《菟园赋》云:'焱焱纷纷,若尘埃之间白云。'此则比貌之类也;贾生《鹏赋赋》云:'祸之与福,何异纠缠。'此以物比理者也;王褒《洞箫赋》云:'优柔温润,如慈父之畜子也。'此以声比心者也;马融《长笛赋》云:'繁缛络绎,范蔡之说也。'此以响比辩者也;张衡《南都赋》云:'起郑舞,茧曳绪。'此以容比物者也。若斯之类,辞赋所先。日用乎比,月忘乎兴。习小而弃大,所以文谢于周人也。"

以上诸例反映了"若斯之类"这种语言现象在六朝时期书面语中的使用情况,与萧统《文选序》之"若斯之流"意义基本相同,都是先罗列几种类似的情况,然后用"若斯之流"或"若斯之流"进行总括。这种语言现象直到今天仍然在人们的口语或书书面语中广泛使用,如"诸如此类""如此种种""如此之类"等说法的意义与六朝时期的"若斯之流""若斯之流"基本一致;不同的是,萧统的"若斯之流"没有贬斥的语言色彩,而现代汉语中如果说"如此之流",则往往有贬义色彩。

篇什

《辞源》解释"篇什"云:"《诗经》的'雅''颂'十篇为一什。后因称诗篇为篇什。《晋书·乐志》:'三祖纷纶,咸工篇什。'南朝梁钟嵘《诗品》:'永嘉时,贵黄老,稍尚虚谈,于时篇什,理过其辞,淡乎寡味。'"

《汉语大词典》有"篇什"一词的解释:《诗经》的"雅"和"颂"以十篇为一什,所以诗章又称"篇什"。《晋书·乐志上》:"三祖纷纶,咸工篇什。"北齐颜之推《颜氏家训·文章》:"兰陵萧悫,梁室上黄侯之子,工于篇什。"《隋书·经籍志四》:"梁简文之在东宫,亦好篇什。"唐唐彦谦《乱后经表兄琼华观旧居》诗:"醉中篇什金声在,别后音书锦字空。"宋苏轼《艾子杂说》:"闻足下篇什甚多,敢乞一览。"郑振铎《中国俗文学史》第十四章:"最可注意的是《西调鼓儿天》,这是'一套'咏思妇的最好的篇什。"

从这两种工具书所举"篇什"用例来看,最早是《颜氏家训》,其次是《晋书·乐志》,再次为南朝梁钟嵘《诗品》。似在说明该词语为六朝时产生的新词。这是对的,但是《汉语大词典》所举用例却不严密,不仅不能揭示"篇什"的真正语源,而且对于"篇什"词义的理解也过于绝对化,不能准确反映"篇什"词义的演变过程。这从《文选序》中"篇什"的用例就看得出来。

《文选序》云:"若其赞论之综缉辞采,序述之错比文华,事出于沉思,义归乎

昭明文苑 增华学林——《文选》与《文心雕龙》国际学术研讨会论文集 一

翰藻，故与夫篇什，杂而集之。"李善未注。五臣注：济曰：什，拾也。言赞论用思深远，故与篇章同拾而集之①。将"篇什"分为二词，不合文意。如上文所述，这段文字是说史书中的赞论、序述富有文采，所以才与"篇什"一起错综编辑而成文集。"篇什"为一固定词语，不可再分。因上文综述何文可选，何文可不选，然后才说到史书的赞论、序述可选，并说它们可与"篇什"一起"杂而集之"。下文接着就总结说："远自周室，迄于圣代，都为三十卷，名曰《文选》云尔。"显然，此"篇什"当指萧统在上文所述其所选的除赞论、序述以外的各体文学作品之总名，不应仅仅指诗章一个方面。

全面检索《四库全书》所存资料，在六朝前文献中没有"篇什"用例，最早出现这个词语的是南北朝文献中。除《文选序》外，还有 5 例。

（1）刘勰《文心雕龙·明诗》："至于三六杂言，则自出篇什；离合之发；则明于图谶；回文所兴，则道原为始；联句共韵，则柏梁余制。"

这是刘勰在追述各体诗歌的产生源头时所说的话。译为：三言、六言、杂言诗，它们都源于《诗经》。至于"离合诗"的产生，是从汉代的图谶文字开始的；"回文诗"的兴起，则是宋代贺道庆开的头；而几人合写的"联句诗"，是继承《柏梁诗》而来的②。

这里刘勰明显是以"篇什"代指《诗经》，也许这就是"篇什"的最初含义。应源于现存《诗经》"雅"和"颂"以十篇为一什的编辑体例。

（2）钟嵘在《诗品》卷一中评价建安至晋代诗坛的发展演变时说："永嘉时贵黄老，稍尚虚谈。于时篇什，理过其辞，淡乎寡味。"

钟嵘《诗品》意在品诗，所论的都是诗歌的发展状况，这里所品评的正是永嘉年间玄言诗刚刚出现时的特点，因此，这个"篇什"明显是指诗歌作品，不能代指《诗经》了。

（3）《昭明太子集》卷四《答晋安王书》："相如奏赋，孔璋呈檄。曹刘异代，并号知音。发叹凌云，兴言愈病，尝谓过差，未以信然。一见来章，而树诿忘瘠，方证昔谈非为妄作。炎凉始贸，触兴自高。睹物兴情，更向篇什。""篇什"也当指抒情写物的各体文学作品。

（4）北齐魏收所撰《魏书》列传第六十五云："纳民轨物，莫始于经礼；菁莪育才，义光于篇什。"意思是说，规范人民的行为，协调社会秩序没有不从儒家经典著作和礼仪制度开始的，而像《诗经·菁菁者莪》所描述的那样长育人材，其美好意义也会通过篇什来呈现。在这里，"篇什"承"菁莪育才"而言，解作诗歌作品较为合适。

（5）北齐颜之推《颜氏家训》卷上："兰陵萧悫，梁室上黄侯之子。工于篇什，

① 日本足利学校藏宋刊明州本六臣注《文选》，人民文学出版社，2008 年，第 21 页。
② 陆侃如，牟世金：《文心雕龙译注》，齐鲁书社，1995 年，第 148 页。

尝有《秋诗》云：芙蓉露下落，杨柳月中疎。""篇什"当指诗歌作品。

以上为六朝时"篇什"用例情况，当时词义由最初代指《诗经》，发展为代指诗歌作品、文学作品。在隋以后文献中，"篇什"就多指诗歌作品而言了。如隋太子通事舍人李百药所作《北齐书》卷四十五，列传第三十七之《文苑》云："齐氏变风，属诸弦管；梁时变雅，在夫篇什。莫非易俗所致，并为亡国之音。"也指诗歌作品。

唐颜师古《匡谬正俗》卷一："薄，郑诗《野有蔓草》篇云：'野有蔓草，零露薄兮。有美一人，清扬婉兮。'《诗》古本有水旁作专字者，亦有单作专字者，后人辄改为之溥字，读为团圆之溥。作辞赋篇什用之。""篇什"与"辞赋"并言，亦当是指诗歌。

唐房玄龄等《晋书》卷二十二志第十二乐上："三祖纷纶，咸工篇什，声歌虽有损益，爱玩在乎雕章。"三祖指三国魏之武帝曹操、文帝曹丕、明帝曹叡，三人皆能诗能文。如果释"篇什"为文学作品也可以，但联系下文"声歌虽有损益"来看，则显然是说他们的诗歌创作水平长短有别。故"篇什"仍指诗歌为宜。以下几个"篇什"用例都出自唐人所做的六朝史书文献，含义有指诗歌的，亦有指文学作品的。如：

唐姚思廉《梁书》卷二十一，列传第十五："恽立行贞素，以贵公子早有令名。少工篇什，始为诗曰：亭皋木叶下，陇首秋云飞。""篇什"指诗歌。

唐令狐德棻等《周书》卷三十四，列传第二十六："雅好宾游，每良辰美景，必招引时彦，宴赏流连，间以篇什。"这指创作诗歌。

唐令狐德棻等《周书》卷四十，列传第三十二："神举雅好篇什，帝每有游幸神举恒得侍从。"宇文神举因"雅好篇什"，而得以随侍皇帝身边。后文则说"神举伟风仪，善辞令，博涉经史，性爱篇章，尤工骑射。"可见，这里的"篇什"与"篇章"同义，是说宇文神举很有文采，善于写作。所以"篇什"不仅仅指他能写诗，应该是指他诗文俱佳。

唐长孙无忌等《隋书》卷三十五，志第三十，经籍四："梁简文之在东宫，亦好篇什，清辞巧制，止乎衽席之间，雕琢蔓藻，思极闺闱之内。"这个"篇什"则是指萧纲善于作宫体诗。

综上所述，"篇什"一词，始自六朝，词义由代指《诗经》而逐渐演变为指诗歌，后来又指文学作品，与《文选序》中"事异篇章"之"篇章"同义。这两种意义直到唐代用的都是它的基本含义。

贸

左思《蜀都赋》："都人士女，袨服靓妆；贾贸墆鬻，舛错纵横。"刘渊林注曰："苏林曰：袨服，谓盛服也。张揖曰：靓，谓粉白黛黑也。墆，贮也。"吕向注曰："贾，卖也。贸，易也。墆，贮。鬻，贩。舛错，犹交错也。"左思描述蜀都的市井繁华，只见街市上的靓男俊女，都是盛装华服；而市场上商贾的交易、买卖活动也非常繁忙，贮存和贩卖的货物交错纵横地堆积。所以，这个"贸"就是指市场交易。吕向所谓"易也"是对的。"贸"作为交易、买卖解的义项产生较早。《诗经·卫风·氓》："氓之蚩蚩，抱布贸丝。"朱熹《诗集传》："贸，买也。"高亨注曰："贸，交换。"《尔雅·释言》："贸，买也。"郝懿行《义疏》："市兼买卖二义。"《说文·贝部》："贸，易财也。"从诸家之释可知，"贸"的本意是指在市场上买东西，也因而指市场交易、买卖活动。左思此例之"贸"即用本义。

《文选》中"贸"作为独立词语的用例除此条外尚有6例，从中可见六朝时该词语的意义发展演变情况：

（1）左太冲《吴都赋》："涩嚚枀戮，交贸相竞。谊哗喤呷，芬葩荫映。挥袖风飘，而红尘昼昏；流汗霡霂，而中逵泥泞。"李善注曰："《苍颉篇》曰：嚚，不止也。枀戮，众相交错之貌。《方言》曰：戮，猥也。喤，通也。《说文》曰：呷，吸也。《史记》苏秦说齐王曰：举袂成帐，挥汗成雨。毛苌《诗传》曰：小雨谓之霡霂。杜预《左氏传注》曰：泞，泥也。"吕向注曰："涩嚚，言语不止貌。枀戮，错乱貌。交为贸易，相与竞利也。谊哗、喤呷，皆声也。芬葩、荫映，人众多而相映也。挥袖，谓人众之甚也。言各动袖求风而得尘起，昼日昏暗，汗流于地，而道路有泥泞。霡霂，小雨。言汗似之。""贸"，亦为交易、买卖。

（2）左太冲《魏都赋》："质剂平而交易，刀布贸而无算。"刘渊林注曰："《周官》曰：以质剂结信而止讼。郑玄曰：质剂，谓两书一札而别之也。若今下手书保物要还矣。质，大贾也。剂，小贾也。刀布，钱刀之谓。荀卿书曰：省刀布之敛。"吕延济注曰："质剂，市吏主平物价，物价平而复交易也。刀，钱也。言钱布相与交易，不可胜算。""贸"，亦为交易、买卖。

（3）吴季重《在元城与魏太子笺》："古今一揆，先后不贸。"李善注曰："《尔雅》曰：贸，易也。"意为：古今道理都是一样的，前后没有什么变化。"贸"有变化、改变等意义。

（4）韦弘嗣《博弈论》："衮龙之服，金石之乐，足以兼棋局而贸博弈矣。"李善注曰："《周礼》曰：三公自衮冕而下。郑玄曰：衮龙，九章衣也。《东都赋》曰：修衮龙之法服。《左氏传》曰：晋侯以乐之半赐魏绛，始有金石之乐。《广雅》曰：贸，易之也。"吕向注曰："衮龙，诸侯服饰也。金石，乐也。兼，并。贸，易也。"意为：封侯进爵而得穿衮龙之服，享金石之乐，足可以抵偿得了在棋局上博弈的价值了。此"贸"为交换、抵偿之义。

（5）陆士衡《辨亡论上》："战守之道，抑有前符。险阻之利，俄然未改。而成败贸理，古今诡趣，何哉？彼此之化殊，授任之才异也。"吕向注曰："符，法。贸，易。诡，变。趣，事也。战守之道，自有古法。且吴阻险之间尚未改，然昔者曹刘之众胜于晋兵，而吴终成帝业。今晋师不如曹刘，而反败吴国，成败易理，古今事变，何也？则彼此政化有殊，而授任群臣有疑心故也。彼谓孙权时，此谓孙皓时。言孙权任人不疑，皓用人有贰也。"此"贸"亦为改变、变化之义。

（6）潘安仁《马汧督诔》："若乃下吏之肆其噂害，则皆妬之徒也。嗟乎！妬之欺善，抑亦贸首之雠也。"李善注曰："《楚辞》曰：口噂闭而不言。然则口不言，心害之为噂害也。《广雅》曰：妬，害也。言疾妬之徒，欺此善士，抑亦同彼贸首之雠也。《战国策》曰：甘茂与樗里疾，贸首之雠也。"刘良注曰："肆，恣。噂，毒。贸，易也。言怨害者，皆嫉妬之徒也。嗟乎，岳叹也。言嫉妬之人，欺其善行，当以已首易人之首为雠也。"意为：嫉妒害人之徒，欺辱迫害善良之人，就像对待可以用自己的头去交换的敌人一样。此"贸"当为交换、抵偿之义。

综上所述，"贸"在六朝，在保留了先秦交易、买卖等本义的基础上，还产生了改变、变迁等新义。另据《四库全书》，"贸"在六朝亦有交互、错杂的意思，如南朝宋裴骃《〈史记集解〉序》："而世之惑者，定彼从此，是非相贸，真伪舛杂。"正是由于"贸"有变化、变迁的含义，并进而产生了"迁贸"一词。《文选》中"迁贸"用例见于任彦升《为范始兴作求立太宰碑表》："而藏诸名山，则陵谷迁贸。府之延阁，则青编落简。"吕延济注曰："迁，移。贸，易也。延阁，书府也。言着书藏名山，则恐山谷移易。置诸书府，则复编简残毁。言不如立碑之长久也。"可见，此例之"迁"与"贸"同义，"贸"不是交易、买卖的意思，而是变易、变化的意思，与"迁"组成同义的复合词。

"迁贸"一词，《辞源》未收，《汉语大词典》以"变迁；变革"释之。检索《四库全书》，有庾信《拟连珠》之十："盖闻市朝迁贸，山川悠远。是以狐兔所处，由来建始之宫；荆棘参天，昔日长洲之苑。"梁萧子显《南齐书·武十七王列传》："回复迁贸，曾非委积。"隋李百药《北齐书·王琳列传》："朝市迁贸，传骨鲠之风；历运推移，表忠贞之迹。"以上各例中"贸"为变迁、改变、变化等意义。因六朝时期"贸"的交易、交换义演变出了变化、变迁的意义，从而出现了"迁贸"一词，其变迁、变革意义也为当时文人所接受。

另外，任彦升《为卞彬谢修卞忠贞墓启》："而年世贸迁，孤裔沦塞。"李善注曰："《广雅》：贸，易也。"张铣曰："裔，嗣。沦，沈也。言年代迁易，后嗣孤弱而沈塞。"此"贸迁"与上文"迁贸"同义。为变化、改变、迁移的意思。这里任昉是将"贸迁"与"迁贸"作为意义相同的词语。但"贸迁"一词产生很早，最初含义仍为交易、买卖之义。最早见于汉荀悦《申鉴·时事》："事势有不得，官之所急者，谷也。牛马之禁，不得出百里之外，若其它物，彼以其钱取之于左，用之于右，贸迁有无，周而通之。"且在后世，该词义仍然适用，如唐刘知几《史通·叙事》："费词既甚，叙事才周。亦犹售铁钱者，以两当一，方成贸迁之价也。"清蒲松龄《聊斋志异·罗刹海市》："贸迁之舟，纷集如蚁。"也单指购买货物。如唐张九龄《让赐宅状》："臣之俸禄，实为丰厚，以此贸迁，足办私室。"所以，"迁贸"作为六朝新词语，有变迁、变化的意思。而"贸迁"不是六朝新词语，在后世与"迁贸"意义也不同。

梗　概

《文选》"梗概"用例有 5 个。

（1）张平子《东京赋》："东京之懿未罄，值余有犬马之疾，不能究其精详。故粗为宾言其梗概如此。"薛综注曰："懿，美也。罄，尽也。先生言东京之美未尽，遇我有疾，故不能究其美事也。粗，犹略也。宾，西京也。梗概，不纤密，言粗举大纲，如此之言也。"李善注曰："孔丛子谓魏王曰：臣有犬马之疾，不任国事。毛苌《诗传》曰：详，审也。"李周翰注曰："究，亦尽也。梗概，犹大纲。宾，谓公子也。先生称犬马，谦也。"意为东京洛阳的美还没有说尽，恰逢我得了病，所以不能做更加精细、详尽的探究。因此，只能粗略地向凭虚公子您描述一个大概的情形。"梗概"亦为大纲，或者指大略的、粗略的、大概的情况等，为名词。

（2）左思《吴都赋》："略举其梗概，而未得其要妙也。"吕向注："梗概，大纲也。"意为只是简略地举其大纲，还不能将其间的精妙之处传达出来。"梗概"相当于大概的、概要的、大略、大纲等意义，为名词。

（3）左思《魏都赋》亦云："齐龙首而涌溜，时梗概于滤池。"李善注："齐龙首而涌溜，谓为龙首，承檐四隅，而以泻溜也。《说文》曰：溜，屋水流也。《东京赋》曰：其梗概如此。《毛诗》曰：滤池北流。"吕延济注："殿屋上四角皆作龙形于椽头，雨水注入于龙口中，泻之于地。梗概，犹仿佛也。滤池，谓停水以灌稻也。言涌溜之水仿佛似也。"意为将殿屋四角的椽头做成整齐的龙首形，以承接雨水，当雨水蓄满从龙口涌出的时候，就像蓄水池里的水灌溉庄稼一样喷涌而出。这个"梗概"就是仿佛，指大概、差不多、相似，作副词。

（4）刘孝标《重答刘秣陵沼书》："故存其梗概，更酬其旨。"李善注曰："《东京赋》曰：其梗概如此。"吕向注曰："梗概，粗略也。酬，报。旨，意也。"刘孝标意为所以保存原书的大纲，再次回答刘沼原文的主要意见。"梗概"指大纲、大概的情况、粗略的样子等，为名词。

（5）刘孝标《辨命论》："请陈其梗概。"李善注曰："《东京赋》曰：其梗概如此也。"意为请于此陈述其大概。此"梗概"与上例同义，亦指大纲、大概、粗略的情况，为名词。

《文心雕龙》中"梗概"两见，意义与《文选》不完全相同，由文笔粗略引申为文笔风格慷慨有风骨。

《诠赋》："景纯绮巧，缛理有余。彦伯梗概，情韵不匮。"意为郭璞的赋词采巧丽，但阐述义理太过。袁宏的赋文笔粗略，但意蕴深刻。

《时序》："观其时文，雅好慷慨。良由世积乱离，风衰俗怨。并志深而笔长，故梗概而多气也。"意为试看这一时期的文章，多喜欢慷慨激昂的风格。实在是长期的社会动荡、风气衰落、人心忧怨所致。所以作者的情志深刻而笔意深远，作品也就激昂慷慨而气势壮阔。

"梗概"为六朝时语，其大纲、大略、粗略等含义产生于汉末，在六朝时期通用起来，而其用以形容文笔风格的"激昂慷慨"意义则自刘勰《文心雕龙》始。

风　流

《文选》中"风流"一词用例很多，含义亦不尽相同。如潘岳《西征赋》："五方杂会，风流溷淆。惰农好利，不昏作劳。密迩猃狁，戎马生郊。"李善注曰："《汉书》曰：秦地五方杂错，风俗不纯。富人则商贾为利。《说文》曰：溷，乱也。溷或为浑。《尚书》曰：惰农自安，不昏作劳。《左氏传》曰：以鲁国之密迩仇雠。《毛诗》曰：猃狁孔炽。《老子》曰：天下无道，戎马生郊。"吕向注："五方所凑，溷乱之地，农人怠惰，不强作劳。溷，乱。昏，强也。"吕延济注曰："密迩，近也。猃狁，匈奴也。故戎马生于郊。"从各家之注可知，潘岳此段意为因为是五方杂居之地，所以风俗混杂。百姓不务农业，贪图私利，不重视劳动。又因与匈奴接近，所以附近经常发生战争。"风流"作"风俗"解。以"风流"代指风俗，在《文选》中尚有数例：

（1）嵇叔夜《琴赋序》云："然八音之气、歌舞之象，历世才士，并为之赋颂。其体制风流，莫不相袭。"李善注："《淮南子》曰：晚世风流终败，礼义废。仲长子昌言曰：乘此风、顺此流而下走，谁复能为此限者哉？孔安国《尚书传》曰：袭，因也。"意为八音之气韵、歌舞之表象，历代的才学之士都已经作赋讽诵了。其创作体制与风俗习惯没有不是层层相因的。

（2）任彦升《天监三年策秀才文》："将齐季多讳，风流遂往。"李善注曰："毛苌《诗传》曰：将，且也。《老子》曰：天下多忌讳，而民弥贫。《淮南子》曰：晚世风流终败，礼义废。《上林赋》曰：遂往而不返矣。"意为：况且齐朝忌讳太多，因此风俗也随之败坏了。

（3）任彦升《王文宪集序》："性托夷远，少屏尘杂。自非可以弘奖风流，增益标胜，未尝留心也。"李善注曰："习凿齿《汉晋春秋》曰：王夷甫、乐广俱以宅心事外，名重于时。故天下之言风流者，称王、乐焉。"刘良注曰："夷，易也。弘，大也。标，高也。言公性托简易，志在高远，少小屏弃尘杂之事，自非大劝风俗、增益高远之道者，未尝留心。言志在大不在小也。"意为王俭志趣高远，从小就摒弃尘俗杂念。如果不是有助于改善风俗、增益高远之道的事情，他从不留心。此"风流"应指好的风尚、风俗。"弘奖风流"即发扬光大好的风俗。

（4）任彦升《王文宪集序》："弘长风流，许与气类。"李善注曰："檀道鸾《晋阳秋》曰：谢安为桓温司马，不存小察，尽弘长之风。习凿齿《汉晋春秋》曰：王夷甫、乐广俱以宅心事外，名重于时。故天下之言风流者，称王、乐焉。谢承《后汉书》曰：桓蠡邴营气类，经纬士人。"刘良注曰："弘，大也。风流，谓风化流于天下也。许与，谓招引也。气类，谓同气相求，方以类取也。言招引道义之士与己同也。"此"风流"亦指好的风尚、风俗。意为发扬光大好的风尚，与有道之士同气相求、同声相应。

在《文选》中，"风流"除可以指风俗以外，还可以指人的品行、风操等。如：

（5）袁彦伯《三国名臣序赞》："孔明盘桓，俟时而动。遐想管乐，远明风流。"李善注曰："《蜀志》曰：诸葛亮每自比于管仲、乐毅，时人莫之许也。唯博陵崔叔平、颍川徐元直与亮友善，谓为信然。《周易》曰：君子藏器于身，待时而动。《琴赋》曰：体制风流，莫不相袭。"吕向注曰："蜀相诸葛亮，字孔明也。盘桓，未进时也。俟，待也。亮未见用之时，每自比才如管仲、乐毅，故远知此二人，高风流于前代，可师而行。""远明风流"即明"风流"于远代。在遥远的前代就已经风操显明。此"风流"指风操、品行、美好的情操。

（6）袁彦伯《三国名臣序赞》："标榜风流，远明管乐。"李善注曰："孙绰子曰：圣贤极其标榜，有大力矣。《蜀志》曰：诸葛亮每自比于管仲、乐毅，时人莫之许也。唯博陵崔叔平、颍川徐元直，与亮友善，谓为信然。"李周翰注曰："标榜诸葛，见古人之风流，远明管、毅之才，以自比也。"赞美诸葛亮崇尚美好的情操，远以管仲、乐毅为明确的标准。

"风流"还可以指"风气""风行、流传""遗风""余韵""美好的名声""声望"。

（7）范蔚宗《逸民传论》："自兹以降，风流弥繁。长往之轨未殊，而感致之数匪一。"李善注曰："《琴赋》曰：体制风流，莫不相袭。《西征赋》曰：悟山潜之逸士，卓长往而不返。"张铣注曰："自兹以降，谓许由、伯夷以下也。风流，谓隐居之流也。弥繁，言渐多也。轨，迹也。不殊，言隐逸同也。感致匪一，谓以下事。"此"风流"当指风气。在此即指隐逸的风气。意为自周代以来，隐逸的风气越来越盛行。虽然隐逸的道路一致，但是所表现出来的特征却不相同。

（8）沈休文《宋书谢灵运传论》："然则歌咏所兴，宜自生民始也。周室既衰，风流弥著。"李善注曰："幽厉之时，多有讽刺。在下祖习。如风之散。如水之流、故曰弥着。"李周翰注曰："歌咏，乐也。太古已有乐，则知歌咏从生人始也。周室既衰，怨刺之诗随其风流弥加明著。""风流"指风行流传。即随着周朝的衰落，怨刺之诗也随之风行开来，且更加盛行了。

（9）王仲宝《褚渊碑文》："光昭诸侯，风流籍甚。"刘良注曰："言其风美之声，流于天下籍甚也。籍甚，言多也。""风流"指美好的名声。"风流籍甚"即美好的名声传播更盛。

（10）任彦升《刘先生夫人墓志》："籍甚二门，风流远尚。"张铣注曰："二门，谓刘、王也。"意为刘、王两家名望很盛，遗风久远而美好。

上述诸例证明，"风流"本指自然界的风气流动，而在六朝时期却产生出众多特殊的含义。检索《四库全书》可知，除《文选》所存上述各例所具有的含义以外，六朝时期"风流"还有风度、杰出人物等含义。如：《后汉书·方术传论》："汉世之所谓名士者，其风流可知矣。"《晋书·谢混传》："谢晦谓刘裕曰：'陛下应天受命，登坛日恨不得谢益寿奉玺绂。'裕亦叹曰：'吾甚恨之，使后生不得见其风流！'"《魏书·元彧传》："临淮虽风流可观，而无骨鲠之操。""风流"皆指风度。《晋书·刘毅传》："六国多雄士，正始出风流。"此"风流"当指杰出的人物。

刘勰《文心雕龙》中"风流"一词也有不同含义。如"兴发皇世，风流《二南》"（《明诗》），"风流"指遗风流传。"自斯以后，体宪风流"（《诏策》），"风流"指随风流散，喻为消失；"揄扬风流"（《时序》），"风流"指文章写作；"虽滔滔风流，而大浇文意"（《才略》），"风流"亦指随风流散，消失。

《文选》与《文心雕龙》中"风流"的不同含义在后世均有留存。由自然界的风气流动引申为消散、风俗、风气、遗风及风采、风度、杰出人物等含义。

论纪昀对《文心雕龙》的接受

徐美秋·江苏大学文学院

纪昀（1724—1805）以学问、文章名著于乾嘉时期，纪氏在文学批评上也成就斐然，既有理论批评，也有大量的具体评点，可谓深入细致。纪昀评阅《文心雕龙》时正是他诗文评点的高峰期。乾隆三十六年（1771）夏天，纪昀刚从谪戍乌鲁木齐回到京师待命，闲居多暇，于是校阅点评前人诗文，并整理旧稿，成果丰硕：点勘《唐诗鼓吹笺注》并过录赵执信评语，评阅韩偓《翰林集》和《香奁集》，批校《玉台新咏》两次，校阅《文心雕龙》，整理并完成《纪评苏文忠公诗集》和《瀛奎律髓刊误》。此后一年多，纪昀又批校《玉台》三次，完成《玉台新咏校正》，不久便进入四库全书馆转向考证，直到乾隆六十年（1795），才有试律诗《我法集》的创作与评论。

刘勰《文心雕龙》既是纪昀的评点对象，也是其批评立论的依据。纪昀对《文心雕龙》的接受，包括评点对话和引申应用两个方面，在中国文学批评史上有着重要意义。前者，主要是阐论《文心雕龙》救时弊、标自然的主旨，从中提炼普遍的文法，阐发常见文病，还有不少批驳、存疑的意见等，对此学界已有较清晰的论述①。本文只就汪春泓提出的纪评《文心雕龙》的"浮躁"心态略作辨析。后者，主要见于其《玉台新咏》批校、《四库全书总目》以及《我法集》等，相关研究寥寥无几，目前唯见《四库总目》之"龙学"已有所论述②。故本文主要从《玉台新咏校正》和《我法集》中考察、阐述纪昀对《文心雕龙》的接受。

---

① 代表作如：汪春泓：《关于纪昀的〈文心雕龙〉批评及其文学思想之研究》，《北京大学学报（哲学社会科学版）》，2001 年第 5 期，第 75 – 84 页；沙先一：《论纪昀的〈文心雕龙〉研究》，《徐州师范大学学报（哲学社会科学版）》，2002 年第 3 期，第 66 – 69 页；黄霖：《中国古代文学批评史学论略》（代前言），黄霖编著《文心雕龙汇评》，上海古籍出版社，2005 年，第 35 – 39 页；陶原珂：《〈纪晓岚评注文心雕龙〉之文体观》，《中州学刊》，2006 年第 2 期，第 204 – 207 页；李婧：《论纪昀对〈文心雕龙〉文体论的评点》，《盐城师范学院学报（人文社会科学版）》，2010 年第 3 期，第 6 – 9 页；何颖：《〈文心雕龙〉纪评中的创作论研究》，内蒙古师范大学硕士学位论文，2004 年。

② 汪春泓：《关于纪昀的〈文心雕龙〉批评及其文学思想之研究》，《北京大学学报（哲学社会科学版）》，2001 年第 5 期，第 75 – 84 页。

一、纪昀评点《文心雕龙》的心态辨析

纪昀评阅黄叔琳《文心雕龙辑注》共有评语近300则，其中理论批评近220则，字词校勘有46处，而注释考正只有24则①，且主要集中在前七篇（共20则），此外，《诠赋》《史传》《论说》和《声律》各一则，未免给人一种"有始无终"的感觉。有学者由此敏感地体察到纪氏当时"心浮气躁"的心态，并归因于"等待政治命运转机之时"②。这个论断似乎合情合理，然考察纪昀一生的学术偏好和当时的研究重心，我们发现事实并非如此。首先从学术偏好来看，纪昀晚年自叙"昀于文章，喜词赋；于学问，喜汉唐训诂"③，又说："三十以前，讲考证之学，所坐之处，典籍环绕如獭祭。三十以后，以文章与天下相驰骤，抽黄对白，恒彻夜构思。五十以后，领修秘籍，复折而讲考证。"④纪昀一生偏爱诗歌，又擅于训诂考证，早年的《沈氏四声考》《张为主客图》已体现出两者的结合；后来《玉台新咏校正》的校勘考辨部分（即《玉台新咏考异》）则将"考据学"从经史小学扩展到集部上，开拓了"乾嘉朴学"的阵地；再到主持编撰《四库全书总目》及其后续校正，浸淫考证二十年。因此，考证校勘难免"枯燥乏味"，纪昀却乐此不疲。其次从当时的研究重心来看，乾隆三十六年七月到三十八年（1773）三月入四库馆之前，纪昀的研究重心是《玉台新咏》；不到两年的时间里，共批校五次，最集中最长的一次是从三十六年十月到次年（1772）二月，"丹黄矹矹，盖四阅月，乃粗定"⑤，矹矹二字，言其勤劳不懈也；而于《文心雕龙》却只评了一遍，可能只用了四天⑥。如果说纪评《文心雕龙》是因等待政治转机而"心浮气躁"使他在注释部分"有始无终"，那么两个月后当他再入翰林时，完全可以继续校阅，就像他于《瀛奎律髓》十年间评阅六七次，于苏

① 理论批评据黄霖《文心雕龙汇评》统计（其中纪评辑自卢坤刊芸香堂朱墨套印本，即两广节署本），因《汇评》一般不录校注文字，字词校勘和注释考正另据戊午成都励志勉学讲社重校刊本《纪评文心雕龙》统计。

② 汪春泓《关于纪昀的〈文心雕龙〉批评及其文学思想之研究》："据此也可以体察纪氏当时的学术心态，于全书侧重义理的阐发批评，犹如行草，畅快淋漓，凭借腹笥，尽可下笔千言，倒是医治心理失衡之良药；而斟酌黄氏注释，则如一笔不苟之正书，有点不关性情枯燥乏味，在等待政治命运转机之时，纪氏难免心浮气躁，所以不耐坚持完成。"（《北京大学学报（哲学社会科学版）》，2001年第5期，第75–84页。

③ 〔清〕纪昀：《怡轩老人传》，《纪文达公遗集》文集卷十五，嘉庆十七年纪树馨刊本，《续修四库全书》第1435册。

④ 〔清〕纪昀：《姑妄听之序》，《阅微草堂笔记》，上海古籍出版社，2001年，第313页。

⑤ 〔清〕纪昀：《玉台新咏校正序》，《玉台新咏校正》（稿本），国家图书馆藏。

⑥ 〔清〕纪昀朱墨批解《玉台》书末校记："乾隆辛卯七月二十八日阅毕。晓岚记""八月初二日又覆阅毕。钞本讹脱甚多，暇当检诸书详校之。晓岚又记"（王文焘过录本，上海图书馆藏）纪评《文心》书末："乾隆辛卯八月初六日阅毕。"（道光十三年两广节署刊板黄注纪评《文心雕龙》，转引自孙致中等校点：《纪晓岚文集》（第三册），河北教育出版社，1995年，第344页。）

轼诗集五年间批阅五次①，然而纪昀把这份心力用在了《玉台新咏》，而非《文心雕龙》。相较于《瀛奎律髓》、苏轼和《玉台新咏》三者，《文心雕龙》评点显得比较"轻松率意"（因此给人一种"浮躁"的错解），不够"用力"。这一方面固然是因为纪氏因积累深厚、识见高超而能举重若轻，另一方面也与他的学术取向有关。在论文专著《文心雕龙》与艳情诗集《玉台新咏》之间，喜爱诗歌和汉唐训诂的纪昀显然更倾心于后者。因此，纪评《文心雕龙》表现出来的"率意"心态，与其说是政治性的，不如说是学术性的、心性的。

相对于纪昀诸多诗歌评点而言，其评《文心雕龙》似不够"用力"，然同样具备重要的学术价值。当时就有不少内容用于《四库总目》②，现当代"龙学"专家如黄侃、范文澜、刘永济、周振甫、詹锳等也很看重纪评，曾大量引证、辨析纪评，推进了《文心雕龙》的研究。在《文心雕龙》评点史上，纪昀或许不是"用力最勤"的，但无疑"成就最大"的。③

二、从《玉台新咏校正》看纪昀对《文心雕龙》的接受

纪昀称赞刘勰"妙解文理"，也重视《文心雕龙》的文献价值，常应用于诗文等批评研究中，检《四库总目》即可知。如卷一四八《扬子云集》提要考辨扬雄的箴文时即引"刘勰《文心雕龙》称'《卿尹》《州牧》二十五篇'"为证。纪评《文心雕龙》前后正值他用心批校《玉台新咏》之时，对比较早的朱墨批解本与最终的《玉台新咏校正》，引用《文心雕龙》从一处增至五处，可见他对《文心雕龙》的接受逐渐深入。

《四库总目·诗文评类小序》概括《文心雕龙》内容曰："勰究文体之源流，而评其工拙。"纪评《玉台新咏》引用《文心雕龙》也相应地用于文献考证和文病指摘。先看文献考证。《玉台新咏》卷一之《古诗八首》不署作者姓名，纪昀于"冉冉孤生竹"诗批"《文心雕龙》曰'孤竹一篇，乃傅毅之词'"（批解本），引刘勰之说作为参考；《玉台新咏考异》进一步说："昭明选《古诗十九首》，皆不著作者姓名。

① 李光垣《瀛奎律髓刊误跋》"盖师于是书，自乾隆辛巳至辛卯评阅至六、七次"。（《瀛奎律髓汇评》附录（一），上海古籍出版社，2005年，第1830页。）纪昀《纪评苏文忠公诗集序》："予点论是集始于丙戌之五月……盖至是凡五阅矣。乾隆辛卯八月，晓岚记。"（《纪评苏诗》，粤东省城翰墨园藏板，同治八年刻本，复旦大学图书馆藏）

② 如卷一九五刘勰《文心雕龙》和黄叔琳《文心雕龙辑注》两篇提要的主体部分即出自纪评；《集部·楚辞类小序》之辨《楚辞》"《九歌》以下，均袭《骚》名，则非事实矣"，亦由《辨骚》纪评"《离骚》乃《楚辞》之一篇，统名《楚辞》为《骚》，相沿之误也"扩展而来；卷一四八之明代康万民《璇玑图诗读法》提要云"刘勰《文心雕龙》称'回文所兴，道原为始'，则齐、梁之际，尚未见其图。此图及唐则天皇后序，均莫知所从来……则唐初实有是图"云云，与纪评《明诗》黄注曰"璇玑图至唐始显，武后之序可证，不得执以驳前人"，表达了同样的观点和态度。

③ 黄霖《中国古代文学批评史学论略》（代前言）："在《文心雕龙》的评点史上，用力最勤，成就最大的无疑是纪昀。"又见于《〈文心雕龙〉评本提要》，两处都将纪昀的生年误作1742年。（黄霖编：《文心雕龙汇评》，上海古籍出版社，2005年，前言第35页、正文第9页。）

刘勰《文心雕龙》曰：'古诗佳丽，或称枚叔，其孤竹一篇，则傅毅之词。'钟嵘《诗品》曰：'其外'去者日以疏'四十五首，旧疑是建安中曹、王所制。'客从远方来''橘柚垂花实'，亦为惊绝矣。'孝穆取枚叔之说，而此八首不取傅毅、曹、王之说。盖年代绵远，传闻异词，着书者各据所见，故莫能画一。"《古诗十九首》的作者问题在南朝时已有多种说法，刘勰《文心雕龙·明诗》以不确定的口吻说是西汉枚乘所作，只能确定"冉冉孤生竹"一首是东汉傅毅的作品。纪昀兼引诸说，虽未下断论却能用以考辨后世的失误①，尤看重《文心雕龙》之说。当然，纪昀并不盲从古人，他评贾充《与妻李夫人连句三首》："刘向《列女传》以《式微》之诗为二人合作，颇疑附会。刘勰《文心雕龙》谓'联句共韵，《柏梁》余制'，然今所传《柏梁台诗》云出辛氏《三秦记》，顾亭林之所考证，伪托显然。然则古联句之传于今者，莫古于是三章矣。"②纪昀同意顾炎武《日知录》的考证，认为《柏梁台诗》是伪托之作，因而不赞同《明诗》篇联句诗始于《柏梁台诗》的说法。再看文病指摘。《玉台新咏》卷二张华《杂诗》之二"游雁比翼翔，归鸿知接翮"二句，批解本纪评仅言"二句复沓，前人已论之"，《校正》则详引《丽辞》篇原文："刘勰《文心雕龙》曰：'张华诗称：'游雁比翼翔，归鸿知接翮。'如斯重出，即对句之骈枝也。"评论更加具体明确。卷八吴孜《春闺怨》"柳枝皆嬲燕"句，批解本仅云"'嬲'字恶，此种字岂可入诗"，《玉台新咏校正》云："'嬲'字尤恶，不仅彦和所讥'讻呶'字矣，此种字岂可入诗！"对比《练字》篇所举"诡异"之字，强调此字之恶俗，表现了纪昀尚雅的审美品位，严禁后学以此种字入诗③。

以上四例，纪评是针对具体问题而引用《文心雕龙》的，最后一例是用在《玉台新咏校正跋》中论说诗之"词障"：

> 矜一韵之奇，争一字之巧，所谓"好色不淫，怨诽不乱"者，弗讲也；所谓"铺陈终始，排比声韵"者，弗讲也；所谓"思表纤旨，文外曲致"者，弗讲也，是之谓词障。三障作而诗教晦矣，是非俗士之蔽，而通人之蔽也。

纪昀论"词障"实际上强调了诗歌鉴赏与批评中不能只讲字词之新巧，而要关注其情感内容是否充实雅正，整体结构是否完整紧凑、是否具有"思表纤旨，文外曲致"，即言外之意和悠长韵致。纪昀《唐人试律说序》"神不炼则意言并尽、兴象不远"④，意

---

① 如《总目》卷一九三之明代唐汝谔《古诗解》提要说："其凡例谓五言起于邹、枚。考枚乘之说，见《文心雕龙》及《玉台新咏》。邹不知其所指，亦不知其所本。《汉郊祀歌》注'邹子乐名'，又非五言，所言已为荒诞。又以《十九首》冠于苏、李之前，不知'冉冉孤生竹'一篇，《文心雕龙》称为傅毅作，毅固东汉人。'去者日以疏''客从远方来'二首，钟嵘《诗品》称为旧疑建安中陈、王所制，则时代尤后，乃俱跻之苏、李以前，殊为失考。"

② 〔清〕纪昀：《玉台新咏校正》（卷十），国家图书馆藏。

③ 〔清〕纪昀：《玉台新咏校正·跋》："余既粗为校正，勒为考异十卷，会汾阳曾子受之，问诗于余，属为评点以便省览，因杂书简端以应之。"

④ 〔清〕纪昀：《唐人试律说序》，《纪文达公遗集》文集卷九，《续修四库全书》1435 册，上海古籍出版社，2002 年。

言并尽，故兴象不远，可知诗中若有"思表纤旨，文外曲致"能带来"兴象深微"的审美效果。跋文引用《神思》"思表纤旨，文外曲致"一语以表示诗歌最精微、最美好的层面，而这正是纪氏论诗崇尚"兴象"的体现。此跋作于乾隆三十八年（1773）正月，在此之前的《瀛奎律髓刊误序》（三十六年十二月作）批评方回"标题句眼"时已经引用"文外曲致，思表纤旨"表达了相同的思想①。可见《文心雕龙·神思》"思表纤旨，文外曲致"已经成为纪昀追求"兴象"诗美思想的理论源泉。

三、从《我法集》看纪昀对《文心雕龙》的接受

《我法集》是纪昀自作自评的试律诗集，作于乾隆六十年（1795），为诸孙示范试律诗难题的写作。该集共收录五言八韵试律诗85题96首②，诗题大多来自诗文佳句，属于诗文评性质的有16题③；而梁章钜《试律丛话·诗题汇录》所录清庭各种考试的236诗题（相同诗题重复计算）中，与诗文评有关的只有11题（三题重见）④，只有"临风舒锦"一题见于《我法集》。通过对比可知，《我法集》也明显体现出纪昀重诗文批评的学术取向，值得重视和研究。

这16道诗文评题目中，有四题来自刘勰《文心雕龙》，分别是《赋得翠纶桂饵》（得鱼字）、《赋得文笔鸣凤》（得高字）、《赋得鸷集翰林》（得林字）和《赋得雉窜文囿》（得文字），前一题来自《情采》篇，后三题都来自《风骨》篇。相较于来自钟嵘《诗品》的两题、来自陆机《文赋》的一题，首先从诗题来源的选择上可以看出纪昀对《文心雕龙》的看重和接受。这些诗歌虽然是命题限韵而作的试律诗，但"纪家诗"仍以意格运题⑤，往往能就诗题而"批窾导会，务中理解"⑥，结合纪昀自评，仍具有很高的研究价值。试看《赋得鸷集翰林》（得林字）：

---

① 〔清〕纪昀《瀛奎律髓刊误序》："'响字'之说，古人不废；暨乎唐代，锻炼弥工。然其兴象之深微、寄托之高远，则固别有在也。虚谷置其本原而拈其末节，每篇标举一联，每句标举一字，将率天下之人而致力于是，所谓'温柔敦厚之旨'蔑如也，所谓'文外曲致，思表纤旨'亦茫如也。后来纤仄之学，非虚谷阶之厉之耶？"（《纪文达公遗集》文集卷九。）笔者按：所引《神思》之语大概误记而颠倒了。

② 〔清〕纪昀：《我法集》，河间纪氏阅微草堂藏板，嘉庆元年刻本，上海图书馆藏。笔者按：此本较《纪文达公遗集》中的《我法集》多了一首诗，即《赋得羌无故实》（得诗字）。

③ 按顺序分别是《赋得绮丽不足珍》（得珍字）、《赋得翠纶桂饵》（得鱼字）、《赋得意司契而为匠》（得司字）、《赋得羌无故实》（得诗字）、《赋得镜花水月》（得花字）、《赋得春华秋实》（得华字）、《赋得文以载道》（得文字）、《赋得良玉生烟》（得光字）、《赋得四十贤人》（得人字）、《赋得斧藻其言》（得言字）、《赋得光景常新》（得新字）、《赋得天葩吐奇芬》（得葩字）、《赋得文笔鸣凤》（得高字）、《赋得鸷集翰林》（得林字）、《赋得雉窜文囿》（得文字）、《赋得临风舒锦》（得藏字）。

④ 〔清〕梁章钜：《制艺丛话·试律丛话》（合编本），陈居渊校点，上海书店出版社，2001年，第496 - 510页。

⑤ 〔清〕纪昀《题从侄虞惇试帖》诗自注："试帖多尚典赡，余始变为意格运题，馆阁诸公每呼此体为'纪家诗'。"（《纪文达公遗集》诗集卷十）

⑥ 〔清〕纪昀《唐人试律说序》："为试律者，先辨体，题有题意，诗以发之，不但如应制诸诗惟求华美，则襞积之病可免矣。次贵审题，批窾导会，务中理解，则涂饰之病可免矣。"

巨手矜风骨，多成亢厉音。正如鹰隼疾，不受网罗寻。

　　寥廓孤盘影，飞腾万里心。宜乘秋翮健，瞥没野云深。

　　乃挟风霜气，偏栖翰墨林。虽云胜凡鸟，终觉异文禽。

　　笔阵纵横扫，诗豪慷慨吟。宁知声中律，鸣凤在桐阴。

《文心雕龙·风骨》篇：“若风骨乏采，则鸷集翰林；采乏风骨，则雉窜文囿；唯藻耀而高翔，固文笔之鸣凤也。”纪评：“‘风骨乏采’是陪笔，开合以尽意耳。”[1] 他认为刘勰提倡风骨，真正批判的只有“采乏风骨”，此诗自评亦明确指出“风骨乏采，本是高手”，这样解读当然符合刘勰原意的。因而这首《赋得鸷集翰林》“不甚着贬词”。首二联点题，首联入手先抉明诗题所指向的“风骨乏采”之意。三、四联写“鸷”得其精神，用意于《风骨》篇第一段末句以“征鸟之使翼”比喻风骨，也将“鹰隼乏采，翰飞戾天，骨劲而气猛”之意生动地表达出来。五联以“乃挟”“偏栖”两词关联，写出“鸷集翰林”；六联继续关合《风骨》篇以鸟为喻，与凡鸟（雉）、文禽（凤）作比。七联承六联上句写其“胜凡鸟”正在风骨，同时呼应首联；“慷慨吟”既呼应次句“亢厉音”，又带出八联，以“宁知”二字转向“声中律”引出“文笔鸣凤”作结，提出风骨文采应当兼备的更高要求。此诗以“意格运题”，能准确抉发题意，表达作者的观点。

　　再看《赋得文笔鸣凤》（得高字）：

　　妙制储麟阁，雄词耀凤毛。六经资羽翼，千仞看翔翱。

　　舒锦文章丽，凌云气象高。质原殊燕雀，栖肯到蓬蒿。

　　自有辉光焕，非矜骨力豪。雉怜藏麦陇，隼敢下霜皋。

　　紫禁登丹地，琼笺逗彩毫。圣朝多吉士，雅奏满仙曹。

自评引刘勰原文后，指出：“‘藻耀’是采，‘高翔’是风骨，不能脱略一边也。此中措语殊费斟酌。”此诗可以说是典型的试律诗，起结庄重华美。值得我们注意的是，次联同样关合“征鸟之使翼”，着重写“高翔”之风骨须根源于“六经”，即“熔铸经典之范，翔集子史之术”之意。纪评《文心雕龙·宗经》亦云：“本经术以为文，亦非六代文士所知。”[2] 由此可以看出纪昀对刘勰宗经思想的接受和认同。

　　再看《赋得雉窜文囿》（得文字）：

　　刘勰工谈艺，严将甲乙分。雕龙详辨体，雏雉借论文。

　　芳陇宜呼侣，词场竞作群。彩翎矜画本，锦臆逗花纹。

　　古有飞腾入，兹惟绮丽闻。一翔旋踯躅，五色漫纷纭。

　　脱鞲风生翮，盘空气笼云。饥鹰称独出，转忆鲍参军。

与前两诗不同，此诗首二联直接说明诗题的来源，对刘勰《文心雕龙》的赞赏和概括，正是他一贯的评价。“一翔”两句即刘勰“犟翟备色，而翾翥百步”之意，而

① 黄霖编著：《文心雕龙汇评》，上海古籍出版社，2005年，第101页。
② 黄霖编著：《文心雕龙汇评》，上海古籍出版社，2005年，第18页。

"旋"字、"漫"字传达出更浓的批判意味，由此引出七联倡以风骨。末联构思巧妙，"饥鹰"既是"风骨乏采"之"鸷"以承上联，又是鲍照诗文的代表意象，引出结句"鲍参军"以呼应首句"刘勰"。自评："此指齐梁间永明一派，又在'风骨乏采'者下矣，其品与'鸣凤'更隔一层，故反以'鸷集翰林'结。"纪昀此评以"采乏风骨"具体指齐梁永明一派，鲍照则是"风骨乏采"的代表作家。《赋得鸷集翰林》自评亦云："风骨乏采，本是高手，故钟嵘记当时称鲍照为羲皇上人，以其语近质也。然鲍照亦何及哉？特不及枚马班扬耳。"钟嵘虽囿于当时风尚，将鲍照列于中品，但能精确概括其诗风且同情其"才秀人微"的遭遇。而《文心雕龙》却只字未提鲍照，纪昀在《赋得雉雊文囿》诗与《赋得鸷集翰林》评里以鲍照为"风骨乏采"之高手，可以说是对《文心雕龙》的补充。纪昀品诗论诗推重"风骨"，《我法集》连用三诗阐发"风骨"的特征和地位，正说明《文心·风骨》篇是其崇尚"风骨"思想的理论基石。

《赋得翠纶桂饵》（得鱼字）纪昀自评："此刘彦合语，'翠纶桂饵，反以失鱼'喻词胜而意反晦也，题本分明。"其诗首尾曰："文章词掩意，徒侈腹多书。……岂非矜富者，反以致穷欤？珍重操觚士，无劳獭祭鱼。"将刘勰"采滥辞诡，则心理愈翳""使文不灭质，博不溺心"之意更加明晰地表达出来。以上四诗以《文心》原文用作诗题加以申说，可以看出纪昀与《文心》的深刻"共鸣"。

纪昀多方赞同刘勰的文学思想，也吸收了《文心》的表达并加以变化入诗。《赋得意司契而为匠》首句"文本缘情造"本于《情采》篇"为情而造文"，《赋得文以载道》首联"文原从道出，道乃寓于文"即提炼自《原道》篇"道沿圣以垂文，圣因文以明道"。再如《赋得临风舒锦》五句"意匠标三准"和七联"惟惜矜鞶帨，空令贮缥缃"，用语用意也来自《文心雕龙》及其评论。《熔裁》篇："是以草创鸿笔，先标三准：履端于始，则设情以位体；举正于中，则酌事以取类；归余于终，则撮辞以举要。"纪评："此一段论熔，犹今人所谓炼意。"①《序志》篇："而去圣久远，文体解散，辞人爱奇，言贵浮诡，饰羽尚画，文绣鞶帨，离本弥甚，将遂讹滥。"纪评："全书针对此数语立言。"② 纪昀将自己对《文心雕龙》的解读恰到好处地应用于诗歌中，成为全诗立意的核心。

纪昀在诗歌艺术上提倡"兴象深微""风骨遒劲"的标准，追求兴象、风骨兼备的艺术境界③，《文心雕龙·神思》"思表纤旨，文外曲致"正是"兴象深微"的内涵，《风骨》篇则是"风骨遒劲"的理论基石。纪昀对刘勰《文心雕龙》的接受不仅在于评读对话，更在于引申应用；其应用不仅在于文献考证和文病指摘，更在于思想理论上的深刻共鸣。

① 黄霖编著：《文心雕龙汇评》，上海古籍出版社，2005 年，第 111 页。
② 黄霖编著：《文心雕龙汇评》，上海古籍出版社，2005 年，第 163 页。
③ 邬国平，王镇远：《清代文学批评史》，上海古籍出版社，1996 年，第 462－466 页。

钱锺书先生论《文心雕龙》

杨明·复旦大学中国语言文学系

钱锺书先生没有集中论述《文心雕龙》的文字，但是在他的《谈艺录》《管锥编》《七缀集》等著作中即屡屡言及。将它们聚在一起加以观察，是颇有意思的事情。

一

在讨论这些片段资料之前，先略为交代一下两个有关的问题。

第一，我们须知钱先生是一位学者，更是一位作家、诗人。总的来说，他的研究，归根结底，着眼点在于辞章，也就是在于语言文辞的运用。他曾自述研习古人诗文的目的，在于"体察属词比事之惨淡经营，资吾操觚自运之助"，也就是要体会古人是如何苦心运用文辞的，从而提高自己的写作能力。而读得多了，便"渐悟宗派判分，体裁别异，甚且言语悬殊，封疆阻绝，而诗眼文心，往往莫逆暗契"①。也就是说，从对具体作品的赏鉴、研习入手，日积月累，便渐渐地对于不同流派、体裁的风格有了了解和把握，并且觉悟到不同国家、民族的人们，在语言文辞的审美上，有相通之处。我们读《谈艺录》《管锥编》《七缀集》等，对此便有亲切的体会。钱先生论及《文心雕龙》，也是从这个视角出发的，是从诗文写作艺术的角度去看待刘勰的言论的。

《文心雕龙》在我国古代文学批评史上占有重要的地位。而在钱先生看来，批评史的研究，归根到底，还是为了有助于对具体的作品、作家和文学现象的欣赏、评论。他说："当然，文艺批评史很可能成为一门自给自足的学问，学者们要集中心力，保卫专题研究的纯粹性，把批评史上涉及的文艺作品，也作为干扰物而排除，不去理会，也不能鉴别。"② 很明白，钱先生认为批评史的研究决不能脱离具体的作家

作品而空谈理论，没有对于具体作品的鉴赏判断能力就研究不好批评史。钱先生论及《文心雕龙》，基本上不讨论它在批评史上的地位等，而是着眼于其对于某些文学原理、写作艺术的论述，应该说这与他对于批评史研究的观点是有关系的。

钱先生关于文学批评史研究不可脱离具体的文学作品、文学现象的观点，值得我们充分重视。我国文学批评史研究的奠基者之一郭绍虞先生，说他之研究批评史，"只想从文学批评史以印证文学史，以解决文学史上的许多问题"，因为"文学批评是与文学之演变最有密切的关系的"。他把自己写成批评史著作的过程看作"完成了一部分的文学史的工作"①。当然，现今文学批评史已经成为一门相对独立的学问，但是，如果忘记了这门学问的终极目的，"不去理会，也不能鉴别"丰富多彩的作家作品和文学现象，脱离了文学史，那么也是研究不好的。

第二，钱先生的学术著作，都引用大量的具体作品，搜罗之富，可说令人咋舌。有人因此而讥其炫博而缺少理论。这完全是一种误解。其实钱先生非常关注理论，经常引用西方的理论观点来印证、解释文艺创作和鉴赏中的种种情况，特别注意心理学方面的理论。这样的例子比比皆是。我们觉得，钱先生对于理论的态度，有几点值得注意：

首先，在钱先生眼中，理论既不是研究的出发点，也不是研究的目的，而只是一种工具，一个过程。钱先生从具体的作品、从创作和鉴赏中的现象出发，归纳这些现象所包含的共同的东西，并力图探索其中的缘由、原理。他的兴趣原不止于"纯粹"的理论本身，而在于那些丰富多彩的文学现象。他之所以关注某些理论，是因为那些理论可以给予文学现象以合理的解释，可以启发、深化人们对于文学现象的体会和认识。比如他屡次说到哲学、宗教的所谓"神秘宗"，是由于他认为作家的构思与之有某种关联。他观察到古人重视、爱好穷苦悲愁之言，又欣赏悲哀的音乐，于是想要探索其共同的心理和社会基础，因而对于西方心理学中有关哀乐情绪、有关感受美物时的反应等内容甚感兴趣。又比如他看到中外语言艺术都有讲求含蓄的审美趣味，为了探求此种趣味的心理原因，乃举出休谟的情感受"想象"支配的理论。这样的例子不胜枚举。总之，钱先生不是为理论而理论，他之所以关注抽象的理论，从根本上说，还是为了更好地体认语言艺术中那些具体的、实际的问题。

其次，钱先生对于理论，特别重视的是那些既合乎事实又精辟独到的观点，而不是所谓系统性、完整性。他说："更不妨回顾一下思想史罢。许多严密周全的思想和哲学系统经不起时间的推排销蚀，在整体上都垮塌了，但是它们的一些个别见解还为后世所采取而未失去时效。好比庞大的建筑物已遭破坏，住不得人，也唬不得人了，而构成它的一些木石砖瓦仍然不失为可资利用的好材料。往往整个理论系统剩下来的有价值的东西只是一些片段思想。脱离了系统而遗留的片段思想和萌发而未构成系统的片段思想，两者同样是零碎的。眼里只有长篇大论，瞧不起片言只语，甚至陶醉于

① 郭绍虞：《中国文学批评史自序》，百花文艺出版社，1999年，第1页。

数量，重视废话一吨，轻视微言一克，那是浅薄庸俗的看法——假使不是懒惰粗浮的借口。"① 钱先生举例道，中国民间的谚语"先学无情后学戏"，仅仅七个字，但是"作为理论上的发现"，不下于文艺理论家们所关注的狄德罗的文章《关于戏剧演员的诡论》。我们想，钱先生之所以持这样的观点，除了高度重视"微言"不欲耗费精力于系统性著作常常不得不包含的陈言之外，还有一个原因，即那些一味追求系统性的"理论"，常常进行的是高度"概括""抽象"，而闭眼不看具体事物的丰富多彩，抹杀事物之间复杂多面的深层次的联系；只求系统表面的完整和合乎"逻辑"，牵强附会，罔顾事实。钱先生形容道，这是"空扫万象，敛归一律，尝滴水知大海味，而不屑观海之澜"。又说："吾辈穷气尽力，欲使小说、诗歌、戏剧与哲学、历史、社会学等为一家。参禅贵活，为学知止，要能舍筏登岸，毋如抱梁溺水也。"② 这就是告诫学者们探讨文学与社会、与诸种思想的联系时，不可牵强附会，必须关注文学本身的特殊性。他举了中外许多实例，说明一人之身，尚且存在矛盾，"何况一代之风会、一国之文明乎"。正确的态度，应该是既看到事物之间的联系，又看到其差异、矛盾，并予以合理的说明；而不恰当的抽象、概括，往往是只认同一致性而闭眼不看矛盾性、多样性。总之，钱先生最重视的是文艺理论的切合实际、丰富多彩而精辟独到，而不是系统性、完整性；他的研究，包括对《文心雕龙》的研究，便是取这样的态度。

二

钱先生在论及刘勰未能认识《庄子》《史记》和陶渊明诗的文学价值时说："综核群伦，则优为之，破格殊伦，识犹未逮。"③ 我们不妨将此语看作钱先生对于《文心雕龙》的总的评价。

这几句话的意思，是说《文心雕龙》对于已有的各种有关文学、写作的观点，能够认识、分析得正确切实，并加以综合，在这方面做得很好；而在提出超越已有观点的突出见解方面，则还是不够的。这里既有肯定、表扬，也有所不满。

笔者以为钱先生的评价是合乎事实的。刘勰自己说，他的《文心雕龙》就是"弥纶群言"之作。其书确实是对于先秦至南朝前期文论的一次全面系统的总结，特别是对于魏晋以来即所谓"文学自觉时代"文论的总结。在这方面他做得很好，并且是有史以来第一次，在文学批评史上当然有其重大的意义。但我们仔细想来，《文心雕龙》各篇的论述，确实基本上是承接前人已经提出的观点、已经有过的论述而加以阐释、发挥。阐释、发挥得很好，其中也提出了一些新的、重要的见解，但那大

① 钱锺书：《七缀集·读〈拉奥孔〉》，上海古籍出版社，1996 年，第 29 - 30 页。
② 钱锺书：《谈艺录》，中华书局，1984 年，第 351 - 352 页。
③ 钱锺书：《管锥编》，中华书局，1979 年，第 467 页。

多是在一些细部，至于大的理论观点，基本上都渊源有自。比如书中提出"凭轼以倚《雅》《颂》，悬辔以驭楚篇"，那是关于写作的基本思想，但此种一手伸向《诗经》（或扩大为经书）、一手伸向《楚辞》的观点，是檀道鸾、沈约已经说过的。《神思》篇的主要论述，是继承陆机《文赋》等。《体性》篇论作品风格与作家气质的一致性，前已有曹丕提出过。《情采》篇论内容与文辞的相互依存关系，先秦儒家等诸子已曾论过。《声律》乃是对永明声律论的阐发。《比兴》所取为汉儒成说。《夸饰》所论孟子已说过。《物色》谈自然景物诱发作家的情思，那在陆机《文赋》及刘勰同时代人言论中都已见到。《知音》谈鉴赏、评论，曹丕等人也都有论及。当然，刘勰比前人所论要来得丰富、深刻，那也很不容易，是不容抹杀的贡献，可以说没有人比刘勰做得更好，所以钱先生称其"优为之"。只是钱先生的注目之处别有所在，钱先生特别推崇的乃是拔出时流、人所未觉的东西。刘勰在这方面是较少贡献的。我们不应该轻视刘勰，但钱先生的话对于我们在一片历久不衰的颂扬声中更全面、准确地把握《文心雕龙》，应该是有益处的。

　　《文心雕龙》的开头五篇，可谓全书的总纲。其中首篇《原道》读起来觉得哲学意味颇浓。关于"道"是什么、是哪一家的"道"，曾经有过热烈的讨论。有的学者论述刘勰的美学思想，《原道》也是重要的资料。《征圣》《宗经》上承《原道》，被当作判定刘勰文论属于儒家的重要依据。钱先生是怎样看待这些篇目的呢？

　　梁简文帝萧纲有一篇《答张缵谢示集书》，其中有这样的话："日月参辰，火龙黼黻，尚且著于玄象，章于人事，而况文词可止，咏歌可辍乎？"意思是说，天上有美丽的"文"，人间礼仪大节也需要美丽的"文"，那么我们当然要作文咏诗，要创造美丽的"文"呀。钱锺书先生就此指出："简文帝《昭明太子集序》'窃以文之为义，大矣远哉'一节亦此意，均与《文心雕龙·原道》敷陈'文之为德也大矣'，词旨相同，《北齐书·文苑传》《隋书·文学传》等亦以之发策。盖出于《易·贲》之'天文''人文'，望'文'生义，截搭诗文之'文'，门面语、窠臼语也。刘勰谈艺圣解，正不在斯，或者认作微言妙谛，大是渠侬被眼谩耳。"① 竟以为《原道》这开宗明义的第一篇乃是"门面语、窠臼语"，这似乎是出人意料之外的。

　　将天文、人文生生地扯在一起，借以肯定诗文写作的必要性、合理性，抬高写作的地位，这确乎是古人常用的手法。正如钱先生所说，这是出于《易·贲·象辞》的"刚柔交错，人文也；文明以止，天文也。观乎天文以察时变，观乎人文以化成天下"。王充《论衡·书解》说："龙鳞有文……凤羽五色……上天多文而后土多理，二气协和，圣贤禀受，法象本类，故多文彩。"② 也是一样的意思，只是将"天文"扩充到天地万物之文罢了。《文心雕龙·原道》则更进一层，上推到形而上之"道"，以"道"作为万物之"文"包括"人文"的终极依据，但那其实也是一回事。其思

　　① 钱锺书：《管锥编》，中华书局，1984 年，第 1392 页。
　　② 杨宝忠：《论衡校笺》，河北教育出版社，1999 年，第 890 页。

维逻辑、论证方法都是一样的。正如王弼所说："夫欲定物之本者，则虽近而必自远以证其始；夫欲明物之所由者，则虽显而必自幽以叙其本。故取天地之外，以明形骸之内；明侯王孤寡之义，而从道一以宣其始。"① 将"人文"与"天文"相附会也好，进而推原于"道"也好，都是此种求索"物之本"的思维惯性的表现。以"道"为万事万物的根本、依据，那也并无什么新鲜之处，那本是道家、玄学以至玄学化佛学的共通的宇宙观，在当时是一种常识；而将"道"与"文"直接联系在一起的言论，也早已有过。《韩非子·解老》就说："圣人得之（道）以成文章。"② 我们若单独看《原道》一篇，觉得富于哲学意味，文辞又那么美丽，很有吸引力。但若像钱先生那样，将它与其他文献、与人们所惯用的话语放在一起，比较一下，放在思想史的大背景上观察，就觉得所言不过是老生之常谈，只是谈得特别漂亮罢了。

《征圣》《宗经》两篇，承接《原道》，论作文应当以儒家经典为典范。人们往往因此而认为刘勰与先于他的荀子、后于他的唐宋古文家一样，主张以文明道、载道，从而判定《文心雕龙》属于儒家的文论著作。钱先生的观点如何呢？他在论陆机《文赋》时说："陆机盖已发《文心雕龙·宗经》之绪。韩愈论文尊经，《进学解》曰：'口不绝吟于六艺之文'；王质《雪山集》卷五《于湖集序》曰：'文章之根本皆在六经；非惟义理也，而其机杼物采、规模制度，无不备具者。'杜甫自道作诗，《偶题》曰：'法自儒家有，心从弱岁疲'；辛弃疾《念奴娇·寄傅先之提举》曰：'君诗好处，似邹鲁儒家，还有奇节'；均为词章而发，亦可通消息。韩愈之'沉浸浓郁，含英咀华'，又与'倾沥液，漱芳润'共贯……机赋始专为文辞而求诸经。刘勰《雕龙》之《原道》《征圣》《宗经》三篇大畅厥旨。《征圣》曰：'征之周孔，则文有师矣'；《宗经》曰：'励德树声，莫不师圣，而建言修辞，鲜克宗经……文章奥府，群言之祖。'"③ 钱先生的意思，是说《文赋》所谓"漱六艺之芳润"，乃是指从文辞运用的角度学习经书，并非指学习儒家的义理。他举出唐宋作者同样性质的言论，帮助读者理解陆机这话的内涵。他又特别指出《文心雕龙》开头三篇乃"大畅厥旨"。也就是说，钱先生认为刘勰洋洋洒洒的征圣宗经之说，从本质上说，与陆机等人一样，只是从文章写作、从词章的角度而言。他特意强调，学习儒经的义理与学习儒经的词章，"志事迥殊，鹘突而混同之，未见其可"。我们认为钱先生的目光是很犀利的。

其实从文章角度学习经书的主张，也是当时人的共识。不过刘勰确实论述得比较细致深入。特别是他针对当时文坛上过分追求新奇以至形成"讹势"的倾向，提出"矫讹翻浅，还宗经诰"，即以经书雅正的语言风格矫正那种故意违反语言规范的做

---

① 楼宇烈：《王弼集校释·老子指略》，中华书局，1980 年，第 197 页。

② 黄侃指出："韩子之言，正彦和所祖也。"黄侃：《文心雕龙札记·原道第一》，华东师大出版社，1996 年，第 4 页。

③ 钱锺书：《管锥编》，中华书局，1979 年，第 1182–1183 页。

法，是较有独到之见的。不过这还是在文辞运用的范围之内，并不是学习儒家义理的意思。刘勰自己说得明白："励德树声，莫不师圣，而建言修辞，鲜克宗经。"世人在修身立德上没有不学习圣人的，怎么在运用语言文辞上就不知道学习圣人的著述呢！他要求人们宗经，乃是从"建言修辞"方面说的。

总之，看来钱先生并不将《文心雕龙》视为儒家或其他某一家的文论，并不认为它附属于哪一个思想流派。钱先生就是将《文心雕龙》看作一部谈论写作、谈论怎样才能把语言文辞运用得好的著作。我们认为这是完全正确的。语言文辞及其使用有它自身的规律，不论何人何家何派都要运用它来为自己服务，但是都不能违背其规律。《文心雕龙》便是讨论这规律的著作。

<h1 style="text-align:center">三</h1>

从以上的介绍，可以约略看出钱先生对《文心雕龙》的总的态度，下面谈一些比较具体的内容。

对于《文心雕龙》中某些谈写作时的思维活动的内容，钱先生曾多次论及。

作家是怎样起了创作冲动的呢？这便涉及其思维与外物的关系问题。《文心雕龙·物色》有云："物色之动，心亦摇焉……流连万象之际，沉吟视听之区……目既往返，心亦吐纳。春日迟迟，秋风飒飒，情往似赠，兴来如答。"钱先生特别注意"往返""吐纳"和"情往似赠"之语。他说："'往返吐纳'，盖谓物来而我亦去，物施而我亦报，如主之与客；初非物动吾情、印吾心，来斯受之，至不返之，如主之与奴也。不言我遇物而言物迎我，不言物感我而言我赠物，犹曰'色授魂与'耳。"[①]意思是说，刘勰这样的表述，不是一般地说作者"感于物而动"（《礼记·乐记》），而是视物、我为互相交流的关系。我之精神，不是被动地受物的感染，而是主动地、积极地投"往"彼处。犹如司马相如《子虚赋》所谓"色授魂与"，美人以色来授，我魂亦往与交结。古人类似这样的表述，钱先生举了许多例子[②]，刘勰这里则是专就写作、就创作冲动的发生而言。钱先生说："'心亦吐纳''情往似赠'，刘勰此八字已包赅西方美学所称'移情作用'，特标举之。"对刘勰的表述是颇为赞赏的。西方所谓移情，正是说主体将情感置于客体对象之中，而客体似乎也与主体相互渗透交融。钱先生熟谙西方文艺心理学理论，故能在浩如烟海的资料中慧眼识别和提炼，这里也是一例。

《文心雕龙·物色》还说："情以物迁，辞以情发。"钱先生说这情、物、辞便是陆机《文赋》的意、物、文三者。意（情）内而物外，文辞则"发乎内而着乎外，宣内而象外"，沟通内与外。钱先生说这犹如《墨子》之"举""实""名"三者，

---

① 钱锺书：《管锥编》，中华书局，1979年，第1182页。
② 钱锺书：《管锥编》，中华书局，1979年，第909页。

又举出近世西方同样意思的表述。这一方面让我们知道这样的思维表述的普遍性，另一方面使我们明白，我国古人于此固早已言之。

《神思》篇论及文辞达意之不易，说："方其搦翰，气倍辞前；暨乎篇成，半折心始。何者？意翻空而易奇，言征实而难巧也。"刘勰认为作者心中之"意"和口中笔下之"言"常常并不一致，想得似乎很好，写下来却并不好。钱先生屡次引及此语。他说中西谈艺者都有一派意见，谓既得于心，必应于手；若手不应，乃心未得。此种看法，以为意能逮物就能写出好作品，而忽视文辞达意这一环节。钱先生反对这种看法，以为这是轻视文辞技巧的一种偏见。他引刘勰的话，就是为了对此种论调予以批驳。钱先生认为，"文由情生，而非直情径出"①，作者心中之"意"、胸中的情感再好再浓烈，如果没有高超的修辞技巧，还是不可能落实到笔端纸上。要能够落实，就必须"激情转而为凝神"，冷静地"经营节制，句斟字酌"②。钱先生是作家、诗人，富于创作经验，因此对于刘勰的话有深切的体会。

关于作家的构思，还有一点也必须说一下，即钱先生对于《神思》篇"意象"一语的解释。《神思》云："独照之匠，窥意象而运斤。"这是"意象"见于古代文论的最早的例子，而"意象"又恰好与我国学界介绍西方文艺理论、诗歌流派时的用语相合，今人论艺也常用此语，因此刘勰的话备受重视。大家也就用今日所用"意象"的含义去理解刘勰的愿意，即理解为意中之象，脑海中浮现的形象，或云体现、蕴含作者之意的形象，总之认为是意与形象的结合。但是钱先生明确地表示不同意此种意见。他说："刘勰用'意象'二字，为行文故，即是'意'的偶词，不比我们所谓 Image，广义得多。只能说刘的'意象'即'意'，不能反过来。"钱先生认为《神思》中的"意象"就是"意"，缀一"象"字，成为双音语，只是骈文行文的需要罢了，是为了与上文"寻声律而定墨"的"声律"对偶。也就是说，钱先生不认为刘勰的"意象"是指"意"与形象的结合。我们认为钱先生的意见是对的，刘勰不会认为诗文非得有形象，作者之"意"非得用形象来表达不可。试看《神思》中的"意翻空而易奇，言征实而难巧""意授予思，言授于意""庸事或萌于新意"，都只是用"意"字来指构思中所萌生、将要以文字予以表达的意思。事实上，作者所构思者不可能全是形象，诗文中也不可能全是形象。钱先生说："例如：'盈盈一水间，脉脉不得语'，是有'象'有'意'的好诗，'良时不再至，离别在须臾''人生无百岁，常怀千岁忧''前不见古人，后不见来者'等，都是好诗。但'象'似乎没有，而'意'却无穷。不一定。因诗文不必一定有'象'，而至少应该有'意'。文字语言的基本功能是达'意'，造'象'是加工的结果。"③ 说得很明白，有形象和没有形象，都可能是好诗。钱先生做出这样的判断，当然是从鉴赏和创作的实际经

① 钱锺书：《管锥编》，中华书局，1979 年，第 90 页。
② 钱锺书：《管锥编》，中华书局，1979 年，第 1190–1191 页。
③ 敏泽：《钱锺书先生谈"意象"》，《文学遗产》，2000 年第 2 期，第 2–3 页。

验出发的。如果不是这样从实践出发，而是纠缠于抽象的形象思维之类文艺理论，就可能得出片面的结论，也就可能对刘勰的话产生误解。

除了关于作者思维活动的内容，钱先生对《文心雕龙》中论"隐秀"和论骈偶的言论也有很好的评价。

钱先生曾多次言及《隐秀》篇。他说："沧浪（严羽）不云乎：'言有尽而意无穷。'……意境悠然而长，则篇幅相形见短矣。古人论文，有曰：'含不尽之意，见于言外。'有曰：'读之唯恐易尽。'果如是，虽千万言谓之辞寡亦可，篇终语了，令人惘惘依依……此意在吾国首发于《文心雕龙·隐秀》篇，所谓：'情在词外曰隐，状溢目前曰秀。'又谓：'余味曲包。'少陵《寄高适岑参三十韵》有云：'意惬关飞动，篇终接混茫。''终'而曰'接'，即《八哀诗·张九龄》之'诗罢地有余'，正沧浪谓'有尽无穷'之旨。"① 钱先生又曾引刘知几《史通》的话："晦也者，省字约文，事溢于句外……虽发语已殚，而含意未尽，使夫读者望表而知里，扪毛而辨骨，睹一事于句中，反三隅于字外，晦之时义大矣哉！"然后说："《史通》所谓'晦'，正《文心雕龙·隐秀》所谓'隐'，'余味曲包'，'情在词外'；施用不同，波澜莫二。"② 钱先生认为刘勰之所谓"隐"，就是论诗者艳称的意在言外、言已尽而意有余，就是含蓄的艺术效果。此种艺术效果是诗歌之美的重要方面，因此《隐秀》篇当然受到钱先生的重视。钱先生曾举出若干例子说明古人对于此种"言外意"效果的体会，如张华称左思《三都赋》"读之者尽而有余"，刘祯自称"使其词已尽而势有余，天下一人耳"③。张、刘时代在刘勰之前，但那只是对某一作品或个别作者的体会，刘勰《隐秀》则是一种具有普遍性的概括，因此钱先生说"此意在吾国首发于《文心雕龙·隐秀》篇"④，颇有赞赏之意。

骈偶是诗文中常见的修辞手法，在刘勰的时代，盛行骈文，《文心雕龙·丽辞》是第一篇关于此种手法的专论。钱先生论骈文时，亦言及该篇。其言云："至于骈语，则朱熹所谓'常说得事情出'，殊有会心。世间常理，每具双边二柄，正反仇合；倘求义赅词达，对仗攸宜。《文心雕龙·丽辞》篇尝云'神理为用，事不孤立'，又称'反对为优'，以其'理殊趣合'；亦蕴斯旨……（反对）非以两当一，而是兼顾两面，不偏一向。"⑤ 按刘勰所谓"神理为用，事不孤立"，"神理"谓神妙不可言说的道理，也就相当于形而上的"道"。他说事物皆成双作对，乃是"道"之作用的体现。这本是为骈语张目的理论，谓骈语丽辞都是"道"的体现，故作文偶对，乃是必然的、天然合理的。但"事不孤立"，却也是刘勰观察诸种事物的结论，是符合

① 钱锺书：《谈艺录》，中华书局，1979 年，第 199 页。
② 钱锺书：《管锥编》，中华书局，1979 年，第 164 页。
③ 钱锺书：《管锥编》，中华书局，1979 年，第 720 页。
④ 《文心雕龙·隐秀》今只存残篇，阙文甚多，"隐秀"的含意究竟为何，只能揣测，是一个尚可讨论的问题。
⑤ 钱锺书：《管锥编》，中华书局，1979 年，第 1475 页。

实际的。钱先生敏锐地发现，刘勰的话具有哲学意味，因为世间事物事理，确实常常是具有多个方面，甚或是相反而相成的。那么用偶对的句子来加以说明，正是十分相宜。《文心雕龙·丽辞》举出四种对偶的情形，其中有所谓反对、正对，而以反对为优。"反对者，理殊趣合者也。"钱先生对此也颇为赞赏，认为反对可以兼顾两面，体现了相反相成的原理。当然，诗文中骈语，有善有不善。不少作者为求偶对，勉强凑合，以致上下一意。《丽辞》篇也已指出："张华诗称'游雁比翼翔，归鸿知接翮'；刘琨诗言'宣尼悲获麟，西狩涕孔丘'。若斯重出，即对句之骈枝也。"钱先生也曾不止一次引用其语。此种弊病，后世称为"合掌"，刘勰应是最早提出此病的。刘勰本人擅长以骈文议论说理。钱先生曾加以表扬："以为骈体说理论事勿克'尽意''快意'者，不识有《文心雕龙》《翰苑集》而尤未读《史通》耳。"① 将《文心雕龙》视为一部具有代表性的出众的骈文作品②。

刘勰还有一些言论，也为钱先生所赞赏、关注，这里再举出三条：

钱先生对《楚辞》之描写风景，评价很高。他说《诗经》里还只有"物色"而无景色，只是写到一草、一木、一水、一石而已，至《楚辞》方才以若干"物"合而布局，如画家所谓结构、位置那样，由状"物"进而写景。而刘勰对《楚辞》写景之工大加褒扬，《辨骚》称赞《楚辞》优点，其一即"论山水则循声而得貌"，《物色》又说："然屈平所以能洞监风骚之情者，抑亦江山之助乎？"因此钱先生称之为"识曲听真人语"，赞赏刘勰的鉴赏能力③。按南朝时《楚辞》已与《诗经》一起被视为百代文学创作之祖，但特别拈出写景一端加以赞美，则刘勰大约是第一人。重视自然景物的描绘，与创作的发展、特别是刘宋山水诗的发达，与人们文学眼光、观念的进步，都有关系，刘勰当然是受时代风气的影响，但毕竟是他首先明确地将写景作为《楚辞》的一大优点予以表扬的。

《文心雕龙·章句》谈诗文中句子和层次、段落的安排，也说到句子的长短、韵脚的变换、虚字的运用等问题。有的人不重视虚字，以为它们无关文义，刘勰却不然。他将虚字分成用于句首、句中、句末三类，认为它们有重要的作用，必不可少，不能用错。钱先生对《章句》论结构布置的内容评价一般，认为所说尚属"粗浅"，未能言及变化之巧④。但对刘勰论虚字的内容，则颇为重视，不止一次加以引用。一次是论历代诗歌运用虚字的情况⑤，一次是斥《老子》龙兴碑本删省虚字之可笑⑥。前者洋洋洒洒，涉及诗歌史上通文于诗、以文为戏、出奇制胜等重要问题，该是钱先生心力灌注的文字。那么他关注到《文心雕龙》的有关内容，也是当然的。刘勰论

---

① 钱锺书：《管锥编》，中华书局，1979 年，第 1474 页。
② 钱先生曾说刘勰"词翰无称"（《管锥编》1450 页），那是指刘勰不擅长诗赋之类抒情写景的美文。
③ 钱锺书：《管锥编》，中华书局，1979 年，第 613 页。
④ 钱锺书：《谈艺录》，中华书局，1984 年，第 323－325 页。
⑤ 钱锺书：《谈艺录》，中华书局，1984 年，第 70－78 页。
⑥ 钱锺书：《管锥编》，中华书局，1979 年，第 402 页。

虚字，时代既早，观点又稳妥，在语言学史、文章学史以至文学史上，确实都值得重视。

《文心雕龙·比兴》分类列举前人用比的佳例，有一项叫作"拟于心"，如王褒《洞箫赋》："优柔温润，如慈父之畜子也。"便是"以声比心"，用慈父的爱心比喻箫声。钱先生说："即西方修辞学所谓'抽象之形象'。"① 父子之爱，是不可闻见的，可谓"抽象"；但又是比较容易感受的，所以又可谓"形象"。在这个例子中，箫声是听得见的，但是箫声之"优柔温润"却显得抽象，不易体会；用慈父畜子来比方，就容易体会了。确实属于"抽象之形象"。接着钱先生举张融《海赋》以梦比喻微云、以至人虚静之心比喻大海等例，都是用"抽象之形象"（梦、虚静的心态）作为喻体，而被比喻之物（微云、大海），反倒是具体的。此类比喻与一般用具体、形象的事物作为喻体有所不同，显得十分新鲜、有创造性，故钱先生特别予以表述；也正因此，对刘勰的话特予拈出。这是一般研究《文心雕龙》的学者所未曾论及的。大多学者所注意的乃是刘勰对比和兴的解释。刘勰的解释确实值得注意，孔颖达便不指名地引用过他的话。（见《毛诗正义·关雎序》孔疏）但钱先生却认为刘勰的解释仍"依傍毛、郑"，虽新提出"比显而兴隐"之说，但也不过"如五十步之于百步"而已②。由此也可以看出钱先生目注心赏之所在和他的治学祈向。

四

下面谈谈钱先生对《文心雕龙》所表示的不满。

钱先生说到《文心雕龙》所标揭的作家作品时，说："《文心雕龙·诸子》篇先以'孟轲膺儒'与'庄周述道'并列，及乎衡鉴文词，则道孟、荀而不及庄……盖刘勰不解于诸子中拔《庄子》，正如其不解于史传中拔《史记》、于诗咏中拔陶潜……破格殊伦，识犹未逮。"③ 钱先生当然知道"不解"拔《庄子》《史记》与陶潜，乃是六朝风气，不足以病刘勰，但他所期待的，正是能够"破格殊伦"超越时代风气者。因此他对于萧统、萧纲之自具只眼、赏识陶渊明，特地标出④。

《文心雕龙》于小说和佛经翻译，均不加论述。钱先生说："然《雕龙·论说》篇推'般若之绝境'，《谐隐》篇譬'九流之小说'，而当时小说已成流别，译经早具文体，刘氏皆付之不论不议之列，却于符、檄之属，尽加以文翰之目，当是薄小说之品卑而病译经之为异域风格欤……小说渐以附庸蔚为大国，译艺亦复傍户而自有专门，刘氏默尔二者，遂使后生无述，殊可惜也。"⑤ 刘勰本欲广事包罗，凡著之文字

① 钱锺书：《管锥编》，中华书局，1979 年，第 1342 页。
② 钱锺书：《管锥编》，中华书局，1979 年，第 62 页。
③ 钱锺书：《管锥编》，中华书局，1979 年，第 467 页。
④ 钱锺书：《谈艺录》，中华书局，1984 年，第 91 页。
⑤ 钱锺书：《管锥编》，中华书局，1979 年，第 1157 – 1158 页。

者皆纳入《雕龙》之中，故而《书记》篇举凡家谱、符信、契约以至药方等琐屑莫不囊括，然而于小说和翻译之文却不置一词，故钱先生表示不满足，并推测刘氏之所以如此的原因。"病译经之为异域风格""异域风格"，是指佛经文字"丁宁反复，含意尽申而强聒勿舍，似不知人世能觉厌倦者"，与我国文辞之讲究简洁背道而驰。钱先生说："刘勰奉佛，而释书不与于'文心'，其故亦可思也。"① 他从词章、写作方面解释《文心雕龙》不言佛书的缘故，而不牵扯到思想体系之类。这样的判断与有的学者的意见就不一样。如范文澜先生《中国通史简编》认为，刘勰"是个虔诚的佛教徒，但在《文心雕龙》里，严格保持儒学的立场，拒绝佛教思想混进来，就是文字上也避免用佛书中语（全书只有《论说篇》偶用'般若''圆通'二词，是佛书中语），可以看出刘勰著述态度的严肃"②。此说影响颇大。但笔者以为还是钱先生的判断更合理。佛经文字既不合我国的文辞审美趣味，佛书中也未必有关于写作的论述需要采撷，刘勰不论及佛书盖由于此，未必是要严守儒家立场。词章一道，自有其不依附于某种思想流派的独立的规律；论说词章之道，也无须硬往思想流派上靠。上文揭出的钱先生"毋如抱梁溺水"的教导，是值得深思的。

钱先生指摘《文心雕龙》的例子还有一些，这里再举三例：

陆机《文赋》有"彼榛楛之勿剪，亦蒙荣于集翠；缀《下里》于《白雪》，吾亦济夫所伟"之语。《文心雕龙·镕裁》云："士衡才优，而缀辞尤繁……而《文赋》以为'榛楛勿剪''庸音足曲'，其识非不鉴，乃情苦芟繁也。"意谓陆机此语是为自己的繁缛辩护。钱先生批评刘勰缺少会心。钱先生之意，诗文不能处处句句皆为警策精美，不然的话，读者将应接不暇，目眩神疲，效果并不好；应该是精意好语之间，亦有一般的句子，反能起到烘托映衬的效果，使佳处更加突出。《文赋》"济夫所伟"之语正是肯定了这样的效果。因此钱先生对陆机之语非常欣赏，而嫌刘勰未能领会。③ 钱先生的观点当然与他的诗文创作经验有关，老于此道，自有心得，方能对于陆机的话有这样精到的理解。

《文心雕龙·物色》列举《诗经》中描写物色之语："故'灼灼'状桃花之鲜，'依依'尽杨柳之貌，'杲杲'为出日之容，'瀌瀌'拟雨雪之状，'喈喈'逐黄鸟之声，'喓喓'学草虫之韵。"钱先生说，"喈喈""喓喓"只是象声而已，为之甚易，"与'依依''灼灼'之'巧言切状'者，不可同年而语。刘氏混同而言，思之未慎耳"④。这里可以看出钱先生对于语言文辞感觉之敏锐。

《文心雕龙·比兴》历举楚汉赋家用比的佳例，或"以声比心"，或"以响比辩"，或"以容比物"，等等，其中马融《长笛赋》"繁缛络绎，范、蔡之说也"，便

① 钱锺书：《管锥编》第五册，中华书局，1979年，第97页。
② 范文澜：《中国通史简编（修订本）》第二编，人民出版社，1962年，422页。
③ 钱锺书：《管锥编》，中华书局，1979年，第1201页。
④ 钱锺书：《管锥编》，中华书局，1979年，第116页。

是将繁复的音乐声比作谈士的辩论。这些比喻都很好，刘勰注意到了，一一举出，也很不错。但钱先生注意到《长笛赋》里还有一处极为精彩的比喻："尔乃听声类形，状似流水，又象飞鸿。泛滥溥漠，浩浩洋洋；长矗远引，旋复回皇。"说笛声犹如一派浩浩茫茫的流水（水之"状"，不是水之声），又像是鸿鸟飞向远方，引人遥望，却又回旋复来而不定。钱先生说这不是一般的比喻，而是打通了听觉和视觉，将声音写成有"形状"可"视"的物象。他说刘勰"还向《长笛赋》里去找例证，偏偏当面错过了'听声类形'，这也流露刘勰看诗文时的盲点"①。钱先生非常精彩的《论通感》，专论此类"感觉挪移"的现象。他说我国古代诗文中的这种描写手法，古代批评家和修辞学家似乎都没有理解或认识。刘勰已经注意到《长笛赋》了，却错过了这个好例，也就未能将此种描写手法特地点出来，钱先生为之感到遗憾。

以上这三个例子，在专注宏观、系统的研究者看来，未免琐屑，可能也在其"盲点"之内，不会加以注意。但我们觉得钱先生的论述实在独具只眼，对于诗文欣赏和创作极有启发。

综上所述，钱先生不曾对《文心雕龙》做专门的全面的讨论，只是在讨论某些问题时加以引述而已。但从这些片断零碎的资料中，也可以看出钱先生关于《文心雕龙》某些基本问题的观点，可以看到他很多与众不同的见解和关注点，这对于我们的研究实在大有裨益，而迄今似乎尚未引起足够的注意，故笔者略事搜讨，意在抛砖引玉。

---

① 钱锺书：《七缀集》，上海古籍出版社，1985 年，第 57 页。

唐写本《文心雕龙》残卷的披露、传播和疑云

杨焄·华东师范大学中国语言文学系

　　南朝齐梁时期的文学批评家刘勰撰有《文心雕龙》一书，因其"体大虑周""笼罩群言"①，而在历代诗文评著作中影响深远。然而由于时代邈远，文字多有讹误脱衍，虽经明清以来诸多学者的辨析勘订，仍因载籍阙略无征而尚存大量待发之覆。1900 年在敦煌莫高窟意外发现了大批古代写本和印本文献，为传统文史研究开拓新境提供了极佳的契机，诚如陈寅恪在《陈垣〈敦煌劫余录〉序》中所言，"一时代之学术，必有其新材料与新问题。取用此材料，以研求问题，则为此时代学术之新潮流。治学之士，得预于此潮流者，谓之预流。其未得预者，谓之未入流。此古今学术史之通义，非彼闭门造车之徒，所能同喻者也。敦煌学者，今日世界学术之新潮流也"②。在这批敦煌文献中恰好有一份唐人用草书抄录的《文心雕龙》，尽管只残存第一篇《原道》篇末赞语至第十五篇《谐讔》篇标题，篇幅仅及原书五十篇的四分之一左右，但也弥足珍贵。可惜这份残卷不久就被匈牙利裔考古学家斯坦因（Sir Aurel Stein）携至英国，随后又入藏大英博物馆，编号为 S. 5478。普通人自然无缘得见，更难以从容考校。

　　率先对此残卷进行研究的是日本汉学家铃木虎雄，他根据另一位汉学家内藤湖南提供的残卷照片，着手撰写《敦煌本〈文心雕龙〉校勘记》③。他强调唐写本之所以可贵，不仅在于它是现存《文心雕龙》中最古老的版本，更重要的是和通行本相较存在大量异文，令人读罢顿生"原来如此"的感慨。全文共分三部分：第一部分"校勘记前言"，简要说明残卷的基本情况和自己的校勘原则；第二部分"敦煌本《文心雕龙》原文"，对残卷内容加以辨识写定；第三部分"敦煌本《文心雕龙》校

　　① 〔清〕章学诚：《文史通义》卷五《诗话》，叶瑛校注，中华书局，1994 年，第 559 页。

　　② 陈寅恪：《陈垣〈敦煌劫余录〉序》，《金明馆丛稿二编》，生活·读书·新知三联书店，2001 年，第 266 页。

　　③ ［日］铃木虎雄：《敦煌本文心雕龙校勘记》，收入［日］羽田亨编《内藤博士还历祝贺支那学论丛》，弘文堂，1926 年，第 979 – 1011 页。

勘记"，则将残卷与宋人编纂《太平御览》时所引《文心雕龙》片段及清人黄叔琳《文心雕龙辑注》加以比对，逐一胪列其异同。他在数年后又撰写了《黄叔琳本〈文心雕龙〉校勘记》，提到自己先前"既有校勘记之作，今之所引，止其若干条耳。余所称敦本者，即此书也"①，再次采撷唐写本的部分内容来勘订黄注本的疏漏。

几乎就在同一时间，中国学者赵万里也发表了《唐写本〈文心雕龙〉残卷校记》，同样认为"据以移校嘉靖本，其胜处殆不可胜数，又与《太平御览》所引及黄注本所改辄合，而黄本妄订臆改之处亦得据以取正。彦和一书传诵于人世者殆遍，然未有如此卷之完善者也"，充分肯定了残卷的文献校勘价值。他在题记中还撮述了自己的校订经过："去年冬，余既假友人容君校本临写一过，以其有遗漏也，复假原影片重勘之，其见于《御览》者亦附著焉。"② 虽然语焉不详，没有具体说明照片的来源，但显然与铃木虎雄并不相同，也并不了解铃木对此已有研究。

这两位学者对唐写本的研究逐渐引起中日学界的广泛重视，中日学者纷纷予以参考引录。在无锡国学专修学校任教的叶长青，曾将授课讲义整理成《文心雕龙杂记》。书前冠有黄翼云所撰序言，盛赞叶氏能"取敦煌古本正今本刘着之舛误"③。可是逐一覆按书中提到的唐写本内容，其实都移录自赵万里的校记。铃木虎雄的弟子斯波六郎在1953年至1958年陆续发表《〈文心雕龙〉札记》④，引录过老师的不少意见，并加以引申阐发。范文澜早年撰著《文心雕龙讲疏》时还不知道有这份残卷⑤，随后将此书删订增补为《文心雕龙注》，在《例言》里就明确交代参考过"铃木虎雄先生校勘记，及友人赵君万里校唐人残写本"⑥。刘永济的《文心雕龙校释》在《前言》中也提起："海外有唐写残卷，原出鸣沙石室。我曾取国人录回之文字异同，校《太平御览》所引，同者十之七八。"⑦ 同样非常倚重赵万里的校订成果。甚至在王重民编纂《敦煌古籍叙录》时，在《文心雕龙》条目下也直接引录赵万里的题记以供读者参考⑧。

然而由于铃木虎雄和赵万里依据的残卷照片来源各异，双方所持的校勘标准也不尽相同，因此两人考订所得也就多有出入。如残卷中《原道》篇赞语仅存十三字，铃木共校出三处异文，赵氏则阙而未论；而像《宗经》篇"其书言经"句，赵氏指出唐写本"言"字作"曰"，又称《太平御览》所引"与唐本正合"，可铃木对此却

① 范文澜：《文心雕龙注》，人民文学出版社，1958年，第8页。
② 赵万里：《唐写本〈文心雕龙〉残卷校记》，载1926年《清华学报》第三卷第一期。按：此文收入冀淑英，张志清，刘波主编《赵万里文集》第二卷（上海科学技术文献出版社，国家图书馆出版社，2012年），"去年冬"改作"去年秋"。
③ 叶长青：《文心雕龙杂记》，1933年。
④ 王元化编选：《日本研究〈文心雕龙〉论文集》，齐鲁书社，1983年，第39－113页。
⑤ 范文澜：《文心雕龙讲疏》，新懋印书局，1925年。
⑥ 范文澜：《文心雕龙注》，人民文学出版社，1958年，第4页。
⑦ 刘永济：《文心雕龙校释》，中华书局，1962年，第4页。
⑧ 王重民编纂：《敦煌古籍叙录》，商务印书馆，1958年，第383－384页。

只字未提。此外，因为唐写本字体潦草，照片质量想必也不高，许多地方并不容易辨认，两人存有疏漏也在所难免。专注于《文心雕龙》研究的户田浩晓在 1958 年征得大英博物馆的同意，获取到一份新的缩微胶片，经过仔细比勘复核，撰有《作为校勘资料的〈文心雕龙〉敦煌本》。在这篇文章中，他就直言不讳地指出铃木的工作"'校'详而'勘'疏"，只是列异同，并未定是非，而且"校勘记中未曾言及的地方还很多"①，需要再做全面的考察。当然，绝大部分学者都不可能拥有如此优越的研究条件，得以直接利用残卷的缩微胶片，而只能通过铃木虎雄或赵万里的校勘成果，或是想方设法寻求其他途径，间接了解残卷的相关信息。杨明照在《文心雕龙校注拾遗》中就深为感慨："敦煌莫高窟旧物，不幸被匈牙利人斯坦因盗去，今藏英国伦敦博物馆之东方图书室……实今存《文心》之最古本也。原本既不可见，景片亦未入观，爰就沈兼士先生所藏晒蓝本移录，比对诸本，胜处颇多。吉光片羽，确属可珍。惜为帝国主义掠夺，不得一睹原迹为恨耳！"② 由此造成的缺憾自是不言而喻。

日本东洋文库所设的敦煌文献研究联络委员会在 1953 年选派专门人员远赴英伦，协助大英博物馆整理馆藏敦煌文献。任教于香港大学的饶宗颐此时正在竭力搜集敦煌资料，闻讯后当然绝不会轻易错过良机。他事后回忆道："往岁英国博物馆得东洋文库榎一雄、山本达郎两先生之助，将所藏斯坦因取去之敦煌写卷全部摄成显微胶卷。时郑德坤教授在剑桥，为余购得一套，得于暇时纵观浏览。是为余浸淫于敦煌学之始。"③ 在随后进行的研究中，他也注意到了这份唐写本《文心雕龙》。在《敦煌写卷之书法》一文中，他扼要评述过残卷的书写特点，认为"虽无钩锁连环之奇，而有风行雨散之致，可与日本皇室所藏相传为贺知章草书《孝经》相媲美"④。数年之后，由饶宗颐主编的香港大学中文学会年刊《文心雕龙研究专号》（香港大学中文系 1962 年）出版⑤，书中收录了他撰写的《文心雕龙探原》《刘勰以前及其同时之文论佚书考》《刘勰文艺思想与佛教》《文心雕龙集释·原道第一》等多篇论文，在全书最后还附有唐写本《文心雕龙》残卷的影印件及他为此撰写的说明。台湾明伦出版社在 1971 年又翻印过这本《文心雕龙研究专号》，使残卷照片得到更广泛的传播。饶宗颐后来编订个人论文集《文辙》，将这份影印说明也收入其中，并增加了一段后记，由此改题为《敦煌唐写本〈文心雕龙〉景本跋及后记》。他在后记中忆及此事，

① 王元化编选：《日本研究〈文心雕龙〉论文集》，齐鲁书社，1983 年，第 114–128 页；又收入户田浩晓：《文心雕龙研究》第三编第一章，曹旭译，上海古籍出版社，1992 年。

② 杨明照：《文心雕龙校注》附录六《板本》，古典文学出版社，1958 年，第 440 页。按：杨氏日后在此书基础上陆续修订完成《文心雕龙校注拾遗》（上海古籍出版社，1982 年）及《增订文心雕龙校注》（中华书局，2000 年），已经将"原本既不可见，景片亦未入观，爰就沈兼士先生所藏晒蓝本移录，比对诸本""惜见夺异国，不得一睹原迹为恨耳"数语删削殆尽。

③ 饶宗颐：《饶宗颐二十世纪学术文集》第八卷《敦煌学（下）》，台湾新文丰出版公司，2003 年，第 305 页。

④ 饶宗颐：《敦煌写卷之书法》《饶宗颐二十世纪学术文集》第十三卷《艺术》，台湾新文丰出版公司，2003 年，第 38 页。

⑤ 饶宗颐编：《文心雕龙研究专号》，香港大学中文系，1962 年。

自诩道："拙作实为唐本首次景印公诸于世之本，于《文心雕龙》唐本流传研究虽不敢居为首功，然亦不容抹杀"①。仔细梳理唐写本在此后的流传过程，他确实有着当之无愧的首创之功。

在为影印件撰写说明时，饶宗颐也认同前人的判断，认为唐写本文字"颇多胜义""较旧本为优"②，可同时又发现其中颇存蹊跷。在铃木虎雄和赵万里的校勘记中，都明确提到残卷中完整保留着自《征圣》迄《杂文》共计十三篇的内容，但在他得到的这份缩微胶片中，从《征圣》篇下半部分到紧随其后的《宗经》篇上半部分却出现了大段阙漏。他由此推测，"岂此显微复印件，由第一页至第二页中间摄影时有夺漏耶？"③ 只是因为还未能亲自勘验过写本原件，这个疑问只能暂时搁置不论。

饶宗颐在1964年又赴法国研究敦煌经卷，顺道转至大英博物馆检核这份唐写本残卷。蓄疑已久的谜题最终解开，确实是东洋文库的工作人员在拍摄时大意疏忽，遗漏了一整页内容。饶氏还没来得及撰文说明相关情况，就发现"日本户田浩晓先生关心于此，特着文讨论"④，也就是那篇《作为校勘资料的〈文心雕龙〉敦煌本》。户田在1958年得到英方授权而得到的胶片，同样是由东洋文库负责拍摄的，对其中的文字阙漏也困惑不解。他注意到饶宗颐为残卷影印本所写的说明，在论文中说起"饶氏的这一推断是正确的。我也很早就注意到这一问题，遂于1961年再次向大英博物馆寻求援助，并得到了完整无缺的胶卷"⑤。既然日本学者已经发现症结所在，并圆满地解决了问题，饶氏当然也就毋庸赘言了。

东洋文库所摄缩微胶片内容阙漏的原因虽然已经查明，但饶宗颐据此刊布的影印件终究并非完璧，还是让人感到未惬于心。好在没过多久，香港中文大学新亚研究所的潘重规整理出版《唐写〈文心雕龙〉残本合校》，不仅"综合诸家之说，亲就原卷覆校，附以己见"，提供了一个全新的汇校本，而且将自己早年访书英伦时拍摄的"中无脱漏"的残卷照片"复印附后，俾读者得自检核，而知有所别择也"⑥，唐写本《文心雕龙》残卷至此才得以完整示人。而后陈新雄、于大成主编的《文心雕龙论文集》又转载了潘氏的合校本⑦，尽管并未附上残卷照片，但也为有兴趣的读者提供了重要线索。

饶、潘两位先后公布的唐写本影印件都在港台地区出版，大陆众多学者根本无法寓目，依然颇有遗憾。复旦大学在1984年主办中日学者《文心雕龙》研讨会，筹备期间曾委托上海古籍出版社影印上海图书馆所藏元至正刻本《文心雕龙》。原来还计

① 饶宗颐：《敦煌唐写本〈文心雕龙〉景本跋及后记》，《文辙》，台湾学生书局，1991年，第408页。
② 饶宗颐：《敦煌唐写本〈文心雕龙〉景本跋及后记》，《文辙》，台湾学生书局，1991年，第407页。
③ 饶宗颐：《敦煌唐写本〈文心雕龙〉景本跋及后记》，《文辙》，台湾学生书局，1991年，第407页。
④ 饶宗颐：《敦煌唐写本〈文心雕龙〉景本跋及后记》，《文辙》，台湾学生书局，1991年，第408页。
⑤ ［日］户田浩晓：《作为校勘资料的〈文心雕龙〉敦煌本》，收入《文心雕龙研究》，第122页。
⑥ 潘重规：《唐写〈文心雕龙〉残本合校》，香港新亚研究所，1970年，第4页。
⑦ 陈新雄，于大成主编：《文心雕龙论文集》，台湾文光书局，1975年。

划同时附印唐写本残卷，以便学者参考利用，可当时北京图书馆（即今国家图书馆）虽藏有这份缩微胶片，却是由东洋文库拍摄的那种，内容原本就有阙漏，加之保存不善，以致文字漫漶，难以辨识，因此最终只能作罢。会议召开期间，时任中国《文心雕龙》学会副会长的王元化与日方代表户田浩晓顺便谈及此事。户田返回日本后，立即就将北图所藏胶片中脱漏的那一页复印件寄来。数年之后，王元化又得到了潘重规的《唐写〈文心雕龙〉残本合校》。他随即又委托友人专程赴大英博物馆，再次摄取原件的缩微胶片，以便详细比勘。经过数年的搜集积累，有关唐写本残卷的文献资料已经颇为齐备了，而王元化"不敢自秘，遂请托林其锬、陈凤金贤伉俪整理出版，以供学人研究之用"①。林、陈两位的整理成果最先发表于《中华文史论丛》1988年第一期。随后经过修订补充，加上《宋本〈太平御览〉引〈文心雕龙〉辑校》，并附上所有图片，由上海书店于1991年出版。美中不足的是这些图版资料，尤其是唐写本照片的印制效果相当糟糕，只能算是聊胜于无。所幸中国《文心雕龙》学会和全国高校古籍整理委员会此后在王元化的积极建议下，合作编纂《〈文心雕龙〉资料丛书》②，将包括唐写本在内的历代重要版本汇为一编，颇便学者取资。而林其锬、陈凤金两位更是精益求精，在多年后又推出《增订〈文心雕龙〉集校合编》③，不仅校勘内容更为细密精审，所附图版资料也经过修复处理，较诸饶宗颐、潘重规先前公布的照片更为清晰，研究者们终于可以充分利用这份唐写本残卷了。

不过，围绕着唐写本残卷，还有些疑云有待揭晓。潘重规在《唐写〈文心雕龙〉残本合校》中介绍各家的校勘成果，最后总结道："上来诸家，或未见原卷，或据复印件而中有脱漏，且有见所据参差，因疑敦煌原卷或有异本者。"④ 饶宗颐注意到这番议论，特意指出："惟潘君称有人致疑别有敦煌异本，则殊易引起误会——因《文心》敦煌草书写本仅有 Stein 五四七八此册而已，实别无它卷也。"⑤ 认为这种推断缺乏依据，根本没有必要。可是，除了大英博物馆所收藏的那份残卷，是否还另有其他的唐写本《文心雕龙》留存世间，确实很容易令人产生遐想——甚至可以说是期待。

有些揣测当然纯属误会，比如王利器在《文心雕龙校证》的《序录》中提到过一些"已知有其书而未得征引的"版本，首当其冲的就是"前北京大学西北科学考察团团员某藏唐写本，约长三尺"⑥，只是未曾指名道姓，让人颇费猜疑。幸亏他晚年对此事做过澄清，在《我与〈文心雕龙〉》中，他提到赵万里曾经告诉自己："你的北大同学黄某，藏有敦煌卷子《隐秀》篇。"他为此还特意与黄某交涉，最后"方

① 王元化：《〈敦煌遗书文心雕龙残卷集校〉序》，上海书店，1991年，第1页。
② 中国《文心雕龙》学会，全国高校古籍整理委员会合编：《〈文心雕龙〉资料丛书》，学苑出版社，2004年。
③ 林其锬，陈凤金：《增订〈文心雕龙〉集校合编》，华东师范大学出版社，2011年。
④ 潘重规：《唐写〈文心雕龙〉残本合校》，香港新亚研究所，1970年，第3页。
⑤ 饶宗颐：《敦煌唐写本〈文心雕龙〉景本跋及后记》，《文辙》，台湾学生书局，1991年，第408页。
⑥ 王利器：《文心雕龙校证》，上海古籍出版社，1980年，第23页。

知他所收藏的实乃是唐写本《文选序》，并非《文心雕龙·隐秀篇》"①。这位"黄某"即 20 世纪 30 年代中后期担任过西北科学考察团专任研究员的考古学家黄文弼。有关此事的来龙去脉，王世民在《所谓黄文弼先生藏唐写本〈文心雕龙〉究竟是怎么一回事》中做过详细考辨②，可知完全是由于黄氏本人大意疏忽而造成的以讹传讹。

除了这类子虚乌有的情况以外，真正经眼甚至校读过唐写本的确实不乏其人。范文澜在《文心雕龙注·例言》中说起"畏友孙君蜀丞尤助我宏多"，而"孙君所校有唐人残写本"③。杨明照在撰著《文心雕龙校注》时，利用过"沈兼士先生所藏晒蓝本"④。王利器在《文心雕龙校证》中说曾见过"傅增湘先生手校本（底本张之象本），乃是对校唐写本"，而且"近人校唐写本的，还有几家"，只是各家都"无所发明"，他才觉得"没有提及的必要"⑤。尤其引人注意的是，原上海合众图书馆总干事，后任上海图书馆馆长的顾廷龙晚年曾对林其锬说起："《文心雕龙》敦煌写本肯定尚有一种。我清楚记得：一九四六年农历九月二十八日，张元济八十岁生日。当日下午，他为避寿来到合众图书馆……张元济来时拿了一卷敦煌写本，是黑底白字的复印件，是直接照书扣照的，是《文心雕龙》写本，大约有几张；还拿了一部《四部丛刊》本《文心雕龙》。他把两种本子都交给我，并叫我校一下。我一看，那敦煌写本是正楷写的，所以校起来很快，一个晚上便校好了，到第二天上午就送走。"⑥ 张元济在当年 10 月 22 日生日当天确有一张给顾廷龙的便条，提到"今送去唐人写本《文心雕龙》影片四十五张，又重复者八张（浅深不同，可以互证）"⑦，可证顾氏的回忆大体无误。在后来给林其锬的信中，顾廷龙又再次谈及此事："我想起我说的一本《文心雕龙》，一定在台湾，不知在台湾谁手耳！将来总会再发现的。"⑧ 张、顾两位都精于版本鉴定，而顾更是兼擅书艺，绝不可能将那份用草书抄写的残卷误认为正楷，他们提供的线索无疑值得重视。绝大部分敦煌文献目前都收藏于英、法、俄、日、中等国的博物馆和图书馆，并且都已编号登录，甚至刊行过图版以供学者研究；但与此同时，确实还有一部分散落于各地私人收藏家之手，有些甚至迄今仍秘而不宣。不知其中是否确有那份曾经惊鸿一现的唐人用正楷抄写的《文心雕龙》？倘若这份残卷尚存天壤之间，如今的拥有者是否也能像饶宗颐、潘重规、王元化等诸位先贤那样，本着学术为公的宗旨将其公诸于世呢？这的确令人充满期待，尽管可能性也许非常渺茫。

① 王利器：《我与〈文心雕龙〉》，浙江人民出版社，1999 年，第 220 页。
② 王世民：《所谓黄文弼先生藏唐写本〈文心雕龙〉究竟是怎么一回事》，科学出版社，2013 年。
③ 范文澜：《文心雕龙注》，人民文学出版社，1998 年，第 4 页。
④ 杨明照：《文心雕龙校注》附录六《板本》，中华书局，1964 年，第 440 页。
⑤ 王利器：《文心雕龙校证·序录》，上海古籍出版社，1980 年，第 28 页。
⑥ 林其锬：《顾廷龙谈〈文心雕龙〉敦煌写本》，《社会科学报》，1995 年，第 946 页。
⑦ 张元济：《致顾廷龙》，商务印书馆，1997 年，第 175 页。
⑧ 林其锬，陈凤金《增订文心雕龙集校合编》附录三《承教录》，华东师范大学出版社，2011 年，第 945 页。

文体分化与规范偏离

——《文心雕龙》与南朝文学新变观的若干类型及其关系

姚爱斌·北京师范大学文学院　北京师范大学文艺学研究中心

在刘勰看来，"变"乃是贯穿古今文章写作的普遍现象，而着眼于文章写作古今之"变"的梳理、分析、评价和总结，也是贯穿于《文心雕龙》全书的一项基本内容："文之枢纽"部分有"楚骚"相对于"五经"之变；"论文叙笔"各篇的主要篇幅即是对不同文体之变的历史考察（"原始以表末"）；"剖情析采"各篇也在论述一般创作方法时融入了历史视角，其中《通变》《风骨》《情采》等篇，包含了对文章写作之变的基本原则和方法的总结；其后的《时序》《物色》两篇进一步从社会和自然两个角度揭示了文章之变的规律和动因。在刘勰本人生活的齐梁时代，求"新"求"变"更已成为文坛的风气所向，也是当时论文者绕不开的一个重要话题。而且，这个问题很容易牵动当时人文学观念的神经，以致论文者在谈到这一现象时，都不可避免地表露自己的态度和立场。

说到齐梁时代的文学"新变"，研究者往往以一整体视之。论及刘勰对当时文学"新变"的态度，研究者也往往概而言之，如认为刘勰论文的基本立场是对当时文坛"新变"派与"复古"派的折中等。此类整体性认识和判断固然大体不差，却也在一定程度上含混了齐梁文坛"新变"现象内部的复杂性，模糊了刘勰对文学"新变"的具体态度。若从其内部作细致分析，则不难发现，不唯齐梁时期的文学"新变"自身呈现出不同的具体倾向，而且当时批评者对这些不同倾向的文学"新变"也表露出不同的态度。综合当时文学"新变"的具体内容及评论者的态度而观之，南朝文学新变观主要有三种类型。

一、文学发展与文体分化：萧氏文学新变观的命意所在

第一种情形即以萧统、萧绎、萧子显为代表的文学"新变"派。就其主要特征来看，可称之为"整体新变"派。这是因为：第一，他们视"新变"为文学的基本

特征，对文学"新变"持整体肯定甚至欣赏的态度。如萧统《文选序》云："文之时义远矣哉！若夫椎轮为大辂之始，大辂宁有椎轮之质？增冰为积水所成，积水曾微增冰之凛，何哉？盖踵其事而增华，变其本而加厉。物既有之，文亦宜然。随时变改，难可详悉。"① 萧统由物理推及文理，认为"随时改变"是文章的基本性质，"踵事增华""变本加厉"是文"变"的基本规律，意谓文章的整体变化趋势就是使原有之"质"变得更加丰富、复杂、深刻、精美的过程。萧子显《南齐书·文学传论》云："习玩为理，事久则渎，在乎文章，弥患凡旧。若无新变，不能代雄。建安一体，《典论》短长互出；潘、陆齐名，机、岳之文永异。江左风味，盛道家之言，郭璞举其灵变，许询极其名理，仲文玄气，犹未尽除，谢混清新，得名未盛。颜、谢并起，乃各擅奇；休、鲍后出，咸亦标世。朱蓝共妍，不相祖述。"② 萧子显将文章之理与习玩之理类比，认为相较一般的习玩，文章写作更应该力避平凡与陈旧，而是否能够与时"新变"，被视为文章能否称雄一个时代的决定条件。从萧子显所列的建安以来文章诸家来看，他不仅强调不同时代的文章"不相祖述"，而且着意突出同一时代不同作者文体间的个性差异，如谓建安七子文章"短长互出"，陆机与潘岳的文体永远不会混同，郭璞和许询的玄言诗有"举其灵变"和"极其名理"之异，颜延之与谢灵运齐名但又各擅其奇……他的这篇《文学传论》从纵横两个维度将文学"新变"观推向极致。第二，他们的文学"新变"观主要是通过宏观层面对"文"之外延与内涵的严格辨析来体现的，也即是说，他们所说的"新变"，并非指单个文章因素的新变，而是文体类型意义上的新变。在《文选序》中，萧统是这样逐步辨析以推出符合其新变文学观的文体类型：

> 若夫姬公之籍，孔父之书，与日月俱悬，鬼神争奥，孝敬之准式，人伦之师友，岂可重以芟夷，加之剪截？老、庄之作，管、孟之流，盖以立意为宗，不以能文为本，今之所撰，又以略诸。若贤人之美辞，忠臣之抗直，谋夫之话，辨士之端，冰释泉涌，金相玉振，所谓坐狙丘，议稷下，仲连之却秦军，食其之下齐国，留侯之发八难，曲逆之吐六奇，盖乃事美一时，语流千载，概见坟籍，旁出子史，若斯之流，又亦繁博。虽传之简牍，而事异篇章，今之所集，亦所不取。至于记事之史，系年之书，所以褒贬是非，纪别异同，方之篇翰，亦已不同。若其赞论之综缉辞采，序述之错比文华，事出于沉思，义归乎翰藻，故与夫篇什，杂而集之。③

萧统首先将地位尊崇、旨在人伦教化的儒家经典"请出"其选文范围，接着将"以立意为宗，不以能文为本"的诸子之文排除在外，进而又将"事异篇章"的策士之语归入不取之列。在对待史书时，萧统一方面因其主要内容为"褒贬是非，纪别异

① 《宋尤袤刻本文选》第一册，国家图书馆出版社，2017年，第1页。
② 〔梁〕萧子显：《南齐书》卷五二《文学传论》，中华书局，1972年，第908页。
③ 《宋尤袤刻本文选》第一册，国家图书馆出版社，2017年，第4—5页。

同"而认为史书在整体上与"篇翰"不同,另一方面又因为其中的"赞论"和"序述"部分具有"综缉辞采""错比文华"以及"事出于深思,义归乎翰藻"等特点而将其单独归为"篇什"一类。综观萧统的四次取舍,首先可以明确的一点是,萧统所选的主要类型为"篇章"(或称"篇翰""篇什")之文,即相对独立、篇幅完整、文义自足的单篇文章,即后来与经、史、子相并列的"集"类文章。其次,借由萧统关于史书之文一舍一取的对照,可以看出其选文所依据的一些具体而关键的标准:词采错综,文辞华美,即使是其中的"事义"(即"事类")也需要融入作者的深沉之思,并以丰富而美丽的辞藻表现出来①。综而言之,萧统的文学"新变"观主要体现为对那些思想感情深沉、辞采丰富华美的篇章之文的青睐。

在《金楼子·立言》篇中,萧绎则通过另一种方式的辨析,系统完整地表述了其"新变"文学观:

> 然而古人之学者二,今人之学者有四。夫子门徒,转相师受,通圣人之经者谓之儒,屈原、宋玉、枚乘、长卿之徒,止于辞赋则谓之文。今之儒博穷子史,但能识其事,不能通其理者,谓之学。至如不便为诗如阎纂,善为章奏如柏松,若此之流,泛谓之笔,吟咏风谣,流连哀思者,谓之文。而学者率多不便属辞,守其章句,迟于通变,质于心用。学者不能定礼乐之是非,辨经教之宗旨,徒能扬榷前言,抵掌多识。然而抱源知流,亦足可贵。笔退则非谓成篇,进则不云取义,神其巧惠笔端而已。至如文者,惟须绮縠纷披,宫征靡曼,唇吻道会,情灵摇荡,而古之文笔,今之文笔,其源又异。②

这是一段引用率很高的文字,研究者在分析时多会留意其中所包含的一些基本内容,如从"儒""文"二分的"古人之学"到"儒""学""文""笔"四分的"今人之学"的演变,"儒"与"学"及"文"与"笔"之间的辨析,"今日之文"的基本特征等。但是,这并不意味着其中所有重要问题都已得到足够关注和恰当阐释。如在辨析"儒"与"学"及"文"与"笔"(尤其是后一组)之间的差异时,研究者多在具体特征层面进行比较,却忽略了具体特征背后的深层结构上的差异。不妨再对照一下萧子显关于"今日之学"的两组关键性表述。先看"儒"与"学":

> 夫子门徒,转相师受,通圣人之经者谓之儒。

> 今之儒博穷子史,但能识其事,不能通其理者,谓之学。

"儒"的本质特征在于"通圣人之经",这种"通"应该是全面的"通",既能"通"其文,"通"其事,又能"通"其理;而"学"虽然"博穷子史","但能识其事,

---

① 此处"事出于沉思,义归乎翰藻"本义是针对史书中的"赞论"和"序述"部分而言,并非直接作为其选文的一般标准被提出来的。但是,萧统针对史书中"赞论"和"序述"部分文体特征的这一表述,也应该在很大程度上体现了他选文的一般标准。另外,这两句是互文见义,意为"赞论"和"序述"中的"事义"都是经过了作者的"沉思"并被表现于"翰藻"。其中的"沉思"与"翰藻"其本义也非直接指称文章中的意与言两个构成要素,但是从更高一层来看,也完全可以视为萧统对所选文章中意与言两个要素的一般要求。

② 〔梁〕萧绎撰,陈志平,熊清元疏证校注:《金楼子疏证校注》,上海古籍出版社,2014年,第770页。

昭明文苑　增华学林——《文选》与《文心雕龙》国际学术研讨会论文集　—

不能通其理"。显然，"学"相对于"儒"并非别是一家，而是"儒"的某种退化，这种退化的本质表现就是"学"不再具有"儒"原初的完整性。要言之，"儒"之于"学"，"儒"是原初的、完整的，而"学"是退化的、残缺的。另外，相对于"文"，"学者率多不便属辞，守其章句，迟于通变，质于心用"。也就是说，"学者"因为拘守着经文章句，缺少适时随事灵活变通的能力和心思，所以大多不善于写作文章。这实际上又是从另一个角度指出了"学"的不完整性。再看"文"与"笔"：

> 屈原、宋玉、枚乘、长卿之徒，止于辞赋则谓之文。
>
> 不便为诗如阎纂，善为章奏如柏松，若此之流，泛谓之笔。
>
> 吟咏风谣，流连哀思者，谓之文。
>
> 笔退则非谓成篇，进则不云取义，神其巧惠笔端而已。
>
> 至如文者，惟须绮縠纷披，宫征靡曼，唇吻遒会，情灵摇荡。

萧绎实际上是从纵向和横向两个维度实现了对"今日之文"的论述和界定。从纵向看，萧绎将"今日之文"的直接源头归于楚汉时期屈原、宋玉、枚乘、司马相如等所创作的辞赋之文。这些作品的特点是长于抒情、言志和体物，文辞丰富，有韵律之美，后世产生的那些"吟咏风谣，流连哀思"之文，以及那些"绮縠纷披，宫征靡曼，唇吻遒会，情灵摇荡"之作，正是对此类楚汉辞赋文体的继承和发扬。通过揭示和勾连"文"的这一历史脉络，萧绎就为体现其"新变"文学观的"今日之文"确立了历史根基。从横向看，萧绎接过南朝流行的"文笔"之辨这个话题，在两个层面比较了"文"和"笔"，并实现以"笔"衬"文"。其第一步是从文体范围上将"文"与"笔"区分开来："文"的代表性文体是"吟咏风谣，流连哀思"的诗歌，"笔"主要是指章表奏议等公文之体。其第二步比较的内涵更加具体，意味也更加丰富。其中最容易被研究者关注的是萧绎关于"文"的这一著名的正面描述："至如文者，惟须绮縠纷披，宫征靡曼，唇吻遒会，情灵摇荡。"现有关于萧绎所谓"今日之文"基本特征的解读也主要是以这句表述为文本依据，如黄侃先生的"有情、采、韵者为文，无情、采、韵者为笔"[1]之说即由分析此句得出。不过，研究者倘能再进一步通过萧绎关于"笔"的具体评价反观其关于"文"的这些表述，还可获得更深一层的认识。萧绎关于"笔"的描述和评价是否定性的：所谓"退则非谓成篇"，意为"笔"一类的作品从较低标准来看甚至无法构成真正意义上的完整篇章；所谓"进则不云取义"，意为"笔"一类的制作从较高标准来看更缺乏一篇文章必备的思想和情感；而"笔"所真正擅长的不过是"神其巧惠笔端"，意为只能在笔法层面穷极其灵巧和聪明。萧绎的描述和评价表明，"笔"一类作品的真正要害在于其文体自身的不完整性，其文意是欠缺的，其内容是空洞的，即使在语言层面也缺乏真正的文

---

① 黄侃：《文心雕龙札记》，上海古籍出版社，2000年，第213页。

采和韵律之美，徒剩一些笔法上技巧①；而与之相对的"文"则是情感、辞采和韵律兼备，文质相胜，形神兼美。这样，"笔"类之体的残缺与贫乏更衬托出"文"类之体的完整与丰富。

二、"尚丽靡"与"竞新事"：钟嵘文学新变观的批评指向

与萧统、萧绎所肯定的这种内容与形式完整统一的文学"新变"相比，齐梁文学"新变"中的另外几种倾向则因破坏了文章结构的整体性而受到论文者的批评。接下来看齐梁文学"新变"的第二种情形，这种情形表现为在文章结构诸要素中尤其热衷于"四声"格律化这一语言形式层面的新变因素。《南齐书·陆厥传》载："永明末，盛为文章。吴兴沈约、陈郡谢朓、琅邪王融以气类相推毂。汝南周颙善识声韵。约等文皆用宫商，以平上去入为四声，以此制韵，不可增减，世呼为'永明体'"②。《梁书·庾肩吾传》亦载："齐永明中，文士王融、谢朓、沈约文章始用四声，以为新变，至是转拘声韵，弥尚丽靡，复逾于往时。"③"四声"的自觉及其格律化与齐梁时代"盛为文章"的风气密切相关，文章写作规模的扩大，作品数量的剧增，专业程度的提升，交流品评的密切，都促使作者穷尽智慧在文体各个层面出新求变，逐奇好异，力图在竞争激烈的文坛出人一头，以获得关注。作者们"情必极貌以写物，辞必穷力而追新"（《文心雕龙·明诗》），一方面"窥情风景之上，钻貌草木之中"（《文心雕龙·物色》），将笔触伸向他们本不算开阔丰富的社会生活的方方面面，角角落落，竭力发掘一切可以入诗的题材；另一方面"俪采百句之偶，争价一句之奇"（《文心雕龙·明诗》），"四声"理论的形成和流行，为他们在语言技巧层面追新逐奇提供了一个前所未有的发挥空间。"四声"格律化技巧对当时文士的巨大吸引力，可从钟嵘《诗品序》中的描述见其一斑："王元长创其首，谢朓、沈约扬其波。三贤或贵公子孙，幼有文辩，于是士流景慕，务为精密，襞积细微，专相陵架。"④ 与"四声"论相提并论的所谓"八病"说，与其说是诗歌本身表达情感和协调声韵的需要，不如说体现了当时作者对这一新开发的语言技巧的极端迷恋，以及他们希望凭借掌握这一时新而又复杂的语言技巧以取胜文场的强烈欲望。因此他们不惮烦琐，务求精细和精巧，不惜将诗歌创作一次次转化成高难度的语言文字的游戏和杂技，也导致诗歌"文多拘忌，伤其真美"。

---

① 在盛行于古代朝廷、官府的章表奏议类官样文章中，的确充斥着大量的套话、虚词和应景之语，很多文章并无实质性内涵，也并非为了解决实质性问题，纯粹是虚应故事，履行一个因循的程序，填充一个规定的环节。与那些有感而发、缘情而作的抒情、言志、咏物类诗赋作品相比，这些徒具形式的公文的确算不上言意具足的完整篇章。

② 〔梁〕萧子显：《南齐书》卷五十二《陆厥传》，中华书局，1972年，第898页。

③ 〔唐〕姚思廉：《梁书》卷四十《庾肩吾传》，中华书局，1973年，第690页。

④ 〔梁〕钟嵘著，王叔岷笺证：《钟嵘诗品笺证稿》，中华书局，2007年，第111页。

第三种情形表现为在诗歌写作中"竞须新事"而违背了诗歌"吟咏情性"的基本文体要求。这一问题也以钟嵘《诗品序》的论述和批评最为集中：

> 夫属词比事，乃为通谈。若乃经国文符，应资博古，撰德驳奏，宜穷往烈。至乎吟咏情性，亦何贵于用事？"思君如流水"，既是即目。"高台多悲风"，亦惟所见。"清晨登陇首"，羌无故实。"明月照积雪"，讵出经史。观古今胜语，多非补假，皆由直寻。颜延、谢庄，尤为繁密，于时化之。故大明、泰始中，文章殆同书抄，近任昉、王元长等，词不贵奇，竞须新事，尔来作者，浸以成俗。遂乃句无虚语，语无虚字，拘挛补衲，蠹文已甚。但自然英旨，罕值其人。词既失高，则宜加事义。虽谢天才，且表学问，亦一理乎！①

钟嵘认为文章"用事"是个人所共知的话题，但能否"用事"则要根据文体类型而定：宜用者为"经国文符"和"撰德驳奏"一类的朝廷公文，忌用者为本当"吟咏情性"的诗歌。钟嵘认为古今诗歌中的胜语秀句皆由"即目""直寻"所得，而与"故实""经史"无关。可是自刘宋以降，诗歌中的"用事"现象竟愈演愈烈，在颜延之、谢庄、任昉、王融等人先后影响下，诗坛形成了竞相使用新事的流俗之风，以致出现了诸多"句无虚语，语无虚字，拘挛补衲，蠹文已甚"的堆垛事类的诗作。这些诗人无法凭借天才写出蕴含"自然英旨"的优秀词句，就只能以炫耀学问为能事，在诗作中添加越来越多的"事义"。这种所谓的创新显然背离了诗歌文体的内在要求。

以上两种情形的文学"新变"，或拘忌于声律病犯，或炫博于用事之多，都偏离了诗歌写作正道，破坏了诗歌文体的内在统一，因此批评者都通过强调诗体的基本特征如"吟咏情性""自然英旨""清浊通流""口吻调利"等以匡正纠偏。如果说前述第一种情形中的萧统、萧绎的文学"新变"观主要体现为对文体类型自然分化的客观总结，那么这后两种所谓"新变"则主要反映了部分作者的主观偏好与文体基本规范之间的冲突。作为自然分化形成的新的文体类型，由于仍然保持了文体自身的完整性（如情、采、韵兼备），因此论者整体上是予以肯定的；而作为主观偏好的表达技巧和语言形式层面的求新求异，则因背离了文体的基本规范，破坏了文体的完整统一，自然引发了论者的不满和批评。

三、以"体要"驳"奇辞"：刘勰文学新变观的基本立场

具体到刘勰，他主要关注的是南朝文学"新变"中的哪一种倾向？对这类文学"新变"倾向他是持怎样的态度？他又是如何应对这类文学"新变"的？

不妨先从《文心雕龙·序志》篇看起。《序志》篇是《文心雕龙》全书的"自序"，其主要内容即是刘勰关于撰写此书原因、用意和体例等问题的夫子自道。刘勰

---

① 〔梁〕钟嵘著，王叔岷笺证：《钟嵘诗品笺证稿》，中华书局，2007年，第93–97页。

在谈到为什么选择论文这一途径来发挥圣人事业时，指出了一个重要的现实原因：

> 唯文章之用，实经典枝条，五礼资之以成，六典因之致用，君臣所以炳焕，军国所以昭明。详其本源，莫非经典。而去圣久远，文体解散，辞人爱奇，言贵浮诡，饰羽尚画，文绣鞶帨，离本弥甚，将遂讹滥。盖《周书》论辞，贵乎体要；尼父陈训，恶乎异端。辞训之异，宜体于要。于是搦笔和墨，乃始论文。①

刘勰在这段话里指出了汉代以来文章写作中出现的一个越来越严重的问题，即"文体解散"。所谓"文体解散"，其字面意思就是指本当完整统一的文章已经分解散裂（此处"文体"当作"文章的生命整体"解）；而"文体解散"的根源是"去圣久远"，文章写作不再遵循经典文体所确立的基本规范；"文体解散"的直接原因和具体表现是"辞人爱奇，言贵浮诡，饰羽尚画，文绣鞶帨，离本弥甚，将遂讹滥"，意谓那些辞赋作者偏爱新奇之言，崇尚浮诡之语，如同在羽毛上画画，在腰带上绣花，越来越背离了文章之本，走向辞采淫滥的讹误之途。要言之，"文体解散"有两个互为因果的病因：一曰"离本"，即背离经典文章所确立的基本文体规范；二曰"爱奇"，即文章作者在追逐新言奇语的道路上迷不知返。针对这两个症状，刘勰分别从《尚书·周书》和《论语》中拿来两个良方：一曰"贵乎体要"，这是针对"离本"之症而发；二曰"恶乎异端"，这是针对"爱奇"之症而发。

《序志》篇中的这段论述反映了刘勰对近代文坛弊病的基本诊断和应对策略，明确了刘勰论文的问题指向和主要标准，也提示了阅读者、阐释者及研究者理解《文心雕龙》所论诸多具体问题的基本思路。刘勰认为近代文学"新变"中出现的言辞浮诡、讹滥的不良倾向，直接导致了"文体解散"的严重后果；而要恢复文体的完整统一，就必须加强"体要"以防止浮诡讹滥之奇辞的产生。一言以蔽之，刘勰的主要任务就是要在文学的"新变"趋势中通过"体要"防范"浮诡讹滥"的"奇辞"以维护文体的完整统一。

如何通过"体要"防范"奇辞"？刘勰在《文心雕龙》不同篇目中提出了多个方案，大体可以概括为这样几个层次：其一是在"情—辞""意—辞""义—词"等二分式文体内在结构框架中，强调以"性情""情理"作为"文辞""文采"之本，以克服"采滥"之弊。此方案以《情采》篇所论最为集中深入。刘勰此篇针对由《庄子》《韩非子》所开启的"绮丽以艳说，藻饰以辩雕"的"文辞之变"，明确了"文采所以饰言，辩丽本于情性"这一文体内在结构要素间的基本关系，强调"文采""辩丽"作为言语的修饰皆应以"情性"为本，确立了"情者文之经，辞者理之纬；经正而后纬成，理定而后辞畅"这一"立文之本源"，要求文章写作应以"情理"为

① 本文所引《文心雕龙》原文，均见〔梁〕刘勰著，范文澜注：《文心雕龙注》，人民文学出版社，1958年。

经，以"文辞"为纬①。以此文体结构要求为基础，刘勰又对比了"为情而造文"的"诗人什篇"与"为文而造情"的"辞人赋颂"，指出"为情者"的文体特征是"要约而写真"，"为文者"的文体特征是"淫丽而烦滥"。而究其实质，盖前者以"述志为本"，其内心有"风雅之兴，志思蓄愤"，其用意是"吟咏情性，以讽其上"；而后者"言与志反"，其内里"心非郁陶"，缺乏真情，其目的是"苟驰夸饰，鬻声钓世"。而之所以出现"体情之制日疏，逐文之篇愈盛"的状况，盖因"后之作者，采滥忽真，远弃风雅，近师辞赋"，只以辞赋之作为师，放弃了对传统"风雅"经典文体的学习。刘勰在《情采》篇不仅确立了以"情性"为"文采"之本、以"情理"为"文辞"之经这一从文体内部防范"采滥"的机制，而且指出了远师传统"风雅"之体这一制约"淫丽"的根本途径——这实已提示了通过"体要"防范"奇辞"另一个方案（详见第三个方案）。

其二是通过严辨和谨守不同文体的基本规范以控制"奇辞"。这一方案集中见于《定势》篇。所谓"定势"，即刘勰所说的"因情立体，即体成势"，意谓各种类型的文体都是根据不同情志的表达需要形成的，写作具体文章时应遵循不同文体的规范和要求。简言之，文类文体的建立以不同情志为本，具体文章写作则以不同文类文体为本。相对于《情采》篇着重在文章结构内部以情性约束文采，防范"采滥"，《定势》篇要求作者在写作具体文章时，自觉遵循文类文体的基本规范，从而避免因"好诡""逐奇"所致的"讹势"。与一种非常流行的看法不同，刘勰所说的文类意义上的文体（相当于现在所说的"体裁"），同时包含了对某一类型文章形式和内容两个方面的基本要求，而不仅仅限于语言形式一面②。因此，在刘勰这里，文类文体对具体文章写作的规范作用既体现在形式层面，也体现在内容层面，既在大体上规范了怎么写，也在大体上规范了写什么，甚至可以说对内容的规范作用更为根本，因为文体本来就是因情而立的。刘勰认为，如果作者能够多向传统典范作品学习，遵循文体规范，就可做到"执正以驭奇"；反之，如果作者"率好诡巧""厌黩旧式，穿凿取新"，喜欢在写作中玩弄"颠倒文句""上字抑下""中辞出外"等"反正"之术，则会导致"逐奇而失正"，并引发文体的衰弊。如果说《情采》篇侧重在具体文章写作层面强调以作者的真情实感克服"文辞之变"中的"淫丽而烦滥"，那么《定势》篇则侧重从文类文体规范的高度，借助文类文体中所积淀的具有深厚历史感和普遍性的情感内容与语言形式，以引导厌旧喜新、好诡逐奇的"讹势"返归正途。

其三是要求学习"经典之范"与"子史之术"，分别从文体规范和文辞之变两端制约文章中的"新变"因素。这一方案见于《风骨》篇：

① "情者文之经，辞者理之纬"这两句互文见义，首先可以补足为两组四句："情者文之经，文者情之纬；理者辞之经，辞者理之纬。"然后分别将一、三两句和二、四两句合而言之，即成"情理者文辞之经，文辞者情理之纬"。这应该是这两个互文见义句包含着的完整意思。

② 姚爱斌：《中国古代文体论思辨》，北京大学出版社，2012年。

若夫熔铸经典之范，翔集子史之术，洞晓情变，曲昭文体，然后能孚甲新意，雕画奇辞。昭体，故意新而不乱；晓变，故辞奇而不黩。若骨采未圆，风辞未练，而跨略旧规，驰骛新作，虽获巧意，危败亦多，岂空结奇字，纰缪而成经矣？《周书》云："辞尚体要，弗惟好异。"盖防文滥也。

与《定势》篇的方案相比，《风骨》篇的方案有两个特色：第一，刘勰此篇要规范和约束的不仅有导致"文滥"的"奇辞"，而且包括易致"危败"的"新意"，即是说要同时在文章整体层面杜绝"新变"之弊。第二，与此相应，刘勰的对策也各有针对，一方面强调在具体写作中熔铸经典之范以从文体层面正确引导"新意"，另一方面主张通过学习"子史之术"以从文变层面恰当雕画"奇辞"。刘勰关于经典与子史关系的论述，体现了这样一种思想：儒家经典是文章之源，为后世文章写作确立了最基本的规范，也成为后世一切文章的规范之源。子史类文章则是由经典文章派生的距离经典最近的"流"，是一种相对于经典的"新变"之文，其情志更其广博，其事义更其纷杂，其体式更其多变，其文辞更其繁富，但因直接派生于经典，所以仍然保持着与经典的密切联系，保留着经典文体的基本品质。因此，广泛参阅子史之书，有助于通晓文情变化的一般规律，掌握文辞新变的恰当方法。这样，当文章作者既能在写作中昭示经典文体的规范，又能通晓文章新变之道，自然就可将"新意""奇辞"控制在适当的范围，避免其陷入邪乱与污黩。刘勰分别从"新意"与"奇辞"两个方面规范文学"新变"，与本篇特别的整体立意直接相关。本篇名曰"风骨"，即要求文章之情当如"风"一般骏爽有力，文章之辞应像"骨"一样端直凝练，"风骨"之上再恰当饰以文采，便成"风清骨峻，篇体光华"之文①。文章"风骨"的形成，从正面来看固然要做到"述情必显"，"析辞必精"，从反面来看还应该对过分追求"新意""奇辞"的倾向加以规范和引导。

综合《序志》《情采》《定势》《风骨》诸篇所论，刘勰的文学"新变"观体现出三个鲜明特征：第一，如何应对文学发展中的"新变"趋势和不良倾向，是刘勰"搦笔和翰"以论文的一个根本任务，也是贯穿《文心雕龙》全书的一个理论主题，书中大多数篇目都或直接或间接、或集中或随机地论及这一问题，而不同篇目切入这一问题的视角和具体应对策略也各有特色。第二，刘勰对文学"新变"有接受有防范，而防范之意更为突出；刘勰的防范既针对"新意"也针对"奇辞"，但重点是针对"奇辞"所导致的淫丽、浮诡、采滥等文体之弊。第三，刘勰规范"奇辞"、杜绝"淫丽"、防止"采滥"的方式有层次之分，或着眼于文体内部的情采统一，或重视文类文体的规范制约，或强调经典文体的正本清源。但是，无论是从刘勰对"择源于泾渭之流，按辔于邪正之路"（《情采》）、"旧练之才，执正驭奇"（《定势》）、"熔铸经典之范，翔集子史之术"的要求中，还是从刘勰对"远弃风雅，近师辞赋"（《情采》）、"厌黩旧式，穿凿取新"（《定势》）、"跨略旧规，驰骛新作"（《风骨》）

①　姚爱斌：《生命之"骨"的特殊位置与刘勰"风骨"论的特殊内涵》，《文艺理论研究》，2016 年第 1 期。

昭明文苑　增华学林——《文选》与《文心雕龙》国际学术研讨会论文集

的批评中，都可看出刘勰对来自历史传统的文体规范的珍视和倚重，这些源自经典、成于历史、化为传统的文体规范，堪称刘勰应对文学新变的"定海神针"。根据上述特征，就可以比较清晰地标画出刘勰文学"新变"观的两端：一端是易生流弊的文辞之变，另一端是源自传统的文体规范。

饶宗颐的《文心雕龙》探源研究

叶当前·安庆师范大学文学院

　　饶宗颐学术研究领域宽广，著述等身，其中的刘勰及其《文心雕龙》研究可独列一类，学界推之为香港"龙学"代表，在《文心雕龙》研究史上自是一家。陈国球《香港〈文心雕龙〉研究概况》以饶宗颐《文心雕龙与佛教》作为香港《文心雕龙》研究的开山之作①；张少康《文心雕龙研究史》、张文勋《文心雕龙研究史》、陈民镇《饶宗颐先生古典文学研究述略》、郭景华《饶宗颐〈文心雕龙〉研究述略——〈20世纪饶宗颐学术文集〉阅读札记之一》等对饶氏"龙学"成果有所述评。综合起来看，饶宗颐《文心雕龙》研究既有对唐写本、元至正本等新材料的版本着录，又有联系梵学展开的独特思考，还有围绕《文心雕龙》进行的文本教学与集释考证；其在文学、宗教学、敦煌学等领域研究中常以刘勰及其《文心雕龙》作为一个学术联结点，或征引，或联类，彰显了《文心雕龙》在自身知识体系中的要路津位置。

　　吴承学指出："饶先生一些研究，尤其是对新发现的材料，往往有感即录，敏锐而简要地提出问题，点到为止，近乎读书札记，吉光片羽之中，包含闪光的思想。后来有些问题得到深化或修订，有些则由于兴趣转移或无暇顾及。"② 饶宗颐的《文心雕龙》研究亦以随时发现即时考论为主，虽无完整体系却不绝如缕。先生的《文心雕龙》研究起始于20世纪50年代香港中文大学任教期间，1954年在《民主评论》第五卷第五期发表《〈文心雕龙〉与佛教》一文启其端；1962年在《文心雕龙》课堂教学基础上编撰《文心雕龙研究专号》集其成；1984年出席复旦大学主办的中日学者《文心雕龙》学术讨论会提交《〈文心雕龙·声律篇〉与鸠摩罗什〈通韵〉——兼谈王斌、刘善经及有关问题》论文，1984年研讨会后邮寄王元化《元至正本〈文心雕龙〉跋》一文考证版本新材料；1988年出席广州《文心雕龙》国际研讨会提交《〈文心〉与〈阿毗昙心〉》论文，比较研究梵学与《文心雕龙》声律论的

---

　　① 杨明照主编：《文心雕龙学综览》，上海书店出版社，1995年，第34页。
　　② 吴承学：《饶宗颐的中国文学研究》，《文学评论》，2018年第4期，第39-48页。

关系，创见新颖。随着饶先生研究疆域的拓展，梵学、敦煌学等研究更有不少涉及《文心雕龙》的交叉成果。综合起来看，饶先生的"龙学"贡献主要体现在《文心雕龙》篇章集释、佛学思想探源、文论溯源等方面。

一、篇章集释，考辨词句源流

《〈文心雕龙〉集释稿》"壬寅盛夏李直方记"曰："饶宗颐师仍岁讲《文心》于上庠，别树新帜，尝阐论《文心》与佛教之关系，近又撰专文，探《文心》之源流，考其时之文论佚书，探赜钩沉，条分缕析，固远迈前贤。年前于授课之余，诱导二年级同学重作注释，并亲注《原道》篇以示范。吾侪遂勉为操觚，研几探奥，集各家之言以为约注，间亦旁搜远绍，窃附己意，增补缺略。自己亥季冬，迄庚子盛夏，阅时八月，于彦和书五十篇，均曾措意。"① 参加工作的 29 位同学，从 1959 年冬至翌年夏，历时八个月，应完成了《文心雕龙》50 篇集释，其中饶先生《原道》篇集释为范文，与黄继持《征圣》篇《宗经》篇、李直方徐缘发合作《正纬》篇、李直方《辨骚》篇等文之枢纽部分的集释稿一起编入《文心雕龙研究专号》）。

《原道》篇集释稿共出注 90 条，考辨词源是集释的重点，与前人注释相较颇有独到之处。如"文之为德也大矣"是《文心雕龙》开篇的一句话，要理解这句话，关键是要弄清"文德"的含义。章太炎《国故论衡·文学总略篇》概论文德之流变："文德之论，发诸王充《论衡》，杨遵彦依用之，而章学诚窃焉。"② 范文澜注征引章论，并为疏解，认为章氏所论"文德"意"与彦和文德之意不同。按《易·小畜·大象》'君子以懿文德'。彦和称文德本此。王、章诸说，别有所指，不与此同。"③的确如此，章太炎在这里并没有论及《文心雕龙》的"文德"观，范注征引这段文字只能算是比较法。饶氏则详细注释"德""文德"及这句话的句法来源，认为"文之为德也大矣"与《中庸》"鬼神之为德，其盛矣乎"句法略同，在列举训诂学上"德"训"道"、训"升也"、训"惪，外得于人内得于己也"、训"得"、训"性"等多种意义后，判断"彦和所谓文之为德，盖兼文之体用言之"，即指刘勰此处的"德"是兼指内外与体用的④。詹锳《文心雕龙义证》持论即与饶注相似，在句法上除引《中庸》外，还引《论语·雍也》"中庸之为德也，其至矣乎"；亦谓"德即宋儒'体用'之谓，'文之为德'，即文之体用，用今日的话说，就是文之功能、意义。重在'文'而不重在'德'。由于'文'之体与用大可以配天地，所以连接下文'与天地并生'。"⑤ 为解释"文德"一词，饶先生首先泛览经传，博引《易·小畜》

---

① 饶宗颐编著：《文心雕龙研究专号》，台湾明伦出版社，1971 年，第 35 页。
② 章太炎：《国故论衡》，上海古籍出版社，2003 年，第 55 页。
③ 范文澜：《文心雕龙注》，人民文学出版社，1958 年，第 6 页。
④ 饶宗颐编著：《文心雕龙研究专号》，台湾明伦出版社，1971 年，第 37 页。
⑤ 詹锳：《文心雕龙义证》，上海古籍出版社，1989 年，第 2 页。

《诗经·江汉》《左传·襄公二十七年传》《论语·季氏》《伪大禹谟》等"文德"连用的句子，又征《易·大有·象辞》《舜典·洛诰》"文祖"孔传、《诗经·江汉》"告于文人"毛传等文德他称的注解，指出"经传所见'文德'二字之义，盖指文教德化而言也"。再就汉人析言"文""德"展开辨析，从扬雄《法言·君子》篇分文德为内外，到王充《论衡·书解篇》《佚文》篇的敷陈，到北齐杨遵彦著《文德论》与清代章学诚《文史通义·文德篇》的专论，梳理"文德"论的学术流变，认为"凡此之言文德，谓着为丽辞者，须有德操，使外形与内诚，两相符会，合道德文章而一之"。不可否认，饶氏征引文献梳理文德论发展线索借鉴了章太炎《国故论衡》与范文澜《文心雕龙注》，结论同样注意到经传子史之"文德"与刘勰提法的区别："若彦和所论之文德，则兼贯天人，盖以道术言，而非以德艺言，更为弘通也已。"①饶先生虽然没有对"文德"予以确切解释，却明确了自己的意见，即"文之为德也大矣"属于古代常用的句式，经广泛的词源比较发现《原道》篇与经传子史中"文德"的运用有所区别，为着重在"文"字上探讨这句话的意义指点了新的思路。王元化先生以过往注"德"为"德行""意义"者为失解，认为此句是"文之所由来的意思"②；杨明在细致辨析学界三种解释的基础上认为"文之为德"这个语式重点在"文"字而不在"德"字，认为"文之为德也大矣"这句话是刘勰的一句宽泛、笼统的感叹③。二者的阐述与饶先生的注释有相通之处，且走得更远。然而，学术界对刘勰"文德"的阐释，多是从章太炎或范文澜处接着说，似乎忽略了饶宗颐的集释，今后若综述"文德"论学案，理应记上饶先生一笔。

又如，在注释"与天地并生者"一句时，范注从《原道》篇内部求证，以"人文之元，肇自太极"解释"与天地并生"的原因。饶宗颐则从《庄子·齐物论》说起，认为刘勰此处乃推庄子以论"文"，将词源追溯到《庄子》；又引陆机《文赋》"同橐钥之罔穷，与天地乎并育"发掘刘勰此语的文论来源及其意义。陆机用《老子》的"橐钥"观来论证文章的发生发展，"谓文章与天地并生而同流，盖自天地剖判以来，宇宙间事事物物，秩然粲然，无非文章也"④，可见老庄宇宙观对中国古代文论的影响。饶先生如此溯源，刘勰论文章与天地并生的线索就很清晰了。

由此看来，博集前代文献资料为《文心雕龙》释义，并随文疏解，令读者直观刘勰用词造句的来源脉络，是饶先生集释的一大标准。与范注比较，饶先生《原道篇集释稿》增加了很多文献条文，疏解也更丰富一些。如"玄黄色杂"的注释，饶注比范注多引证了《周礼·考工记》"玄黄"析而分释的句子、《易·系辞传》原文及《正义》关于玄黄相间为文的材料，又分析"勿""物""色"等字的本义与引申

① 饶宗颐编著：《文心雕龙研究专号》，台湾明伦出版社，1971年，第37页。
② 王元化：《文心雕龙讲疏》，上海古籍出版社，1992年，第27页。
③ 杨明：《〈文心雕龙·原道〉"文之为德"解》，《上海大学学报》，2007年第5期，第65–69页。
④ 饶宗颐编著：《文心雕龙研究专号》，台湾明伦出版社，1971年，第37页。

义，最后得出结论："是故杂文曰文，杂帛曰勿，杂色曰物，三义相承，所谓'物相杂故曰文'者，可了然矣。言玄黄色杂，色杂，即指文章物采也。"①《集释稿》在厘清"玄黄"意思外，还辨析了"色杂"的含义，对今天注释《文心雕龙》仍有参考价值。

当然，饶先生的集释没有忽视前人"龙学"注释成果，在《原道篇集释稿》择要集录了黄叔琳注、纪昀评、孙诒让《札移·文心雕龙》、李详补注、范文澜注、刘永济校释、王利器新书、杨明照《校注拾遗》等相关条目。但是，在材料的遴选去取上，饶先生都经过仔细斟酌，而不是全部照单收录，对前人注解亦有一定的判断评析。如注"雕琢性情"句，李详引司马迁《报任安书》"雕琢曼辞"为注，饶先生断其"未当"，而引《周礼·考工记·梓人》"以为雕琢"、《荀子·王制》"使雕琢文采"、《诗经·棫朴》毛传"金曰雕，玉曰琢"等为刘勰"雕琢"一词的来源②。这些文献较司马迁时代更远，当然更为合适。范注乃至后出许多注本只注意"性情""情性"的校勘考释，而忽略"雕琢"一词的注解，而饶先生《集释稿》二者兼注，是有必要的，值得借鉴。又如《原道》篇解题对"道"字的理解，范注谓"彦和所称之道，自指圣贤之大道而言，故篇后承以《征圣》《宗经》二篇，义旨甚明"③。饶先生持不同意见，判断范注此说"昧其本根，义未周浃"，认为刘勰深受晋宋以来体道通玄治学风气的影响，如孙绰的《喻道论》、谢灵运的《辨宗论》都是"远出道家，近参释氏"，刘勰身逢其时，"熏沐玄风，自莫能外；又精释典，务达心源"，所以刘勰之"道"与玄释相关，"自为当时'穷宗极''探心源'之学术风气下之产物"④。虽然关于刘勰思想的学术论争各执一词，各有理据，但饶宗颐先生抓住时代语境发掘其发生学缘由，成一家之说，在刘勰思想研究史上导夫先路，不容忽视。

《文心雕龙集释稿》由饶宗颐先生撰范篇，再指导学生撰著，最后亲自"苴删订定"，可惜仅刊布了前五篇，未成全帙，但其学术贡献已得到学界承认。张少康《文心雕龙研究史》认为："在其《原道》篇的九十条注中，新见颇多，至今乃不失为对《原道》篇极有学术价值的重要注释。从对《文心雕龙》原文的注释来说，他在范文澜注释的基础上更进了一步，侧重于对原著理论思想的发挥，但这些阐发又有极为丰富的资料依据。"⑤

另外，饶先生于《文心雕龙研究专号》最早公布了东洋文库所摄《唐写文心雕龙景本》显微胶卷，后又至伦敦核对敦煌原物。此后20余年，先生一直关注敦煌唐写本《文心雕龙》整理进展，阅读了户田浩晓、潘重规、林其锬、陈凤金等的研究著述，后总结自己对唐写本的贡献为："然拙作实为唐本首次景印公诸于世之本，于

① 饶宗颐编著：《文心雕龙研究专号》，台湾明伦出版社，1971年，第38页。
② 饶宗颐编著：《文心雕龙研究专号》，台湾明伦出版社，1971年，第44页。
③ 范文澜：《文心雕龙注》，人民文学出版社，1958年，第4页。
④ 饶宗颐编著：《文心雕龙研究专号》，台湾明伦出版社，1971年，第37页。
⑤ 张少康，等：《文心雕龙研究史》，北京大学出版社，2001年，第222页。

《文心》唐本流传研究虽不敢居为首功，然亦不容抹杀，滋生误解。"① 饶先生又指导李直方撰写《近五十年文心雕龙书录》，著录国内著述 7 本、国外著译 4 本、国人论文 40 篇、日人论文 18 篇。不辞辛劳，中外奔波，搜集敦煌写本与研究资料，可见先生的《文心雕龙》探源工作有着宽广的国际汉学视野。当今《文心雕龙》校注集成工作非常重视国际汉学成果，饶先生的"龙学"成果自当纳入集成之列。

二、参照内典，论证佛学渊源

《文心雕龙》的佛学思想已被许多学者发掘，然最先全面集中论证者当推饶宗颐。先生 1954 年发表《〈文心雕龙〉与佛教》，1956 年以"刘勰文艺思想与佛教之关系"为题载于《香港大学中文学会会刊》。1962 年由陈妮梨笔记整理刊发于《文心雕龙研究专号》，题为"刘勰文艺思想与佛教"；1962 年 3 月重改本又载当年 7 月《新亚文化讲座录》，题为"《文心雕龙》与佛教"，后见录于陈新雄、于大成编《文心雕龙论文集》，较陈妮梨笔记版更为详细。

饶宗颐归纳刘勰文艺思想与佛教的关系主要有三点，一是《文心雕龙》以"神"为文学创作源泉的理论来源于佛教的"神"，具体来说是基于晋宋以来佛经"祛练神明"的"神"，是释道安、慧远、支道林、竺僧敷等所论的"神"；刘勰关于文学的"神理说"有两个要点，即"神为文本"和"神与形别"，深受齐梁之际佛家与文人论神说的影响②。二是认为《文心雕龙》思想方面与印度逻辑思维相关，主要有五个契合点，即全书体例如佛家之有界品与门论，常用带数法本于印度悉昙六合释之一，立言必征圣与印度圣言量相似，以"心"字名书与佛典常以"心"为名有关，以立体藏用对言亦濡染于佛学。三是以佛学知识解说文学问题，《文心雕龙》虽不言佛，但自含佛理，刘勰论文学声律亦由梵唱体会而出③。这些推论为此前学者关于《文心雕龙》渗透佛学思想的判断提供了丰富论据。此后，饶宗颐学习梵文，钻研佛典，研究敦煌文献，专题论述了《阿毘昙心》、鸠摩罗什《通韵》等与《文心雕龙》的关系，从梵语与声律、佛经与《文心雕龙》篇章的对比中论证了刘勰文艺思想渊源于佛教论题的成立。

王利器《文心雕龙校证·序录》亦从四个方面论证了《文心雕龙》的佛学思想，首先从《刘勰传》中彦和依沙门僧祐及为文长于佛理等史实证成《文心雕龙》源于佛学，再从刘勰在《论说》《练字》篇分别运用"般若""半字"这两个内典用语证明《文心雕龙》的佛学渊源，又从范文澜《序志篇》注文佐证《文心雕龙》受到了印度佛学科条分明思想方法的影响，最后指出《文心雕龙》篇末赞语是"运用了佛

① 饶宗颐：《饶宗颐二十世纪学术文集》（文学），台湾新文丰出版股份有限公司，2003 年，第 1020 页。
② 陈新雄，于大成编：《文心雕龙论文集》，台湾西南书局股份有限公司，1979 年，第 173 – 174 页。
③ 饶宗颐编著：《文心雕龙研究专号》，台湾明伦出版社，1971 年，第 17 – 18 页。

偈的体裁来'总历本意'",在形式上受到了内典的启发①。的确如此，佛门渊源、佛典用语、佛学逻辑、文章结构等四个方面与《文心雕龙》的关系已被学界反复论辩，饶宗颐亦表赞同，其《刘勰文艺思想与佛教》文后附记曰："年前曾草《文心雕龙与佛教》一文，友人取刊于《民主评论》第五卷第五期。流传未广，日本广岛大学中国文学教授斯波六郎博士，来函索取。会有巴黎之行，未有以应也。在法京，曾见一九五一年七月出版王利器《文心雕龙新书》，其引论亦曾指出《文心》之作，颇受佛教之影响，深喜鄙说与之暗合。会为诸生讲《文心雕龙》，复及此问题，曾由陈妮梨君加以笔录，缀为此文，今者有《文心雕龙》专号之刊，因重加删订。而斯波墓有宿草，末由请益，为之泫然。"②据附记知饶先生论《文心雕龙》与佛教关系的论文引起了一定反响，后在查阅资料时阅王利器《文心雕龙新书》进一步肯定自己的观点，又在课堂教学中不断完善，故有此改作。

刘勰的佛徒身世是学术界考证《文心雕龙》思想渊源的依据之一，范文澜揭示刘勰虔诚佛教信徒身份与《文心雕龙》严格儒学思想之间的悖论，从反面为学者探索《文心雕龙》佛学思想开辟了门径，王利器比较系统的论证则提供了实证依据，饶宗颐大胆的判断与日后长期的求证则打开了《文心雕龙》佛学思想研究的诸多法门。饶先生在六朝中印文化交流大背景下指出，要考究刘勰文艺思想的根源，"当先明其与佛教相关之处"，认为"著作者长于内典，乃取资佛氏之科条，以建立文章之轨则，故此书不特大有造于艺林，抑亦六朝时代我国与印度文化交流下之伟大产品也""其因道而敷文，穷神以阐理，则由浸淫佛学者深，用能发挥众妙"③。由此看来，讨论刘勰文艺思想，需要在佛门与仕宦、内典与文论的比较中展开。

刘勰具有精深的佛学修养，已见本传，其《灭惑论》亦是实证，杨明照《梁书·刘勰传笺注》则为刘勰佛门生活揭示了很多细节。饶宗颐洞悉此点，认为"欲论《文心雕龙》一书与佛家的关系，应先明了刘氏本人与佛教因缘的历史和他对于佛教的著述"④，佛教与刘勰相关的庙宇僧徒主要有定林寺、僧祐、竺僧度、竺法汰、释宝亮等，与刘勰相关的佛教著述有《灭惑论》、僧祐《出三藏记集》《高僧传》及寺塔名僧碑志等。这些因缘材料中，饶宗颐致力最勤的是僧祐及其《出三藏记集》。

饶宗颐早期认为《出三藏记集》"题僧祐名，可能出勰之手。其中不少论文，可视为刘氏所作，或至少可代表他的意见，不妨取与《文心雕龙》比较研究"⑤。甚至由《出三藏记集·梵汉译经同异记》（即卷一《胡汉译经文字音义同异记第四》）推断刘勰在与高僧大德往来之际略懂梵文，故《文心雕龙·练字篇》论字形单复问题中的"半字""单复"可以与《同异记》一文相互参看，梵汉文字虽然不同，处理方

①　王利器：《文心雕龙校证》，上海古籍出版社，1980年，第18－21页。
②　饶宗颐编著：《文心雕龙研究专号》，台湾明伦出版社，1971年，第19页。
③　饶宗颐编著：《文心雕龙研究专号》，台湾明伦出版社，1971年，第17页。
④　陈新雄，于大成编：《文心雕龙论文集》，台湾西南书局有限公司，1979年，第172页。
⑤　陈新雄，于大成编：《文心雕龙论文集》，台湾西南书局有限公司，1979年，第172页。

法却可相通，从而证明《文心雕龙》论文字的内容受到了梵文影响。兴膳宏从吉川幸次郎处得知《出三藏记集》一书，1982 年发表《〈文心雕龙〉与〈出三藏记集〉：论两者的内在关系》一文，推测刘勰可能参与《出三藏记集》的编撰，或在此书中"补充自己的意见"，因此认为从《出三藏记集》来研究《文心雕龙》与佛教的关系是解决问题的重要线索①。兴膳宏先以《出三藏记集》对照《文心雕龙》，归纳《出三藏记集·序》后半段遣词造句与《文心雕龙》相关处多达 11 条，推断此序与《文心雕龙》文体接近；分析此序的理论结构常以名数概括事理，与《文心雕龙》论证逻辑相似。从大量的列举实例中，兴膳宏总结出"佛经文体的风格与《出三藏记集》之序文、《文心雕龙》有着共通点"②。又逐段分析《胡汉译经文字音义同异记》，从中寻找刘勰的影子，认为从理论、语汇、文体等方面可以看出此文与《序》文和《文心雕龙》的关联。再从《文心雕龙》审视《出三藏记集》，反复发掘二者之间的内在关系。兴膳宏在论证中数次致意饶宗颐，以更加丰富的论据材料证实了饶先生的创新之见。陶礼天赞同"从僧祐之学及当时京师（包括定林寺）高僧们的所学进探刘勰之学殖及其撰述《文心雕龙》的思想方法"，其《〈出三藏记集〉与〈文心雕龙〉新论》一文在参考兴膳宏、饶宗颐、苏晋仁等论著基础上，考辨《出三藏记集》有最初的"十卷本"及后来修订增补的"十五（或作十六）卷本"两个版本，刘勰在撰写《文心雕龙》之前读过十卷本，故"《出三藏记集》中的'经序'等篇章内容所阐发的佛学思想、形成的'四科'体例等，对刘勰能够产生重大影响是客观存在的事实"，进而揭示僧祐的学术思想对刘勰产生了重大影响，从一个侧面证明了刘勰在更大程度上是受到了中国化佛教的影响③。学界诸多研究《文心雕龙》佛学思想的专论，都要从饶先生的论文说起，可见先生此论在学术史上的重要地位。

随着研究的深入，饶宗颐对《出三藏记集》的著作权问题有了新认识，对《文心雕龙》中的佛教词汇、相关篇目的佛教对读有了新的理解。先生在北京大学首届"汤用彤学术讲座"上的演讲《论僧祐》认为不能仅仅从《出三藏记集·序文》中撷取若干字眼，与《文心雕龙》作比较，以其字句相近而遽断为《出三藏记集》出自刘勰之手；至于《文心雕龙·练字》篇用到的"半字"一词，实是当时常识，"刘勰但借用其名耳"；而有些学者认为《胡汉译经文字音义同异记》与《灭惑论》《文心雕龙·练字》篇主题雷同问题，经过分析亦可见"僧祐与刘勰所论，取途各不相干"④。饶先生的考论算是对自明人曹学佺以来刘勰代笔论的一个澄清，亦是对学术界一味寻找《文心雕龙》佛学线索的一种回应吧。然而，先生还是确信《文心雕龙》

---

① ［日］兴膳宏：《中国文学理论》，萧燕婉译注，台湾联经出版事业股份有限公司，2014 年，第 160 页。
② ［日］兴膳宏：《中国文学理论》，萧燕婉译注，台湾联经出版事业股份有限公司，2014 年，第 186 页。
③ 陶礼天：《〈出三藏记集〉与〈文心雕龙〉新论》，《安徽师范大学学报》，1999 年第 3 期，第 339 - 346 页。
④ 饶宗颐：《饶宗颐二十世纪学术文集》（宗教学），台湾新文丰出版股份有限公司，2003 年，第 289 - 305 页。

受到佛学的影响，更确切地说是受到僧祐等佛教大师的影响，如《文心雕龙》中的《铭箴》篇《哀吊》篇《诔碑》篇，"其资料必有取资于僧祐者"，因为《隋书·经籍志》著录有僧祐《箴器杂铭》五卷、《诸寺碑文》四十六卷、《杂祭文》六卷，"祐所集碑文多至四十六卷，当日勰必曾襄助为理，多所观摩，可以想见"①。

现在看来，饶宗颐论证《文心雕龙》的佛学思想是一个不断搜集材料、不断论证完善的过程。从 20 世纪 50 年代开始，40 多年间不断发现新材料，从僧祐与刘勰、《文心雕龙》与《阿毗昙心》《文心雕龙·声律篇》与鸠摩罗什《通韵》的比较中证实自己的观点。《文心雕龙》佛学探源亦与饶先生的佛学、梵学、敦煌学研究密不可分，是先生学术渊薮中的一个有机组成部分。

三、由古及今，探索文论来源

《文心雕龙》佛学渊源的研究是饶宗颐"龙学"的一条主线，同时，文学理论渊源亦得到先生的高度重视。关于《文心雕龙》的文论来源，前人有弥纶因袭说。《文心雕龙》中六次提及"弥纶"一词，分别为"弥纶群言"（《论说》篇《序志》篇）、"弥纶彝宪"（《原道》篇）"弥纶一代"（《史传》篇）、"弥纶一篇"（《附会》篇）、"共相弥纶"（《总术》篇），可见刘勰重视汲取借鉴经典、众说、文术等成文成说用于文学创作。具体到《文心雕龙》本身，当然也是博采众长、弥纶众家的结果。故黄侃《序志篇札记》谓："同异是非，称心而论，本无成见，自少纷纭。故《文心》多袭前人之论，而不嫌其钞袭，未若世之君子必以己言为贵也。即如《颂赞》篇大意本之《文章流别》，《哀吊》篇亦有取于挚君，信乎通人之识，自有殊于流俗已。"② 王利器《〈文心雕龙新书〉跋尾》③ 对刘勰继承文学批评遗产问题有若干比对与论证，从《文心雕龙》中找到了刘氏内证，如《事类》篇"唯贾谊《鹏鸟赋》，始用《鹖冠》之说；相如《上林》，撮引李斯之书；此万分之一会也。及扬雄《百官箴》，颇酌于《诗》《书》；刘歆《遂初赋》，历叙于纪传，渐渐综采矣。至于崔、班、张、蔡，遂捃摭经史，华实布濩，因书立功，皆后人之范式也"④，《序志》篇"及其品列成文，有同乎旧谈者，非雷同也，势自不可异也"⑤，既指出了前人文章弥纶因袭旧作的案例，又表达了自己对弥纶因袭的理解。故王利器认真比对，找出了《文心雕龙》因袭前代文章的若干句例。为了直观，现将《〈文心雕龙新书〉跋尾》一文的句例列表见表 1：

① 饶宗颐：《饶宗颐二十世纪学术文集》（宗教学），台湾新文丰出版股份有限公司，2003 年，第 299 页。
② 黄侃：《文心雕龙札记》，上海古籍出版社，2000 年，第 221 页。
③ 王利器：《〈文心雕龙新书〉跋尾》，《社会科学战线》编辑部编《古典文学论丛》（第一辑），齐鲁书社，1980 年，第 62－74 页。
④ 杨明照：《增订文心雕龙校注》，中华书局，2000 年，第 473 页。
⑤ 杨明照：《增订文心雕龙校注》，中华书局，2000 年，第 611 页。

表 1　《〈文心雕龙新书〉跋尾》句例

序号	《文心雕龙》	前人文论	备注
1	及羊公之辞开府，有誉于前谈；庾公之让中书，信美于往载。（《章表》篇）	裴公之辞侍中，羊公之让开府，可谓德音矣。（《翰林论》）	刘勰袭用前人之说而不说明来源。
2	及陆机断议，亦有锋疑，而庾辞弗剪，颇累文骨，亦各有美，风格存焉。（《议对》篇）	陆机议晋断，亦各其美矣。（《翰林论》）	
3	如宋画吴冶，刻形镂法，丽句与深采并流，偶意共逸韵俱发。（《丽辞》篇）	夫宋事吴冶，刻形镂法，乱修曲出。（《淮南子·修务篇》）	
4	籍者，借也。岁借民力，条之于版，《春秋》司籍，即其事也。（《书记》篇）	籍者，借也。犹人相借力助之也。（《孟子·滕文公》上赵岐注）	
5	古人云："形在江海之上，心存魏阙之下。"神思之谓也。文之思也，其神远矣。（《神思》篇）	属文之道，事出神思。感召无象，变化不穷。（萧子显《南齐书·文学传论》）	"神思"是"六朝人恒言"。
6	风归丽则，词翦稊稗。（《诠赋》篇）	诗人之赋丽以则。（《扬子法言·吾子篇》）班固《汉书·艺文志·诗赋略》、左思《三都赋序》亦有相似说法	

　　无论从刘勰本人的学术思想，还是从《文心雕龙》的敷陈行文，都能够找到弥纶群言的实证。若以经学家注经方式逐字逐句笺释《文心雕龙》，大约能找到大多数词句的来源。然此类考镜，在没有直接文献依据的情况下，亦容易讹误。如范文澜在《序志篇》注谓"《宗经篇》取王仲宣成文，不以为嫌"①，便不太确切。关于这段因袭文字的详细情况，见范文澜《宗经篇》注一五：

　　　　陈先生曰："《宗经篇》'《易》惟谈天'至'表里之异体者也'二百字，并本王仲宣《荆州文学志》文。"案仲宣文见《艺文类聚》三十八，《御览》六百八。②饶宗颐《文心雕龙探原》一文指出陈汉章此说为讹，考证所谓王粲《荆州文学志》的这段文字乃误辑，曰："今按仲宣《荆州文学纪官志》，宋绍兴本《艺文类聚》三十八，及宋本《御览》六〇七并引之，俱无此段，惟严铁桥《全后汉文》所录有之，实为误钞。考《御览》卷六〇八（学部二叙经典）末段引《文心雕龙》曰：'自夫子删述，而大宝启耀'讫'此圣文殊致，表里之异体者也'，明系彦和之语；文章风格，与仲宣亦不相类。陈氏误据严辑，未检类书，此应为之平反，庶免辗转传讹，以厚诬古人也。"③可见依据文句前后因袭的句例为《文心雕龙》探原，还不同于训诂

①　范文澜：《文心雕龙注》，人民文学出版社，1958 年，第 744 页。
②　范文澜：《文心雕龙注》，人民文学出版社，1958 年，第 26 页。
③　饶宗颐编著：《文心雕龙研究专号》，台湾明伦出版社，1971 年，第 1 页。

笺释，亦存在风险。然则，饶宗颐在肯定刘勰文论弥纶旧说的基础上，另辟溯源蹊径，亦得出诸多新见。

首先，饶宗颐认为《文心雕龙》的文体分类乃得益于当时丰富的分体总集。《隋书·经籍志》著录了大量的诗集、乐府集、赋集、颂集、赞集、铭箴集、碑集、吊文集、杂文集、隐书、俳谐文集、子抄、论集、策集、诏集、杂檄文、杂封禅文、书集等，这些分体总集"至于宋齐，各体皆备，彦和广其成规，但加品骘而已，无庸挈择而归纳之也"，且"其时各体文均有专集行世，疑有序引，可供采撷。如颜竣之书，且有例录，则论列亦非难事。是彦和此书上半部之侈陈文体，自非空所依傍，自出杼轴；其分类之法，乃依循前规，排比成编"①。今天，这些分体总集多数亡佚，集前是否有序引，不得而知。果真如饶先生所推断，则刘勰撰《文心雕龙》当事半功倍。

其次，饶宗颐认为可以从经传与南朝文论家理论中探索到刘勰文学见解的渊源，如宗炳的画论与颜延之的文论可作重点对比。先生认为彦和论文，实承袭传统文学观念而来，"不独主'合文质''同德艺'，且'兼文武'，可谓为综合之广义文学观"②。至于《文心雕龙》各篇的取材，亦有所揭示。先生认为《原道》法《淮南子·原道训》，《征圣》本颜延之《庭诰》，《宗经》借鉴桓谭《新论》"正经"篇，《明诗》关于五言四言的意见本于《庭诰》，《诠赋》引用了《新论》"道赋"篇，本篇对历代赋家的排比列举则合皇甫谧、挚虞之说而折中之，《颂赞》大致采自挚虞，《铭箴》可与蔡邕《铭论》、崔瑗《叙箴》对读，等等。简要列叙，清晰交代了《文心雕龙》22篇的取材对象与借鉴角度，阅读或注解《文心雕龙》时，可按图索骥。

最后，饶宗颐还梳理了刘勰以前及其同时文论，考辨了一批佚书，这些材料也是《文心雕龙》的直接理论来源。这些佚书包括：《文检》六卷、傅只《文章驳论》、荀勖《杂录文章家集叙》十卷、郭象《碑论》十二篇、挚虞《文章流别志论》二卷、李充《翰林论》三卷、顾恺之《晋文章记》、张防《四代文章记》一卷、张视"摘句"、颜延之《庭诰》、王微《鸿宝》、张率《文衡》十五卷、明克让《文类》四卷、徐纥《文笔驳论》十卷、《文章义府》三十卷、杜正藏《文轨》二十卷等。饶先生《刘勰以前及其同时之文论佚书考——六朝文论撷佚》③一文为之著录，具有较高的目录学价值。

饶宗颐的《文心雕龙》研究，虽没有专论巨著，但在国际汉学视野下与梵学、音韵学、宗教学、敦煌学等结合在一起，用宏大、宽厚的知识体系来论证《文心雕龙》，开阔了"龙学"视野。究其着力点仍在《文心雕龙》探源之上，即从字句训诂探索其字义来源，从佛学对比推断其思想渊源，从文论总集揭示其理论来源。饶先生的结论或非不刊之论，但角度新颖，论证有力，洵为"龙学"大家。

---

① 饶宗颐编著：《文心雕龙研究专号》，台湾明伦出版社，1971年，第2—3页。
② 饶宗颐编著：《文心雕龙研究专号》，台湾明伦出版社，1971年，第6页。
③ 饶宗颐编著：《文心雕龙研究专号》，台湾明伦出版社，1971年，第13—16页。

从"君子比德"到"国家以成"

——论郭璞《江赋》中的比德思想

张明华·阜阳师范学院文学院

对于郭璞《江赋》来说，比德文化的影响是至关重要的。其开篇第一句云："咨五才之并用，实水德之灵长。"① 这是理解该文的起点。不过，郭璞表现的并不是一般意义上的"水德"，而是超越其他事物的"至德"。在其基础上，他将长江看作"国家以成"的基础，借以表达对天下混一的渴望。这也体现出他对"水德"理论的突破或者说发展。

一、从"比德"到"至德"

比德文化在中国起源甚早，是从以玉比德开始的。关于玉能体现的君子美德的说法，刘向《说苑·杂言》中有一段这样的总结：

> 玉有六美，君子贵之。望之温润，近之栗理，声近徐而闻远，折而不挠、阙而不荏，廉而不刿，有瑕必示之于外，是以贵之。望之温润者，君子比德焉；近之栗理者，君子比智焉；声近徐而闻远者，君子比义焉；折而不挠、阙而不荏者，君子比勇焉；廉而不刿者，君子比仁焉；有瑕必见之于外者，君子比情焉。②

正是因为古人有这样的比德思维方式，才形成了中国古代高度发达的玉文化和君子佩玉的悠久传统。

那么，对古人来说，什么样的"德"才是最重要的呢？《周易·系辞下》云："天地之大德曰生。"王弼注："施生而不为，故能常生，故曰大德也。"孔颖达疏："《正义》曰：'自此已下，欲明圣人同天地之德，广生万物之意也。言天地之盛德，

---

① 〔梁〕萧统编，〔唐〕李善注：《文选》，中华书局，1977 年影印清嘉庆十四年胡克家刻本，第 183 页。此后凡引自《江赋》本文者不另注出。

② 〔汉〕刘向：《说苑》，浙江人民出版社，1984 年，第 6 页。

在乎常生，故言曰生。若不常生，则德之不大。以其常生万物，故云大德也。'"①

在这样的思想启发下，最迟在春秋时期，水也开始具有了比德的意义。《道德经》第八章曰："上善若水。水善利万物而不争，处众人之所恶。"注："人恶卑也。"② 同书第七十八章曰："天下莫柔弱于水，而攻坚强者莫之能胜，其无以易之。"注："以，用也。其谓水也。言用水之柔弱，无物可以易之也。"③ 虽然这里说得尚不系统，但无疑都是从不同的方面表现"水德"。至孔子出，对于"水德"的阐释才比较系统。《说苑·杂言》载：

> 子贡问曰："君子见大水必观焉，何也?"孔子曰："夫水者，君子比德焉。遍予而无私，似德；所及者生，似仁；其流卑下，句倨皆循其理，似义；浅者流行，深者不测，似智；其赴百仞之谷不疑，似勇；绵弱而微达，似察；受恶不让，似包；蒙不清以入，鲜洁以出，似善化；至量必平，似正；盈不求概，似度；其万折必东，似意；是以君子见大水观焉尔也。"④

这样一来，水的若干特点都变成了君子美德的象征。至此，"水德"的含义就不仅很具体，而且很系统了。需要指出的是，《说苑》的作者虽著录为西汉后期的学者刘向，但书中的内容并非他本人新撰，而是他整理先秦的文献而成。在传世文献中，《尚书大传》《韩诗外传》都有相关内容见于《说苑》。这个情况在出土文献中也得到证实。1973 年，河北定县八角廊西汉中山怀王墓出土了一批竹简，内容多记载孔子及其弟子的言行，跟后来刘向名下的《说苑》《新序》有一定关联，被整理者定名为《儒家者言》⑤。1977 年，在安徽阜阳西汉汝阴侯汉墓出土的一批文物中，有一块章题木牍，正面、背面各分上中下三栏，从右到左，共有 47 个章题，均是记载孔子及其弟子言行的文字，亦被整理者命名为《儒家者言》。在这 47 章题中，其中有 39 个章题内容见于《孔子家语》《说苑》《新序》中；又有《春秋事语》木牍，正面、背面各分上中下三栏，共有 40 个章题，其中可查到出处的有 25 篇，分别保存在 51 篇传世文献中，其中《说苑》里有 33 篇，《新序》里有 14 篇⑥虽然不敢断定两处出土的书籍原为同一书，但它们埋葬的时间都早于刘向，其存在足以说明《说苑》里的篇章应该出自前人。故此，笔者认为，《说苑》中所载孔子的言论也有一定的可信度。

在孔子的基础上，汉代人又进一步将"水德"推尊到"至德"的崇高地位。《淮南子·原道训》：

---

① 〔魏〕王弼注，〔唐〕孔颖达疏，李申、卢光明整理，吕绍纲审定：《周易正义》，北京大学出版社，1999 年，第 297 页。

② 〔汉〕河上公，〔唐〕杜光庭，等注：《道德经集释》，中国书店，2015 年，第 216 页。

③ 〔汉〕河上公，〔唐〕杜光庭，等注：《道德经集释》，中国书店，2015 年，第 274 页。

④ 〔汉〕刘向：《说苑》，《百子全书》第 1 册，浙江人民出版社，1984 年，第 6 页。

⑤ 国家文物局古文献研究所、河北省博物馆、河北省文物研究所、定县汉墓竹简整理组：《〈儒家者言〉释文》，《文物》，1981 年第 8 期，第 13 页。

⑥ 王秋生主编：《阜阳文化史·史前至魏晋南北朝卷》，合肥工业大学出版社，2015 年，第 200 页。

天下之物，莫柔弱于水，然而大不可极，深不可测；修极于无穷，远渝（沦）于无涯；息耗减益，通于不訾；上天则为雨露，下地则为润泽；万物弗得不生，百事不得不成；大包群生，而无好憎；泽及蚑蟜，而不求报；富赡天下而不既，德施百姓而不费；行而不可得穷极也，微而不可得把握也；击之无创，刺之不伤；斩之不断，焚之不然；淖溺流遁，错缪相纷，而不可靡散；利贯金石，强济天下；动溶无形之域，而翱翔忽区之上；邅回川谷之间，而滔腾大荒之野；有余不足，与天地取与，禀授万物而无所前后。是故无所私而无所公，靡滥振荡，与天地鸿洞；无所左而无所右，蟠委错紾，与万物始终。是谓至德。夫水所以能成其至德于天下者，以其淖溺润滑也。故老聃之言曰："天下至柔，驰骋天下之至坚。出于无有，入于无间，吾是以知无为之有益。"①

在这段话中，作者不仅详细阐述了水的各种特点，而且更重要的是将之前已有的孔子对"水德"的阐述进一步提升到"至德"的高度。

　　而这些，正是郭璞创作《江赋》的思想基础。他在《江赋》开头中以"五德"为对象，特别强调了"水德之灵长"，也就是认为水德是高于其他"四德"的"至德"。在结尾时，他又说："考川渎而妙观，实莫著于江河。"也就是说，即便在各种不同的水体中，又以江河尤其是长江是最值得君子看重的"妙观"。

二、"水德"在《江赋》中的体现

　　在上节，笔者对古代有关"水德"观念的发展进行了简单的考察。依此对照郭璞的《江赋》，可以看出其大部分内容都可以找到某种对应关系。以其第一段来看：
　　　　咨五才之并用，实水德之灵长。惟岷山之导江，初发源乎滥觞。聿经始于洛沬，拢万川乎巴梁。冲巫峡以迅激，跻江津而起涨。极泓量而海运，状滔天以森茫。总括汉泗，兼包淮湘。并吞沅澧，汲引沮漳。源二分于崌崃，流九派乎浔阳。鼓洪涛于赤岸，沦余波乎柴桑。网络群流，商榷涓浍。表神委于江都，混流宗而东会。注五湖以漫漭，灌三江而漰沛。滈汗六州之域，经营炎景之外。所以作限于华裔，壮天地之险介。呼吸万里，吐纳灵潮。自然往复，或夕或朝。激逸势以前驱，乃鼓怒而作涛。峨嵋为泉阳之揭，玉垒作东别之标。衡霍磊落以连镇，巫庐巃嵸而比峤。协灵通气，渍薄相陶。流风蒸雷，腾虹扬霄。出信阳而长迈，淙大壑与沃焦。

这段话总写长江的面貌，可分为两层意思。从"惟岷山之导江"到"混流宗而东会"写长江的发源、壮大、分流和入海，总体上类似于孔子所说的"其万折必东，似意"。其中"拢万川乎巴梁""总括汉泗，兼包淮湘。并吞沅澧，汲引沮漳"几句，类似于孔子所说的"受恶不让，似包"；"冲巫峡以迅激，跻江津而起涨。极泓量而

　　① 〔汉〕刘安著，〔汉〕许慎注，陈广忠校点：《淮南子》，上海古籍出版社，2016年，第16页。

海运，状滔天以森茫""鼓洪涛于赤岸"几句，类似于孔子所说的"其赴百仞之谷不疑，似勇"；"网络群流，商榷涓浍"类似于孔子所说的"绵弱而微达，似察"。"注五湖以漫漭"至"淙大壑与沃焦"写江水对两岸山川的润泽，总体上类似于孔子所说的"遍予而无私，似德"。其中"呼吸万里，吐纳灵潮""协灵通气，渍薄相陶"几句，类似于孔子所说的"所及者生，似仁"；"所以作限于华裔，壮天地之险介""自然往复，或夕或朝。激逸势以前驱，乃鼓怒而作涛""出信阳而长迈，淙大壑与沃焦"几句，类似于孔子所说的"其流卑下，句倨皆循其理，似义"。如果说这样的分析过于琐碎和机械，甚至有胶柱鼓瑟之嫌，我们再来看看下面两段：

> 若乃巴东之峡，夏后疏凿。绝岸万丈，壁立赪驳。虎牙嵥竖以屹崒，荆门阙竦而盘礴。圆渊九回以悬腾，溢流雷响而电激。骇浪暴晒，惊波飞薄。迅澓增浇，涌湍叠跃。砯岩鼓作，漰湱瀄灂。渒漫灗溆，溃濩浼濎。滈湟溰泱，澥涠涠沦。漩澴荥潆，浪滒渍瀑。浸减浨涢，龙鳞结络。碧沙瀢沱而往来，巨石碑矶以前却。潜演之所汩淈，奔溜之所硙错。厓陬为之泐嵲，碕岭为之岊崿。幽涧积岨，礜砆砮礭。

> 若乃曾潭之府，灵湖之渊。澄澹汪洸，渨㵾囵沄。泓汯洞潢，涽潾圆潾。混瀚湿涣，流映扬焆。溟溔渺湎，汗汗油油。察之无象，寻之无边。气滃渤以雾杳，时郁律其如烟。类肧浑之未凝，象太极之构天。长波浃渫，峻湍崔嵬。盘涡谷转，凌涛山颓。阳侯砐硪以岸起，洪澜涴演而云回。沚沦溇溇，乍泡乍堆。礮如地裂，豁若天开。触曲厓以萦绕，骇崩浪而相礧。鼓唅窟以漰渤，乃溢涌而驾隈。

在这两段文字中，郭璞分别刻画了长江三峡的雄奇和流经平原湖泊时的宁静两种截然不同的风光：前者奇险恐怖，令人惊心动魄；后者澄淡氤氲，"类肧浑之未凝，象太极之构天"。对照孔子的观点，前者"其赴百仞之谷不疑，似勇"，后者"绵弱而微达，似察"。两者之间，正好构成鲜明的对比，突出了长江及其沿岸风光的丰富多彩。再看下面几段：

> 鱼则江豚海狶，叔鲔王鳣。鮥鮐鳙鲉，鲮鳐鲵鲢。或鹿骼象鼻，或虎状龙颜。鳞甲錐错，焕烂锦斑。扬鳍掉尾，喷浪飞唌。排流呼哈，随波游延。或爆采以晃渊，或吓鳃乎岩间。介鲸乘涛以出入，鲮鳖顺时而往还。

> 尔其水物怪错，则有潜鹄鱼牛，虎蛟钩蛇。蜦蟥黧蝐，鲼蘁鼍龟。王珧海月，土肉石华。三蝬虾江，䲆螺蛜蜗。璪蛣腹蟹，水母目虾。紫蚭如渠，洪蚶专车。琼蚌晞曜以莹珠，石蚨应节而扬葩。蝲蟷森襄以垂翘，玄蛎魂碨而碨砸。或泛潋于潮波，或混沦乎泥沙。若乃龙鲤一角，奇鸧九头。有鳖三足，有龟六眸。赪蟹肺跃而吐玑，文魮磬鸣以孕璆。儵蠦拂翼而掌耀，神蜧蜦蜦以沉游。骑马腾波以嘘蹀，水兕雷咆乎阳侯。渊客筑室于岩底，鲛人构馆于悬流。䨔布余粮，星离沙镜。青纶竞纠，缛组争映。紫菜荧晔以丛被，绿苔鬖髵乎研上。石帆蒙笼以盖屿，萍实时出而漂泳。

其下则金矿丹砾，云精㷿银。瑌瑜璇瑰，水碧潜琘。鸣石列于阳渚，浮磬肆乎阴滨。或颎彩轻涟，或煏曜崖邻。林无不溥，岸无不津。

其羽族也，则有晨鹄天鸡，鹴鹜鸥䴔。阳鸟爰翔，于以玄月。千类万声，自相喧聒。濯翮疏风，鼓翅翻泧。挥弄洒珠，拊拂瀑沫。集若霞布，散如云豁。产䲆积羽，往来勃碣。

樏杞积薄于浮涘，杨楈森岭而罗峰。桃枝筼筜，实繁有丛。葭蒲云蔓，樱以兰红。扬皜眊，㩗紫茸。荫潭奥，被长江。繁蔚芳蒘，隐蔼水松。涯灌芊菉，潜荟葱笼。鲮鲤踦跼于垠隒，猨獭睒瞯乎厬空。迅蜼临虚以骋巧，孤玃登危而雍容。牯翘跂于夕阳，鸳雏弄翮乎山东。

这几段篇幅虽长，但内容趋向是一致的，都是表现长江流域物产的丰富：既有水中的鱼和各种水产品，还有水中的矿产，以及两岸的鸟类和植被。这不就是孔子所说的"所及者生，似仁"吗？也正是《周易》所说的"天地之大德曰生"。陈玲在《郭璞〈江赋〉析论》一文中说：

> 至此我们可以看出郭璞以高昂的笔调给我们勾勒出一幅长江流程图，其对水德的歌颂贯穿始终，长江的水德不仅在其囊括涓流又浩瀚六州的襟怀，也在于其"出物可贡"的丰饶物产。①

为了说明这个问题，我们再引《尚书大传》卷一中孔子与学生关于"仁者乐山"的一段对话：

> 子张曰："仁者何乐于山也？"孔子曰："夫山者，崟然高。""崟然高，则何乐焉？""夫山，草木生焉，鸟兽蕃焉，财用殖焉，生财用而无私为焉，四方皆代焉，每无私与焉。出云风以通乎天地之间，阴阳和合，雨露之泽，万物以成，百姓以飨。此仁者之所以乐于山者也。"②

至《韩诗外传》所载，这一段内容有了明显的变化：

> 问者曰："夫仁者何以乐于山也？"曰："夫山者万民之所瞻仰也。草木生焉，万物植焉，飞鸟集焉，走兽休焉，四方益取与焉。出云道风嵸乎天地之间，天地以成，国家以宁，此仁者所以乐于山也。诗曰：'太山岩岩，鲁邦所瞻。'乐山之谓也。"③

根据《尚书大传》所载，孔子的着眼点在于"万物以成，百姓以飨"，突出其造福于百姓的一面；至《韩诗外传》，则被发展为"天地以成，国家以宁"，突出的已经是对于国家的意义了。稍加比较即不难看出，《尚书大传》所载显然更接近孔子的原意，《韩诗外传》体现出的已经是汉人的观点了，而这种观点也能体现出儒家思想在汉代新形势下的进一步发展。此段记载亦见于《说苑·杂言》：

---

① 陈玲：《郭璞〈江赋〉析论》，《思茅师范高等专科学校学报》，2009年第4期，第72页。

② 〔汉〕伏生撰，〔汉〕郑玄注，〔清〕陈寿祺辑校：《尚书大传》，上海书店出版社，2012年，第45页。

③ 〔汉〕韩婴撰，许维遹集释：《韩诗外传集释》，中华书局，1980年，第111页。

"夫仁者何以乐山也?"曰:"夫山岧巍巍崔巍,万民之所观仰,草木生焉,众物立焉,飞禽萃焉,走兽休焉,宝藏殖焉,奇夫息焉。育群物而不倦焉,四方并取而不限焉,出云通气于天地之间,国家以成,是仁者所以乐山也。诗曰:'泰山岩岩,鲁侯所瞻。'乐山之谓也。"①

刘向的记载跟《韩诗外传》相近,而与《尚书大传》的距离略远。总之,三处记载虽有不少文字差异,立足点也有百姓和国家的差别,但在突出"山德"的生育功能方面则是相同的。草木、终物、飞禽、走兽、宝藏,不都是山的化生之德吗?跟他说水德时的"所及者生,似仁"是一致的。当然,山与水本来就是联系在一起的。郭璞在《江赋》中所写的众多物产,其中就包括了不少产于山上的飞禽和树木。

三、郭璞对"国家以成"的期盼

虽然郭璞强调"水德"的意义,但如果由此认为他仅仅把长江看作"水德"的体现,就很难理解他写作《江赋》的深意。在前引《说苑》所载孔子关于"仁者乐山"的一段话中,有一个词特别重要——"国家以成"。前文已经说过,这个词很可能并非出自孔子之口,但已将"仁者乐山"的阐释落实到国家层面,即突出了现实政治意义,这实际上可能已经超越了"水德"的范畴,至少也可以看作进一步的发展。在回答"智者乐水"时,所谓孔子的阐释同样有意突出了这一点。《韩诗外传》卷三载:

> 问者曰:"夫智者何以乐于水也?"曰:"夫水者缘理而行,不遗小间,似有智者。动而之下,似有礼者。蹈深不疑,似有勇者。障防而清,似知命者。历险致远,卒成不毁,似有德者。天地以成,群物以生,国家以平,品物以正。此智者所以乐于水也。《诗》曰:'思乐泮水,薄采其茆。鲁侯戾止,在泮饮酒。'乐水之谓也。"②

这段文字亦见于《说苑·杂言》:

> "夫智者何以乐水也?"曰:"泉源溃溃,不释昼夜,其似力者;循理而行,不遗小间,其似持平者;动而之下,其似有礼者;赴千仞之壑而不疑,其似勇者;障防而清,其似知命者;不清以入,鲜洁而出,其似善化者;众人取乎品类,以正万物,得之则生,失之则死,其似有德者;淑淑渊渊,深不可测,其似圣者;通润天地之间,国家以成,是智者所以乐水也。《诗》云:'思乐泮水,薄采其茆。鲁侯戾止,在泮饮酒。'乐水之谓也。"③

两处记载虽大体相同,都在最后突出了"水德"对于国家的意义。但《韩诗外传》

---

① 〔汉〕刘向:《说苑》,《百子全书》第1册,浙江人民出版社,1984年,第6页。
② 〔汉〕韩婴撰,许维遹集释:《韩诗外传集释》,中华书局,1980年,第110页。
③ 〔汉〕刘向:《说苑》,《百子全书》第1册,浙江人民出版社,1984年,第6页。

中的“国家以平”一句，可能更侧重于表现国家安定、施政公平的一面，而《说苑》中的“国家以成”似乎更多带有国家取得成功、走向安定的一面。

郭璞作为重要的风水学家和博物学家，思想上融通儒道，且博览群书，自然非常熟悉“水德”的演化轨迹。也许正因为如此，郭璞在《江赋》中将立意最终落实到国家的层面上。先看以下两段：

因岐成渚，触涧开渠。漱壑生浦，区别作湖。磴之以瀿瀷，渫之以尾闾。标之以翠蘙，泛之以游菇。播匪艺之芒种，挺自然之嘉蔬。鳞被菱荷，攒布水蓏。翘茎瀵蘂，濯颖散裹。随风猗萎，与波潭淹。流光潜映，景炎霞火。其旁则有云梦雷池，彭蠡青草。具区洮滆，朱浐丹漅。极望数百，沆漭皛溔。爰有包山洞庭，巴陵地道。潜逵傍通，幽岫窈窕。金精玉英瑱其里，瑶珠怪石琗其表。骊虬摎其址，梢云冠其嘌。海童之所巡游，琴高之所灵矫。冰夷倚浪以傲睨，江妃含嚬而矊眇。抚凌波而凫跃，吸翠霞而夭矫。

若乃宇宙澄寂，八风不翔。舟子于是搦棹，涉人于是榜榜。漂飞云，运艅艎。舳舻相属，万里连樯。泝洄沿流，或渔或商。赴交益，投幽浪。竭南极，穷东荒。尔乃䨴雺祲于清旭，觇五两之动静。长风飋以增扇，广莫飏而气整。徐而不飏，疾而不猛。鼓帆迅越，趠涨截洞。凌波纵柂，电往杳溟。䨄如晨霞孤征，眇若云翼绝岭。倏忽数百，千里俄顷。飞廉无以睎其踪，渠黄不能企其景。于是芦人渔子，摈落江山。衣则羽褐，食惟蔬蠡。栫淀为涔，夹潨罗筌。筩洒连锋，罾罶比船。或挥轮于悬碕，或中濑而横旋。忽忘夕而宵归，咏采菱以叩舷。傲自足于一呕，寻风波以穷年。

跟之前几段的侧重点在于表现长江的“至德”即化生万物不同，这两段重要表现人类对于自然的利用。前一段先描写长江及两岸湖光山色之美丽，以至海童、琴高、冰夷、江妃这些神仙在此遨游嬉戏，流连忘返。其实世上何曾有神仙？不过是人类对自身渴望自由的美好幻想而已。表现神仙的游戏之乐，说到底还是为了表现人类利用自然、征服自然的愿望。到了后一段，郭璞摆脱了之前的神话色彩，直接写人类对于长江的利用。舟子、涉人，芦人、渔子，或因渡江以成事，或以水产而为生，这已经超越了君子“乐山”“乐水”的层面，而进入利用自然资源造福人类的高度。不过，这还不能算郭璞的真正命意所在。请看下面一段：

尔乃域之以盘岩，豁之以洞壑，疏之以淹泛，鼓之以朝夕。川流之所归凑，云雾之所蒸液。珍怪之所化产，傀奇之所窟宅。纳隐沦之列真，挺异人乎精魄。播灵润于千里，越岱宗之触石。及其谲变倏怳，符祥非一，动应无方，感事而出。经纪天地，错综人术。妙不可尽之于言，事不可穷之于笔。

这段话中前面几句可以说是对前文内容的简单归纳，后面几句却忽然开出新意：强调长江与国家命运之间的关联。“经纪天地，错综人术”，类似于儒家所说的“治国平天下”。可惜郭璞生不逢时，因为亲身经历南北朝的划江而治，所以他特别渴望能够回到天下一统的局面。于是就有了最后一段：

若乃岷精垂曜于东井，阳侯遁形乎大波。奇相得道而宅神，乃协灵爽于湘娥。骇黄龙之负舟，识伯禹之仰嗟。壮荆飞之擒蛟，终成气乎太阿。悍要离之图庆，在中流而推戈。悲灵均之任石，叹渔父之棹歌。想周穆之济师，驱八骏于鼋鼍。感交甫之丧佩，憖神使之婴罗。焕大块之流形，混万尽于一科。保不亏而永固，禀元气于灵和。考川渎而妙观，实莫着于江河。

郭璞在这里既赞美了一些英雄豪杰能因时成事，也同情屈原的自投汨罗而死；既羡慕周穆王能够"驱八骏于鼋鼍"，又感伤郑交甫不能常有神女之玉佩。这实际上反映出郭璞思想中的两个方面：即希望东晋能够北伐成功，又担心不能及时努力可能会丧失时机。"焕大块之流形，混万尽于一科。保不亏而永固，禀元气于灵和。"他不仅盼望天下能够混一，而且渴望江山能够永固。这才是郭璞最大的愿望，也是前文所说的"国家以成"。关于这一点，王春华在《述长江之美，寄中兴之望——郭璞〈江赋〉解读》一文中说：

《文选·江赋》李善注引《晋中兴书》言："璞以中兴，王宅江外，乃着《江赋》，述川渎之美。"也简明地指出了郭璞创作《江赋》的政治背景，即东晋立国江东与士人期盼中兴之间的情感关联……而郭璞的《江赋》则是在对长江水域自然与人文景观的描写上以及"上善若水"的文化关照下，表达出对东晋王朝乐道法水的期盼以及"受国之垢，是谓社稷主"的中兴期待。[1]

赵沛霖在《中国历史上第一次南北对立与郭璞的〈江赋〉》一文中也说：

两晋之交中国历史上第一次南北对立的特定背景，使本来属于自然地理范畴的长江，不但一跃成为关系到东晋王朝前途和命运的生命线，而且成为现实性很强的文学题材，寄托着包括作者在内的"过江诸人"的许多情志和愿望。《江赋》塑造的长江艺术形象，不但真实生动，具有鲜明的时代特征，而且以富于阳刚之美的浩瀚、雄奇和壮阔特征充分展示了长江独特的精神气质和强大的内在生命力。在胡马临江、社稷倾危、朝纲不振、士臣悲观失望、民族生死存亡命悬一线的"最危险的时候"，作者满怀激情地讴歌长江、赞美长江，并在此基础上抒写对东晋君臣践行他思想主张的殷切希望，无疑对振奋民族精神、增强民族凝聚力、和衷共济、渡江北伐、洗刷民族耻辱具有重要意义。[2]

总之，可以这么说，郭璞的《江赋》虽然以"水德"入手，但表现的并不只是"水德"的一般意义，而是化生万物的"至德"；他也没有在"至德"处止步，而是进一步突出了人类对长江的利用，并借此表现出对天下一统的中兴愿望。

---

① 王春华：《述长江之美，寄中兴之望——郭璞〈江赋〉解读》，《古典文学知识》，2010 年第 6 期，第 104 – 106 页。

② 赵沛霖：《中国历史上第一次南北对立与郭璞的〈江赋〉》，《上海师范大学学报（哲学社会科学版）》，2014 年第 1 期，第 64 页。

《文选颜鲍谢诗评》与方回的六朝诗学观

赵厚均·华东师范大学中国语言文学系

方回（1227—1307），字万里，号虚谷，晚号紫阳居士。徽州歙县（今属安徽）人。宋末历官至严州知州，降元后曾任建德路总管。一生创作宏富，著有诗文集《桐江集》八卷、《桐江续集》三十八卷，另编有《瀛奎律髓》四十九卷、《文选颜鲍谢诗评》四卷、《续古今考》三十七卷传世。《瀛奎律髓》选取的是唐宋人的律诗，主要体现方回的唐宋诗学观；《文选颜鲍谢诗评》乃选取《文选》收录的颜、鲍、谢诸人之作品，并进行较为详细的评点，体现了方回对六朝诗的看法，再结合其《桐江集》《桐江续集》中的有关论述，可以清晰地考察出方回的六朝诗学观。

《文选颜鲍谢诗评》原刻并未传世，是四库馆臣据《永乐大典》辑出。《提要》云："是编取《文选》所录颜延之、鲍照、谢灵运、谢惠连、谢朓之诗，各为论次。诸家书目皆不著录，惟《永乐大典》载之……统观全集，究较《瀛奎律髓》为胜，殆作于晚年，所见又进欤？"[1] 按，谢灵运《七里濑》篇，方回评云："《文选》注：'桐庐有七里濑，下数里至严陵濑。'予作郡七年，往来屡矣。今人皆混而言之。"按，方回于宋德佑元年（1275）知建德军府事兼节制往来驻戍军马，德佑二年（1276）二月举郡降元后仍知建德府事，元至元十八年（1281）解任建德路总管兼府尹，时年五十五岁[2]。方回在该任上正好七年，则此评语应作于其解官后；又谢灵运《登江中孤屿》评语云："此今永嘉郡江心寺无疑。予三十年前甲寅乙卯寓郡斋往游，见徐灵晖'流来天际水，截断世间尘'诗牌，不见此诗。"甲寅为1254年、乙卯为1255年，则作此评语时为1285年左右，方回时年59岁。诚如四库馆臣所言，其成书比《瀛奎律髓》稍晚[3]，体现了其诗学的进境。

---

① 〔清〕永瑢，等撰：《四库全书总目》卷一八六，中华书局，1965年，第1686页。

② 毛飞明：《方回年谱与诗选》，杭州大学出版社，1993年，第28、35、40页。

③ 按：《瀛奎律髓》卷前方回自序，知其成书于元至元二十年（1282），方回时年56岁。

一、推崇"建安体法"与"建安风味"

作为六朝文学的开端，建安文学一直被视为此期文学的高峰，历来受到很高的评价。方回也是把建安文学当作典范来看待的。在《文选颜鲍谢诗评》的诸家评语中，方回经常将其与建安文学做比较，推举"建安体法"与"建安风味"。

先看"建安体法"。鲍照《咏史诗》方回评云："此诗八韵，以七韵言繁盛之如彼，以一韵言寂寞之如此。左太冲《咏史》第四首亦八韵，前四韵言京城之豪侈，后四韵言子云之贫乐，盖一意也。明远多为不得志之辞，悯夫寒士下僚之不达，而恶夫逐物奔利者之苟贱无耻，每篇必致意于斯。唐以来诗人多有此体，李白、陈子昂集中可考，而近代刘屏山为五言古诗亦出于此，参以建安体法。"刘子翚，字彦冲，号屏山，又号病翁。宋代理学家、诗人。著有《屏山集》。朱熹《跋病翁先生诗》曰："此病翁先生少时所作《闻筝》诗也。规模意态，全是学《文选》乐府诸篇，不杂近世俗体，故其气韵高古，而音节华畅，一时辈流少能及之。"可知其对六朝诗多有取法。洪迈《容斋三笔》卷二"题咏绝唱"条云："吴传朋游丝书，赋诗者以百数……刘子翚彦冲古风一篇盖为绝唱……此章（指《吴传朋游丝帖歌》，见《屏山集》卷十四）尤为驰骋痛快，且卒章含讥讽，正中传朋之癖。"① 《吴传朋游丝帖歌》卒章奏雅，与鲍照《咏史诗》章法相似，即方回所云"唐以来诗人多有此体"之体。刘屏山诗取法建安诗所体现的"气韵高古，而音节华畅""驰骋痛快"诗歌风貌，应是方回所云"建安体法"的内涵。胡仔曾引范温《潜溪诗眼》云："建安诗辩而不华，质而不俚，风调高雅，格力遒壮，其言直致而少对偶，指事情而绮丽，得风雅骚人之气骨，最为近古者也。"在这里，"辩而不华，质而不俚，风调高雅，格力遒壮"即是指"体"，乃诗歌的风格体貌②；"其言直致而少对偶，指事情而绮丽"即是指"法"。方回在《文选颜鲍谢诗评》中也多次言及。评谢惠连《泛湖归出楼中玩月》云："惠连少年工诗文，此篇十六句之内十二句对语亲的，绮靡细润，然言景不可以无情，必有'近瞩窥幽蕴，远视荡喧嚣'及末句乃成好。诗若灵运，则尤情多于景，而为谢氏诗之冠。散义胜偶句，叙情胜述景，能如是者，建安可近矣。"（卷一）"散义胜偶句，叙情胜述景"，正是建安体法的主要特征。建安诗歌句法上的主要特点即多散句，少对偶；内容上则"怜风月，狎池苑，述恩荣，叙酣

---

① 〔宋〕洪迈：《容斋随笔》，上海古籍出版社，1978年，第440－441页。
② 王运熙先生《中国古代文论中的"体"》一文，对"体"这一术语有详细的讨论，可参看。收入《中国古代文论管窥》（增补本），上海古籍出版社，2006年。

宴"，情多于景。方回在这里肯定谢灵运的情多于景虽非康乐诗的真正成就所在①，属于比较保守的观念，但对建安诗歌特质的把握还是非常精准的。

建安体法之外，方回还提出了"建安风味"的概念。在评颜延之《秋胡诗》时，方回云："此诗九章，章十句，颇伤于多。陶渊明赋桃源、三良、荆轲，何其简而明也。然此亦善铺叙……'原隰多悲凉'以下四句、'岁暮临空房'四句，颇有建安风味。""原隰多悲凉"以下四句为"原隰多悲凉，回飙卷高树。离兽起荒蹊，惊鸟纵横去"，写秋胡行役途中之景；"岁暮临空房"以下四句为"岁暮临空房，凉风起坐隅。寝兴日已寒，白露生庭芜"，写秋胡妻独居空房凄冷之景。这几句诗以景写情，并有一股凄清之气。将其与曹植《赠白马王彪》中的"秋风发微凉，寒蝉鸣我侧。原野何萧条，白日忽西匿。归鸟赴乔林，翩翩厉羽翼。孤兽走索群，衔草不遑食"诸句相比较，即可见两者风味的接近。方回于谢灵运《拟魏太子邺中集诗八首》，摘拟曹丕、王粲句云："此全是晋宋诗，建安无此"；摘拟陈琳、徐干句云："皆不似建安"；摘拟刘桢、应场、阮瑀、曹植句云："皆规行矩步，鬐砌妆点而成，无可圈点，全无所谓建安风调。"风调亦即风味。康乐诗中"规行矩步，鬐砌妆点而成"的作品，是没有建安风调的。在方回这里，建安风味是比建安风骨内涵更为丰富的概念，指建安文学所体现的独特艺术个性和风貌，一言以蔽之："浑然天成"。方回在《文选颜鲍谢诗评》中曾两度提及，评谢灵运《登池上楼》："此句（指'池塘生春草，园柳变鸣禽'）之工，不以字眼，不以句律，亦无甚深意奥旨，如古诗及建安诸子'明月照高楼''高台多悲风'，及灵运之'晓霜枫叶丹'，皆天然混成，学者当以是求之。"评《永初三年七月十六日之郡初发都》："此诗排比整密，建安诸子混然天成不如此，陶渊明脱落枝叶不如此。"虽然两处评语一是肯定康乐诗，一是批评康乐诗，所持的标准皆是建安诗的"天然混成"或"混然天成"。

方回论诗，主张"格高为第一，意到自无双"②（《诗思十首》其五），建安诗之体法与风味无疑符合其标准。在评论颜、鲍、谢诸家诗作时，方回乃悬置为高标，时常予以批评。如评谢灵运《从游京口北固应诏》："'原隰黄绿柳'一联，艳而过于工，建安诗岂有是哉？""原隰黄绿柳，墟囿散红桃"一联，色彩艳丽，对仗工整，与建安诗的天然混成有一定的距离；评谢灵运《于南山往北山经湖中瞻眺》云：

---

① 方回评谢灵运《石壁精舍还湖中作》亦云："灵运所以可观者不在于言景，而在于言情。"实际上，谢灵运山水诗的优点不在情胜于景，而是情与景的结合，王夫之对其高度评价皆寓目于此。《古诗评选》卷五谢灵运《登上戍石鼓诗》评语云："言情则于往来动止、缥缈有无之中，得灵蠁而执之有象；取景则于击目经心、丝分缕合之际，貌固有而言之不欺。而且情不虚情，情皆可景；景非滞景，景总含情。"（《船山全书》第 14 册，第 736 页）《邻里相送至方山》评语云："情景相入，涯际不分，振往古，尽来今，唯康乐能之。"（同上书，第 731 页）

② 方回曾多次强调格高，《唐长孺艺圃小集序》："诗以格高为第一。"《瀛奎律髓》卷二十一："诗先看格高而语又到，意又工为上；意到语工而不高，次之；无格无意又无语，下矣。"据顾易生等先生的意见，"格高"的内涵包括：诗体浑大、剥落浮华、瘦硬枯劲、恢张悲壮、自然质朴、豪放深蕴等。见顾易生、蒋凡、刘明今：《宋金元文学批评史》，上海古籍出版社，1996 年，第 934－935 页。

昭明文苑　增华学林——《文选》与《文心雕龙》国际学术研讨会论文集

"'解作'谓雷雨,'升长'谓草木,用两卦名为偶,建安诗无是也。"以卦名对偶,过于尖巧,亦与建安诗"直致而少对偶"的诗法追求不符。评谢灵运《九日从宋公戏马台集送孔令》云:"《易》曰:'有孚,饮酒,无咎。'《诗序》曰:'鹿鸣废则和乐缺矣。'此诗云:'饯宴光有孚,和乐隆所缺。'善用事,又善用韵,建安诗则不必如此细而必偶也。"虽肯定该诗"善用事,又善用韵",但对其"细而必偶"仍致不满,认为与建安诗不类。评谢灵运《拟魏太子邺中集诗八首》云:"建安诗有古诗十九首规格,晋人至高莫如阮籍《咏怀》,尚有径庭,灵运山水之作细润幽怨、纡余开爽则有之矣,非建安手也。"① 方回于"细润"之作颇不以为然,评谢惠连《泛湖归出楼中玩月》云:"此篇十六句之内十二句对语亲的,绮靡细润,然言景不可以无情,必有'近瞩窥幽蕴,远视荡喧嚣'及末句乃成好。"《瀛奎律髓》卷一评张祜《金山寺》云:"大历十才子以前,诗格壮丽悲感。元和以后,渐尚细润,愈出愈新。而至晚唐,以老杜为祖,而又参此细润者,时出用之,则诗之法尽矣。"无论康乐、宣远诗,还是晚唐诗,一涉细润,即与建安诗的格力遒壮存在较大差距,便为方回所批评。评谢朓《和王主簿艳情》:"'花丛乱数蝶,风帘入双燕',灵运、惠连、颜延年、鲍明远在宋元嘉中未有此等绮丽之作也。齐永明体自沈约立为声韵之说,诗渐以卑,而玄晖诗狗俗太甚,太工太巧,阴何徐庾继作,遂成唐人律诗,而晚唐尤纤琐,盖本原于斯。"对谢朓诗的批评主要在气格卑俗与过于工巧,这与其在《瀛奎律髓》卷十四中对许浑的批评如出一辙,"许用晦……其诗出于元、白之后,体格太卑,对偶太切。陈后山《次韵东坡》有云:'后世无高学,举俗爱许浑。'以此之故,予心甚不喜丁卯诗……而近世晚近争由此入,所以卑之又卑也。"② 在《瀛奎律髓》对姚合以及永嘉四灵,他持同样的态度:"予谓诗家有大判断,有小结裹。姚之诗专在小结裹,故四灵学之。"(卷十)"盛唐律,诗体浑大,格高语壮。晚唐下细工夫,作小结裹,所以异也。"(卷十五)"所谓'小结裹'即是过求工巧,对偶细密,所见又窄,不过写些花竹茶酒等身边琐物,故格调不高,气象不宏。"③ 格卑与工巧的晚唐诗及永嘉四灵诗同样为方回所不喜。

由此可见,方回虽然没有直接评述建安诗歌,但是在品评元嘉、永明诗时却时常以建安诗为参照,对建安体法和建安风味予以推重,展现了他的诗学追求。

二、肯定元嘉、永明文学的成就

既然方回时常批评颜鲍谢诸家诗作,那他是否对元嘉、永明文学就予以全盘否定呢?当然不是,否则他何苦在晚年来选评颜、鲍、谢诗呢!明陆时雍《诗境总论》

① 〔元〕方回编,李庆甲汇评:《瀛奎律髓汇评》附录《文选颜鲍谢诗评》卷四,上海古籍出版社,2005年,第1906页。

② 〔元〕方回编,李庆甲汇评:《瀛奎律髓汇评》卷十四,上海古籍出版社,2005年,第509-510页。

③ 顾易生,蒋凡,刘明今:《宋金元文学批评史》,上海古籍出版社,1996年,第932页。

云："诗至于宋，古之终而律之始也。体制一变，便觉声色俱开。"① 清沈德潜《说诗晬语》卷上亦云："诗至于宋，性情渐隐，声色大开，诗运一转关也。"② 两人所论皆立足于刘宋诗坛的新变意义，并成为讨论元嘉文学的经典论断。其实远早于他们的方回，也敏锐地把握了元嘉以来诗风的转变，故从《文选》中单独拈出元嘉、永明文学的大家来予以品评。

上文言及，方回常以建安体法和建安风味为准绳，对颜鲍谢诸家诗多有批评，主要是因诸家诗多追求对偶与组丽。不过，诸家中出于自然的作品也会得到方回的肯定。诸人中，方回最为欣赏的是谢灵运，对其正面的评价有很多。如评谢灵运《登池上楼》："此句（指'池塘生春草，园柳变鸣禽'）之工，不以字眼，不以句律，亦无甚深意奥旨，如古诗及建安诸子'明月照高楼''高台多悲风'，及灵运之'晓霜枫叶丹'，皆天然混成，学者当以是求之。"又评谢灵运《石壁精舍还湖中作》："灵运所以可观者不在于言景，而在于言情。'虑淡物自清，意惬理无违'，如此用工，同时诸人皆不能逮也。至其所言之景，如'山水含清晖''林壑敛暝色'及，他曰'天高秋月明''春晚绿野秀'，于细密之中时出自然，不皆出于织组。颜延年、鲍明远、沈休文虽各有所长，不到此地。"谢灵运天然混成、细密自然的作品为方回所激赏，其地位亦被置于颜鲍诸人之上。评颜延之《和谢监灵运》："此诗凡七八折，铺叙非不整矣，用事用字非不密矣，以鲍照之说裁之，则谓之雕缋满眼可也。如灵运诗'昏旦变气候，山水含清晖。清晖能娱人，游子憺忘归'，天趣流动，言有尽而意无穷，似此之类，恐延之未敢到也。"方回不喜颜延之诗的整密雕缋，推重谢灵运的天趣流动。"天趣者，自然之趣耳。"③ 谢灵运之诗，素有"如初发芙蓉，自然可爱"④ 之评，沈德潜亦云："陶诗合下自然，不可及处在真、在厚；谢诗经营而返于自然，不可及处在新在俊。""（谢诗）大约匠心独造，少规往则，钩深极微，而渐近自然。"⑤ 谢灵运诗经雕琢而返于自然，方回对其肯定，是与欣赏建安风味一脉相承的。

方回论诗亦重意趣。前文曾引述方回评谢灵运诗"叙情胜述景"，虽然这"情"可能包含玄言说理的内容，对谢诗之意趣，方回还是十分嘉许的。评谢朓《始出尚书省》云："诗排比多而兴趣浅。三谢惟灵运诗喜以老庄说道理，写情愫，述景则不冗，寄意则极怨，为特高云。"方回不满谢朓诗的"兴趣浅"，而肯定谢灵运诗"以老庄说道理，写情愫"。评谢灵运《永初三年七月十六日之郡初发都》云："此诗排比整密，建安诸子混然天成不如此，陶渊明脱落枝叶不如此，但当以三谢诗观之，则灵运才高词富，意怆心怛，亦未易涯涘也。"方回虽不喜谢诗之"排比整密"，但亦肯定其"才高词富，意怆心怛"，所重者仍是灵运诗之意趣。

① 〔清〕丁福保：《历代诗话续编》，中华书局，1983 年，第 1406 页。
② 〔清〕沈德潜：《说诗晬语》，人民文学出版社，1979 年，第 203 页。
③ 〔宋〕何汶：《竹庄诗话》卷二十引《禁脔》，中华书局，1984 年，第 396 页。
④ 〔唐〕李延寿：《南史·颜延之传》，中华书局，1975 年，第 881 页
⑤ 〔清〕沈德潜：《说诗晬语》，人民文学出版社，1979 年，第 203 页。

元嘉与永明文学处于古体向近体过渡的关键时期,其创作技巧、风貌等常为后世名家所取法,颜鲍谢诸人作为凌绝一代的大家,也必然给其后的文学创作带来较大的影响。方回在选评时亦会寓目于此,或对其正面影响予以肯定,或对其负面影响提出批评。评颜延之《和谢监灵运》云:

> 此诗凡七、八折,铺叙非不整矣,用事用字非不密矣,以鲍照之说裁之,则谓之雕缋满眼可也。如灵运诗,"昏旦变气候,山水含清晖。清晖能娱人,游子憺忘归。"天趣流动,言有尽而意无穷。似此之类,恐延之未敢到也。如:"桃李春风一杯酒,江湖夜雨十年灯。"未是山谷奇处。"石吾甚爱之,勿遣牛砺角。牛砺角尚可,牛斗残我竹。"乃山谷奇处也。学者学《选》诗,近世无其人。唯赵汝说近三谢,犹有瓴砌之迹,而失于舒缓,步步规随,无变化之妙云。

上文曾引述该段文字前半,谓方回欣赏康乐诗的天趣流动。在后半,方回忽荡开一笔,先说黄庭坚的名句"桃李春风一杯酒,江湖夜雨十年灯"尚不足为奇,因为此联看似平常,实则是经过精心锤炼的,与方回推举的"混然天成"或"天趣流动"不符;而"石吾甚爱之"诸句却是质朴自然,涉笔成趣。吕本中云:"或称鲁直'桃李春风一杯酒,江湖夜雨十年灯',以为极至。鲁直自以此犹砌合,须'石吾甚爱之,勿遣牛砺角。牛砺角尚可,牛斗残我竹',此乃可言至也。"[①] 方回或许曾见过吕本中的记载,不过在此拈出,用以呼应他对"天趣流动"的偏爱,也是非常恰当的。随后,方回又举出赵汝说学三谢,"有瓴砌之迹""无变化之妙",亦是从元嘉诗人对后世的影响着眼的。

作为永明新体诗的代表,谢朓往往被视为唐诗的先声,对后世诗风有较大的影响。前文曾举方回对谢朓《和王主簿艳情》的评语,针对太工太巧、过于卑俗的诗风,尤其是晚唐诗进行批评,其导源即在谢朓诗。又评谢朓《游东田》云:"起句佳,'远树生烟'之联尤佳,'鱼戏新荷动,鸟散余花落',佳之尤佳,然磔元气甚矣。阴铿、何逊、庾信、徐陵、王褒、张正见、梁简文、薛道衡诸人诗皆务出此,而唐人诗无不袭此等语句。灵运、惠连在宋永初、元嘉间犹未甚也。宋六十岁至于齐,而玄晖出焉,唐子西之论有旨哉。""鱼戏"二句,陈祚明以为:"生动飞舞,写景物之最胜者,调亦未坠。"[②] 方回也称其"佳之尤佳",对谢朓诗的佳句予以充分肯定,随即笔锋一转,谓诸句"磔元气甚矣",则语含批评。所谓"磔元气",即指其过于工巧,缺乏混然天成的意趣,已远离古体诗的风貌。故接下即云自阴铿以下,乃至唐人诗,皆承袭此风。子西之论,即宋人唐庚《语录》所云:"(诗)至玄晖,语益工,然萧散自得之趣亦复少减,渐有唐风矣,于此可以观世变也。"[③] "萧散自得之趣"即禀之"元气"而达成的"天趣"。两人对谢朓诗的工巧皆击节称赏而又略致批评。

---

① 〔宋〕胡仔:《苕溪渔隐丛话》前集卷四十七引《吕氏童蒙训》,人民文学出版社,1962年,第321页。
② 〔清〕陈祚明:《采菽堂古诗选》,上海古籍出版社,2008年,第646页。
③ 〔宋〕胡仔:《苕溪渔隐丛话》前集卷二引,人民文学出版社,1962年,第8页。

其他如评鲍照《东武吟》云："诗有笔力，如转石下千仞山，衮衮轰轰不可御，李太白诗甚似之。"评鲍照《出自蓟北门行》云："少陵诗：'汉时长安雪一丈，牛马寒毛缩如猬。'鲍用又在先也。"评谢朓《郡内高斋闲坐答吕法曹》云："柳子厚'遥怜郡斋好，谢守但临窗'，用'窗中列远岫'是也。"评谢朓《和王主簿缘情》："'一顾重'而'千金贱'，此联乃绝佳……杜荀鹤'风暖鸟声碎，日高花影重'之作，全得此格。"皆是从诗歌技巧的角度出发来观照元嘉永明诗人对后世的影响。评谢灵运《于南山往北山经湖中瞻眺一首》："'孤游非情叹，赏废理谁通。'谓己之独游于此，不以真情形之叹咏，则赏心之事之人既废，此理谁与通乎？意极哀惋。柳子厚永州诸诗多近此。"以为柳宗元遭贬后作品的意蕴与谢灵运相近，又从思想情感着眼来分析谢灵运的影响。凡此，皆可见方回在评价颜鲍谢诸人诗时，是有较为敏锐的诗学发展眼光的。

三、江西诗法的批评实践

方回在《瀛奎律髓》一书中选评唐宋律诗，常从章法、句法、字法等角度着眼，对这些作品进行评价，体现了他对江西诗派诗法的承继和对宋末江湖、四灵诗风的反拨。《文选颜鲍谢诗评》同样从章法等角度入手，评价诸人诗歌。

方回论诗重意脉，尝谓"律为骨，意为脉，字为眼，此诗家大概也"[①]，被视为"方回论创作方法的总纲"[②]。其评谢灵运《过始宁墅》："诗有形有脉，以偶句叙事叙景，形也；不必偶而必立论尽意，脉也。古诗不必与后世律诗不同，要当以脉为主。如此诗'剖竹守沧海'以下五联十句皆偶，未为奇也，前八句不偶，则有味矣。"（卷三）在方回看来，用工整的对偶句叙事写景，只是外在的形式；在不必对偶之处，立论尽意，才是全诗的气脉，从而贯串全诗，品之有味。评谢惠连《泛湖归出楼中玩月》云："惠连少年工诗文，此篇十六句之内十二句对语亲的，绮靡细润，然言景不可以无情，必有'近瞩窥幽蕴，远视荡喧嚣'及末句乃成好。"此评虽未提及形脉，但其认为"日落泛澄瀛"以下十二句"对语亲的，绮靡细润"，乃偶句叙景，是其所说的"形"；"近瞩窥幽蕴"以下四句言情，乃立论尽意，亦即脉。评谢灵运《于南山往北山经湖中瞻眺》云："此诗述事写景自'天鸡弄和风'以上十六句有人，佳句可脍炙，然非用'抚化''览物'一联以缴之，则无议论无归宿矣。此灵运诗高妙处。"亦注重以议论立意、贯串上下文的脉络。因其对意脉的重视，故而常立足于诗歌的章法予以品评。如评颜延之《始安郡还都与张湘州登巴陵城楼作》云：

> 此诗十韵。"江汉分楚望，衡巫奠南服。三湘沦洞庭，七泽蔼荆牧。"起句二韵，大概言地势。郊外曰"牧"，"荆牧"言七泽之野也。末韵"请从上世人，

---

① 〔元〕方回：《汪斗山识悔吟稿序》，《桐江集》卷一，宛委别藏本。
② 顾易生，蒋凡，刘明今：《宋金元文学批评史》，上海古籍出版社，1996年，第936页。

归来艺桑竹"，有感于"存没竟何人，炯介在明淑"而云。初不明言"炯介""明淑"为进为退，而为"松竹"之句，则意在退也。

于该诗之起结相承剖析得颇为细致。又如评谢瞻《张子房诗》《于安城答灵运》，几乎逐句分析诗意，于全诗之意脉也就了然；评鲍照《苦热行》亦立足于章法与立意。

方回《跋俞则大诗》云："一首中必当有一联佳，一联中必当有一句胜，一句中必当有一字为眼。"① 故而方回对颜鲍谢诸人的佳句每多称赏。评颜延之《夏夜呈从兄散骑车长沙》："'夜蝉当夏急，阴虫先秋闻。岁候初过半，荃蕙岂久芳'，四句可书，'阴虫'一句尤佳。"评鲍照《白头吟》："'心赏''貌恭'一联，至佳，至佳！"评谢混《游西池》："起句十字佳……'高台眺飞霞''水木湛清华'两句俱佳。"均立足于佳句而言。谢朓是永明新体诗的代表，"撰造精丽，风华映人"②，"奇章秀句，往往警遒"③，故方回对其佳句的评赏尤多。评《晚登三山还望京邑》："起句……极佳，李白云：'解道澄江净如练，令人却忆谢玄晖。'此一联尤佳也。"评《休沐重还道中》："此二句（指'还邛歌赋似，休汝车骑非'）极佳……'楚山''吴岫'二句亦佳……最后句终期退闲，其思缓而不迫，尤有味也。"评《游东田》云："起句佳，'远树生烟'之联尤佳，'鱼戏新荷动，鸟散余花落'，佳之尤佳。"评《之宣城出新林浦向板桥》："'天际识归舟，云中辨江树'，古今绝唱。"评《和王主簿怨情》"生平一顾重，宿昔千金贱"句："此联乃绝佳。"方东树《昭昧詹言》卷七云："玄晖之诗如花之初放，月之初盈，骀荡之情，圆满之辉，令人魂醉。"④ 尽管方回曾批评谢朓诗过于工巧，当面对谢朓的佳句时，方回还是由衷的喜欢。

方回论诗极重诗眼，尝云："未有名为好诗而句中无眼者。"⑤ 在《瀛奎律髓》中时有"诗眼""字眼"和"句眼"等术语的运用⑥，品评颜鲍谢诸人诗，亦常立足于此。评谢灵运《登江中孤屿》："'孤屿媚中川'，'媚'字句中眼也。'怀新道转迥'，此句尤佳。"评《初发石首城》："'微命察如丝'，'察'字尤佳。"评谢惠连《西陵遇风献康乐》："五章，章八句，仅有四句佳。'积素惑原畴'，'惑'字佳。"评谢朓《京路夜发》："'徂两'二字甚佳。"诸评语或直接指出何字为句眼，或只称某字佳，无疑皆立足于诗眼而言。由此可见方回对江西诗法的服膺，这也是刘宋元嘉以来诗歌"俪采百字之偶，争价一句之奇。情必极貌以写物，辞必穷力而追新"⑦ 的诗学追求的结果。

尽管元嘉永明诗歌已渐趋雕琢，但对句法尚不是很在意。因此方回在《文选颜鲍

① 〔元〕方回：《桐江集》卷四，宛委别藏本。
② 〔清〕丁福保：《历代诗话续编》，中华书局，1983 年，第 996 页。
③ 曹旭：《诗品集注》，上海古籍出版社，2011 年，第 392 页。
④ 〔清〕方东树：《昭昧詹言》卷七，人民文学出版社，1961 年，第 186 页。
⑤ 李庆甲：《瀛奎律髓汇评》卷十，上海古籍出版社，2005 年，第 348 页。
⑥ 詹杭伦：《方回的唐宋律诗学》第 140－143 页（中华书局，2002 年）；田金霞《方回〈瀛奎律髓〉研究》中国社会科学出版社，2015 年，第 175－180 页。
⑦ 詹锳：《文心雕龙义证》，上海古籍出版社，1989 年，第 208 页。

谢诗评》中很少论及句法，仅见一例。评鲍照《结客少年场行》："'九途平若水，双阙似云浮'，此亦古诗蹉对句法。"则点出其特殊的蹉对句法。"九途"两句按正常的对偶应为"九途平若水，双阙浮似云"，但鲍照打破了正常的语序，形成了陌生化的对偶效果。蹉对的概念，最早由沈括提出，《梦溪笔谈》卷十五云："如《九歌》：'蕙肴蒸兮兰借，奠桂酒兮椒浆。'当曰'蒸蕙肴'，对'奠桂酒'，今倒用之，谓之蹉对。"① 唐宋人已习用该句法，唐前只是偶尔用之，方回将之抉发出来，亦可以见其诗学追求。

四、余　论

方回在《文选颜鲍谢诗评》一书中，通过多角度、多层面的品评，展示了他对六朝文学的认识：既标举浑然天成的建安风味，又不废元嘉永明新声。同时时刻不忘其所禀承的江西诗法，对名章迥句进行品评。当然，由于选诗的限制，这并不能完全代表他的六朝诗学观。六朝诗人中，方回其实最看重的还是陶渊明。《文选颜鲍谢诗评》中曾两次以陶渊明诗与诸人比较，卷一评颜延之《秋胡行》云："此诗九章，章十句，颇伤于多，陶渊明赋桃源、三良、荆轲，何其简而明也。"卷三评谢灵运《永初三年七月十六日之郡初发都》云："此诗排比整密，建安诸子混然天成不如此，陶渊明剥落枝叶不如此。"一以"简而明"批评"伤于多"，一以"剥落枝叶"批评"排比整密"，皆赞赏陶诗摒弃浮华、剥落枝叶的简劲和平淡。在其他文章中，方回也表达了对陶渊明的偏爱，《送喻唯道序》云："五言古陶渊明为根柢，'三谢'尚不满人意。"② 以陶渊明为五言古诗之代表，"三谢"尚不能尽如人意。《跋冯庸居诗》云："诗有韵之文也……汉有建安四子，晋有陶渊明，唐有李、杜、陈、韦、韩、柳，此后世之所谓诗也。予独悲夫近日之诗，组丽浮华，祖李玉溪；偶比浅近，尚许郢州。诗果如是而已乎？"③ 在标举六朝诗人时也仅举出建安四子和陶渊明，忽略颜鲍谢诸人。个中原因，一方面是与宋代时陶渊明得到普遍的重视有关，另一方面则是由于方回欲以陶渊明之格高与淡而有味来扫除永嘉四灵和江湖诗派的卑弱，且力矫江西诗派末流之弊④。综合考察方回对六朝诗人的评价，大抵是以陶渊明居首，建安诸子次之，颜鲍谢诸人又次之。只是颜鲍谢诸人处于古体向近体过渡的关键时期，创作上有不少优秀的作品，且对后世产生较大的影响，故方回不惮辞费，在晚年选评诸人诗歌，开启"选诗"专题研究的先河，且充分展示其诗学见解，与其他著述一道构建其六朝诗学观。

---

① 胡道静：《新校正梦溪笔谈》卷十五，中华书局，1957年，第161页。沈括之后，常有论及该句法者，侯体健对此问题有细致梳理，可参见《试谈唐宋诗文中的"交蹉语次"与"感官优先"——"五石六鹢"句修辞性诗艺的两种解读》，《中国韵文学刊》，2010年第3期。

② 〔元〕方回：《桐江集》卷一，宛委别藏本。

③ 〔元〕方回：《桐江集》卷四，宛委别藏本。

④ 刘飞，赵厚均：《方回崇陶与南宋后期江西诗派的自赎》，《文艺理论研究》，2014年第1期。

《文心雕龙》与《文选》颂、赞二体评选比较

赵亦雅·山东大学儒学高等研究院

颂、赞是我国古代相近的两类文体。本文拟通过《文心雕龙·颂赞》篇与《文选》中所收颂、赞之比较，进一步阐述、辨析刘勰和萧统在文体认识及评选代表作家作品时的特点和异同。本文认为这两种文体凸显了《文心雕龙》和《文选》在成书目的、选篇标准和文学思想上的不同认识，值得我们重视。

一、对"颂"的文体定义

《文心雕龙》和《文选》都谈到了对"颂"这一文体的认识。《文心雕龙·颂赞》篇称"四始之至，颂居其极。颂者，容也，所以美盛德而述形容也"①。《毛诗序》称："颂者，美盛德之形容，以其成功，告于神明者也"，并指出风、小雅、大雅、颂"是谓四始，诗之至也"，孔颖达疏曰："'诗之至'者，诗理至极，尽于此也。"② 可见刘勰对"颂"的解释完全来自《毛诗序》，他认为颂是叙述形容状貌而赞美盛德的，并且他将颂的地位推举于"四始"中的最高地位，体现了对颂这一文体的重视。刘勰还补充说："雅容告神谓之颂""风雅序人，事兼变正，颂主告神，故义必纯美"③，强调了颂的对象是神明，而这一点与叙写人事的风和雅不同。风、雅中有"伤人伦之废，哀刑政之苛"④ 的变风、变雅的部分，而颂的修辞必须是纯美的。刘勰还认为周公所作的《周颂·时迈》是模范的"规式"之作，该诗颂扬周武王的武功和文德，文辞典正淳雅，故而为刘勰所推崇。

萧统在《文选序》中说："颂者，所以游扬德业，褒赞成功。吉甫有'穆若'之

---

① 戚良德：《文心雕龙校注通译》，上海古籍出版社，2008 年，第 96 页。
② 十三经注疏整理委员会整理：《毛诗正义》，北京大学出版社，2000 年，第 21－22 页。
③ 戚良德：《文心雕龙校注通译》，上海古籍出版社，2008 年，第 96 页。
④ 十三经注疏整理委员会整理：《毛诗正义》，北京大学出版社，2002 年，第 17 页。

谈，季子有'至矣'之叹。"① 他指出颂的作用是宣扬美德，赞颂成就的。其中《大雅·烝民》篇称颂仲山甫的美德和政绩，文中有"吉甫作诵，穆如清风"② 之语，而季札在鲁国观《颂》，发出了"至矣哉！……五声和，八风平，节有度，守有序，盛德之所同也"③ 的感叹。而"穆若""至矣"的评价和称许，正是由于颂以称扬"德业""成功"为内容决定的。

可见，在文体定义方面，《文心雕龙》和《文选》都突出强调了颂这一文体"美盛德"的特性。当然，《文心雕龙》对"颂"体释名章义，并系统阐述其发展演变轨迹，所以要比《文选》的叙述更加系统和详备。

二、对历代颂文的评、选

刘勰认为"子云之表充国，孟坚之序戴侯，武仲之美显宗，史岑之述熹后""或拟《清庙》，或范《駉》《那》，虽深浅不同，详略各异，其褒德显容，典章一也"④。这里指出扬雄的《赵充国颂》、班固的《安丰戴侯颂》、傅毅的《显宗颂》、史岑的《和熹邓后颂》或是模拟《周颂·清庙》，或是学习《鲁颂·駉》《商颂·那》，虽然在文辞深浅和详略上有所不同，但是在褒奖美德、彰显形容上是非常一致的，体现了刘勰对这四篇颂文的认可。挚虞《文章流别论》也有相似的评论："昔班固为《安丰戴侯颂》，史岑为《出师颂》《和熹邓后颂》，与《鲁颂》体意相类，而文辞之异，古今之变也。"⑤ 挚虞认为班固的《安丰戴侯颂》、史岑的《出师颂》《和熹邓后颂》三篇颂文在体裁和思想内容上与《鲁颂》类似，不过文辞上有古今的区别。

刘勰对颂的写作要求是"颂惟典懿，辞必清铄；敷写似赋，而不入华侈之区；敬慎如铭，而异乎规戒之域；揄扬以发藻，汪洋以树仪。虽纤巧曲致，与情而变；其大体所弘，如斯而已"⑥。由此可见刘勰认为颂在语言上应当典雅而清丽，叙述类似赋却不过分华丽，庄敬严肃类似铭文却又不同于其劝诫警示的特点。歌颂赞扬而铺陈文采，气势宏大以树立表率。以《赵充国颂》为例，《汉书》载："成帝时，西羌常有警。上思将帅之臣，追美充国，乃召黄门郎杨雄即充国图画而颂之"⑦，在这篇颂文中，扬雄记述了赵充国屯田御边平定西羌的武功，并以周宣王之重臣方叔、召虎作对比，赞扬其对汉代中兴的贡献。文辞典正肃雅，气势威仪庄重，符合刘勰对颂体的要求。

---

① 〔梁〕萧统编，〔唐〕李善注：《文选》（一），上海古籍出版社，1986 年，第 2 页。
② 程俊英：《诗经译注》，上海古籍出版社，2012 年，第 309 页。
③ 〔汉〕司马迁：《史记·吴太伯世家》，中华书局，1987 年，第 1453 页。
④ 戚良德：《文心雕龙校注通译》，上海古籍出版社，2000 年，第 99 页。
⑤ 穆克宏主编：《魏晋南北朝文论全编》，上海远东出版社，2012 年，第 78 页。
⑥ 戚良德：《文心雕龙校注通译》，上海古籍出版社，2000 年，第 101 页。
⑦ 〔汉〕班固：《汉书·赵充国传》，中华书局，1962 年，第 2994 页。

刘勰称许了扬雄等四人的作品，相对照的是他批评了许多篇颂文的写作不合规范。他说："至于班傅之《北征》《西巡》，变为序引，岂不褒过而谬体哉！"① 他认为班固的《车骑将军窦北征颂》和傅毅的《西征颂》成了"序引"一类的文体，傅毅《西征颂》现存残句，班固的颂文尚可见，其中传统的"颂"体部分只有最后的"疊疊将军，克广德心。光光神武，弘昭德音。超兮首天潜，眇兮与神参"② 六句。全文首先赞美窦宪的德才，接着长篇铺叙他率军出征和破敌制胜的战争过程，句式上三、四、五、六字句交错使用，具有赋的风貌。对比刘勰称许的《赵充国颂》，可以发现它们在文体特征上的差异是显著的，所以刘勰称之为"谬体"。

刘勰还批评"马融之《广成》《上林》，雅而似赋，何弄文而失质乎"，"雅而似赋"③一句，《文心雕龙译注》称，"雅是'风、雅、颂'的雅，这里指有'雅'的用意、内容"④，再具体一些来说，就是指讽谏，与扬雄指出"靡丽之赋""曲终而奏雅"⑤ 之"雅"用意相同。结合《广成颂》的写作背景来看，"是时邓太后临朝，骘兄弟辅政。而俗儒世士，以为文德可兴，武功宜废，遂寝搜狩之礼，息战陈之法，故猾贼从横，乘此无备。融乃感激，以为文武之道，圣贤不坠，五才之用，无或可废。元初二年，上《广成颂》以讽谏"⑥。《上林颂》的写作背景是"议郎马融，以永兴中，帝猎广成，融从。是时北州遭水潦、蝗虫"，所以"撰《上林颂》以讽"⑦。马融两篇颂文是针对"息战陈之法，故猾贼从横""北州遭水潦、蝗虫"的社会现实讽谏而作，《上林颂》今已不存，《广成颂》行文全为赋体，刘勰称其"似赋"是符合事实的，所谓"弄文而失质"就是指责其卖弄文辞而失去了颂的特点。刘勰又称"崔瑗《文学》，蔡邕《樊渠》，并致美于序，而简约乎篇"⑧，指出崔瑗的《南阳文学颂》和蔡邕的《京兆樊惠渠颂》，都在序文上颇为用力，而颂本身的篇幅就相对短小了。

《文选》共收录五篇颂文，其中包括王褒《圣主得贤臣颂》、史岑《出师颂》、刘伶《酒德颂》、陆机《汉高祖功臣颂》及刘勰称许的《赵充国颂》。其中史岑的《出师颂》在立意和写法上与《赵充国颂》类似，褒扬邓骘"允文允武，明《诗》悦《礼》。宪章百揆，为世作楷"⑨ 的德行，用助周宣王伐猃狁的尹吉甫比喻邓骘的功勋，称颂了他平定羌人叛乱的功绩。全文气势威仪，用语典懿。清代何焯曾对该篇主

① 戚良德：《文心雕龙校注通译》，上海古籍出版社，2008 年，第 100 页。
② 〔清〕严可均辑，陈延嘉等校点主编：《全上古三代秦汉三国六朝文》（二），河北教育出版社，1997 年，第 252 页。
③ 戚良德：《文心雕龙校注通译》，上海古籍出版社，2008 年，第 100 页。
④ 陆侃如，牟世金：《文心雕龙译注》，齐鲁书社，2009 年，第 176 页。
⑤ 〔汉〕司马迁：《史记·司马相如列传》，中华书局，1987 年，第 3073 页。
⑥ 〔南朝宋〕范晔：《后汉书·马融传》，中华书局，1965 年，第 1954 页。
⑦ 穆克宏主编：《魏晋南北朝文论全编》，江苏教育出版社，1996 年，第 13 页。
⑧ 戚良德：《文心雕龙校注通译》，上海古籍出版社，2008 年，第 100 页。
⑨ 〔清〕严可均辑，陈延嘉等校点主编：《全上古三代秦汉三国六朝文》（二），河北教育出版社，1997 年，第 475 页。

旨提出异议，认为"文虽曰颂，其实刺也"①，考《汉书》所载，邓骘此次出征的结果是汉军大败，然而"朝廷以太后故，遣五官中郎将迎拜骘为大将军。军到河南，使大鸿胪亲迎，中常侍赍牛酒郊劳，王、主以下候望于道。既至，大会群臣，赐束帛乘马，宠灵显赫，光震都鄙"②。邓骘此役虽为败仗却"以太后故"获封，相比较《赵充国颂》中对具体战略描写，本篇颂文的内容就显得笼统一些。不过，被颂之人的实际功绩与颂文是否意在讽刺是两回事，不应一概论之。为帝王及名臣武将歌功颂德不只是一种个人行为，还往往是一种政治行为。前文曾提及挚虞《文章流别论》称"史岑为《出师颂》……与《鲁颂》体意相类"③，《文选》也将其与《赵充国颂》同收，说明至少挚虞、萧统都没有对此文歌颂的意图有所质疑。

从以上《文心雕龙》对部分颂文的批评来看，除了《赵充国颂》和《出师颂》外，《文选》中剩余的三篇颂文都是刘勰不认可的。首先是《圣主得贤臣颂》，此文以颂名篇而实为论说文，王褒以丰富的历史典故和巧妙的比喻说明"圣主必待贤臣而弘功业，俊士亦俟明主以显其德"④的道理，虽然行文庄重，说理清晰而富有文采，但是与《诗经·周颂》在文体风貌上相去甚远。

刘伶的《酒德颂》也与传统颂文有别，刘伶本身是一个放浪形骸之人，《世说新语》载其因为"泰始初对策，盛言无为之化"⑤而被罢官。在此文中，刘伶通过描写"大人先生"饮酒的态度表达了对礼法名教的嘲弄，表现了自己不与"搢绅处士"同流的情怀。其文称：

> 先生于是方捧罂承槽，衔杯漱醪。奋髯踑踞，枕曲藉糟。无思无虑，其乐陶陶。兀然而醉，豁尔而醒。静听不闻雷霆之声，熟视不睹泰山之形。不觉寒暑之切肌，利欲之感情。俯观万物，扰扰焉若江汉之载浮萍。⑥

这段文字细致刻画了"大人先生"的形象，这是一个捧着酒碗频频举杯、抖着胡子分腿而坐、卧在酒糟之上又快乐阔达、超脱世俗荣利的形象。该篇被誉为"撮庄生之旨，为有韵之文，仍不失潇洒自如之趣，真逸才也"⑦"真阔大，真风流，拂落俗尘三斗许矣"⑧。同王褒《圣主得贤臣颂》一样，该文也是名为颂而实际与《诗经》之颂文完全不同，"大人先生"的形象既谈不上"美盛德之形容"，其潇洒恣肆的语言更非"典懿""敬慎"，与刘勰所提出的颂的写作要求相去甚远。

《文选》所收陆机《汉高祖功臣颂》叙写赞扬了刘邦三十一名臣下，典故丰富而重点突出，文辞宏阔富丽，体现了高超的写作水平。陆机在《文赋》中称"颂优游

① 〔清〕何焯：《义门读书记》，中华书局，1987年，第964页。
② 〔南朝宋〕范晔：《后汉书·邓寇列传》，中华书局，1973年，第614页。
③ 穆克宏主编：《魏晋南北朝文论全编》，江苏教育出版社，1996年，第78页。
④ 〔梁〕萧统编，〔唐〕李善注：《文选》（五），上海古籍出版社，1986年，第2093页。
⑤ 〔唐〕房玄龄：《晋书·刘伶传》，中华书局，1974年，第1376页。
⑥ 〔梁〕萧统编，〔唐〕李善注：《文选》（五），第2099页。
⑦ 〔清〕何焯：《义门读书记》，中华书局，1987年，第964页。
⑧ 〔清〕王符曾辑评，杨扬标校：《古文小品咀华》，书目文献出版社，1983年，第156页。

以彬蔚"，谓颂应当盛大而富于文采，他的这篇颂文确实做到了。不过即使如此，但也被刘勰指出是"讹体"，刘勰说："陆机积篇，惟《功臣》最显。其褒贬杂居，固末代之讹体也。"①"讹"为奇怪、怪诞之意，刘勰一方面说陆机的《汉高祖功臣颂》乃其颂文之首，另一方面指出它褒贬兼杂，是颂文发展到后世的变体了。该颂文评价韩信等人"谋之不臧，舍福取祸"，总结卢绾"人之贪祸，宁为乱亡"的教训都为贬意②，显然不是"美盛德"了。

从前文来看，刘勰明确指出"哲人之颂，规式存焉"，他推崇摹仿《诗经》古颂的颂文，认为在后世发展过程中，那些"雅而似赋""致美于序，而简约乎篇""褒贬杂居"的颂文都是"谬体""讹体"，是"出辙"③ 的行为。相较之下，《文选》所收五篇颂文中只有《赵充国颂》和《出师颂》两篇是师法《诗经》之作，另外三篇在立意和体制上都与古颂文不同，不符合刘勰对待颂文的文体要求，这是值得注意的。从《文选》所收录的颂文来看，虽然萧统在《序》中也指出"颂者，所以游扬德业，褒赞成功"，但他在篇目的选择上是有更大的包容性。陆侃如、牟世金先生指出"刘勰过分拘守其本意，因而对待汉魏以后发展演变了的作品，就流露出较为保守的观点"④。相较于《文选》颂文的选篇，这一说法是符合实际的。

需要指出的是，刘勰的这种保守与他的著书目的有关。刘勰多次在《文心雕龙》中提起文体的讹变问题，《通变》篇评论历代诗歌发展变化时认为"宋初讹而新"⑤，《定势》篇称："近代辞人，率好诡巧。原其为体，讹势所变；厌黩旧式，故穿凿取新。"⑥ 刘勰认为近代的作家追求奇巧，常常违背文体规范而一味创新。在《序志》篇，刘勰对当时的文风状况有一个概括性的描述，"去圣久远，文体解散。辞人爱奇，言贵浮诡；饰羽尚画，文绣鞶帨：离本弥甚，将遂讹滥"⑦。这涉及三方面：文体解散，言辞浮诡，与经典作品的差距越来越大。面对当时文士在文章写作时"多略汉篇，师范宋集：虽古今备阅，然近附而远疏"⑧ 的情况，刘勰具有匡乱反正的主动意识，他征圣宗经以确立文的典范，梳理文体历史以确立文体标准，所以在对历代作品"选文以定篇"的时候，常常从是否符合文体规范着眼。

而《文选》的选篇标准则一般被认为是尚雅重文。萧统的文学理想在《答湘东王求文集及〈诗苑英华〉书》中有较为明确的说明，他说："夫文典则累野，丽亦伤浮；能丽而不浮，典而不野，文质彬彬，有君子之致，吾尝欲为之，但恨未遒耳。"⑨

① 戚良德：《文心雕龙校注通译》，上海古籍出版社，2008 年，第 101 页。
② 〔梁〕萧统编，〔唐〕李善注：《文选》（五），上海古籍出版社，1986 年，第 2106 – 2107 页。
③ 《文心雕龙·颂赞》云："及魏晋杂颂，鲜有出辙。"
④ 陆侃如，牟世金：《文心雕龙译注》，齐鲁书社，2009 年，第 172 页。
⑤ 戚良德：《文心雕龙校注通译》，上海古籍出版社，2008 年，第 348 页。
⑥ 戚良德：《文心雕龙校注通译》，上海古籍出版社，2008 年，第 360 页。
⑦ 戚良德：《文心雕龙校注通译》，上海古籍出版社，2008 年，第 566 页。
⑧ 戚良德：《文心雕龙校注通译》，上海古籍出版社，2008 年，第 349 页。
⑨ 穆克宏主编：《魏晋南北朝文论全编》，江苏教育出版社，1996 年，第 456 页。

他表示"丽而不浮，典而不野"才是文质彬彬之作，文字太过质朴而不美固然是粗鄙，而只有外表华丽而不注重作品内在也会流于浮靡，这里可见萧统讲求文辞典正与华丽的和谐。他在《答玄圃园讲颂启令》还提出"得书并所制《讲颂》，首尾可观，殊成佳作。辞典文艳，既温且雅"①，可见他既讲文辞的"艳"，也强调文意的"温""雅"。由此，《文心雕龙》与《文选》在颂文评、选上的差异性就容易理解了。

三、"赞"的起源与历代赞文

对于"赞"体的起源，《文选序》称，"图像则赞兴"②，吕延济说："若有德者，后世图画其形，为文以赞美也"③，萧统认为赞体的起源与为称扬贤者而画像有关。李充在《翰林论》中也表达了类似观点，"容象图而赞立"④。可见在赞体起源的问题上，萧统与李充观点相同。

《颂赞》篇中刘勰则认为"赞者，明也，助也。昔虞舜之祀，乐正重赞，盖唱发之辞也"⑤。他认为赞是说明、辅助之意。上古虞舜时期的祭祀，赞作为歌唱之前的说明，受到了乐官的重视。刘勰指出"益赞于禹，伊陟赞于巫咸"的赞辞特点是"飏言以明事，嗟叹以助辞"⑥，即用鲜明的语言说明事理，加强语气以辅助言辞。这里可以看出刘勰认为赞体可以追溯到虞舜的时代，且与祭祀有着密切联系。据今人张立兵先生考证，"赞起源于上古风俗及礼制仪式中用来辅助行礼的赞词"，"与颂的起源相近，俱起源于仪式活动。但颂最初专用于宗庙祭祀等仪式，而赞广泛用于各种礼仪场合，尤其婚礼中的赞沿用至今；颂的对象最初为神灵或先王，而赞的对象一般为仪式中的行礼者或受礼者，颂最初的功能主要为颂先人功勋、强调等级、祈福等，而赞最初的功能为仪式导引，后用来赞美德行"⑦。在赞的起源问题上，萧统与挚虞相同而与刘勰不同，《文选序》中"图像则赞兴"的说法是不够准确的，画赞仅是赞文的一个分支，而非其源头。

《文选》所收的两篇赞文都是晋代作品，其一是夏侯湛的《东方朔画赞》，该文赞颂了东方朔"雄节迈伦，高气盖世""出不休显，贱不忧戚"的高尚人格，表现了作者的钦仰，感情真挚而用语简洁。赞文共四十八句，篇幅较长，刘师培称之"篇幅增恢，为前代所无"⑧。其二是袁弘的《三国名臣序赞》，抒写了他对二十位三国名臣品德和功业的颂赞，同时表达了"古之君子不患弘道难"而患"遇君难"的认识

① 曹旭等选注：《齐梁萧氏诗文选注》，上海古籍出版社，2015年，第281页。
② 〔梁〕萧统编，〔唐〕李善注：《文选》（一），上海古籍出版社，1986年，第2页。
③ 〔梁〕萧统编，〔唐〕李善注：《六臣注文选》，中华书局，1987年，第3页。
④ 穆克宏主编：《魏晋南北朝文论全编》，上海古籍出版社，1996年，第91页。
⑤ 戚良德：《文心雕龙校注通译》，上海古籍出版社，2008年，第102页。
⑥ 戚良德：《文心雕龙校注通译》，上海古籍出版社，2008年，第102页。
⑦ 张立兵：《赞的源流初探》，《文学遗产》，2008年第5期。
⑧ 刘师培：《中国中古文学史讲义》，凤凰出版社，2011年，第228页。

和感慨。赞文共 256 句，堪称鸿篇巨制。该篇名为赞，却在体制上与陆机《高祖功臣颂》没有明显区别。

刘勰总结赞体的写作特点时说："古来篇幅，促而不旷。必结言于四字之句，盘桓乎数韵之辞；约举以尽情，昭灼以送文。此其体也。"[1] 他指出赞辞自古以来篇幅较为短小，一般为四字句式，数韵而已，简要地阐述内容，清楚地写成文辞。然而从袁弘《三国名臣序赞》来看，刘勰所说的赞文"促而不旷"的特点已经不明显了。东汉刘熙《释名》云："称人之美曰赞。赞，纂也，纂集其美而叙之也。"[2] 魏桓范曰："夫赞象之所作，所以昭述勋德，思咏政惠，此盖《诗颂》之末流矣。"[3] 可见时人对"赞"这一文体的认识已近乎"颂"。刘师培先生说："三国之时，颂赞虽已混淆，然尚以篇之长短分之。大抵自八句以迄十六句者为赞，长篇者为颂，其体之区别，至为谨严……及西晋以后，此界域遂泯。"[4]《文选》所收《三国名臣序赞》正是表明晋代以来颂、赞趋同的典例。

四、对"史述赞"的不同态度

司马迁和班固分别在《史记·太史公自序》和《汉书·叙传》的文末对书中各篇进行总结评论，如：

> 秦失其道，豪桀并扰；项梁业之，子羽接之；杀庆救赵，诸侯立之；诛婴背怀，天下非之。作项羽本纪第七。[5]

> 孝景莅政，诸侯方命，克伐七国，王室以定。匪怠匪荒，务在农桑，著于甲令，民用宁康。述景纪第五。[6]

对此，刘勰称之为"及史班因书，托赞褒贬，约文以总录，颂体而论词"[7]，谓司马迁和班固以赞辞进行褒贬，用简要的文辞加以总结，用颂的形式进行评论。从上述两例来看，刘勰所说的"约文""总录""颂体""论词"这几个关键词可谓十分准确地指出了其特点。范晔的《后汉书》首次将《汉书》纪、传末尾发表评论的"赞曰"[8] 用以四言有韵的形式，如：

> 赞曰：元侯渊谟，乃作司徒。明启帝略，肇定秦都。勋成智隐，静其如愚。子翼守温，萧公是埒。系兵转食，以集鸿烈。诛文屈贾，有刚有折。（《后汉书·

---

① 戚良德：《文心雕龙校注通译》，上海古籍出版社，2008 年，第 104 页。
② 〔汉〕刘熙：《释名》，中华书局，1985 年，第 101 页。
③ 穆克宏主编：《魏晋南北朝文论全编》，江苏教育出版社，1996 年，第 26 页。
④ 刘师培：《中国中古文学史讲义》，中国人民大学出版社，2004 年，第 228 页。
⑤ 〔汉〕司马迁：《史记·太史公自序》，中华书局，1987 年，第 2302 页。
⑥ 〔汉〕班固：《汉书·叙传》，中华书局，1962 年，第 4237 页。
⑦ 戚良德：《文心雕龙校注通译》，上海古籍出版社，2008 年，第 102 页。
⑧ 《史记》《汉书》中纪、传等篇末的"太史公曰""赞曰"，实为史论，多为散体。

邓寇列传》)①

《后汉书》的赞文运思精严，语言宏丽，范晔本人也非常自得，称："赞自是吾文之杰思，殆无一字空设，奇变不穷，同合异体，乃自不知所以称之。"② 他这里所说的"同合异体"，正是将史论和赞体结合起来而说的。

对于以上这部分内容，《文选》独列"史述赞"一类，收录了《汉书》中的《述高祖纪赞》《述成纪赞》《述韩彭英卢吴传赞》及《后汉书》的《光武纪赞》。这四篇赞文均总结并颂赞传主的丰功伟绩，篇幅相对短小，善于突出典型事例，在用韵上或灵活换韵，或一韵到底。以《述成纪赞》为例：

　　孝成皇皇，临朝有光。威仪之盛，如圭如璋。

　　闳阉恣赵，朝政在王。炎炎燎火，亦允不阳。③

该文共四言八句，一韵到底，以极其简洁的语言概述了汉成帝的功绩和过失，前四句赞颂成帝政事处理得当和容仪之盛，后四句则指出了其在位时独宠赵氏姐妹及王姓外戚家族擅权这两大问题。文辞既具有刘勰所说赞文"必结言于四字之句，盘桓乎数韵之辞；约举以尽情，昭灼以送文"的特点，也体现出了《汉书》典雅的语言风貌。

萧统在《文选序》中明确指出意在"褒贬是非，纪别同异"的史书不被选录，然而又说，"若其赞论之综缉辞采，序述之错比文华，事出于深思，义归乎翰藻，故与夫篇什杂而集之"④，声明史书中部分赞论构思深刻，辞藻华美，故而入选。相较于《史记》"文直""辨而不华，质而不俚"⑤ 的语言风格，《汉书》的赞文善于概括且文辞典正，故而入选三篇赞文，体现了《文选》对"翰藻"的重视。

《文选》单独列"史述赞"一体，这与刘勰的观点明显不同。刘勰说："史班因书，托赞褒贬……仲洽《流别》，谬称为'述'，失之远矣。"⑥ 挚虞在《文章流别论》中的评论已不可知，但可以参考颜师古所说："史迁则云为某事作某本纪、某列传。班固谦，不言（作）而改言述，盖避作者之谓圣，而取述者之谓明也。但后之学者不晓此为《汉书》叙目，见有述字，因谓此文追述《汉书》之事，乃呼为'汉书述'，失之远矣。挚虞尚有此惑，其余曷足怪乎！"⑦ 从颜师古的这段议论可以看出，许多人把《汉书·叙传》里的赞辞称为"汉书述"，挚虞就是其中的代表。显然刘勰是不同意这种"汉书述"的叫法，他明确写了这是"托赞褒贬"。所以《文心雕龙》所论赞文包括《文选》中的"赞""史述赞"这两类的，而《文选》中独列"史述赞"的类名说明《文选》虽认可其为赞文，却又仍然使用了"汉书述"称呼，

---

① 〔南朝宋〕范晔：《后汉书·邓寇列传》，中华书局，1965 年，第 633 页。

② 穆克宏主编：《魏晋南北朝文论全编》，江苏教育出版社，1996 年，第 162 页。

③ 〔梁〕萧统编，〔唐〕李善注：《文选》（五），上海古籍出版社，1986 年，第 3227 页。

④ 〔梁〕萧统编，〔唐〕李善注：《文选》（一），上海古籍出版社，1986 年，第 2 页。

⑤ 〔汉〕班固：《汉书·司马迁传》，中华书局，1962 年，第 2738 页。

⑥ 戚良德：《文心雕龙校注通译》，上海古籍出版社，2008 年，第 102 页。

⑦ 〔汉〕班固撰，〔唐〕颜师古注：《汉书·叙传》，中华书局，1962 年，第 4236 页。

这显示了《文选》文体分类观念上与挚虞相同而与《文心雕龙》不同。

本文认为萧统将"史述赞"单列一体，置于"史论"体而非"赞"体之后，体现了萧统将文（"篇什"）与史进行区分的鲜明态度，同时反映出他与刘勰不同的文学观念。罗宗强先生对刘勰的文学观念进行总结时说："刘勰是从大文化的背景上着眼，来论述文体和文术的，他的'文'的概念，实际上包含了广义和狭义的多层意思。自广义言之，他所说的'文'，是指一切事物的文采"，而《文心雕龙》狭义的"文""既包括文学，也包括非文学（如哲学、史学、科技方面的文章，以至包括一切应用文）。这是传统的'文'的概念，与其时讨论的文、笔之分所反映的文学与非文学分开的趋势异趣……它是一种观念的回归。这个传统的文的概念，是一个泛文学或者说杂文学的概念，而不是纯文学的概念。"[①] 戚良德先生指出：刘勰讲的文，主要是讲文章，而这个"文章"是"形诸书面的所有'文字'，也就是章太炎所谓'以有文字着于竹帛，故谓之文'"[②]。与《文心雕龙》对"文"的认识相异，萧统在《文选序》中明确表达了他不收经、史、子，他认为经书是"孝敬之准式，人伦之师友"，不能"重以芟夷，加之剪截"，子书"以立意为宗，不以能文为本"，史书"褒贬是非，纪别异同，方之篇翰，亦已不同"[③]。显然萧统的观点体现了罗先生所说的"文学与非文学分开的趋势"，这与刘勰的泛文学观点是不同的。

综上所述，在文体定义方面，《文心雕龙》和《文选》都突出强调了颂这一文体"美盛德"的特性；刘勰推崇摹仿《诗经》古颂的颂文，而《文选》所收五篇颂文中有三篇在立意和体制上都与古颂文相异，与刘勰对颂文的文体要求不同。在赞的起源问题上，萧统与挚虞相同而与刘勰不同，《文选》单独列"史述赞"一类，而《文心雕龙》所论赞文包括了《文选》中的"赞"和"史述赞"两类，显示了《文选》文体分类观念上与《文心雕龙》不同，从而反映出萧统与刘勰不同的文学观念。从颂、赞这两类文体来看，二书在著书目的和文学观念上显示出的差异值得我们重视。

---

① 罗宗强：《魏晋南北朝文学思想史》，中华书局，1996 年，第 195 页。
② 戚良德：《〈文心雕龙〉与当代文艺学》，中央编译出版社，2012 年，第 33 页。
③ 〔梁〕萧统编，〔唐〕李善注：《文选》（一），上海古籍出版社，1986 年，第 2 页。

晚明几社《壬申文选》与南朝梁《昭明文选》

朱丽霞·上海交通大学人文学院

由于汇集了南朝梁以前的文学精华，《昭明文选》（以下简称《文选》）自从问世以来，即成为中国古代诗文的经典和骈文的象征。《昭明文选》收入东周到南朝梁约八百余年的诗文751篇，分为37类，有辞赋、诗歌、各体文章，"精者斯采，萃而成编"①，是我国现存最早、影响最深广的一部总集。《文选》编成后，由于其内容丰富，选录精审，长期以来都受到文坛的高度重视，流行广泛，成为人们学习汉魏六朝文学、骈文的范本，以至于形成"选学"。晚明崇祯初年的《壬申文选》即云间几社"仿《昭明文选》体"②的唱和结集，共选入几社文士11人的诗文947篇，分为37类，依《文选》体例，亦分辞赋、诗歌、各体文章等，反映了明季末年文坛创作的新走向，并直接引领了清代骈文的中兴。

一、时代学术氛围

二选皆产生于学术思想十分活跃的历史时期。东晋南渡后，北方文学之士随皇室南下，天下才俊汇集江南，文学蔚为一时之盛。一方面，文学创作十分活跃，《南史·文学传序》云："自中原沸腾，五马南渡，缀文之士，无乏于时。降及梁朝，其流弥甚，盖由时主儒雅，笃好文章，故才秀之士，焕乎俱集。"另一方面，逐渐出现了华而不实的创作趋向，以至于宫体诗应运而生。在文坛群趋华靡的背景下，萧统主编《文选》，黜浮靡而崇朴实，力还风雅。骆鸿凯《文选学》云："盖自江左文辞，稍崇华赡，下逮齐梁，骈丽之习成，声病之学盛，取青媲白，镂叶雕花，日趋于纤艳，而古初浑朴之意尽失。昭明芟次七代，芸萃群言，择其文之尤典雅者，勒为一书，用以切劀时趋，标指先正，迹其所录，高文典册十之七，清辞秀句十之五，纤靡之音，百不得一，以故班张、潘陆、颜谢之文，班班在列，而齐梁有名文士若吴均、

① 胡仔：《苕溪渔隐丛话》前集卷九，《四库全书》本。
② 杜登春：《社事始末》，《昭代丛书》本。

柳恽之流，概从刊落。"①

　　《壬申文选》产生于明代晚季。当时有几个特点值得注意国难当前，"内忧外患，几无代无之，而于明季为最烈"②。以文救国，成为此际文运的当务之急。云间派主张学问与事功合一，以"救国家之难"。夏允彝著《富强要览》、宋征璧著《左氏兵法测要》，以经世自命。文章关乎治乱成为不必论证的时代主题。明清之际，文坛被"纤诡幽渺"的竟陵文风所统摄，但其"幽情单绪"的审美风格已不合时宜，晚明文运"日趋日沉"，朱彝尊诋之为"亡国之音"，钱谦益称之为"文妖"，姚希孟甚至诋之为"骈枝"。"文章之不尊，未有甚于此日者。"③ 在诗道尽衰之后，人们努力探索新的文学路径。云间文士率先"变当时虫鸟之音，而易以钟吕"，试图力挽文运之既倒。帝王的提倡，崇祯之季，朝野的危机使得朝廷不得不重视文以载道的学术修养。因此，皇帝亲下诏书，要求选拔文学品德优秀之士入朝。诏书到郡县，深山白发之老闻而动色，唏嘘泣下，恨生非其时。当诏书传之云间，"诸子异甚，凡诏书之言，皆其所素为咐"，朝廷的警觉与云间文士的文学意识不谋而合。于是，姚希孟《几社壬申合稿序》："近有云间六七君子，心古人之心，学古人之学，纠集同好，约法三章，月有社，社有课。仿梁园邺下之集，按兰亭金谷之规。进而受简，则勇兢倍于师中；聚而献规，又讥弹严于柱后。此二百年来所创见也。"④ 云间派群起唱和的声势成为"二百年来所未见"之局面，在审美范式和创作标准方面均对竟陵文风构成反拨。

　　由此，《文选》与《壬申文选》之选，乃是希望借此经典作为对当日文坛流风颓靡的矫正。

二、选文动机：示人以路径

　　《文选》旨在"切劘时趋，标指先正"⑤（第二章《义例》），为后学者提供诗文写作的典范。而是选问世后，"后进英髦，咸资准的"。可知，《文选》的编纂，是当时文士进行诗文创作的需要。因此，唐代即有"《文选》烂，秀才半"之说。《文选》化为文士进取功名的捷径。至明季，《文选》又成为云间几社用以切摩时艺的范本。《壬申文选》结集的直接动机在于反驳竟陵派的幽情单绪和庸沓俚秽，由此，他们倡导"雅正""以力还大雅为己任"，遵循"事出于沉思，义归乎翰藻"的《文选》选文标准，大量创作抒怀和骋才相兼的骈体诗文。他们认为，"骈体"作为一种文体可以综合地展示作者的才华，而在文运衰歇的明季，"能继大雅，修微言，绍明古绪，

　　① 骆鸿凯：《文选学》，中华书局，1936 年，第 32 页。
　　② 郑振铎：《劫中得书续记》，生活·读书·新知三联书店，1983 年。
　　③ 姚希孟：《几社壬申合稿序》，《四库全书存目丛书·集 34》，齐鲁书社，1997 年。
　　④ 姚希孟：《几社壬申合稿序》，《四库全书存目丛书·集 34》，齐鲁书社，1997 年。
　　⑤ 骆鸿凯：《文选学》，中华书局，1936 年，第 32 页。

意在斯乎！"①

　　自唐以后，科举不复以诗取士，士习制举艺者，率以诗为外篇。尤其到明代，以八股定科第，时文不仅决定着士子个人的前途命运，而且直接关涉家族的声望和昌盛。因此，制艺成为文士投入精力最多的事业。明末，由于文学思潮的自由和开放，才学之士有广阔的空间可以任意驰骋，于是，八股文走向辞采以利科举。"云间徐思旷名重海内，所为制举业作，多士津梁。"人们将徐子的时文视如珍宝，即在于其可以指示仕进的终南捷径。云间几社的结社首要目的就是科举考试，因此，他们除对本朝诗、文进行择优筛选外，也依据经典的标准进行创作，并将所作诗文结集为《壬申文选》（又名《几社壬申合稿》）。《壬申文选》旨在研摩时艺，以便科举。由此，骈文便成为云间研摩的主要文体。较之于枯燥的说理文，骈文不仅"气韵天成""气骨足以载华辞"，而且在日常生活中，上自朝廷命令、诏册，下而缙绅之间笺书、祝疏，无所不用。由于骈文重用典，讲对偶与声调和谐，自然将文章、考据、音韵融为一体，而这一功能则是其他任何文体所难以承担的。云间派自视为文学传统的传播者，因此，他们选择骈文作为对抗竟陵派的剑柄。

　　几社文士认为，古代经典诗文《文选》已经包罗赅尽，由此，他们仿照经典的标准进行创作，意欲使自己加入经典之行列，垂名于史。因而，《壬申文选》与《文选》无论是所选文体，还是作品数量，都体现了极大的一致性。首先，《昭明文选》与《壬申文选》所选文体和篇目等同。二《选》所选均为各类文体的精华之作，几乎《文选》中的所有文体，《壬申文选》都做出相应的"拟"文与"和"文。如《壬申文选》中夏允彝《太湖赋》、陈子龙《秋望赋》、彭宾《幽草赋》，周立勋《海棠赋》等即"拟"司马相如《子虚赋》、王粲《登楼赋》、江淹《恨赋》等。诗体中，古诗《悲哉行》，《壬申文选》有陈子龙、周立勋、徐孚远、宋存标、夏允彝、王元玄共九人同和。《君子行》一文，《壬申文选》有周立勋、陈子龙、彭宾、李雯、朱灏、宋存标、宋存楠共六人同和。

　　尚雅的选文标准。"事出于沉思，义归乎翰藻。"以美感的尺度决定去取，是为《文选》的选文标准，因此，不选经、史、子之书。而《壬申文选》选文亦完全依据于此。《文选》"荟萃群言，择其文之尤典雅者勒为一书"（第二章《义例》）。"迹其所录，高文典册十之七，清辞秀句十之五，纤靡之音，百不得一……崇雅剧浮，昭然可见。第二章《义例》）。《壬申文选》结集的目的即在于倡导"雅正。几社文士认王元长《三月三日曲水诗序》、颜延年《三月三日曲水诗序》，云间则有《上巳宴集诗序》。张茂先《女史箴》，云间则有朱灏、宋存标各一篇《续女史箴箴》。陆士衡《汉高祖功臣颂》，云间则有《皇明同姓诸侯王年表叙》，陈子龙等云间诸子各作一篇。他们以"力还大雅为己任"，云间派的艺术追求完美契合了儒学诗教典范《诗经》的风雅道统。他们认为，宣美教化，扶进治术，倡导性情，疏解郁闷，是以忠孝之旨，

①〔明〕陈子龙：《七录斋集序》，《陈忠裕公全集》卷七，华东师范大学出版社，1988 年。

温厚之思，莫尚于《诗》。而"忠直如灵均，旷览如蒙庄，秉直如丘明，负气如迁"之文能够鼓荡人心。因此，云间的复古返雅已经突破了传统意义上的专宗秦汉、唐宋的审美层面。而是凡符合经世致用的文学之旨的古典文章，只要能够"经世"者均值得借鉴。由此，张溥在《几杜壬申合稿序》中论云间取径云：大都赋本相如，骚原屈子，乐府古歌由汉魏，五七律断由三唐，赞序班范，诔铭张蔡，论学韩愈，记仿宗元，至时事着策经义敷说，另为一书。""至于齐梁之赡篇，中晚之新构，偶有间出，无妨斐然。若晚宋之庸沓，近日之俚秽，大雅不道，吾知免矣。"云间派之所以追踪秦汉，实则是追踪秦汉赋文的大气磅礴，而对于宋明理学酸腐文章则一律排弃。陈子龙《皇明诗选序》有言："弘治以后，俶傥瑰伟之才，间出继起，莫不以风雅自任，考钟伐鼓，以振竦天下。而博依之士，如聚沙而雨之，作者斐然矣……近世以来，浅陋靡薄，浸淫于衰乱矣！"李雯《皇明诗选序》亦云："弘、正之间，北地、信阳起而扫荒芜，追正始，其于风人之旨……一时并兴之彦，蜚声腾实……又三四十年，然后济南、娄东出，而通两家之邮，息异同之论……自是而后，雅音渐远，曼声并作，公安竟陵诸家，又实之以萧艾蓬篱焉。"云间派的创作动机首先是反驳竟陵派的庸沓和俚秽，而回归"大雅"。所以，陈子龙"文以范古为美"的创作标准不仅是一种理性倡导，而且是一种创作原则。其《几社壬申合稿·凡例》是一篇极富情采的经典骈文："文史骚赋，异轨分镳；临邛龙门，未兼两制。自兹以后，备体为难，典则之篇，尤穷时日。何得借口壮夫，呵为小道……魏武弋八弘之秀于同堂，昭明聚千载之英为一集，才难之叹，岂独当今！若时俶其年，人止一郡，虽制作之美，有逊前贤。而篇什之多，或堪兢爽矣。长卿垂死，犹留封禅之书；子厚远迁，更上咏歌之表。岂皆阿世，亦以颂德。若固公《宾远》之篇，蹈杨烈祖；伟男《南巡》之赋，夸耀先朝。子龙以生长江南，则作《吴问》以诫司隶；薄游燕邸，则赋《东郊》以告秩宗。虽竭其虑思，莫称万一，而无益对朝。尤难自默也。"陈子龙深信，当今即"魏武弋八弘之秀于同堂，昭明聚千载之英为一集"的群英毕聚的时代，时代赋予"今人"以驰骋才华的机会，于是，他们毕集一堂，写诗吟咏，"赋本相如，骚原屈子"。

"二选"几乎所选的所有文体都符合儒家温柔敦厚之旨，重在儒家的政治教化。其所选赋，重京都、郊祀、耕借、政猎等，都与帝王活动有关，除歌颂帝王功业伟迹外，也带有曲终奏雅的讽谏之意。如《文选》中班固《两都赋序》，称汉赋"或以抒下情而通讽谕，或以宣上德而尽忠孝""抑亦雅颂之亚也"。而所选楚骚也多心系君国。《壬申文选》中，徐孚远《文皇帝宾远赋并序》、顾开雍《武皇南征赋并序》、陈子龙《皇帝东郊赋并序》，诗歌则多述德、劝励等，亦在宣扬忠孝。论说文，史述、史论、赞等，多与国家大事、高级官员相关，如《文选》中的《过秦论》《六代论》中赋中的游览、哀伤等作，诗中的招隐、游览、赠答、行旅等作，以及各体的笺、书、吊文等作。这类作品的总体特征与《文心雕龙·明诗》所表述的"并怜风月，狎池苑，述恩荣，叙酣宴，慷慨以任气，磊落以使才"相近。

固然，"二选"均重视文采，"赞论之综辑辞采，序述之错比文华，事出于沉思，义归乎翰藻，故与夫篇什，杂而集之"。所选文辞，既重视内容的儒学教化，又重视语言的文采辞藻。由此，当事人责备几社诸子"文辞太盛""疑与儒者不合"之时，为《壬申文选》作《序》的复社领袖张溥予以反驳曰"俨然则六经非圣人作乎！"委巷之言，君子所鄙，言又行远，国家赖之。且其人孝于而亲、忠于而君。即不闻犹传，又有文焉"。

由于云间派的创作努力，《壬申文选》清扫了晚明诗坛"天下群趋于竟陵"的衰飒之气，公安、竟陵幽深孤峭的文风终于被温柔敦厚的汉魏古风所取代，公安竟陵终于化为"萧艾蓬蒿"。《壬申文选》问世未久，"海内争传，古学复兴"。他们群起唱和的声势成为"二百年来所未见"之局面。由此，明末咸推。"云间之文为海内首"，及至于"云间者，湖山之奥区，骚人雅士所视为坛坫"不仅如此，几社文士在创作方面的诸多努力，很快发展为一种趋势，朱鹤龄云："文场建鼓，风仰云间。大雅扶轮，群推海上。"由于几社文士的创作努力，一时文体、韵体靡不精研，高才辈出，大江南北争奋于大雅，"一时作者如繁星之向辰极，百川之赴沧海"。这说明，几社的创作不仅已经广被认同，而且产生了影响。至清初，终于使"天下无论知与不知，诗文一道皆推云间"。吕留良《刻陈卧子稿记言》云：明季文坛"风气为之一变者，莫如云间之几社，为极盛一时"云间派文士于诗词之外几乎把所有需要表达的内容都付诸骈文，可以看出，云间派已经把骄文当作古文来使用。因此，骈文在云间派那里得到提升。云间派的研究已经成为晚明文学研究中引人瞩目的领域，令人感到惊讶的是，几乎所有研究云间派的学者都忽视了这个文学团体所创作的骈文的特殊价值和意义。

云间文士的骈文创作，努力将"古文融入时文"。（杨古楼评唐顺之《禹穰躬稼而有天下》《一百二十名家全稿》）"海内言文章者必归云间吨，它使六朝以后多少年来已近于消歇的骈文重现于文坛，上承六朝，下启有清，预示了骈文振兴的机运即将到来。晚清词学大家谭献言云间派"开有清三百年词学之盛"，事实上，云间派的骈文创作也开启了有清骈文之盛的新局面。

在各种文体的生命遭际中，明代骈文可谓最为不幸。骈文作为六朝的代表文体，经由唐宋古文运动的冲击进入明代之后即步入了低谷。同至明代式微的另一种押韵文体——词，尽管明词不振，但却未能消歇，自明初至明中后期，从未间断，甚至晚明，词风重振。在明文学的嬗变中，如果说骈文尚有一丝血脉维系不断的话，那么几乎只剩下"台阁之制，例用骈体"的朝廷教令公文和个体碑志，且"已经成为僵固的格套"了。经由云间派的创作尝试和努力，骈文在与八股相互融合的过程中得到了人们的重新审视，而且度越六朝而直追秦汉气度。

作为一种久已沉寂的文体，骈文在云间派手里重获新生，除传统的碑志文之外，朝廷制诰、缙绅表启等几乎所有可用散文抒写的内容及问题都可以用骈文来反映。不仅如此，云间派还将古文与骈文合二为一，骈散结合，运用自如，赠答、尺牍、祝寿之文莫不类此。应该说，唐宋之后以至于元明，学六朝骈文而酷似其形貌神髓者，尽管有汤显祖、徐渭等文士，但作为一个文学流派的自觉的艺术追求，则始于云间。

努力提升骈文的文体地位，是云间派执着的艺术追求。在唐宋古文运动的强力冲击下，作为美文典范的骈文逐渐退出主流话语。正是明季云间，在骈文久已寂寞之后，第一次将骈文提升到文学上的经典地位。一扫明代时文尘俗卑靡之意格，抒写身世零落之感、家国沦亡之悲，沉雄凄丽，意内言外，提高了骈文的审美品格。云间派坚守汉魏文章的路数，托兴深微，又胎息骚体笔法，证明了骈体文在晚明的感性苏醒，使骈体文不仅由此延续下来，而且为清代骈文中兴赢得了契机。

云间派的骈文创作，在审美力度等方面，未必能凌轹六朝唐宋，但于骈文式微之际，起衰振弊，提升骈文文体地位的努力，则功不可没。不能回避的是，云间派在拼文艺术追求的同时，也流露了过度模仿的缺憾，如陈子龙《拟恨赋》《拟别赋》等，模仿的痕迹十分明显，江西艾南英即诋云间派文为"魏晋抄手"。但这恰好成为他们以骈文进行经世治学的一个有效磨炼。假如没有前期的模拟之作，云间派文士便难以创作出众多的如行云流水、使人百读不厌的骈体诗文。

文学史上之所以认同清代骈文复兴，除了清代骈文作家众多、作品纷纭外，另一个不可忽略的因素即是清代大量的从理论上探讨骈文并总结骈文艺术规律的著作的问世，它们为后人的研究提供了理论借鉴，而这也成为后世认定清代骈文复兴的主要缘由。而晚明之际，云间派的创作，因时代的断裂，云间文士未能有足够的时间对自己的骈文创作进行艺术反思和做出规律性的总结。因而，尽管云间派的骈文创作丰富，但仅仅是感性的文本，却未能为后世留下理性总结。由此，直接影响了后世对云间骈文的认识与接受。研究清代骈文复兴的论文及专著屡有问世，但却未能从本质上、学术源流的嬗变方面探讨清代骈文复兴的真正根源。

综上所述，云间派的骈文创作充分证明了骈文作为一种文体的生命价值，历经沉浮，终于被文学史再度认同并显示出超越其他文体的生命活力。宋、元、明理学重道轻文的倾向得到了清洗。明清之际，"海内翕然称云间之学"。可以说，云间派的骈文创作和艺术追求直接启导了清代的骈文中兴，对我们现代读者来说《壬申文选》正是明季骈体重振、骈文香火不坠的凭证。

黄叔琳与中国古典"龙学"的终结①

朱文民·山东莒县刘勰《文心雕龙》研究所

黄叔琳《文心雕龙辑注》自面世以来，学界对其褒贬不一。尤其在学术责任问题上，认为其校勘是黄氏，而辑注则是门客所为，甚至有人认为书眉评语也是门客所作。经笔者仔细核对，认为其"讥难"属不实之词。同时对养素堂本《文心雕龙辑注》进行甄判，认为北京首都图书馆藏本当为姚培谦初刊本。由于笔者识见有限，只得把自己浅显的思考写在这里，以求方家教正。

一、黄叔琳其人其事

《文心雕龙辑注》的作者黄叔琳（1672—1756），清代顺天府大兴县（今北京）人。幼名伟元，字昆圃，又字宏献，号金墩、北斋，晚号守魁。其祖父程伯起，祖母黄尔珍，皆早逝，其父华蕃遂成孤儿，年幼时寄养于金墩舅父黄尔悟家，为尔悟嗣子，遂改黄姓。叔琳为华蕃长子，历经康熙、雍正、乾隆三朝，《清史稿》有传。

黄叔琳兄弟五人，三位进士、两位举人。叔琳康熙辛未（1691）科探花，时年仅20岁，可谓少年得志；叔琬、叔璥为康熙己丑年（1709）同榜进士，叔琪为康熙乙酉（1705）科举人，叔瑄为康熙癸巳（1713）科举人，成就了五子登科佳话。叔琳起家翰林院编修，累迁侍讲、国子监司业、鸿胪寺少卿、山东学政、山东按察使、山东布政司使，后加兵部侍郎任浙江巡抚，时年53岁。有趣的是，在黄叔琳从政历史上，三次在山东为官。康熙四十七年（1708）十二月，他奉命提督山东学政，时年37岁。学政这一职务，是掌管全省文化、教育及科举事业的差使。黄叔琳于第二年正月就制定学政条约。随后重建泰安三贤祠，兴白雪书院（济南），组织出版《渔洋诗话》，修复松林书院（青州）。历时三年，于康熙五十年（1711）冬十一月学政期满，政绩突出。乾隆元年（1736）二月，奉命出任山东按察司使，时年65岁，三

① 国家社科基金重大项目"《文心雕龙》汇释及百年'龙学'学案"（17ZDA253）阶段性成果之一。

月到任。按察司既是省一级的司法机构，主管一省的刑名、诉讼事务，也是中央监察机关——都察院在地方的分支机构，对地方官员行使监察权。其名著《文心雕龙辑注》也完成于山东按察司使任上。

乾隆二年（1737）九月，黄叔琳晋升山东布政司使。乾隆七年（1742）十二月，因故免职。黄叔琳主要著作有《砚北易抄》《周礼节训》《夏小正注》《诗经统说》《文心雕龙辑注》《史通训故补注》等。他四部皆精，时人推其为巨儒，世称"北平黄先生"。黄叔琳在《文心雕龙辑注自序》说："《文心雕龙》一书，盖艺苑之秘宝也。观其包罗群籍，多所折衷，于凡文章利病，抉摘靡遗。缀文之士，苟欲希风前秀，未有可舍此而别求津逮者。"可见黄叔琳对《文心雕龙》一书的学术价值评价颇高。正是如此，鉴于世间苦无善本，他才利用一切闲暇，比对众本，精心校勘，统览古今注释，择善而从，间下己意，名曰"辑注"，可谓谦卑。黄叔琳也因为《文心雕龙辑注》，被学术界视为《文心雕龙》古注的集大成者。《文心雕龙辑注》问世之后，整个清代，不见有新的注本出现，因而我们可以说：黄叔琳《辑注》是《文心雕龙》古典"龙学"的终结者①。

二、《文心雕龙》古典注释史略

黄叔琳在《文心雕龙辑注》自序中说："明代梅子庚（文民按："庚"为"庾"字之误）氏为之疏通证明，什仅四三耳；略而弗详，则创始之难也。"黄叔琳认为梅庆生的《文心雕龙音注》是最早的注释本，因而称梅庆生为"创始"者。（据笔者考证，王惟俭《文心雕龙训故》成书时间，比梅庆生《文心雕龙音注》还早半年）纪晓岚在读到此处时，在书眉加了批语曰："《宋史·艺文志》有辛氏《文心雕龙注》，书虽不传，亦宜引为缘起，不得以子庚为创始也。"就现有资料来看，为《文心雕龙》作注，也并非始于辛处信。据林其锬②、王更生研究，敦煌遗书《文心雕龙》残卷中已经有明显的注释，且相当有规律。

王更生在《晏殊〈类要〉与〈文心雕龙〉古注》一文中，发表了自己的研究成果，他说："《文心雕龙》之有注，当自'唐写本敦煌遗书'始。"并发现有七种注释方式：（一）原文颠倒，加"∨"符号乙正者；（二）句有衍文，加"…"符号删节者；（三）句有脱文，加细字补正者；（四）文章分段，于首字右肩用粗笔浓墨加"q"符号，以兹识别者；（五）不识草书，标注正体，以免误读者（因今传本敦煌残卷《文心雕龙》为草书）；（六）句旁首字加"1"符号，提醒阅读时注意者；（七）

---

① 黄叔琳《文心雕龙辑注》之后，清末虽有李详《补正》，但是成书时已经是民国时期了。

② 关于唐写本《文心雕龙》有注释的问题，林其锬先生在为日本"龙学"国际会议提供的论文《从王惟俭〈训故〉、梅庆生〈音注〉到黄叔琳〈辑注〉——明清〈文心雕龙〉主要注本关系略考》一文中也谈到，但是没有像王更生先生那样给予规律性的总结，因而本文只谈及王更生先生的成果。

文辞古奥，加以注释者①。对这七种情况所用的符号，每一种都是反复使用，王更生都是一一举例说明。对这种注释方法和使用的符号，王更生有个总的评论。他说：

> 归纳上述各例，有校勘，有补脱，有删节，有注释，有标段，有重点提示，有另加正体等。《文心雕龙·论说》篇，说："注者主解。"《书记》篇也说："解者，释也。解释结滞，征事以对也。"以此对照唐写《文心雕龙》残卷上，读者以自为法，所作的种种通读方式，无一不是有意识的行为，这和漫无目的、信笔涂鸦，或纯粹为抄书而抄书的写生、道士所为者不同。其针对原文，使用的各种符号和文字，虽未"征事以对"，但其目的都在"解释结滞""使其义着明"之旨完全吻合。所以由"唐写残卷"呈现的事实，经过统计归纳获致的结果，他虽然不像王疏《楚辞》，郑注"三礼"。杜解《春秋》，何诂《公羊》，那样上原仓雅，旁通诸史，博考精校、贯穿证发，有组织、有系统的加以梳理；这只能说是受限于读者的知识水准，和当时现实的需要如何，即令如此，我们亦绝不能否定这不是注释的行为，所以我们说辛处信以前，在中唐时期，《文心雕龙》早已有简单的注释，应该是比较合理的推论。②

铃木虎雄和王更生先生还认为王应麟《玉海》《困学纪闻》中大量引录《文心雕龙》，其中有古注，当是取之于辛处信之《文心雕龙注》③。

明代另辟蹊径，走上批点《文心雕龙》之路的是杨慎。

杨慎（1488—1559），字用修，号升庵，明朝新都（今属四川）人，世代书香。杨慎于正德六年（1511）科举获殿试第一，时年24岁。《明史·杨慎传》说："明世记诵之博，著作之富，推慎为第一。诗文外，杂著至一百余种，并行于世。"

杨慎批点的《文心雕龙》今已不见其原刻本，今见之者附着于梅庆生音注本中。今传的凌云本卷首之闵绳初《刻杨升庵先生批点〈文心雕龙〉引》中有评价，闵绳初说："若夫握五管，点缀五色文，则吾明升庵杨先生实始基之。先生起成都，探奇摘艳，渔四部，弋七略，胸中具一大武库。凡经目所涉猎，手所指点，若暗室而赐之烛，闭关而提之钥也。"关于杨慎批点《文心雕龙》的情况，拙著《刘勰志》中有简略介绍，今移录如下：

> 关于杨慎的批注方法，梅氏音注本中有《杨慎与张禹山书》，此信中说："批点《文心雕龙》，颇谓得刘舍人精意，此本亦古，有一二误字，已正之。其用色或红、或黄、或绿、或青、或白，自为一例；正不必说破，说破又宋人矣。

① 王更生：《文心雕龙管窥》，台湾文史哲出版社，2007年，第235－237页。

② 王更生：《文心雕龙管窥》，台湾文史哲出版社，2007年，第238页。

③ 铃木虎雄在《黄叔琳本文心雕龙校勘记》中指出：《玉海》"卷二十九、三十一、三十五、三十七、四十二、四十五、四十六、五十三、五十四，卷五十九至六十四，卷百二、百六、百九十六，卷二百一、二百三、二百四，并引雕龙。"《困学纪闻》"卷二、六、十七；十八、十九、二十，并引雕龙。"王更生文见《王应麟和辛处信〈文心雕龙注〉关系研究》，载中国古典文学研究会编：《文心雕龙综论》，台湾学生书局，1988年，第173－196页；又载王更生《文心雕龙新论》，台湾文史哲出版社，1990年，第187－200页。

盖立意一定，时有出入者，是乘其例。人名用斜角，地名用长圈，然亦有不然者，如董狐对司马，有苗对无棣，虽系人名、地名，而俪偶之切，又常用青笔圈之。此岂区区宋人之所能尽？高明必契鄙言耳。"关于杨氏用五色批点《文心雕龙》一事，明顾起元在为梅庆生万历音注本作序时说："升庵先生酷嗜其文，咀嚼菁藻，爰以五色之管，标举胜义，读者快焉。"可见杨氏的批点无论从方法上还是从批点内容的学术性上，都产生了划时代的影响。

另，杨慎在对《文心雕龙》的批点中，也在文字校勘上下了不少功夫。从杨明照的《文心雕龙校注拾遗》和詹锳的《文心雕龙义证》可以看出，杨慎在《原道》《铭箴》《杂文》《论说》《风骨》《指瑕》《总术》篇中各校出一字，在《征圣》篇校出两字，共计校出9字。这虽然较之王惟俭和梅庆生、朱郁仪等人在校勘上功绩相对少一点，但杨慎的批点，更多的则是在创作论方面阐释刘勰的理论。①

杨慎对《文心雕龙》的批点，标志着人们对《文心雕龙》的研究已不再停留在校勘，而是向理论研究发展，是对《文心雕龙》理论研究的开端②。

但是，杨慎的这个"批"，有文字显示，读者明白其意，而"点"，用的是五色，虽是创新，但是刻板时改用了各种符号，使得读者读起来像猜哑谜一样，显得太隐晦，起不到多大作用，原则上算不上什么"注释"。

《文心雕龙训故》的作者王惟俭，字损仲，祥符（今属河南开封）人，明万历二十三年（1595）进士及第后，起家山东潍县知县，后迁兵部职方主事（六品官）。万历三十年（1602）春，因故受到牵连而夺官，在家闲住。直到光宗即位（1620），方得重新启用，官至工部侍郎。后又受魏忠贤党迫害，落职赋闲，从此再未出任他职。王惟俭天资聪慧，嗜书若渴。赋闲期间，肆力于经史百家，苦于《宋史》繁芜，手自删定，自为一书《宋史记》250卷。好书画古玩，与董其昌并称"博物君子"。著有《文心雕龙训故》《史通削繁》《史通训故》等。《文心雕龙训故》成书于第一次赋闲时期（1609）。

《文心雕龙训故》有《凡例》七条。其中，第五条说："上卷训释，视下卷倍之，以上卷详诸文之体，事溢于词；下卷详撰述之规，词溢于事，故训有繁简，非意有初终也。"第六条说："训释总居每篇之末，则原文便于读诵，至于直载引证之书，而不复更题原文者，省词也。"最后一条说："……其标疑者即墨□本字以俟善本，未感臆改。"可见注释、校勘态度之严谨。具体注释和校勘情况，后文有表录，兹不赘述。

《文心雕龙音注》的作者梅庆生，字子庾，明朝豫章（今江西南昌）人，明代著名学者、版本学家。《文心雕龙》在梅氏注音之前，朱郁仪、谢兆申、徐惟起等均有意将自己的校注本付梓，但终将自己的心血汇聚于梅本当中。这足以证明当时文人学

① 朱文民编著：《山东省志·诸子名家志》系列丛书《刘勰志》，山东人民出版社，2010年，第293-295页。
② 朱文民编著：《山东省志·诸子名家志》系列丛书《刘勰志》，山东人民出版社，2010年，第284页。

黄叔琳与中国古典「龙学」的终结

士对梅庆生的信赖，从另一方面也证明梅氏的学识征服了他们。当时以朱郁仪为中心形成的文人集团中骨干有曹学佺、徐惟起、谢兆申等六十余人，他们以研究《文心雕龙》为共同兴趣，互相交流识见。天启二年（1622年）梅庆生重修音注本，谢兆申跋语下梅庆生有一说明，其文曰："此谢耳伯己酉年（1609，即万历三十七年）初刻是书时作也，未尝出以示予。其研讨之功，实十倍予。距今十四载，予复改七百余字，乃无日不思我耳伯。六月间偶从乱书堆得耳伯《雕龙》旧本，内忽见是稿，岂非精神感通乃尔耶！令予悲喜交集者累日夕。因手书付梓，用以少慰云。"此文足证他们交往之深，也可以证明梅氏《音注》中，含有谢耳伯的大量心血。据谢兆申跋语知，梅氏还撰有《水经注笺》一书①。梅庆生《文心雕龙音注》本的版本很多，兹不赘述，感兴趣的朋友可以参考郭立暄先生的考证文章②。

据王更生研究，辛处信注《文心雕龙》的时间，当在五代末和北宋初年。对于唐写本《文心雕龙》残卷写于何时，学术界意见不一。据张涌泉研究："当系唐睿宗朝或其以后抄本……尤以睿宗朝书写的可能性最大。"③ 睿宗李旦两次登基，时间不过八年（684—690，710—712）这样从公元七世纪唐注《文心雕龙》残卷，再经明代的杨慎批点（但他在批点时，主张"不必说破"，故用圈点较多，而评语甚少）、王惟俭训故、梅庆生音注，到黄叔琳辑注《文心雕龙》（乾隆三年岁次戊午秋九月）时间跨度千余年。宋代辛处信注释的《文心雕龙》没有传下来，多亏铃木虎雄和王更生先生在《玉海》和《困学纪闻》中发现，使得我们能够窥见一斑。明代的王惟俭《文心雕龙训故》，是《文心雕龙》学研究的一个里程碑式的成果，但是流传于世的很少。清王士禛《带经堂全集》卷九十一《文心雕龙跋》说："明王侍郎损仲惟俭作《雕龙》《史通》二书训故，以此二训故援据甚博，实二刘之功臣，余访求20余年始得之，子孙辈所当爱惜。"王惟俭《文心雕龙训故》成书于明万历三十七年（1609），王士禛（1643—1711）访求20余年方得此书，可见此书传本之稀少。今见于记载的，北京国家图书馆、山东图书馆有收藏，每页十行，行二十字，但是笔者未能寓目。现在社会上流传的《文心雕龙训故》本，是学苑出版社2004年3月影印本，是张少康先生从日本京都大学复印回的本子。2004年10月广陵古籍刻印社也有影印的每半叶九行、行十八字的本子。这个本子在国内，笔者所见明代刻本，是孔夫子旧书网上拍卖的封面上横字为"大明万历乙酉"，每半叶九行、行十八字的本子，这个本子此前也不见目录书报道，可见是民间收藏本。

王惟俭《训故》，梅庆生《音注》之后，有清张松孙《文心雕龙辑注》本问世于清乾隆五十六年（1791）。张松孙（1730—1795），字雅赤，号鹤坪，江南长洲（今苏州市吴中区）人，从政30年，官至河南知府。他在《文心雕龙辑注》序言中说其

① 朱文民编著：《山东省志·诸子名家志》系列丛书《刘勰志》，山东人民出版社，2010年，第297页。
② 郭立暄：《再论梅庆生音注〈文心雕龙〉的不同版本》，《图书馆杂志》，2009年第4期。
③ 张涌泉：《敦煌俗字研究》，上海教育出版社，2015年，第97页。

辑注是："视梅本而加详，稍更陈式；集杨评而参考，敢避后尘。略避雷同，习见者尤滋娱目；再经剖刜，传诵者益足厌心。"他在《凡例》中第一条和第五条说："是书四十九篇，杨用修间有评语，今照梅本全录。""注释梅本简中伤烦，黄本烦中伤杂……愚于参考之中略加增损……其重出叠见者概从略焉。"林其锬先生评论说："不过验之实际，此本只损无增，因而可谓是梅本、黄本的删节本。"① 张松孙的这个《辑注》本，影响不大，世间仅见道光二十二年（1842）读味斋重刊本。

三、《文心雕龙辑注》的成书过程及其是是非非

《文心雕龙辑注》②，黄叔琳自序落款时间为"乾隆三年（1738）岁次戊午秋九月"。这说明黄叔琳《辑注》本完成于乾隆三年（1738）九月。乾隆六年（1741），姚培谦刻黄叔琳辑注养素堂本《文心雕龙》。

顾镇编纂《黄侍郎公年谱》中，关于黄叔琳编撰《文心雕龙辑注》的资料有三条：第一条，"雍正九年辛亥，公六十岁……夏四月纂《文心雕龙注》。旧本流传既久，音注多讹。公暇日翻阅，随手训释，适吴趋文学顾尊光进来谒，因与共参订焉"。第二条，"乾隆二年丁巳，公六十六岁……（四月）钱塘孝廉金雨叔来。孝廉名牲，时馆于东昌潘司马署。来谒公，公知其学问素优，出所辑《文心雕龙注》属为校定"。第三条，"乾隆三年戊午，公六十七岁。九月刻《文心雕龙辑注》。时陈祖范来署，因将校定《雕龙》本，复与论订，而云间姚平山廷谦（文民按："廷谦"或为"培谦"之误）适至，请付诸梓"。

对于顾镇纂《黄侍郎公年谱》中的这几条资料，杨明照先生看到了，他在《文心雕龙版本经眼录》中介绍《文心雕龙辑注》养素堂本的时候，有一个附注，今移录如下：

> 清顾镇《黄昆圃先生年谱》谓《辑注》纂于雍正九年，因"旧本流传既久，音注多讹，暇日翻阅，随着训释"。一校于吴越文学顾尊光进，再校于钱塘孝廉金雨叔牲。至乾隆三年，又与陈祖范论定之。而云间姚平山培谦始请付梓。所言当属可信，故移录之。③

谈到顾镇《黄侍郎公年谱》的可信度，我们必须了解其资料来源。先看其书末端顾镇《年谱后序》："……公亦卒于丙子之正月，师门之痛先后撄心。阅数月公子云门

① 朱文民编著：《山东省志·诸子名家志》系列丛书《刘勰志》，山东人民出版社，2010 年，第 164 页。
② 这个版本在清代问世以来，至民国时期，有多种刻本及铅印本。仅在民国时期就有上海会文堂书局石印本、上海文瑞楼石印本、上海扫叶山房石印本等。至于民国时期的铅印标点本，则更多，如上海大达图书供应社、上海大中书局、上海新文化社、上海启智书局、世界书局等均有出版（个别本注释略有增加。如大达图书供应社本，在《时序》篇就多出十条。其他变化不大。。
③ 曹顺庆主编：《岁久弥光——杨明照教授九十华诞庆典暨中国古典文献学国际学术研讨会论文集》，巴蜀书社，2001 年，第 37 页。

先生，排纂公年谱，既成，属以编校，镇才朽名微，谢弗敢承，而云门先生承公遗爱，再三委属，乃弗获辞，仅依次校辑厘为三卷。"由此可见，这个年谱的初稿是黄叔琳长子黄登贤云门先生所为。所以这个年谱的作者顾镇最后署名为，"门下晚生顾镇编次"，是"编次"，而不是撰或者著。黄登贤（1692—1767）是黄叔琳长子，字筠盟，号云门，乾隆元年进士。按理说，黄登贤是《文心雕龙辑注》校对者之一，应该了解《文心雕龙辑注》刻印情况，书乾隆三年"九月刻《文心雕龙辑注》"，这只是一个交稿的时间，而不是一个出版时间。"乾隆三年……九月刻《文心雕龙辑注》"这个著录法，严格说是不妥的，因为它容易给读者造成此书刻成于该年九月的错觉。估计《黄侍郎年谱》的纂修者没有注意《辑注》书末姚培谦的题识。从姚培谦的题识来看，他接到刻书任务后，因"良工难求，迁延岁月，而后告成，匪苟迟之，盖重之而不敢轻云尔"。《黄侍郎公年谱》一书的最后成书者顾镇，是黄叔琳晚年的门人，在黄门十数年，乾隆十九年（1754）二甲进士，对黄叔琳的事迹耳濡目染，当知之不少，加之初稿源于黄叔琳之长子，因而该年谱的可信度很高。

今北京首都图书馆藏本黄氏《文心雕龙辑注》乾隆六年（1741）姚培谦刻养素堂本，在黄叔琳自序后，有"黄叔琳昆圃述"的五条《例言》。《例言》的后面是"《文心雕龙》元校姓氏"，共计33人；其后是《南史》刘勰本传。本传后是《文心雕龙》五十篇分卷目录。正文每卷顶格：文心雕龙卷次；次行居中：北平黄叔琳昆圃辑注；第三行：梁刘勰撰　某某参订。每卷五篇相接，分卷另起，辑注列在当篇文末尾，低一格；除标注词语外，均细字双行排版。眉端偶尔有黄叔琳评语。每卷末尾列出校对者"男登贤云门　登谷春畬校"；正文每半叶9行，行19字。全书末尾有姚培谦介绍刻书过程的识语。

黄叔琳在该书序言中说：

> 刘舍人《文心雕龙》一书，盖艺苑之秘宝也。观其包罗群籍，多所折衷，于凡文章利病，抉摘靡遗。缀文之士，苟欲希风前秀，未有可舍此而别求津逮者。若其使事遣言，纷纶葳蕤，罕能切究，明代梅子庚①氏为之疏通，证明什仅四三耳，略而弗详，则创始之难也。又句字相沿既久，别风淮雨，往往有之，虽子庚自谓校正之功五倍于杨用修氏，然中间脱讹故自不乏，似犹未得为完善之本。余生平雅好是书，偶以假日，承子庚之绵蕤，旁稽博考，益以有朋见闻，兼用众本比对正其句字人事，牵率更历暑寒，乃得就绪，覆阅之下，差觉详尽矣。

今将五条《例言》移录如下：

> 一、此书与《颜氏家训》余均有节抄本，颜书已刻在前。今此书仍录全文中加圈点则系节抄之旧，可一览而得其要；

---

① 杨明照说："梅庆生字子庚，姓、名、字均相应。自黄氏误庚为庚，遂谬字相沿，无复知其为非者。特举证如此。"参见杨明照：《增订文心雕龙校注》，中华书局，2000年，第968页。又见杨氏《文心雕龙校注拾遗》，第739页。

二、诸本字句互有异同，择其义之长者用之，仍于本句下注明一作某，或元作某字从某改，或元脱从某补，另刻元校姓氏一纸于卷首；

　　三、《隐秀》一篇，脱落甚多，诸家所刻俱非全文，从何义门校正本补入；

　　四、梅子庚"音注"流传已久，而嫌其未备，故重加考订，增注什之五六，尚有阙疑数处，以俟来哲更详之；

　　五、此书分上下两篇，其中又自析为四十九篇，合《序志》一篇，篇共五十，今依元本分为十卷，注释例于每篇之末，偶有臆见，附于上方。其参考注之得失，则顾子尊光、金子雨叔、张子实甫、陈子亦韩、姚子平山、王子延之、张子今涪及诸位同学之力居多。

从《例言》可知，其注释主要取自梅庆生《音注》，校勘也主要是参考梅本，又据何义门校本补入了《隐秀》篇阙文。排版情况及其他一如《例言》。是书的最初底本是元至正乙未刻于嘉禾本。这个藏本，从黄氏自序到五条例言，均未提到王惟俭及其《文心雕龙训故》，只是在《宗经》篇末提及王本。

　　清代黄叔琳《辑注》本为最通行版本，此本覆刻、衍生的版本很多，清代及其以后流传的主要有：乾隆四十四年（1779）《四库全书》收录文津阁本、乾隆五十六年（1791）张松孙辑注本、道光十三年（1833）纪昀评本（即卢坤刻两广节署刊芸香堂朱墨套印本）、翰墨园覆刻芸香堂本（刊刻时间不明）、光绪十九年（1893）湖南思贤讲舍重刻纪评本、陈鳣校本、张尔田临校胡震亨本、民国时期的四部备要本等。

　　对于该书版本历代刊刻脉络，学界分歧不大；但是对于其注释的质量问题，"讥难"不少。如聂松岩和纪晓岚评曰：

　　长山聂松岩云：此书校本实出先生，其注及评则先生客某甲所为，先生时为山东布政使，案牍纷繁，未暇遍阅，遂以付之姚平山，晚年悔之已不可及矣。

　　纪昀评之曰：此注不出先生手，旧人皆知之，然或以为出卢绍弓，则未确，绍弓馆先生家，在乾隆庚午（1750）、辛未（1751）间，戊午（1798）岁方游京师，未至山东也。①

纪昀在《〈文心雕龙辑注〉提要》中说：

　　考《宋史·艺文志》有辛处信《文心雕龙注》十卷，其书不传。明梅庆生注，粗具梗概，多所未备。叔琳因其旧本，重为删补，以成此编。其讹脱字句，皆据诸家校本改正。惟《宗经》篇未附注，极论梅本之舛误，谓宜从王惟俭本。而篇中所载，乃仍用梅本，非用王本，殊自相矛盾。②

对于纪昀的这个指责，戚良德教授有辩证。他在引录了《宗经》篇注释末黄叔琳的

　　① 〔清〕《纪晓岚评注文心雕龙》，江苏广陵古籍刻印社，1997年，第4-5页。
　　② 〔清〕纪昀：《文心雕龙辑注·提要》，〔清〕永瑢，等《四库全书总目》，中华书局，1965年，第1779页。

黄叔琳与中国古典『龙学』的终结 ——

一段文字："是篇梅本'《书》实记言'以下……宜从王惟俭本"之后说：

> 笔者翻检梅本发现，黄校这段话，如果是对梅本的描述，则大多数情况恰恰相反，梅本无的，被说成了有，有的则被说成了无；当然，这也可以视为对梅本的勘正，认为其应当如此，但问题是其中有一些话，确实是对梅本的描述。所以总体而言，这段话殊为不伦，或本非连贯之语，而只是校勘过程中的随手标记而已。笔者把梅本与元至正本比较，试做正确的描述如下：

> "梅本《书》实记言"以下，无"而训故茫昧，通乎《尔雅》，则文意晓然"三句，有"然览文如诡，而寻理即畅"十字，"章条纤曲"下有"执而后显，采掇王言，莫非宝也。《春秋》辨理"四句，并有校语"四句一十六字符脱，朱按《御览》补"，无"观辞立晓，而访义方隐"九字。"谅以邀矣"下，无"《尚书》则然览文如诡，而寻理即畅；《春秋》则观辞立晓，而访义方隐"四句。

> 显然，如果纪昀看到这样的描述，就不会说"正如梅本相同""仍用梅本"之类的话了，可见黄注的那段话实在是误人不浅。①

吴兰修在黄叔琳注、纪评《辑注》本末跋语曰：

> 右《文心雕龙》十卷，黄昆圃侍郎本，纪文达公所评也。是书自至正乙未刻于嘉禾，至明末刻于常熟，凡六本。此为黄侍郎手校，而门下客补注。②

易健贤评论说：

> 《辑注》是在《训故》和《音注》基础上加工的，其中不少注释直接录自《训故》，新添部分，又是门客所为，致使"纰缪疏漏"，时或不免。③[10]

詹锳先生说：

> 《文心雕龙训故》世间流传很少，黄叔琳《文心雕龙辑注》的注解部分，有很多是从这里抄去的。黄叔琳的序中只提到是在梅庆生音注本的基础上加工的，而没有提《文心雕龙训故》，只在原胶姓氏表上最后加了王惟俭的名字。其实所谓"黄叔琳注"，有多少是黄氏或其门客注的呢？④

武汉大学李建中教授说：

> 黄氏辑注，刊误正讹，征事数典，皆优于明代王氏《训故》、梅氏《音注》远甚，为清中叶以来最通行之本。乾隆三十六年（1771）八月，纪昀对黄叔琳辑注本加了评语。道光十三年（1833），两广总督卢坤将黄注纪评本以朱墨套印刊行。近人李详、今人范文澜、杨明照注《文心》，皆以黄叔琳注本为底本。⑤

① 戚良德编著：〔梁〕刘勰著，〔清〕黄叔琳注，〔清〕纪昀评，李详补正，刘咸炘阐说：《文心雕龙·前言》，上海古籍出版社，2015年，第6—7页。
② 〔梁〕刘勰撰，〔清〕黄叔琳注，〔清〕纪昀评：《文心雕龙辑注》，中华书局，1957年，第441页。
③ 易健贤：《〈文心雕龙〉校注释译例说》，《贵阳师专学报》，1993年第2期。
④ 詹锳：《文心雕龙义证》，上海古籍出版社，1998年，第21页。
⑤ 杨明照主编：《文心雕"龙学"综览》，上海书店出版社，1995年，第297页。

上海社会科学院林其锬先生对这个辑注本的学术价值有过评论，他说：

> 此本在梅庆生音注本基础上，又经"旁稽博考，益以友朋见闻，兼用众本比对，正其句字"……此本虽有在承袭前人成果上，某些地方含混其词，人我不明，因而多被责为"攘其美以为己有"之弊；但它毕竟收罗了明代以来各种版本，并且集中了前人的校注成果（主要是梅庆生、王惟俭两家），因而具有集校、集注性质，代表了有清一代《文心雕龙》校勘、注释的最高成就。也正由于此，此本传播之广，影响之大，可以说是前所未有的。乾隆四十九年（1784年）有陈鳣校以卢文弨临朱本的陈鳣校养素堂本。①

范文澜先生在《文心雕龙讲疏·自序》中说：

> 今观注本，纰缪弘多，所引书往往为今世所无，辗转取载，而不注其出处。显系浅人所为。纪氏云云，洵非妄语。然则补苴之责，舍后学者，其谁任之。②

范文澜的这段话基本上是录于黄侃《文心雕龙札记·题词及略例》，黄侃曰：

> 《文心》旧有黄注，其书大抵成于宾客之手，故纰缪弘多，所引书往往为今世所无，辗转取载而不注其出处，此是大病。今于黄注遗脱处偶加补苴，亦不能一一征举也。

这就是说，对于《辑注》的成果，历史上有怀疑黄叔琳者，认为注释、评语出于"门客"。并认为该书因此受到学界诸多"讥难"。

笔者认为这些"讥难"确有商榷余地。例如，范文澜先生及其师认为《辑注》"今观注本，纰缪弘多，所引书往往为今世所无"。对于这个问题，责任不在黄叔琳及其参与者，而在后世文献流失所致。至于引书不注出处，这是古人通例，既是民国时期一些旧儒遗老仍然秉持此法，包括杨明照等人，甚至删句连排，不加删节号。"今观注本，纰缪弘多"，当是可以商榷，因为没有瑕疵的著作几乎难找。但是因此认为"显系浅人所为"，此话过于盲目。据笔者考证，参与者没有一个是浅人，甚至个个是鸿儒，至少是进士或者举人，可说是饱学之士。

往昔学术界对于黄叔琳《辑注》本，认为多承袭王惟俭《训故》和梅庆生《音注》本，对此指责。笔者核查梅本和王本，再联系黄氏《辑注》，可知情况并不尽然。为了证明往昔指责是否属实，特对各家各篇注释统计表见表1：

表1　《文心雕龙》黄叔琳、王惟俭、梅庆生各篇注释、校勘数目对比统计表

篇序	一	二	三	四	五	六	七	八	九	十
篇名	原道	征圣	宗经	正纬	辨骚	明诗	乐府	诠赋	颂赞	祝盟
黄注	27	17	24	31	45	56	45	50	32	37
王注	8	10	13	20	21	36	36	14	28	29

---

① 朱文民编著：《山东省志·诸子名家志》系列丛书《刘勰志》，山东人民出版社，2010年，第162页。

② 范文澜：《文心雕龙讲疏》，河北教育出版社，2002年，第5页。

篇序	一	二	三	四	五	六	七	八	九	十
梅注	14	13	25	25	36	48	54	35	35	31
黄校	9	11	28	2	8	6	4	11	9	8
王校	1	1	144	5	9	0	6	8	9	13
梅校	2	7	21	2	10	3	5	9	9	8

篇序	十一	十二	十三	十四	十五	十六	十七	十八	十九	二十
篇名	铭箴	诔碑	哀悼	杂文	谐讔	史传	诸子	论说	诏策	檄移
黄注	40	23	24	43	33	59	60	55	39	28
王注	19	19	21	15	21	35	38	48	33	12
梅注	37	40	15	15	36	51	46	48	31	22
黄校	11	6	12	5	12	32	10	17	14	10
王校	13	5	9	11	11	17	14	14	7	5
梅校	9	9	12	5	8	28	9	18	15	10

篇序	二十一	二十二	二十三	二十四	二十五	二十六	二十七	二十八	二十九	三十
篇名	封禅	章表	奏启	议对	书记	神思	体性	风骨	通变	定势
黄注	26	27	38	29	75	16	5	9	12	5
王注	15	17	28	24	35	5	0	2	4	4
梅注	18	18	20	37	41	16	19	14	15	2
黄校	7	13	13	9	17	2	1	6	7	8
王校	6	9	13	14	30	5	0	2	4	4
梅校	6	7	9	8	12	4	0	2	6	4

篇序	三十一	三十二	三十三	三十四	三十五	三十六	三十七	三十八	三十九	四十
篇名	情采	熔裁	声律	章句	丽辞	比兴	夸饰	事类	练字	隐秀
黄注	17	6	17	15		21	22	25	17	7
王注	5	9	21	3	3	15	7	8	13	1
梅注	7	3	17	10	20	30	15	31	13	2
黄校	3	3	10	6	5	6	3	6	7	12
王校	5	9	21	3	3	15	7	8	13	1
梅校	1	2	7	6	5	7	7	4	8	6

篇序	四十一	四十二	四十三	四十四	四十五	四十六	四十七	四十八	四十九	五十
篇名	指瑕	养气	附会	总术	时序	物色	才略	知音	程器	序志
黄注	19	16	11	10	116	21	47	20	29	13

篇序	一	二	三	四	五	六	七	八	九	十
王注	5	8	26	5	75	2	34	15	25	7
梅注	8	4	11	5	12	7	43	19	11	8
黄校	5	2	3	10	11	1	8	1	4	15
王校	5	8	20	5	8	2	15	5	10	344
梅校	4	1	1	10	14	1	6	0	3	6

根据这个统计表，黄叔琳《辑注》上篇注释 963 条，下篇注释 513 条，共计 1476 条；王惟俭《训故》上篇注释 596 条，下篇注释 302 条，共计 898 条；梅庆生《音注》上篇注释 793 条，下篇注释 440 条，共计 1233 条。梅《注》包括音注、字注、名注（名包括人名、地名、书名等）、校字、批评等。黄叔琳校勘 429 字（包括怀疑者），其形式是夹注；王惟俭校勘 896 字，怀疑者 74 处，标疑者即墨丁本字以俟善本，不敢妄改，每篇校勘字数标记于篇末（王氏自己统计为 901 字，我们实际统计是 896 字）。梅庆生校勘 356 字。梅庆生校勘用夹注式，其格式语为"本句下注明：一作某，或元作某字，从某改，或元脱，从某补"，并另纸刻元校姓氏一览表，附于书前。

从这个统计表来看，文术论部分相对于文体论部分注释骤然减少，唯有《时序》篇突然增多，黄叔琳多达 116 条，王惟俭 72 条，梅庆生 12 条，黄氏《辑注》此篇为全书注释条数之冠。如果以此为例，说明黄叔琳《辑注》中也有不少自己的发明。再以《体性》篇说，从上表来看黄氏注释 5 条，梅本和王本皆未有注释（梅本正文有夹注释名 19 条），这也说明《辑注》本还是有不少注释是黄氏所为。为什么文术论部分注释仍然少于文体论部分呢？这当是黄叔琳《自序》中说的"则创始之难也"。以上统计，主要就其注释条数而言，对其注释质量问题，我想套用温光华研究验证后的说法："纵观黄与梅、王三家注本，其注释的性质并不属章句训诂的疏解，而在于考证《文心雕龙》文中难以通晓的典故语源。而黄注一改梅注引文繁杂、详略不均的缺点，另又博采周咨，力求简明详备，较之王注'增注什之五六'。"① 据日本户田浩晓考证，梅本至少有六种刊本行于世，且各本互异。② 至于黄叔琳用的梅庆生《音注》本是哪一个本子，黄氏没有交代。据杨明照研究，"黄氏底本为万历梅本。"③

可见上面诸家指责是不妥的。第一，有违黄叔琳在《自序》所言："余生平雅好是书，偶以暇日，承子庚之绵蕞，旁稽博考，益以友朋见闻，兼用众本比对，正其句

---

① 温光华：《守先待后，镕旧铸新——论黄叔琳〈文心雕龙辑注〉的学术性质与成就》，载《日本福冈大学〈文心雕龙〉国际学术研讨会论文集》，台湾文史哲出版社，2007 年，第 297 页。

② ［日］户田浩晓：《文心雕龙研究》，曹旭译，上海古籍出版社，1992 年，第 152 - 166 页。

③ 杨明照：《增订文心雕龙校注》，中华书局，2000 年，第 200 页。

黄叔琳与中国古典「龙学」的终结

字，人事牵率，更历寒暑，乃得就绪，覆阅之下，差觉详尽矣。"第二，有违黄叔琳《例言》的自白："梅子庚'音注'流传已久，而嫌其未备，故重加考订，增注什之五六，尚有阙疑数处，以俟来哲更详之。"这里黄叔琳自己讲，他的注释比梅子庚"增注什之五六"。"增注什之五六"是一个什么概念？笔者的理解就是《辑注》的一半以上是出自黄氏。《例言》又说："其参考注之得失，则顾子尊光、金子雨叔、张子实甫、陈子亦韩、姚子平山、王子延之、张子今涪及诸位同学之力居多。"这就是说，在参订考察黄氏之注得失方面，"诸位同学之力居多"，这句话与每卷前写明参订者的用意是一致的。第三，从上文引《黄侍郎公年谱》中，关于《文心雕龙辑注》的三条资料来看，《辑注》系于"雍正九年（1731）……夏四月纂《文心雕龙注》。……公暇日翻阅，随手训释，适吴趋文学顾尊光进来谒，因与共参订焉。"是黄先生利用"暇日翻阅，随手训释"的，这时当是已成初稿，如果没有初具规模的书稿，顾尊光来拜谒先生，没个头绪，他"参订"什么，那是没法插手的，同时也证明黄氏《自序》说的"更历寒暑，乃得就绪"是可信的。第四，到乾隆二年（1737）四月金雨叔来谒，属其参订，与顾尊光第一次参订，时间已经过去了六年，此时黄叔琳的职务是山东按察司使。其年九月，黄叔琳晋升为山东布政司使。越年九月，黄叔琳任职山东布政司使已经满周年，时陈祖范来署，"因将校定《雕龙》本复与论订"。这说明陈祖范看到的已经是"校定"稿，一个"复与论订"，说明黄叔琳非常慎重，唯怕有失，这个"复"字，是再次论订，且任职山东布政使之前已经定稿。这里顾镇用词也是很讲究，顾尊光参与，用的是"参订"；金雨叔参与，用的是"校定"；陈祖范参与，用的是"复与论订"。所以前面我们引用杨明照介绍这个《辑注》本的时候，他说黄氏《辑注》本一校于顾尊光，再校于金雨叔，三校于陈祖范，基本正确。由此可见，聂松岩、纪晓岚说黄叔琳因为任山东布政司使，"案牍纷繁"，无暇学术，依靠门人某甲所为之说，是不能成立的。第五，黄叔琳除了《例言》提到的几位门人之外，尚觉不够，在乾隆六年（1741）刻本上，参订人员，分工明确，各卷卷首皆书上参订人员名、字及其籍贯，卷末皆署名校对人名、字或者号。今将其表录如下，见表2：

表2　黄叔琳《文心雕龙辑注》参订、校对人员一览表（乾隆六年刻本）

卷数	第一卷	第二卷	第三卷	第四卷	第五卷	第六卷	第七卷	第八卷	第九卷	第十卷
参订人员名单	顾尊光 金雨叔	张泽瑊 姚培衷	陈祖范 杨锡恒	陈济 张奕枢	胡二乐 王之醇	王永祺 张晃	张景阳 徐颖柔	曹廷栋 卫自浚	徐南溟 陈尚学	陆回然 姜尔耀
校对人员名单	黄登贤 黄登毂	黄登贤 黄登毂	黄登贤 黄登毂	黄登贤 黄登毂	黄登贤 黄登毂	黄登贤 黄登毂	黄登贤 黄登毂	黄登贤 黄登毂	黄登贤 黄登毂	黄登贤 黄登毂

乾隆六年（1741）刻本上的署名是非常规范的，每一卷前面署名"北平黄叔琳昆圃辑注，某某人参订"，卷末署"男黄登贤、黄登毂校"。全书的最后校对全部是由黄叔琳的两个儿子负责，可见黄叔琳对于署名和本书的质量很看重，没有一丝马虎

之嫌。他自己用的是"辑注"而不是"注"，一个"辑"字说明这些"注"并不全都是自己的原创，而部分是从他人那里辑录的，表明不掠人之美。到后来的钦定"四库全书"文渊阁本《文心雕龙辑注》，四库馆臣删去了《例言》，删去了书眉间的六十余条眉批，并把署名改为"詹事府詹事加吏部侍郎衔黄叔琳撰"，其他参订人员统统被删去了。文津阁本把黄氏原序也删去了，更谈何《例言》，把原题署"黄叔琳辑注"也改为"黄叔琳注"，一个"撰"字和"注"字，均改变了黄叔琳原有"辑注"的用意。从《黄侍郎公年谱》署名"顾镇编次"（因为初稿是黄登贤提供的）而不是撰，或者编撰来看，说明黄叔琳及其门生在著作权上是很严肃的，其学风是值得提倡和弘扬的。再说黄氏的这些门生非等闲之辈，后来大多是进士，有的被学林视为鸿儒，何来"浅人"之谓。因而，从《文心雕龙辑注》乾隆六年（1741）刻本的署名和实际注释来看，有关《文心雕龙辑注》的学术贡献是没法否定的。在我看来，纪昀评语当源于聂松岩。聂松岩并未取得黄叔琳的信任，因而未加入参订工作。从其言语来看，他并不了解实情。黄叔琳交付姚培谦的时候，已经是成熟的稿子，所以姚培谦说："蒙出全帙见示，命携归校勘，付之枣梨，剪劣无能为役。"姚培谦的话，虽然有谦虚之意，一句"剪劣无能"也当是实情。在往昔对黄叔琳的"讥难"大多为纪昀的应声者，有几个是自己验证后的结论？

实际上是否如此，学界也有不同声音。张少康先生主编的《〈文心雕龙〉研究史》对"门下客补注"说表示怀疑，他说：

> 此说是否确实，已难详考，然联系上述黄叔琳《辑注》之《例言》所说校勘部分，于王惟俭颇有借鉴，考其事实也确乎如此……黄氏不仅在梅、王注基础上颇有斟酌，更加详实，而且在创作论部分却有拾遗补阙的实绩，其贡献是十分明显的。①

日本铃木虎雄则不是人云亦云，他在《黄叔琳本〈文心雕龙〉校勘记》中认为，黄氏《辑注》，虽有不名言所本之嫌，"而其于文义，发明实多"。

张尔田（1874—1945）也不是人云亦云。他在乾隆四十九年（1784）六月陈鳣校养素堂本《文心雕龙辑注·识语》说：

> 余近纂《史微》内外篇……既卒业，复取八代文章家言研治之。因浏览是编，证以《昭明文选》，颇多奥窔。而所藏本乃纪文达评定者，凭虚臆断，武断专辄，不一而足。继而又得此册，虽非北平原椠，尚无纰缪；以视纪评，判若霄壤矣。②

可见学术研究，贵在自得，不可盲目迷信名人，否则会沦为名人的应声虫。

---

① 张少康，汪春泓，陈允锋，陶礼天，等编著：《文心雕龙研究史》，北京大学出版社，2001年，第90页。

② 杨明照：《增订文心雕龙校注》，中华书局，2000年，第969页。

四、黄叔琳对古典"龙学"的贡献和养素堂本翻刻中留下的疑问

《文心雕龙辑注》在学术史上是一个不小的工程。我们从成书过程来看，其历时七八年，如果从心中酝酿到确立课题，再到成书和刻本面世，至少也有十几年的时间，这样的工程，非饱学之士是不敢问津的。再说，这种辑注，也不是简单的抄录前人成果，而是对于他人成果的重新审定，择善而从，不如意者，遂下己断，本身就是既继承前人优秀成果，又有自己的创新，从前面的表录中已经看得出来。今试举几例如下：第一，《凡例》多仿照梅氏《音注》，如黄氏《凡例》第二条，就综合了梅氏《凡例》的第四条和第五条，但比梅氏更简略明了。第二，删节了梅氏注释，使得注文更加简洁明了。如：梅氏注《原道》篇"庖牺画其始"："亦作虑牺。帝德合上下曰太昊氏，行雷泽之渚，履大人迹，有虹绕之而孕，风姓，生于成纪，都于陈，以木德王。《易系辞》曰：'庖牺氏之王天下也，仰则观象于天，俯则观法于地，观鸟兽之文与地之宜，近取诸身，远取诸物，于是始作八卦，以通神明之德，以类万物之情（虑，一作伏）。'"王氏《训故》本的特点是训释事典，不标出词语，因而没有标出"庖牺画其始"这个词条，只在第一条训故中说："《易正义》：伏羲氏有天下，龙马负图以出于河，遂法之画八卦。"在《原道》篇的第八条注释的最后一句说："《史记》伏羲氏以风为姓。"而黄氏《文心雕龙辑注》在《原道》篇对于"庖牺画其始"则略于梅本，详于王本，成为："《易系辞》：'庖牺氏之王天下也，仰则观象于天，俯则观法于地，观鸟兽之文与地之宜，近取诸身，远取诸物，于是始作八卦，以通神明之德，以类万物之情。'"这就给人以简明完整之感。从上表看，《原道》篇黄注27条，王注8条，梅注14条。其中梅本正文夹注9条，主要是字的读音、人名、书名等，一如"凡例"所言。其他5条注于篇末。如果除去王注和梅注的重复，尚有19条是黄注自创。再说《时序》篇，黄注116条，王注75条，梅注12条，如果不算重复，王注和梅注两家共计87条，尚有29条是黄氏自创，更何况黄注对王、梅两家的原有成果在承继中进行了改造和条贯。以此类推，全书概如此同，为省篇幅，不再多举例证，可由上文中的统计表代替言之。

由此观之，黄叔琳的《文心雕龙辑注》对前哲成果的承继是科学的，在承继中又有大量的自创，学界仅认为黄注是集大成者，还不足以涵盖黄氏对古典"龙学"的贡献，应该说黄叔琳在"龙学"史上树起了一座丰碑。因而，往昔学界对黄氏《辑注》的种种指责多为不实之词，应当抹去。但是，这并不等于说黄注没有瑕疵和商榷余地。

黄叔琳《文心雕龙辑注》在问世以来，几经翻刻。寒斋所藏有以下几种版本：乾隆六年（1741）姚培谦刻的养素堂本（首都图书馆藏本）、钦定四库全书本、道光十三年（1833）的两广节署本、民国四部备要本。就这几种版本而言，笔者发现在"元校姓氏"人数和《例言》的内容上是不同的。先说笔者手头几种《辑注》本的不

同：两广节署本和四部备要本的"元校姓氏"是 34 人。首都图书馆藏养素堂本的"元校姓氏"只有 33 人，没有王惟俭。查这个"元校姓氏"除了梅庆生和王惟俭外，其他 32 人一仍梅庆生《音注》"雠校姓氏"。再是《例言》的条数和内容不同，今将两广节署本和四部备要本的《例言》（两种版本《例言》相同）移录如下：

一、此书与《颜氏家训》余均有节抄本，颜书已刻在前，细思此书难于采截。上篇备列各体，一篇之中，溯发源释名目，评论前制，后标作法，俱不可删薙者。下篇极论文术，一一镂心鉥骨，而出之不愧"雕龙"之称，更未易去取也。今此书仍录全文中加圈点则系节抄之旧读者，可一览而得其要；

一、诸本字句互有异同，择其义之长者用之，仍于本句下注明一作某，或元作某字从某改，或元脱从某补，另刻元校姓氏一纸于卷首；

一、《隐秀》一篇，脱落甚多，诸家所刻俱非全文，从何义门校正本补入；

一、梅子庚"音注"流传已久，而嫌其未备，后得王损仲本，援据更为详核，因重加考订，增注什之五六，尚有阙疑数处，以俟博雅者更详之；

一、升庵"批点"，但标辞藻，而略其论文之大旨，今于其论文大旨处，提要钩元用"OO"，于其辞藻纤秾新隽处，或全句，或连字用"、、"于其区别，名目处用 ΔΔ 以志精择；

一、此书分上下两篇，其中又自析为四十九篇，合《序志》一篇，篇共五十，今依元本分为十卷注释，例于每篇之末，偶有臆见，附于上方。其参考注之得失，则顾子尊光、金子雨叔、张子实甫、陈子亦韩、姚子平山、王子延之、张子今涪及诸位同学之力居多。

再说养素堂本（首都图书馆藏本）和两广节署本及四部备要本在《例言》内容上的不同：第一，条数不同；第二，内容不同。

为了节省篇幅，我在上面两广节署本及四部备要本《例言》上做一下划线标记以示区别。这就是删去有下画线文字者，就是在上文第三部分移录的笔者手头乾隆六年（1741）刻养素堂本（首都图书馆藏本）的例言，可见首都图书馆藏本——乾隆六年（1741）刻养素堂本的《例言》是 5 条，且文字内容也少，为了更加一目了然，将差别表录如下，见表 3：

表 3　《例言》条数与字数统计表

中华书局四部备要本《例言》条数	一	一	一	一	一	一	共 6 条
中华书局四部备要本《例言》字数	109	51	25	51	63	93	392 字
首图乾隆六年养素堂本《例言》条数	一	一	一	一		一	共 5 条
首图乾隆六年养素堂本《例言》字数	43	51	25	38		93	250 字

从这个表来看，两广节署本及四部备要本《例言》是 6 条，首都图书馆藏养素堂《例言》是 5 条。再说字数：两广节署本及四部备要本《例言》6 条总字数 392

字，而养素堂本 5 条总字数 250 字，那么笔者手头的首都图书馆藏养素堂本的来历是哪里呢？来自国家图书馆出版社 2017 年 6 月出版的"国学基本典籍丛刊"本。这个养素堂本的底本，出版者——责任编辑陈莹莹在该书《前言》中交代：

> 本次影印以首都图书馆藏清乾隆六年刻本为底本。该本保存完好，版刻精良，朱墨灿然，是不可多得的佳椠。卷首有黄氏乾隆三年序、《南史·刘勰传》、例言五条、元校姓氏及目录，卷末有姚培谦跋，眉端间有黄氏评语。正文每半叶九行，行十九字。此据原书扫描，编入《国学基本典籍丛刊》，以广流传。

关于乾隆六年（1741）养素堂刻《文心雕龙辑注》本，杨明照先生在《文心雕龙版本经眼录》中说：

> 清黄叔琳辑注本，余藏。原刻为乾隆六年养素堂本。（嗣后复刻较多，其佳者几于乱真。）刊误正讹，征事数典，皆优于王氏《训故》、梅氏《音注》甚远，清中叶以来最通行之本也。卷首有黄氏乾隆三年序（误梅子庚为梅子庚，"例言"及"元校姓氏"同）、《南史·刘勰传》、例言（共六条）元校姓氏（底本为万历梅本，除增梅庆生、王惟俭两家外，余仍梅氏之旧，故云元校姓氏。）及目录；卷末有姚培谦跋。（亦有移置卷首者）每卷前皆列有参订人姓名，（各卷不同）卷终并附有"男登贤云门登谷春畬"字样。每半叶九行，行十九字。五篇首尾相缀，分卷则另起。注附当篇后，（所引书不尽着篇名）低一格；标注辞句外，均双行。眉端间有黄氏评语。（《宗经》《隐秀》两篇后附有识语）①

杨氏一个"原刻为乾隆六年养素堂本"，说明他藏的不是原刻本。

黄霖教授在介绍复旦大学图书馆藏养素堂本黄叔琳《文心雕龙辑注》时说：

> 乾隆六年（1741）姚培谦刊。卷首有黄叔琳乾隆三年自序、例言六则，并附南史刘勰传及元校姓氏。卷末有姚培谦跋。正文前题"梁刘勰撰，北平黄叔琳昆圃辑注，吴趋顾进尊光、武林金甡雨叔参订"。黄氏评语均置于眉端。……《文心雕龙辑注》虽为范文澜《文心雕龙注》之前最为通行的本子，但其校、注、评多出自其门客之手，其校注不少袭取了梅庆生、王惟俭、何焯的成果，《四库全书提要》斥为"多不得其根柢"。②

从杨明照和黄霖二位先生的介绍来看，他们的共同点是《例言》6 条。杨明照的介绍比黄霖全面一些，他在涉及的元校姓氏中，多出了黄叔琳和王惟俭，并解释为什么叫"元校姓氏"。同时向读者交代养素堂本有多种复刻本，几乎能够乱真。可见杨明照见过多种本子，皆自称乾隆六年（1741）养素堂本。以我的所见虽然有限，但也足以证明杨说正确。第一，孔夫子旧书网山东滕州文雨轩在售的六册线装本《文心雕

---

① 文中括号除了有下画线者是杨明照所为外，其他他括号内文字原为细字，括号为文民所加。详见曹顺庆编：《岁久弥新——杨明照教授九十华诞庆典暨中国古典文献学国际学术研讨会论文集》，巴蜀书社，2001 年，第 37 页。

② 黄霖：《文心雕龙汇评》，上海古籍出版社，2005 年，第 7－8 页。

龙辑注》就红纸明标"文心雕龙辑注——养素堂藏板"。字体与笔者手头的国家图书馆出版社出版的首都图书馆藏本相比，虽然有极细微的差别，但也可以说很有迷惑性。笔者发现首页首行"文心雕龙卷第一"的"雕"字，左边的"周"字内"土"上面没有超出三面框，首都图书馆藏本"土"字上面出框；《才略》篇第二、三、四行眉间黄氏批语："上下百家体大思精，真文囿之巨观"十四字用了竖排五行字，而首都图书馆藏本在第二、三行上端把十四字用了竖排三行字。仅这两点，就可证明同为养素堂本而差别是有的，其板不一。第二，就笔者手头收藏的五六种版本注明是养素堂本的书影来看，没有两种相同者，尽管有的在左侧中缝下端有"养素堂"字样，与首都图书馆藏本也不尽相同。其中，一种在《声律》篇"赞曰"前三行的眉批有"遇字下王本空三字，籁字下王本有流水之浮花□□□郑人之买椟十三字"，而首都图书馆藏本则没有这则眉批。根据笔者上文指出的在《例言》中文字和条数多寡的差异来看，早在养素堂板的不同版本中就出现了，那么这种差异是何人所为呢？从增加文字的口气来看，与黄叔琳非常贴切，难道此本有黄叔琳修订版吗？不见著录。这众多的养素堂本，哪一种是姚培谦主持的初版呢？就目前笔者所见版本来看，最佳者是首都图书馆藏本，正如陈莹莹在影印版《前言》所说："版刻精良，朱墨灿然，是不可多得的佳椠。"这只是就版刻而言。李曰刚先生亦说："自来《文心雕龙》版本，以清乾隆六年（1741）姚刻黄叔琳注养素堂本为最善。"这个本子中几乎没有错字，这是很难得的。像钦定"四库全书"文津阁本《文心雕龙提要》这样纪昀署名的本子，且馆臣如林，校勘十分谨慎的官书，仅一篇《提要》中就出现把《时序》写成了《程材》，《哀吊》写成了《哀诔》，有两处错误。根据姚培谦跋语"良工难求，迁延岁月而后告成，匪苟迟之，盖重之而不敢轻云尔"来看，首都图书馆藏本当是姚培谦初刻养素堂本。在此笔者仅是提出问题，并把自己朦胧的感觉写在这里，是否如此，以俟名家指教。

黄叔琳《辑注》本自问世以来，得到了学术界的重视。李详说："《文心雕龙》有明一代，校者十数家，朱郁仪、梅子庚、王损仲，其优也。梅氏本有注，取小遗大，琐琐不备。北平黄昆圃侍郎注本出，始有端绪。"[1]《文心雕龙辑注》本在学术界占据统治地位二百余年，直到范文澜注释本问世，才打破这一局面。早在范注问世前，海外有日本铃木虎雄《黄叔琳本文心雕龙校勘记》[2]、户田浩晓《黄叔琳本文心雕龙校勘记补》，国内有李详补正。对于这些校勘成果，为日后的范文澜先生《文心雕龙注》所借鉴。

目前在学界尽管各种注释本琳琅满目，黄氏《文心雕龙辑注》似乎已经完成了

① 李详：《文心雕龙黄注补正》，《民国期刊资料分类汇编：文心雕龙学》，国家图书馆出版社，2010 年，第 1 页。

② 铃木虎雄所校勘用的本子，他自己介绍说是豹轩所藏"养素堂板原本"，可能并非初板。因为"元校姓氏"为 34 人。

它的历史使命，但是因为它在历史上长期占据主导地位，1911年以来相继出版了各种形式的本子。其中，上海中华书局的四部备要本在印刷上，把眉批一律改用黑色，改变了清道光十三年（1833）朱墨套印的形式，使得读者阅读眉批时，难以分出黄批和纪批，给读者带来了诸多不便。

但这不影响后人对其评价。戚良德教授说：

> 黄注一方面是值得重视的"龙学"奠基之作，另一方面又受到众多的大家的"讥难"，也许正是这种尴尬之境，使得黄注在今天流传不广，与黄侃《文心雕龙札记》在时下的众多版本相比，黄叔琳之书可以说较为落寞。

为了打破这一"落寞"局面，戚教授在黄叔琳《辑注》的基础上，加以改造，将文本采用作者的《文心雕龙校注通译》本原文，并加以修订，再增加《纪评》、李详《补正》和刘咸炘《文心雕龙阐说》，将四者汇于一书，使得黄氏注本内容更加丰富。尤其是刘咸炘《文心雕龙阐说》，首次与读者见面，于2015年11月由上海古籍出版社出版发行，为"龙学"界推出一种新的读本。当年卢坤把纪昀的眉批与黄氏《辑注》于道光十三年（1833）合刊，至今影响了近两个世纪，黄注、纪评功载史册，卢坤首揭之功亦不能忘；今戚良德教授合四为一，推出新的读本，当与卢坤同功比肩。

国家图书馆出版社为了优秀版本的传承，于2017年6月影印了姚培谦在乾隆六年（1741）刻的养素堂本《文心雕龙辑注》，是书大32开，平装分两册发行，并改书名为《黄叔琳注本文心雕龙》，使得这个刻本二百余年来，再次与读者见面，也是对"龙学"的一大贡献。

五、尾　语

本文的题目，是笔者受了恩格斯《路德维希·费尔巴哈和德国古典哲学的终结》一文的启发，这对于研读过马克思主义哲学的人来说，是不言而喻的。更受启发的是恩格斯的那条关于他对马克思主义贡献份额问题的注解说明，真是高风亮节，实事求是。笔者正是受了马克思主义经典作家的影响，在研究了《文心雕龙辑注》和黄叔琳的生平，以及他的其他著作及其门生的学识水平，特别是《辑注》在署名上的分寸问题后，才觉得往日学界对于黄叔琳在《文心雕龙辑注》中劳动份额的"讥难"是不能完全接受的，由此笔者萌生了撰写本文的动机。

恩格斯说的"古典哲学"，主要指黑格尔哲学及其分支——路德维希·费尔巴哈哲学。我这里说的"古典龙学"，主要是指清代及其以前的"龙学"。过去王更生、张少康、张文勋等几位先生也都做过这方面研究，笔者在拙著《刘勰志》中也有涉猎。王更生先生说：《文心雕龙》在隋唐时期所起的作用和贡献，不局限于征引、袭用或者著录，其影响已经突破了文学理论的范围而遍及四部，并跨出国门，扩及海外。它既影响到颜之推的《颜氏家训》，影响到刘知几的《史通》，也影响到孔颖达、李善、吕向、李周翰等人注疏的经书和《昭明文选》，他们无不采刘勰《文心雕龙》

作依据。日本空海的《文镜秘府论》也受其影响。① 两宋时期大量征引的莫过于《太平御览》，约占《文心雕龙》全书的26%强，还出现了辛处信的《文心雕龙注》十卷，可惜此书未能传世。今天我们能够看到的是王应麟《困学纪闻》和《玉海》的征引，前文及其注释中已经指出，其他如洪迈《容斋随笔》中也有征引。元代留下了一部单刻本《文心雕龙》，个别篇章虽然漫漶严重，但是，物以稀为贵，因为它的唯一性，才显得弥足珍贵。明代刻本、抄本、注本、评本多有问世者，因而也出现了大量的序跋和题识。这种以序跋和题识出现的品评特征，引起后来者的广泛注意，并形成"龙学"的重要研究资料，如果有心人将这些序跋和题识结集出版，将是一部很好的"龙学"研究成果，后人可以从中依稀看到古代"龙学"家对《文心雕龙》的喜爱和研究心得。清代的"龙学"，不仅有黄叔琳《文心雕龙辑注》，还有在《文心雕龙》影响下产生的章学诚《文史通义》及其他评论，详见黄霖《文心雕龙汇评》，此不赘述。

笔者这里说的"终结"，并不是"龙学"的结束，而是"龙学"研究古老形式的终结。笔者说的"古老形式"就是"古典式""传统式"，主要指早期的征引、简单的注释与眉批，尤其是学者们单纯地靠版本序跋和只言片语的题识来发表自己的零星的非系统化的见解，以及注释条目的模糊性等。这里的"古典式"是与民国时期开始的新的"龙学"相对而言的。从梅庆生《音注》本看，相比王惟俭《训故》本虽然有词条大字标出的优点，但是其注释烦琐，极不精练，征引他书标记不明。王惟俭《训故》根本就没有标出词条，只有仔细读完其训释，才能意识到可能是训释的哪一句话或者是某个典故，且只训释典故，对于理论范畴，基本不涉及。杨慎批点《文心雕龙》，所用五色，后来的刻书者，不再做颜色标记，而是改用符号，致使读者有太隐晦之感。如果光靠圈点说话，在理论上是难以说明什么问题的。既是用文字评点的地方，黄叔琳《文心雕龙辑注·例言》说："升庵批点，但标辞藻，而略其论文之大旨。"曹学佺的批语，也仅有40余条，可以说是只言片语，虽然也可以看作研究成果，但是无法与现代"龙学"成果相比肩。钟惺的评语更加逊色，甚至谈不上什么研究。

就注释而言，到1925年范文澜《文心雕龙讲疏》问世，才在注释词条和原文中有序号显示，注释的文字才有简明清晰之感。范文澜《文心雕龙讲疏》初版之后，再经作者补充，到1936年开明书店改名为《文心雕龙注》，以线装本形式发行，才正式成为新的"龙学"诞生的标记。它与古典式不同之处，就在于吸纳了黄侃《札记》的优点及其体例，融理论阐释于注释之中。全国解放以后，又经王利器先生在出版编辑过程中补充了五百余条，于1958年以新版面世，使得这座丰碑更加高大，成为"龙学"界不可绕过的昆仑。

---

① 王更生：《隋唐时期的"龙学"》，载中国《文心雕龙》学会编《文心雕龙研究》（第1辑），北京大学出版社，1995年。

黄侃《文心雕龙札记》（以下简称《札记》）初版于 1927 年。原为"文章作法"之讲义，因而注重《神思》以下诸篇，融解题、品评、注释、校勘、例文于一炉。李平教授评论说："《札记》体约思丰，言简意赅，其内容大体分为小学和文学两方面。前者包括校勘、语源考证和疑难词语笺释；后者包括各篇题解及对经典语句的阐释。"① 黄侃是"龙学"史上第一位深入系统阐述"龙学"理论的泰斗级"龙学"家。虽然有人不认可《札记》是现代"龙学"的开山之作，只能算"是近代文论的最后一部力作。"认为黄侃"看出封建末世文坛的弊病，确开不出倒转乾坤的药方。他的'趋新'，畔不出儒家中庸之道的规矩，'师古'却使他钻进了'朴学'考据的胡同，因而，不可能投入划时代的新文化运动，只能成为旧时代的最后一位文论家"②。但是黄侃在《札记》的每一篇的解题式的大论，是古典"龙学"所没有的，在二百余条的注释中虽然与黄叔琳相同，只标出词条，没有像弟子范文澜《文心雕龙注》那样加上序号，但是其注释文字却一改古典式的烦琐而变为简洁明了，并时有评论。其方式虽旧，但内涵却不与清儒相同，在每篇之中附有例文，以为弟子助读，这也应该是创新，说明他不再遵循清儒训诂考据的老路子，而是走出了自己的新路子——解题、校勘、注释、品评、例文五合一的新体例。在理论阐释方面，看出刘勰"自然之道"乃老庄之道，而非儒家之道，不可与传统儒家的"文以载道"说相混淆；他还看出刘勰在方法论上用的是"折中"法，这就从理论上和方法论上把握住了大节，大大地高出了他的前辈，就是纪昀这样的大儒也被黄侃抛在身后。就这来说，谁也不好否认黄侃《札记》是走出传统，迈向新时代的代表性"龙学"成果。

任何一种新事物不可避免地带有母体的痕迹，否认这一点，就是否认了历史的传承性，但是如果看不到二者之间的本质区别，也就否认了历史的转折性和新旧事物之间的区别。马克思的辩证法把黑格尔颠倒了的辩证法顺过来了，与黑格尔哲学有着质的不同，但是马克思仍然自称是黑格尔的门生③，讲西方哲学史的人也有的把马克思与费尔巴哈看作黑格尔的两个分支，这并没有抹杀马克思与黑格尔哲学的本质区别。研究"龙学"史的人，大都把范文澜的《文心雕龙注》和黄侃《文心雕龙札记》看作新时代"龙学"诞生的标记，称作者是现代"龙学"的开创性代表人物，这也是有根据的。

毫无疑问，黄侃与其弟子范文澜的"龙学"成果，虽然是在黄叔琳及其前辈古典"龙学"基础上诞生的，但为一次质的飞跃。

事物的发展，总是旧事物的终点，往往也是新事物的起点，新旧"龙学"时代的交替，亦是如此。

---

① 李平，等：《文心雕龙研究史论》，黄山书社，2009 年，第 55 页。
② 张皓：《黄侃〈文心雕龙札记〉简论》，《黄石师范学院学报》，1984 年第 2 期。
③ ［德］马克思：《资本论》，郭大力，王亚南译，人民出版社，1963 年。

后　记

镇江是中国著名的历史文化名城，据考证，自公元前 1005 年周康王封宜侯开始，至今已有 3024 年的历史。而今，由江苏大学主办，镇江市图书馆、镇江市社会科学院、镇江市历史文化名城研究会联合协办，江苏大学文学院承办的"昭明文苑，增华学林——《文选》与《文心雕龙》国际学术研讨会"于 2019 年 3 月 28 日至 31 日在镇江的成功召开，又为这座美丽的江南名城增添了新的光彩。本次盛会不是中国文选学研究会和中国《文心雕龙》学会的年会，而是将两大学会研究的主题联合起来召开的一次专题学术研讨会。而能够在镇江举办这样的盛会，是具有特别深远的文化背景和现实意义的。

首先，从大会召开的文化背景来看，出于如下几方面考虑：

1. 《文选》与《文心雕龙》与镇江密切相关

中国文选学研究会前任会长、郑州大学俞绍初教授曾经说过"六朝文学双璧（《文选》《文心雕龙》）均出自镇江"，这个结论是有根据的。

中国《文心雕龙》学会的研究对象是中国第一部体大思精的文学理论著作——南朝齐梁时期刘勰的《文心雕龙》，而刘勰就是镇江人，《梁书》本传明确记载了刘勰"世居京口"。中国文选学研究会的研究对象是中国现存最早的文学作品总集——南朝梁代昭明太子萧统的《文选》，而镇江又是《文选》编者昭明太子萧统的家族聚居地，齐梁萧氏的皇家墓地就在镇江丹阳。

镇江南山招隐景区内萧统读书台遗址犹存，萧统铜像、第五届文选学国际学术研讨会纪念碑、增华阁等文化景点，昭示着镇江与《文选》的文化渊源。镇江市中小学生"增华阁"作文大赛已经连续举办 30 年，影响深远。

镇江南山文苑景区内文心雕龙纪念馆、第五届《文心雕龙》国际学术研讨会纪念石碑、刘勰画像、山水清音池、知音亭等文化内涵建设，均体现了镇江对《文心雕龙》研究的重视。而王元化、屈守元、王运熙、冈村繁等著名"选学""龙学"家们捐赠的学术著作，更为景区建设增加了学术含量。南京大学孙蓉蓉教授开设的"文心雕龙研究"专题课，其中一个重要环节就是带学生到镇江南山感受文化氛围。

2. 镇江分别主办、承办四届相关国际学术研讨会

中国《文心雕龙》学会已经主持召开了 14 届国际学术研讨会年会。其中，2000 年 10 月第五届《文心雕龙》国际学术研讨会由镇江市政府主办；中国文选学研究会已经主持召开了 13 届国际学术研讨会年会，两届专题研讨会，而 2002 年 10 月第五届文选学国际学术研讨会也是由镇江市政府主办的。特别是 2000 年的文选学第四届年会，以及 2006 年召开的纪念文选鼻祖之一的唐代李善逝世 1317 周年专题会，则由江苏大学文学院吴晓峰教授分别在长春、黄冈筹办召开。

3. 《文选》与《文心雕龙》的资料中心坐落于镇江

镇江市图书馆是收集、保存《文选》与《文心雕龙》研究资料最集中的图书馆。受两大学会委托，中国文选学资料中心与中国文心雕龙资料中心就坐落于镇江。每年 4 期《文心学林》（季刊）的出版，更是镇江向国内外《文选》《文心雕龙》学界宣传两大领域研究成果，"选学"家、"龙学"家及两大领域最新学术前沿信息的窗口，在这两大学术领域影响深远。

4. 学界建议镇江召开一次《文选》与《文心雕龙》的联合会议

2018 年 8 月 4 日，第十三届《文选》学国际学术研讨会在北大召开，中国《文心雕龙》学会会长左东岭先生应邀出席大会并讲话。他在讲话中发出动议，希望有机会举办一次《文选》与《文心雕龙》联合研讨会。在大会研讨过程中，专家们纷纷提议由镇江举办。

其次，从现实意义来看，也有以下两方面的需要：

1. 是镇江历史文化传承、传播的需要，是宣传镇江历史文化的重要内容

《文选》《文心雕龙》与镇江深刻的文化渊源，加之这两大学术领域在学术研究领域的地位与影响，决定了本次盛会必将成为进一步深入研究、传承镇江优秀历史文化的重要契机。镇江市原市委书记、市长、人大常委会主任钱永波，镇江市文化广电和旅游局局长周文娟，镇江市社科联主席于伟，镇江市历史文化名城研究会会长任振棣，镇江市图书馆馆长褚正东等各级领导高度重视，在多次咨询、商讨的基础上，于 2018 年 11 月 1 日赴江苏大学与主办、承办会议的江苏大学文学院领导一起对会议筹备等相关问题进行研讨，为保证大会的成功召开献计献策。

2. 江苏大学双一流、高水平大学建设需要

近年来，江苏大学办学水平和学术影响日臻提升。文学院自 2016 年独立建制以来，成功举办过包括"多学科视阈下的鲁迅文化遗产与精神传承"学术研讨会、"《论语》诠释与儒家思想的传承创新"国际学术研讨会、江苏文脉研讨会、第八届元好问学术研讨会等多次国际、国内学术研讨会。2017 年，中国语言文学一级硕士点获批，学科建设、科学研究再上新台阶。

基于以上原因，本次大会确立了以下六个议题：

（1）《文选》学与《文心雕龙》学未来的发展。

（2）《文选》与《文心雕龙》之关系。

（3）多元视角下的《文选》与《文心雕龙》研究。

（4）《文选》《文心雕龙》域外研究。

（5）中西文论比较研究。

（6）镇江与六朝历史文化研究。

在各方的大力支持、积极配合下，在江苏大学文学院的共同努力下，大会取得圆满成功，与会学者围绕上述议题展开了深入研讨，使本次研讨会取得了丰硕的研究成果。共收到参会回执122份，正式论文66篇，论文提要23篇。中国国家图书馆原馆长詹福瑞教授，中国《文心雕龙》学会会长、长江学者左东岭教授亲临现场并发表讲话，对大会的成功召开予以高度评价，并对参会论文的质量予以充分肯定，与会专家提交大会的论文均为学者原创文章，学术性、前瞻性、严谨性兼具，这些最新学术成果能够在很大程度上助力"选学""龙学"的研究，可嘉惠学林。美国华裔学者林中明先生高度概括大会盛况为"中外渗透，古今串联"，更是从海外视野与异域之眼等方面对本次盛会取得成果的客观描述。更值得关注的是，大会盛况通过"唐风智慧教学"信息网络平台进行全球直播，使更多未能亲临盛会的人们对大会有所了解。

为了使大会的研究成果能够固化下来，进行更广泛的传播，今将学者的论文结集出版。这些论文在编排上严格遵从文责自负原则，编者除了在格式上进行统一调整外，尽量不做其他任何改动。论文编排顺序，以作者姓名汉语拼音首字母顺序排列。特此说明。

编　者

2019 年 7 月 13 日

后
记
一